현대어본 명주보월빙

현대어본

명주보월빙

1

역주

최길용

이 저서는 2010년도 정부재원(교육부 인문사회연구역량강화사업비)으로 한국연구재단의 지원을 받아 연구되었음(NRF-2010-327-A00283)

This work was supported by the National Research Foundation of Korea Grant funded by the Korean Government(NRF-2010-327-A00283)

서문 • •

　텔레비전이나 라디오가 없던 시절, 소설은 우리 선인들에게 무료한 일상을 달래며 인간사의 다양한 문제들에 대한 여러 생각들을 공유하게 해주던 매우 유용한 미디어였다. 아낙네들의 길쌈하던 일자리나 밤 마실 자리에도, 고관대가 귀부인들의 침실이나 근엄한 사대부들의 책상위에서도, 길가는 사람들로 붐비던 남대문이나 종로거리에서도, 소설은 오늘의 TV나 라디오처럼 사람들의 눈과 귀를 사로잡았다. 그리하여 아낙네들은 소설 없는 밤을 견디지 못하여 금반지나 쌀자루를 들고 세책가를 뻔질나게 들락거렸고, 먹고살 길이 막막했던 어느 곱상한 총각은 여자 강독사로 변장을 하고 판서대감댁 마님 방을 드나들며 소설을 읽어주다 불륜사실이 들통 나 죽음을 당하기도 했다. 그런가하면 공청에서 소설 삼매경에 빠져있던 어느 대감님은 갑작스러운 방문객에 화들짝 놀라 공문서로 소설책을 덮어놓고 시치미를 떼기가 다반사였는가 하면, 종로의 한 담뱃가게 점원 녀석은 전기수가 들려주던 삼국지에 팔려 있다가, 악한 조조가 착한 유비를 몰아붙이는 대목에서 화가나, 담배 썰던 칼을 들고 나와 애꿎은 전기수를 찔러 죽이는 살인사건이 일어나기도 했다.

　이렇듯 18-19세기 조선사회는 온통 소설열독에 빠져 있었다. 글을 아는 사람이든 모르는 사람이든, 양반이든 평민이든, 남자든 여자든, 노인이든 젊은이든 할 것 없이 삼천리 방방곡곡이 소설열풍에 휩싸여 있었다. 그렇게 될 수 있었던 것은 무엇보다도 소설이란 장르의 문학적 특성 곧 이야기 문학이 갖는 접근의 무제한성에 있다. 우리 모두가 알고 있는 바와 같이, 이야기는 사건의 흐름을 통해서 이해되는 것이지, 꼭 글자를 통해서만 이해되는 것이 아니다. 비록 글자로 쓰인 이야기라 하더라도, 그것을 누군가가 대신 읽어주거나, 먼저 읽은 사람이 읽은 내용을 말해주는 것을 듣고도, 얼마든지 그 이야기의 내용을 이해할 수가 있고 공감을 가질 수가 있다. 이러한 특성 때문에, 당시에는 글자를 모르는 사람이나 책읽기를 고역스럽게 여기는 사람을 위해, 책을 대신 읽어주는 강독사나, 책을 먼저 읽고 그 내용을 구수한 입담으로 풀어 이야기해주는 전기수와 같은 새로운 직업인이 나타나기도 하였다.

그러나 이 시대를 한국문학사에서 소설의 시대로 꽃피우게 한 것은 뭐니 뭐니 해도 한글필사본소설들의 범람이다. 한글필사본소설들은 한글의 쓰기 쉽고 빨리 쓸 수 있다는 장점과, 필사본의 간편하면서도 저렴한 제책 방식이 갖는 장점을 최대한 활용한 것으로서, 가정이나 궁중 세책가 등에서 다투어 소설들을 베껴 돌려가며 읽었었다. 특히 세책가에서는 여러 종의 한글필사본들을 다량으로 확보해 놓고 본격적으로 소설 대여업에 나섬으로써, 이 시대 소설열풍에 더 큰 불을 지폈다.

이 작품 〈명주보월빙〉연작 235권(〈명주보월빙〉100권, 〈윤하정삼문취록〉105권, 〈엄씨효문청행록〉30권)은 위에서 말한 바의 18세기 말 한국고소설의 전성시대에 나왔다. 그 작품분량은 원문 글자 수가 도합 332만3천여 자(〈보월빙〉1,475,000, 〈삼문취록〉1,455,000, 〈청행록〉393,000)에 이를 만큼 방대하여, 당대 조선조 소설문단의 창작적 역량을 한눈에 보여주는 대작이다. 이 연작은 한국고소설사상 최장편소설로 꼽히는 작품일 뿐 아니라, 동시대 세계문학사에서도 그 유례를 찾아볼 수 없는 대장편서사체이다. 그 분량이 하루에 3-4시간을 들여 하루 한권씩을 꼬박꼬박 읽어낼 수 있는 아주 성실한 독자라고 할 때, 무려 235일간을 읽어야 다 읽어낼 수 있는 분량이니, 이 작품이 당시 궁중에서도(낙선재본), 일반대중들 사이에서도(박순호본: 이것은 세책본이다) 널리 읽혀졌던 사실을 염두에 둔다면, 당대 우리사회의 소설열독 풍조와 세책가의 활황이 어느 정도였을 지를 가히 짐작하고도 남게 한다.

양식 면에서, 《명주보월빙 연작》은 중국 송나라를 무대로 하여 윤·하·정 3가문의 인물들이 대를 이어 펼쳐가는 삶을 다룬 〈보월빙〉·〈삼문취록〉과, 윤문과 연혼가인 엄문의 인물들이 펼쳐가는 삶을 다룬 〈청행록〉으로 이루어져, 그 외적양식 면에서는 〈보월빙〉-〈삼문취록〉-〈청행록〉으로 이어지는 3부 연작소설이며, 내적양식 면에서는 윤·하·정·엄문이라는 네 가문의 가문사가 축이 되어 전개되는 가문소설이다.

내용면에서 보면, 이 연작에는 모두 787명(〈보월빙〉275, 〈삼문취록〉399, 〈청행록〉113)에 이르는 수많은 인물군상이 등장하여, 군신·부자·부부·처첩·형제·친구 등 다양한 인간관계에서 벌어지는 숱한 사건들을 펼쳐가면서, 충·효·열·화목·우애·신의 등의 주제를 내세워, 인륜의 수호와 이상적인 인간 공동체의 유지, 발전을 위한 선적가치(善的價値)들을 권장하고 있다. 아울러 주동인물군의 삶을 통해 고귀한 혈통·입신양명·전지전능한 인간·일부다처·오복향수·이상향의 건설 등과 같은 사대부귀족계급의 현세적 이상을 시현해놓고 있다.

필자는 이 책 『현대어본 명주보월빙』의 편찬에 앞서 『교감본 명주보월빙』(全5권, 학고방, 2014.2)을 편찬 간행한 바 있다. 이 교감본 명주보월빙』은 〈명주보월빙〉의 두 이본, 곧 100권100책으로 필사된

‘낙선재본’과 36권36책으로 필사된 ‘박순호본’을 원문내교(原文內校)와
이본대교(異本對校)의 2단계 원문교정 과정을 거쳐 각 텍스트의 필사과
정에서 생긴 원문의 오자·탈字·오기·연문·결락들을 교정하고, 여
기에 띄어쓰기와 한자병기 및 광범한 주석을 가해 편찬한 것으로써, 컴
퓨터 문서통계 프로그램이 계산해준 이 책의 파라텍스트(para-text)를
제외한 본문 총글자수는 539만자(낙본 2,778,000자, 박본2,612,000
자)에 이른다.

　이 책은 위 두 이본 중 선본인 낙선재본 교감본(2,778,000자)을 대본
으로 하여 이를 현대어로 옮긴 것으로, 그 총분량은 282만자에 달한다.
앞의 교감본이 연구자를 위한 전문학술도서 국배판 전5권으로 편찬된데
비해, 이 현대어본은 중·고·대학생과 일반대중을 위한 교양도서(소
설)로 성격을 전환하고, 그 규격을 경량화 하여 신국판 전10권으로 편
찬함으로써, 책의 부피가 주는 중압감과 지나치게 작고 빽빽한 글자가
주는 눈의 피로를 해소하기 위해 노력했다.

　이 현대어본의 편찬 목적은 고어표기법과 한자어·한자성어·한문문
장체 표현 위주의 문어체 문장으로 되어 있는 원문을, 현대철자법과 현
대어법에 맞게 번역하거나, 한자병기, 주석, 띄어쓰기를 가해 가독성(可
讀性)이 높은 텍스트로 재생산하여, 일반 독자들에게 ‘읽기 쉬운 책’을
제공하는데 있다. 그리고 이렇게 함으로써 독자들이 누구나 쉽게 우리
의 고전문학에 접근할 수 있게 하고, 일찍이 세계 최고수준의 소설문학
을 창작하고 향유했던 민족문학에 대한 이해와 자긍심을 높이 갖도록
하는 데 있다.

　아무쪼록 이 책의 출판을 계기로 이 작품이 더 많은 독자들과 연구자,

문화계 인사들의 사랑과 관심을 받게 되고, 영화나 TV드라마 등으로 제
작되어 민족의 삶과 문화가 더 널리 전파되어 갈 수 있기를 기대한다.
이 작품들 속에 등장하는 앵혈·개용단·도봉잠·회면단·도술·부적·
신몽·천경 등의 다양한 상상력을 장착한 소설적 도구들은 민족을 넘어
세계인들의 사랑과 흥미를 이끌어내기에 충분할 것으로 믿어 의심치 않
는다.

끝으로 어려운 출판 여건 속에서도 『교감본 명주보월빙』(全5권)에
이어, 전10권이나 되는 이 책의 출판을 흔쾌히 맡아주신 도서출판 학고
방의 하운근 대표님과, 편집과 출판을 맡아 애써주신 직원 여러분께 깊
은 감사를 드린다.

2014년 4월 20일
최길용
(전북대학교겸임교수)

•• 일러두기

　이 책 『현대어본 명주보월빙』은 필자가 〈명주보월빙〉의 두 이본, 곧 100권100책으로 필사된 '낙선재본'과 36권36책으로 필사된 '박순호본'을, 원문내교(原文內校)와 이본대교(異本對校)의 2단계 원문교정 과정을 거쳐, 각 텍스트의 필사과정에서 생긴 원문의 오자・탈자・오기・연문・결락들을 교정하고, 여기에 띄어쓰기와 한자병기 및 광범한 주석을 가해 편찬한 『교감본 명주보월빙』(全5권, 학고방, 2014.2.)의, '낙선재본 교감본'을 대본(臺本)으로 하여, 이를 현대어로 옮긴 것이다.

　그 방법은 원문 가운데 들어 있는 ①난해한 한자어나, ②한문문장투의 표현들, ③사어(死語)가 되어버려 현대어에 쓰이지 않는 고유어들을, 1.현대어로 번역하거나, 2.한자병기(漢字倂記)를 하거나, 3.주석을 붙여, 독자가 그 뜻을 쉽게 이해할 수 있도록 하되, 그 이외의 모든 고어(古語)들은 4.표기(表記)만 현대 현대철자법에 맞게 고쳐 표기하는 방식으로 이 책 『현대어본 명주보월빙』을 편찬하였다.

　여기서는 위 1.-4.의 방법에 대해 한 두 개씩의 예를 들어 두는 것으로, 본 연구의 현대어본 편찬방식을 간단하게 밝혀두기로 한다.

1. 번역

　한문문장투의 표현이나 사어(死語)가 된 고어는 필요한 경우 현대어로 번역하였다.

㉠ '조디장스(鳥之將死)이 기셩(其聲)이 쳐(悽)ᄒ고, 인지장스(人之將死)의 기언(其言)이 션(善)ᄒ다.' ᄒ니, 슉뫼 반ᄃ시 별셰(別世)ᄒ시려 이리 니르시미니

⇒ '새가 죽을 때면 그 소리가 슬프고, 사람이 죽을 때면 그 말이 착하다' 하니, 숙모 반드시 별세(別世)하시려 이리 이르심이니,

㉡ 그대 집 변고는 불가사문어타인(不可使聞於他人)이라. 우리 분명이 질녜 무사히 돌아감을 보아시니, 그 사이 변괴 있음이야 어찌 몽리(夢裏)의나 생각하리오마는

⇒ 그대 집 변고는 남이 들을까 두려운지라. 우리 분명히 질녀가 무사히 돌아감을 보았으니, 그 사이 변괴 있음이야 어찌 꿈속에서나 생각하였으리오마는

㉢ 안비(眼鼻)를 막개(莫開)'라

⇒ 눈코 뜰 사이가 없더라.

㉣ 성각이 망지소위중(罔知所爲中) 차언(此言)을 듣고

⇒ 성각이 당황하여 어찌해야 할지를 알지 못하는 가운데 이 말을 듣고

㉤ 기불미새(豈不美之事)리오?

⇒ 어찌 아름다운 일이 아니겠는가?

xii

ⓑ 사어(死語)가 된 고어는 필요에 따라 번역하였다.

예)써지우다/처지게 하다 떨어지게 하다   다리다/당기다

  −도곤/−보다   아/아우   아이/아우 동생   남다/넘다

  아쳐ᄒ다/흠을 잡다 싫어하다 미워하다   샏다/뽑다

  무으다/쌓다 만들다   흉히(胸海)/가슴   나/나이

2. 한자병기(漢字倂記)

어려운 한자어 가운데 한자만 병기하여도 그 뜻을 쉽게 이해할 수 있는 말은 구태여 주석을 붙이지 않고 한자만 병기하였다.

ⓐ 신부의 화용월틱(花容月態) 챤연쇄락(燦然灑落)ᄒ여 챵졸의 형용ᄒ여 니르지 못홀디라.

⇒ 신부의 화용월태(花容月態) 찬연쇄락(燦然灑落)하여 창졸에 형용하여 이르지 못할지라.

3. 주석(註釋)

한자병기만으로 뜻을 이해할 수 없는 한자어나, 사어(死語)가 된 고어는, 주석을 붙여 그 뜻을 밝혀 두어, 독자가 쉽게 이해할 수 있게 하였다.

ⓐ 윤태위 빅의소딕(白衣素帶)로 죄인의 복식을 ᄒ여시나, 화풍경운(和風慶雲)이 늠연쇄락(凜然灑落)ᄒ여 뇽미봉안(龍眉鳳眼)이며 연함호뒤(燕頷虎頭)오 월면단순(月面丹脣)이니

⇒ 윤태우 백의소대(白衣素帶)1)로 죄인의 복색을 하였으나, 화풍경운(和風慶雲)이 늠연쇄락(凜然灑落)ᄒ여, 용미봉안(龍眉鳳眼)2)이며 연함호두(燕頷虎頭)3)요 월면단순(月面丹脣)4)

이니

주) 1) 백의소대(白衣素帶) : 흰 옷과 흰 띠를 함께 이르는 말로
　　　벼슬이 없는 사람의 옷차림을 말함.

　2) 용미봉안(龍眉鳳眼) : '용의 눈썹'과 '봉황의 눈'이란 뜻으
　　　로, 아름다운 눈 모양을 표현한 말.

　3) 연함호두(燕頷虎頭) : 제비 비슷한 턱과 범 비슷한 머리
　　　라는 뜻으로, 먼 나라에서 봉후(封侯)가 될 상(相)을 이
　　　르는 말.

　4) 월면단순(月面丹脣) : 달처럼 환하게 잘생긴 얼굴에 붉
　　　고 고운 입술을 가짐.

ⓛ 촌촌(寸寸) 젼진ᄒ여 걸식 샹경ᄒ니, 대국 인물의 셩ᅙᅳᆷ과 번화ᄒ
미 번국과 니도ᄒᆞᆫ디라.

　⇒ 촌촌(寸寸) 전진하여 걸식 상경하니, 대국 인물의 성함과 번
　　화함이 번국과 내도한지라1).

　주) 1)내도하다 : 매우 다르다. 판이(判異)하다.

ⓒ ᄌᆞ녀를 셩츄(成娶)ᄒ여 영효(榮孝)를 보미 극히 두굿거오나 내
스스로 ᄆᆞᆷ이 위황 (危慌)ᄒ니

　⇒ 자녀를 성취(成娶)하여 영효(榮孝)를 봄이 극히 두굿거우나1)
　　내 스스로 마음이 위황(危慌)하니

　주) 1) 두굿겁다 : 자랑스럽다. 대견스럽다.

4. 현행 한글맞춤법 준용

고어는 그것을 단순히 현대철자법으로 고쳐 표기하는 것만으로도 그

90% 이상이 현대어로 전환된다. 따라서 현대어본 편찬 작업의 중심은 고어를 현대철자법으로 바꿔 표기하는 작업에 있다 할 것이다. 이 책에서의 현대어 전환표기 작업은, 번역을 해야 할 말을 제외한 모든 고어 원문을, 현행 한글맞춤법을 준용하여, 현대 철자법으로 고쳐 표기하는 방식으로 진행하였다. 그리고 그 작업에는 다음의 몇 가지 원칙이 적용되었다.

① 원문의 아래아 (·)는 'ㅏ'로 적음을 원칙으로 한다.
(ᄌᆞ녀⇒자녀, 잉ᄐᆡ⇒잉태, 영ᄋᆞ⇒영아, 이 ᄀᆞᆺ흔⇒이 같은, 예외; 업거늘⇒없거늘)

② 원문의 연철표기는 현대어법을 따라 분철표기를 원칙으로 한다.
(므어시⇒무엇이, 본바들⇒본받을, 슬프믈⇒슬픔을, 고ᄋᆞ믈⇒고움을, 아라⇒알아)

③ 원문의 복자음은 현행 맞춤법 규정을 따라 표기한다.
(ᄡᅣᆼ뇽⇒쌍룡, ᄠᅳᆮ⇒뜻, ᄡᅩ아⇒쏘아, ᄭᅴᄃᆞᆺ디⇒깨닫지, ᄲᆞᆯ니⇒빨리, ᄯᅩᆯ오더니⇒따르더니)

④ 원문의 표기가 두음법칙·구개음화·원순모음화·단모음화 등의 음운변화로 인해 달라진 말들은 현행 맞춤법 규정을 따라 표기 한다.
(뉴시⇒유씨, 녕아⇒영아, 텬죠⇒천조, 뎐상뎐하⇒전상전하, 믈⇒물, 쥬쥬⇒주주)

5. 종결·연결·존대어미 등의 원문 준용

문어체 위주의 원문 문장은 구어체 위주의 현대문장과 현격한 문체적 차이를 갖고 있다. 특히 문장의 종결어미나 연결어미, 존대어미는 글의 문체적 특성을 드러내는 매우 중요한 요소들이기 때문에 역자가 이를 현대문의 문체로 고쳐 표현하는 것은 한계가 있을 수밖에 없다. 그것은 문어체 문장이 갖고 있는 장중(莊重)하고도 전아(典雅)하면서 미려(美麗)하고 운률적(韻律的)인 여러 미감(美感)들을 깨트려놓음으로써, 원전의 작품성을 크게 훼손할 수가 있기 때문이다. 따라서 이 책에서는 원문의 종결·연결·존대어미들을 원문의 형태를 준용하여 옮기되, 앞의 원칙(4. 현행 한글맞춤법 준용)에 따라 철자법만 현대 철자법으로 고쳐 옮겼다. 다만 연결어미의 반복적 사용으로 문장이 매끄럽지 못하거나 지나치게 길어진 경우에는 이를 적절히 교정하였다.

목차 • •

〈명주보월빙〉의 주요 등장인물

● 충무공 윤현

윤광천·희천·명아의 부친. 자(字) 문강. 일명 명천. 작중에서 자(字)나 이름·시호를 따라 윤명강, 윤명천, 명천공, 명천선생, 충무공, 또는 관직을 따라 윤상서 등으로 호칭 또는 지칭된다.

윤노공(尹老公)과 황부인의 아들로 아내 조부인과 슬하에 1녀 명아를 두고 이복동생 수와 함께 계모 위씨를 지성(至誠)으로 섬긴다. 윤현 부부는 꿈에 선관(仙官)으로부터 '조부인이 아들 쌍둥이를 낳을 것'과 '쌍둥이아들의 빙물(聘物)이 될 명주(明珠)를 얻게 되리라는 것', 또 '윤현이 명년에 만리타국(萬里他國)에서 요절(夭折)하리라는 것', 그리고 '자녀의 천정숙연(天定宿緣)'과 '초년시련' 등에 대한 계시(啓示)를 받고 쌍둥이를 잉태한다. 이후 그는 아우 윤수, 친구 하진·정연과 함께 남강(南江)에서 뱃놀이를 하던 중에 적룡(赤龍)으로부터 명주 4개를 받게 되는데, 이 때 하진과 정연도 보월패 1줄씩을 받아 각각 자녀들의 혼인빙물(婚姻聘物)을 삼아 간직한다. 뒤에 4인은 윤부(尹府) 백화헌에서 자녀들을 정혼(定婚)하는데, 정연은 장자 천흥을 윤현의 장녀 명아와, 하진은 4자 원광을 윤수의 2녀 현아와, 그리고 윤현은 아내 조부인의 복중(腹中) 쌍둥이아들을 정연 부인과 하진 부인의 태아(胎兒)들과 각각 정혼한다. 이때 금국왕(金國王) 호삼개가 반란을 일으킬 기미를 보이자,

그는 금국을 교유(敎諭)하여 반란을 중단시킬 목적으로 사행(使行)을 자원(自願)하여, 정사(正使)가 되어 부사(副使) 정연과 함께 부인의 복중 쌍둥이의 출산을 보지 못한 채 금국으로 떠난다. 도중에 성주(成州)에서 고우(故友) 화천도사를 만나 그로부터 자신의 운수와 자녀들의 천연(天緣)·미래사 등에 대한 예언을 듣고 서로 영결(永訣)한다. 이때 화천도사가 훗날 그의 자녀들에게 전해주기 위해 그의 화상(畵像)을 그려 간직하는데 여기에다 그의 친필을 남겨둔다. 금국에서 금왕의 위협에 굴하지 않고 '역심을 고쳐 백성을 도탄에 들지 않게 하라'고 설득하지만, 금왕이 듣지 않고 군사를 시켜 해(害)하려 하자 욕을 피해 자결(自決)로써 충절을 지킨다. 이에 호삼개가 그 충절에 감화되어 마침내 역심(逆心)을 고쳐 송국(宋國)에 투항한다. 부사 정연이 그의 시신을 운구해 돌아와 아우 윤수에 의해 항주 선산에 안장된다. 향년 28세, 충무공(忠武公)에 추봉(追封)되었다.

● 호람후 윤수

윤경아·현아의 부친. 윤희천의 양부(養父). 자(字) 명강, 윤노공(尹老公)의 제 2자.

부인 유씨와의 사이에 2녀 경아·현아를 두고, 이복형인 윤현과 함께 생모 위씨를 극진히 섬긴다. 현이 금국에 사신으로 가 순국하자 시신을 고향 항주로 운구해 안장하며, 이후 윤부(尹府)의 가부장(家父長)이 되어 가사를 총괄해 나가는데, 부인 유씨가 아들을 낳지 못해 형의 쌍태유복자(雙胎遺腹子) 광천·희천 중 차자(次子) 희천을 계후하여 양자를 삼는다. 잠시 은주(殷州) 순무어사(巡撫御使)로 나갔다가 돌아와 추밀(樞密)에 승직한 후 줄곧 하·정·진부의 친붕들과 교유하며 경사에서 생활한다. 평소 형수 조부인을 공경하여 받들고 그 자녀 명아·광천·희천 3남매를 극진히 사랑하며 보살피나, 천성이 소활(疏闊)하여 모친 위태부인과 처 유부인이 종통(宗統)을 찬탈하기 위해 형의 유족들(조부인과 광천·희천·명아)을 제거하려고 꾸미는 흉계들을 깨닫지 못해 조부인과 그 자녀·자부들이 이들로부터 무수한 참화(慘禍)를 겪는다. 곧, 그는 형을 대신하여 명아·광천·희천의 혼사를 주재해 각각 천정숙연이자 정혼자(定婚者)인 정천흥·정혜주·하영주와 혼인시키지만, 이를 방해하는 모친과·처의 작변(作變)을 알지 못해, 명아·정혜주(광천의 정혼녀)·하영주(희천의 정혼녀) 등이 혹독한 혼사방해시련을 겪도록 방치한다. 그런가 하면 친녀(親女) 현아가 부귀를 탐해 권문가에 시집보내려는 위·유씨로 인해 실절위기와 부부갈등을 겪는 등 심각한 시련들을 겪는 것도 알지 못한다. 뿐만 아니라 위·유씨가 치독(置毒)한 요약(妖藥)에 변심(變心)하여 부인 유씨의 뜻대로 조종되는 한 어림장이가 되어 유씨 처소에 틀어박혀 있음으로써, 조부인과 광천·희천 형제, 광천의 처 정혜주·진성념, 희천의 처 하영주·장설 등이 위·유씨로부터 온갖 천역(賤役)에 시달리고 혹형(酷刑)과 치독(置毒)으로 사경(死境)을 헤매며, 누옥에 갇혀 아사지경에 이르고, 강상대죄의 누명을 쓰고 유배를 당하는 등의 참혹한 가변(家變)들을 겪으면서도 이를 밝혀 다스리지 못한다. 정천흥 등의 주선으로 부인 유씨의 독수에서 벗어나 병을 치료할 수 있도록 하기 위해 교지참정(交趾參政)으로 나갔다가 호행한 희천의 지극한 의약과 간병으로 병을 완치하고 옛 총명을 회복한다. 이로써 교지를 선치하고 돌아와 호람후[湖南侯]에 봉작되고, 부인 유씨의 악행을 부부윤의(夫婦倫義)를 폐절하고 독약으로 자진(自盡)을 강요하는 등으로 엄히 다스려, 마침내 개과천선케 함으로써 윤부가 다시 평화로운 시절을 맞게 하고 다시 부흥하는 기반을 마련한다.

● 금평후 정연

천흥·혜주 등의 부친. 자 윤보(允甫).

윤현 등과 함께 남강에서 선유하다 적룡(赤龍)으로부터 보월패(寶月佩) 한 줄을 받고 이를 빙물(聘物)로 장자 천흥을 윤현의 딸 명아와 정혼하며, 또 윤현이 받은 명주 한쌍을 신물로 아직 부인의 복중(腹中)에 있는 딸[정혜주]을 역시 복중에 있는 윤현의 아들[윤광천]과 정혼한다. 또 금국(金國)에 사신으로 나가 부사(副使)로서 적장을 죽이고 금왕 호삼개의 항복을 받아 돌아와 금평후(金平侯)에 봉작된다. 후작(侯爵)에 봉작된 뒤로는 스스로 겸퇴(謙退)하여 국정의 일선에서 물러나 다만 조정의 원로로서 황제의 자문(諮問)에 응대하여 국정을 보필하는 선으로 스스로의 역할을 축소하고 있다. 또 정부의 가부장으로서 제가(齊家)를 엄숙히 하고 자녀들의 혼사를 주재하며 그 후견인 역할을 자임(自任)해 나가고 있다. 특히 친구 윤현이 순절한 후 생전에 그와 정혼한 천흥과 윤명아의 혼인을 맺어줌으로써 생전의 약속을 실천한다. 또 장자 천흥이 경숙혜를 불고이취하고 9창(娼)을 유정하여 대월루에서 음락(淫樂)하는 것을 목격하고 천흥을 부자윤의(父子倫義)를 폐절하여 축출하여 회과천선(悔過遷善)하게 한다. 황제의 권유로 천흥을 사하여 귀가(歸家)케 하니 영웅호걸의 기상이 변하여 도학군자의 풍모를 갖춘 인물이 되어있다. 또 구몽숙 등에 의해 정·진 양부(兩府)가 반역죄로 무고 되어 멸문(滅門)의 위기에 처하자 낙양후 진광으로 더불어 궐하에 나가 대죄하며 침착하게 위기에 대응하며, 며느리 윤명아의 격고등문으로 사실이 밝혀진 뒤, 무고를 행한 간당에 대한 사후처리를 덕으로써 하여 간당을 감복시키기를 위주로 한다. 또 혈소를 올리고 어전에서 자결한 윤명아를 지성으로 구호하다. 그런가 하면, 제3자 세흥이 부인 소양씨의 초강한 성품을 제어하기 위해 온갖 패행을 일삼으며 칼로 찔러 목숨을 위태롭게 하는 등의 폭행을 자행하는가 하면, 또 성난화를 재취한 뒤에는 원비 양부인을 제거하려는 난화의 흉계에 빠져 부인을 칼로 찔러 살해하며, 양부인의 태아가 간부의 씨라고 의심하여 만삭의 부인을 채화석(彩畫席)에 말아서 연못에 던져 죽이는 등의 만행을 저지르자, 난화의 시비 춘교를 문초하여 난화의 모든 악사를 밝혀 출거하고 세흥을 혹독한 장형(杖刑)을 가해 징계한다. 이후 세흥이 요약에 몸이 상한 것이 점점 위중해져 사경에 이르자 그 식어가는 몸을 품고 누워 자신의 체온으로 그 식어가는 것을 막아 소생케 하는 지극한 부정(父情)을 통해 세흥을 개과천선케 하여 정도에 나아가게 한다. 장자 천흥이 평제왕에 봉왕됨으로써 그 위계에 따라 상제왕(上齊王)에 봉해진다. 모친 순태부인의 탄일을 맞아 황제로부터 사연(賜宴)을 받고 3일 대연(大宴)을 열어 윤·하·정 3부 제인과 문무공경(文武公卿)들로 더불어 낙극단란(樂極團欒)하며 모친께 영화를 보이고 자식들과 대무(對舞)를 하여 모친을 즐겁게 하는 등 노래자(老萊子)의 효를 다한다.

● 정국공 하진

하원광·하영주의 부친. 자 퇴지(退之). 작중에서 관직을 따라 '하어사', '하상서', '정국공'으로, 또 자를 따라 '하퇴지' 등으로 호칭 또는 지칭된다.

윤현 등과 함께 남강에서 선유하다 적룡(赤龍)으로부터 보월패(寶月佩) 한 줄을 받고 이를 빙물(聘物)로 아들 원광을 윤수의 딸 현아와 정혼하며, 또 윤현이 적룡으로부터 받은 명주 한 쌍을 신물(信物)로 당시 부인의 복중(腹中)에 있던 딸[하영주]을 역시 복중에 있는 윤현의 아들 [윤희천]과 정혼한다. 어사태우로서 하남순무사(河南巡撫使)가 되어 나갔다가 김국구·초왕 일당의 작변으로 반역죄의 누명을 쓰고 원경·원보·원상 세 아들이 죽음을 당하는 참변을 겪고 촉(蜀)으로 유배된다. 유배지에서 죽은 세 아들이 환생한다는 꿈을 꾸고 3자를 낳아 이름을 원상·원창·원필이라 한다. 적소에서 아들 원광의 혼기가 다다르자 친붕인 윤수에게 원광의 정혼녀인 윤현아를 적소로 데려오도록 해 혼인을 이뤄준다. 이때 간인(奸人) 구몽숙이 윤현아를 탈취하기 위해 서촉까지 따라와 변란을 짓다가 원광에게 패퇴(敗退)한 후, 또 하영주를 보고 음심을 품어 요도 신묘랑에게 청해 영주를 납치해감으로써 딸을 잃고 비탄에 잠기게 된다. 한편 하영주는 요도에게 납치되어갔다가 구몽숙의 겁탈을 피해 금사강에 투신자살을 하였는데, 마침 정천흥이 태주 선산에 성묘하고 돌아오던 길에 금사강에서 선유하다가, 널조각에 실려 떠내려 오는 영주 노주(奴主)를 구해 결의남매(結義男妹)하고 집으로 데려와 안신(安身)케 하고, 하공의 적소로 사람을 보내 영주의 구출소식을 알린다. 이로써 안도하고 적소에서 지내던 중, 정천흥에 의해 김국구·초왕 일당의 모해(謀害)로 하부가 반역죄를 쓰고 참변을 겪은 사실이 밝혀져, 황제로부터 사명(赦命)을 받고 환조(還朝)하여 참지정사 정국공에 봉해진다. 그리고 딸 영주와 상봉하는데, 이때 영주는 윤수의 주선으로 정혼자인 윤희천과 혼인해 있다. 그런데 이때까지 현아와 영주가 둘 다 주표(朱標)를 간직한 채로 있음을 보고 윤수는 그 아들 희천에게 그리고 그는 아들 원광에게 각각 그 아내와 동실(同室)을 명해 합궁(合宮)케 한다. 곧 치사(致仕)하고 물러나 옥누항(屋陋巷) 구기(舊基)를 버리고 취운산 정부(鄭府) 곁으로 이사해 새로 가기(家基)를 세운다. 하부의 가부장으로서 윤·정·진 3부와 세의(世誼)를 두터이 하며 가사를 보살피고 자녀들의 혼사를 주재하며 자손들의 영효를 받아 행복한 여년을 보낸다. 또 때때로 황제의 부름을 받고 조정에 나가 국사를 자문하기도 한다.

● 평진왕 윤광천

충무공 윤현의 장자. 자(字) 사원. 호 청문선생. 작품에서 자·호를
따라 윤사원·윤청문·청문선생, 또는 관직을 따라 윤사인·윤어사·
윤태우·남창후·위국공·진왕·평진왕 등으로 호칭 또는 지칭된다.

천상 태허진군(太虛眞君)의 환생으로 아우 희천과 쌍둥이형제다. 태
어나기도 전에 부친과 부친의 친구인 대사도(大司徒) 정연이 각각 부인
의 복중에 있는 태아(胎兒)를 두고 청혼을 하여, 부친이 전에 적룡(赤龍)
으로부터 받은 명주(明珠)) 한 쌍을 빙물(聘物)로 삼아 정연의 장녀 정
혜주와 정혼이 이뤄진다. 그런데 그가 모친의 복중(腹中)에 있을 때 부
친 윤현이 금국에 사신으로 가 순절함으로써, 유복자로 태어나게 되며
부친의 얼굴도 모르는 지통(至痛)을 안고 자란다. 복중(腹中) 정혼녀인
정혜주가 또한 그와 같은 날에 태어나니 숙부 윤수와 정혜주의 부친 정
연은 다시 고인[윤현]의 유지를 받들어 두 아이를 혼인시킬 것을 다짐한
다. 그런데 적장자(嫡長子)인 선친이 순절한 후, 숙부의 생모인 위태부
은 숙모 유부인과 짜고 그의 모친 조부인과 누이 명아 그리고 그와 그의
쌍둥이 동생 희천을 모두 제거하고 종통을 숙부에게로 돌려 가권(家權)
을 장악할 흉심을 품고 숙부 몰래 모친과 그들 3남매를 죽이려 하는데
여기에 유부인의 장녀 윤경아가 남편 석준에게 소박맞고 친정에 와 머
물며 가세한다. 마침 숙부가 은주 순무어사가 되어 외직에 나가게 되자,
이때를 타 위·유·경 3흉은 모친과 그들 형제를 죽이려 하여 온갖 천
역(賤役)을 시키고 온갖 흉패한 말로 꾸짖고 철편으로 난타(亂打)하기를
일삼으며 굶기고 엄동에 눈 위에 무릎을 꿇린 채로 일주야(一晝夜)를 움
직이지 못하게 해 얼려 죽이려 하는 등 온갖 악행을 자행한다. 하루는
정천흥(윤명아의 남편)이 3흉이 그들 형제를 철편으로 참혹히 난타하여
살해하려는 현장을 목격하고 돌을 던져 3흉에게 중상(重傷)을 입혀 그

들 형제를 위기에서 구하기도 한다. 이에 3흉은 이를 천벌(天罰)로 알고 침소로 돌아와 두려움에 떠는데, 그들 형제는 중상한 위·유 부인을 지성으로 구호하는 출천한 효행을 하기까지 한다. 숙부가 은주를 선치(善治)하고 돌아와 정천흥 등으로부터 그들 형제의 천역(賤役)에 대해 듣고, 위·유부인에게 그들 형제가 천역을 하게 된 까닭을 묻자, 위·유부인은 자신들이 그간 그들 3모자에게 해온 악행들이 탄로 날 바를 두려 전전긍긍하는데, 그들 형제는 이러한 위·유부인의 악행을 가려주기 위해 거짓 미친 체 하여 일시 실성(失性)하여 그런 천역을 한 것으로 믿게 해 위기를 수습하기까지 한다. 그러나 위·유부인은 또 요승(妖僧) 신묘랑과 결탁하여 조부인과 그들 형제를 죽이기 위해 조부인의 침소에 매골방자를 행하고 또 간인(奸人) 구몽숙을 그들 형제의 침소에 침입시켜 살해하게 하지만, 그들 형제는 타고난 정명지기(正明之氣)로 모친 침소의 매골(埋骨)들을 제거하고, 또 각각 황룡과 백룡으로 변해 구몽숙을 생포함으로써 해를 입지 않는다. 이후 그는 과거에 장원급제하여 중서사인의 벼슬에 오르며 정혼녀인 정혜주와 혼인하여 천정숙연을 성취한다. 이보다 앞서 숙모 유부인은 또 그의 혼인을 방해하기 위해 정혜주를 재종간인 유황후(劉皇后)를 통해 황태자의 후궁으로 천거하는데, 정혜주가 죽기로써 훼절을 거부하여 도리어 '명성숙렬문(明聖淑烈門)'이란 정문(旌門)을 표창 받고 귀가한다. 위·유부인은 정혜주까지도 죽여 적장손의 씨를 없애려 함으로써 신혼 초부터 헐벗고 굶주리며 극심한 고난을 겪는다. 이런 가운데 그는 또 진성염을 그린 미인도를 보고 사모하다가 정천흥의 중매로 성염을 제2부인으로 맞아 혼인한다. 이에 위·유부인은 적장계(嫡長系) 자손이 번성할 바를 경계하여 그의 부부동침을 엄금하고, 정·진 2부인을 위부인을 시봉(侍奉)케 하여 위흥의 침소를 떠나지 못하게 하며 맥죽(麥粥)으로 연명시키는 등 핍박하기를 극심히 한

다. 이에 그가 조정 신료(臣僚)로서 출입 시 겪는 의식(衣食)의 고초를
들어 두 부인을 사실(私室)로 보내주기를 청하였다가 위태부인에게 가
혹한 장형(杖刑)만 받는다. 원비 정혜주가 위·유·경 3흉이 자기 형제
들이 입번(入番)한 때를 타 모친을 납치·살해하려하는 흉계를 탐지하
고 초인(草人)을 만들어 모친을 대신해놓아 모친 대신 납치되어가게 하
고, 모친을 후원(後園)에 은신시켜 위기를 모면케 하자, 출번(出番)한
후 모친을 외가인 옥화산 조부(趙府)로 모셔가 안신케 한다. 한편 유부
인의 질녀 유교아가 그의 풍모(風貌)를 보고 반해 유부인에게 혼인을 주
선해 줄 것을 청함으로써, 유부인의 강요에 의해 유교아와 늑혼(勒婚)을
한다. 그러나 결혼 후 교아를 박대하자 교아는 위·유·경 3흉과 일당
이 되어 그에게 요약(妖藥)을 치독(置毒)하여 변심을 기도하고, 또 정·
진 2부인을 제거하기 위해 숱한 변란들을 일으키지만, 끝내 그의 애정
을 얻는데 실패하자, 마침내는 음욕을 참지 못해 윤부를 도망쳐 장사왕
에게 개가(改嫁)하고 만다. 조부인 납치살해 후(조부인은 피화해 친정에
안신해 있지만 3흉은 죽은 것으로 알고 있다), 위·유·경 3흉의 그들
형제에 대한 핍박은 날로 심해져, 숙부 윤수를 요약을 먹여 어림장이를
만들어 그들의 악사를 아예 알지 못하게 만들어 놓고, 먼저 그의 처 정
·진 2부인을 강상대죄로 얽어 후원의 연원정 비실(鄙室)에다 감금하고
물과 음식을 주지 못하게 해 굶어죽게 만들고, 이어 그들 형제를 이유없
이 나무에 매달고 철편과 돌로 쳐 죽이려 한다. 그러나 정천흥이 윤부
연원정과 정부(鄭府) 사이에 굴을 뚫어 내왕할 수 있게 함으로써 정진 2
부인이 기갈(飢渴)을 면할 수 있게 되며, 또 3흉을 전처럼 돌을 던져 혼
절시키고 그들 형제를 구함으로써 형제가 죽음 직전에 다시 살아난다.
이후 위·유부인 등이 또 자작극을 꾸며놓고 진성염이 조모[위태부인]
와 숙부[윤수]를 독살하려 하였다고 강상대죄(綱常大罪)를 씌워 발악하

자, 성염을 위태부인 등이 보는 앞에서 장살(杖殺)하고 시신을 강정으로 옮겨 회생시킨 후, 친정으로 보내 은신케 한다. 또 조모 위태부인 등이 신묘랑과 노복 태복을 개용단을 먹고 자기형제의 모습으로 변용하여 칼로 위태부인을 찌르는 시늉을 하고 달아나 그 모습을 마침 윤부를 방문하여 묵고 있는 윤수의 재종형 윤단 등이 목격하게 하여 자기 형제를 조모를 살해하려한 강생대죄에 빠트리자, 조모의 패덕을 감춰주기 위해 어전에서 미친 시늉을 하여 그 죄를 뒤집어쓰고 남주에 유배된다. 또 강상대죄인이 되어 위·유씨에게 대죄(待罪)하다 혹독한 태장을 받아 죽기 직전 정천흥 등에 의해 구출된다. 유부인 일당은 또 자객을 보내 적소로 가는 도중 그를 살해하게 하지만 자객 임성각이 그의 인품에 감복하여 그와 사생지교(死生之交)를 맺고 그 비장(裨將)이 되어 섬김으로써 위험에서 벗어난다. 남주에 적거 중 장사왕이 반란을 일으키자 그를 제거하려는 구몽숙에 의해 대원수 손확의 참모사로 천거되어 적소에서 임성각과 함께 장사국으로 출정 한다. 전장에서 그는 구몽숙의 사주를 받은 대원수 손확에 의해 사지(死地)에 빠졌다가 구사일생으로 살아 돌아와 다시 손확에게 패군한 죄로 참수될 위기에 처하게 되는 데, 이때 원비 정혜주가 화천도사의 도움을 얻어 전장에 나와 구출함으로써 위기를 벗어나 혜주와 부부상봉하게 된다. 이때 손확은 적군의 계략에 빠져 대군을 모두 잃고 장사왕에게 포로가 되는데 그는 다시 전장에 나가 피난민들을 모아 부원수 장운의 군과 합세하여 장사왕비가 된 유교아의 요술을 제압하고 적병을 대파, 마침내 대원수 손확을 구하고 유교아와 장사왕을 효수하여 반역을 완전 평정한다. 이로써 황제로부터 남정대원수의 인수(印綬)를 받고 전군을 통솔하여 개선하게 되는데. 회군에 앞서 월출산에 나가 화천도사로부터 부친의 화상을 전해 받고 또 원비 정혜주에 의해 구출된 남희주와 정혜주가 권도로 혼인한 화빙화가 둘다 자신과 천정숙연이라는 말을 듣는다. 또 동주자사 원복이 고(故) 참정 우협의 딸 우연아를 강제로 자신의 며느리를 삼기 위해 핍박하다가 오빠 우섭이 동생 연아를 데리고 도망하여 잃게 되자, 하리들을 장사(長沙)까지 보내 우섭·우연아 남매를 잡아가는 것을 목격하고 이들 남매를 구출하여 우연아와 남매지의(男妹之義)를 맺고 이들 남매를 데리고 회군한다. 회군 도중 선친의 기일을 당해 상강 남영관에서 화상을 봉안하고 제사를 지낸 후 꿈에 선친으로부터 '가란(家亂)이 멎고 실산(失散)한 아들[몽룡]을 13년 후에 찾게 될 것'이라는 계시를 받는다. 개선입경(凱旋入京)하여 황제께 조모 위태부인과 숙모 유부인의 죄를 사해 줄 것을 청하여 사면(赦免)을 받고 장사왕의 반란을 평정한 공으로 남창후(南昌侯)에 봉작된다. 환가(還家)하여 폐허로 변한 본부의 참경(慘景)을 보고 실성통곡하고, 강정으로 가 연금되어 있는 계조모와 숙모의 흉참한 괴질과 병상을 보고 오열(嗚咽)한 후 성효로 간병하며 조모와 숙모를 다시 옥누항 본가로 옮겨 아우 희천과 원비 정부인 등으로 더불어 치병(治病)에 전력한다. 마침내 계조모 위태부인이 광천·희천 형제의 성효에 감복하여 개과천선하고 이어 숙모 유부인도 빈사상태(瀕死狀態)에서 신몽(神夢)을 얻고 천경(天鏡)의 신이를 통해 자신의 모든 악사와 희천의 생혈구병(生血救病)·혈서도축(血書禱祝)의 성효를 보고 개과천선함으로써 윤부의 모든 가란이 종식되고 이산했던 가족들이 복귀하여 정혜주 소생 1자 몽룡만을 실리한채로 대단취를 이루게 된다. 이후 아우 희천과 함께 외사(外事)를 총찰(總察)하며 가문을 주재해 간다. 제2부인 진성염이 친정에서 와병(臥病)한채 돌아오지 않는 것을 노(怒)하여 타고오는 거교(車轎)를 박살내어 분풀이를 하고 부부가 재회하며, 원비 혜주의 주선으로 남희주와 화빙화를 각각 제3·제4부인으로 맞아 동시혼인(同時婚姻) 한다. 또 정천흥의 주선으로 전에 유정하였던 옥비 등 10창(娼)

을 첩으로 맞아들여, 4부인 10첩으로 더불어 행복을 누린다. 위국왕이 반란을 일으키자 출정을 자원하여 평위대원수가 되어 출병하여 위왕의 항복을 받고 개선하여 위국공(魏國公)에 봉작된다. 또 진왕(秦王) 울금서가 반역을 일으키자 평진대원수가 되어 출정하여 이를 평정하고 개선(凱旋)하여 평진왕(平秦王)에 책봉되고 진궁을 취운산에 창건한 후 윤부를 취운산으로 옮긴다. 이로써 취운산은 윤·하·정·진 4부와 한희린 일가 등 당대 명공거경들이 운집한 일대 사대부이상촌(士大夫理想村)을 형성하기에 이른다.

● 승상 윤희천

충무공 윤현의 차자(次子). 숙부 윤수의 계자(繼子). 윤광천의 아우. 자(字) 사빈. 호 효문선생. 작품에서 자·호를 따라 윤사빈·효문선생, 관직을 따라 윤직사·윤학사·윤태부·윤이부(尹吏部)·동평후·윤승상 등으로 호칭 또는 지칭된다.

천상 영허진군(零虛眞君)의 환생으로 형인 윤광천과 쌍둥이로 태어난다. 태어나기 전에 이미 부친과 부친의 친구인 어사 하진 사이에 각기 부인의 복중에 있는 태아(胎兒)를 두고 청혼을 하여, 부친이 전에 적룡(赤龍)으로부터 받은 명주(明珠)) 한 쌍을 빙물(聘物)로 삼아 하진의 딸 하영주와 정혼이 이뤄진다. 부친 윤현은 그가 태어나기 전에 금국에 사신으로 가 순절함으로써 유복자로 태어나게 되며, 하진 또한 그가 태어난 뒤 한 달 후에 부인이 딸 하영주를 낳아, 하진과 숙부 윤수는 다시 전날의 혼약(婚約)을 지켜 두 아이를 혼인시킬 것을 약속한다. 숙부 윤수는 부인 유씨와의 사이에 아들이 없이 두 딸 경아·현아만을 두고 있어, 선형(先兄)의 쌍둥이아들 중, 차자 희천을 자신의 계자(繼子)를 삼아 자신의 가계(家系)를 잇게 하고, 장자 광천은 종손(宗孫)으로서 선형의 뒤를 이어 종통(宗統)을 계승케 한다. 그러나 숙모 유부인은 남편의 이러한 결정을 달가워하지 않으며, 남편의 생모인 위태부인과 짜고 적장계(嫡長系)인 윤현의 유족들(조부인·윤명아·윤광천·윤희천), 곧 '조부인 4모자'를 모두 제거하고 종통을 남편에게로 돌려 가권(家權)을 장악할 흥심을 품는데, 여기에 장녀 윤경아가 남편 석준에게 소박맞고 친정에 와 머물며 가세한다. 마침 양부(養父) 윤수가 은주 순무어사가 되어 외직에 나가게 되자, 이때를 타 위·유·경 3흥은 생모 조부인과 그들 형제(광천·희천)를 죽이려 하여 온갖 천역(賤役)을 시키고, 흉패한 말로 꾸짖고, 철편으로 난타(亂打)하기를 일삼으며, 굶기고, 엄동에 눈 속에 벌을 세워 얼어 죽게 하는 등 온갖 악행을 자행한다. 한편 양모(養母) 유부인이 딸 윤현아를 하원광과의 정혼을 파기하고 권신(權臣) 김후의 장자 김중광과 혼인시키기 위해 중광의 요구를 따라 중광을 여장(女裝)을 시켜 현아의 방에 들여보내 친견(親見)케 하려 하자, 그가 현아로 변복하고 있다가 중광을 응징하며, 또 김귀비를 통해 황제의 사혼전지를 얻어 강제로 혼인시키려 하자, 광천과 함께 현아를 별장인 강정에 피화시킴으로써 정절을 지키게 한다. 하루는 광천과 함께 형제가 집에 미곡을 져 나르던 중 비를 만나 곡식이 비에 젖게 되었는데, 3흥이 이를 핑계로 형제를 흉기로 참혹히 난타하여 목숨이 위태한 지경에 이르기까지 한다. 마침 정천흥(윤명아의 남편)이 이를 목격하고 돌을 던져 3흥을 응징, 형제를 위기에서 구하는데, 형제는 오히려 위·유부인의 상처를 염려하여 중상한 몸을 이끌고 위·유 부인을 지성으로 구호하는 출천한 효행을 한다. 양부가 은주를 선치(善治)하고 돌아와 형제의 천역(賤役)에 대해 듣고, 천역을 하게 된 까닭을 묻자, 그는 위·유 부인의 악행을 가려주기 위해, 갑자기 일어나 옷을 발발이 찢고 밖으로 나가 돌을 지고 들어오는 미친 거동을 하여, 일시 실성(失性)하여 그런 천역을

한 것으로 양부가 믿게 해 위기를 수습한다. 그러나 위·유부인은 또 요
승(妖僧) 신묘랑과 모의하여 조부인과 그들 형제를 죽이기 위해 조부인
의 침소에 매골(埋骨) 방자를 행하고 또 간인(奸人) 구몽숙을 그들 형제
의 침소에 침입시켜 살해토록 하지만, 그들은 타고난 정명지기(正明之
氣)로 모친 침소의 매골(埋骨)들을 제거하고, 또 각각 황룡과 백룡으로
변해 구몽숙을 생포함으로써 해를 당하지 않는다. 한편 그의 정혼녀 하
영주는 부친의 적소(謫所)인 촉지(蜀地)에서 부모 슬하에서 지내던 중,
간인 구몽숙의 사주를 받은 요도(妖道) 신묘랑에게 납치되어갔다가 탈
출하여 서촉 금사강에 투신자살하는데, 몸이 널조각에 실려 쏜살같이
떠내려가 마침 선묘(先墓)를 배알하고 귀가하던 정천흥의 배와 마주쳐
천흥에게 구조되어 결의남매(結義男妹)를 맺고 함께 정부(鄭府)로 돌아
온다. 이에 양부가 영주의 생존내력을 듣고 하진과 서간으로 혼사를 청
해 허락을 얻고 혼례를 올려줌으로써 양인이 천정숙연을 맺게 된다. 이
어 과거에 장원급제하고 금문직사가 되어 관직에 나가며, 또 대사마 장
협의 청혼으로 그 딸 장설을 재취로 맞아 혼인한다. 생모 조부인이 형수
정혜주(윤광천의 원비)의 기지로 위·유부인 등의 납치살해 위기를 모
면하고 후원(後園)에 피화(避禍)한 후, 광천과 함께 모친을 외가인 옥
화산 조부(趙府)로 모셔가 지내게 한다. 그러나 위·유·경 3흉은 조부
인 제거에 성공한 것으로 믿고(사실은, 3흉이 납치살해한 것은 정혜주
가 만든 초인이다), 그들 형제와 그 부인들(광천의 처 정혜주·진성염과
희천의 처 하영주·장설)까지 모두를 완전하게 제거하기 위해, 우선 가
부장인 윤수를 요약을 먹여 어림장이를 만들어 그들의 악사를 아예 알
지 못하게 만든 후, 그들 형제와 정·진·하·장 4부인들에게 무차별적
인 악행과 폭력을 가한다. 한번은 형제가 내당에 들어갔다가 위·유부
인이 까닭도 없이 발악하여 쇠망치와 철편과 같은 흉기로 마구 내리치

며 죽이려 들어 타살될 위기를 겪는데, 마침 정천홍이 이를 목격하고 전
처럼 돌을 던져 양흉(兩凶)을 혼절시키고 그들 형제를 구함으로써 가까
스로 죽음을 면하기도 한다. 정천홍의 건의로 양부가 병치료를 겸해 교
지참정으로 나가게 되자, 황제께 말미를 얻어 교지까지 양부를 호행하
면서 출천한 효성으로 치료와 간병을 극진히 하여 마침내 양부의 병을
완치하고 옛 총명을 회복케 한 후 귀경(歸京)한다. 위태부인이 재실 장
설을 칼로 찔러 죽여놓고 이를 그가 처를 박대하여 자결케 하였다고 죄
를 덮어 씌우자 이를 자신의 죄로 인정해 조모 위부인의 죄를 덮어준다.
조모 위부인 등이 요도(妖道) 신묘랑과 노복(老僕) 태복에게 개용단을
먹고 그들 형제의 모습으로 변용하여 칼로 위부인을 찌르는 시늉을 하
고 달아나게 하고, 그 모습을 마침 윤부를 방문하여 묵고 있는 윤수의
재종형 윤단 등이 목격하게 하여, 그들 형제를 조모를 살해하려는 강상
대죄에 빠트린 후, 이를 형부에 고발하자, 조모의 패덕을 감춰주기 위해
순순히 그 죄를 뒤집어쓰고 양주로 유배된다. 또 유배를 떠나기에 앞서
위·유부인에게 대죄(待罪)하다가 혹독한 태장을 받아 죽기 직전 정천
홍 등에 의해 구출되기도 한다. 양주 적소에서 일생 적상(積傷)한 병
(病)이 층생(層生)하여 위중한 상태에 이르는데, 이때 재실 장설이 소식
을 듣고 천리마를 타고 달려와 병후(病候)를 살펴보고 양주 남악산 향운
대에 가 도축(禱祝)하여 화천도사로부터 신약(神藥)을 얻어와 이를 먹고
회생하며. 이로써 장부인과 부부 상봉하고 적소에서 함께 지낸다. 부친
상을 당해 상례비용을 마련하기 위해 자신의 몸을 팔고자 찾아온 효자
한희린에게 그 비용을 주어 장례를 치르게 하고 제자를 삼아 학문을 가
르친다. 위·유 부인등의 죄상이 밝혀져 사명(赦命)을 받고 태자소부에
승직하여 장부인과 함께 제자 한희린 일가를 데리고 귀경(歸京)해, 먼저
황제께 양모 유부인의 죄를 물시해 줄 것을 상소하여 황제로부터 사면

을 받고 귀가하여 조모와 양모를 지성으로 간병한다. 입조하여 태자소
사홍문관태학사(太子少師弘文館太學士)를 배명한다. 양부 윤수가 교지
참정 임기를 마치고 돌아와 가변(家變)의 참혹함을 알고 그 원흉인 유부
인을 혼서를 불태우고 독살(毒殺)하려 하자, 이를 죽기로써 만류하며,
양모가 병세가 더욱 위중해져 사경에 이르자 칼로 팔을 찔러 생혈로 구
병하고 또 혈서를 써 하늘에 도축(禱祝)하는 출천지효(出天之孝)를 행한
다. 마침내 양모 유부인이 빈사상태(瀕死狀態)에서 신몽(神夢)을 얻고
천경(天鏡)의 신이(神異)를 통해 자신의 모든 악사와 희천의 이 같은 성
효를 보고 개과천선함으로써 윤부의 모든 가란이 종식되고 평화로운 시
절을 맞게 된다. 이후 이부총재(吏部總裁)에 오르고 동창국이 반란을 일
으키자 출정을 자원하여 정동대원수[평동대원수]가 되어 정벌에 나서는
데, 이때 동창국에서는 요괴(妖怪)의 변신인 차정계가 각각 사슴과 여우
의 변신인 녹발심·호술기 등의 요정(妖精)들과 군졸들을 모아 동창국
을 점거한 후 동창왕과 동월백을 죽이고 '동천자(東天子)'를 참칭(僭稱)
하며 대업(大業)을 획책한다. 이에 정동대원수 윤희천은 동창국에 도착
하자마자 곧바로 궁궐을 점령하여 요기(妖氣)를 제어하고 성곽마다 교
유서를 붙여 민심을 수습하는 한편, 제요술로 요정들의 요술을 제압해
부원수 정세흥으로 더불어 녹발심·호술귀·차정계 등의 요정들을 모
두 잡아 소화함으로써 동창국의 요얼(妖孽)을 평정한다. 이때 차정계의
붉은 피가 검은 기운으로 변해 황성으로 날아가 부귀가(富貴家)에 투태
(投胎)하여 후래에 성린(광천의 장자)·창린(희천의 장자)을 해(害)하여
가란을 일으킴이 되니 이 설화는 '청문효문자녀별전'에 있다. 이후 동창
왕의 세자를 세워 동창왕을 삼고 경학(經學)으로 교화를 펼친 후 개선하
여 황태부 동평후에 봉작된다. 이때 동월백 경철의 미망인 양씨와 그 딸
경소저가 경사로 데려가주기를 청하므로 데리고 상경하여 옥누항 근처

에다 집을 마련해주어 살게한다. 벼슬이 승상에 오르고 하·장 2부인과
화락하여 7자3녀를 둔다.

● 평제왕 정천흥

금평후 정연의 장자. 자(字) 창백. 문창성의 환생. 작품에서 자를 따
라 정창백, 또는 벼슬을 따라 정태우·정부마·정병부·평남후·북평
공·평제왕 등으로 호칭 또는 지칭된다.

유아시(乳兒時) 부친이 적룡(赤龍)으로부터 받은 보월패(寶月佩)를 빙
물(聘物)로 상서 윤현의 딸 윤명아와 정혼한다. 어려서 하부(河府)를 역
적으로 몰아 멸문지화(滅門之禍)를 입게 한 간신 김후를 사사로이 치죄
(治罪)하고 손가락을 잘라 증거로 보관한다. 과거에 급제하고 선산에 소
분(掃墳)한 후 귀가하다가 취월암에서 피화 중인 윤명아를 만나 데려와
혼인한다. 구몽숙이 윤명아의 정절을 의심케 하는 흉계를 꾸며 부부사
이를 이간하려 하지만 명아를 의심치 않는다. 명아가 훗날 자신의 결백
을 증명하기 위해 합궁(合宮)을 거부하자 대신 애월루에서 황제가 부친
에게 사급한 미창(美娼) 중 형아·녹빈·채란·영월·향매 오창(五娼)
과 정을 맺는다. 명아의 숙모 유씨 등이 윤광천·희천 형제를 타살하려
는 장면을 목격하고 돌로 유씨 등을 징치(懲治)하고 광천 형제를 위기에
서 구한다. 간의태우 문연각 태학사 표기장군에 오른다. 또 유씨 등이
부인 윤명아를 독살하여 농에 넣어 유기(遺棄)하려는 것을 구출하고 도
술로 귀졸을 부려 유씨 등을 응징한다. 운남왕 목진평이 반역하자 병부
상서로서 평남대원수가 되어 출정하여 운남왕의 항복을 받고 개선하여
평남후(平南侯)에 봉작된다. 이때 개선 도중 절강 소흥부의 경부에서 천
정숙연인 경숙혜를 제4부인으로 불고이취(不告而娶)하고 또 부용·옥앵·
세요·미화 4창을 유정하여 데려와 본부 대월루에 숨겨둔다. 한편 황녀

문양공주는 정천흥의 개선광경을 보고 그 풍채에 반해 상사병(相思病)을 이뤄 사경(死境)에 이르게 되는데, 이로써 황제는 정부(鄭府)의 반대에도 불구하고 그를 부마로 간택하고 정부(鄭府) 곁에다 문양궁을 창건하고 강제로 혼인을 시킨다. 한편 석준과 더불어 유씨 등이 광천 희천 형제를 참혹히 타살하는 현장을 목격하고 돌을 던져 유씨 등을 징치하고 광천형제를 구하고 또 연원정에 수계하고 있는 정혜주·진성념을 찾아보고 정부(鄭府)와 굴을 뚫어 통할 수 있게 하여 생도(生道)를 열어준다. 운남왕의 딸 목운영이 전에 운남을 정벌할 때 그를 보고 흠모하여 뒤따라 상경해 어매(御妹) 경선공주의 양녀가 되어 있으면서, 그와의 결혼을 획책하여, 요승 신묘랑으로 하여금 그의 패물(佩物)[금선(金扇)과 선초(扇貂)]을 훔쳐오게 해, 이를 증거로 그가 자신의 처소에 돌입하여 겁탈하려 했다고 공주에게 무고(誣告)한다. 이에 공주가 이 사실을 황제께 고함으로써, 황제가 형부(刑部)로 하여금 운영의 시비들을 잡아다 문초케 하여 사실을 확인한 결과, 무고(誣告)임이 밝혀지자, 도리어 그 정상(情狀)을 측은히 여겨 운영을 첩(妾)으로 거두게 함으로써 운영과 혼인을 한다. 문양공주가 입궐하여 비홍(臂紅)을 보이며 그의 박정을 김귀비와 황제께 고하여, 황제가 부친을 명초하여 교자(敎子)를 당부하기에 이름으로써, 부친의 엄책(嚴責)을 받고 마지못해 공주와 합궁(合宮)하고 비홍을 없앤다. 이로써 공주는 임신을 하게 되는데 소망과는 달리 낙태를 하게 되자, 이를 윤양이 3부인의 제거 기회로 이용해, 자신의 침소에다 매골(埋骨) 방자를 하고, 자신의 음식에다 독약을 타게 하는 등의 자작극을 꾸며놓고 이를 3부인의 소행으로 뒤집어 씌워 3부인을 정부에서 출화(黜禍)를 받고 쫓겨나게 만든다. 황제가 황손 탄생을 경축하여 대사면을 단행하자 이 기회를 이용하여 전에 김후의 손가락을 잘라 간직해온 것을 증거로 국구 김탁·김후 부자와 초왕 일당이 하부를 반

역죄로 몰아 멸문지화를 일으킨 죄상을 밝혀 하진의 유배를 풀고 참지
정사 정국공을 봉해 환조케 한다. 신묘랑이 문양공주의 사주를 받아 경
숙혜 소생 아들을 납치해 감으로써, 경참정이 이 사실을 알리는 서간을
그에게 보내왔는데, 부친이 이를 보고 경숙혜 불고이취사실을 비로소
알아 그를 집에서 축출해버린다. 이로써 그는 부자윤의를 폐절당하고
취벽산 별유정 누실(陋室)에서 두문사객(杜門謝客)하고 회과자책(悔過自
責)하며 고행(苦行)을 함으로써 빈사지경(瀕死之境)에 이르게 된다. 황
제의 권유를 받고 부친이 사명을 내리자 비로소 귀가하고 조정에 나가
밀린 공사(公事)를 처리한다. 그간의 자책고행(自責苦行)으로 영웅호걸
의 기상이 변하여 도학군자의 품격(品格)을 이루었다. 윤부(尹府)에서
위씨 등이 하영주를 타살하여 농에 넣어 버리려는 것을 구출해 회생시
켜 본부 별춘정에 은신시킨다. 또 위씨 등이 자작극을 꾸며 광천형제를
조모를 살해하려 한 강상대죄에 빠트려 무고(誣告)하자 황제께 주청하
여 광천형제를 각각 남주와 양주로 유배시키도록 해 위·유씨의 독수에
서 벗어나게 해준다. 경숙혜를 제4부인으로 혼례를 올리고 맞아온 후,
잃어버린 4자의 존몰(存沒)을 걱정하며, 출화(黜禍)를 당한 윤·양·이
3부인을 걱정한다. 이어 경숙혜마저 납치를 당해 잃게 되니 4부인과 그
자녀들을 다 잃고 이제 실중(室中)에는 자신의 4부인과 그 소생자녀들
을 다 해(害)하여 없앤 문양공주만 남아 있어 환부(鰥夫)나 다름없는 신
세다. 이때 북적(北狄)이 모반하자 출정을 자원하여 평북대원수(平北大
元帥)가 되어 출정해 적장 갈상유 등을 베고 북번왕(北藩王)의 항복을
받아 북적을 안무하고 개선한다. 이때 구몽숙과 형왕 등이 정·진 2부
의 형제족당이 정천흥을 수괴로 하여 반역을 꾀하고 있다고 무고함으로
써 개선 회군 도중에 체포되어 압송됨으로써 정·진 양부가 멸문의 위
기에 처하게 된다. 결국 원비 윤명아의 격고등문(擊鼓登聞)으로 구몽숙

일당의 모해임이 밝혀져 북평공(北平公)에 봉작되고 또 이로써 문양공주와 김귀비 모녀가 신묘랑과 결탁하여 행한 모든 악사(惡事)가 드러나 그간 이산(離散)했던 윤·양·이·경 4부인과 목운영과 9창 등 10첩, 그리고 문양공주의 1녀 낭성을 제외한 현기 등 5남매가 모두 화란(禍亂)에서 벗어나 대단취(大團聚)를 이루게 된다. 이후 또 문양공주가 회과천선함으로써 천흥의 가정은 평화로운 시절을 만나 행복을 구가하게 된다. 그는 또 죽마고우(竹馬故友)였던 구몽숙에 대한 우정이 대단하여 자신을 반역의 수괴로 모함하여 멸문지화의 위기로 몰아넣었던 그를 황제께 역간하여 죽음을 사하여 형주·유주 안무사로 보내 공을 세워 갚게 하고 또 직접 찾아가 우정을 다해 충고함으로써 그를 개과천선하여 정인군자(正人君子)가 되게 한다. 뿐만 아니라 형주·유주를 선치하고 다시 그 죄가 논의되었을 때도 그를 두호(斗護)하여 가깝고 부요(富饒)한 땅인 소주로 유배토록하고 또 그 가족들을 잘 보살펴 주어 친구의 의리를 다한다. 돌아와 정인군자가 된다. 제국왕(齊國王)이 반란을 일으키자 출정을 자원하여 평제대원수가 되어 출병하여 적장 복삼철을 생금하고 또 적장 섭기정의 요술을 제요술로 제압하여 섭기정과 제왕·제왕비 팽씨 등을 처참하고 제국을 평정한 후, 이를 선치(善治)·교화(敎化)하고 개선(凱旋)한다. 개선도중 소주에서 적거중(謫居中)인 구몽숙을 만나고 부적(符籍)으로 몽숙을 괴롭히는 귀매(鬼魅)를 퇴치하여 편히 지낼 수 있게 해준다. 귀경(歸京)하여 평제왕(平齊王)에 봉왕(封王)되며, 황제가 취운산 정부(鄭府) 곁에다 평제왕궁을 창건해 하사하고, 경사에 거주하면서 봉국(封國)을 다스리게 하며, 또 대조(大朝)의 '병부상서대장군천하병마절제사(兵部尙書大將軍天下兵馬節制使)를 겸임케 하니 그 위권(威權)이 천하에 비할데 없다. 여기에 황제가 그의 공을 치하하여 정부에 사연사악(賜宴賜樂)하고 만조백관으로 더불어 즐기게 하니 정부의 영화가 하늘을 찌른다, 이후 평제궁에 안거(安居)하여 제국(齊國)의 정무는 도총사 복삼철 등에게 처결케 하고, 5부인 10희(姬)와 화락하여 24자 9녀를 두고 복록을 누린다.

● 진국공 정세흥

정연의 3자. 자(字) 여백. 작중에서 자·호를 따라 '여백' '죽암' 벼슬을 따라 '태우' '형부상서' '동월후' 등으로 호칭 또는 지칭된다.

천상 태창성의 환생으로 옥매선(소양씨)·월궁선(소염난)·봉난선(한희주)과 천정숙연에 따른 인연을 이룬다. 색욕이 조동(早動)하여 부친 몰래 대월루 창기 사오 인을 유정(有情)하며, 과거에 급제하고 춘방학사가 된다. 부친 친붕인 평장사 양필광의 차녀[소양씨]와 혼인하니 곧 형(兄)인 정천흥의 제2부인 양난염의 친동생이다. 구몽숙·형왕 일당에 의해 정천흥과 함께 반역죄로 무고되어 친국을 당하던 중 어전에서 격렬하게 항변하다 황제를 촉노(觸怒)하여 진영수와 함께 참수될 위기를 자초하기도 한다. 부인 소양씨의 초강(超强)한 성품을 제어(制御)하기 위해, 그 앞에서 시녀 월앵과 정사를 벌이고 월하선 등 4창을 불러들여 희롱하는가 하면, 그 패행(悖行)에 불순(不順)하는 월앵을 장살(杖殺)하기에 이르며, 부인을 무수히 질욕(叱辱)하고 온 가지로 폭행하여 사경(死境)에 이르게 하는 등 극심한 고통을 준다. 마침내는 부친 정연에게 발각되어 참혹한 장책(杖責)을 받고 4창과 선채로 한데 묶여 옥에 갇히는 혹독한 형벌을 받는다. 또 자신을 피해 모친 협실에서 지내고 있는 양부인을 모친이 없는 틈을 타 들어가 핍박하다가 잘못하여 칼로 가슴을 찔러 목숨을 위태롭게 만들고 구호하던 중 부인이 임신한 것을 알고 물러난다. 취운산에 올랐다가 여람백 성흠의 딸 성난화를 보고, 그녀가 던져준 금연(金鋋)을 받고 그리던 중, 난화가 노귀비를 움직여 황제의

사혼전지를 얻는데 성공하여, 난화를 재취로 맞게 된다. 이후 그는 난화
가 양부인을 투기해 요승 묘화와 결탁하여 제거하려 함으로써 참혹한
가란(家亂)을 겪게 된다. 즉 난화는 먼저 그를 요약을 먹여 실성(失性)
케 한 후, 시비 춘교 등을 또 요약으로 변신시켜 양부인이 간부와 간통
하는 장면을 연출케 하여 그의 의심을 촉발시킨다. 결국 이에 격분한 그
는 만삭의 양부인을 칼로 찌르는 만행을 저지른다. 또 양부인이 백형 천
흥의 구호로 회생한 뒤로는 더욱 난화가 먹인 요약에 실성하여 양부인
의 복중 아이가 간부(姦夫)의 아이라고 의심하여, 난화가 시키는 대로
양부인을 채화석(彩畵席)에 말아서 연못에 던져 죽인다. 한편 설유랑의
처소에서 우연히 전당태수 소한수(호: 계임)의 실리녀(失離女) 염난을
보고 그 미색에 혹해 부모를 찾아준 뒤 취할 뜻을 품고 있는데, 난화가
그 미모를 기리는 말을 듣고 염난을 잡아다가 타살하는 장면을 목격하
고 진노하여 시녀들의 목을 베어 던지며 난화를 수죄(數罪)한다. 그러나
요약이 든 찻물을 마시고 정신이 혼미해져 다스리지 못하고 병석에 누
워 있던 중, 부친 정연이 난화의 시비 춘교를 문초하여 난화의 모든 악
사를 밝혀낸 후 난화를 출거하고 세흥을 혹독한 장형(杖刑)을 가해 죽이
기에 이른다. 이 때 충비 월앵에게 구조되어 정양(靜養)하고 있던 양부
인이 형장(刑場)에 나와 세흥을 사면해 줄 것을 청해 죽음을 면하게 된
다. 그러나 병세가 위중(危重)해져 사경(死境)에 이르렀다가 양부인의
기도(祈禱)로 회생하기에 이르는데, 이 때 혼미 중에 넋이 하늘로 올라
가 상제(上帝)로부터 천서(天書)를 받아보고 자신이 양·소·한 3부인
과 천연(天緣)이 있음을 깨닫고, 또 천경(天鏡)을 보고 양부인의 화액
(禍厄)과 난화의 악사를 목격하고 깨어나 개과천선하고 정인군자(正人
君子)가 된다. 이후 동창왕의 반란이 일어나자 출정을 자원하여 부원
수가 되어 정벌에 나서 요괴(妖怪)의 변신인 차정계와 각각 사슴과 여

우의 변신인 녹발심·호술기 등의 요정(妖精)들을 대원수 윤희천의
제요술(除妖術)에 힘입어 모두 잡아 소살(燒殺)함으로써 동창국의 요
얼(妖孼)을 평정하고 개선(凱旋)하여 동월후에 봉작된다. 태주 선산
(先山)에 다녀오던 길에 취월암에서 한희주를 보고 동생 한희린에게
희주의 거처를 알려 모녀남매(母女男妹)가 천륜(天倫)을 단원(團圓)케
한 후, 윤희천의 주선으로 희주를 제3부인으로 맞아 천정숙연(天定宿
緣)을 이룬다. 또 진왕 울금서가 반역을 일으키자 부원수로 자원출정
(自願出征)하여 대원수 윤광천과 함께 진왕 울금서를 참살(斬殺)하고
진국을 평정하여 개선하여 진국공에 오른다.

● 초국공 하원광

하진의 제 4자. 윤현아의 남편. 작중에서 주로 '초공' 또는 '하승상'으
로 호칭 또는 지칭된다.

부친이 친붕(親朋) 윤현·윤수·정연 등으로 더불어 남강에서 선유
(船遊)하던 중 적룡(赤龍)으로부터 받은 보월패를 신물(信物)로 삼아 강
보(襁褓)유아(乳兒) 때에 윤수의 딸 윤현아와 정혼한다. 하진의 4자로
태어났으나 위로 원경·원보·원상 3형이 국구 김탁과 초왕 등의 모해
로 황제를 시해(弑害)하려한 반역죄에 얽혀 죽음을 당하고, 뒤에 그 동
생으로 환생(幻生)함으로써, 넷째아들인 그가 사실상 장자가 된다. 즉
김국구 부자와 초왕 등은 전에 부친에게 탄핵을 당한 것에 원한을 품고
하부(河府)를 반역죄로 씌워 제거하기 위해, 하원경 등이 입직하는 때를
타, 개용단(改容丹: 얼굴모습을 변형시키는 妖藥)을 먹고 원경·원보·
원상으로 변신하여 칼을 품고 황제의 침실에 돌입, 황제를 찌르는 시늉
을 하고 달아나 황제를 격동시킴으로써, 황제가 이를 원경 3형제의 소
행으로 믿어 입직(入直) 중인 3형제를 잡아다가 장살(杖殺)함으로써, 하

부는 하룻밤 사이에 3형제가 원사(冤死)하고 원경의 처 임선옥이 소식을 듣고 자결하는 참변을 겪는다. 이때 부친 하진은 하남 순무사로 나갔다가 잡혀와 서촉(西蜀)으로 유배되어, 일가가 부친의 적행을 따라 적소로 떠남으로써, 하부는 한 순간에 멸문지화를 입고 몰락하고 만다. 서촉 배소에서 살던 중 그의 혼기(婚期)가 다다르자 부친은 그의 정혼녀인 윤현아의 부친 윤수에게 편지를 보내 혼인을 청하며, 이에 윤수가 수천리 길을 멀다 하지 않고 딸 윤현아를 데리고 적소를 찾아와 그와 혼례를 올려준다. 그러나 간인(奸人) 구몽숙이 현아에게 음심(淫心)을 품고 혼사를 방해하기 위해 선산 소분(掃墳)을 핑계로 윤수 일행과 동행한다. 그리하여 소분을 마치고도 몰래 서촉까지 따라와, 요술로 변신하고 현아의 정부(情夫)를 가장해 밤중에 그를 습격하다 패해 도주함으로써 그는 현아를 음녀(淫女)로 의심해 신혼초야부터 박대한다. 한편 경사(京師)에서는 황제가 황손 탄생을 경축하여 대사면을 단행하는데, 정천흥이 이 기회를 이용, 국구 김탁·김후 부자와 초왕 일당이 하원경 형제로 변용하고 황제의 침실을 침범해 하부를 반역죄로 모해한 사실을 자백받아 하부의 무죄를 밝힘으로써, 황제가 김국구 등을 하옥하고 하진의 유배를 풀어 참지정사 정국공을 봉해 환조케 한다. 이로써 그는 부친과 함께 상경하여 과거에 장원급제하고 벼슬에 나간다. 그러나 이때까지 그의 현아에 대한 냉대는 계속되어 윤·하 양부 부모들이 현아의 비홍(臂紅)을 알게 되고, 부친이 그에게 부부 동실(同室)할 것을 엄히 경계함으로써, 비로소 합궁(合宮)하여, 현아가 임신을 하게 된다. 이때 초왕이 자신을 체포하기 위해 내려온 군사들을 감금하고 반역을 일으키자, 그는 원수를 갚기 위해 출정을 자원(自願)해 정초대원수가 되어 출병하고, 제요술(除妖術)로 적장 신법화의 호풍환우(呼風喚雨)하고 귀졸(鬼卒)들을 부리며 비검(飛劍)을 날리는 요술(妖術)을 제압, 신법화를 베고 초왕을 사로잡아 반역을 평정한다. 그리고 친히 초왕의 목을 베어 효수(梟首)하

고 염통과 간을 내어 죽은 삼형의 원수를 갚고 설제(設祭)하여 원혼을
위로한 후, 초국을 선치(善治)하고 회군한다. 개선(凱旋)하여 초평후에
봉작(封爵)되자, '봄에 급제하고 가을에 후작(侯爵)에 봉작됨'을 들어 작
상(爵賞)이 외람하다며 고사(固辭)하지만 받아들여지지 않는다. 귀가하
여 일가친붕들과 반기는 가운데, 정부(鄭府)로부터 누이동생 영주의 참
변 소식을 듣고, 부인 윤현아와 함께 정부 초하동 잠정으로 가 영주의
참혹한 모습을 보고, 누이를 이토록 참혹히 살해한 장모 유부인[하영주
의 시어머니] 등을 원수로 지목하여 질욕(叱辱)하며 그 딸 현아에게 영
주를 살려내라고 윽박지른다. 이에 앞서 윤부 유씨 등은 적장손(嫡長孫)
들이 창성하는 것을 시기해 이들의 살육(殺戮)에 혈안이 되어, 적장손
윤희천의 원비인 하영주를 무고히 철편으로 난타해 타살(打殺)하고 시
신을 궤(櫃) 속에 넣어 노복 충학에게 주어 남강에 버리도록 하는데, 정
천흥이 윤부 노복이 지고 가는 궤(櫃)를 수상히 여겨 이를 빼앗아 잠정
(蠶亭)으로 가 궤 속에 주검이 되어 들어 있는 하영주를 구출해 소생시
킨 후 이를 하부에 알린 것이다. 이에 윤현아는 모친 유씨의 악행에 연
좌되어 남편에게 욕을 당하면서도 영주를 정성을 다해 구병하여 회복시
킨다. 황제의 사혼(賜婚)으로 어매(御妹) 경안공주의 딸 연군주와 늑혼
하니 용모가 천하박색이고 행동거지가 광패하기 이를 데 없으나 성품이
간악(奸惡)하지 않음을 다행히 여겨 화락(和樂)하여 자녀를 둔다. 황제
의 능묘배알을 호행(護行)하였다가, 요도 신묘랑의 구출로 감옥을 빠져
나간 김탁·김후 부자가 손자 김중광과 함께 반역을 일으켜 황제의 길
목을 지켰다가 어가(御駕)를 침범하는 변란을 만난다. 이에 김탁을 현장
에서 참살(慘殺)하여 죽은 3형의 원수를 갚고 김후·김중광을 생포하여
반역을 평정하고 황제를 위기에서 구한다. 이로써 초국공에 승작(陞爵)
되어 20세에 벌써 공후(公侯)의 반열에 오르며, 뒤에 또 윤희천의 주선
으로 동월백 경철의 딸 경소저를 제3부인으로 맞아 혼인한다. 이후 벼

슬이 승상에 올라 황제의 지우(知遇)를 받는 가운데, 어버이를 성효(誠孝)로 섬기며 3부인과 화락하여 10자 4녀를 두어 가문을 창달한다.

● 중서사인 하원창

   정국공 하진의 제3자. 자(字)는 자균. 하원보의 환생(幻生)으로 하원경의 환생인 형 하원상과 쌍둥이[同胎雙生]이다. 정부 화원(花園)을 유완(遊玩)하다가 선취정에서 정연의 필녀(畢女) 정아주를 보고 그 아름다움을 사모하여 반려(伴侶)를 삼고자 한다. 그런데 황자(皇子) 오왕(吳王)이 양녀 설빈군주[성난화]를 위해 신랑감을 고르던 중, 정부에서 그를 보고 그 인품을 사랑하여 부친 하진에게 혼인을 간청하기에 이름으로써 마침내 그는 자기도 모르는 사이에 설빈군주와 정혼(定婚)이 되고 만다. 뒤에 자신이 설빈군주와 정혼이 되고 또 정부에서는 아주를 조현창의 아들과 정혼하려 하는 것을 알고, 일단 아주를 다른 곳에 시집가지 못하게 만들어 놓고, 자신은 비록 설빈과 혼인을 한다 하더라도 과거에 급제한 후는 재취가 가능하므로, 급제 후 아주를 재취할 뜻을 품는다. 그리하여 아주의 처소에 여러 차례 돌입하여 아주를 만나기를 시도하고 또 아주에게 서간을 보내 사모하는 뜻을 전하려 하지만 번번이 실패하고, 마침내는 아주가 타인의 빙폐(聘幣)를 받았다는 말에 속아, 절망 끝에 상사병(相思病)을 이뤄 병세가 위악(危惡)해져 사경(死境)에까지 이르게 된다. 이에 마지못해 정연이 아주와의 혼인을 허락함으로써 그는 병석을 털고 일어나게 되며, 먼저 설빈과 혼인한 뒤에 과거에 급제하고 나서 아주를 재취하려 한다. 이에 설빈과 혼례를 치렀는데 신부의 요악한 거동과 살기(殺氣) 띤 면모를 보고 절로 심신이 서늘해져 신혼 첫날부터 설빈을 멀리하고 박대한다. 또 전에 아주에게 보낸 서간이 부친에게 발각되어 부친으로부터 중장(重杖)을 받고 상처를 치료하느라 설빈과 떨어져 지낸다. 그러던 끝에 병을 회복하고 과거에 급제하고 중서사인(中書舍人)에 오르며 마침내 아주와의 혼인을 성취한다. 혼인 후 설빈이 요약으로 그를 변심시켜 아주에 대한 애정을 끊으려 하지만 요약이 치독(置毒)된 음식을 먹으면 곧 토하여 마음을 변치 않는다. 설빈의 청을 받은 오왕이 하부를 찾아와 원창이 설빈을 무고히 박대한다고 항의하자 부친의 엄책을 받고 설빈의 처소에 들어갔다가 서로 힐난한 후로는 아예 발길을 끊어 버린다. 또 황제가 오왕으로부터 원창이 설빈에 대한 박대가 심하다는 주청을 듣고 부친 하진에게 원창과 설빈의 금슬을 권하라는 당부를 하자, 부친이 다시 그에게 설빈의 처소에 머물 것을 엄명하는 데, 그는 부친의 명을 한사코 거역하다가 중장(重杖)을 받고 혼절하는 지경에 이르기까지 한다. 또 설빈 등의 작변으로 아주의 주검으로 둔갑된 유랑의 시신을 아주의 죽음으로 알아 장례를 치른 후는 더욱 설빈을 멀리하는데, 설상가상으로 이때 진종황제가 붕어함으로써 국상(國喪)까지 겹쳐 설빈과는 상면(相面)조차 않고 지내게 된다. 이에 설빈은 음욕(淫慾)을 참지 못해 남편 대신 시숙(媤叔)인 하원상에게 음심을 품고 밤에 원상의 처소에 돌입해 정을 맺기를 간청하다가 원상이 급히 피함으로써 무안(無顏)을 당하는 사건이 발생한다. 이로써 설빈은 부끄러움을 씻기 위해 시비 제앵을 꾀어 제앵에게 개용단(改容丹)을 먹여 자신의 모습이 되게 하고 자신은 원상의 모습이 되어 간통하는 장면을 연출한 후, 제앵을 죽임으로써 원상에게 제수(설빈)를 간통하다 죽인 살인죄를 씌운다. 또 설빈은 자신이 죽은 줄로 알고 시신을 찾아가기 위해 하부에 온 오왕세자를 스스로 개용단을 먹고 원창의 모습이 되어 칼로 찔러 죽임으로써 그를 또 살인누명을 씌워 원상과 함께 옥에 갇히게 만든다. 결국 정아주의 격고등문으로 설빈의 정체와 그 전전악사가 모두 드러남으로써 그는 형 원상과 함께 옥에서 풀려나 귀가하며, 이후 아주를 원비(元妃)로 세워 화락(和樂)한다. 뒤에 태학사 양유의 여(女)와 시중 위박의 여(女)를 제2·제3 부인으로 맞이하고 또 입장전(入丈前) 유정한 7창을 취첩(娶妾)하여 3부인 7첩으로 더불어 화락하니 처궁이 아름답기가 비할 데 없다. 이후 원창이 흉노를 쳐 대공을 세우고 벼슬이 일품에 거하던 설화가 "후록[윤하정삼문취록]"에 있다.

● 의열비 윤명아

충무공 윤현의 장녀. 월아선(月娥仙)의 환생(幻生)으로 젖먹이 때에 부친에 의해 '정천흥의 부친 정연이 남강에서 선유(船遊)하던 중 적룡(赤龍)으로부터 받은' 보월패를 신물(信物)로 삼아 정천흥과 정혼이 이루어졌다. 적장자(嫡長子)인 부친[윤현]이 금국(金國)에 사신으로 가 순국한 뒤, 후처세력(위부인은 윤현의 선친인 황노공의 후처다)인 계조모(繼祖母) 위씨와 숙모 유씨로부터 모친 조부인과 두 남동생 광천·희천과 함께 모진 학대를 받는다(조부인과 윤명아·광천·희천은 윤현의 처와 자녀들로 嫡長子孫들이다). 혼인을 앞두고 계조모 위씨 등이 위방을 교사하여 납치해 가게 하자 시비 주영으로 하여금 대신 잡혀가게 하고 자신은 남장(男裝)을 하고 피하였다가 여승 혜원에게 구조되어 취월암에 은신한다. 이때 정혼자인 정천흥이 장원급제하고 선영(先塋)에 소분(掃墳)하고 돌아오던 길에 취월암에서 명아를 보고 이를 윤부에 알림으로써 집으로 돌아오게 된다. 유씨 등이 또 구몽숙을 사주하여 그녀와 천흥의 혼사를 방해하는데, 천흥이 몽숙의 간계(奸計)에 속지 않음으로써 이를 잘 넘기고 마침내 천정숙연을 성취한다. 정천흥은 그녀 외에도 또 양난염과 이수빙을 제2·제3부인으로 맞아 혼인 하는데 둘 다 현숙한 부인들이어서 3인이 서로 화우(和友)하여 화목한 가정을 이룬다. 한편

그녀는 친정에 귀령(歸寧)하였다가 유씨 등으로부터 모친과 함께 독살
(毒殺)되고 또 칼로 난자(亂刺)당해 살해되는 참변을 겪고 시신이 농속
에 담겨져 유기(遺棄)될 위기를 겪는다. 그러나 마침 남편 정천흥이 윤
부 노복 형봉이 피 묻은 농을 지고 나가는 것을 수상히 여겨, 이를 빼앗
아 칼에 난자(亂刺)되어 육괴(肉塊)가 되어 농속에 들어있는 그녀를 구
출하고 회생단(回生丹)을 먹여 회생시킴으로써 죽음을 면하고 살아 시
가(媤家)로 돌아온다. 그런가 하면, 황녀(皇女)문양공주가 정천흥에게
하가(下嫁)한 후에는 황명(皇命)으로 양·이 부인과 함께 문양공주와 부
딪치지 않도록 정부별원(鄭府別苑)에 은신하여 지내게 되는데, 천흥이
조심경안광(照心鏡眼光)으로 공주의 요악(妖惡)한 성품을 꿰뚫어 보고
공주를 신혼 첫날밤부터 박대하자, 공주는 이를 윤·양·이 3부인 탓으
로 돌려 이들을 제거하려 함으로써, 그녀는 또 공주로부터 살해위기에
직면하게 된다. 공주는 먼저 최상궁과 모의해 3부인의 처소에 자객을
투입시켜 암살을 기도(企圖), 자객 장후걸을 구해 정부별원에 침투시켜
3부인을 살해토록 한다. 그러나 그녀가 주역(周易)을 보아 화액(禍厄)이
임박함을 알고 함정을 파놓아 자객이 이에 빠져 생포됨으로써 위기를
면한다. 또 공주가 갑자기 낙태(落胎)해 사산(死産)을 하게 되자, 공주
는 이 기회를 이용해 자신의 침소에다 매골방자를 행해 저주사건(詛呪
事件)을 조작하고 또 윤명아의 시비 녹섬을 매수해 독살사건을 꾸며, 3
부인에게 자신을 저주하여 낙태하게 하고 또 자신을 독살하려 한 죄를
씌워 황제께 무고(誣告)한다. 이로써 그녀는 양·이 부인과 함께 황명
(皇命)으로 정천흥과 절혼(絶婚)당해 출거(黜去)됨으로써 서로 헤어져
각기 친가로 돌아가게 된다. 그런데 위·유부인 등이 또 구몽숙·김귀
비[문양공주의 생모]와 결탁해, 친정으로 돌아오고 있는 그녀를 구몽숙
으로 하여금 납치해다가 북궁(北宮) 김귀비에게 넘겨주게 함으로써, 그

녀는 김귀비에 의해 북궁 후원에 있는 석굴(石窟) 속에 갇히게 된다. 이때 양난염도 친정에 머물다가 요도(妖道) 신묘랑에게 납치되어와 그녀와 함께 북궁 석굴에 갇혀 김귀비에게 고초를 겪게 되는데, 김귀비가 음식을 주지 않고 굶겨죽이려 함으로써 아사(餓死)될 위기에 처한다. 그러나 북궁 궁비 태섬이 의기를 발휘해 몰래 음식을 넣어 줌으로써 아사를 면한다. 이에 두 부인이 죽지않자 김귀비는 그녀들을 북궁 추경지 못에 빠트려 죽인다. 이때 취월암 혜원니고가 관음대사의 현몽을 받고 나와 수사(水死)한 두 부인을 구출해 회생시켜 운화산 활인사로 데려감으로써 그녀와 양부인은 활인사에 의탁하여 지내면서 둘 다 기이한 옥동자를 낳는다. 시비 주영을 혜원니고를 따라 보내 친가와 구가의 소식을 알아오게 하는데, 이때 주영이 혜원의 지시를 받아 운화산 초왕의 산정에 가 수품(繡品)를 파는 행상을 가장하여 초왕의 첩 박씨와 사귀고 이곳에서 형왕과 구몽숙 등이 요도(妖道) 신묘랑과 결탁해 정·진 양부를 반역죄로 무고하기 위해 꾸미는 흉계들를 엿들어 이를 기록해 혜원에게 전한다. 이에 혜원이 신묘랑을 생포해와 그 정체와 묘랑이 구몽숙·형왕 등과 결탁해 꾸미고 있는 흉계를 그녀에게 설명하고, 묘랑을 끌고 가 구몽숙 등에 의해 반역죄에 무고되어 멸문지화의 위기에 처해 있는 구가(舅家)를 구하도록 한다. 이에 그녀는 주영이 구몽숙 일당의 모의를 탐청한 기록을 지니고, 또 묘랑를 제요술(除妖術)로 제압해 도망치지 못하게 만들어 끌고 상경(上京)한다. 그리고 곧바로 황궁으로 가 격고등문하여 황제께 혈소(血疏)를 올려 구몽숙·신묘랑·형왕 등의 죄상을 밝히고 또 이들을 친국(親鞫)케 하여, 이들이 그간 여러 악류들과 결탁하여 행한 모든 악사를 실토하게 함으로써, 정·진 양부(兩府)의 역모 누명을 벗겨낸다. 그러나 이 과정에서 조모 위태부인과 숙모 유부인의 악사가 드러나게 된데 대한 미안함을 이기지 못해 어전(御前)에서 패도(佩刀)로

자결을 한다. 결국 그녀는 시아버지 정연과 남편 정천흥의 지극한 구호
로 회생하고 황제가 그 효열(孝烈)을 찬양하여 '절효의열현비(節孝義烈
賢妃)'의 정문(旌門)을 하사하고 위태부인과 유부인의 죄를 묻지 않음으
로써 영화로이 구가(舅家)에 복귀하여 천흥과 재합(再合)하고, 이산(離
散)했던 양·이·경 3부인과 현기 등 4남매와 상봉한다. 이후 남편 정
천흥이 여러차례의 출장입상(出將入相) 끝에 국가에 큰 공을 세워 평제
왕에 봉작됨으로써 그 위계에 따라 제국정비(齊國正妃)에 봉작되며, 천
형(天刑)으로 병세가 위중(危重)한 문양공주를 극진히 간병(看病)하여,
마침내 그 정성에 감동한 문양공주가 개과천선 함으로써, 5부인(윤명아·
양난염·이수빙·경숙혜·문양공주)이 서로 친자매처럼 우애하며 남편
정천흥과 화락하여 화목한 가정을 이루고 영화를 누린다.

● 숙렬비 정혜주

정연의 장녀. 일명 숙렬(淑烈). 부친과 윤광천의 부친 윤현에 의해 모
친 태중(胎中)에 있을 때에 광천과 혼인이 정해졌고 광천과 같은 날 출
생했다. 광천의 숙모 유부인의 흉계로 황태자의 후비로 간택되었다가
혈소(血疏)를 올려 훼절을 거부해 황제를 감동시키고 명성숙렬(明聖淑
烈)의 정문(旌門)을 받아 귀가하여 마침내 광천과 혼인을 성취한다. 이
후 시조모 위태부인과 시숙모 유부인 등에게 학대를 받으면서도 시어머
니 조부인의 지극한 사랑과 구호를 받으면서 시집살이를 해나간다. 위·
유부인 등이 남편 광천과 시동생 희천 등이 입번(入番)한 때를 타 존고
(尊姑) 조부인을 납치·살해하려하는 흉계를 탐지하고 초인(草人)을 만
들어 존고를 대신해놓아 대신 납치되어가게 하고, 존고는 후원(後園)에
은신시킨 후 남편이 출번(出番)한 후 존고의 친정인 옥화산 조부(趙府)

로 모셔가 안신케 한다. 신묘랑이 유부인 등의 사주를 받고 위방에게 납치해다 주려 하여 호표로 변신해 침실로 들어오자 정명지기와 제요가로 신묘랑을 제압, 여우 본형을 드러내게 하고 왼쪽 귀를 베여 증거를 삼고 그 죄상을 추궁하던 중 급보를 받고 달려온 위·유씨가 묘랑을 살려 보내게 한다. 또 위씨 등이 위방을 시켜 납치해가게 하자 정천흥의 군관 이곽으로 대신 납치되어가 위방을 징치하게 하고 자신은 옥화산 조부인에게로 가 피화한다. 유씨 등이 위씨 침소에 요예지물을 묻어 놓고 정혜주와 진성념이 시조모를 저주하여 이를 매설한 것이라 하여 강상대죄로 얽어 윤부 후원 연원정에 수계되어 기갈로 빈사지경에 이르렀으나 옥황상제께 묵축하여 생수를 얻어 마시고 생도를 얻는다. 그러자 유씨 등은 연원정보다 더 험한 누옥인 벽화정으로 옮겨 죽기를 고대하는데 여기서 옥동자를 낳는다. 유씨 등은 또 정혜주와 신생아를 제거하기 위해 유씨를 사(赦)해 침소로 보내놓고 신묘랑으로 하여금 정혜주로 변신하여 개용단을 먹고 광천의 제3부인 유교아로 변신하여 그 행세를 하고 있는 시비 금계를 죽인 뒤 정혜주가 투기로 동렬을 죽였다고 형부에 고장함으로써 결국 살인한 누명을 쓰고 광천과 절혼되어 장사로 유배를 떠나게 된다. 배소로 가던 중에 황릉묘(黃陵廟) 들러 참배하고 꿈에 이비(二妃)로부터 자신과 윤부(尹府)의 미래사에 대한 예언을 듣고 또 선다과(仙茶果)를 받아먹고 원기를 회복한다. 적소에서 혜주는 또 장사왕으로부터 납치위기를 겪는데, 이를 초인(草人)을 만들고 신병을 부리며 함정을 파 대비하는 등으로 여러 차례 위기를 넘기고 마침내는 목인(木人)으로 자신이 강물에 뛰어들어 죽는 모습을 연출하여 장사왕의 군사들을 속이고 탈신(脫身)함으로써 위기를 벗어난다. 이후 남복(男服)으로 유리하다가 장사 해월촌에서 계모로부터 타살될 위기에서 처한 남희주를 구출해 결약자매하고 또 운교역에서 화씨를 권도로 불고이취하였다가 남

편의 제4부인으로 천거하라는 비기(秘記)를 보고 평장사 화무의 장녀
빙화가 남편과 천정연분임 알고 화공의 간청을 뿌리치지 못해 장사 운
교역 화부에서 권도로 화빙화를 불고이취한다. 이렇게 화빙화와 혼인한
그녀는 장사(長沙)의 화부 취벽루에서 남희주와 함께 남장을 한 채로 지
내던 중, 건상(乾象)을 보고 남편 광천의 대액(大厄)이 임박함을 알고
또 화천도사의 도움을 받아 송진(宋陣)에 나가 참형에 처해지기 직전 남
편을 구출해 부부상봉하고, 광천이 다시 전장에 나가 장사왕의 반역을
평정한 후 황제의 사명(赦命)을 받아 광천과 함께 화공과 작별하고 영화
로이 귀경(歸京) 길에 올라, 황제로부터 또 명현효의숙렬정씨지문(明賢
孝義淑烈鄭氏之門)의 표창을 받고 구가(舅家)로 복귀한다. 이후 태부인
과 숙모를 지성으로 간병하며 마침내 위·유부인이 개과천선하고 병을
회복함으로써 윤부는 평화로운 시절을 맞게 되며 1자 몽룡만을 실리(失
離)한 채로 가족들이 대단취를 이루고 행복을 누리게 된다. 이후 종부
(宗婦)로서 내사(內事)를 총찰하며 가화(家和)에 주력하여, 친가에 머물고
있는 진부인을 돌아오게 해 부부단취(夫婦團聚)케 하고, 남희주와 화빙화
를 남편에 천거해 제3·제4부인으로 혼인을 주선하는가 하면 10창을 껴
안아 화목함으로써 당대 사대부들이 꿈꾸던 이상적 가정을 이룩한다.

● 숙성비 정아주

금평후 정연의 만득녀(晩得女). 천하무쌍(天下無雙)의 절염숙녀(絶艶
淑女)로 일찍이 하진의 3자 원창의 눈에 띤 바 되어 원창이 그 아름다움
에 반해 상사병을 이뤄 사경(死境)에 이르게 됨으로써 부친 정연이 마지
못해 원창의 재실(再室)로 혼인을 허락한다. 이에 하원창의 제2부인으
로 혼인하여 혼인 첫날 원비인 설빈군주와 상견례를 하는데, 뜻밖에도
설빈이 곧 오빠 세흥의 출거녀(黜去女) 성난화임을 보고 의아히 여기나

이를 내색치 않고 조심한다. 설빈은 그녀를 제거할 흉심을 품고 요도(妖道) 묘화와 연상궁으로 더불어 모의하여 요약(妖藥)으로 원창의 변심을 기도(企圖)하고 요예지물(妖穢之物)과 저주사(詛呪詞)로 방자를 행해 그녀를 죽이려 하지만 두 사람은 이를 잘 방비하여 모면한다. 그러나 설빈은 그녀를 제거하기 위해 집요하게 흉계를 꾸미고 악사를 자행한다. 그리하여 묘화로 하여금 그녀의 음식에 치독(置毒)하여 독살을 기도 하고 또 제전(祭奠)을 베풀어 그녀를 죽여 달라고 귀신에게 도축(禱祝)하기도 한다. 그러나 난화 일당의 이러한 기도는 그녀가 이를 방비해 요약이 든 음식을 먹지 않고 또 관음대사가 현성(顯聖)하여 묘화를 엄책(嚴責)하고 기도를 중단시킴으로써 실패한다. 이에 또 난화는 묘화를 시켜 그녀를 납치해오게 함으로써, 그녀는 만삭의 몸으로 혼침(昏沈)해 있는 가운데 묘화에게 납치당해 오왕궁 냉암정에 갇혀 죽게 될 위기에 처하게 된다. 그러나 냉암정 궁비(宮婢) 태섬의 도움으로 죽음을 면하고 또 무사히 출산하여 생남(生男)하며, 자신을 납치하여 이곳에 가두어 죽이려 하는 악류들의 정체를 파악한다. 마침내 설빈이 비자(婢子)로 변신한 채 춘교와 함께 자신을 죽이려고 냉옥에 들어오자 궁비 태섬과 함께 설빈 노주(奴主)를 생포하고, 남편의 위기가 급박함을 알고 대궐로 나가 격고등문(擊鼓登聞)하여 혈소(血疏)를 올려 설빈의 죄상을 밝힌다. 이로써 남편 원창과 시숙 원상의 살인 누명을 씻어 구가(舅家)의 위기를 구하고 정문표창(旌門表彰)과 '인열숙성비(仁烈淑聖妃)'의 봉호(封號)를 받아 영예로이 구가로 복귀한다.

● 하영주

정국공 하진의 딸. 윤희천의 원비(元妃). 부친과 친구 윤현은 각기 부인의 복중에 있는 태아(胎兒)들을 놓고 전에 남강선유(南江仙遊) 중에 윤현이 적룡으로부터 받은 명주(明珠) 한 쌍을 신물(信物)로 삼아 혼인 시킬 것을 약속한다. 그런데 윤현은 부인 조씨가 출산을 하기 전에 금국에 사신으로 가 순절함으로써 조부인은 유복자(遺腹子)로 아들쌍둥이를 낳게 된다. 부친은 그보다 한 달 뒤에 그녀를 낳아 윤현의 아우 윤수와 다시 전날의 약속을 지켜 그녀를 쌍둥이아들 중 동생인 윤희천과 정혼한다. 그녀가 어렸을 때 하부(河府)는 김국구·초왕 일당의 모해(謀害)를 받아 반역죄의 누명을 쓰고 세 오빠 원경·원보·원상이 죽음을 당하는 참변을 겪고 부친이 서촉(西蜀)으로 유배를 당해 일가가 모두 부친을 따라와 서촉에서 귀양살이를 하게 된다. 적소(謫所)에서 오빠 원광의 혼기가 다다르자 부친은 전에 경사에 있을 때 정혼해 두었던 친구 윤수의 딸 윤현아와 성례(成禮)를 하기 위해 편지를 보내 윤수에게 딸을 데려오게 해 혼례를 이뤄준다. 윤수는 아들을 두지 못해 윤현의 쌍둥이 유복자 중 동생 윤희천을 계후(繼後)하여 후사(後嗣)를 삼았는데, 이로써 그는 딸을 시집보내기 위해 수천리 길을 찾아와 부친과 함께 서촉에 머무는 동안 그녀를 며느리로서 지극히 사랑한다. 이때 간인(奸人) 구몽숙이 윤현아를 탈취하기 위해 윤수를 따라 서촉까지 와 변란을 짓다가 원광에게 패퇴(敗退)한 후, 또 그녀를 보고 음심(淫心)을 품어 요도(妖道) 신묘랑을 시켜 그녀를 납치해오게 한다. 이로써 그녀는 서촉에서 호표(虎豹)로 변신해 침입한 요도 신묘랑에게 납치되어 구몽숙에게 넘겨지며 구몽숙의 겁탈을 피해 달아나다가 시비(侍婢) 초벽과 함께 금사강에 투신자살을 한다. 그런데 이때 마침 정천흥이 태주 선산에 성묘하고 돌아오던 길에 금사강에서 선유하다가 널조각에 실려 떠내려 오는 그녀 노주(奴主)를 구해 결의남매(結義男妹)를 맺는다. 그리고 경사로 데려와 부모께 전말(顚末)을 고해, 자기 집에서 머물게 하고 하공의 적소로 사람을 보내 그녀의 구출소식을 알린다. 한편 서촉에서 그녀의 참변을 알고 귀가한 윤수는 정부(鄭府)에서 그녀의 생존소식을 듣고 그녀를 희천과 혼인시켜 며느리로 맞이한다. 이로써 그녀는 윤희천과 천정숙연을 성취하고 남편의 중대를 받지만, 부모가 보지 못한 혼인임을 미안히 여겨 친(親)을 맺지 않는다. 그러나 적장손(嫡長孫)들을 멸절(滅絕)시켜 윤부 종통(宗統)을 찬탈하려는 윤수의 모친 위태부인과 처 유씨 등으로 인해 이후 그녀는 남편의 형제들[윤광천, 윤희천]과 동서들[정혜주, 진성염]과 함께 이들에게 험한 노역과 채찍에 시달리며, 또 살해위기를 겪어가며 험난한 시집살이를 해나가게 된다. 그런 가운데 그녀는 친가의 누명이 벗겨져 부친이 유배에서 풀려나 참지정사 정국공에 봉(封)함을 받고 조정으로 돌아옴으로써 가족과 단원하고 비로소 남편과 금슬을 열어 임신을 하게 된다. 하원광이 평초대원수로 출정해 초왕의 반역을 평정하고 개선하자, 하부(河府)에서 윤현아를 보내 그녀의 귀령을 청하는데, 현아(유씨 소생)가 모친 유씨 등이 적자손(嫡子孫)들을 해(害)하느라 누만금의 가산(家産)을 다 탕진하고 곤고(困苦)한 생활을 하고 있는 것을 보고 악사(惡事)를 중단하고 개과천선(改過遷善)하기를 읍소(泣訴)하자, 유씨가 딸 현아에게 벼루를 던져 중상(重傷)을 입혀 보낸다. 그리고는 그 화풀이로 무고한 그녀를 철편으로 난타해 살해하고, 시신을 궤 속에 넣어 강물에 버리게 한 뒤, 시비 세월을 개용단을 먹여 그녀로 둔갑시켜 하부로 보낸다. 이때 정천흥이 길에서 윤부 노자 충학이 큰 궤를 짊어지고 힐난하는 것을 보고 의심하여 궤를 빼앗아 인근의 초하동 정부 잠정(蠶亭)로 가, 궤 속에 주검이 되어 들어 있는 그녀를 구출해 소생시킨 후 이를 하부에 알리게 한다. 이때 그녀는 임신 중이었는데, 하원광이 윤현아와 함께 잠정에 나와 그녀의 참혹한 모습을 보고, 장모 유부인 등을 원수로 지목하여 질욕(叱辱)하며 현아에게 영주를 살려내라고 윽박지른다. 이후 현아와 정천흥의 모친 진부인 등의 극진한 간병으로 회복

된 뒤, 정부 산정(山亭)인 별춘정으로 옮겨 은신한다. 이후, 위·유 부인 등의 모든 악사가 밝혀져, 2흉(二凶: 위·유부인)이 윤부 별장인 강정(江亭)에 연금되는데, 둘 다 천형(天刑)으로 창질(瘡疾)이 성하여 곳곳이 곪아 터져 악취가 심하기에 이르고 위 흉은 두 눈이 멀어 앞을 볼 수 없게 되고 유 흉은 두 귀가 먹어 들리지 않게 된다. 그녀가 이 소식을 듣고 위·유 부인을 간병(看病)하기 위해 병소(病所)에 갔다가, 유 흉의 칼에 난자(亂刺)되어 그녀는 또 목숨이 위태롭기에 이른다. 그러나 이를 염려하여 오빠 원광이 뒤를 따라갔다가 그녀를 구해 하부로 데려와 상처를 치료하게 한다. 이후 다시 시가(媤家)로 돌아갈 엄두를 내지 못하다가, 윤광천·희천 형제가 돌아와 성효(誠孝)로써 두 부인을 간병하여 개과천선(改過遷善)케 함으로써 윤부의 이산(離散)했던 가족들이 다 돌아와 대단취(大團聚)가 이루어질 때, 그녀도 구가(舅家)로 돌아가 윤희천과 재합하다. 이후 희천이 동창왕의 반란을 평정해 동평후에 봉작되고 벼슬이 승상에 올라, 남편의 성공에 따른 부귀를 함께 누리며, 재실 장부인[장설]과 화우(和友)하면서 행복하게 살아간다.

● 윤현아

윤수의 차녀. 하원광의 원비(元妃). 젖먹이 때에 부친에 의해 '하원광의 부친 하진이 남강에서 선유(船遊)하던 중 적룡(赤龍)으로부터 받은' 보월패를 신물(信物)로 삼아 하원광과 정혼이 이루어졌다. 유부인 소생으로 조모 위태부인의 친손녀이면서도 조모와 모친의 적장손(嫡長孫) 제거 흉계에 가담하지 않고, 오히려 적장손인 명아·광천·희천 남매들과 정이 더 깊다. 부친 윤수가 은주 순무어사로 나간 사이, 모친 유씨가 그녀의 정혼자인 하원광의 집안이 반역죄에 몰려 서촉에 유배되어 있어 죄인의 아들과 혼인하게 된 것에 불만을 품고, 권문가(權門家)와 혼사를 맺고자 하여 권신(權臣) 김국구(金國舅)의 아들 김중광과 혼인을 추진한다. 이에 김중광이 혼전에 신부의 미모를 직접 확인코자 하자, 모친이 중광을 시녀로 변장시켜 그녀의 방에 들여보내 친견(親見)케 한다. 그러나 이를 사전에 알고 남동생 희천으로 하여금 자신으로 변장하고 중광을 대하도록 한 후, 모친이 황제의 사혼전지를 구해 하원광과의 정혼을 파기하고 김중광과 혼인할 것을 강요 하자 남장(男裝)을 하고 집을 떠나 부친이 돌아올 때까지 윤부 별장인 강정(江亭)으로 피화한다. 부친이 귀가한 후 하진이 적소(謫所)에서 편지를 보내 성례(成禮)할 것을 청하여, 부친과 함께 서촉 하진의 적소로 가 원광과 혼인한다. 그러나 간인(奸人) 구몽숙이 그녀에게 음심(淫心)을 품고 혼사를 방해하기 위해 서촉까지 따라와 요술로 변신하고 밤중에 원광을 습격, 그녀의 간부(姦夫) 행세를 하고 도주한다. 이로써 원광이 그녀를 음녀(淫女)로 의심해 신혼초야부터 박대를 받는다. 시아버지 하진이 유배에서 풀려 시가(媤家)가 경사로 돌아오고 남편 하원광이 과거에 장원급제하고 벼슬에 나간다. 그러나 이때까지 원광의 그녀에 대한 냉대는 계속되어 윤·하 양부 부모들이 그녀의 비홍(臂紅)을 알게 되고, 하진이 원광에게 부부 동실(同室)할 것을 엄히 경계함으로써, 비로소 원광이 의심을 풀고 부부가 합궁(合宮)하여, 그녀는 '두 마리의 기린이 구슬을 희롱하는' 꿈을 꾸고 잉태하여 아들 쌍둥이를 낳는다. 초왕이 반란을 일으키자 하원광이 평초대원수가 되어 출정하였는데, 초왕의 반란을 평정하고 개선(凱旋)한다는 소식이 이르자, 동생 윤희천과 혼인한 시뉘 하영주에게 오빠의 승전입공(勝戰立功)하는 기쁨을 함께 누리도록 해주기 위해, 친정에 영주의 귀근(歸覲)을 청하러 갔다가, 모친 등(조모 위태부인·모친 유부인·언니 윤경아 三凶)이 적자손(嫡子孫)들을 멸절(滅絶)시키려는 악업(惡業)에 누만금의 가산(家産)을 다 탕진하고 누추한 옷을 입고 지내는 것을 보고

악사(惡事)를 중단하고 개과천선(改過遷善)하기를 읍소(泣訴)하다 벼루
등으로 맞아 중상(重傷)을 입고 돌아온다. 한편 유씨 등은 하영주를 무
고히 철편 등으로 난타(亂打)해 참혹히 타살하고 궤에 넣어 노복 충학에
게 주어 남강에 버리도록 하고, 시비 세월을 개용단(改容丹)을 먹여 하
영주로 변신시켜 하원광의 개선(凱旋) 입경(入京)하는 날에 맞춰 하부로
보낸다. 이에 하영주로 변신한 세월은 하원광의 개선으로 하부가 손님
맞이로 분주함을 보고 병을 칭탁하고 조용한 방에서 홀로 지내다가 밤
에 도주하여 윤부로 돌아가 버림으로써, 하부에서는 영주의 행방을 몰
라 찾던 중, 정부(鄭府)로부터 영주가 참변을 만난 곡절을 듣게 된다.
이에 앞서 정천흥은 윤부 노복이 궤(櫃)를 지고 가는 것을 수상히 여겨
이를 빼앗아 궤 속에 주검이 되어 들어 있는 하영주 구출해 소생시킨 후
이를 하부에 알리게 하는데, 이 소식을 듣고 하원광은 그녀와 함께 정부
초하동 잠정으로 가 동생 영주의 참혹한 모습을 보고 장모 유부인 등을
원수로 지목하여 질욕(叱辱)하며 그녀에게 영주를 살려내라고 윽박지른
다. 이에 그녀는 모친의 악행에 연좌되어 남편에게 욕을 당하면서도 영
주를 정성을 다해 구병하여 회복시킨다. 남편이 황제의 사혼(賜婚)으로
경안공주의 딸 연군주를 재취(再娶)로 맞아들이자 천하 추녀(醜女)이고
행동거지가 광패(狂悖)하기 이를 데 없는 그녀를 감화시켜 서로 화목하
게 지내며, 또 제남(弟男) 윤희천의 중매로 남편이 경소저를 삼취(三娶)
로 맞아들이자 경소저와도 화우(和友)하여 화목한 가정을 이룬다. 이후
원광이 초국공(楚國公) 승상(丞相)에 이르도록 벼슬이 높아져, 승상부인
의 위(位)에 올라, 연·경 2부인으로 더불어 남편과 화락하며 부귀를 누
린다.

● 임몽옥

참정 임광의 여(女). 하진의 제2자 하원상의 원비. 전신(前身)인 임선옥의 환생으로 전생에서 남편 하원경(하원상의 전신)이 반역죄를 쓰고 원사(寃死)하자 남편을 따라 자결하였다가 부부가 동시에 그 부모의 몸에서 다시 태어나 각각 몽옥과 원상으로 환생하였다. 임·하 양가에서는 태몽을 통해 이 같은 환생사실을 알고 둘을 다시 혼인시켜주기 위해 아이 때에 정혼해 두었다가 혼기가 다다르자 혼인시키려 한다. 그런데 계조모 목태부인이 부친을 핍박하여 자신의 외손녀이자 만고의 악녀 추물(醜物)인 주애랑을 그녀와 바꾸어 원상과 혼인시키도록 강요함으로써 애랑이 그녀를 가장하여 원상과 혼인하게 된다. 그러나 곧 애랑은 그 정체가 탄로나 하부에서 출화(黜禍)를 받고 쫓겨오게 되는데, 이를 몽옥이 원상과 밀통하여 당한 일이라고 무고해 목태부인으로부터 철편으로 무참히 난타당하는 곡경(曲境)을 겪는다. 이때 부친 임참정은 왜국으로 사행(使行)을 떠나 돌아오지 않았는데 이 틈을 타 목태부인은 몽옥을 타처로 시집보내 하가와 인연을 끊고 다시 참정을 핍박하여 애랑을 하가(河家)로 보낼 흉심으로 몽옥을 자신의 조카인 목표에게 후취로 시집가도록 핍박한다. 이에 그녀는 조카 임한을 여장(女裝)을 시켜 목표와 혼례를 올리도록 하고 자신은 외가인 강부(姜府)로 가 피화(被禍)해 있다가 부친이 귀국한 뒤 하원상과 결혼하여 천정숙연을 성취한다.

● 양소저

정세흥의 원비(元妃). 평장사 양필광의 차녀. 이름이 없이 양난염의 동생이라는 뜻으로 '소양씨(小楊氏)'로 지칭된다. 천상 '옥매선'의 환생으로 천정숙연(天定宿緣)에 의해 '태창성'의 적강인 정세흥의 원비(元妃)

로 혼인하며, 절염숙녀(絶艶淑女)로 구고(舅姑)로부터 사랑을 받지만 성품이 초강(超强)하여 남편과 불화한다. 세홍이 그 초강(超强)한 성품을 제어(制御)하기 위해, 침실에서 그녀를 붙잡은 채로 시녀 월앵과 정사를 벌이고 월하선 등 4창을 불러들여 희롱하는가 하면, 자신에게 불순(不順)하는 월앵을 장살(杖殺)하기까지 하며, 또 그녀를 무수히 질욕(叱辱)하고 온 가지로 폭행하여 사경(死境)에 이르게 하는 등 궁극히 괴롭힌다. 마침내는 부친 정연에게 발각되어 세홍은 참혹한 장책을 당하고 4창은 출거되며 그녀는 존고(尊姑) 진부인의 처소에서 병을 조리하면서 세홍을 보기를 한사코 피한다. 그러던 중 세홍이 또 진부인이 없는 틈을 타 협실로 들어와 그녀를 핍박하다가 잘못하여 칼로 가슴을 찔러 목숨이 위태로운 지경에 이르렀으나 시숙 정천홍과 언니 양난염 등의 구호로 회생 한다. 세홍이 성난화를 재실로 맞아 혼인한 후에는 또 난화의 투기를 만나, 난화가 요약으로 세홍의 마음을 변심시키고 시비 춘교 등을 얼굴을 변용시켜 간통극을 연출케 해 세홍을 의심케 함으로써, 만삭의 몸으로 세홍의 칼에 찔려 목숨이 위태롭게 되기도 한다. 그런가하면 또 세홍이 난화가 먹인 요약에 더욱 실성(失性)하여 임신 중인 아이를 '간부의 씨'라고 의심하여 난화가 시키는 대로 그녀를 채화석(彩畵席)에 말아서 연못에 던져 죽이기까지 하는 수난을 당한다. 그러나 충비 월앵에 의해 물에서 구출되어 회생하고 낙양후 진공의 집에서 정양하던 중에 존구(尊舅) 정연이 난화의 시비 춘교를 문초하여 난화의 모든 악사를 밝혀낸 후 난화를 출거하고 세홍을 혹독한 장형(杖刑)을 가해 세홍이 장사(杖死)하기에 이르렀다는 전언을 듣고 형장(刑場)으로 나가 사면을 청해 세홍을 죽음의 위기에서 구한다. 그러나 세홍이 요약에 몸이 상해 병세가 날로 위중해져 사경에 이르자 이번에는 북두성에 기도하여 마침내 회생시키기에 이른다.

반동인물

● 위태부인

　윤수의 모친. 별명 위흉(魏凶). 남편 윤노공과 정실 황부인이 기세하고 또 황부인 소생 적장자(嫡長子)인 윤현마저 사행(使行)을 가 금국에서 순절(殉節)한 뒤, 윤문(尹門) 종통(宗統)을 자신이 낳은 아들 윤수로 하여금 계승케 하기 위해, 자부(子婦) 유씨와 동모(同謀)하여 윤현의 처 조부인과 그 소생 광천·희천·명아를 제거할 흉심을 품고, 이들에 대한 갖은 학대와 폭력을 일삼는다. 그러나 정작 아들 윤수는 선형(先兄)에 대한 존경심이 남다르고 우애가 독실하여 형수 조부인과 그 자녀들을 극진히 보살피며, 선형의 쌍둥이 유복자 중 장자 광천으로 종손(宗孫)을 삼아 선형의 종통을 잇게 하고, 차자 희천을 계후(繼後)하여 자신의 후사(後嗣)를 삼음으로써 종계(宗系)를 세워 놓는다. 그러나 성품이 소활(疏闊)하여 그녀와 처 유씨가 종통(宗統)을 찬탈하기 위해 선형의 유족들(조부인과 광천·희천·명아)을 제거하려고 꾸미는 흉계들을 전혀 깨닫지 못하며, 그녀와 유씨 등은 이러한 그를 두려, 주로 그가 외직(外職)에 나간 때나 그를 아예 요약(妖藥)을 먹여 어림장이를 만들어 놓고, 거리낌 없이 조부인과 그 자녀·자부들에 대한 악행을 저지른다. 그리하여 명아가 정천흥과 혼인하는 것을 방해하기 위해 자신의 서질(庶姪)인 위방으로 하여금 조부인을 죽이고 명아를 겁탈해 가게 하는가 하면, 간인(奸人) 구몽숙으로 하여금 명아의 간부행세를 하게 하여 둘 사이를 이간한다. 또 조부인과 광천·희천에게 온갖 천역을 시키고 밥을 굶기며 철편으로 난타하여 빈사지경에 이르게 하고, 조부인에게 독약을 먹여 벙어리가 되게 하며, 윤명아를 칼로 난자하여 주검을 만들어 농속

에 넣어 버리기까지 한다. 적장손(嫡長孫)의 번성을 막기 위해 광천·희
천 형제의 부부동실(夫婦同室)을 엄금하여 임신 자체를 원천봉쇄하려 하
며, 이를 위해 광천·희천의 부인들 곧 정혜주·진성염, 하영주·장설 등
을 그녀와 유씨의 시봉(侍奉)을 핑계로 자신들의 침소 협실에 감금해 두
고 주야 자신들의 곁을 떠나지 못하게 하여 온갖 천역(賤役)을 시켜 핍
박하며, 맥죽(麥粥)과 더러운 재강(滓糠)을 주어 연명시킨다. 이로써 조
정대신(朝廷大臣)으로써 환거(鰥居)의 고통을 견디다 못한 광천이 의식
지절(衣食之節)의 고초를 말하며 부인을 사실(私室)로 보내주기를 호소
하자 가혹한 태장(笞杖)을 가해 이를 억누른다. 또 유씨 등과 동모(同謀)
하여 자신의 침소에 요예지물을 묻어 놓고 정혜주와 진성염이 시조모를
저주하여 이를 매설한 것이라 하여 강상대죄(綱常大罪)로 얽어 후원 비
실(鄙室) 연원정에 수계(囚繫)하고 물과 음식을 끊어 아사(餓死)케 한다.
그러나 정혜주가 옥황상제께 묵축(黙祝)하여 생수를 얻어 죽지를 않자,
연원정보다 더 험한 누옥(陋屋)인 벽화정으로 옮기며, 여기서도 죽지를
않자, 이번에는 따로 분리하여 하수(下手)하기 위해 먼저 진성염을 사
(赦)하여 그 침소로 보냈다가 성염에게 그녀와 윤수를 독살하려 한 강상
대죄를 씌워 남편 광천더러 그 죄를 다스리라고 핍박하여 광천으로 하
여금 성염을 장살(杖殺)케 한다. 또 정혜주를 사(赦)해 사침(私寢)으로
보내놓고, 신묘랑을 시켜 '광천의 셋째부인 유교아 살인극'을 꾸며놓고
(사실은, 이보다 앞서 유교아는 윤광천의 박대를 받고 음욕을 참지 못해
시비 금계를 개용단을 먹여 자신으로 변신시켜 놓고 도주해 장사왕에게
개가하였는데, 신묘랑이 정혜주로 변신하여 요약에 치독되어 어림장이
가 되어 있는 윤수 앞에서 이 유교아의 변신인 금계를 죽여 놓고 유교아
를 죽였다고 한 것이다), 정혜주에게 살인죄를 씌워 형부에 고장함으로
써, 마침내 혜주가 살인누명을 쓰고 광천과 절혼(絶婚)되어 장사로 유배

를 떠나게 만든다. 윤희천의 재실 장설이 그녀가 유씨와 함께 자신을 거
부(巨富) 설억에게 은자 오백 냥을 받고 팔아넘기려 한 것을 들어 그 실
덕을 간하자 노(奴)를 참지 못해 칼로 찔러 죽여 놓고, 이를 희천이 박
대하여 자문이사(自刎而死)한 것으로 죄를 희천에게 뒤집어씌운다. 또
광천형제에게 강상대죄를 씌워 사죄(死罪)에 몰아넣기 위해, 신묘랑과
노복 태복에게 개용단을 먹고 광천·희천으로 변용케 해 자신을 찌르고
달아나게 하고, 이를 윤부를 방문하여 묵고 있는 윤수의 재종형 윤단 등
에게 목격케 하여 광천·희천 형제를 조모를 살해하려한 강상대죄에 빠
트린다. 그리고 흉측한 걸인복색으로 어전에 나가 광패한 언행으로 광
천·희천 형제를 무고한다. 그리하여 광천·희천이 강상대죄인(綱常大
罪人)이 되어 적소로 떠나면서 그녀와 유씨에게 대죄(待罪)하자, 광천
형제를 노복 태복을 시켜 혹독한 태장을 가해 죽음 직전에까지 이르게
한다. 이후 광천·희천형제가 유배되어 떠남으로써 녹봉도 끊기고 그간
신묘랑을 끼고 갖가지 악사를 저지르느라 가산을 모두 탕진하여 가세가
기울자 노복들이 배반하여 명을 듣지 않고 제멋대로 가옥들을 헐어 목
재와 기와 등을 팔아 재산을 편취함으로써 생활이 극도로 곤고해지고
윤부가 황폐하기에 이른다. 윤명아의 격고등문(擊鼓登聞)으로 그간 조
부인과 그 소생 자손·자부들에게 가해온 모든 악사들이 드러나 비복들
이 참형을 당하고, 그녀도 유부인과 함께 강정에 수계(囚繫)되기에 이른
다. 이후 가세가 궁핍해져 노복들이 도망함으로써 곤고한 생활을 하던
중에, 신상에 괴질(怪疾)이 생겨 두 눈이 폐맹(廢盲)하기에 이르며, 광
천희천 형제가 돌아와 다시 옥누항 본가로 옮겨, 출천(出天)한 효성으로
치병(治病)에 전력하여, 마침내 위·유씨가 그 성효에 감복하여 개과천
선함으로써, 병을 회복하고 윤부(尹府)의 대단취(大團聚)를 이뤄, 자손
들의 영효(榮孝)를 받아 행복한 여생을 보낸다. 특히 황제가 그녀의 탄

일(誕日)을 맞아 손자 광천・희천 형제의 위국충정(爲國忠情)과 위친성
효(爲親誠孝)를 찬양하여 윤부에 3일 대연(大宴)과 어원풍악(御苑風樂)을
하사(下賜)하여 일가친당(一家親黨)과 문무공경(文武公卿)이 한데 모여
음주가무(飮酒歌舞)로 즐기게 하니 윤부의 영화(榮華)가 비할 데 없다.

● 유부인

태우 윤수의 처. 별명 유흉(柳凶). 적장자(嫡長子)인 시숙(媤叔) 윤현
이 금국에 사행(使行)을 가 순국하자 시모(媤母) 위태부인과 동모하여
윤부 종통(宗統)을 남편에게 돌려 가권(家權)을 장악하기 위해 윤현의
처 조부인과 그 소생 광천・희천・명아를 모두 제거하려고 한다. 이를
위해 친딸 윤경아와 투현질능(妒賢嫉能)하는 간인(奸人) 구몽숙, 천하음
녀(天下淫女)인 질녀 유교아, 재욕(財慾)의 화신(化神)인 요도 신묘랑 등
과 결탁하여 온갖 변란을 일으킨다. 즉 명아의 혼사를 방해하기 위해 위
방과 구몽숙으로 하여금 납치 또는 간부행세를 하게 하는가 하면, 조부
인과 광천・희천에게 온갖 천역을 시키고 밥을 굶기며 철편으로 난타하
여 빈사지경에 이르게 하고, 조부인에게 독약을 먹여 벙어리가 되게 하
며, 윤명아를 칼로 난자하여 주검을 만들어 농속에 넣어 버리기까지 한
다. 그런가 하면 친딸 현아를 적거죄인(謫居罪人)의 아들로 서촉 수졸
(戍卒)이 되어 있는 하원광과 혼인시킬 수 없다 하여 권신(權臣) 김후의
장자 김중광과 혼인시키기 위해 김중광을 여장(女裝)을 시켜 현아의 방
에 들여보내 친견(親見)케 하고 또 김귀비를 통해 황제의 사혼전지를 얻
어 강제로 혼인시키려 하지만, 현아가 광천 형제의 도움을 얻어 강정에
피화함으로써 실패한다. 또 광천의 정혼녀 정혜주를 재종간(再從間)인
유황후(劉皇后)를 통해 황태자의 후궁으로 천거해 광천과의 혼인을 방
해하기도 한다. 구몽숙으로 하여금 정부에서 출화를 입은 윤명아를 납

치해 북궁 김귀비에게 넘겨주도록 한다. 또 위씨 침소에 요예지물을 묻어 놓고 정혜주와 진성념이 시조모를 저주하여 이를 매설한 것이라 하여 강상대죄로 얽어 윤부 후원 연원정에 수계되어 기갈로 빈사지경에 이르게 하지만, 혜주가 옥황상제께 도축하여 생수를 얻어 죽지를 않자 연원정보다 더 험한 누옥인 벽화정으로 옮겨 죽기를 죄며, 또 신묘랑으로 하여금 정혜주로 변신하여 개용단을 먹고 광천의 제3부인 유교아로 변신하여 그 행세를 하고 있는 시비 금계를 죽인 뒤 정혜주가 투기로 동렬을 죽였다고 형부에 고장함으로써 결국 살인한 누명을 쓰고 광천과 절혼되어 장사로 유배를 떠나게 만든다. 조부인과 그 소생자녀들을 제거하기 위해 신묘랑에게 가산을 다탕진하여 제사를 철폐하는 지경에 이르며 옷이 없어 누더기 옷을 입어야 하는 처지에 놓인다. 귀근 온 친녀 현아가 모친의 개과천선을 간하자 벼루를 던져 현아에게 중상을 입히며, 또 하부에서 하영주의 귀근을 청하자 영주를 철편으로 난타해 살해하고 시신을 궤 속에 넣어 물에 띄워 버리게 하고 시비 세월을 개용단을 먹여 하영주로 둔갑시켜 하부로 보내고 밤에 도망 오게 한다. 또 희천의 재실 장설을 거부 설억에게 오백금을 받고 팔려다가 장부인이 이를 알고 직언으로 그 실덕을 간하자 칼로 찔러 죽여 놓고는 희천의 구박을 받고 자결하였다고 거짓말을 한다. 광천형제 제거 흉계에 가담해 신묘랑과 함께 개용단을 먹고 신묘랑은 광천으로 자신은 희천으로 변용하여 칼을 들고 위씨의 처소인 경희전에 난입하여 위씨를 찌르는 시늉을 하고 달아나며 그 모습을 마침 윤부를 방문하여 묵고 있는 윤수의 재종형 윤단 등이 목격하게 하여 광천 형제를 조모를 살해하려한 강생대죄에 빠트린다. 또 강상대죄인이 되어 대죄(待罪)하는 광천 형제를 위씨 등의 명을 받아 참혹하게 태장을 가해 죽음 직전에 이르게 한다. 또 공차관을 매수하고 자객을 구해 유배를 떠나는 광천형제를 죽이게 한다. 이후 광천·희천형제가 유배되어 떠남으로써 녹봉도 끊기고 그간 신묘랑을 끼고 갖가지 악사를 저지르느라 가산을 모두 탕진하여 가세가 기울자 노복들이 배반하여 명을 듣지 않고 제멋대로 가옥들을 헐어 목재와 기와 등을 팔아 재산을 편취함으로써 생활이 극도로 곤고해지고 윤부가 황폐하기에 이른다. 이러한 속에서도 장녀 경아를 위해 가옥을 헐어 팔아 신묘랑의 욕심을 채워주어 묘랑으로 하여금 상서 석준(경아의 남편)의 재실 오씨를 납치해 살해케 하고 또 석준의 음식에 변심하는 약을 타 변심시켜 경아를 혹애(惑愛)하게 해 시가로 돌아가게 한다. 윤명아의 격고등문으로 그간 조부인과 광천형제와 그 처들, 그리고 명아에게 가해온 모든 악사들이 드러나 수족처럼 부리던 비복들이 참형을 당하고 황명으로 강정에 수계되어 곤고한 나날을 보내게 된다. 설상가상으로 신상에 괴질이 생겨 온몸에 창질이 성하여 곳곳이 곪아 터져 악취가 심하기에 이르고 두 귀가 먹어 들리지 않기에 이른다. 하부인이 소식을 듣고 간병을 위해 병소에 이르자 증오심으로 칼로 찔러 목숨을 위태롭게 하기에 이른다. 이러한 중에 광천희천 형제가 돌아와 유부인의 죄를 사면받아 다시 옥누항 본가로 옮기고 출천(出天)한 효성으로 치병(治病)에 전력하지만 광천형제에 대한 증오심이 가라앉지를 않아 다시 희천에게 상해를 입히는 등의 패악을 서슴치 않는다. 남편 윤수가 교지참정 임기를 마치고 돌아와 그간 참혹했던 가변을 겪음과 그 원흉이 유부인임을 알고 부부윤의를 폐절하고 독살(毒殺)하려 하자 이를 희천이 죽기로써 만류하여 구하고, 또 병세가 더욱 위중해져 사경에 이르자 칼로 팔을 찔러 생혈로 구병하고 또 혈서를 써 하늘에 도축(禱祝)하는 출전지효를 행하는데, 마침내 빈사상태(瀕死狀態)에서 신몽(神夢)을 얻고 천경(天鏡)의 신이를 통해 자신의 모든 악사와 희천의 이 같은 성효를 보고 개과천선함으로써 윤부는 가란이 종식되고 평화로운 시절을 만나 이산했던 가족들이 대단취를 이루게 되며 자손들의 영효를 받으며 행복한 여생을 보낸다.

● 문양공주

　황녀. 후궁 김귀비 소생. 평남대원수 정천흥이 운남을 평정하고 개선하는 위의를 보고, 매혹되어 상사병을 이뤄 병세가 위태한 지경에 이른다. 진종황제는 정천흥이 이미 윤명아 · 양난염 · 이수빙과 혼인하여 3부인을 두고 있음을 알고 있고 또 정연 · 정천흥 부자의 고사(固辭)에도 불구하고, 딸을 위해 천흥을 부마도위로 간택하고, 정부(鄭府) 곁에다 문양궁을 창건하여, 천흥을 공주와 강제로 혼인 시킨다. 그리고 3부인은 조용한 당사(堂舍)를 마련해 주어 은신(隱身)해 지내게 한다. 정천흥은 첫날밤에 '조심경안광(照心鏡眼光)으로 공주의 불현(不賢)한 심성을 꿰뚫어보고 이를 불행히 여겨 칭병(稱病)하고 합궁(合宮)을 피하며 외친내소(外親內疎)한다. 이에 그녀는 이를 천흥의 윤 · 양 · 이 3부인 탓을 삼아 자객을 보내 정부별원(鄭府別苑)에 은신중인 3부인을 살해하려 한다. 그러나 윤부인이 역점(易占)을 쳐 화액(禍厄)이 임박함을 알고 함정을 파놓아 자객이 이에 빠져 생포됨으로써 실패한다. 이에 공주는 자신의 어진 덕을 드러내기 위해, 황제께 청해 3부인을 옛 처소로 돌아가도록 하고, 또 입궐하여 황제와 귀비에게 비홍(臂紅)을 보이며 천흥의 박대를 호소한다. 이에 황제가 금평후 정연(정천흥의 부친)을 불러 교자(敎子)를 당부하기에 이르며, 마침내 천흥이 황제의 당부를 뿌리치지 못해 합궁함으로써 그녀는 임신을 하게 되지만 산통(産痛) 끝에 사산(死産)하고 만다. 그런데 그녀는 이를 3부인을 제거할 호기(好期)로 이용, 자신의 침소에다 매골방자를 행하고 이를 3부인의 소행으로 돌려 자신의 낙태사산(落胎死産)이 윤 · 양 · 이 3부인의 저주(詛呪)로 인한 것이라고 무고(誣告)한다. 또 윤 · 양부인의 시비들을 매수, 독살극(毒殺劇)

을 꾸며 이를 3부인의 소행으로 무고해, 황명을 빌어 3부인을 정부에서 출거(黜去)토록 한다. 그리고 구몽숙·신묘랑을 시켜 윤·양 2부인을 모친 김귀비의 궁인 북궁으로 납치 해다가 석굴 속에 가두고 굶겨 죽이 도록 하며, 또 신묘랑으로 하여금 정현기 등 윤·양·이 3부인의 아들 들 까지도 납치해 오게 하여 암약(暗藥)을 먹여 벙어리를 만들어 강물에 버리게 한다. 또 신묘랑이 천흥의 경숙혜 불고이취 사실과 그 소생 아들 까지 두고 있는 사실을 탐지해 알려줌으로써, 묘랑으로 하여금 경숙혜 의 유아를 납치해오게 하고 궁노 여환을 시켜 강물에 넣어 죽이도록 한 다. 또 묘랑을 시켜 경숙혜를 모친 김귀비의 처소인 북궁으로 납치해오 게 하여 최상궁 등과 함께 참혹히 타살(打殺)하고 궁비 태섬으로 하여금 시신을 추경지 못에 버리게 한다. 또 신묘랑을 시켜 목운영을 문양궁으 로 납치해오게 하여 타살하고 궁감 한충에게 주어 강물에 버리게 하며, 또 9창의 초실(草室)에 방화하여 9창을 소사(燒死)케 한다. 한편 임신 (姙娠)하여 딸을 낳으니 용모가 기이하고 좌·우 팔에 '낭성(狼星)'·'월 녀(月女)'란 글자가 새겨져 있다. 그러나 정부 종통을 자기 소생(所生)으 로 잇게 할 흉심으로, 마침 최상궁의 오라비 최형의 첩이 아들을 낳자, 자신의 딸을 최형의 아들과 바꿔치기하여 아들을 낳은 것으로 정부와 황궁에 알린다. 이 때 최형에게 보낸 딸의 팔에 앵혈로 '정아(鄭兒)' 두 글자를 써 두어 징표를 남겨둔다. 윤명아의 격고등문(擊鼓登聞)으로 신 묘랑과 최상궁이 어전(御前)에서 친국(親鞠)을 받고 공주의 사주를 받아 행한 모든 악사(惡事)를 실토함으로써, 그간 부마의 처첩들과 그 소생자 녀들에게 행해온 모든 악사가 드러나 문양궁에 수계(囚繫)된다. 이로써 정부의 가란(家亂)이 종식되고, 그녀에게 화(禍)를 입고 이산(離散)했던, 윤·양·이·경 4부인과 그 소생 자녀들, 그리고 목운영과 9창이 모두 구출자를 만나 생존했다가 대단취(大團聚)를 이루게 된다. 다만 문양공주의 1녀 '낭성'만 최형의 집에서 자라다가 다시 한 상인에게 팔려감으로써 그 행방을 알 수 없게 되어 단취(團聚)를 이루지 못한다. 이후 그녀는 심화(心火)로 병을 이뤄 배종(背腫)이 성해져 사경(死境)에 이르렀다가 한상궁의 극진한 구호와 윤·양·이·경 4부인의 지극한 화우애(和友)에 감동하여 마침내 개과천선(改過遷善)하고 병을 회복하며, 이로써 정천흥과 재합하여 평제왕에 봉왕(封王)된 남편의 작위를 따라 제국비(齊國妃)의 직첩을 받고, 정천흥 가(家)의 일원이 된다. 그러나 최형의 첩자(妾子)와 바꿔치기 해 잃어버린 딸 낭성을 찾지 못해 근심 속에 나날을 보낸다.

● 유교아

유씨의 질녀. 유금오(유씨의 兄男)의 막내딸로 미모가 절승하나 음악(淫惡)하여 남자를 스스로 택해 혼인코자 하는 천하 음녀(淫女)다. 윤광천의 풍채를 보고 혹해 부모와 유씨를 졸라 광천의 제3부인으로 혼인하였다가 광천의 박대를 받고 유씨 등과 동모(同謀)하여 광천과 그의 두 부인 정혜주·진성염을 죽이려 갖은 흉계를 꾸민다. 그러나 음욕을 참지 못해 마침내 시비(侍婢) 금계를 개용단을 먹여 자신의 모습으로 변신시켜 자신의 행세를 하도록 해놓고, 탈신(脫身)하여 장사왕에게 개가(改嫁)하여 왕비가 된다. 정혜주가 살인죄수가 되어 장사로 유배되어 오자 혜주를 죽일 흉계로 왕에게 정혜주를 빈희(嬪姬)로 맞도록 부추겨 군사를 보내 납치해오게 한다. 또 왕을 부추겨 반란을 일으키고 스스로 전장에 나가 요술(妖術)로 송군(宋軍) 대원수 손확의 대군을 대파하여 왕과 군사들의 추앙을 받다가, 참모사 윤광천의 군과의 싸움에서 광천의 제요술(除妖術)에 제압당해 요술을 행하지 못하고 대패한다. 결국 이 싸움에서 광천과 설전하는 중에 자신이 윤광천과 혼인했다가 배반하고 장사왕에게 개적한 사실이 드러남으로써, 왕아 그 배부난륜(背夫亂倫)의 패행(悖行)을 꾸짖자, 도리어 장사왕을 참살(斬殺)하고 달아나다가 광천의 화살에 맞아 죽는다.

● 성난화

여람백 성흠의 딸. 별명 설빈군주. 여우의 환생(幻生). 정세홍의 재실(再室). 옥인영걸(玉人英傑)을 스스로 가려 결혼할 뜻을 품고 남자들을 살피던 중, 취운산을 유람하다가 정세홍의 용화(容華)를 보고 혹해, 금령(金鈴)을 던져 구애하고, 모친 노씨의 동생인 노귀비(魯貴妃)를 움직여 황제로부터 사혼전지를 얻어 정세홍의 재실로 혼인한다. 이후 그녀는 원비 양부인을 투기하여 요승 묘화와 결탁하여 도봉잠·개용단(改容丹)·회면단(回面丹) 등의 요약류(妖藥類)들을 구해 양부인 제거를 획책하여, 도봉잠으로 세홍의 마음을 변심시키고, 개용단과 변용단으로 시비 춘교와 춘교의 남편 전악기를 양부인과 양부인의 간부로 변신시켜 간통극을 연출하고 이를 세홍으로 하여금 목격케 한다. 결국 이를 목격한 세홍이 격분하여 만삭(滿朔)인 양부인을 칼로 찔러 생명이 위태한 지경에 이르게 되지만 세홍의 백형(伯兄)인 천홍의 구호로 회생함으로써 뜻을 이루지 못한다. 이에 요약으로 더욱 세홍을 실성케 하여 양부인이 간부의 씨를 임신하고 있다 참소하여 세홍으로 하여금 양부인을 채화석(彩畫席)에 말아 연못에 던져 죽이도록 한다. 또 세홍이 설유랑의 처소에 있는 소염난의 미모를 기리는 말을 듣고 염난을 잡아다가 혹형을 가해 타살하다가 세홍에게 발각되자 세홍에게 요약을 먹여 어림장이를 만들어 병석에 눕게 만든다. 그러나 시아버지 정연이 난화가 양부인을 해한 단서를 포착하고 시비 춘교를 문초하여 그녀의 모든 악사를 밝혀낸 후 출거함으로써 그녀는 출부(黜婦)가 되어 친정으로 쫓겨 간다. 친정에서 요승 묘화와 결탁해 타인의 주검을 자신의 모습으로 만들어 죽은 것으로 가장해놓고 탈신(脫身)하여 성명을 바꾸어 변주자사 조흠의 재실로 들어갔다가, 조흠이 죽자 다시 탈신하여 황자(皇子) 오왕의 양녀(養女)가 된다. 오왕궁에 들어간 그녀는 다시 요약으로 오왕과 왕비를 변심시켜 자신을 사랑하게 만들고, 설빈군주의 위호를 받아 오왕이 친히 선택해준 하원창과 혼인한다. 그러나 신혼초야부터 원창의 박대를 받고 또 원창이 과거에 급제한 후 정아주를 재취(再娶)하여 화락하자 투기를 발해 아주를 제거할 흉심을 품고, 요약으로 원창의 변심을 기도하고 방자를 행하여 아주를 저주하지만, 양인(兩人)이 이같은 기도(企圖)들을 잘 모면함으로써 번번이 실패한다. 그러던 중 아주가 만삭으로 혼침(昏沈)해 있는 때를 타 묘화를 시켜 납치해오게 하여 오왕궁 냉암정에 가두고 궁비 태섬을 시켜 죽이게 한다. 또 묘화에게 남편 원창의 애정이 자신에게 돌아오도록 도축(禱祝)하게 했다가 묘화가 지장보살의 엄책(嚴責)을 받고 이를 포기함으로써 실패한다. 이로써 남편의 애정을 얻을 길이 없다고 판단한 그녀는 절망 끝에 음욕(淫慾)을 참지 못해 남편 대신 시숙(媤叔)인 하원상 에게 음심을 품고 밤에 원상의 처소에 돌입해 정을 맺기를 간청하다가 원상이 급히 피함으로써 무안(無顔)만 당한다. 이에 무안을 씻기 위해, 시비 제앵과 짜고 개용단(改容丹)을 먹어 제앵은 자신의 모습이 되게 하고 자신은 원상의 모습이 되어 간통하는 장면을 연출하고, 제앵을 죽임으로써, 원상에게 제수(弟嫂)를 간통하다 죽인 살인죄를 씌우고, 또 설빈의 시신을 찾아가기 위해 하부에 온 오왕의 세자를 스스로 개용단을 먹고 원창의 모습이 되어 오왕세자를 칼로 찔러 죽임으로써, 원창을 또 살인죄수를 만들어 두 형제를 함께 옥에 갇히게 만든다. 이어 그녀는 변신하고 하부(河府)를 탈신(脫身)하여 정아주를 직접 죽여 분을 풀고 도주하기 위해 오왕궁으로 가 춘교와 만나고, 함께 냉암정으로 가 정아주를 살해하려다가, 도리어 아주에게 사로잡힌바 되어, 어전(御前)에 끌려가 친국(親鞠)을 받고 그 정체와 이전까지 저지른 모든 악사를 모두 자백한 후, 처참효수(處斬梟首)된다. 그리고 그 시신(屍身)에 또 세자를 잃은 오왕의 참혹한 복수가 가해진다.

● 목태부인

참정 임광의 계모. 성질이 시포험악(猜暴險惡)하여 적자(嫡子) 임광의 딸 몽옥이 천정숙연인 하원상과 혼인하게 되자, 자신의 외손녀이자 만고의 악녀추물인 주애랑을 몽옥과 바꾸어 원상과 혼인시키도록 임광 내외를 핍박하여 마침내 애랑을 몽옥이라 하여 원상과 혼인시킨다. 그러나 곧 정체가 탄로나 애랑은 하부에서 출화(黜禍)를 받고 쫓겨 와 금번 출화가 몽옥이 원상과 밀통하여 당한 일이라고 충동하자 몽옥을 철편으로 무참히 난타해 분을 푼다. 또 몽옥을 타처로 시집보내 하가와 인연을 끊고 다시 참정을 핍박하여 애랑을 하가로 보낼 흉심으로 몽옥을 온 가지로 핍박하여 자신의 조카인 목표에게 후취로 보내려 한다. 이에 몽옥은 조카 임한을 여장(女裝)을 시켜 대신 목표와 혼례를 올리도록 하여 그녀를 속이고 자신은 외가인 강부(姜府)로 가 피화(被禍)하며, 여기서 부친이 귀국한 뒤 하원상과 혼인하여 하부로 들어간다.

배후인물

▨ 주동인물의 배후인물 ▨

● 화천 도사(道士)

도사(道士). 성명 화천, 자(字) 연기(緣起), 일명(一名) 태운도인. 천태산(天台山)에서 진청도사에게 선도(仙道)를 배워 천문지리(天文地理)·상법(相法)·점복(占卜)에 통달했고 도술이 신묘하다. 성주(成州)에서 금국으로 사행(使行)을 가는 윤현을 만나 영결(永訣)하고 화상(畵像)을 그려 간직한다. 꿈에 윤현의 당부를 받고 장부에 나가 윤희천의 재실 장설의 주검을 신약을 주어 회생케 한다. 또 정혜주에게 계시를 주어 화빙화를 불고이취(不告而娶)해 남편 윤광천의 제4부인으로 천거하게 하고, 또 옥설마를 주어 광천의 위기를 구하게 하는가 하면, 장사 월출산에서 광천에게 선친 윤현의 화상을 전해주고 또 남희주와 화빙화에게 천연(天緣)이 있음을 알려주기도 한다. 그런가 하면 양주 향운대에서 희천의 제2부인 장설에게 신약(神藥)을 주어 희천의 병을 구하게 한다.

● 혜원 니고(尼姑)

여승[尼姑]. 사족(士族)으로 양주 선비 강운의 처. 남편 사후 절을 지켜 여승(女僧)이 되었고, 경사 남문 밖 벽화산에 취월암을 짓고 수도에 정진하여 부처의 정과를 얻었다. 앉아서 천리 밖을 보고 구름을 타고 행한다. 윤명아가 위방의 납치 위기를 피해 길에서 방황할 때 취월암으로 데려가 피화케 한다. 또 관음대사의 현몽을 받고 윤명와와 양난염이 김귀비에 의해 북궁 추경지에 수사(水死)될 위기에서 구해 와 벽화산 활인

사에 머물게 한다. 윤·양 2부인의 액(厄)이 진(盡)하였음을 알고 윤명
아의 시비 주영을 형왕의 정자로 보내 형왕의 첩 박부인과 사귀게 하고
이곳에서 형왕과 구몽숙이 신묘랑과 결탁하여 정·진 양부를 반역죄로
무고하기 위해 모의하는 것을 엿들어 기록케 한다. 제요술(制妖術)로 신
묘랑을 생포하여 윤명아로 하여금 황궁으로 끌고 가 격고등문(擊鼓登聞)
하여 구몽숙 일당의 죄상을 밝혀 정·진 양부의 멸문지화를 구하도록
한다. 이 공로로 황제로부터 '명성법사'의 도호(道號)를 받는다.

▨ 반동인물의 배후인물 ▨

● 요승(妖僧) 신묘랑

　요승(妖僧). 여승(女僧). 3천년 묵은 여우의 변신. 요정(妖精). 법호
(法號) 금선법사. 서측 청성산의 한 암자에 살며 사람을 백여 명이나 잡
아먹고 득도(得道)하여 변화불측(變化不測)하고 사람의 길흉화복(吉凶禍
福)을 알아보는 신통력(神通力)을 갖고 있다. 또 각종 요약(妖藥)들을 소
유하고 있어서, 이를 통해 무수한 악류(惡類)들의 마음을 현혹하여, '인
욕(人慾)이 천리(天理)를 이기며', '사람이 마음먹어 못할 일이 없다'는
인중승천(人衆勝天)의 논리로, 숱한 변란들을 지어내며, 엄청난 재물을
징색해간다. 그 요약류(妖藥類)들을 보면, 사람의 모습을 자신이 원하는
사람의 모습으로 변신시켜 주는 '개용단(改容丹)', 이렇게 변신한 모습
을 원래의 모습으로 돌이켜 주는 '회면단(回面丹)', 또 다른 사람의 마음
을 자신을 좋아하는 마음으로 변심시켜 주는 '도봉잠'(이를 '익봉잠'이라
고도 한다), 또 사람의 정신을 흐리게 하여 '어림장이'를 만들어 버리는

현혼단(眩昏丹)' 등이 있다. 그리고 그녀가 주로 쓰는 요술은 '날개달린 호표로 변신하여 사람을 활착(活捉)하여 공중을 솟아오르는 요술'이며, 새나 나비, 구름 등으로 변신하기도 한다. 그러나 정인군자(正人君子)나 정인숙녀(正人淑女)의 정명지기(正明之氣) 앞에서는 이러한 요술이나 요약이 작용하지를 못하고 본형(本形)을 드러내고 말기 때문에, 그 능력은 '사불범정(邪不犯正)'이라는 한계 안에서만 작동한다. 이를 작중에서 보면, 구몽숙의 청을 받아 서촉에서 '날개달린 호표(虎豹)'로 변신하여 하진의 딸 하영주를 납치하여 몽숙에게 데려다 주지만, 영주의 정명지기에 눌려 힘겹게 납치에 성공한다. 그러나 경사에서 위·유씨 등의 사주를 받아 윤광천의 원비 정혜주를 납치해 위방에게 넘겨주기 위해, 날개달린 호표로 변신해 정혜주의 침실에 침범해서는, 정혜주의 정명지기에 제압되어 여우의 본형을 드러내고 생포되고 만다. 그러나 정명지기를 갖지 않은 일반속인들에게는 요술이 위력을 발휘해 손쉽게 사람을 활착해 공중으로 솟아올라 목적한 곳으로 날아간다. 그녀는 주로 경사에서 암약(暗躍)하며, 구몽숙의 천거로 위·유씨 등에 투탁하여 조부인과 그 3남매와 윤경아의 적국 오씨(석준의 재실) 등을 제거하기 위해 끊임없이 악사(惡事)를 저지르며, 서화문 밖 청계산 아래 보수암을 짓고 요악(妖惡)한 여자와 질투하는 부인들을 두루 사귀어 악사를 저지르며, 재물을 징색한다. 그러나 '정인군자숙녀'에게는 요술이 통하지 않아 본형이 드러나고 말기 때문에, 평생 "천하의 진명귀인(眞明貴人)들을 다 없애고 자신의 요술이 당대의 제일이 되어 거칠 것이 없게" 하고자 한다. 이 때문에 특히 자신보다 뛰어난 자들을 용납지 못하는 성품을 지닌 구몽숙·유씨 등과 한통속이 되어 갖은 악사를 저지르며, 또한 '재욕(財慾)의 화신(化身)'으로 김귀비·문양공주 등과 같이 재물이 많은 악류(惡類)들과 사귀어 그들의 악사를 부추겨 재물을 징색한다. 그리하여 북궁 김귀비의 청을 받고 양난염을 납치해다 넘겨주는가 하면, 정천흥의 경숙혜 불고이취(不告而娶) 사실을 탐지해 문양공주에게 알려주고, 공주의 지시를 받아 경숙혜의 유아(乳兒)를 납치 해다 공주에게 넘겨주기도 한다. 또 유씨 등의 광천형제 제거 흉계에 가담해 유씨의 노복 태복과 함게 개용단을 먹고 광천형제로 변용(變容)하여 위씨의 처소인 경희전에 돌입하여 위씨를 칼로 찌르는 시늉을 하고 달아나 광천 형제를 조모를 살해하려한 강상대죄(綱常大罪)에 빠트린다. 그런가 하면 문양공주의 청을 받고 경숙혜를 북궁으로 납치 해다 주고, 또 목운영을 문양궁으로 납치 해다 주어 둘 다 타살(他殺)을 당하게 만들며, 또 문양공주의 지시로 정천흥의 창기(娼妓)들인 9창의 처소에 불을 놓아 타죽게 만든다. 또 김탁 일가의 반역사건과 구몽숙과 형왕의 '정·진 양부 역모 무고사건'에 가담하여 숱한 변란을 짓다가, 이승(異僧) 혜원니고에게 생포되어, 윤명아의 격고등문(擊鼓登聞) 시에 어전(御前)에 끌려가 친국을 받고, 여기서 그간 구몽숙·윤부의 위태부인과 유부인 윤경아·김탁 일가·김귀비·문양공주 등의 제 악류(惡類)들과 결탁하여 행해온 모든 악사(惡事)들을 모두 실토(實吐)한 뒤 참수(斬首)된다. 묘랑을 행형(行刑)할 때 한 덩이 핏빛 살덩이가 서북간으로 날아가는 괴변이 일어나는데, 이것이 후래(後來)에 윤세린의 재실 여씨(呂氏)로 환생하여 온갖 변란을 일으키는 이야기가 또 〈윤하정삼문취록 尹河鄭三門聚錄〉에 있다.

● 요승(妖僧) 묘화

요승(妖僧). 재물을 탐해 성난화의 악사(惡事)에 적극가담하며 도봉잠·개용단(改容丹)·회면단(回面丹) 등의 각종 요약을 만들어 금은을 받고 제공함으로써 정세흥·소양씨 부부로 하여금 혹독한 시련을 겪게 한다.

또 난화가 정부에서 출거(黜去)당해 친정으로 쫓겨 온 뒤에는 시신(屍
身)을 구해다가 난화의 모습으로 만들어 죽은 것으로 가장해놓고 탈신
시켜 변주자사 조흠의 재실로 들여보내며, 또 조흠이 죽자 다시 탈신시
켜 황자(皇子) 오왕의 양녀(養女)로 들여보낸다. 난화가 설빈군주의 위
호를 받고 하원창과 혼인한 후는 또 원창의 재실인 정아주를 제거하기
위해 아주의 시녀로 변신하여 아주의 음식에 요약을 치독(置毒)하기도
하고 또 제전(祭奠)을 베풀고 아주를 죽여 달라고 귀신에게 기도하기도
한다. 그러나 아주가 이를 알고 요약이 든 음식을 먹지 않고 또 관음대
사가 현성(顯聖)하여 그녀를 엄책(嚴責)하여 중단시킴으로써 실패한다.
또 정아주의 침소에 변신하고 나가 유랑의 음식에 요약(妖藥)을 치독(置
毒)하여 유랑을 아주로 변신시켜 독살(毒殺)한 후 그 시신으로써 아주의
주검을 대신해놓고 아주를 납치해와 오왕궁 냉암정에 가두어 죽이게 한
다. 그런가하면 아주를 제거한 뒤에는 설빈(난화)의 청으로 원창의 애정
이 설빈에게 돌아오도록 도축(禱祝)하다가 지장보살(地藏菩薩)의 엄책
(嚴責)을 받기도 한다. 결국 설빈이 아주를 직접 죽이기 위해 춘교와 함
께 냉암정에 들어갔다가 아주에게 붙잡히고 아주의 격고등문(擊鼓登聞)
으로 설빈 일당의 죄상이 밝혀진 후 그녀를 나래(拿來)하라는 황명(皇
命)을 받고 군사들이 그녀의 암자에 들이닥치자 새로 변신하여 달아나
자취를 감춘다.

명주보월빙 권지일

대송(大宋) 진종조(眞宗朝)[1]에 홍문관 태학사 이부상서 금자광록태우(弘文館 太學士 吏部尙書 金紫光祿大夫)[2] 명천선생 윤공의 명은 현이오 자는 문강이니, 대대잠영(代代簪纓)[3]이오 교목세가(喬木世家)[4]라. 공의 위인이 겸공(謙恭) 인자(仁慈)하고 충효과인(忠孝過人)하며, 문장은 이두(李杜)[5] 같고, 수신제가(修身齊家)는 금옥(金玉) 같으니, 이웃 친척과 일시사류(一時士類)가 경앙(敬仰)하는 바더라.

일찍 용린(龍鱗)[6]을 받들고 봉익(鳳翼)[7]을 붙좇아 용전(龍殿)에 어향(御香)을 쐬고, 섬궁(蟾宮)[8]의 월계(月桂)를 꺾어 청운자맥(靑雲紫陌)[9]

---

1) 진종조(眞宗朝) : 중국 송(宋)나라의 제3대 황제진종의 재위기간(998-1022)
2) 금자광록태우(金紫光祿大夫) : 중국과 고려에 있었던 문관 품계의 하나, 태우는 '대부(大夫)'의 옛말.
3) 대대잠영(代代簪纓) : 대대로 높은 벼슬아치가 나옴. 잠영(簪纓)은 예전에 관원이 쓰던 비녀와 갓끈으로, 양반이나 지위가 높은 벼슬아치 또는 그 지위를 비유적으로 이르는 말.
4) 교목세가(喬木世家) : 여러 대에 걸쳐 중요한 벼슬을 지내 나라와 운명을 같이하는 집안.
5) 이두(李杜) : 당나라 때 시인 이백(李白: 701-762)과 두보(杜甫: 712~770)
6) 용린(龍鱗) : 용의 비늘. 천자나 영웅의 위엄을 비유적으로 이르는 말.
7) 봉익(鳳翼) : 봉황의 날개. 임금을 보좌하는 사람을 이르는 말.
8) 섬궁(蟾宮) : 달. 섬(蟾)은 달 또는 달빛을 말한다.

의 융중호걸(隆重豪傑)로, 일세를 경동(驚動)하더라.

일찍이 안항(雁行)이 번성치 못하여 오직 한 아우가 있으니, 명은 수요, 자는 명강이니, 벼슬이 태중태우(太中大夫)더라. 위인이 충후쇄락(忠厚灑落)하여 이름을 일세가 일컫는 바라. 형제 양인이 한가지로 태부인(太夫人)을 지효(至孝)로 섬기며 형우제공(兄友弟恭)이 고인을 효칙(效則)하더라.

상서는 전 부인 황씨 소생이요, 태우는 후 부인 위씨 소생이니, 윤노공과 황부인은 기세(棄世)하고 위부인은 재세(在世)하니 상서부인 조씨는 개국공신(開國功臣) 조빈(曹彬)10)의 여요, 태우부인 유씨는 이부상서 유환의 여라. 조부인의 용안덕성(容顔德性)은 곤산미옥(崑山美玉)11) 같고, 유씨는 애용(愛容)이 절세(絶世)하나 성도(性度) 초강(超強)하고 은악양선(隱惡佯善)12)하며 투현질능(妬賢嫉能)하고, 위태부인은 시험패악(猜險悖惡)하여 상서를 기출(己出)이 아니라 하여 일호(一毫) 자애(慈愛) 없고, 유씨 그윽이 아유첨령(阿諛諂佞)13)하여 포장이검(包藏利劍)14)하고, 존고(尊姑)의 악사와 패행(悖行)을 가만히 도우며 획계(劃計)를 찬조하되 두려하고 어려이 여기는 바는 태우라.

---

9) 청운자맥(靑雲紫陌) : 청운은 벼슬을, 자맥은 도성의 큰길을 뜻하는 말로, 벼슬길 곧 환로(宦路)를 비유적으로 이르는 말.

10) 조빈(曹彬) : 후주(後周)·송초(宋初)의 무장(武將)·정치가. 송나라 때 태사(太師)를 지냈고 노국공(魯國公)에 봉해졌다. 시호(諡號)는 무혜(武惠), 제양군왕(濟陽郡王)에 추봉(追封)되었다.

11) 곤산미옥(崑山美玉) : 곤산에서 나는 아름다운 옥. 곤산은 곤륜산(崑崙山)으로 중국 전설상의 산. 중국 서쪽에 있으며, 옥(玉)이 난다고 한다. 서왕모(西王母)가 살며 불사(不死)의 물이 흐른다고 함.

12) 은악양선(隱惡佯善) : 악을 숨기고 선을 가장함.

13) 아유첨녕(阿諛諂佞) : 아첨함.

14) 포장이검(包藏利劍) : 마음속에 날카로운 칼을 품고 있음

태우 범사에 형을 공경하고 우러러 바람이 태부인과 다름이 없고, 효우지심(孝友之心)이 고치며 변함이 없으니, 혹자(或者) 모친의 일편(一偏)됨을 보면 울고 간(諫)하여 식음(食飮)을 폐하고 진정으로 슬퍼하니, 위씨 태우를 괴로워하고 유씨 악행을 발뵈지[15] 못하니 여러 세월을 보내도록 화기(和氣)를 일치 않았는지라.

상서는 조부인으로 동락(同樂) 십여 년에 은정(恩情)이 흡연(洽然)하여 관저지락(關雎之樂)[16]을 극진이 하되, 슬하에 장옥(璋玉)[17]이 선선(詵詵)[18]함을 보지 못하여 수년 전에야 일녀를 생하고, 태우는 유부인으로 더불어 결발십재(結髮十載)[19]에 양녀(兩女)를 두었으되, 태우의 성정이 엄숙하기로 부인으로 더불어 상합(相合)치 못하여, 부부윤의(夫婦倫義)를 폐치 못하나 금슬(琴瑟)의 중(重)한 바는 없더라. 형제 매양 서당 백화헌에 처하여 광금장침(廣衾長枕)에 즐김을 다하니, 태부인이 태우의 행사를 골똘히 애달아, 모자부부의 마음이 다 각각이로되, 다만 태우 세세지사(細細之事)를 알려 아니하고 소활(疏豁)하여, 내사(內事)를 살피지 아니하니, 그 모친과 부인의 사나움을 알지 못하되, 형제 보호함이 지극하더라.

위씨 겉으로 자모(慈母)의 도를 잃지 않으나 조부인은 일이 일사(一

---

15) 발뵈다 : '발보이다'의 준말. 무슨 일을 극히 적은 부분만 잠깐 들어내 보이다.
16) 관저지락(關雎之樂) : 남녀 또는 부부 사이의 사랑. 관저(關雎)는 『시경(詩經)』 '주남(周南)'편에 실린 노래 이름. 문왕(文王)과 태사(太姒)의 사랑을 주제로 한 노래.
17) 장옥(璋玉) : 아들. 농장지경(弄璋之慶: 아들을 낳은 경사)에서 유래한 말.
18) 선선(詵詵) : 수가 많은 모양
19) 결발십재(結髮十載) : 결혼한 지 10년이 됨. 결발(結髮)은 예전에 관례를 할 때 상투를 틀거나 쪽을 찌던 일로, 성년(成年) 또는 본처(本妻)를 달리 이르는 말로 쓰인다.

事)도 편치 못하나, 출천지효(出天之孝)로 동동촉촉(洞洞屬屬)[20]하여 위태부인의 인정 밖 거조(擧措)를 당하나 조금도 원심(怨心)이 없어, 한결같이 정성을 다하여 감지(甘旨)의 온냉(溫冷)과 의복의 한서(寒暑)를 못 미칠 듯이 받드니, 위씨 그 어짊을 아처하여[21] 유씨로 동심하여 그 종통(宗統)을 앗고자 하더라.

유씨 양녀를 두고 다시 생산이 묘연(杳然)하니 주야 생남하기를 착급(着急)히 바라는 고로 산천(山川)에 두루 축원하여 기도하니, 악인이 천의(天意)를 알지 못함이 이렇듯 하더라.

상서의 서모 구파(寇婆)는 승상 구준(寇準)[22]의 서매(庶妹)라. 위인이 쾌활하고 일단현심(一丹賢心)[23]이 여중군자(女中君子)라. 나이 삼오(三五)에 윤노공을 섬겨 총행(寵幸)하되, 명도(命途) 기박(奇薄)하여 남녀간 기출(己出)이 없이 붕성지통(崩城之痛)을 당하니, 적자(嫡子) 형제를 바람이 태산(泰山) 같고, 상서 또한 정성우대(精誠優待)함을 태부인 버금으로 하니 구파 더욱 감격하고, 조부인의 성덕을 흠복(欽服)하여 각별한 정성이 있으니, 유씨 그윽이 기뻐 아니하더라.

위씨는 상서의 무자(無子)함을 기뻐하되, 겉으로 염려하여 왈,

"너의 형제 부부동주(夫婦同住) 오래되, 형은 일녀를 두고 아은 이녀를 두었으나, 생남(生男)이 늦었으니 민망하도다."

---

20) 동동촉촉(洞洞屬屬) : 공경하고 조심함. 부모를 섬기고 공경하는 마음이 지극함. 『예기(禮記)』〈제의(祭義)〉편의 "洞洞乎屬屬乎如弗勝 如將失之, 其孝敬之心至也 與(공경하고 조심하는 태도가 마치 이기지 못하는 것 같고 잃지 않을까 조심하는 것 같아, 그 효경하는 마음이 지극하기 그지없다.)"에서 온 말.
21) 아처하다 : 싫어하다. 미워하다.
22) 구준(寇準) : 961-1023. 송(宋) 태종-진종조의 정치가. 시인. 참지정사·평장사(재상) 등을 역임하고 내국공(萊國公)에 봉해짐. 시호 충민(忠愍).
23) 일단현심(一丹賢心) : 한결같이 성실하고 어진 마음

상서 형제 대왈(對曰),

"불초 아등(我等)이 아직 삼십이 못하였사오니 생남이 늦지 아니하온지라. 조·유 이인이 생산 길을 열었으니 생남함이 있사올지라. 자위(慈闈)24)는 물우(勿憂)하소서."

이렇듯 모친을 위로하나 또한 아들이 늦음을 우려하더라.

태우 매양 언내(言內)에 탄 왈,

"형제 다 목금(目今)에 아들을 두지 못하니, 형장(兄丈)과 수수(嫂嫂)의 후덕성심(厚德誠心)이 천심을 감동하리니, 반드시 무후지탄(無後之嘆)25)이 없어, 불구(不久)에 기자(奇子)를 생하시어 문호를 흥기하리니, 형장의 생자 늦음을 근심치 아니나, 다만 소제의 박덕(薄德)으로써 신후(身後)를 이을 자식 둠을 기약치 못하니, 형장이 연(連)하여 생자하실진대 소제 하나를 계후(繼後)26)코자 하나니 물우하소서."

상서 소 왈,

"우형(愚兄)이 만일 아들을 낳을진대 어찌 현제 미리 낳지 못 할 줄 알아 계후를 의논하리오."

이렇듯 형제 담화하다가 차야(此夜)에 혼정(昏定)을 파하고 상서 해월루에 이르매, 부인이 촉하(燭下)에서 침선(針線)을 다스리다가 공경기영(恭敬起迎)하여 동서정좌(東西定坐)27)하매, 상서 여아를 슬상(膝上)에 교무(嬌撫)하여 사랑이 탐혹(耽惑)하더니, 홀연 탄 왈,

---

24) 자위(慈闈) : 어머니를 높여 이르는 말.
25) 무후지탄(無後之嘆) : 대(代)를 이을 자손이 없음을 안타까워하는 탄식
26) 계후(繼後) : 양자를 들여 대를 있게 함. 또는 그 양자.
27) 동서정좌(東西定坐) : 남자는 동쪽 여자는 서쪽으로 앉음(男東女西). 『예기』〈상대기(喪大記)〉편에 나온다. 즉 大夫之喪 主人坐于東方 主婦坐于西方(대부의 상례를 행할 때 상주(男)는 동쪽에 앉고 부인은 서쪽에 앉는다.)

"여아의 특출함을 볼 적마다 아들이 되지 못함이 한이로다. 우리 부부 삼십이 거의로되 생남함을 얻지 못하니, 복(僕)이 종장(宗長)의 중함으로 어찌 근심이 적으며, 더욱 자정(慈庭)의 우려하심이 민박(憫迫)치 않으리오."

부인이 탄식 왈,

"첩의 여앙(餘殃)으로 군자의 종사(宗嗣) 선선(詵詵)치 못한 가 하나니, 군자는 장년(壯年)이 저물지 않아서 현문(賢門)의 숙녀를 취하시어 장옥(璋玉)이 번성함을 구하소서."

상서 탄 왈,

"만사 다 명(命)이니 생이 본디 번사(繁事)를 구치 않는지라. 비록 선아(仙娥) 같은 숙녀 있은들 남자의 천수(天數)를 어찌 변하리오."

하더라.

일일은 상서 부부 한 꿈을 얻으니, 동남간(東南間)으로조차 오색채운(五色彩雲)이 집을 두르고, 서기(瑞氣) 공중에 서린 가운데 일위 선관(仙官)이 학을 타고 내려와 상서 부부를 향하여 일러 왈,

"그대 사친성효(事親誠孝)와 성심인덕(誠心人德)이 신명(神明)을 감동케 하여, 귀자를 주어 태허진군(太虛眞君)과 영허도군(靈虛道君)28)을 쌍으로 윤가에 내려, 문호(門戶)를 흥기케 할 뿐 아니라, 송조공훈(宋朝功勳)29)이 될 것이니, 일세에 희한(稀罕)하려니와, 군자의 수(數) 단(短)하여 명년이면 천궁(天宮)에 돌아올 것이요, 몸이 만리타국(萬里他國)에서 절명(絶命)하리니, 쌍개옥동(雙個玉童)의 얼굴도 모를지라. 어

---

28) 태허진군(太虛眞君)·영허도군(靈虛道君): 둘 다 작가가 설정한 천상 선관(仙官)의 하나.
29) 송조공훈(宋朝功勳): 송조훈신(宋朝勳臣)

찌 추연치 않으리오."

조부인은 저두(低頭) 무언(無言)이요, 상서 사례 왈,

"인생이 살기는 손 같고 죽기는 돌아감 같으니, 비록 단명하다 무엇이 슬프리오마는, 당에 편모 계시니 불효를 탄하거니와, 아들이 있을진대 사이불사(死而不死)30)라. 천수의 정(定)함을 면하리오."

선관이 웃고 깃부채를 들어 채운을 헤치더니 문득 두 마리 장룡(長龍)이 빛이 각각인데, 하나는 금빛 같아서 길이가 만여장(萬餘丈)이나 하고, 하나는 옥빛 같아서 여의주(如意珠)31)를 끼고 산악(山岳) 같은 기세를 발하여, 황룡(黃龍)은 앞을 당하고 백룡(白龍)은 뒤를 당하여, 일시에 조부인 품사이로 들새, 여러 성신(星辰)이 쌍룡을 전후로 옹호(擁護)하였더라.

선관 왈,

"황룡은 십오자 오녀를 둘 것이요, 옥룡이 칠자 삼녀를 둘 것이니, 그 전후로 옹호한 바 다 자녀성(子女星)이라. 윤가의 자손이 번성하려니와 다만 살아서 알지 못하리니 가히 참연(慘然)한저!"

상서 탄 왈, "천명을 한하나 미치지 못하리니. 저의 수복(壽福)이 장원(長遠)함이 원이라. 일녀를 먼저 얻어 골육지정(骨肉之情)32)을 알았으니, 이자 일녀 다 무부지아(無父之兒)나 좋이 장성(長成)할진대 어찌 천행이 아니리오."

선관이 탄 왈,

"군(君)의 자녀 삼인이 초년은 위씨의 해로써 곡경(曲境)이 비상하려

---

30) 사이불사(死而不死) : 죽었어도 죽지 않은 것이나 마찬가지 임.
31) 여의주(如意珠) : 용의 턱 아래에 있다는 신령한 구슬. 이것을 얻으면 무엇이든 뜻하는 대로 만들어 낼 수 있다고 한다.
32) 골육지정(骨肉之情) : 가까운 혈족 사이의 정.

니와, 길흉화복(吉凶禍福)이 다 천정지수(天定之數)이니 흉인이 간대로33) 죽이지 못할지라. 군은 명년에 천궁에 돌아오려니와 난월성은 자녀의 영효를 볼지니, 붕성지통(崩城之痛)34)을 관억하고 타일을 보라. 태허진군(太虛眞君)은 인연이 여러 곳에 매였고 원비는 명주(明珠)로써 빙폐(聘幣)를 삼고, 영허도군(靈虛道君) 원비(元妃)도 명주 임자니, 이후 삼일 만에 명주를 자연 얻을지니 깊이 간수하였다가 양자의 빙폐를 삼으라."

부인이 상서의 단수(短壽)함을 들으매 경악(驚愕)하여 한 말을 못하고, 상서는 언언(言言)이 대답하더니, 선관이 작별 왈,

"서로 모임이 가까우니 천당의 즐거움이 인세에 비길 바 아니로되, 만리타국에서 마침을 한하나 인력으로 미칠 바 아니라. 한치 말라."

언파(言罷)에 길이 읍(揖)하고 학(鶴)을 인하여 한번 공중에 솟으니 경각에 간 바를 알지 못하고, 쌍룡(雙龍)이 부인 품속에 들어 서기(瑞氣) 쏘이니, 부인이 놀라 깨니 상서 또한 깨었더라. 부인이 꿈을 깨어 서로 몽사를 담론하니, 상서 왈,

"몽사를 어찌 취신(取信)하리오."

하나, 그윽이 잉태할까 바라더라.

이러구러 수일(數日)이 지났더니, 일일은 공의 친붕 어사태우(御使大夫) 하진과 대사도(大司徒)35) 정연이 남강에 선유(船遊)하기를 청하여,

---

33) 간대로 : 쉽사리, 마음대로, 함부로
34) 붕성지통(崩城之痛) : 성이 무너질 만큼 큰 슬픔이라는 뜻으로, 남편이 죽은 슬픔을 이르는 말.
35) 대사도(大司徒) : '예조판서'를 달리 이르던 말. 중국 주나라 때의 벼슬. 나라의 토지를 관장하고 백성의 교화를 맡아보았다. 대사공, 대사마와 더불어 삼공의 하나였다.

강호(江湖)의 추수(秋水)를 보고 산님의 단풍을 보려하니, 차시는 추구월(秋九月)이라.

공의 형제 모친께 수유(受由)하고 하·정 양인으로 더불어 남강의 이르러 채선(彩船)을 타고 주호(酒壺)를 이끌어 한유(閒遊)할 새, 정연의 자는 윤보니 문장재명(文章才名)이 일세를 기울이고, 하진의 자는 퇴지니 박학군자(博學君子)라. 윤공의 형제로 더불어 지기상친(知己相親)하고 연기상적(年紀相適)36)한 중, 하공은 삼십을 지나지 못하였으되 슬하에 장옥(璋玉)이 선선(詵詵)하니, 윤공 형제 매양 흠선(欽羨)하더라.

이날 선유하여 시주(詩酒)를 창화(唱和)하더니, 홀연 운무사색(雲霧四塞)37)하며 광풍(狂風)이 대작(大作)하여, 급한 비 붓듯이 오고 주즙(舟楫)이 엎칠듯하니, 선인(船人)이 대황송구(大遑悚懼)하여 각각 살기를 축원하나, 운무 선창(船窓)을 둘러 어둡기 칠야(漆夜) 같은지라. 어떻게 할 줄 모르되 오직 윤·정·하 삼공이 조금도 요동치 아니하더니, 문득 길이 만여장(萬餘丈)이나 한 적룡(赤龍)이 바로 강중(江中)으로 솟아 선창에 드니, 그 세 산악 같고 우레 소리 천지진동(天地振動)하는지라. 선창 제인이 창황송구(蒼黃悚懼)하여 넋을 잃고 인사를 모르되, 윤·정·하 삼인이 단연위좌(端然危坐)하여 눈을 옮기지 않더니, 적룡이 바로 윤상서에게 달려들어, 입 가운데로서 네 낱 명주를 토하여 상서의 금포(錦袍) 앞에 놓고, 또 다시 정·하 양공의 앞에 나아가 보월패(寶月佩) 한 줄씩을 뱉어 주고, 삼공을 향하여 세 번 머리를 조아린 후, 선창에 내려 즉시 강 속으로 들어가니, 청풍(淸風)이 일어나고 운무소삭(雲霧消索)38)하며 홍일(紅日)이 중천에 한가한지라.

---

36) 연기상적(年紀相適) : 나이가 서로 비슷함.
37) 운무사색(雲霧四塞) : 구름과 안개가 사방을 둘러 싸 캄캄함.

주중(舟中) 제인이 비로소 정신을 수습하고 윤공은 명주(明珠)를 자세히 보니 크기 오얏만 하고 광채 찬란하여 바로 태양의 정광(精光)을 앗았는지라[39]. 네 낱에 각각 글자 있으니, '진군빙(眞君聘)' '도군빙(道君聘)'[40]이라 하여 한 쌍씩 쓰였고, 하·정 양공(兩公)이 또 보패(寶貝)[41]를 보니, 모양이 두렷하여 명월 같고 광채 현요(眩耀)하여 백일(白日) 같으니, 오채(五彩)[42]로 장식(裝飾)하여 인간의 보물이 아니라. 하·정 양공(兩公)이 기이함을 이기지 못하여 보니, 보패 가운데 글자 있어 '빙물(聘物)[43]' 두 자 각각 쓰였으니 괴이히 여겨 윤공을 향하여 왈,

"우리 금일 선유하매 이런 보화를 얻으니 어찌 이상치 아니하리오."

윤공 왈,

"명주(明珠) 월패(月佩) 다 여자의 장염(粧匳)[44]이라. 장부의 가까이 할 바 아니니 가장 불관(不關)하거니와, '빙물'이라 글자 있으니 반드시 범상(凡常)한 것이 아닌가 하노라."

태우 칭하(稱賀) 왈,

"형장이 지금 생남지경(生男之慶)이 없으니 일가의 근심이러니, 명주를 얻으시니 반드시 생자하서 이로써 빙물을 삼을지라. 정·하 양형(兩兄)도 월패를 얻은 것이 또한 각각 그 아들의 빙폐(聘幣)[45]를 삼을지니,

---

38) 운무소삭(雲霧消索) : 구름과 안개가 흩어져 사라짐.
39) 앗다 : 빼앗거나 가로채다.
40) '빙(聘)'은 혼인신물(婚姻信物)을 뜻함. '진군빙(眞君聘)'과 '도군빙(道君聘)'은 각각 천상선관들인 태허진군(太虛眞君)과 영허도군(靈虛道君)의 강생(降生)으로 태어날 인물들의 결혼신물임을 나타낸 것이다.
41) 보패(寶貝) : 보배. 여기서는 '보월패(寶月佩)'
42) 오채(五彩) : 파랑, 노랑, 빨강, 하양, 검정의 다섯 가지 색.
43) 빙물(聘物) : 남의 집을 방문할 때 가지고 가는 예물. 여기서는 혼인신물(婚姻信物).
44) 장염(粧匳) : 몸을 치장하는 데 쓰는 물건.
45) 빙폐(聘幣) : 혼인신물. 빙물(聘物).

우리 삼가(三家)의 비상한 보밴가 하나이다."

하공이 답 왈,

"우리는 월패를 얻었거니와 형이 명주를 얻음이 가장 기이한지라. 명주를 빙폐할 아들을 얻을 것이니 두고 보면 알리라."

윤공이 미소무언(微笑無言)이러라.

상서 왈,

"장부가 주옥(珠玉)을 신변에 머무름 즉 하지 않으니 현제 어찌 간수코자 하느뇨?"

태우 소 왈,

"형장 말씀이 마땅하시나 심상(尋常)한 보배 아니라. 우리 집 귀한 빙물을 삼으리니 어찌 불관하리까?"

언파에 금낭(錦囊)에 넣어 소매46)에 넣으니, 하·정 양공이 역(亦) 소왈(笑曰),

"윤형이 명주를 저리 귀한 보배로 아니 우리도 용(龍)이 준 바라. 가져다가 아들의 빙폐를 삼으리라."

하고, 소매에 넣으니, 윤태우 소왈,

"퇴지는 아들이 여럿이니 월패를 빙할 임자가 뉜동47) 알리오."

하공이 소 왈,

"여러 아들이 있으나 장아(長兒)는 내 집에 세전(世傳)하는 빙물이 있으니 월패를 줄 것이 아니요, 작은아들들을 가려 차보(此寶)로써 빙물을 삼으리라."

---

46) 소매 : 윗옷의 좌우에 붙어 있는 두 팔을 꿰는 부분.
47) 뉜동 : 누구인지. '-ㄴ동'은 현대어의 '-지'에 해당하는 어미. 경상방언에 많이 남아 있다.

윤태우 이에 왈,

"형의 작은아들 뉘오?"

하공이 답(答) 소왈,

"제 사자 원광이 아직 수 삼세 해자(孩子)나 저의 작인(作人)이 비상하니, 소제 천륜(天倫) 밖에 자별(自別)한 자애(慈愛) 있노라."

윤상서 소왈,

"저런 아해(兒孩)들이 다 여러 아들을 두었으되, 우리는 지금 슬하에 한 아들도 없으니 어찌 한(恨)스럽지 않으리오."

하공이 소왈,

"자식도 그 아비 인사(人士)[48]로 좇아 삼기나니[49] 소제 연기(年紀)는 형만 못하나, 위인(爲人)인즉 형의 스승 되기를 사양치 아니리니, 사람의 부형이 됨 즉한 고로, 십오 세부터 아들을 낳아 연하여 옥동이 슬하의 넘놀아 성번(盛繁)함을 도우니, 형의 인사로는 우리를 미칠 날이 멀었으리라."

상서 소 왈,

"너무 과장치 말라. 퇴지의 용렬함을 자식이 닮았으면 무엇에 쓰리오."

서로 환소하다가 날이 저물매 각각 집으로 돌아올 새, 하부(河府)와 윤부(尹府)는 도성(都城) 옥누항에 연장대문(連墻大門)하였고, 정사도 부중(府中)은 동문 밖 취운산 운수동에 있으니, 날이 어두워 정사도 미처 취운산으로 가지 못하여 윤상서 곤계(昆季)와 한 가지로 윤부로 오니, 하어사 부중의 가 석식(夕食) 후, 즉시 윤부에 와 촉(燭)을 이어 담화하다가 명조(明朝)의 헤어지니라.

---

48) 인사(人士) : 예스러운 표현으로, '사람'을 낮잡아 이르는 말.
49) 삼기다 : 생기다의 옛말.

태우 조부인을 보고 명주를 전할 새, 태부인은 상을 비겨 졸매 알지 못하고, 유씨 또한 사침(私寢)에 있고, 오직 구파 보고 그 찬란함을 기이히 여겨 출처를 물으니, 태우 왈,

"해중 명주로서 남강의 가 얻었나이다."

구파 기이히 여기고 조부인이 더욱 비상함을 알고 깊이 장(藏)하니라.

신몽을 얻은 후로부터 조부인이 잉태 사오삭(四五朔)이 되고, 해 바뀌어 신춘을 만나니, 상서와 태우의 기쁨은 비길 곳이 없으되, 위태부인과 유씨는 기뻐 아니하더라.

이때 정공의 부인 진씨는 이자를 두고 또 잉태 사오 삭이라. 정공이

"남강에서 보월을 얻었으니 마땅히 장손(長孫)의 빙폐를 삼고저 하노라."

모친 순태부인이 보월 얻은 곡절을 듣고 기특히 여겨 장손 천흥을 어루만져 왈,

"나의 기린(騏驎)50)이 언제 장성하여 숙녀를 취하리오."

공이 대왈,

"소자의 친우 중에 옥녀(玉女)를 가려 천흥의 배필을 미리 정하리이다."

하더라.

일일은 옥누항 윤부에 이르러 윤공 형제로 담화할 새, 아소저(兒小姐) 명아 태우의 차녀 현아로 더불어 시녀에게 안겨 외헌(外軒)에 나오다가, 객을 보고 도로 들어가거늘, 정공이 소왈,

"형의 여아를 소제 한 번 구경코자 하노라."

윤공이 웃고 시녀를 명하여 양아(兩兒)를 데려오라 하니, 시녀 소저 양인을 받들어 오니, 명아는 사세요, 현아는 삼세라. 신장이 잠간 층등(層等)하나 비상한 기질(氣質)과 절세애용(絕世愛容)이 일세에 희한한지라.

---

50) 기린(騏驎) : 하루에 천리를 달린다는 말. 어린 자식이나 손자를 귀엽게 이르는 말.

태우 웃고 정공을 가리켜 '예하라' 하니 양 애 능히 부끄러운 줄 알아 옥면을 붉히고 절한데, 미목(眉目)에 천지정화(天地精華)[51]를 거두었고, 면모에 오채상광(五彩祥光)이 애애(靄靄)하여 수출(秀出)한 기품이 막상막하(莫上莫下)하니, 차등(差等)을 정키 어려운지라. 정공이 일견에 번연경동(翻然驚動)하여 상연(爽然)[52]이 낯빛을 고쳐 칭찬 왈,

"양아(兩兒)의 비범함이 무쌍하니, 비록 딸을 두었으나 무상(無狀)한 십자(十子)를 부러워 아니리로다. 원간 이 아이 뉘 여아뇨?"

태우 소왈,

"형이 어찌 치녀(稚女)를 가져 이리 찬양하시느뇨? 신장이 큰 아이는 사곤(舍昆)[53]의 여요, 적은 아이는 소제의 여아라."

정공이 칭찬함이 그치지 아니 하고 그윽이 아자 천흥의 배우(配偶)를 정코자 하더라. 문득 하어사 왔으나 통(通)치 않고 들어오니, 원래 하부는 지척이라. 피차 조왕모래(朝往暮來)[54]하니, 통치 않고 다니더라.

윤공 형제 하어사를 보고 웃으며 왈,

"정윤보 왔으매 형이 보러 왔도다. 가장 잘 왔는지라."

하어사 승당하여 정공으로 예필에 소저 등을 보고 경문 왈,

"이 아니 윤형의 천금옥수(千金玉樹)[55]냐?"

상서 왈,

---

51) 천지정화(天地精華) : 천지의 깨끗하고 순수한 기운.
52) 상연(爽然) : 이매우 시원스럽고 상쾌하게.
53) 사곤(舍昆) : 남에게 자기의 맏형을 겸손하게 이르는 말.
54) 조왕모래(朝往暮來) : 아침저녁 할 것 없이 왕래가 빈번함.
55) 천금옥수(千金玉樹) : 천금(千金)이나 할 만큼 귀하고 아름다운 사람. 옥수(玉樹)는 재주가 뛰어난 사람을 이르는 말.

"연(然)하거니와 형이 어찌 과찬하느뇨?"

하어사 심애(甚愛) 왈,

"옥이 곤산(崑山)에 나고 진주(眞珠) 벽해(碧海)에서 나나니, 양형(兩兄)의 생아(生兒) 어찌 범연(凡然)[56]하리오. 여차 기특함은 본 바 처음이라. 이곳에 조왕모래 하나 일찍 형의 이 같은 농주(弄珠)[57]를 못 보았더니, 정형의 덕으로 선아(仙娥)를 보도다."

윤태우 소왈,

"소아 등의 우미(愚迷)함을 보고 형 등이 이렇듯 과찬하니 평일 고산(高山) 같은 안견(眼見)이 이렇듯 낮아지뇨?"

하·정 양공이 흔흔담소(欣欣談笑)하며 눈을 옮기지 아니하고, 정공이 먼저 가로되,

"소제 영녀(令女) 등을 보매, 외람히 미돈(迷豚)으로써 '주진(朱陳)의 호연(好緣)'[58]을 기약하여 양아(兩兒) 자라기를 기다려 성례(成禮)코자 하나니, 문강형의 뜻이 하여오?"

상서 형제 미급답(未及答)에, 하어사 웃음을 머금고 가로되,

"정형이 두 규아(閨兒)를 다 유의(有意)하여 자기 양자(兩子)로 호연(好緣)을 기약(期約)하나, 하나는 소제 결단하여 구하리니 정형은 양아(兩兒)를 다 바라지 말라."

정공이 흔흔(欣欣)이 웃으며 왈,

---

56) 범연(凡然)하다 : 평범하다.
57) 농주(弄珠) : 공놀이. 구슬받기 놀이. 남의 어린 여자아이를 귀엽게 이르는 말.
58) 주진(朱陳)의 호연(好緣) : 주진(朱陳)은 중국 당(唐)나라 때에 주씨와 진씨 두 성씨가 함께 살아오던 마을 이름인데, 한 마을에 오직 주씨와 진씨만 대대로 살아오면서 서로 혼인을 하였다고 하여, 두 성씨간의 혼인을 일컬어 '주진(朱陳)의 호연(好緣)'이라 한다.

"소제 장자는 오세요, 차자는 삼세니 두 소저를 다 구할 의사 있더니, 퇴지 이렇듯 이르니 애달음을 이기지 못하리로다."

윤공·형제 정·하 양인의 말을 듣고 도리어 가소(可笑)로이 여겨 가로되,

"유하(乳下)를 면치 못한 것을 의혼(議婚)할 바 아니라. 타일 저의 자란 후 우리 지극한 정분으로 다시 인아(姻婭)59)의 의(義)를 맺음이 가하니라."

정·하 양공이 착급하여 소 왈,

"영아(令兒) 등이 작인(作人)이 전혀 복덕(福德)으로 수한(壽限)이 장원하여 영귀할 바요, 미돈(迷豚) 등이 비록 용우하나 자라면 거의 숙녀의 평생을 욕지 않을 만하니, 문강형의 곤계 돈아(豚兒) 등을 보는 바라. 소제 등을 더럽게 아니 여기거든 혼사를 허하라."

상서와 태우 소왈,

"정형의 장자는 오세니 아녀와 혼사를 기약함이 가하거니와, 하형의 장자는 거의 십세나 되었으니 아녀 등과 연기부적(年紀不適)하니 혼인을 구함이 불가하도다."

하어사 답 소왈,

"구태여 장아로써 구혼할 바 아니라. 영아 등과 연기상적(年紀相適)한 아들로써 정코자 하노라."

정공이 명아소저의 나이를 물어 자기 아들 천흥과 정약(定約)키를 청하고, 하어사 현아소저의 나이를 물어 삼 센 줄 알고 자기 제 사자 원광과 동년이라, 굳은 언약을 두어 양아가 무사히 자랄진대 종내(從來) 뜻을 변치 아니키를 청하니, 윤상서는 미소단좌(微笑端坐)요, 태우 소왈,

---

59) 인아(姻婭) : 사위 쪽의 사돈과 사위 상호간. 곧 동서(同壻) 쪽의 사돈을 아울러 이르는 말. '인(姻)'은 사위의 아버지. '아(婭)'는 사위 상호간을 말함.

"장부일언(丈夫一言)이 천년불개(千年不改)라. 한 번 허락한 후 어찌 뜻을 고치리오. 소제는 여아를 허하여 원광과 정혼(定婚)하니, 양아(兩 兒) 자랄 사이 혹자 대단한 사고(事故) 있어 양가(兩家) 형세 같지 못함 이 있어도, 윤명강의 마음이 변치 않으리라."

하어사 쾌활하여 연망(連忙)히[60] 칭사한데, 정공이 쾌락(快諾)을 듣 지 못하여 보채기를 마지않으니, 상서 날호여[61] 소왈,

"사제 혼인을 뇌정(牢定)하여 딸의 어림을 깨닫지 못하니 가소롭거니 와, 형이 또 당혼(當婚)[62]한 아들을 둠 같으니 소제 어찌 허락지 않으리 오. 다만 천흥은 유하(乳下)를 면치 못한 아이로되 호호발양(浩浩發揚)[63] 하여 용호지습(龍虎之習)[64]이 있으니 타일 영준호걸(英俊豪傑)이 될지라. 아녀(我女)의 용잔(庸孱)함이 마땅한 배필(配匹)이 아닌가 하노라."

정공이 상서의 허락을 얻고 영행(榮幸)하여 사례 왈,

"형이 소제의 용우함을 버리지 않고, 천금옥녀(千金玉女)로써 개연(介 然)히 허하여 돈아의 동상(東床)[65]을 기약하니, 감사함을 이기지 못하 나니, 돈아가 타일 호방하여 삼가지 못하는 일이 있어도 소제 각별히 살 펴 영아의 일생을 편토록 하리라."

하어사 문득 가로되,

"혼사를 뇌정(牢定)하니 반드시 표적을 두어 서로 뜻을 고치지 못하게

---

60) 연망(連忙)이 : 바삐. 급히.
61) 날호여 : 천천히.
62) 당혼(當婚) : 혼인할 나이가 됨.
63) 호호발양(浩浩發揚) : 마음, 기운, 재주 따위를 크게 떨쳐 일으킴.
64) 용호지습(龍虎之習) : 용과 호랑이의 기상.
65) 동상(東床) : '동쪽 평상'이라는 뜻으로, '사위'를 달리 이르는 말. 중국 진(晉)나 라의 극감(郗鑒)이 사위를 고르는데, 왕도(王導)의 아들 가운데 동쪽 평상 위에 서 배를 드러내고 누워 있는 왕희지를 골랐다는 고사에서 유래한다.

하리라.”

윤공 형제 소왈,

“이 또한 형의 마음대로 하려니와 표적을 두지 않으나 우리 사인이 심담(心膽)이 상조(相照)하니 종내 어찌 고치리오.”

하공이 소왈,

“범사 굳은 것이 으뜸이라.”

하고, 앵혈66)을 구하니, 태우 시녀를 명하여 앵혈을 내오매 하공이 상서의 앞에 붓을 던져 왈,

“영아를 ‘정가(鄭家)의 종부(宗婦)’라 하고, 명강의 농주로 ‘하가(河家)의 자부(子婦)’라 하여 팔에 쓰소서.”

---

66) 앵혈 : 개용단·회면단·도봉잠 등과 함께 한국고소설 특유의 서사도구의 하나. 중국 진(晉)나라 사람 장화(張華)의 『박물지(博物志)』에 나오는 수궁사(守宮砂)를 한국소설에서 창작적으로 변용하여 쓴 것이다. 『박물지』에 의하면, 수궁사는 도마뱀에게 주사(朱砂)를 먹여 길러, 몸이 온통 붉게 된 것을 찧어서 만든, 도마뱀의 몸에서 나온 붉은 액체를 말하는데, 이것을 여성의 몸에 바르면, 성경험이 있는 여성은 몸에 붉은 물이 들지 않는데, 성경험이 없는 처녀는 몸에 붉은 물이 들어 죽을 때까지도 지워지지 않다가, 성관계를 갖게 되면 즉시 없어져 버린다고 한다. 한국고소설에 나오는 앵혈도 이와 유사한 것인데, 다만 그 제조 방법이 도마뱀의 피에다 주사를 섞어 만든 다는 점이 다를 뿐 그 효능은 같다. 한국고소설에서 앵혈은 이러한 효능 곧 성경험을 갖지 않은 처녀나 총각의 몸에만 붉은 물이 들고, 성관계를 가져야 이것이 없어진다는 것 때문에 남녀의 동정(童貞)을 감별하거나 부부의 성적 결합여부를 판별하는 징표로 주로 사용된다. 그러나 이에 못지않게 이 작품에서 윤명아·윤현아의 팔에 앵혈로 ‘정가종부(鄭家宗婦)’·‘하가자부(河家子婦)’라고 써서 징표를 삼는 것처럼, 신분표지를 하는 데도 많이 쓰이고 있다. 특히 남·여, 부·자의 이합(離合)에 따른 파란만장한 수난담을 다루고 있는 대하소설들은 어김없이 이 앵혈화소를 빌어서 서사의 확장을 꾀해가고 있다. 앵혈을 흔히 ‘앵혈(鸚血; 앵무새피)’, ‘앵혈(鶯血; 꾀꼬리피)’ 등으로 주석하고 있으나, 이는 근거가 없는 말이다. 본디 ‘앵혈’은 ‘앵무새’나 ‘꾀꼬리’의 피를 특정한 말이 아닌, ‘앵두처럼 선홍빛을 띤 피’라는 뜻을 드러내 붙인 ‘경혈(經血)’ 또는 ‘처녀막 출혈’의 대유(代喩)로 보인다.

하니,

상서 미미(微微)히 웃으며 왈,

"하퇴지 흔흔장부(昕昕丈夫)[67]로 호의(狐疑) 없더니 어찌 금일을 당하여 아녀자의 마음이 있나뇨?"

하공이 웃고 쓰기를 재촉하니, 태우 소왈,

"비상(臂上)의 표적(標的)을 둘진대 구태여 사곤(舍昆)께 청치 말고 그 엄구(嚴舅) 될 이 각각 쓰라."

정공이 마땅함을 일컫고 친히 명아 소저를 나오게 하여 글을 쓰려하니, 명아가 부끄러워 상서의 앞에 앉아 팔을 내지 않으니, 나이 어려 혼사(婚事) 정(定)하는 일은 알지 못하나, 전일(前日) 보지 못하던 어른을 대하여 수괴(羞愧)함이라. 상서 사랑을 이기지 못하여 친히 여아의 팔을 빼어 정공의 쓰기를 재촉하니, 정공이 앵혈을 흐억히 찍어 '정가종부(鄭家宗婦)' 네 자를 두렷이 쓰고 물러나, 태우로 하여금 현아 소저의 팔을 빼라 하니, 하공이 '하가자부(河家子婦)'라 쓰매, 사공(四公)이 마음이 각별하여 서로 자녀의 자라기를 기다릴 새, 태우 웃고,

"사곤(舍昆)이 지금의 아들을 두지 못하시니 절박한 근심이 없지 못하더니, 사수(舍嫂)[68] 잉태 오륙삭이라. 혹자 생남하시는 일이 있거든 문호(門戶)의 대행(大幸)이니, 하·정 양형 중 혹자 부인이 잉태하시니 있거든 양가(兩家) 아해 나기를 기다려 또 친사(親事)[69]를 정하리라."

정공이 조부인의 유신(有娠)[70]함을 듣고 상서를 향하여 칭하(稱賀)하며, 자기 부인이 잉태 오뉵삭(五六朔)임을 일러 아해 나기를 기다려 남

---

67) 흔흔장부(昕昕丈夫) : 세상 이치에 통달한 대장부.
68) 사수(舍嫂) : 형수(兄嫂).
69) 친사(親事) : 혼사(婚事).
70) 유신(有娠/有身) : 임신.

녀 분변하여 혼인을 정하자 한대, 하공이 소왈,

"형의 부인네만 잉태하랴? 소제도 실인(室人)이 잉태 사오삭이니 분산함을 보아 정하리로다."

태우 가장 기뻐하여 삼가(三家)의 아해 나기를 기다려 정혼함을 일컫고 종일 즐기다가 석양에 파하여, 형제 종용이 말씀할 새, 태우 양아의 정혼함을 기뻐하고, 정·하 양부인의 분산(分産)함을 기다려, 형장 생아(生兒)와 결혼하여 겹겹 인아(姻婭)의 두터움을 맺음이 좋음을 일컬어 기뻐함을 마지않으니, 상서 홀연 미우를 찡그리고 길이 탄 왈,

"자녀를 성취(成娶)하여 영효(榮孝)를 봄이 극히 두굿거오나[71] 내 스스로 마음이 위황(危慌)하니 장원(長遠)하기를 바라지 못할까 하노라."

태우 경아(驚訝) 위로 왈,

"소제 다만 아들을 두지 못하였으니 형장이 만일 쌍태(雙胎)를 생하실진대 하나를 계후(繼後)하려 하나이다."

상서 미소 왈,

"현제 나이 젊고 유수(嫂) 단산(斷産)하실 때 아니라. 자녀 몇이 될 줄 알리오. 괴이한 말 말지어다."

태우 문득 탄식 왈,

"소제 실로 유씨의 생산을 원치 아니하나니, 현아는 마침 모풍(母風)이 없거니와 경아는 많이 그 어미를 닮아 그 위인이 우리 집 품질이 아니니 애달아하나이다."

상서 정색 왈,

"네 어찌 괴이한 말을 하느뇨? 유수 총명자혜(聰明慈惠)하신지라. 만일 생자(生子)하실진대 영걸지재(英傑之材) 되리라. 자녀(子女) 번성할

---

71) 두굿겁다 : 자랑스럽다. 대견스럽다. 기뻐하다.

것이요, 더욱 치발(齒髮)이 미장(未長)하고 유치(幼稚)한 경아를 '모풍(母風)이 있다' 하여 갈구(渴求)하니 말마다 괴이하도다."

태우 탄식 부답(不答)이러라.

이적의 금국(金國) 오랑캐 호삼개 여러 대 조공(朝貢)을 받들지 않고, 군량과 장사(將士)를 모아 천조(天朝)를 항형(抗衡)[72]코자 하니, 그 세 강장(强壯)하여 크게 용이(容易)치 아닌지라. 천자 근심하시어 옥체 용상(龍床)에 숙식(宿食)이 불안하시니, 금령문에 크게 조회(朝會)를 여시어 호삼개 처치할 도리를 물으시니, 만조의 의논이 분분하여 혹 흥사문죄(興師問罪)[73] 하자 하는 이도 있고, 혹자 덕이 가작한[74] 사신을 보내어 교유(敎諭)하자 하는 이도 있어 의논을 정치 못하더니, 삼공(三公)[75]의 뜻이 천사(天使)를 보냄이 마땅하고 병혁(兵革)을 일으킴이 중난(重難)타 하니, 천자 옳이 여기시나 삼공 이하 위험지지(危險之地)의 가기를 원치 아니하여 면면상고(面面相顧)[76]하여 결(決)치 못하더니, 상서 윤공이 개연(介然)이 반부중(班部中)에 몸을 빼어 부복(俯伏) 주(奏) 왈, "신(臣) 윤현이 국은(國恩)을 입사와 외람하온 작직(爵職)이 이부천관(吏部天官)[77]과 광록태우(光祿大夫)를 겸하와 홍문관(弘文館)의 요금학사(腰金學士)[78] 되오니, 숙야우구(夙夜憂懼)[79]하와 성은(聖恩)을 만분

---

72) 항형(抗衡) : 서로지지 아니하고 맞섬.
73) 흥사문죄(興師問罪) : 군사를 일으켜 정벌함.
74) 가작하다 : 가지런하다. 고루 다 갖추다.
75) 삼공(三公) : 삼정승. 조선의 영의정·좌의정·우의정. 중국 주(周)·명(明)·청(淸)의 태사(太師)·태부(太傅)·태보(太保). 한(漢)·당(唐)·송(宋)의 태우(太尉)·사공(司空)·사도(司徒).
76) 면면상고(面面相顧) : 아무런 의견도 내놓지 못하고 서로 얼굴만 바라봄.
77) 이부천관(吏部天官) : 이부상서(吏部尙書)
78) 요금학사(腰金學士) : 허리에 금대(金帶)를 두른 학사. 요금(腰金)은 벼슬아치의 허리에 두른 금대(金帶). 조선 시대에 정이품(6부의 판서급)의 벼슬아치가 조복

지일(萬分之一)이나 갚사올까 원하오되, 척촌(尺寸)도 국은(國恩)을 갚
삽지 못하오나 어찌 방심해태(放心解怠)하리까? 방금(方今) 금국(金國)
에 천사를 의논하시니, 외람하오나 신을 보내실까 바라나이다."

천안이 석연돈오(釋然頓悟)[80])하시어 수족 같은 현량(賢良)을 멀리 보
내기를 어려이 여기시되, 삼공 이하 다 마땅함을 주하니, 상이 마지못하
시어 가라사대,

"금국은 위험지지(危險之地)라. 천사를 보내도 강용(强勇)이 겸전(兼
全)한 무신을 보내고 문관은 보내지 않으려 하더니, 이제 윤현이 충성을
다하여 자원(自願)하니 짐이 마지못하여 허하거니와, 금국 흉지에 가매
성명이 위태할까 염려하노라."

상서 돈수(頓首) 주왈(奏曰),

"성상이 미신(微臣)을 위하여 이렇듯 하시니 황공하와 아뢰올 바 없삽
는지라. 사생이 유명(有命)하오니 이적(夷狄)이 비록 흉완(兇頑)하오나
간대로[81]) 천조 사신을 해치 못하오리니, 복원(伏願) 폐하는 성려(聖
慮)[82])치 마소서."

상이 칭찬 왈,

"이제 금국의 변이 있으매 경의 정충대절(貞忠大節)을 새로이 알 바
라. 망신순국(亡身殉國)하니 가히 아름답도다."

하시니, 상서 불감함을 주달하오니, 즉시 사신을 정송(定送)하실 새,
전전태학사(殿前太學士) 정사도로 부사를 정하여 일찍 치행(治行)하여

(朝服)에 금대(金帶)를 둘렀다.
79) 숙야우구(夙夜憂懼) : 이른 아침부터 밤늦게까지 걱정하며 두려워함.
80) 석연돈오(釋然頓悟) : 한 점 의심도 없이 밝히 깨달음.
81) 간대로 : 마음대로
82) 성녀(聖慮) : 임금의 염려를 높여 이르는 말.

발행케 하시니, 윤·정 양공이 퇴조 귀가하니, 일가친척과 상하노소(上下老少) 놀라지 아닐 이 없으되, 오히려 정부 일문은 경악(驚愕)한 염려 적으나, 윤가 친척은 다 위태하게 여기고 천사를 자원함을 애달아하며, 윤태우 대경차악(大驚嗟愕)하여 상서께 고 왈,

"형장은 봉사봉친(奉祀奉親)의 중한 몸이요, 국가의 주석동냥(柱石棟樑)이라. 차마 금국 위험지지(危險之地)에 나아가리까? 명일 소제 탑전(榻前)83)에 주달(奏達)하고 금국 사신을 소제 바꾸어 가리이다."

상서 정색 왈,

"금국이 위험하나 사지(死地) 아니요, 호삼개 사오나오나 사람 죽이는 칼이 아니니, 천조 사신이 번국의 가매 길이 영화롭고 작품(爵品)이 점점 높을지라. 무엇이 위태타 하느뇨? 비록 사지라도 내 이미 정하였으니 요개(搖改)할84) 길이 없거늘, 현제 어찌 소임을 당하리오."

태우 차악경심(嗟愕警心)85) 왈,

"소제 금일 신기 불평하여 조참치 못하고 형장이 금국에 가실 줄은 기약치 아녔더니, 천만 뜻밖에 위험지지를 좋은 길 나아가듯 하실 줄 어찌 알았으리까?"

상서 태우의 염려함을 위로하고, 한 가지로 경희전의 들어가 태부인께 금국에 나아감을 고하니, 위씨 매양 상서는 가내에 없을수록 기뻐하고 죽기를 주야 축원하는 바라. 마음속에 대희(大喜)하나 겉으로 경참(驚慘)한 빛을 지어 눈물을 흘려 왈,

"금국 위험지지를 어찌 자원 출사(出師)86)하뇨? 만일 흉적의 해를 만

---

83) 탑전(榻前) : 임금의 의자 앞.
84) 요개(搖改)하다 : 대신하다. 바꾸다. 요대(搖代)하다.
85) 차악경심(嗟愕警心) : 마음속으로 몹시 놀람.
86) 출사(出師) : 출병(出兵). 군대를 이끌고 전장에 나감.

날진대 노모의 그리는 심사를 어찌코자 하느뇨?"

상서 이성화기(怡聲和氣)87)로 위로하며, 태우 형을 대신하고자 하는 뜻을 고하니, 위씨 진정으로 놀라 왈,

"현은 재덕이 제미(齊美)하니 오히려 흉적을 교유하여 무사히 돌아오려니와, 너는 형을 만불급(萬不及)88)하리니 더욱 어찌 이런 말을 하느뇨?"

태우 낯빛을 정히 하고 공수(拱手) 대왈,

"형장은 가국의 중한 몸이니 아니 가심 즉하거니와 소자는 집의 차자(次子)라. 불관하오니 길흉간(吉凶間) 형을 대신하여 가국을 위하오미 인신지도(人臣之道)의 옳사온지라. 자정이 마땅히 소자로써 가형을 대신하라 권하심 즉하옵거늘 어이 이다지 하시나이까?"

위씨 차악발비(嗟愕拔臂)89) 왈,

"노모 부질없이 살아 너희 이런 거동을 보니 바삐 죽음이 원이라. 국사를 부자간인들 대신하는 규구(規矩) 있나냐?"

상서 정색하고 태우를 돌아보아 왈,

"내 이제 자전좌측(慈殿座側)90)을 떠남이 하정(下情)91)이 베이는 듯하거늘, 어찌 괴이한 말로써 자위의 놀라심을 돕삽고 나의 마음을 산란(散亂)케 하느뇨? 평일 너를 믿던 바가 아니로다."

태우 모친 말씀과 거동이며 상서의 준절한 의논을 들으매 자기 마음을 펼 길이 없는지라. 비열(悲咽)함을 이기지 못하여 능히 지향치 못하

---

87) 이성화기(怡聲和氣) : 부드러운 말과 온화한 기색.
88) 만불급(萬不及) : 어림없이 미치지 못함. 천만불급(千萬不及)
89) 차악발비(嗟愕拔臂) : 몹시 놀라 팔을 내 저으며 만류함.
90) 자전좌측(慈殿座側) : 어머니의 곁. 자전(慈殿)은 임금의 어머니를 이르던 말로, '어머니'를 높여 이르는 말.
91) 하정(下情) : 어른에게 대하여, 자기 심정이나 뜻을 겸손하게 이르는 말.

는지라. 상서 나라를 위하여 사사를 돌아보지 못하는지라. 아우의 과도히 염려하며 슬퍼함을 보매 어찌 심회 좋으리오. 길이 탄식 왈,

"자고로 '충신이 효자 되지 못한다.' 함이 날을 두고 이름이로다. 내 이제 나라를 위하여 인신의 도리를 하고자 하매, 자위께 불효를 끼치옵고 아우의 슬퍼함을 보니 동기(同氣)를 저버림이 많도다."

태우 회포 무궁하나 모전(母前)이라, 모친의 사오나온 뜻을 모르고 슬퍼하심을 도울까 두려, 사색(辭色)을 고쳐 십분 강인(强忍)하여 시좌타가, 외헌의 나와 상서의 손을 잡고 눈물을 금치 못하여 가로되,

"형장이 무사히 돌아오시면 천행이거니와 불연즉 소제의 심사를 어찌 하리까?"

상서 또한 추연자상(惆然自喪)하여 태우의 팔을 어루만져 탄 왈,

"현제의 명감(明鑑)으로써 어찌 우형의 명도(命途)와 수요장단(壽夭長短)을 지금껏 알지 못하느뇨? 반드시 금년이 나의 명년(命年)[92]이라. 타국에 가지 않으나 천명을 어찌 도망하리오. 성현도 오는 액을 면치 못하시고, 안자(顏子)[93] 단명하시니, 우형의 부재박덕(不才薄德)으로 천수를 어찌 도망하리오. 이제 이 길이 망연(茫然)하나 도시(都是)[94] 명야(命也)라. 하늘과 귀신이 지휘하니 어찌 면하리오. 현제는 모름지기 슬퍼 말고 자위를 효봉하고 일가 효우돈목(孝友敦睦)하여 윤씨 문호를 흥기하라."

태우 상서의 말씀으로 조차 누수(淚水) 금포(錦袍)를 적실 따름이라. 상서 역시 슬퍼함을 마지않아 주야 형제 상대하여 이회(離懷)를 이르고,

---

92) 명년(命年) : 목숨을 마칠 연한(年限).
93) 안자(顏子) : 안회(顏回). 공자의 제자. 십철(十哲) 가운데 한 사람.
94) 도시(都是) : 도무지. 도통(都統). 이러니저러니 할 것 없이 아주.

지극한 정이 비길 데 없어 사람으로 하여금 본받을 바라.

애(哀)라! 인간세사 임의치 못함이 여차한고!

이러구러 천사의 발행일자(發行日字) 점점 가까워 오니, 태우 왈,

"이제 만리타국(萬里他國)에 나아가시매 예사 소국과 달라, 위험지국(危險之國)에 환귀지속(還歸遲速)을 정치 못하나니, 청컨대 해월루에 들어가셔 수수(嫂嫂)의 지향 없으신 심사를 위로 하소서."

상서 미소 왈,

"아우 이르지 않으나 내 또 부부의 정으로써 사별(死別)을 위로치 않으랴?"

태우 사곤의 이런 말씀을 들을수록 마음이 베이는 듯하더라.

차야의 상서 해월루에 들어가니, 부인이 상서의 금국 사행을 들은 후로 심담(心膽)이 여할여삭(如割如削)하여, 몽사의 이상이 맞음을 보매 황황망극(惶惶罔極)함을 이기지 못하되, 사람됨이 얼음과 금옥의 견고함을 가졌으니, 강인하여 사색(辭色)을 화(和)히 하고 말씀을 자약(自若)히 하여, 상서의 의복을 다스려 행거(行車)를 차리더니, 상서 들어옴을 보고 기영좌정(祇迎坐定)95)하매, 상서 부인의 수고로이 침선(針線)을 다스려 몸이 가쁨을96) 돌아보지 않음을 염려하여, 웃고 가로되,

"생의 의복을 부인이 친집(親執)지 않으나 천조사신(天朝使臣)의 행차라. 소과주현(所過州縣)이 의복과 찬선(饌膳)을 갖추어 생의 뜻을 맞추어 영접하리니, 어찌 유태지중(有胎之中)에 수고로움을 생각지 아니 하시느뇨?"

부인이 묵연(黙然)이 말이 없더니, 날호여 대왈,

---

95) 기영좌정(祇迎坐定) : 공경하여 맞이한 후 자리에 앉음.
96) 가쁘다 : 숨이 몹시 차다. 힘에 겹다. 고단하다. 피곤하다.

"금국이 위험지지라 하오니, 군자 봉친지하(奉親之下)의 자원천사(自願天使)하여 사사를 돌아보지 않으시어, 충의는 항복되오나 효의(孝義)는 지효(至孝) 아닌가 하나이다."

상서 왈,

"흉지(凶地)의 나아가나 수복(壽福)이 장원(長遠)할진대 자연 위지(危地)를 벗어날 것이요, 정한 수(壽) 만일 마치라 하면 위태함이 팔구분(八九分)이나 하니, 부인은 복(僕)이 다시 산 얼굴로 돌아오지 못하나, 지통(至痛)을 관억(寬抑)하여 자위를 성효로 받드옵고, 슬하유치(膝下幼稚)를 무휼(撫恤)하여 복의 신후(身後)를 이음이 나의 믿는 바라. 복중아(腹中兒)는 반드시 일쌍기린(一雙騏驎)이 되리니, 생이 비록 없으나 아들이 여차하면 사이불사(死而不死)라, 무엇을 슬퍼하리오. 여아는 정윤보의 아들과 정혼하였으니, 피차 굳은 맹약이 금석 같아 정가 버리지 않으면 오가 또한 배약(背約)지 못할지라. 인심세사(人心世事) 혹자 괴이함이 있어 혼인의 마장(魔障)[97]이 있어도, 여아는 곧 정씨의 사람이라. 타처에 의혼(議婚)치 마르소서."

부인이 비록 태연하기를 위주하나, 당차지시(當此之時)하여 상서의 말씀을 들으매 더욱 심장이 최열(摧裂)[98]하여, 성안(聖顔)에 주루(珠淚) 어리고 아황(蛾黃)[99]에 수운(愁雲)이 척척(慼慼)하여, 척연(慽然) 대 왈,

"명공(明公)이 첩을 대하여 차마 사람이 견디어 듣지 못할 말씀을 하셔 아녀자의 심담을 촌할(寸割)케 하시나니까?"

---

97) 마장(魔障) : '귀신의 장난'이라는 뜻으로, 일의 진행에 나타나는 뜻밖의 방해를 이르는 말.
98) 최열(摧裂) : 끊어지고 찢어지다.
99) 아황(蛾黃) : 아황(蛾黃)은 예전에 여자들이 얼굴에 바르던 누런빛이 나는 분으로, 여기서는 분바른 얼굴을 뜻함

　언파에 오열(嗚咽)함을 마지않으니, 상서 나아가 부인의 옥수(玉手)를 잡아 맥후(脈候)를 보고, 우어 왈,

　"이 진실로 절처봉생(絕處逢生)[100]이라. 이 어찌 천도가 무심하신 바이리오. 이제 부인의 맥후를 보건대 벅벅이[101] 생남할지라. 문호의 대경이요, 우리부부의 복이 아니리오. 여자에게 삼종의탁(三從依託)[102]이 있으니 재가종부(在家從父)하고 적인종부(適人從夫)하고 부사종자(夫死從子)라. 부인이 악장(岳丈)의 만래(晚來) 필아(畢兒)로서 성인(成姻)하여 즉시 악장 내외 기세하시나, 복(僕)이 있어 부인의 바람이 되고, 이제 복이 사지의 나아가나 한낱 여아 있고 복의 후사(後嗣)를 이을 남아가 날 것이니, 삼종지의(三從之義) 멸치 않으리라. 스스로 관억하고 천만인(千萬人)이 죽으라 할지라도 가부(家夫)의 오늘날 유탁(遺託)을 저버리지 말고, 부인의 몸을 보호하여 살기를 구하는 것이 가부의 혈속(血屬)을 끊지 아니하며 조선봉사(祖先封祀)를 염려하는 도리라. 생은 몸을 국가에 허하였으매, 사사(私事)를 돌아보지 못하여 자정(慈庭)께 불효비경(非輕)하거니와, 부인은 세상에 머물러 자정을 받들어 불효를 면하며, 자녀를 길러 조선(祖先)에 유공(有功)한 며느리 될진대, 생이 타일 구천하(九泉下)에 서로 보나 기쁜 웃음을 머금고 동혈 티끌이 되어, 백만년의 무궁한 정을 위로하여 인세의 느꺼운 화락을 지하에 지으며, 나의 자녀를 아름다이 성취하여 현부쾌서(賢婦快婿)를 얻을진대, 명명지

---

100) 절처봉생(絕處逢生) : 오지도 가지도 못할 막다른 판에 요행히 살길이 생김.

101) 벅벅이 : 반드시, 틀림없이

102) 삼종의탁(三從依託) : 삼종지도(三從之道). 예전에 여자가 따라야 할 세 가지 도리를 이르던 말. 결혼하기 전에는 아버지를, 결혼해서는 남편을, 남편이 죽은 후에는 자식을 따라야 하였다. ≪예기≫의 의례(儀禮) 〈상복전(喪服傳)〉; 婦人有三從之義, 無專用道 故未嫁從父, 既嫁從夫 夫死從子.

중(冥冥之中)에 즐거운 영백(靈魄)이 부인의 성덕을 하례하리니, 어찌
즐겁지 않으리오. 부인이 설설(屑屑)이[103] 눈물을 나리와 생의 가는 심
사를 흐트러트리고 스스로 몸을 상케 하시느뇨?”

조부인이 장부의 이 같은 당부를 들으매 비회충첩(悲懷層疊)하고, 가
중형세(家中形勢)를 헤아리건대 상서 없으면 자기 더욱 보전키 어려운
지라. 차라리 자기 몸이 엄절(掩絶)하여[104] 망극한 경계(警戒)를 모르고
자 하여 머리를 숙이고 능히 답지 못하나, 오내(五內)[105] 끊어질듯 하니
사색이 참연비절(慘然悲絶)한지라. 상서 시녀로 침금(寢衾)을 포설(鋪
設)하라 하고 상요[106]에 나아갈 새, 촉(燭)을 물리고 부인으로 더불어
일침지하(一寢之下)에 여산약해(如山若海)한 중정(重情)을 이으매, 백년
의 느꺼운 뜻이 있거든 십육 년 화락이 춘몽 같은지라.

상서 다시 가로되,

“생을 대하여 살기를 이르지 않고 일분이나 생의 돌아오기를 바라니,
사정이 절박함으로써 그러하거니와, 생이 한번 가매 다시 돌아올 바 없
는지라. 부인이 어찌 한 말 허락을 아니 하여 생의 가는 마음을 위로치
아니 하시느뇨? 자고로 여자 지아비를 따라 죽는 것이 사람이 일컬어
절부열녀(節婦烈女)라 하거니와, 형세 만분 부득이(不得已) 하릴없는 자
는 죽음이 괴이치 아니 하거니와, 다만 부인 같은 이는 복중 아이는 이
르지 말고 여아 있고 가부가 부탁을 이같이 이르니, 생이 혹 죽고 가내
어지러운 일이 있어도, 부인이 보전키 어렵거든 권도(權道)와 곡례(曲

---

103) 설설(屑屑)이 : 자잘하게, 구구하게.
104) 엄절(掩絶)하다 : 죽어 자취를 감추다.
105) 오내(五內) : 오장(五臟). 간장, 심장, 비장, 폐장, 신장의 다섯 가지 내장을 통
틀어 이르는 말.
106) 상(牀)요 : 침상(寢牀)에 펴 놓은 요라는 듯으로 잠자리를 말함.

禮)있으니, 비록 구차히 도모할지라도 목숨 살기를 위주(爲主)하고, 백인이 죽기를 이르고 만인이 꾸짖어 살지 말라 하여도, 생의 금일 말을 생각하여 적은 일에 마음을 요동치 말고, 복아를 무사히 분산(分産)하며 명아를 아름다이 길러, 자녀를 보호하기를 착념(着念)하여 붕성지통(崩城之痛)의 슬픈 것을 무릅써, 남이 부인을 무지용완(無知庸頑)타 이름이 있어도 알은 체 말고 뜻 잡기를 철석 같이 하여 천도의 되어 감을 보고, 나의 죽은 소식을 듣고 부인이 뒤를 따라 세상을 버릴진대, 부인은 긴 세월 슬픔을 잊거니와, 비록 아들을 낳아도 살리지 못할 것이요, 명아도 보전치 못할지라. 이는 부인의 손으로 자녀를 죽임이니, 생의 후사를 부인이 끊고자 아니 할지라도 윤씨 후사를 이음이 전혀 부인에게 있으니, 원컨대 한 말 언약을 하여 생의 바라는 바를 끊지 마소서."

부인이 심담이 붕렬(崩裂)하나 상서의 예(禮)다운 말씀을 아니 답지 못하여 길이 탄 왈,

"군자의 이르심이 여차하시니 천만 명심하오리니, 군자는 물우(勿憂)하시고 충의를 굳게 잡으시고 성명(性命)을 상해오지 마시어, 소무(蘇武)[107]의 북해상(北海上)의 풍상을 비영(比映)[108]하여 길이 절월(節鉞)로 돌아옴을 효칙(效則)하소서."

공이 탄 왈,

"인심이 고금이 다르고 생이 소무의 장기(壯氣) 없으니 십구 년을 이르지 말고 수 삼년이라도 견디지 못하리니, 사세(事勢)를 보아 흉적의 욕이 임치 않아서 내 스스로 적의 마음을 요동(搖動)하고 쾌히 죽으리

---

107) 소무(蘇武) : B.C.140~B.C.60, 중국 전한의 정치가. 자는 자경(子卿). 흉노에 사신으로 갔다가 잡혀 19년간 억류되었다가 귀국했는데, 절개를 굳게 지킨 공으로 전속국(典屬國)에 임명되었다.
108) 비영(比映) : 비조(比照). 본뜨다. 따르다.

니, 부인은 생의 돌아오기를 바라지 말고 몸을 보전하여 남은 세월을 누리고, 구천(九泉) 타일에 동혈 티끌이 되며 신위(神位) 한 집의 모이기를 기다리소서."

부인이 상서의 가는 마음을 요동(搖動)함이 부질없어 순순 대 왈,

"첩의 몸은 집에 편히 머무니 하늘과 귀신이 죽이지 않으면 스스로 죽지 아니 하오리니, 군자는 첩을 염려치 마시고 만리 행거(行車)를 무사히 하소서."

상서 기뻐 왈,

"부인이 가부(家夫)를 대하여 이렇듯 이르고 저버리지 않으리니, 생이 죽으나 근심이 적은지라. 후사를 염려치 아니하고 자위(慈闈)를 봉양할 도리는 다시 당부치 아니 하나니, 부인은 자부의 도리를 각별이 하고, 복아 반드시 쌍남이리니 분산하거든 장아(長兒)로써 광천이라 하며, 자를 사원이라 하고, 차아로 희천이라 하며 자를 사빈이라 하소서."

부인이 처연(悽然) 이 말을 못하나, 상서는 종야토록 당부하는 말이 다 보전하기를 이르더니, 명일 일가친척과 인리붕당(隣里朋黨)을 다 모여 배작(杯酌)을 날려 굉주교착(觥籌交錯)[109]할 새, 정사도(鄭司徒) 윤상서와 한가지로 가는지라. 범사(凡事) 상관(上官)에게 이시므로 인인이 정사도 염려함이 버금 되는지라. 정공이 아들 천흥을 데리고 윤부에 와 상서를 보게 하여 가로되,

"형이 천아를 전일 익히 보았으나 정혼 후 보지 못하였으니, 돈아의 나이 어리나 빙악의 만리 행도에 아니 와 보지 못할 것이매 데려 왔나이다."

상서 웃고 천흥을 나오게 하여 그 출범 특이함을 사랑하여 제친빈객

---

109) 굉주교착(觥籌交錯) : 벌로 먹이는 술의 술잔과 잔 수를 세는 산가지가 뒤섞인다는 뜻으로, 연회가 성대함을 비유적으로 이르는 말.

(諸親賓客)에게 자랑 왈,

"유치 소아로 정혼 맹약할 것이 아니로되, 정형이 착급하여 청혼하고 소제 천흥의 비상함을 특애하여 질족자(疾足者)에게 앗길까 정혼하였더니, 금일 두 아이를 한데 앉혀 보니 두굿거움이110) 비길 데 없도다."

태우 추연하여 능히 말을 못하며, 구파 슬퍼 왈,

"상공이 어찌 불길한 말씀을 하시나니까? 금국을 교유하시고 영화로이 돌아오셔, 그 사이 복아의 분산하심을 보시고 소저를 아름다이 길러 서랑을 맞으소서."

상서 소이대왈(笑而對曰),

"서모의 말씀 같을진대 자의 수복이 무흠(無欠)하리로소이다."

모두 양아의 기특함을 일컫고, 태부인 왈,

"너희 명아와 현아를 정혼하였으되 어찌 경아는 두 아이에게 위거늘 정혼치 아니하뇨?"

태우 대 왈,

"현아와 명아는 소자 등이 구혼코자 함이 아니라, 하·정 양위(兩位) 친히 보고 구하니 마지못하여 허락하였거니와 경아조차 미리 정하리까? 다만 경아의 기질이 현아만 못한가 하나이다."

위씨 소왈,

"경아는 노모의 장리(掌裏) 구슬이라. 어찌 현아만 못할 리 있으리오. 부디 특이한 서랑(壻郎)을 가려 경아의 쌍이 빗나게 하라."

태우 배사수명(拜謝受命)하고, 상서 천흥을 데리고 나올 새, 명아는 정혼하는 일을 알지 못하되, 천흥은 능히 깨달아, 밖에 나와 여러 명공(名公)이 묻되,

---

110) 두굿겁다 : 몹시 기쁘다. 자랑스럽게 여기다. 대견스럽다.

"누를 보라 온다?"

천흥이 웃고 답지 아니 하더니, 소년명류(少年名流) 가장 지리히 물어,

"윤공 집 일가친척이라 왔느냐?"

천흥이 가장 괴로이 여겨 답하되,

"일가 족친은 아니로되 우리 대인이 정혼하였다 하시고 빙악(聘岳)[111]
이니 와서 뵈오라 하시더이다."

제인이 문 왈,

"빙악이 뭘꼬?"

천흥이 괴로이 여겨 답지 않으니, 상서 소 왈,

"네 빙악이라 이르는 말이 무슨 뜻인고?"

천흥이 대 왈,

"소아가 어찌 알리까? 야야(爺爺) 빙악이라 하시니 듣자올 뿐이라. 좌
중에 뉘 빙악이 없으며 뉘 아내 없는 사람이 있을 것이라 날더러 물으시
니까?"

좌우 어이없어 대소하고, 상서 그 머리를 쓰다듬어 사랑함을 이기지
못하더니, 일모(日暮)에 정공이 천흥을 데리고 돌아가고 제객이 각산(各
散) 후, 명일은 상서 출행(出行)하는 날이라. 태우 심사를 지향치 못하
여 여취여광(如醉如狂)하니, 상서 위로하여 가중만사(家中萬事)를 부탁
하고 이르되,

"조씨 복아(腹兒)를 분산하면 반드시 쌍생(雙生)이리니 우형(愚兄)이
죽으나 아우 있으니, 아이를 학문을 가르치며 범사에 엄부(嚴父)의 소임
을 다할지라. 조금도 염려 없거니와, 현제(賢弟) 성정(性情)이 소활하여

---

111) 빙악(聘岳) : 빙모(聘母)와 악장(岳丈)이라는 뜻으로, 장인과 장모를 아울러 이
르는 말.

잔 곡절(曲切)112)이 너무 없으니, 우형의 미칠 바 아니라. 나의 간 후로
는 자상하고 관인(寬仁)하기로써 힘쓰고, 혹자 불행하여 자식을 두지 못
하거든 쌍자 날진대 마땅히 여러 세월에 두고 보아 하나를 계후(繼後)하
려니와 급히 거조(擧措)치 말라."

태우 이런 말에 다다라는 앞이 어둡고 가슴이 막혀 눈물을 드리워 명
을 받고, 철야토록 형제 집수연비(執手聯臂)113)하여 마음을 정치 못하
더니, 금계(金鷄)114) 새벽을 보하니, 벌써 하리군관(下吏軍官)의 무리
대후(待候)하였는지라. 상서 형제 일어나 관세(盥洗)하고 내당에 들어가
태부인께 신성(晨省)115)하고 뫼셔 수숙이 한 데 모들 새, 경아 등 삼 소
저 상하의 넘노니, 상서 양질아(兩姪兒)와 여아를 나오게 하여 앞에 앉
히고 어루만져 연애(憐愛)하는 정을 참지 못하여 가로되,

"남은 딸이 불관(不關)타 하되 처음으로 얻은 천륜자애(天倫慈愛)라
타인도곤116) 더 하더니, 내 이제 차아(此兒) 등의 장성함을 보지 못하게
되었으니 정히 슬프되, 명아 위로 조모 계시고 아자비와 어미 있으니,
네 아비 있음과 다르지 않으리라."

일좌 제인이 상서의 말로조차 참연히 비루(悲淚)를 내리되, 유씨와 위
씨의 깃거함117)이 중심에 가득하나 거짓 슬퍼하는 빛을 지으니, 사람이
알아 볼 바라. 상서는 총명이 여신(如神)한지라. 그윽이 한심하여 가사
를 염려하여 슬퍼할 뿐이요, 태부인께 조부인 모녀를 부탁치 않음은, 자

---

112) 곡절(曲切)하다 : 곡진(曲盡)하다. 매우 자세하고 정성스럽다.
113) 집수연비(執手連臂) : 손을 잡고 어깨를 맞댐.
114) 금계(金鷄) : '닭'의 미칭(美稱). 꿩과에 속한 새.
115) 신성(晨省) : 아침 일찍 부모의 침소에 가서 밤사이의 안부를 살피는 일.
116) -도곤 : -보다.
117) 깃거하다 : 기뻐하다.

기 불효를 설워하고 위인자(爲人子)하여 처자를 편모께 보호하소서 말이 가치 않음이라. 묵묵(黙黙)히 시좌(侍坐)타가, 날이 늦으매 조반을 파하고 하직을 고할 새, 금일 이별이 천고영결(千古永訣)이라. 일분 인심이 있으면 어찌 슬프지 않으리요마는, 행여 살아 돌아올까 염려하는 바는 위씨 고식(姑息)이라. 방인(傍人)의 이목을 위하여 눈물을 뿌리고 무사히 돌아옴을 일컬으니, 상서 좌우로 하여금 옥배에 술을 부으라 하여 위씨께 헌(獻)하고 왈,

"소자 타일 자전의 뫼시기를 기필(期必)치 못하오리니 일배로 하정(下情)을 고하나이다."

위씨 잔을 받아 마시고 그 손을 잡아 거짓 슬퍼하며 왈,

"어찌 나를 두고 불길한 말을 하느뇨? 금국을 교유하고 영화로이 돌아와 노모에게 다시 헌수(獻壽)하기를 바라노라."

상서 다시 구파에게 잔을 받들어 가로되,

"엄정(嚴庭)[118]과 자위(慈闈)를 여의오나 태태(太太)[119]와 서모(庶母) 계시니 길이 옅은 정성을 펼까 하였더니, 이제 떠나매 사생을 점복(占卜)지 못하리니 서모는 남은 세월에 성체 안길(安吉)하소서."

구파 황망이 잔을 받으매 눈물이 일천 줄이라. 엄읍오열(掩泣嗚咽) 왈,

"노신(老身)이 선노야(先老爺)[120]와 선부인을 여의옵고 망극지통(罔極之痛)[121]이 오내분붕(五內分崩)[122]하오나 태부인과 상공(相公) 곤계

---

118) 엄정(嚴庭) : 아버지를 높여 이르는 말. 부친. 엄친(嚴親). 엄(嚴)은 아버지를 말함.
119) 태태(太太) : 부인에 대한 존칭. 또는 '어머니'를 이르는 말.
120) 선노야(先老爺) : 돌아가신 어른. 노야(老爺)는 흔히 성이나 직함 뒤에 쓰여, 남을 높여 이르는 말.
121) 망극지통(罔極之痛) : 한이 없는 슬픔. 보통 임금이나 어버이의 상사(喪事)에 쓰는 말이다.

(昆季)를 의앙(依仰)하와 세월을 보내옵더니, 이제 상공이 만리 흉지에 향하시니 이 심사를 장차 어찌 참으리까?"

상서 은근이 위로하고 태부인께 재삼 성휘안강(聖候安康)하시어 만수무강(萬壽無疆)하심을 원하고, 일어나 하직(下直)하매, 부부수숙(夫婦嫂叔)이 작별할 새, 유부인을 향하여 오직 자위를 뫼셔 길이 무양(無恙)하심을 일컫고, 조부인을 대하여는 다만 탄식하고 부탁한 말을 저버리지 말라 당부하매, 서로 예하고 걸음을 돌이켜 밖으로 나아갈 새, 명아가 야야의 뒤를 따라와 외헌(外軒)까지 나오며, '야야 어디로 가시는가?' 재삼 묻는지라. 상서 지극한 자애지정(慈愛之情)에 이 거동을 보고 애련(哀憐)함을 이기지 못하여, 쌍수(雙手)를 펴 안고 운환(雲鬟)123)을 쓰다듬어 함루(含淚)하고 이윽히 교무(交撫)하다가, 좋이 있음을 당부하고 내려놓으니, 명아가 울기를 마지않거늘, 유모(乳母)를 불러 아이를 데려가라 하고, 날이 늦으매 궐하(闕下)의 나아가 하직할 새, 태우는 문외(門外)에 나가 배별(拜別)하려 하더라.

상이 윤·정 이공을 인견(引見)하시어 옥배에 어온(御醞)124)으로 군신의 정을 표(表)하시고, 위험지지(危險之地)에 무사환조(無事還朝)함을 이르시어 천은(天恩)이 호성(豪盛)하시니, 윤·정 이공이 각골감은(刻骨感恩)하여 성은(聖恩)을 숙사(肅謝)125) 하온데, 상이 어수(御手)로 윤공의 손을 잡으시어 가라사대,

---

122) 오내분붕(五內分崩) : 오장(五臟)이 떨어지고 무너짐.
123) 운환(雲鬟) : 여자의 탐스러운 쪽 찐 머리.
124) 어온(御醞) : 임금이 마시는 술.
125) 숙사(肅謝) : 숙배(肅拜)와 사은(謝恩)을 아울러 이르는 말. 새 벼슬에 임명되어 처음으로 출근할 때 먼저 대궐에 들어가서 임금에게 숙배하고 사은함으로써 인사하는 일이다.

"경의 우국정충(憂國貞忠)이 족히 귀신을 감동할지라, 공을 이루고 성명을 보전하여 짐으로 하여금 괴공주석(魁公柱石)126)을 잃는 탄이 없게 하라."

하시니, 윤·정 이공이 감루(感淚)를 드리워 배사하직(拜謝下直)고 궐문을 나매, 만조문무 작차(爵次)127)로 좌를 이뤄 주배(酒杯)를 날리며 별장(別章)을 가져 윤·정 이공으로 떠나는 회포를 이르니, 양공(兩公)이 면면 사사(謝辭)하고 윤태우 그 형장(兄丈) 곁에 앉아 슬픈 안수(眼水)128) 좌석에 괴이니, 정공이 탄 왈,

"명강은 슬퍼 말라. 영백씨(令伯氏)129) 비록 나아가나 형이 있으니 태부인을 뫼심이 근심 없고, 가사를 염려할 바 없거니와, 소제는 팔자(八字)130) 형과 같지 못하여 한낱 안항(雁行)131)이 없으니, 이제 나가매 당(堂)의 편친(偏親)을 시봉(侍奉)할 사람이 없으니, 인자지정(人子之情)에 절박함을 이기지 못하노라."

윤상서 태우를 돌아보아 왈,

"윤보의 말이 실로 옳으니 설설이132) 심회를 상해오지 말고 천수(天數)의 정한 것을 알아 우형(愚兄)이 돌아오지 못할수록 현제의 몸이 중(重)함을 생각하라."

---

126) 괴공주석(魁公柱石) : 나라의 가장 중요한 자리에 있는 우두머리 신하.
127) 작차(爵次) : 작위(爵位)에 따른 차례.
128) 안수(眼水) : 눈물. 궁중에서, '눈물'을 이르던 말.
129) 영백씨(令伯氏) : 남의 형을 높여 이르는 말.
130) 팔자(八字) : 사람의 한평생의 운수. 사주팔자에서 유래한 말로, 사람이 태어난 해와 달과 날과 시간을 간지(干支)로 나타내면 여덟 글자가 되는데, 이 속에 일생의 운명이 정해져 있다고 본다.
131) 안항(雁行) : 기러기의 행렬이란 뜻으로, 남의 형제를 높여 이르는 말.
132) 설설이 : 구구(區區)하다. 구차(苟且)하다. 말이나 행동이 떳떳하거나 버젓하지 못하다.

언파(言罷)에 형제 집수(執手)하여 무궁한 정을 금치 못하되, 일색(日色)이 기울었으므로 만조문무와 일가친척을 각각 면면(面面)이[133] 이별하고 형제 분수(分手)할 새, 이회만단(離懷萬端)[134]이라. 장부(丈夫)의 눈물이 금포(錦袍)에 연락(連落)하여 차마 손을 놓지 못하니, 윤부 모든 친척이 위로하여 분수하매, 상서 행거(行車)에 오를 새, 정공으로 더불어 옥부절월(玉斧節鉞)[135]을 앞세우고 위의(威儀) 일광(日光)이 휘황(輝煌)하여 영위무궁(榮威無窮)[136]하나, 윤태우의 형을 위한 근심이 만복(滿腹)하니, 상마(上馬)하여 상서의 행거를 따라 사오리(四五里)를 가니, 상서 머리를 돌려 가로되,

"이회(離懷)를 이르려하면 천리를 한가지로 가나 다 못할 것이니, 다만 소탁(所託)을 잊지 말라. 이미 일세(日勢)[137] 늦었으니 그만하여 돌아가라."

태우 슬픔을 금치 못하여 가까이 나아가 상서의 손을 잡고 실성오열(失性嗚咽) 왈,

"소제 엄정(嚴庭)을 여읜[138] 후로 형장을 의앙(依仰)하여 일시도 떠나지 못하더니 금일로부터 돌아가 백화헌 가운데 누구로 더불어 연침연수(連寢連睡)[139]하리까?"

---

133) 면면(面面)이 : 저마다 따로따로.
134) 이회만단(離懷萬端) : 떠나는 회포가 만 갈래나 될 만큼 복잡다단함.
135) 옥부절월(玉斧節鉞) : 절(節)과 옥으로 만든 부월(斧鉞). 절부월(節斧鉞). 절월(節鉞). 조선 시대에, 관찰사·유수(留守)·병사(兵使)·수사(水使)·대장(大將)·통제사 들이 지방에 부임할 때에 임금이 내어 주던 물건. 절은 수기(手旗)와 같이 만들고 부월은 도끼와 같이 만든 것으로, 군령을 어긴 자에 대한 생살권(生殺權)을 상징하였다.
136) 영위무궁(榮威無窮) : 영광과 위엄이 한없음.
137) 일세(日勢) : 하루해의 길이.
138) 여의다 : 부모나 사랑하는 사람이 죽어서 이별하다.

상서 장탄(長歎) 왈,

"우형의 가는 심사 어지러운지라. 현제는 비회를 관억하여 우형의 심
사를 돕지 말라. 너의 외롭고 슬픈 소회(所懷)를 이르지 않으나 내 어찌
모르리오. 모름지기 효우돈목(孝友敦睦)140)하여 가사(家事)를 화(和)히
하라."

언흘(言訖)141)의 태우를 재촉하여, '입성(入城)하라.' 하니, 태우 겨우
심회를 강작(强作)142)하여 말혁143)을 돌이키니, 상서 비로소 허다 위의
를 거느려 금국(金國)144)으로 향할 새, 웅장한 위의 휘황하여 일색을 가
리오더라.

어시에 본부 위태부인과 유씨, 상서 나아가고 조부인이 외로이 있으
니, 평생지원(平生之願)을 이뤄 선부인(先夫人) 황씨의 씨를 없이하려
정하는지라. 상서 나간 후로는 홀연 조부인을 사랑하며 명아를 황홀탐
애(恍惚貪愛)하는 거동이 있어, 언간(言間)에 이르되,

"제 아비 있을 제는 오히려 무심하여 세세히 염려치 않더니, 현이 나
가매 조현부의 모녀 각별 못 잊히는지라. 하물며 현부 유태지중(有胎之
中)이라. 현의 만리행도(萬里行途)를 염려하며 두루 심사 편치 못하리니
몸을 잇비145) 말고 천만 자보(自保)하라."

---

139) 연침연수(聯枕聯睡) : 베개를 나란히 하여 함께 잠듦.
140) 효우돈목(孝友敦睦) : 부모에게 효도하고 형제간에 우애하며 화목하게 지냄.
141) 언흘(言訖) : 말을 마친 후.
142) 강작(强作) : 억지로 기운을 냄.
143) 말혁(革) : 말안장 양쪽에 장식으로 늘어뜨린 고삐.
144) 금국(金國) : 1115-1234. 여진족 완안부의 추장 아구다가 지금의 만주, 몽골,
    화북(華北) 땅에 북송과 요를 무찌르고 세운 나라. 9대 120년 만에 몽골 제국
    에 망하였다.
145) 잇브다 : 고단하다. 수고롭다. 힘들다.

하고 진찬(珍饌)을 때때 정다이[146] 먹이나, 조부인의 여신(如神)한 총명으로써, 위씨의 불시(不時) 애중함이 반드시 좋은 뜻이 아님을 헤아리매, 공구함이 여좌침상(如坐針上)이나 온화유열(溫和愉悅)한 사색(辭色)으로 황공사사(惶恐謝辭)하고, 명아를 더욱 염려하여 독수(毒手)를 입을까 살피고 근심함이 일시 방하(放下)[147]치 못하되, 태우는 모처(母妻)의 흉심은 전혀 알지 못하고 저렇듯 무애(撫愛)함을 그윽이 기뻐하고, 때때 조부인 기후를 문후하고 심기를 위로하여, '복아(腹兒)를 보호하소서.' 하니, 조부인이 숙숙(叔叔)의 후의를 깊이 감사하나, 상서의 행거를 생각하면 심담(心膽)이 경악하여 흉문(凶聞)을 듣지 않아서 오내촌절(五內寸絶)[148]하더라.

일일은 위씨 오반(午飯)을 받아 조부인 모녀를 불러 흔연(欣然)이 먹으라 하니, 부인은 영리(怜悧)한지라. 가장 놀라고 오반을 대하니 두골이 딸히는[149] 듯하여 사식(事食)[150]이 염(念)이 없으되, 강인(强忍)하여 하저(下箸)[151]하매 위씨 명아를 상하(床下)의 앉혀 먹이더니, 이윽고 상을 물리매 위씨의 심복시녀 계월과 계연이 조부인 상과 아(兒)소저 먹던 것을 다 거두어 가지고 멀리 가는지라. 조부인이 더욱 의심하여 날호여 여아를 데리고 사침(私寢)에 물러오니, 복중이 궤란(潰爛)하고 정신이 아득한 바에, 명아 또한 신색(身色)이 찬 재 같아서 입으로조차 먹은 것을 다 토(吐)하고 혼미(昏迷)하는지라.

---

146) 정다이 : 따뜻한 정이 있게.
147) 방하(放下) : 불교에서 정신적·육체적 집착을 일으키는 여러 인연을 놓아 버리는 일.
148) 오내촌절(五內寸絶) : 오장(五臟)이 마디마디 끊어지는 듯함.
149) 딸히다 : 때리다. 무엇으로 딱딱 치는 듯한 아픈 느낌이 들다.
150) 사식(事食) : 식사(食事). 밥 먹는 일.
151) 하저(下箸) : 젓가락을 댄다는 뜻으로, 음식을 먹음을 이르는 말.

부인이 경황하여 상서의 주고 간 약궤(藥櫃)를 바삐 열고 보니 전혀
해독하며 복신보기(復身補氣)152)할 재류(材類)들이라. 급히 해독환(解
毒丸)을 풀어 여아와 자기 먹을 새, 구파 나아와 이 경색(景色)을 보고,
명아의 위급함을 실색(失色)하고, 일변 환약을 풀어 넣으니, 이윽고 모
녀 다 먹은 것을 토하매 독기(毒氣) 코를 거스르고, 명아와 부인의 형색
(形色)이 위위(危危)153)하니, 구파 지극 구호하여 날이 거의 황혼(黃昏)
에야 비로소 정신을 정하는지라. 구파 행열(幸悅)154)하여 불의(不意) 위
악(危惡)던 연고를 물으니, 부인이 묵묵양구(黙黙良久)155) 후, 가로되,
"우연이 정신이 아득하고 먹은 것이 거슬려 인사(人事)를 차리지 못하
였나이다."

구파 좌우를 돌아보아 곡절을 물으니, 일출여구(一出如口)156)히 존당
(尊堂)에서 오반(午飯)을 진식(盡食)157)하고 나오며 그러함으로 답하는
지라. 구파 어찌 위씨의 심폐(心肺)를 알지 못하리오. 조부인을 붙들고
눈물을 흘려 왈,
"상서 나가시고 부인과 아소저의 위태함이 누란(累卵) 같으니 이를 장
차 어찌 하리오. 하물며 부인이 유태(有胎) 중 독을 만나시어 복중을 범하
면 복아 보전치 못하리니, 부인은 자보지도(自保之道)158)를 생각하소서."
부인이 탄식 왈,
"일시 음식을 가리지 못한 고로 거스름이니 괴이한 일로 의심할 바 아

152) 복신보기(復身補氣) : 몸을 회복하고 원기를 도움.
153) 위위(危危) : 어떤 형세가 몹시 위태로워 보임.
154) 행열(幸悅) : 다행하고 기쁘게 여김.
155) 묵묵양구(黙黙良久) : 시간이 꽤 오래도록 말이 없음.
156) 일출여구(一出如口) : 말이 한입에서 나온 것과 같이 한결 같음.
157) 진식(盡食) : 밥을 다 먹다.
158) 자보지도(自保之道) : 스스로를 지킬 방도.

니라. 이로써 서모는 함묵(含黙)하시어 첩으로 하여금 불효의 죄인이 되게 마르소서."

구파 더욱 슬퍼 왈,

"부인이 첩을 대하여 오히려 심사(心思)를 은닉(隱匿)하시거니와, 태부인이 전일은 부인을 향하여 하시는 바, 다 인정 밖이러니, 근간 자애하시는 것이 진심이 아니라. 첩이 매양 염려하던 바나, 어찌 상서 나가신지 미급수순(未及數旬)159)에 이런 일이 있을 줄 뜻하였으리까?"

부인이 길이 탄할 뿐이오. 다시 말이 없으니, 구파 떠나지 아니하여 구호하고 태우에게 조부인 모녀 유질(有疾)함을 고하고 음식을 토하던 바는 이르지 아니 하더니, 태우는 오직 우연한 통세(痛勢)로 알아 잘 구호하기를 당부하며, 위씨 고식(姑息)은 서로 의논하여 필경 죽으리라 기뻐하더니, 뉘 도리어 해독제(解毒劑)를 써 독기를 씻어 낸 줄 알리오.

이후 부인이 칭병불출(稱病不出)160)하고 명아를 일절 내어놓지 않아 자기 분산(分産) 전 급한 화나 제방(制防)161)코자 하니, 위씨 고식이 조부인 모녀의 죽기를 고대(苦待)하되, 행계(行計) 월여의 병이 중하단 말이 없으니 크게 의아하여, 유씨 자로 문병하러 해월루의 와 동정(動靜)을 살피는지라. 조부인이 유씨의 심폐를 살피매 자기 오래 누웠으면 부디 일어나도록 할 것이니, 스스로 일어나 다니는 것이 옳다 하고 소세(梳洗)하고 경희전에 신성(晨省)하니, 위씨 통한코 미움을 이기지 못하여 독약을 먹어도 죽지 않은 연고를 몰라 하니, 유씨 왈,

"조씨 반드시 의심하고 해독제를 먹음이니 죽임이 용이치 않을까 하

---

159) 미급수순(未及數旬) : 수십 일도 못 되어서.
160) 칭병불출(稱病不出) : 병을 핑계로 나가지 아니함.
161) 제방(制防)하다 : 막다.

나이다."

위씨 분연 왈,

"내 어찌 저를 못 죽이리오. 이제는 암밀히 말고 알게 하여 자진토록 보채리라."

하고, 이후는 위씨 그전 작위(作爲)162)하던 사랑이 없고 시호(豺虎)의 사오납기와 사갈(蛇蠍)의 모질기를 힘써 고대 삼킬 듯이 하다가도, 태우 보는 데는 상서의 행거를 염려하고 조씨의 생남(生男)함을 바라는 체하니, 태우는 휴휴(休休)163)한 장부라. 본디 소활(疎豁)한지라, 형장의 당부를 명심하여 가사를 살피나 원간 내사 알기를 괴로워하고, 형을 위지(危地)에 보내매 창망(悵惘)한 심사 여할(如割)하니164) 흥미 없어, 모친께 신혼성정(晨昏省定)165)하고 조부인 기운을 물은 후는, 외헌(外軒)에 나와 하어사를 청하여 담화하며 외롭고 울적한 회포를 붙일 곳이 없어, 낮은 친우붕배(親友朋輩)를 차자 집에 든 때 적으니, 어찌 형수의 만단곡경을 몽리(夢裏)에나 생각하리오.

이러므로 조부인의 슬픈 정리(情理)를 알 이 없더라. 조부인이 비록 금옥(金玉)의 견고함이 있으나 가군(家君)의 사생이 어찌 될까 주야 심담이 붕렬(崩裂)하고, 존고의 지흉극악(至凶極惡)함이 경각(頃刻)에 죽이고자 하니 복아를 보전치 못할까 두려 갈수록 성효(誠孝)를 갈진(竭盡)하여 조금도 원(怨)하는 의사 없으나, 상서의 부탁을 생각하여 감내

---

162) 작위(作爲) : 사실은 그렇지 않은데도 그렇게 보이기 위하여 의식적으로 하는 행위.
163) 휴휴(休休) : 마음이 너그럽고 편안한 모양.
164) 여할(如割)하다 : 칼로 써는 것 같이 아프다.
165) 신혼성정(晨昏省定) : 신성(晨省)과 혼정(昏定). 곧 밤에는 부모의 잠자리를 보아 드리고 이른 아침에는 부모의 밤새 안부를 묻는다는 뜻으로, 부모를 잘 섬기고 효성을 다함을 이르는 말.

(堪耐)하니, 화용(花容)이 초췌(憔悴)하고 옥골(玉骨)이 표연(飄然)하여 풍진(風塵)에 부칠 듯하니, 구파 초조착급(焦燥着急)166)하나 보호할 도리 없어 심담(心膽)을 녹이더라.

재설, 윤상서 옥부금절(玉斧金節)167)을 앞세우고 금국으로 향하니 청명(淸名)과 재덕(才德)이 조야(朝野)의 일컫는 재상(宰相)이라. 하물며 위국정충(爲國貞忠)이 가연이168) 사지(死地)를 자원하여 나아가니 소과(所過)의 주현자사(州縣刺史) 등이 황황지영(遑遑祗迎)169)하여 그 충의덕화(忠義德化)를 아니 공경할 이 없는지라. 행하여 형주에 이르러 윤공의 평생고우(平生故友) 화도사를 만나니 반가움을 이기지 못하여, 형주 객관(客館)에 들지 아니하고 별처에 하처(下處)하여 밤을 당하여 종용히170) 담화할 새. 화도사의 명은 '천'이오 자는 '연지'니 항주인이라. 윤공의 부친이 기직(棄織)하고 항주 본향으로 내려갔던 고로, 화천과 인리에 있어 아시로부터 정의(情誼) 지극하되 뜻이 같지 않아, 화도사는 공명을 헌신같이 여기며 부귀를 부운(浮雲) 같이 알아, 나이 십 세를 겨우 지나며 천태산하(天台山下)에 진청도사를 따라 천문지리(天文地理)와 상법(相法)의 술(術)과 사람의 길흉화복(吉凶禍福)을 점복(占卜)하는 술을 배우매, 신묘치 않음이 없어 앉아서 만리를 보는 총(聰)이 있으며, 세상에 자취를 피하고 선도(仙道)를 배우니, 상서 이런 일을 아처하여171),

---

166) 초조착급(焦燥着急): 애가 타서 마음이 조마조마하고 급하다.
167) 옥부금절(玉斧金節): 옥으로 만든 도끼인 부월(斧鉞)과 황금색 수기(手旗)인 금절(金節). 조선시대 관찰사 등의 지방관이 부임할 때 왕이 내려주던 것으로, 절(節)은 신표(信標), 부월(斧鉞)은 생살권(生殺權)을 상징한다.
168) 가연이: 개연(慨然)히, 분연히.
169) 황황지영(遑遑祗迎): 허둥지둥하며 급히 공경하여 맞이함.
170) 종용히: 성격이나 태도가 차분하고 침착하게.
171) 아처하다: 하자(瑕疵)하다. 흠을 잡다. 안타깝게 여기다.

"군자가 당당이 공문(孔門)[172]의 도학(道學)을 배워 '입신양명(立身揚名)하여 이현부모(以顯父母)'[173]함이 옳거늘, 어찌 재주를 품고 발치 않아 임하(林下)의 은사(隱士)로 성명이 초목과 같이 썩으리오. 하물며 선도는 허탄키 심하니 진청도사의 제자 되어 화식(火食)[174]을 물리치고 선도를 배우려 하니, 진황(秦皇)·한무(漢武)[175]의 위엄으로도 신선을 만나지 못하였거든, 화연지 무슨 사람이기에 신선이 되리오."

하니, 화도사 웃고,

"비록 신선은 되지 못하나 사해에 오유하여 명산을 편답하며 풍경을 완상(玩賞)하니, 형의 벼슬하는 영귀로 비치 못하리라."

하더라.

---

172) 공문(孔門) : 공자의 문하. 곧 유교에 입문(入門)함을 뜻함.
173) 입신양명 이현부모(立身揚名 以顯父母) : 『효경(孝經)』「개종명의장(開宗明義章)」에 나오는 말로, 출세하여 이름을 세상에 떨침으로써 부모님의 덕을 들어내는 것.
174) 화식(火食) : 불에 익힌 음식을 먹는 것으로, 세속인의 삶을 뜻함.
175) 진황(秦皇)·한무(漢武) : 중국 진(秦)나라 시황제(始皇帝 : BC259~210)와 한(漢)나라 무제(武帝 : B.C.156~87)를 말함. 둘 다 선도(仙道)에 심취해 신선의 술(術)을 얻고자 했다.

명주보월빙 권지이

선시(先時)에 화도사 소왈(笑曰),

"신선은 되지 못하나 사해(四海)를 오유(遨遊)하고 명산에 놀아 풍경을
완상하니, 즐거움이 형의 사환(仕宦)하는 영귀(榮貴)로 비치 못하리라."

원래 화도사 부모 일찍 기세(棄世)하시나 백씨 있어 조선향화(祖先香
火)[176]와 혈식(血食)[177]을 이으니, 자기는 나이 삼순(三旬)이로되 종시
취실(娶室)치 아니하고, 도인을 조차 진념(塵念)을 그쳤음으로 일가친척
도 만나지 못하더니, 윤상서 만리타국의 외로운 귀신이 될 줄 소연(昭
然)히 알매, 한 번 몸을 화(化)하여 구름을 타고 형주에 이르러 서로 만
나니, 상서 집수희열(執手喜悅)[178] 왈,

"무륜(無倫)[179]한 도사를 이별한 지 삼년이 넘었더니 금일은 하일(何
日)이기에 이의 이르렀느뇨?"

도사 소왈,

---

176) 조선향화(祖先香火) : 향불을 피워 선조의 제사를 지냄.
177) 혈식(血食) : 종묘(宗廟) 제사에서 강신의례(降神儀禮)로 신을 내려오게 하기
　　　위해 가축을 잡아 그 피를 바쳐 고한데서 유래한 말로, '제사'를 뜻한다.
178) 집수희열(執手喜悅) : 손을 잡고 서로 반기며 기뻐함.
179) 무륜(無倫) : 군신·부부·부자관계와 같은 인간이 마땅히 갖춰야할 인간관계
　　　나 그 구성원으로서의 도리를 차리지 않음.

"문강이 날더러 무륜(無倫)타 하여도 전정운수(前程運數)[180]를 밝히 알므로, 금년에 형을 위하여 길흉을 추점(推占)하니, 이미 대명(大命)[181]이 그쳐졌는지라. '죽마(竹馬)의 고우(故友)'[182]로 한 번 영결(永訣)코자 이르렀도다."

상서 왈,

"형이 이르지 아니나 위지(危地)를 향하니 살아 돌아오기를 믿으리오."

도사 문득 추연(惆然) 왈,

"형의 인자화홍(仁慈和弘)[183]한 덕행으로 천록(天祿)[184]을 누리지 못하고, 슬하에 아들을 보지 못하여 쌍룡(雙龍)의 영화를 보지 못할 바가 어찌 한스럽지 않으리오."

윤공이 경왈(警曰),

"소제의 단수(短壽)함은 거의 짐작하거니와 형의 이른 바 쌍룡은 무엇을 이름이뇨?"

도사 왈,

"형이 어찌 소제를 은닉(隱匿)하느뇨? 거추(去秋)의 반드시 신몽(神夢)을 인하여 양룡(兩龍)을 보았을 것이니, 태허진군(太虛眞君)과 영허도군(靈虛道君)이 윤가의 천리기린(千里麒麟)[185]이라. 형의 후사(後嗣) 빛나고 명강 형이 마침내 아들이 없으리니, 영허도군은 계씨(季氏)[186]

---

180) 전정운수(前程運數) : 앞날의 운수.
181) 대명(大命) : 천명(天命). 타고난 수명.
182) 죽마고우(竹馬故友) : 대막대기를 타고 놀던 벗이라는 뜻으로, 어릴 때부터 같이 놀며 자란 벗.
183) 인자화홍(仁慈和弘) : 인자하고 온화하며 너그러움.
184) 천록(天祿) : 하늘이 주는 복록.
185) 천리기린(千里麒麟) : 하루에 천 리를 달릴 만큼 뛰어난 기린이라는 뜻으로, 재주가 남보다 뛰어난 이를 비유(比喩)해 이르는 말.

양자(養子) 될지라. 다만 양룡이 초년이 곤궁하여 간액(艱厄)이 비상하나, 각각 팔자 대길하여 엄안(嚴顔)을 모름이 흠사(欠事)로되, 조달영귀(早達榮貴)187)하여 수한(壽限)이 장원(長遠)하니, 형이 아들을 보지 못하고 세상을 버릴지라도 마음에 대귀할 양자(兩子)를 둠과 다르지 아니리라.”

공이 화도사의 전후를 본 듯이 이름을 들으니. 또한 선도(仙道) 없다 못할지라. 의괴(疑怪) 왈(曰),

“소제 거추(去秋)에 기몽(奇夢)을 얻어 쌍룡을 얻어 보았거니와 몽사 허탄(虛誕)한지라, 무슨 취신할 바 있으리오?”

도사 소왈,

“형이 몽사를 허탄타 하거니와 명주를 얻음과 형이 천사로 나감이 한 일이나 어김이 있으리오. 이제 옴은 형을 영결하고 형의 화상(畵像)을 이뤘다가 후래에 형의 아들을 주고자 하노라.”

언파에 소매 가운데로서 한 필(疋) 백릉(白綾)을 내어 촉하(燭下)에서 채필(彩筆)을 들어 윤공의 화상을 이루는지라. 상서 기이히 여겨 볼 뿐이러니, 이윽고 그리기를 마치매 벽상에 걸고 본즉, 완연이 윤상서 정신을 머금고 말을 하는 듯, 옥면호풍(玉面豪風)에 광의대대(廣衣大帶)188)로 단정이 앉았으니 일분도 다름이 없는지라. 상서 화도사를 향하여 칭사 왈,

“형의 선견지명(先見之明)이 미래지사(未來之事)를 이렇듯이 알아, 나의 화상을 이뤄 자식을 주려 하니 어찌 감사치 않으리오마는, 다만 양룡

---

186) 계씨(季氏) : 동생, 아우.
187) 조달영귀(早達榮貴) : 젊은 나이로 일찍 높은 지위에 올라 귀(貴)히 됨.
188) 광의대대(廣衣大帶) : 너른 옷을 입고 넓은 띠를 두름.

이 아들임이 분명하며, 소제 한낱 여아 있어 금년이 오세라. 작인이 청약(淸弱)하니[189] 능히 향수(享壽)치 못할까 두려 하나니, 소제 죽으나 복아가 무사히 나고 여식이 좋이 장성(長成)하랴?"

도사 소 왈,

"형은 이런 일을 염려 말라. 영애(令愛)[190] 정가에 만년연분(萬年緣分)이 있고 귀복(貴福)[191]이 당당하니, 초년 소소재앙(小小災殃)은 이를 바 아니라. 양룡은 한갓 형의 집을 흥기(興起)할 뿐 아니라, 국가를 보좌하고 낭묘(廊廟)[192]의 그릇이 되리니, 형의 보지 못함이 참연할지언정 그 밖 흠사 없으니, 초년 곤액이야 현마[193] 어찌 하리오."

공이 언언이 점두(點頭)하고, 이에 자기 화상 아래 두어 줄 글을 써 도사의 후의를 칭사하니, 도사 왈,

"형의 화상의 친필을 머물러 두는 것이 더욱 형의 아들로 하여금 분명한 줄 알게 함이로다."

언필에 화상을 거두어 소매에 넣고 밤을 한가지로 지낼 새, 상서 양룡의 연분이 어느 곳에 있는가 물으니, 도사 왈,

"황룡은 인연이 여러 곳에 매이고 원비는 정연의 여가 될 것이오. 옥룡은 두 곳 연분이 있으니 원비는 하진의 딸 밖은 나지 아니 하리라."

이렇듯 양인이 철야(徹夜)토록 담화하여 계성(鷄聲)이 동(動)하니, 화도사 길이 이별할 새, 피차(彼此) 의의(依依)하여[194] 엄연수루(奄然垂

---

189) 청약(淸弱)하다 : 기품이 맑고 약하다.
190) 영애(令愛) : 윗사람의 딸을 높여 이르는 말.
191) 귀복(貴福) : 귀히 살 복.
192) 낭묘(廊廟) : 조정의 정무(政務)를 돌보던 전각(殿閣).
193) 현마 : 설마.
194) 의의(依依)하다 : 헤어지기가 서운하다.

淚)195)함을 면치 못하는지라. 서로 이회(離懷)를 참지 못하여 천대지하
(泉臺之下)196)에 서로 보기를 일러 분수(分手)하니라.

명일 정공이 객관으로부터 나와 가로되,

"작석(昨夕)에 형이 관읍(官邑)으로 들어오지 아니하고, 사사하처(私
私下處)197)를 잡아 화도사와 밤을 지내니, 무슨 신이한 소식을 들으며
우리 길에 위태함이나 없다 하더냐?"

윤공이 화도사의 말을 대강 전하여 왈,

"소제를 영결하라 왔으니 무슨 길한 일이 있으리오. 다만 실인(室人)
이 유신(有娠)하였더니, 반드시 쌍생남아(雙生男兒)하여 인연이 형의 여
아와 하퇴지 여아에게 있다 하니, 소제 죽은 후라도 이 말을 사제(舍弟)
에게 전하라."

정공이 상서의 불길한 말씀에 놀라나 사색(辭色)치 아니하고 좋은 말
로 위로하며 행하여, 수삼 일만에 금국에 다다르니, 국왕 호삼개 바야흐
로 용장(勇壯)한 군졸을 모으고, 대장군 알률취 만인부적지용(萬人不敵
之勇)과 풍우(風雨)를 부리는 재주 있어, 금왕(金王)을 도도아 천조(天
朝)를 항거할 뜻이 급하고, 군신의 대의를 차림이 없어 조공(朝貢)을 폐
한지 오래니, 알률취 금왕에게 헌계(獻計)하되,

"소신이 천사(天使)의 오는 것을 들어 천사의 아름다움이 들은 말과
같을진대 죽이지 아니하고, 다만 그 관하(官下)를 잡아 가도고, 천사 양
인만 전하께 배하(拜賀)하라 하여, 아국 웅장한 기세를 뵈고 군병기갑
(軍兵機甲)을 둘러 항복함을 재촉하여, 만일 좇을진대 아조 대신을 삼

195) 엄연수루(奄然垂淚) : 홀연(忽然) 눈물을 흘림.
196) 천대지하(泉臺之下) : 저승.
197) 하처(下處) : 사처. 손님이 길을 가다가 묵음. 또는 묵고 있는 그 집

고, 일분이나 불공함이 있거든 육장(肉醬)을 만들 리이다."

하니, 금왕이 점두(點頭)198)하니 알률취 즉시 군병을 거느려 천사의 오는 길을 막고자 하니, 승상 한침 왈,

"부천사도 아울러 가두고 상사(上使) 일인만 남겨 전하께 산호배무(山 呼拜舞)199)하라 하여, 항복함이 있으면 부사 이하는 다 상관(上官)에게 달렸으니 자연이 아국 위세를 두려 항(降)하리이다."

호삼개 왈,

"한경의 말이 옳으니 알 장군은 그대로 하라."

알률취 승명하여 성 남문 밖에 가, 천사의 수려(秀麗)한 용화(容華)와 쇄락(灑落)한 풍광(風光)을 보니 완연이 학우선관(鶴羽仙官)200)이라. 그 좇은 군관하리(軍官下吏)의 유(類) 번국인물(藩國人物)201)로 비컨대 백 승(百勝)이라. 알률취 말을 아니하고 군병으로 겹겹이 에워싸며 천사의 좌우로 모신 바 군관하리를 일제히 잡아 함거(檻車)에 가두고, 큰 칼과 긴 창으로 부천사를 잡아 함거의 넣으라 하니, 윤·정 이공이 차경(此 境)을 당하여 어이없어, 정성(正聲) 책(責) 왈,

"여등(汝等)이 비록 이적(夷狄)의 풍속(風俗)으로 예의를 알지 못하나, 천조대신(天朝大臣)을 이렇듯 곤욕(困辱)하니 네 나라가 무사함을 얻으 랴? 호삼개 머리를 보전코자 하거든 여등을 시켜 이렇지 아니할지라. 대국사신을 문외(門外)의 나와 맞지 아니하고 이 무슨 거조(擧措)뇨?"

알률취 들은 체 아니 하고 부사를 잡아 함거의 넣으니, 정공이 팔척

---

198) 점두(點頭) : 승낙하거나 옳다는 뜻으로 머리를 약간 끄덕임.
199) 산호배무(山呼拜舞) : 나라의 중요 의식에서 신하들이 임금의 만수무강을 축원 하여 두 손을 치켜들고 만세를 부르고 절하던 일.
200) 학우선관(鶴羽仙官) : 학(鶴)의 깃옷[羽衣]을 입은 신선.
201) 번국인물(藩國人物) : 오랑캐 나라의 사람들.

장부로 용력이 없지 아니하되, 외로운 몸으로써 오백 군사를 어찌 당하리오. 힘힘이 함거의 갇히니 분완통한(憤惋痛恨)하여 노기(怒氣) 하늘을 꿰뚫듯 하되, 할 일 없어 윤공을 향하여 웨여[202] 왈,

"소제 용렬(庸劣)하여 이적에게 잡힌 바 되었거니와 형은 장부의 예기(銳氣)를 한결같이 최찰(摧挫)[203]치 말라."

윤공이 미급 답에 표풍취우(飄風驟雨)[204] 같이 급히 다르니[205], 윤공이 자기를 아니 잡아가는 것이 벌써 뜻이 있음을 알아 종용이 단신(單身)으로 행하여 금국 도성(都城)에 이르러 금왕의 궁실(宮室)로 향할 새, 승상 한침 이하(以下) 다 나와, 이르대,

"천사 우리 전하께 조회(朝會)하려 할진대 당당이 아조(我朝) 복색을 하고 산호 배무할 것이니 송조(宋朝) 옷을 고치라."

이르며, 금왕의 출입하는 문을 막고 문무신료의 출입하는 문으로 들어가라 하며, 금국 복색을 가져와 입으라 하니, 윤공이 대로하여 조의(朝衣)[206]를 차버리고 즐(叱) 왈,

"대국천사 이에 오매 네 임군이 멀리 나와 조칙을 맞으며 천사를 공경하는 것이 번신의 도리거늘, 간사한 말로 나의 뜻을 엿보고자 하니, 여차(如此) 완악(頑惡)하고 능히 신명(神明)이 두렵지 아니랴?"

한침 등이 공을 저히며[207] 어서 왕께 조알(朝謁)하라 하니, 상서 잠

---

202) 웨다 : 외치다.
203) 최찰(摧挫) : 최좌(摧挫). 최절(摧折). 최찰(摧挫).좌절(挫折). 마음이나 기운이 꺾임.
204) 표풍취우(飄風驟雨) : 회오리바람과 소나기
205) 다르니 : 달려가니, 기본형 '닫다'.
206) 조의(朝衣) : 공복(公服). 관원(官員)이 평상시 조정(朝廷)에 나아갈 때 입는 제복(制服).
207) 저히다 : 위협하다.

간 지정여208) 낭중(囊中)의 필연(筆硯)을 내고 소매 가운데 종이를 얻어 일봉소(一封疏)를 황상께 올릴 새, 문장(文章)은 팔두(八斗)209)를 기울이고 필법은 왕희지(王羲之)210)를 묘시(藐視)211)하니, 경각(頃刻)에 쓰기를 마치매 소매에 넣고, 금왕의 출입하는 문을 당하여 잠미(蠶眉)212)를 거스르고 봉안(鳳眼)을 부릅떠 문리(門吏)를 즐퇴(叱退)하니, 위풍이 늠름(凜凜)한지라. 문리 두려 감히 막지 못하고 들여보내니, 금왕이 천사의 불공(不恭)하던 말을 듣고, 위엄을 장(壯)히 벌이고 문무신료를 제제(齊齊)히 모으고, 군병기갑(軍兵機甲)을 성히 베풀며, 형벌기구를 갖추고 검극(劍戟)을 상설(霜雪) 같이 버리고 들어옴을 기다리더니, 윤공이 친히 황칙(皇勅)213)을 받들어 편편이 걸어 나아오니, 늠름한 신장(身長)에 표일(飄逸)한 풍채 일만 버들이 춘풍을 당하고, 금관은 월액(月額)214)에 빗겼으니, 선풍옥골이 이백(李白)의 허랑(虛浪)함을 웃는지라. 천고현인군자(千古賢人君子)요 세대명현(世代名賢)이라.

호삼개 한 번 보매 번연경동(蕃衍驚動)215)하여 가벼이 대접할 뜻이 없으되, 부디 그 항복을 받으려 하는 고로, 만일 항(降)치 않으면, 무사

---

208) 지정이다 : 지체하다. 서성이다.
209) 팔두(八斗) : 중국 위(魏)나라 시인 조식(曹植: 192~232)의 재주가 뛰어남을 비유적으로 이른 말. 즉 동진(東晉)의 시인 사령운(謝靈運 : 385~433년)이 '천하의 재주를 한 섬으로 볼 때 조식의 재주가 팔두(八斗)을 차지한다'고 한 데서 유래했다.
210) 왕희지(王羲之) : 307~365. 중국 동진(東晉) 때 사람. 서성(書聖)으로 일컬어지는 중국 최고의 서예가.
211) 묘시(藐視) : 업신여기어 깔봄.
212) 잠미(蠶眉) : 와잠미(臥蠶眉). 누운 누에와 같이 길고 급은 눈썹.
213) 황칙(皇勅) : 황제의 명을 적은 문서.
214) 월액(月額) : 달처럼 둥근 이마.
215) 번연경동(蕃衍驚動) : 갑작스럽게 깨닫고 놀람.

히 돌려보내어 송조현신(宋朝賢臣)을 온전히 있게 못하리라 하여, 승상 한침으로 하여금 천자 칙지(勅旨)를 받아 교의(交椅) 위에 놓으라 하고, 윤공을 명하여 배례하라 하니, 윤상서 칙지를 받아 교의에 놓으니 오히려 마음이 편하여, 자기 죽음은 대수롭지 않게 여기는지라. 잠간 눈을 들어 보니 검극이 전후좌우로 삼렬(森列)하고 넓은 곤장(棍杖)과 긴 매를 흉녕(凶獰)한 군사 무수히 잡았는지라. 쇠를 달구며 온갖 괴이한 형위(刑威)를 베풀어 자기를 구속고자 하는지라. 통완(痛惋) 분해(憤駭)하여 바로 당(堂)에 오르며 중계(中階)를 디디니, 한침 등이 내달아 막으며 계하(階下)에서 전하께 배례하라 하고, 잠기 든 군사와 쇠를 달구던 군사 전후로 가까이 오는지라. 공이 개연(慨然) 냉소 왈,

"너의 검극과 형벌로 천조대신을 맥받고자[216] 하거니와, 대장부 가히 이만 위의(威儀)를 두려워할쏘냐? 너희더러 할 말이 있으니 바삐 호삼 개를 이리 나아오라 하라."

이 때 금왕이 용상에 전좌(殿座)하여 주렴사이로 윤천사를 보고 기특히 여기기를 마지아니하나, 마침내 항복(降伏)치 아닌 즉 죽이려 할 새, 시신(侍臣)으로 하여금 주렴(珠簾)을 높이 들라 하고, 윤상서를 향하여 왈,

"자고(自古)로 '천하(天下)는 비일인지천하(非一人之天下)요, 천하인지천하(天下人之天下)라'[217]. 당당이 덕 있는 데 돌아가나니, 송(宋)이 본디 고아(孤兒)와 과부(寡婦)를 속여 얻은 나라라[218]. 정도(正道) 아니

---

216) 맥받다 : 살피다. 시험(試驗)하다. 항복받다.

217) 천하(天下)는 비일인지천하(非一人之天下)요, 천하인지천해(天下人之天下)라 : 『六韜』〈武韜〉편에 나오는 "天下非一人之天下 乃天下之天下也"를 인용한 말로, '천하는 군주 한 사람의 천하가 아니라 천하 사람의 천하'라는 뜻.

218) 송(宋) 태조 조광윤(趙匡胤: 927-976)이 절도사(節度使)로서, 후주(後周) 세종(世宗)이 갑자기 병사하여 황태자 시종훈(柴宗訓: 953-968)이 불과 7세의 나이로 제위에 오르고 황태후가 섭정을 하게 되자, 부하장수들의 추대를 받아

요, 이제 과인이 응천순인(應天順人)[219]하여 만리강산(萬里江山)을 수하(手下)에 기약(期約)하니, 인심이 스스로 흡연(翕然)하여 물이 동류(東流)함 같은지라.[220] 양금택목(良禽擇木)[221]하고 현신택군(賢臣擇君)[222]이라 하니, 과인이 이제 군의 풍신용화(風神容華)를 보니 결비용인(決非庸人)[223]이라. 그대는 마음을 돌이켜 불인한 송국(宋國)을 버리고 과인으로 더불어 사제지의(師弟之義)를 맺어, 한가지로 천하를 얻는 날 강산을 반분(半分)하리니, 어찌 영화롭지 않으리오. 군이 비록 송 천자를 위하여 충의를 빛내고자 하나 혈혈단신(孑孑單身)이라. 사생(死生)이 과인(寡人)의 장악(掌握)에 있으니, 종시(終是)[224] 굴치 아니하면 머리를 동시(東市)[225]의 달고 몸이 육장(肉醬)이 되리니 군은 익히[226] 생각하라."

공이 이 말을 들으매 분기 백장(百丈)이나 높아, 도리어 차게 웃기를 마지아니하다가 금왕의 낯을 향하여 침 뱉고 꾸짖되,

"번국역신(蕃國逆臣)이 언연(偃然)이[227] 용상의 비겨 천조대신을 대

반란을 일으키고, 공제(恭帝; 시종훈)로부터 황위(皇位)를 선양 받아 송나라를 건국한 일을 두고 이르는 말.
219) 응천순인(應天順人): 천명(天命)에 순응(順應)하고 민심(民心)을 따름.
220) 중국의 하천은 대부분 서쪽에서 발원하여 동쪽으로 흐른다. 여기서 '동류(東流)'는 '물이 동(東)으로 흐른다'는 뜻으로, '물이 동으로 흐르듯 민심이 자신에게 쏠리고 있음'을 순리(順理)라 하여 강조한 말이다.
221) 양금택목(良禽擇木): 좋은 새는 나무를 가려서 깃들인다는 뜻으로, 훌륭한 사람은 좋은 군주를 가려서 섬김을 비유적으로 이르는 말.
222) 현신택군(賢臣擇君): 현명(賢明)한 신하는 덕 있는 군주를 선택해 벼슬에 나간다.
223) 결비용인(決非庸人): 결단코 평범한 사람이 아님.
224) 종시(終是): 끝내.
225) 동시(東市): 동쪽에 있는 시장. 옛날 중국의 수도 장안(長安)에서 죄인을 처형(處刑)하던 장소. 이 때문에 '형장(刑場)'의 뜻으로 쓰임
226) 익히: 익히, 깊이.
227) 언연(偃然)이: 언연히. 언건(偃蹇)히. 거드름을 피우면 거만하게.

하여 무도패언(無道悖言)을 이토록 하느뇨? 금천자(今天子) 요순탕무(堯舜湯武)[228]의 덕을 이으시어 교화 만방에 행하니 사이(四夷)[229] 번국이 귀순(歸順)치 아닐 이 없거늘, 홀로 너 극악대흉이 천조를 비방하고 누년(累年) 조공을 받들지 아니하고 군신의 도리를 폐하니, 황상이 흥병문죄(興兵問罪)하실 줄 모르시리오마는, 맹자(孟子)의 이르신 바, '솔토지빈(率土之濱)이 막비왕신(莫非王臣)이오 보천지하(普天之下) 막비왕토(莫非王土)라'[230]. 사해만방(四海萬邦)에 있는 어느 사람이 우리 성주(聖主)의 백성이 아니리오. 이러므로 네 목숨을 아끼는 것이 아니라, 대국 정병이 이른 즉, 금국이 옥석(玉石)을 불분(不分)하고 애매한 백성이 어육(魚肉)이 될지라. 성주의 지극하신 덕화로써 생민(生民)의 도탄(塗炭)을 염려하시어, 나를 보내시어 칙지를 너희에게 전하고 교유하여 개과천선케 하라 하시니, '고침이 귀타'함은 성교(聖敎)의 허하신 바라. 네 비록 처음 어지지 못하나 후에 회과하여 선도에 나아가면 대국의 한갓 기쁨이 아니라, 네 나라에 큰 복이요, 생령이 도탄을 면할러니, 이제 너의 하는 말과 천사를 대접치 아니하여 참욕(慘辱)을 이룸은 오히려 둘째요, 성칙(聖勅)[231]을 문외에 영접치 아니하고 불경방자(不敬放恣)함이 여차하니 죄당만사(罪當萬死)라. 천일지하(天日之下)에 있음이 두렵지 아니냐? 네 조고만 검수(黔首)[232]와 괴이한 거조를 좌우로 벌였으나,

---

228) 요순탕무(堯舜湯武) : 고대 중국의 임금들인 요·순·탕·무.

229) 사이(四夷) : 사방의 오랑캐. 예전에, 중국인들이 사방에 있던 동이(東夷), 서융(西戎), 남만(南蠻), 북적(北狄)을 통틀어 이르던 말.

230) 『맹자(孟子)』〈만장(萬章) 상〉편에 나오는 말로 '온 땅에 사는 사람들이 임금의 신하 아닌 사람이 없고 온 천하의 땅이 임금의 땅 아닌 것이 없다'는 말.

231) 성칙(聖勅) : 황제가 보낸 칙사.

232) 검수(黔首) : 검은 맨머리라는 뜻으로, 일반 백성을 비유적으로 이르는 말. 예전에 중국에서 서민들은 머리에 관을 쓰지 않고 검은 맨머리로 지낸 데서 비

소조(蕭條)하고 잔피(屛疲)하기 대국 재상가(宰相家)만 못한지라. 저것을 두려할 사람이 어디 있으리오. 하물며 네 나를 보고 외람한 의사 삼세척동(三歲尺童) 같이 달래고자 하여 무도지설(無道之說)이 군자의 정시(正視)할 바 아니요, 무례망측(無禮罔測)함이 보기 어려운지라. 일신이 네 섬 아래 있은들, 내 명이 유한하니 내 이곳에 와 죽으라 하였으면 내 스스로 죽을 뿐이라. 어찌 너의 더러운 형벌을 받으리오. 대국은 우리 같은 자 불가승수(不可勝數)[233]라. 우리 폐하(陛下)의 미세한 신자(臣子) 일인을 없애는 것은 대사 아이거니와, 네 회과치 아니하면 천병만마(千兵萬馬) 호호탕탕(浩浩蕩蕩)이 나아와 정벌하는 즈음엔, 비록 갑(甲)을 벗고 살기를 도모하나 네 머리를 보전치 못하리니, 가히 금국 생령이 불쌍치 아니냐?"

말씀이 당당(堂堂)하고 사기(士氣) 씩씩 준절하여 추천(秋天) 같은 기품과 명월(明月) 같은 용화(容華)가 볼수록 기이하니, 호삼개 더욱 황홀하여 제 신하를 삼고자 뜻이 급하니, 독형(毒刑)을 하다가 듣지 않으면 죽이려 하는지라. 좌우 군졸을 명하여 '철삭으로 결박하라.' 하니, 상서 개연(慨然)이 웃고 낭중(囊中)의 환약(丸藥)을 내어 입의 넣으니 군졸이 가까이 오는지라. 공이 봉안을 부릅뜨고 대매(大罵) 왈,

"이적(夷狄)의 더러운 군졸이 감히 천조대신을 욕되게 하는다? 마땅히 호삼개를 결박하라!"

말을 마치며 팔을 들어 군사를 밀치며 조용히 섰다가, 약이 목을 넘으매 피를 토하고 쓰러지니 벌써 운명(殞命)하였는지라. 시년(時年)이 이십팔 세니 차호석재(嗟乎惜哉)라! 윤이부(吏部) 명천공이여! 문장덕행과

롯된 말이다.
233) 불가승수(不可勝數) : 너무 많아서 셀 수가 없음.

청명아망(淸名雅望)234)이 사류(士類)의 추앙(推仰)하는 바요, 충절이 가득하여 만리타국의 와 명(命)을 마치니, 호삼개 윤공을 저히려 하다가 그 명이 마침을 보매, 눈이 두렷하여 어찌할 바를 모르고, 전상전하(殿上殿下)에 수풀 같은 신료(臣僚)와 모든 군사는 낯빛을 고쳐 눈물 아니 흘릴 이 없는지라. 승상 한침이 급히 내리달아 윤상서의 시신을 살펴본즉, 이미 할일 없는지라. 눈물 흘림을 깨닫지 못하며, 호삼개를 향하여 고왈,

"천사(天使)의 호일(豪逸)함을 보고 아국신하를 삼고자 함이러니, 생각 밖에 죽으니 이런 경참(驚慘)한 일이 어디에 있으리오. 실로 천사의 말 같아서 중국병마 한번 아국을 짓치면, 종사(宗社)를 보전치 못하고 전하(殿下) 용납할 땅이 없으리니, 즉각(卽刻) 향안(香案)을 배설(排設)하여 황칙(皇勅)을 받들고, 부천사(副天使)를 놓아 그릇함을 사죄하고, 누년(累年) 조공을 차리고 대신과 세자를 천조에 보내어 죄를 청하시면, 송 천자는 관홍한 임금이라, 가히 정벌(征伐)하는 일이 없을까 하나이다."

호삼개 범사를 한침의 말대로 하는지라. 뉘우침이 있는 고로, 뜻을 결(決)하여 천조를 받들려 할 새, 목전에 윤공의 참사함을 경달(驚怛)235)하여 부지불각(不知不覺)에 내리달아 시신을 붙들고 실성통곡(失性痛哭)하니, 문무신료들이 다 소리 남을 깨닫지 못하여 크게 슬퍼하여, 골육의 상사(喪事)와 같으니, 이는 다 그 풍채용화(風彩容華)를 보고 항복(降伏)하며, 그 충의열절(忠義烈節)을 잡아 입각(立刻)에 죽음을 보고 창감(愴感)함을 마지아니함이라. 일시에 곡성(哭聲)이 천지진동하더라.

금왕이 슬퍼하기를 마지않다가 날호여 눈물을 거두고, 시신(侍臣)을

---

234) 청명아망(淸名雅望) : 청렴하고 아름다운 명성과 덕망.
235) 경달(驚怛) : 놀라고 두려워함.

명하여 윤상서의 시신(屍身)을 객관(客官)으로 옮기라 하고, 부천사 이
하를 다 놓아주라 하며, 제신(諸臣)을 거느려 그릇함을 사죄하고 윤상서
의 초상(初喪)을 차리려 하더니, 알률취는 정사도(鄭司徒)와 여러 군관
하리를 함거(檻車)에 내어 바야흐로 누옥(陋獄)에 가두며, 정사도를 만
단세언(萬端說言)으로 달래 옥중고초(獄中苦楚)를 겪지 말고 어서 항복
하라 하니, 정사도 통한함이 비할 데 없어, 비록 자기 죽을지라도 알률
취를 없애고 죽고자 하여, 몸이 함거 밖을 나매 수족(手足)을 놀리게 하
였으므로, 용기를 분발하여 찬 칼을 빼어 알률취를 죽이려 할 새, 알률
취 무심 중 옥문 밖에 섰더니, 표연(飄然)이 옥문을 차버리고 알률취의
배를 급히 지르니, 칼이 비록 크지 아니나 기특한 보배라, 향하여 쓰는
바에 나는 듯 하더라. 알률취 만부부당지용(萬夫不當之勇)236)이 있으나
정사도 알기를 한낱 문사명공(文士名公)으로 알아, 저를 항거하여 해치
못할 줄로 헤아린 바라. 천만 생각 밖 날랜 칼날이 배에 깊이 꽂혔는지
라. 알률취 그윽이 신행법술(神行法術)도 쓸 데 없으니 용맹도 발뵐 길
이 없는지라. 한갓 애고 소리 진동하더니 점점 숨을 내두르지 못하고 장
부 터져 거꾸러져 주검이 빗기고237) 피 흘러 옥문 밖에 가득한지라. 정
공이 쾌활하여, 하리 군관 삼십여 인이 차차 옥문을 차고 나오거늘, 거
느리고 윤공을 찾아가려 하더니, 홀연 음풍(陰風)이 늠름(凜凜)하여 미
우(眉宇)에 서리를 띠고 안광(眼光)이 맹렬(猛烈)하여 경각에 사람을 죽
일 듯하니, 옥리(獄吏) 혼불부체(魂不附體)238)하여 쥐 숨듯 달아나니,
정공이 다시 군관으로 하여금 알률도의 머리를 베어 들리고 삼십여 보

236) 만부부당지용(萬夫不當之勇) : 만 명의 남자가 덤벼도 당(當)하지 못할 용맹.
237) 빗기다 : 가로지르다. 가로 놓이다.
238) 혼불부체(魂不附體) : 몹시 놀라서 혼백(魂魄)이 흩어짐.

는 행하더니, 알률도의 오백군졸이 길을 막아 율도의 오기를 기다리다가, 그 머리를 보고 대경하여 일시의 정공과 군관 등을 에워싸고 다시 잡아 금왕께 바치려 하더니, 문득 금왕의 명이 있어 상천사(上天使) 윤공의 시신을 객관으로 옮기시니, 부천사와 하리를 다 객궁(客宮)으로 들게 하고 알 장군을 부르신다 하니, 정공이 윤상서의 흉문을 듣고 심장이 미어지는 듯하여, 장부의 장기(壯氣)나 설설이 사라짐을 면치 못하니, 차악발비(嗟愕拔臂) 왈,

"반일지내(半日之內)에 벌써 유명(幽明)이 다르니 호삼개 흉적이 반드시 윤형을 해하도다."

언파의 알률도의 머리를 던져 군관으로 크게 웨여 왈,

"너의 알장군의 머리를 갖다가 금왕을 주라!"

금위장(禁衛將) 학도승이 금왕의 명으로 정공을 맞아 객궁으로 들이려 왔다가, 알률도의 머리를 내치니 혼비백산(魂飛魄散)하여 급히 돌아와, 부천사의 하던 말과 알장군의 오백 군졸이 부천사와 군관을 에워싸고 알률도의 원수를 갚으려 하더니, 객궁으로 들이라 함을 듣고, 아무리 할 줄 몰라 처치함을 품하니, 이때 호삼개 객궁을 쇄소(灑掃)하고 윤상서의 시신을 옮기며, 부천사 객궁으로 들거든 주객(主客)의 예(禮)로 가보고 극진히 사죄코자 하더니, 알률도 죽었음을 듣고 차악경해(嗟愕驚駭)하여, 좌우를 돌아보아 왈,

"송조 상사(上使)는 위국정충(爲國貞忠)이 죽기를 돌아감 같이 하고, 부사(副使)는 알률도 같은 용장강맹(勇壯强猛)한 영웅을 썩은 풀 베듯 하였으니, 천조의 제신(諸臣)이 개개이 비상(非常)함이 이러할진대, 만일 상사의 원수를 갚으려 하면 아국(我國)이 도륙(屠戮)할 것이니 이를 장차 어찌 하리오."

한침이 대 왈,

"전하(殿下), 이제 친히 나아가사 부천사를 맞아 객궁에 들이시어 상사의 죽음이 우리 탓이 아님을 이르시고, 알률도 이미 죽었으니 죄를 다 율도에게 미루시어, 부사 이하를 잡아옴이 대왕의 뜻이 아니심을 베푸시고 사죄하실진대, 부사 감동하여 구태여 원수를 갚으려 아니 하리이다."

왕이 옳이 여겨 문무조신(文武朝臣)을 거느려 부사를 맞을 새, 거륜(車輪)을 갖추어 정공의 오르기를 청하여 객관으로 들어오니, 정공이 만사 즐겁지 아니하고 금왕의 대접함도 기쁘지 아니하여 윤공의 죽음을 각골통상(刻骨痛傷)하니, 객궁의 들어와 바로 윤공의 시수(屍首)를 붙들고 방성대곡(放聲大哭) 왈,

"만리타국을 한가지로 왔다가 오늘날 형이 정충대절로 몸을 마치니, 소제로 하여금 외로이 돌아가매 성주(聖主)의 기다리시는 뜻을 어찌 하며, 이 슬픔을 어찌 하리오."

언파의 기운이 엄색(奄塞)[239]할 듯하고, 윤공의 하리(下吏) 노자(奴子)며 군관(軍官) 등이 호천통곡(呼天痛哭)하며, 애성(哀聲)이 천지를 진동하고 초목이 위비(爲悲)하니, 금왕의 군신이 다 눈물을 금치 못하여 처음 극진히 대접치 못함을 뉘우치고, 정공의 그치기를 청하여 잠간 진정(鎭靜)한 후, 금왕이 좌(座)를 떠나 정공을 향하여 가로되,

"소방이 감히 대국을 반할 의사 있으리까마는, 본디 땅이 너르지 못하고, 여러 해 기황(饑荒)하여 조공을 받들지 못함으로 번국이 천조를 섬기지 못하고, 과인이 소활무식(疎豁無識)하여 대장 알률도의 패악함을 금치 못하여, 천사의 행도(行道)를 망녕(妄靈)되이 간범(干犯)하여 존공(尊公)을 욕되게 하니, 상천사(上天使) 통분이 강개하여 스스로 괴이한 약을 삼켜 경각 사이에 세상을 버리시니, 과인(寡人)의 죄(罪) 아니나

---

239) 엄색(奄塞) : 갑자기 막힘.

경참(驚慘)함이 비할 곳이 없는지라. 소국(小國)이 천사의 이름을 들으면 멀리 영접하여, 황지(皇旨)를 공경하고 즉각에 예를 갖춤이 마땅하거늘, 과인이 무상(無常)하여 군신지의(君臣之義)를 알지 못하여, 예법을 차리지 못하여 작죄(作罪)함이 많은지라. 명공(明公)은 회과자책(悔過自責)함을 생각하여 유감(遺憾)한 뜻을 머무르지 마소서."

정사도 겨우 두어 말을 대답하고 다시 윤상서 시신(屍身)을 붙들고 방성대곡(放聲大哭)하기를 마지아니하고, 그 소매에 오히려 소봉(疏封)을 넣은 채 두었으니, 정공이 내어 보고 더욱 슬픔을 이기지 못하여 돌아가 황상께 올리려 하여 궤중(櫃中)의 넣고, 습렴입관(襲殮入棺)240)할 새, 초종제절(初終諸節)241)이 다 경사(京師)에서 준비한 바요, 일물(一物)도 금국 것을 쓰지 아니하고 쉬 돌아가려 하니, 금왕(金王)이 능히 만류(挽留)치 못하여, 다만 조공을 갖추고 대신(大臣) 삼사인과 세자를 아울러 천조에 보내어 성상(聖上)께 청죄하고, 표문(表文)을 올려 대대로 대국을 섬겨 다시 방자치 않을 바를 고하고, 부사를 설연(設宴)하여 이별하니, 정사도 준절이 물리치고 금국을 교유하여 차후나 작죄치 말라 당부하고, 영구(靈柩)를 호행(護行)하여 돌아오니, 일행의 망극(罔極)함은 이르도 말고 도중(道中)의 굿 보는 자 아니 슬퍼할 이 없더라.

어시(於是)에 윤부에서 상서 금국에 간지 사오삭(四五朔)이 되니, 위험지지(危險之地)에서 '사생(死生)이 어찌 된가' 주야로 슬픔이 맺히는 바는 조부인과 태우요, 버금은 구파이되, 태부인과 유씨는 흉문(凶聞)이 더딘 줄을 근심하여 혹자(或者) 살아 돌아올까 염려하고, 부인이 점점

---

240) 습렴입관(襲殮入棺) : 초상이 났을 때, 시신을 씻긴 뒤 수의를 갈아 입혀 베로 싸 묶고 관(棺) 속에 넣는 상례절차.
241) 초종제절(初終諸節) : 초상이 난 뒤부터 졸곡까지 치르는 모든 일이나 예식.

만삭(滿朔)하여 몸을 이기지 못할 듯 형용이 수패(瘦敗)²⁴²⁾하고, 십일
삭(十一朔)이 되도록 분만(分娩)하는 일이 없으니 태우 근심하기를 마지
아니하더니, 부인이 추칠월(秋七月) 기망(旣望)²⁴³⁾을 당하여 노염(老
炎)²⁴⁴⁾이 극심하고, 태부인의 보챔을 입어 일신(一身)이 한가함을 얻지
못하다가, 차일(此日)은 신기(神氣)²⁴⁵⁾ 불안함을 인하여 위씨 부르나
들어가지 못하고, 해월루에 고요히 누어 심사 창황(惝怳)하니, 아으라
히²⁴⁶⁾ 금국을 향하여 상서의 몸이 어찌 된가, 흉장(胸臟)이 미어지는
듯하여, 한 술 물도 마시지 아니하고, 밤을 당하여 명월은 만방(萬方)에
밝았고 만뢰구적(萬籟俱寂)²⁴⁷⁾하니, 오직 여아의 머리를 쓰다듬어 야천
(夜天)을 우러러 비회를 금치 못하다가, 사창(紗窓)을 의지하여 졸더니,
홀연 상서 부인의 손을 잡고 위로 왈,

"천명을 능히 벗어나지 못하여 생이 수삭전(數朔前)에 세상을 버리고
혼백(魂魄)이 옥청궁(玉淸宮)²⁴⁸⁾ 부귀를 누리나, 자당(慈堂)께 불효 비
경(非輕)하고 처자의 지통(至痛)을 생각하매 참연(慘然)함을 이기지 못
하나니, 부인은 관억(寬抑)하여 스스로 보전하소서."

부인이 실성오읍(失性嗚泣)하니, 상서 말려 왈,

"유명(幽明)이 길이 다르고 지금 임산(臨産)하였으니 대귀(大貴)할 남
자를 얻어 망극한 심사(心思)를 위로 하라."

---

242) 수패(瘦敗) : 몸이 여위고 축남.
243) 기망(旣望) : 음력으로 매달 열엿샛날.
244) 노염(老炎) : 늦더위.
245) 신기(神氣) : 정신과 기운을 아울러 이르는 말.
246) 아으라하다 : 아스라하다. 보기에 아슬아슬할 만큼 높거나 까마득하게 멀다.
247) 만뢰구적(萬籟俱寂) : 밤이 깊어 아무 소리도 없이 아주 고요함.
248) 옥청궁(玉淸宮) : 도교에서, 천제(天帝) 살고 있다고 하는 궁. 옥청은 신선이
    산다는 삼청세계(三淸世界: 玉淸, 上淸, 太淸)의 하나.

부인이 느끼다가[249] 내처[250] 소리하니 시녀 깨우매 벌써 계성(鷄聲)이 악악하여[251] 새배[252]를 고하니, 심사 황홀하며 복통(腹痛)이 급하니, 시비 바삐 구파를 청하여 구호하며 태우께 아뢰어 약을 연속(連續)하여 쓰니, 날이 장차 밝아 홍일(紅日)이 동령(東嶺)에 오르고자 하매, 부인이 옥 같은 쌍남을 낳으니 태우 기쁨이 취미(翠眉)[253]에 어리었으나, 상서 경사(慶事)를 한가지로 보지 못함을 애달아하며 구파더러 신아(新兒) 보기를 청하니, 위씨의 고식(姑媳)[254]은 그 생남함을 듣고 미움을 이기지 못하나, 태우 보는 데 의심을 두지 아니하려 함으로, 일시에 해월루의 모여 아해(兒孩)를 보며, 조부인을 보호하는 체하니, 태우 신생아를 보매, 일월(日月)이 떨어진 듯 산천정기(山川精氣)를 모아 귀격(貴格)을 이루었으니, 범용속자(凡庸俗子)[255]와 다른지라. 태우 한 번 보매 희열(喜悅)하여 왈,

"하늘이 오형(吾兄)의 충렬과 수수(嫂嫂)의 숙덕현행(淑德賢行)을 갚으시어 이런 양개(兩箇) 기린(麒麟)을 내시도다."

위씨와 유씨는 신아를 보매 악심이 발작(發作)하여 미움이 칼로 찌를 것 같되, 사람됨이 흉휼간특(兇譎姦慝)[256]하여 외견(外見)으로 가장 어진 빛을 짓는지라. 신아의 비상함을 보고 조부인께 치하하며 극진히 구호하는 체하니, 태우는 의심치 않더라.

---

249) 느끼다 : 서럽거나 감격에 겨워 울다.
250) 내처 : 어떤 일 끝에 더 나아가. 줄곧 한결같이.
251) 악악하다 : 몹시 기를 쓰며 자꾸 소리를 내지르다.
252) 새배 : 새벽.
253) 취미(翠眉) : 푸른 눈썹. 화장한 눈썹을 이른다.
254) 고식(姑媳) : 고부(姑婦). 시어머니와 며느리를 아울러 이르는 말.
255) 범용속자(凡庸俗子) : 평범하고 변변하지 못한 사람.
256) 흉휼간특(兇譎姦慝) : 음흉하여 간사하고 악독하다.

유씨를 당부하여 서모(庶母)와 한가지로 수수를 구호하라 하고 즉시 나오니, 차일 절도사(節度使)의 주문(奏文)이 이르러 상천사 윤현이 금국에 나아가 굴복치 아니하고 자사(自死)하니, 호삼개 경동(警動)하여 부천사 정연 등을 주객지례(主客之禮)로 대접하여 조공을 받들며, 세자와 대신 등을 상사(上使)의 영구 오는 데 한가지로 보낸다 하여, 먼저 선성(先聲)이 있으니, 차일 상이 조회를 파치 않아 계시다가 주문을 들으시고, 천심(天心)이 경악(驚愕)하시어 용루(龍淚) 어의(御衣)에 떨어져, 왈,

"윤현의 충렬(忠烈)로 만리타국에서 그 명을 마치니 황천(皇天)이 짐(朕)의 박덕(薄德)을 벌하심이라."

하시며, 슬퍼하시니 문무백관이 뉘 아니 슬퍼하리오. 상이 태중태우(太中大夫) 윤수를 명초(命招)하시니, 태우 조부인이 순산하고 쌍아 비상함을 대희하나, 형장이 한가지로 보지 못함을 슬퍼하다가 황명(皇命)을 좇아 빨리 입궐하니, 상이 절도사의 주문(奏文)을 이르시고 왈,

"경의 형을 짐이 죽인지라. 나라를 위하여 명을 끊으니 참절(慘切)함을 어이 참으리요. 아지못게라[257], 경의 형이 아들이 있느냐?"

태우 상교(上敎)를 듣자오매 흉장(胸臟)이 미어지는 듯, 망극애통(罔極哀痛)함이 천지회색(天地晦塞)하여 기운이 엄엄(奄奄)[258]하고 가슴이 막혀, 즉시 대(對)치 못하고, 눈물이 금포(錦袍)의 연락(連落)하여 부복(仆伏) 대주(對奏) 왈,

"신형(臣兄)이 만리타국에 가 죽사오니 신자(臣子)의 직분(職分)을 다

---

257) 아지못게라 : 지금까지 알지 못하고 있었거나 앞으로 어떤 일이 일어날지 알 수 없음을 못내 아쉬워하여 이르는 말. 여기서는 '알지 못하고 있었구려'의 뜻.
258) 엄엄(奄奄)하다 : 숨이 곧 끊어지려 하거나 매우 약한 상태에 있다.

하여 성은을 만분지일이나 갚사오니 어찌 명을 아끼리까마는, 명도(命途) 궁박(窮迫)하와 자란 자식이 없사와 겨우 삼사 세 유녀(幼女)를 두옵고, 형수 조씨 유복쌍남(遺腹雙男)을 금일이야 생하였나이다."

상(上) 왈,

"비록 자란 아들이 없으나 이제 쌍자(雙子)를 낳으니 천도(天道) 유의(有意)하여 충렬의 종사(宗嗣)를 이으니 만행(萬幸)치 아니랴. 약물을 보내어 산모를 구호하게 하라."

하시고, '윤상서의 상구(喪柩) 오는 날 백관으로 맞으라' 하시고 '윤부 태부인께 예관(禮官)을 보내어 관억(寬抑)함을 이르라' 하시니, 윤태우 성은(聖恩)을 황공하여 사은하고 총총히 궐문을 나 집으로 돌아오니, 벌써 예관(禮官)이 부음(訃音)[259]을 전하며 교지(敎旨)를 이르니, 이때 위 씨는 상서의 흉음(凶音)을 주야(晝夜) 기다리다가 이 말을 듣고 기쁨을 이기지 못하나, 거짓 눈물과 울음으로 사람의 의심을 면하려 하는지라. 태부인이 울음을 날회고 조부인 시녀를 당부하여 일시도 떠나지 말라 하고, 비로소 합가(闔家) 발상통곡(發喪痛哭)[260]하니, 태우의 무애지원(无涯之怨)[261]이 일신을 분쇄(粉碎)함 같아서 친상(親喪)[262]과 다르지 않으며, 가중상하(家中上下)가 저마다 호통애곡(號慟哀哭)[263]하여 서러워 않는 이 없으되, 오직 위씨 고식과 그 심복(心腹) 수삼개(數三個) 시비 슬퍼하는 의사(意思) 없어, 거짓 비통(悲痛)이 이목(耳目)을 가리니

---

259) 부음(訃音) : 사람이 죽었다는 것을 알리는 말이나 글.
260) 발상통곡(發喪痛哭) : 발상(發喪). 상례에서, 죽은 사람의 혼을 부르고 나서 상제가 머리를 풀고 슬피 울어 초상난 것을 알림. 또는 그런 절차.
261) 무애지원(无涯之怨) : 끝없는 원통함.
262) 친상(親喪) : 부모의 상(喪).
263) 호통애곡(號慟哀哭) : 부르짖어 슬피 울고 곡함.

뉘 알 리 있으리오.

태우는 자주 곡성(哭聲)이 끊어지고 기운이 엄홀(奄忽)할 듯하나, 스스로 슬픔을 서리 담고 모친을 위로하여 죽음(粥飮)을 권하고 친히 해월루의 이르니, 부인이 천붕지통(天崩之痛)264)하는 흉음(凶音)을 들으매 산후약질(産後弱質)이 어찌 살기를 기약하리요마는, 천신이 보호하여 비록 갱반(羹飯)265)을 물리치고 죽음(粥飮)을 나오는266) 바 없으나, 자연이 눈을 감고 인사를 아는 듯 모르는 듯 지통애곡(至痛哀哭)하여 골절(骨節)을 사무치더니, 태우 창외(窓外)에서 위로 왈,

"흉음을 듣자오매 망극통절(罔極痛切)함을 어이 비할 곳이 있으리까마는 문운(門運)이 불행하여 사생(死生)이 유명(有命)267)이라, 현마268) 어이 하리까? 형장 임행부탁(臨行付託)269)을 생각하시고, 명아 삼남매(三男妹)를 돌아보아 지통을 관억하시어 신아를 살피시면, 이는 우리 집 종사(宗嗣)를 끊지 않음이로소이다. 원컨대 존수(尊嫂)는 여러 가지로 헤아리시어 속절없이 애통을 과도히 마소서"

부인이 호천애곡(呼天哀哭)하여 말이 없으니, 태우 구파를 향하여 왈,

"서모는 슬픔을 잊으시고 쌍아(雙兒)를 보호하시며 수수(嫂嫂)를 떠나지 마소서."

구파 심사 붕렬(崩裂)하나 상서를 따라 죽지 못하고, 부인과 쌍아를

---

264) 천붕지통(天崩之痛) : 하늘이 무너지는 것 같은 슬픔이라는 뜻으로, 아버지나 임금의 죽음을 당한 슬픔을 이르는 말. 여기서는 남편의 죽음을 당한 슬픔을 이르고 있다. 일반적으로 남편의 죽음은 '붕성지통(崩城之痛)'이라 한다.
265) 갱반(羹飯) : 국과 밥을 아울러 이르는 말.
266) 나오다 : (음식을) 내오다. (음식을) 드리다. (음식을) 들다.
267) 유명(有命) : 명(命)에 달려 있음.
268) 현마 : 설마. 차마.
269) 임행부탁(臨行付託) : 길을 떠나면서 남긴 당부.

보호하여 받들기를 태부인 버금으로 하니, 부인이 깊이 감사하며 가중
형세(家中形勢)를 헤아리매 살 뜻이 없으되, 상서의 간권(懇勸)이 부탁
하던 바를 저버리지 못하고, 자기 죽으면 쌍아(雙兒)와 명아를 보전치
못할지라. 심사를 관억(寬抑)하여 잠연(潛然)이[270] 혈누(血淚)[271]를 흘
릴 뿐이러니, 수일 후에 상구(喪柩) 문외(門外)의 이르매, 태우 조부인
산실을 떠나지 못하고 의약을 다스리므로 미리 나아가 맞지 못하고, 강
정으로 가 영구(靈柩)를 맞아 즉시 항주 선산(先山)으로 내려가려 하는
지라. 부인이 한 번 보아 곡별(哭別)[272]함을 고하니, 태우 실(實)로써
고 왈,

"빈연(殯輦)[273]을 대하시매 오내붕렬(五內崩裂)[274]하실 뿐이요 일호
(一毫) 유익한 일이 없으시고, 존수(尊嫂) 분산(分産)하신지 삼칠일(三七
日)[275]이 넘지 않았으니 반드시 중한 질환을 이루실지라. 부질없이 과
체(過涕)[276]치 마소서."

부인이 다시 청치 못하여 흉금(胸襟)이 편색(偏塞)하니 자로 엄홀(奄
忽)하더라.

태우 만조백료(滿朝百寮)로 더불어 문외의 나가, 강정(江亭) 노복을
분부하여 가사를 수리하고, 자기는 제인류(諸人類)에서 삼사리를 앞서
가니, 상구(喪柩) 오는 바의 부치이는 명정(銘旌)[277]은 추풍에 나부끼

---

270) 잠연(潛然)이 : 잠잠(潛潛)이.
271) 혈루(血淚) : 피눈물. 몹시 슬프고 분하여 나는 눈물.
272) 곡별(哭別) : 죽은 이를 곡(哭)하여 영결(永訣)함.
273) 빈연(殯輦) : 영구(靈柩)를 실은 수레.
274) 오내붕렬(五內崩裂) : 오장(五臟)이 무너나고 찢어짐.
275) 삼칠일(三七日) : 세이레. 아이가 태어난 후 스무하루가 되는 날. 대개는 이날
    금줄을 거둔다.
276) 과체(過涕) : 과도히 울며 슬퍼함.

고, 허다(許多) 위의(威儀)는 가던 때로 다르지 않아 하리군관의 유(類)
다 의구히 돌아오되, 황명으로 행하던 바 상사(上使) 홀로 유명(幽明)이
격(隔)하여 사오삭(四五朔) 내에 인사 변역(變易)할 줄 뜻하였으리요.
자포오사(紫袍烏紗)278)로 옥부(玉斧)를 앞세워 거륜(車輪) 가운데 단정
이 엄연정좌(儼然正坐)하여 가던 바, 돌아오기를 당하여는 검은 관(棺)
이 채여(彩輿)279)에 실려 행상귀장(行喪歸葬)280)하니 옥골영풍(玉骨英
風)이 속절없고 학려청음(鶴唳淸音)281)을 얻어 들을 길이 없는지라. 따
라갔던 노복의 무리 호천통곡(呼天痛哭)하니 차경을 당하여는 석목간장
(石木肝腸)282)이라도 참기 어려우니, 이때 윤부 친척은 이에 와 기다리
는지라. 상구를 당하여 참통함을 이기지 못하거늘, 태우 크게 한 소리를
지르고 거꾸러져 엄홀하니, 모두 구호하며 상구를 강정으로 뫼시라 하
니, 태우 가장 오랜 후 정신을 차려 강정의 들어오니, 친척이 벌써 영구
를 실중(室中)에 모셨는지라. 태우 바로 관을 붙들고 통곡하니, 눈물이
강수(江水)를 보태며 처절(凄切)한 곡성이 산천을 움직여 반일을 방성대
곡하고, 지친 붕배 영연(靈筵)283)을 어루만져 슬피 울 매, 그 충의를 감

277) 명정(銘旌) : 죽은 사람의 관직과 성씨 따위를 적은 기. 일정한 크기의 긴 천에
    보통 다홍 바탕에 흰 글씨로 쓰며, 장사 지낼 때 상여 앞에서 들고 간 뒤에 널
    위에 펴 묻는다.
278) 자포오사(紫袍烏紗) : 자포(紫袍)와 오사모(烏紗帽). '자포'는 조선시대 관원들
    이 관복을 입을 때 입던 자색(紫色) 도포를 말하고, '오사모'는 관복을 입을 때
    머리에 쓰던 검은 사(紗)로 만든 모자를 말한다.
279) 채여(彩輿) : 꽃 등으로 화려하게 장식한 상여(喪輿).
280) 행상귀장(行喪歸葬) : 다른 고장에서 죽은 사람의 시신을 고향으로 옮겨다 장
    사 지냄.
281) 학려청음(鶴唳淸音) : 학의 울음소리처럼 맑고 청아한 소리.
282) 석목간장(石木肝腸) : 나무나 돌처럼 아무런 감정도 없는 사람.
283) 영연(靈筵) : 영좌(靈座). 궤연(几筵). 영위(靈位)를 모시어 놓은 자리.

탄하고 위인을 아껴 저마다 눈물 아니 흘릴 이 없는지라. 부사(副使) 정공이 궐하의 절할 뜻이 급하되 태우를 아니 보지 못하여, 잠간 강정에 내려 태우의 손을 잡고 피차 일장(一場)을 다시 통곡하고, 태우 실성체읍(失性涕泣) 왈,

"사곤(舍昆)과 형이 한가지로 금국으로 향하였더니, 사오삭지내(四五朔之內)의 인사 이토록 변역(變易)하여, 사백(舍伯)284)이 음용(音容)285)을 감초와 속절없는 영구 돌아오니, 이 전혀 소제 집 문운이 불행하여 사백이 보전치 못함이라. 절도사의 주문(奏文)이 이르러 대강을 어렴풋이 들었으나, 원간286) 임위지시(臨危之時)287)에 무슨 말이 있으며 금적(金敵)288)의 보채는 욕이나 보지 않으냐?"

정공이 가슴을 어루만져 왈,

"말을 하고자 하매 앞이 어둡고 흉금(胸襟)이 폐색(閉塞)하니 다 못하나니, 종용이 전하려니와, 영백(令伯)의 임종지시(臨終之時)는 보지 못하였는지라. 또한 알지 못하되 구태여 금적에게 보채는 참욕은 보지 않고 스스로 약을 먹어 명을 마치매, 이로써 크게 감동하고 두려 우리를 다 놓아 보낸 것이라. 그렇지 않으면 일행이 다 어육(魚肉)이 되었을 것이니 상구(喪柩)인들 어찌 고국에 돌아오기를 바라리오."

인하여 자기는 알률도에게 잡혀 하리군관의 유(類) 다 함거(檻車)의 들고, 윤상서 단신으로 들어가 죽음을 일러 안수(眼水) 비 같으니, 정공의 풍화(豊和)한 얼굴이 환탈(換奪)하여 사오삭(四五朔) 사이 신약불승

---

284) 사백(舍伯) : 사곤(舍昆). 남에게 자기의 맏형을 겸손하게 이르는 말.
285) 음용(音容) : 음성과 용모를 아울러 이르는 말.
286) 원간 : 워낙. 원체. 원판. 본디부터.
287) 임위지시(臨危之時) : 위기를 당하였을 때.
288) 금적(金敵) : '금나라 원수' 곧 '금왕'을 지칭함.

의(身若不勝衣)289) 할 듯하니, 윤공의 기세함을 슬퍼함이 태우에게 내림이 없고, 태우 초종제구(初終諸具)를 물은데,

"입렴제구(入殮諸具)290)는 다 경사(京師)에서 가져 간 것으로 썼으니 금국(金國) 것은 일호(一毫)도 쓴 것이 없느니라."

언파에 총총이 궐하(闕下)로 향할 새, 금국 세자와 대신을 거느려 궐하의 다다르니, 만조문무(滿朝文武) 윤공 영연(靈筵)에 울고 정공을 맞아 상(上)께 고한데, 상이 금국 세자와 대신은 밖에 머물라 하시고 정공만 인견(引見)하실 새, 천안(天眼)이 함비(含悲)하시어 용루(龍淚)를 나리오시고, 거래(去來)에 인사(人事) 변역(變易)하여 윤상서의 죽음을 크게 슬퍼하시며, 금국 세자와 대신을 다 죽이고 정병(精兵)을 일으켜 금국을 무찔러 윤공의 원수 갑기를 의논하시니, 정공이 윤공의 유표(遺表)를 드리고 금국 정벌함이 가치 않음을 고하니, 상이 가라사대,

"금국을 정벌치 않으나 호삼개 아들을 죽여 윤경의 한을 설(雪)하리라291)."

하시고, 윤상서의 유표를 어람(御覽)하시니, 대개 국가를 위하여 몸이 만리타국의 와 죽음이, 결단하여 호삼개 감동함이 있을 것이니 황상이 덕화를 베푸시어, 신이 죽은 것을 금국에 연좌(連坐)치 마시고, 세자와 대신을 무사히 돌려보내심을 간주(懇奏)하고, 만리(萬里)에 병혁(兵革)을 일으키심이 불가함을 갖추어 베풀어, 격절(激切)한 충의와 군덕(君德)을 도움이 절절(切切)하여, 그 사람을 다시 보는 듯, 첩첩(帖帖)292)

---

289) 신약불승의(身若不勝衣) : 몸이 약하여 옷을 이기지 못할 것 같음.
290) 입염제구(入殮諸具) : 입관(入棺)과 습(襲)·염(殮)에 쓰는 제반 물품.
291) 설(雪)하다 : 풀다. 마음에 맺혀 있는 것을 해결하여 없애거나 품고 있는 것을 이루다.
292) 첩첩(帖帖) : 주련(柱聯)이 기둥마다 붙어 있는 모양.

한 문한(文翰)은 은하(銀河)의 근원(根源)이며, 쇄락(灑落)한 필체(筆體)는 주옥(珠玉)을 흩은 듯, 지상(紙上)에 광채(光彩) 어리니, 천안이 반기시며 비상함을 마지 아니시어, 두어 대신을 명초(命招)하시어 윤공의 유표를 뵈시고, 가라사대,

"짐심(朕心)은 금국 세자와 대신을 아울러 죽여 설한(雪恨)코자 하였더니, 윤공의 유표 이렇듯 하니 어찌 하리오."

제신이 다 간왈(諫曰),

"호삼개 군신대의(君臣大義)를 모르고 여러 해 조공을 받들지 아니 하옵고, 하물며 폐하 윤현으로써 저의 무도(無道)한 죄를 밝히사 칙지(勅旨)를 내려 계시거늘, 역천(逆天)한 죄 천사(天使) 몸을 마치기에 이르오니, 그 죄과는 세자와 대신을 주륙(誅戮)하옵고 금국을 정벌(征伐)함이 마땅하오나, 윤현의 죽음이 스스로 충절을 빛냄이니, 호삼개 군병을 쓰지 않았고, 윤현의 충성과 격렬한 사의(辭意)를 조차 놀라고 감동하여, 이적의 무리 회과자책(悔過自責)하올 뿐 아니오라, 윤현은 그 사람됨이 범상(凡常)치 아니한 바의 국가 동냥지재라, 죽기를 당하와 능히 간곡(懇曲)하온 유표 군덕을 돕사오니, 유표를 저버리시고 한갓 설한(雪恨)만 하실진대, 이는 윤현의 소사(疏辭)를 저버리심이라. 신 등의 어린 소견은 불가한가 하나이다."

상이 다시금 분완(憤惋)하시어 주저미결(躊躇未決)[293]이러시니, 금국 세자와 대신을 아울러 입궐하라 하시니, 세재 대신을 거느려 천궐의 배사(拜謝)하고 국궁(鞠躬)하니, 천안에 분기(憤氣)를 띠시어 옥음(玉音)이 엄렬(嚴烈)하시어 하교(下敎)[294] 왈,

---

293) 주저미결(躊躇未決) : 머뭇거리고 망설여 일을 결정짓지 못함.
294) 하교(下敎) : 윗사람이 아랫사람에게 가르침을 베풂.

"너 조고만 이적(夷狄)의 무리 대국 군신지의(君臣之義) 천지현격(天地懸隔)함을 알지 못하고, 역천무도패설(逆天無道悖說)295)이 천사가 분앙(憤怏)함을 머금어 죽기의 이르니, 너희 등을 다 주륙하고 삼개의 머리를 보전치 못할 줄 아는다?"

세자 작죄(作罪) 태과(太過)하매 만신(滿身)을 떨어 한출첨배(汗出沾背)296)하니, 주(奏)할 바를 알지 못하고 다만 죽기를 청하고, 가져온 표문(表文)을 올리니, 제신이 표를 읽으니, 상이 들으시매 사의(辭意) 간곡(懇曲)하여, 먼저 조공을 폐하여 방자함을 기록하고, 천사(天使)를 대접치 않아 역천무도지죄(逆天無道之罪)297)와 천사의 충심이 자사(自死)하기에 이름을 당하여 항복하는 등, 무도한 죄 불가형언(不可形言)이라. 금국을 능히 교유(敎諭)함을 감동하여 자자손손(子子孫孫)이 대국을 섬겨 다시 방자치 않을 바를 갖추어 아뢰었는지라. 상이 청파(聽罷)에 삼개 회선(回善)298)함이 분명한지라. 윤공의 표를 다시 보시며 타국에 이르러 이적지심(夷狄之心)을 감동하게 함을 생각하시매, 추연자상(惆然自傷)299)하시어 제신을 돌아보시며 왈,

"호삼개 비록 대죄를 지었으나 윤경(尹卿)의 표를 좇고 저의 회과(悔過)함을 사(赦)하나니, 세자와 제 나라 대신을 위차(位次)를 주지 말고 돌아가게 하라."

하시니, 제신이 상교를 준행하여 금국인을 돌아가게 하니라.

---

295) 역천무도패설(逆天無道悖說) : 천명을 어기고 도리에 어긋난 못된 말.
296) 한출첨배(汗出沾背) : 몹시 부끄럽거나 무서워서 흐르는 땀이 등을 적심.
297) 역천무도지죄(逆天無道之罪) : 천자(天子)에 반역하여 제후의 도리를 지키지 못한 죄를 지음.
298) 회선(回善) : 천선(遷善). 선에 돌아옴.
299) 추연자상(惆然自傷) : 슬픈 생각이 들어 마음이 산란해짐.

상이 일을 결단하여 마치매 비척(悲慽)함이 더하시고 더욱 아끼시며 윤현을 추증(追贈)하시어 충무공(忠武公)을 봉하시고, 두 아들이 자라거든 즉시 입직(入直)하여 아비 후를 잇게 하라 하시고, 용루(龍淚) 떨어짐을 면치 못하시니, 만조제신이 차석(嗟惜) 칭찬하여 윤이부 아끼기를 마지않으며, 그 충의를 감탄치 않는 이 없더라.

대사도(大司徒) 정공이 알률도를 죽여 중국 위엄을 빛내다 하시어 금평후를 봉하시니, 정사도 진정 고사하되 상이 불윤(不允)하시니, 마지못하여 후작(侯爵)을 받자오나, 일심이 윤공을 생각고 슬퍼하더라.

태우 예월(禮月)[300)]이 다다르매 항주 명혈(明穴)[301)]을 가려 충무공의 영궤(靈几)를 안장(安葬)할 새, 상명(上命)을 인하여 충무공 비석(碑石)을 높이고, 백행사적(百行事跡)을 찬양하여 어서(御書)로 메웠으니, 충신의 이름이 돌 위에 두렷하여 행인이 길을 멈추고 칭찬탄복(稱讚歎服)치 않는 이 없더라.

윤태우 형의 영구(靈柩)를 지하(地下)에 영결(永訣)을 당하매, 홀홀(忽忽)히[302)] 넋을 사르고 처처(悽悽)히[303)] 부르짖어 느끼는 소리 하늘에는 구름이 머흘고[304)], 땅에는 강수(江水) 오열(嗚咽)하며, 산새는 슬피 울어 곡성(哭聲)을 응하고, 들 잔나비는 파람[305)]하여 슬픔을 도우니, 장부(丈夫)의 웅심(雄心)이 설설(屑屑)이[306)] 사라지는 듯, 거친 풀을 어

---

300) 예월(禮月) : 초상(初喪) 뒤에 장사 지내는 달. 천자는 일곱 달, 제후는 다섯 달, 대부(大夫)는 석 달, 선비는 한 달 안에 지냈다.
301) 명혈(明穴) : 풍수지리에서, 명당(明堂)이 되는 묏자리.
302) 홀홀(忽忽)히 : 근심스러워 뒤숭숭한 상태로.
303) 처처(悽悽)히 : 마음이 매우 구슬프게.
304) 머흘다 : 험하고 사납다.
305) 파람 : 휘파람. 또는 짐승의 울음소리나 포효하는 소리.
306) 설설(屑屑) : 떳떳하지 못하고 구차함.

루만져 일장을 통곡하고, 목묘(木廟)[307]를 뫼셔 경사(京師)로 돌아올새, 일품재상지위(一品宰相之位)로 각 읍이 진동하여 회장(會葬)[308]하니, 부려(富麗)한 위의 일로(一路)에 진동하는지라. 반혼(返魂)[309]하여 경사에 이르니 문외에 명공거경(名公巨卿)과 녈후황친(列侯皇親)이 모이는 수를 혜지 못할러라. 일가친척(一家親戚)과 제우붕당(諸友朋黨)이 새로이 통곡하더라.

옥누항에 들어와 목주(木主)를 봉안(奉安)하니, 합가(闔家)의 망극애통(罔極哀慟)함이 갈수록 더하고, 조부인의 궁천원통(窮天寃痛)이 어찌 모양하여 이르리오. 태우와 구파의 설움이 상하치 아니하되, 흉패함은 위씨 고식(姑媳)의 근심 없이 기뻐함이 형언치 못할 지경이라. 거짓 서러워하는 빛을 지으니 태우는 모친의 사나움과 유씨의 악심을 알지 못하고, 매양 모친을 위로하며 조부인 받들기를 지성을 다하여, 소활(疎豁)하고 쾌대(快大)[310]한 성정(性情)이 조부인께 미쳐서는 자상(仔詳)하고 종종하여[311], 조석식음(朝夕食飮)을 살피며 날마다 기력을 물어 정성으로 살피며, 명아를 귀중하기 자기 양녀(兩女)의 위요, 쌍아를 애중함이 비할 곳이 없으니, 태부인이 유씨로 더불어 조부인 없애기를 꾀하나, 태우 자상이 살피니 전일과 달라 보채기를 마음과 같이 못하고, 오직 태우 못 보는 때 위씨 친히 와 조르고 보채며 꾸짖어, 상서 참혹히 죽으나 슬픈 줄을 모르고, 날로 음식만 먹기를 일삼고 자기를 원망한다

---

307) 목묘(木廟) : 목주(木主). 죽은 사람의 위패(位牌). 대개 밤나무로 만드는데, 길이는 여덟 치, 폭은 두 치가량이고, 위는 둥글고 아래는 모지게 만든다.
308) 회장(會葬) : 나라에 공로가 있거나 덕망이 높은 사람이 죽었을 때 고을의 수령 등 관청에서 주관하여 치르는 장례
309) 반혼(返魂) : 반우(返虞). 장례 지낸 뒤에 신주(神主)를 집으로 모셔 오는 일.
310) 쾌대(快大) : 성격이 시원스럽고 배포가 큼.
311) 종종하다 : 종종거리다. 잔소리가 많다.

하여, 차마 못할 말과 날로 질책이 비할 데 없으되, 부인이 하해(河海)로 심지(心地)를 삼고 천지로 양(量)을 삼아, 서러운 것을 서리 담고 가군의 간절한 부탁과 숙숙의 지극한 후의를 저버리지 아니하려 정하였는지라. 세 낱 유치(幼稚)를 보호하기를 일삼고 구태여 죽을 뜻을 두지 아니함으로써, 위씨의 험악한 질책을 좋은 말 듣는 듯이 오직 나직이 사죄할 뿐이요, 평생(平生)에 옳으며 그름을 변백(辨白)지 아니하니, 위씨 그 위인의 어려움을 더욱 밉게 여겨 착급(着急)히 해코자 하되, 좋은 모책을 얻지 못하더니, 금평후 정공의 부인이 생녀하여 기이하기 해상명주(海上明珠)312)와 유곡(幽谷)의 난초(蘭草) 향기를 토함 같아서, 백태천광(百態千光)313)이 한 곳 무심히 삼긴 곳이 없고, 금평후 돌아와 모친의 안강(安康)하심과 여아의 비상(非常)함이 바람 밖이라. 영행희열(榮幸喜悅)하나, 윤공의 마침을 일월이 오랠수록 잊지 못하여 슬픔이 맺혔는지라.

일일은 옥누항에 와 태우로 종용이 담화하다가 상서의 쌍자를 내어와 볼 새, 이 불과 세상을 안지 오륙 삭이로되 석대(碩大)하기 사오세(四五歲)나 한 아해 같고, 영채(英彩) 영호(英豪)하여 추월(秋月)이 산두(山頭)에 오르고 백일(白日)이 당천(當天)한 듯, 두 아해 얼굴 모양이 한 판의 박은 듯 일호 다름이 없어, 용미봉안(龍眉鳳眼)314)과 호치단순(皓齒丹脣)315)이며 옥면연협(玉面蓮頰)316)이 제제쇄락(齊齊灑落)317)하고 영

---

312) 해상명주(海上明珠) : 바다조개에서 나온 진주.
313) 백태천광(百態千光) : 온갖 아름다움을 갖춘 자태.
314) 용미봉안(龍眉鳳眼) : '용의 눈썹'과 '봉황의 눈'이란 뜻으로, 아름다운 눈 모양을 표현한 말.
315) 호치단순(皓齒丹脣) : 하얀 이와 붉은 입술이란 뜻으로 아름다운 입 모양을 이르는 말.
316) 옥면년협(玉面蓮頰) : 옥 같이 깨끗한 얼굴과 연꽃처럼 청순한 뺨이란 뜻으로

기동인(英氣動人)[318]하니, 정공이 한 번 보매 기특함을 이기지 못하여 척연히 슬퍼 이 같은 아들을 보지 못함을 탄식하고 칭찬함을 마지아니하며, 그 생월일시(生月日時)를 물어, 공교히 자기 여아와 동월동일(同月同日)에 낳았는지라. 도사의 말을 윤상서 이르던 바를 생각고 문득 양항루(兩行淚)[319]를 금치 못하여, 태우더러 왈,

"금국에 갈 제, 형주서 영백(令伯)이 화도사를 만나 일야(一夜)를 지내니, 화도사 영백더러 여차여차하더라 하고, 날더러 그 말을 옮겨 형에게 이르라 하거늘 들었더니, 이제 영질(令姪)의 생월일시를 들으니 소녀(小女)[320]와 동월일(同月日)에 낳은지라. 하늘이 유의하여 내심인가 하나니, 망우(亡友)의 뜻을 버리지 못할지라. 양가자녀 장성하기를 기다려 혼사를 이루리라."

태우 척연 탄식 왈,

"가형이 쌍남을 생할 줄 알아 계시던 것이니, 화도사의 말이 대개 미래사(未來事)를 아는지라. 형과 하퇴지 내 집을 버리지 않으면 소제야 어찌 잊으리오. 하형도 '생녀하다' 하되, 소제 흥황(興況)이 없어 이런 말을 않았더니라."

정공 왈,

"소제 양아(兩兒) 중 하나를 서랑(壻郞)을 삼으리라."

태우 추연함루(惆然含淚)하니 정공이 위로하며 명아를 내어 와 보니, 점점 기려승절(奇麗勝絶)하여 신장(身長)이 더 자란 듯하니, 정공이 망

아름다운 얼굴을 표현한 말.
317) 제제쇄락(齊齊灑落) : 가지런하고 깨끗함.
318) 영기동인(英氣動人) : 빼어난 기상(氣像)이 사람의 마음을 움직임.
319) 양항루(兩行淚) : 두 줄기 눈물.
320) 소녀(小女) : 자신의 딸을 낮추어 이르는 말.

우를 생각고 친녀나 다르지 않게 귀중혹애(貴重惑愛)하니, 소저 모친을
일시도 떠나지 않더니, 정공을 보고 부끄러워 들어가려 하니, 태우 앞에
앉혀 왈,

"금평후는 네게 남이 아니라. 부끄러워 말라."

하니, 소저 이 말을 듣고 답지 아니 하더라. 정공이 돌아간 후, 즉시
모부인(母夫人)께 들어오매 부인이 문 왈,

"외헌(外軒)에서 누구를 본다?"

명아 대 왈,

"전일의 정사도라 하고 다니던 손이 와서 소녀를 불러 보더이다."

부인이 척연읍탄(慽然泣嘆)하여 정사도 위험지지(危險之地)에 무사히
돌아와 봉후고명(封侯誥命)321)을 받음을 그윽이 부러워하더라.

세월이 백구과극(白駒過隙)322)하여 상서의 삼상(三喪)323)을 마치매
조부인의 망극지통(罔極之痛)이 각골(刻骨)하여, 조석증상(朝夕蒸
嘗)324)을 그치니 우혈(禹穴)325) 없어 설움을 이기지 못하여 하고, 태우
의 슬픈 한이 구곡(九曲)326)에 맺혀 백화헌에 혼자 앉으며 눕기를 당하

---

321) 봉후고명(封侯誥命) : 임금이 후작(侯爵)의 벼슬을 내린 임명장.
322) 백구과극(白駒過隙) : 흰 망아지가 빨리 달리는 것을 문틈으로 본다는 뜻으로,
　　 인생이나 세월이 덧없이 짧음을 이르는 말.
323) 삼상(三喪) : 삼년상(三年喪).
324) 조석증상(朝夕蒸嘗) : 아침저녁으로 올리는 제사. 증상(蒸嘗)은 제사(祭祀)를
　　 뜻하는 말로, '증(蒸)'은 겨울제사를, '상(嘗)'은 가을제사를 말한다.
325) 우혈(禹穴) : 중국 하(夏)나라 우왕(禹王)이 회계산(會稽山)에 사냥을 나갔다가
　　 죽어 그곳에 장사지냈는데, 묘 뒤에 암혈(巖穴) 있어 사람들이 그것을 우혈(禹
　　 穴)이라 하여 우임금 묘에 대한 징표를 삼았다. 여기서 "우혈(禹穴) 없어"는 조
　　 석으로 지내던 제사가 그쳐져 제사로 남편과 교감하던 마음마저 펼 수 없음을
　　 상징적으로 표현한 말이다.
326) 구곡(九曲) : 구곡간장(九曲肝腸). 굽이굽이 서린 창자라는 뜻으로, 깊은 마음
　　 속 또는 시름이 쌓인 마음속을 비유적으로 이르는 말.

여 추연하루(惆然下淚)치 않을 적이 없으며, 조부인 받드는 정성이 한결같아 감(減)하는 바 없으니, 부인이 감격함을 이기지 못하더라.

쌍아가 삼사 세에 이르러, 스스로 유모를 물리치고 태우를 따라 외헌(外軒)의 있기를 구하니, 공이 귀중하는 정이 시시로 층가(層加)하여 조부인께 아이들의 이름을 품청(稟請)하매, 상서의 지어줌을 인하여 장아(長兒)로써 광천이라 하고 차아(次兒)로써 희천이라 하여, 공이 데리고 외헌의 있어 밤을 당하면 좌우로 포회(抱懷)하여 어루만져 날로 비상 특이함을 영행하니, 양아가 공을 대하여 가로되,

"소자 등이 어미를 따라 인가(隣家)에 가면 아이들이 부모를 한가지로 뫼시고 앉았으되, 대인은 어찌 모친과 한가지로 가차치327) 아니 하시고 매양 각각 계시니까?"

공이 청파(聽罷)의 심담(心膽)이 미어지는 듯하여, 소매를 들어 안수(眼水)를 거두고 왈,

"나는 네 부친이 아니라 작은아비니 이제는 계부(季父)라 부르라."

양애 악연(愕然) 왈,

"그러면 우리 대인(大人)이 어데 계시니까?"

태우 왈,

"어린 아해는 이런 말을 아니 하나니, 잠잠하고 있다가 자란 후 알라."

한데, 광천 왈,

"아무리 유아인(幼兒)들 아비 있으며 없음을 묻지 아니하리까?"

희천이 재삼 묻자오니, 공이 더욱 참연 왈,

"너희 부친(父親)이 안 계시나 내 있으니 아비와 다름이 없느니라."

하고 다른 말로 달래나, 양애 심리(心裏)에 즐기지 않아 책을 가지고

---

327) 가차하다 : 가까이 하다.

와 글 배움을 청하니, 공이 매사에 숙성기이(夙成奇異)함을 두굿기나 너무 비상하니, 혹자(或者) 수한(壽限)에 해로울까 두려 꾸짖어 가르치지 아니하고, 주야 데리고 있어 가사를 염려하여, 소활한 성정을 고쳐 자상명철(仔詳明哲)함을 주(主)하나, 유씨의 사나움을 깨닫지 못하니, 태부인과 유씨 주사야탁(晝思夜度)[328]하여 조부인 모자녀(母子女)를 없애기를 계교하나, 조부인과 삼아(三兒)는 성인(聖人)이라. 과악(過惡)을 부릴 길이 없어 분을 서리 담아 세월이 자주 뒤집혀 광천형제 팔세 되니, 신장이 석대하고 옥모영풍(玉貌英風)이 늠연쇄락(凜然灑落)하여 반악(潘岳)[329] 두목지(杜牧之)[330]의 풍채를 우습게 여기니, 진속(塵俗)에 물들지 않아 추수(秋水) 같은 정신과 추천(秋天) 같은 기상이 씩씩하여, 와잠용미(臥蠶龍眉)[331]는 강산영기(江山靈氣)를 거두고, 높은 코와 붉은 양협(兩頰)에 도주(桃朱)[332] 같은 단순(丹脣)이요, 빙옥(氷玉) 같은 호치(皓齒)라. 형제 용화풍신(容華風神)이 한 판에 박은 듯하나, 점점 자라매 성정과 품질이 잠간 달라, 장공자(長公子)는 영웅기상(英雄氣像)과 호걸지풍(豪傑之風)으로 충천장기(衝天壯氣) 호호발양(浩浩發揚)하고 용호(龍虎)의 품격(品格)이요, 차공자(次公子)는 온중정대(穩重正大)하여

---

328) 주사야탁(晝思夜度) : 낮에 생각하고 밤에 헤아린다는 뜻으로, 밤낮을 가리지 않고 깊이 생각함을 이르는 말.

329) 반악(潘岳) : 247~300. 중국 서진(西晉)의 문인(文人). 자는 안인(安仁). 권세가인 가밀(賈謐)에게 아첨하다 주살(誅殺)되었다. 미남이었으므로 미남의 대명사로도 쓴다.

330) 두목지(杜牧之) : 803~852. 이름은 두목(杜牧). 당나라 만당(晚唐)때 시인. 미남자로, 두보(杜甫)에 상대하여 '소두(小杜)'라 칭하며, 두보와 함께 '이두(二杜)'로 일컬어지기도 한다.

331) 와잠농미(臥蠶龍眉) : 와잠미(臥蠶眉)와 용미(龍眉)를 겸한 눈썹. 곧 눈썹이 누에처럼 길고 굽은 모양인데다 양쪽 끝이 용처럼 길게 치올라간 모습을 함.

332) 도주(桃朱) : 복숭아꽃의 붉은 빛.

성현군자의 풍(風)이 빈빈(彬彬)하니 인봉기질(麟鳳氣質)이라. 오세로부
터 계부께 수학(修學)하여 생이지지(生而知之)하는 총(聰)이 있어, 한 자
를 들어 열 자를 통하는지라. 공이 더욱 극애하나 수한(壽限)에 해로울
까 하여 금지하나, 공자 등이 스스로 학문의 의미를 깨달아 일취월장(日
就月將)하여, 붓을 들매 천언(千言)을 입취(立就)333)하고 시를 지으매
귀신을 울리는지라. 보는 이 칭찬갈채(稱讚喝采)하고 공의 귀중함이 비
할 데 없어, 마음에 차공자를 자기 계후(繼後)하려 하되, 아직 토설(吐
說)치 아니 하고, 유씨 향한 은정(恩情)이 꿈같아서 내당의 숙침(宿寢)
함이 일 년에 한 번도 강인(强忍)하는 바 되어, 혹자 부인이 수태(受胎)
하여 경아 같은 아들이 날까 근심하니, 어찌 일분이나 생산(生産)을 바
라리오. 위씨 태우의 내당(內堂) 자취 희소(稀少)함을 책하더라.

차설 유씨의 장녀(長女) 경아는 모풍(母風)을 전주(專主)하여 애용(愛
容)이 절세(絶世)하나 심정이 간험요특(姦險妖慝)334)한지라, 모친으로
더불어 부친의 박정()薄情)을 원(怨)하고 광천 등을 과애(過愛)함을 시
기하여 명아를 무고(無故)히 미워하니, 현아는 십세라. 총명숙성(聰明夙
成)하며 인자온량(仁慈溫良)하여 모친과 형의 불인(不仁)함을 보면 가장
애달아 읍간(泣諫)한즉 유씨 꾸짖고, 경아로 뜻이 다르고 마음이 각각이
라. 이러므로 현아를 외대(外待)하여 범사를 기임이335) 많더라.

광천형제 오륙 세 되도록 그 부친이 만리타국에 가 별세함을 몰랐다
가, 비로소 계부에게 자세히 알고 지통(至痛)이 육아(蓼莪)336)에 맺혀,

---

333) 입취(立就) : 즉각에 이루어 냄.
334) 간험요특(姦險妖慝) : 간악하고 음험하며 요사함.
335) 기이다 : 기이다. 숨기다. 속이다.
336) 육아지통(蓼莪之痛) : 어버이가 이미 돌아가시어 봉양할 길이 없는 효자의 슬
    픔.『시경(詩經)』「소아(小雅)」편 〈곡풍(谷風)〉장 가운데 있는 '륙아(蓼莪)'시

형제 손을 잡고 체읍(涕泣)하여 엄안(嚴顏)을 알지 못함을 각골(刻骨)이 슬퍼하더라.

일일은 태우 기색(氣色)을 알고 더욱 자닝하여[337] 숙질(叔姪)의 정이 부자(父子)에 더하여, 천성이 엄숙하되 양아(兩兒)에게 다다라는 황홀탐애(恍惚耽愛)하니, 밤을 당하여는 품어 자기를 여러 세월에 한결같고, 형제 학문을 권치 않아도 행실(行實)을 수련(修鍊)하며, 계부(季父) 면전(面前)을 당하여 자질의 도리와 모친을 받들어 동동촉촉(洞洞屬屬)하니, 성효(誠孝) 봉영집옥지례(奉盈執玉之禮)[338]를 다하니, 노성장자(老成長者)의 위친경장지도(爲親敬長之道)[339]를 다하니, 태우 더욱 가르칠 것이 없으되, 광천은 기운이 하늘을 꿰뚫듯 태산을 넘어뛰며 천인(千人)을 압두(壓頭)하고 만인(萬人)을 묘시(藐視)하여, 일찍 사람을 아니 나무라는 이 없고, 손오양저(孫吳穰苴)[340]의 강용(强勇)을 흠모하며, 말마다 삼가고 걸음마다 조심하는 도행(道行)을 답답이 아는지라. 의사(意思) 장(壯)하며 기상(氣像)이 준엄(峻嚴)하여, 팔세 아동 같지 않아 천고(千古)의 희한(稀罕)한 영웅준걸(英雄俊傑)이라. 태우 광천의 방일(放逸)함을 제어키 어려울까 염려하되, 앞에서는 동용(動容)이 안서(安舒)하고 엄부 섬기는 도를 다하니 가르칠 것이 없는지라. 자기 미처 생각지 못할 일을 깨닫게 하며 신기히 생각하니, 범사(凡事)의 수응(酬應)과 서사(書

에서 온 말.

337) 자닝하다 : 불쌍하다. 가엾다. 안쓰럽다.

338) 봉영집옥지례(奉盈執玉之禮) : 효자가 부모를 섬김에 있어, 물이 가득 담긴 그릇을 받들고 있는 것처럼, 또는 값비싼 옥을 잡고 있는 것처럼 조심하여 예(禮)를 다함. 『소학(小學)』〈명륜(明倫)〉편에 나온다.

339) 위친경장지도(爲親敬長之道) : 어버이를 위하고 어른을 공경하는 도리.

340) 손오양저(孫吳穰苴) : 중국 춘추 전국 시대의 병법가인 손무(孫武)·오기(吳起)·사마양저(司馬穰苴)를 아울러 이르는 말.

寫) 대작(代作)이 민첩하여 태우의 마음에 차고, 종일(終日)토록 그 허물을 잡고자 유의(留意)하나 미진(未盡)한 곳이 없고, 차공자는 청검겸퇴(淸儉謙退)하여 공맹안증(孔孟顔曾)341)의 성학대도(聖學大道)를 장(藏)하고, 재주와 덕을 자랑치 않아 희로(喜怒)를 불현어색(不顯於色)342)하고, 언어를 경출(輕出)치 않아 나아가매 걸릴 듯이 하고, 세상사를 아는 듯 모르는 듯 하는 가운데나 자연 신성(神聖)한 품격이 속세범류(俗世凡類)와 내도하니343), 백행(百行)이 정숙(靜肅)하고, 법도 완연(完然)이 대군자의 유풍(遺風)이라.

태우 언언(言言)이 일컬어 내 집을 흥기(興起)할 대군자라 하며, 광천더러 왈,

"형이 아우를 배울 것이 아니로되 희천은 타일 명경학자(明經學者)가 될 것이니 네 또 매사를 행하기를 희아와 같이 하라."

장공자 배사수명(拜謝受命)하나 뜻인즉 내도하니 성품을 고칠 길이 없으되, 그 야야(爺爺) 얼굴 모름이 궁천지통(窮天之痛)이 되어 흉억(胸臆)에 설움이 박혔으니, 오히려 기운이 퍽 주러지는 듯하되, 천생호기(天生豪氣)라. 입에 말이 나매 흐르는 듯하고 소견을 펴매 쾌달(快達)344)하여 소소예절(小小禮節)을 거리끼지 않는 듯하나, 매사(每事)에 강명지단(剛明之斷)이 있어 소활하여 세쇄지사(細瑣之事)를 알려 아니하되, 밝음이 여신(如神)하며 팔세 소아로 측량치 못할 지략(智略)과 특달신이(特達神異)함이 있으니, 조부인이 이자(二子)의 비상함을 영행하

---

341) 공맹안증(孔孟顔曾) : 유가(儒家)의 성현(聖賢)들인 공자(孔子), 맹자(孟子), 안자(顔子), 증자(曾子).
342) 불현어색(不顯於色) : 속마음을 얼굴빛으로 들어내지 않음.
343) 내도하다 : 매우 다르다. 판이(判異)하다.
344) 쾌달(快達) : 성품이 상쾌(爽快)하고 활달(豁達)함.

여 문호(門戶)를 흥기할까 바람이 중하고, 여아 점점 자라 십일세에 미치니, 용화기질(容華氣質)이 쇄락(灑落)하여 더욱 기려(奇麗)한 태도며 효순(孝順)한 성행이 숙녀의 방향(芳香)을 흠모하니, 부인이 자녀 이렇듯 아름다이 자라되, 그 부친이 보지 못함을 설워 때때 청루환락(清淚汍落)[345]하여 옷깃을 적시니, 양공자(兩公子)와 소저 모친의 슬퍼하심을 대하면, 더욱 촌할(寸割)한 심사를 형상(形象)치 못하나 사색(辭色)을 화(和)히 하여 위로(慰勞)함을 간절(懇切)히 하여, 장공자는 더욱 말씀이 흐르는 듯, 문견(聞見)한 기담미어(奇談美語)를 전하여, 비록 만 가지 소회(所懷) 있으나, 광천의 춘양(春陽) 같은 화기(和氣)와 능려(凌厲)[346]한 담소(談笑)에 한 번 웃기를 면치 못할 것이요, 희천의 경운화풍지상(慶雲和風之像)[347]과 동일지애(冬日之靄)[348]를 당한즉, 인심이 즐거우며 화평하여 근심과 염려를 물리칠 바라. 부인이 양자의 지효(至孝)로 받드는 정성을 보면 어여쁘며 귀중함이 비할 데 없으되, 매양 단엄(端嚴)이 경계 왈,

"너의 형제 세상에 나매 엄안(嚴顔)을 알지 못하고 훈교(訓敎)를 듣지 못하여, 약한 자모(慈母)와 어진 계부(季父)의 탐애(耽愛)함만 받으니, 두려워하는 곳과 거치는 것이 없어, 행실을 삼가지 않고 유학(儒學)을 힘쓰지 아니면, 경박자(輕薄子) 되기를 면치 못하리니, 희천은 오히려 기운이 나직하고 처신이 공겸정대(恭儉正大)하여 그 마음이 금옥(金玉)의 견고함이 있으니 염려스러움이 없으되, 광천은 많이 호방하여 스스로 기운을 제어(制御)치 못하니 여모(汝母)[349]의 근심하는 바라. 모름

---

345) 청루환낙(清淚汍落) : 맑은 눈물이 방울저 떨어지는 모양.
346) 능려(凌厲) : 아주 뛰어나게 훌륭하다.
347) 경운화풍지상(慶雲和風之像) : 상서로운 구름과 화창한 바람과 같은 기상(氣像).
348) 동일지애(冬日之靄) : 겨울날의 아지랑이.

지기 공맹지교(孔孟之敎)를 법칙(法則)하여350), 남이 다 무부지자(無父
之子)나 행실이 숙연(肅然)타 하면 내 어찌 기쁘지 않으리오."

언파에 길이 탄식하니, 공자 척연 재배수명(再拜受命)하고, 광천이 충
천장기(衝天壯氣)를 많이 주리잡는351) 바로되, 능히 희천의 단엄온중
(端嚴穩重)하기를 밎지 못하더라.

태우의 장녀(長女) 경아의 시년(時年)이 십삼에 이르니, 재용(才容)이
절세(絕世)하여 홍매(紅梅) 납설(臘雪)352)을 무릅쓰고, 곤산(崑山)의 미
옥(美玉)을 공교히 다듬어 채색(彩色)을 메운 듯, 별 같은 쌍안(雙眼)과
초월(初月)353) 같은 아미(蛾眉)엔 총아(寵兒)354)한 재정(才情)355)을 감
추고, 도화양협(桃花兩頰)356)과 단사앵순(丹砂櫻脣)357)이 자태 황홀(恍
惚)하여, 견자로 하여금 사랑함을 이기지 못할지라. 다만 경아의 한 조
각 심정(心情)이 현숙함을 얻지 못하여 은악양선(隱惡佯善)하고 투현질
능(妬賢嫉能)하여 내외 가작치358) 못하니, 그 부친 윤태우 딸의 어질지
못함을 알지 못하나, 매양 나무라 왈,

"용모거동(容貌擧動)이 일분(一分)도 우리 집을 닮지 않았다."

---

349) 여모(汝母) : 너의 어머니, 네 어미.
350) 법측(法則)하다 : 법칙을 삼다. 법받다. 본받다.
351) 주리잡다 : 줄잡다. 가다듬다. 생각이나 기대 따위를 표준 보다 줄여서 헤아려
보다.
352) 납설(臘雪) : 납일(臘日)에 내리는 눈. *납일(臘日): 동지 뒤의 셋째 술일(戌日)
로, 이날 조상이나 종묘, 사직 등에 제사를 지냈다.
353) 초월(初月) : 초승달.
354) 총아(寵兒) : 특별한 사랑을 받는 사람.
355) 재정(才情) : 재치. 재치 있는 생각.
356) 도화양협(桃花兩頰) : 복숭아꽃처럼 붉은 두 뺨.
357) 단사앵순(丹砂櫻脣) : 주사(朱砂)나 앵두처럼 붉은 입술.
358) 가작하다 : 가지런하다. 나란하다.

하여, 애중함이 현아만 못하나, 이미 장성하매 위씨 가서(佳婿)를 택하라 재촉하니, 태우 수명(受命)하여 추밀사(樞密使) 석화의 제 삼자 준과 성친(成親)하니, 이곳 개국공신(開國功臣) 석수신(石守信)[359]의 손이러라.

---

359) 석수신(石守信) : 후주(後周)와 송초(宋初)의 무장(武將). 후주에서 홍주방어사(洪州防禦使)를 지냈고 송 태조(太祖) 때 위국공(魏國公)에 봉해졌다.

명주보월빙 권지삼

어시에 윤태우 모명(母命)을 받들어 경아를 성혼(成婚)할 새, 석화의 제삼자 준과 친을 이루니, 이 곧 개국공신 대장군(大將軍) 석수신(石守信)의 손이라. 사람됨이 굉걸뇌락(宏傑磊落)[360]하고 풍신(風神)이 늠연 쇄락(凜然灑落)하며 문장이 빼어나고 성질이 엄렬(嚴烈) 씩씩하니, 태우 뜻에 찬 서랑을 얻으매 만심흔열(滿心欣悅)하고, 석부에서 자부(子婦)를 보고 그 절염미모(絶艶美貌)를 사랑하나, 석생이 윤소저로 더불어 은정이 흡연치 못하여, 처음은 오히려 부부윤의(夫婦倫義)를 폐치 아니터니, 해 바뀌고 달이 오래매 점점 염고(厭苦)하여 행로(行路) 보듯 하니, 석추밀 부부 책하되 부부은정을 능히 강작(强作)지 못하고, 윤부에서 소저를 데려와 신방(神房)을 배설(排設)하고 석생을 청하면, 석생이 사양치 않고 순순(順順)[361] 이르러, 그 악장(岳丈)과 광천 등으로 더불어 외당에 머물고, 신방으로 들어가라 하면, 소이대왈(笑而對曰),

"소생이 악장(岳丈)의 동상(東床)[362]을 모첨(冒添)[363]하여 팔구삭지

---

360) 굉걸뇌락(宏傑磊落) : 기개(氣槪)가 크고 장(壯)하며 도량이 넓어 작은 일에 얽매이지 않음.
361) 순순(順順)하다 : 고분고분하다.
362) 동상(東床) : 동쪽 평상이라는 뜻으로, '사위'를 달리 이르는 말. 중국 진(晉)나라의 극감(郗鑒)이 사위를 고르는데, 왕도(王導)의 아들 가운데 동쪽 평상 위

내(八九朔之內)에 반양지도(潘楊之道)364) 이미 숙진(熟盡)365)하고 해가 바뀌었는지라. 의앙지정(依仰之情)이 범연(凡然)치 아니하고, 악장이 소생을 사랑하심이 지극하시니 후의(厚誼)를 감격하나니, 어찌 심곡(心曲)을 은닉(隱匿)하리까? 소생의 나이 겨우 삼오(三五)요, 실인(室人)이 이칠(二七)이라. 청춘녹발(靑春綠髮)이 멀었으니 긴 세월에 화락(和樂)이 무궁하려니와, 아직은 고인의 유취지년(有娶之年)이 아니요, 소생이 색념(色念)이 사연하여366) 부부은정(夫婦恩情)을 알지 못하오니, 반드시 나이 어린 연고(緣故)라. 악장은 신방동락(新房同樂)을 권치 마소서."

태우(大夫) 석생이 장성남자(長成男子)로 부부사정(夫婦私情)을 모를 바 아니로되, 반드시 여아를 염박(厭薄)함인 줄 깨달아 다시 신방의 들어가라 권치 아니하고, 자주 청하여 외헌에서 한가지로 머물며 사랑함을 친자같이 하니, 석생이 그 악장이 관인장자(寬仁長者)임을 항복(降服)하여 연기부적(年紀不適)하나 뜻인즉 서로 맞갖아367) 지극한 옹서간(翁婿間)이로되, 그 악모(岳母)를 보면 전혀 윤씨와 같아서, 어진 체하는 거동과 내외 다른 형상이 보기에 분완(憤惋)한지라. 그윽이 차석(嗟惜)하여 그 자식이 십삭태교(十朔胎敎)로 감을 알아, 태우의 어짊으로써 그 부인과 딸이 불인(不仁)함을 한하더라.

유부인이 경아를 성혼하매 서랑의 풍채(風彩) 호준(豪俊)하나 그 아내

에서 배를 들어내고 누워 있는 왕희지를 골랐다는 고사에서 유래했다.
363) 모첨(冒添) : 외람되게 어떤 자리에 끼어 수를 채우게 됨.
364) 반양지되(潘楊之道) : '반(潘)씨와 양(楊)씨 사이의 도리(道理)'라는 뜻으로, 혼인(婚姻)으로 인척(姻戚) 관계(關係)가 된 성씨들 사이에 지켜야 할 도리, 곧 '인척간의 도리'를 말한다.
365) 숙진(熟盡) : 다 이루어져 부족한 데가 없음.
366) 사연하다 : 어떤 일을 하고자 하는 생각이나 욕구 따위가 전혀 없다.
367) 맞갖다 : 맞다. 잘 맞다.

를 염박하고, 그 위인이 종요롭지 못하여 처모(妻母) 대접이 일분 정이 없어, 외헌의 와 여러 날 머물 적도 내당에 배견(拜見)함을 청치 않아, 들어오라 하면 얼핏 들어와 겨우 수어(數語)를 문답하고 즉시 나가니, 크게 소원(所願)에 어기어, 애달프고 분함을 이기지 못하며, 경애 구가에도 드물게 왕래하고, 본부의 있어 석생의 박대를 원망하고 슬퍼 홍루(紅淚) 유미(柳眉)368)를 잠그니, 위부인이 태우를 꾸짖어 택서(擇壻) 잘못하였음을 한(恨)하니, 태우 도리어 웃고 고 왈,

"부부사정은 임의로 못하옵나니, 저희 아직 최소(最少)한 아해들이라, 장래(將來) 나이 차고 혬이 나면 자연 화락하오리니, 자위는 이런 일에 성녀(聖慮)를 번거로이 마소서."

위씨 심심 불락하더라.

일일은 위씨 고식(姑媳)이 상대하여 조부인 모자녀(母子女) 없이할 계규(計規)를 의논할 새, 위씨 왈,

"어찌하면 현부(賢婦) 기자(奇子)를 생하여 윤가 종통(宗統)을 잇게 하고 조씨 모자녀를 아울러 없이한 후, 현부로 하여금 윤부 종부(宗婦)를 삼아 일가(一家)의 중망(衆望)이 온전케 하고, 십만재산(十萬財産)이 자손으로 하여금 나누는 일이 없게 하여 부자(父子) 안락케 하리오. 노모(老母) 초년부터 황씨의 아래 거하여 재실(再室)의 욕됨을 참고, 황씨 현을 먼저 낳고 노모 수 년 후 수를 낳으니, 선군(先君)의 사랑이 간격지 않으나, 종장(宗長)369)의 중함으로써 매양 현을 더하고 일가의 추중(推重)이 현의 몸의 있으니, 분하고 미움이 친히 칼로 지르고 싶으나 능히 마음과 같지 못하다가, 선군과 황씨 기세(棄世)하고 현과 수만 있으

---

368) 유미(柳眉) : 버들잎 같은 눈썹이란 뜻으로, 미인의 눈썹을 이르는 말.
369) 종장(宗長) : 한 집안의 종통계승권을 가진 적장자(嫡長子).

니, 수의 뜻이 조금이나 노모와 같을진대, 현을 벌써 금국에 가기 전에 한을 풀었을 것이로되, 수의 어리고 탄탕(坦蕩)370)함이 눈치를 모르고, 직심(直心)이 주변371)없이 어질매 현을 엄부같이 섬기다가 죽으니 설워 하기를 효자 친상을 만남 같이 하여, 간악한 조씨를 날과 같이 섬기고, 광천 등 사랑함이 실로 현이 있어도 그토록 하든 않을 것이요, 노모 뜻을 비치지 못하여 이런 말 곧 들으면 죽으려 할 것이니, 다만 우리 고식이 정을 펴고 심담(心膽)이 상조(相照)하니, 힘을 다하고 계교를 의논하여 조씨 모자를 아울러 육장을 만들어 평생의 맺힌 분을 쾌히 하고, 현부 불행하여 아들을 두지 못하면 일가의 아름다운 아들을 얻어 수의 명령(螟蛉)372)을 정(定)하면, 수의 아들이요 나의 손자니, 황씨의 소생 자손이 없어지면 어찌 쾌치 않으리오."

유씨 척연 탄식 대 왈,

"존고(尊姑)의 가군(家君)을 위하신 염려와 첩을 애휼(愛恤)하시는 성덕이 갈수록 더하시니, 첩은 각골감은(刻骨感恩)하여 정성과 힘을 다하와 성교를 받들고자 하오대, 일이 마음과 같이 되지 아니하오니 한갓 심력만 허비하올 뿐이라. 하물며 가군이 첩의 모녀를 행로 보듯 하고, 전혀 주(主)한 바 광천 형제와 조씨 모녀라. 경아를 성가하여 석랑의 박대차악(嗟愕)하되, 일분 자닝히 여기는 의사 없으니 비인정에 가깝거늘, 석랑을 사랑하고 경아를 본디 미워하니, 천하에 그런 인정이 어디 있으리까? 존고께도 오히려 조씨 모자 향한 마음만 못하고, 원간373) 알기를

---

370) 탄탕(坦蕩) : 마음이 치우치거나 얽매이지 않고 평평(平平)하고 편안함.
371) 주변 : 일을 주선하거나 변통함. 또는 그런 재주.
372) 명령(螟蛉) : 나비와 나방의 '애벌레'. '나나니'('구멍벌'과에 속한 곤충)가 '명령(螟蛉)'을 업어 기른다는 데서 온 말로, 타성(他姓)에서 맞아들인 양자(養子)를 이르는 말.

조씨는 여중군자(女中君子)로 알고 존고는 사리 모르는 편으로 치옵나니, 실로 존고를 업신여김이라. 존고 가군을 부중(府中)에 두시고는 아무 일도 마음대로 못하실 것이니. 국사(國事)로써 멀리 나가게 하고 거리낄 것이 없이 한 후에 조씨 모자녀를 죽임이 마땅할까 하나이다."

위씨 극악흉패지인(極惡凶悖之人)이나, 태우는 떠나고자 아니하고, 상서 국사로 나가 죽었으매 내어 보내기 꺼림하게 여겨, 이르되,

"현이 금국에 가 맞는 거동을 보니 수는 아무데도 가게 하지 말고자 하나니, 집에 두고 조씨 모자녀를 없애고자 하노라."

유씨 대 왈,

"상공이 집의 있은 후는 천백년(千百年)이라도 존고의 마음을 펴실 길이 없으리니 무슨 계교로 조씨 모자녀를 없이할 계교를 행하시리까? 숙숙(叔叔)은 금국(金國) 위험지지(危險之地)의 가시매 죽어계시거니와, 가군이야 평안한 고을을 가려 가면 어찌 염려 있으리까? 아무 길로나 금은(金銀)을 드리고 가군을 멀리 보내는 것이 옳을까 하나이다."

위씨 차언(此言)은 낙종(諾從)치 아니하여 다만 유유히 다시 의논하여 그리 하자 하더라.

화표(話表), 선시(先時)에 태우 하진의 벼슬이 높아 병부상서 문연각 태학사(兵部尙書文淵閣太學士)에 이르니, 기절아망(氣節雅望)이 일세의 추앙하는 바요, 상총(上寵)이 융성하시어 만조(滿朝)에 솟아나니, 하공이 본디 기개(氣槪) 과인(過人)하여, 군전에 소견(所見)을 은닉하는 일이 없고, 질악(嫉惡)374)을 여수(如讐)375) 하여 사군지도(事君之道) 한

---

373) 원간 : 워낙.
374) 질악(嫉惡) : 악을 미워함.
375) 여수(如讐) : 원수처럼 미워함.

어사(漢御使) 급암(汲黯)376)과 당상(唐相) 위징(魏徵)377)의 풍(風)이 있으니, 현자는 붙좇고 악자는 많이 꺼려 해(害)하기를 도모하니, 금평후 정사도와 윤태우 알고 하상서를 대하여 너무 강엄(剛嚴)하여 사람의 해를 입지 말라 하니, 하상서 개연이 웃고 왈,

"장부 간인의 모해를 두려 소견을 움치고 군전에 아당(阿黨)할 것이 아니라."

하니, 윤·정 이공이 가로되,

"사람이 허물이 있으나 과도히 허물을 삼아 살육(殺戮)을 권함이 치군요순(致君堯舜)378) 하는 도리 아닌가 하노라."

하상서 또한 웃고 그렇게 여기며 태우 윤공과 정의심밀(情誼深密)하여, 윤상서 기세(棄世)한 후로는 태우 심사(心思)를 지향(指向)치 못하니, 하공이 윤부에 아니 가는 날은 태우 하부의 가 담화하며, 정부는 사이 먼 고로 축일상종(逐日相從)379)치 못하며, 정공이 수 일에 한 번씩 윤·하 양부(兩府)에 왕래하니, 광천 등이 점점 자라 크게 비상함을 애경(愛慶)380)하여, 정사도는 광천으로 서랑(婿郎)을 삼고, 하상서는 희천으로써 정혼(定婚)하여, 망우(亡友)의 뜻을 저버리지 않으려 하더라.

하상서의 부인 조씨 여러 자녀를 생산하여 개개히 옥수경화(玉樹瓊

---

376) 급암(汲黯) : ?~B.C.112. 중국 전한(前漢) 무제 때의 간신(諫臣). 자는 장유(長孺). 성정이 엄격하고 직간(直諫)을 잘하여 무제로부터 '사직(社稷)의 신하'라는 말을 들었다.

377) 위징(魏徵) : 580~643. 중국 당나라 초기의 공신(功臣)·학자. 자는 현성(玄成). 현무문의 변(變) 이후, 태종을 모시고 간의대부가 되었다

378) 치군요순(致君堯舜) : 임금이 요(堯)·순(舜)과 같은 성군(聖君)이 되도록 충성을 다해 보필함.

379) 축일상종(逐日相從) : 하루고 거르지 않고 날마다 서로 찾아 친하게 지냄.

380) 애경(愛慶) : 사랑하고 기뻐함.

花)381)같으니, 장자 원경의 자는 자건이요, 차자 원보의 자는 자상이요, 삼자 원상의 자는 종이니, 원경은 십칠 세요, 원보는 십오 세요 원상은 십 세라. 금춘(今春)에 원경의 곤계(昆季) 용방(龍榜)382)에 오르매, 풍채(風彩) 헌앙(軒昂)하여 관옥승상(冠玉勝像)383)이거늘, 신장(身長)이 석대(碩大)하여 팔척장부(八尺丈夫)의 기상(氣像)이요, 문한(文翰)이 유여(裕餘)하여 자건(子建)의 칠보시(七步詩)384)와 이백(李白)의 청평사(淸平詞)385)를 안하(眼下)의 묘시(藐視)하니, 천총(天寵)이 융융(隆隆)하시어 하상서의 복록이 두꺼움을 이르시며, 원경으로 시강원 태학사(侍講院太學士)를 하이시고386), 원보는 한림학사(翰林學士)를 하이시고, 원상으로 금문직사(金文直士)387)를 하이시니, 하생 등이 연소미재(年少微才)로 불사(不似)388)함을 사양(辭讓)하온데, 상이 불윤(不允)하시니 마지못하여 사은(謝恩) 찰직(察職)할 새, 경악(經幄)389)에 근시(近

---

381) 옥수경화(玉樹瓊花) : 옥처럼 아름다운 '나무'와 '꽃'이라는 말로, 재주가 매우 뛰어나고 용모가 아름다운 사람을 이르는 말. 옥(玉)과 경(瓊)은 뜻이 같은 말로 다 같이 '사물의 아름다움'을 나타낼 때 비유로 쓰는 말이다.

382) 용방(龍榜) : 과거급제자 명단을 써 붙인 글.

383) 관옥승상(冠玉勝像) : '미남자의 아름다운 용모와 풍채를 아울러 표현한 말. 즉 '관옥(冠玉)'은 관(冠)의 앞을 꾸미는 옥을 가리키는 말로 '남자의 아름다운 얼굴'을, 승상(勝像)은 몸 전체의 외관적 형상이 매우 아름다운 것을 표현한 것.

384) 자건(子建)의 칠보시(七步詩) : 위(魏)나라 조조(曹操)의 아들 조식(曹植 : 192~232)이 일곱 걸음 만에 시를 지어 죽음을 모면하였다는 고사가 담긴 시. 자건(子建)은 조식의 자(字).

385) 청평사(淸平詞) : 중국 당(唐) 나라 이백(李白 : 701-762)이 현종(玄宗)의 명을 받고 양귀비(楊貴妃)의 아름다움을 찬양하여 지은 시. 삼수(三首)로 되어 있다.

386) 하이다 : '하다'의 사동사. 하게하다. 시키다. 삼다.

387) 금문직사(金文直士) : 임금의 조서를 짓는 일을 맡은 벼슬. 금문(金文)은 조서(詔書)를 뜻하는 말이고 직사(直士)는 직학사(直學士)의 줄임말. 직학사는 고려 시대에 둔, 홍문관·수문관·집현전의 정4품 벼슬. 한림학사도 정4품이다.

388) 불사(不似) : 닮지 않음. 어떤 일이나 조건에 알맞지 않음.

侍)하여 면절정쟁(面折廷爭)390)이 간관(諫官)의 풍(風)이 가작하여, 소인간당(小人奸黨)이 하공 부자를 미워 해(害)할 기틀을 엿보더라.

하공이 간당의 꺼려함을 모르지 아니하되 천성(天性)을 고치지 못하고, 하생 등이 부풍(父風)을 이어 청명기절(淸明氣節)이 가작하니391), 원경은 이부시랑(吏部侍郎) 임경의 여를 취(娶)하니 임씨 성행(性行)이 온순(溫順)하고 색광(色光)이 수려(秀麗)하며 사덕(四德)392)이 가작하니, 효봉구고(孝奉舅姑)와 승순군자(承順君子)하여 사사(事事)에 진선진미(盡善盡美)하니, 구고 사랑하고 학사 중대함이 가볍지 아니하더라. 원보 등을 취실(娶室)하여 자미(滋味)를 보고자 하여 택부(擇婦)하는 염려 방하(放下)393)치 못하니, 명공재열(名公宰列)의 유녀자(有女子)는 다투어 구혼하되 공이 허치 아니하더라.

상서 김귀비의 아비 김탁의 방자무기(放恣無忌)394)함을 탑전(榻前)의 주(奏)하니, 언사 준절(峻節)하니 상이 김 국구(國舅)를 일년 월봉(月俸)을 거두시고 엄책(嚴責)하여 계신지라. 국구 저의 불법지죄(不法之罪)를 하상서 주달(奏達)함을 절치부심(切齒腐心)하여 간당(奸黨)을 처결(締結)하니, 황상의 종제(從弟) 초왕이 하상서 어사(御使)로 있을 제 초왕

---

389) 경악(經幄) : 경연(經筵). 고려・조선 시대에, 임금이 학문이나 기술을 강론・연마하고 더불어 신하들과 국정을 협의하던 일. 또는 그런 자리.
390) 면절정쟁(面折廷爭) : 임금의 면전에서 허물을 기탄없이 직간하고 쟁론함.
391) 가작하다 : 가지런하다. 갖추다. 구비하다.
392) 사덕(四德) : 여자로서 갖추어야 할 네 가지 덕. 마음씨[婦德], 말씨[婦言], 맵시[婦容], 솜씨[婦功]를 이른다.
393) 방하(放下)하다 : ①마음이나 일 따위를 다잡지 아니하고 풀어 놓아 버리다. ②불교에서, 정신적・육체적인 일체의 집착을 버리고 해탈하는 일. 또는 집착을 일으키는 여러 인연을 놓아 버리는 일.
394) 방자무기(放恣無忌) : 행동 따위가 어려워하거나 조심스러워하는 태도가 없이 건방지고 거리낌이 없음.

의 참람(僭濫)한 사치(奢侈)를 아뢰었던 고로, 초왕이 역시 분완(憤惋)
하여 김탁과 동심(同心)하여 안으로 귀비를 촉하고 밖으로 간당을 체결
하니, 어찌 계교(計巧)를 이루지 못하리오. 참언(讒言)이 이음차395) 하
공이 불궤지심(不軌之心)396)을 두었다 하되 곧이듣지 않으시더니, 귀비
요언(妖言)으로 참소하니 상이 괴이(怪異)히 아시되 알은 체 않으시니,
차시 하람(河南) 하북(河北)이 어지러워 처처(處處)에 도적이 일어나고
시절이 기황(饑荒)하니 상이 근심하시는지라. 하공이 자원출사(自願出
師)397)함을 청하니, 상이 윤허(允許)하시어 은영(恩榮)으로써 양지(兩
地)에 보내시니, 상서 배사(拜辭)하고 집을 떠날 새, 원상·원보 양자
(兩子)의 혼취(婚娶)를 못하고, 원경을 당부 왈,

"불과 일 년이 될 것이니 자모와 제제(諸弟)로 더불어 좋이 있으라."
하고,

"원상의 혼인을 구할 이 있어도 내 돌아오기를 기다리라."

학사 등이 십리 밖에 나와 야야를 배별(拜別)하고 슬픔을 이기지 못하
나, 원경은 사색(辭色)을 화이 하고 '국사를 선치하시어 쉬이 돌아오심
을' 청하니, 공이 역시 심회 불호(不好) 하여 원광의 머리를 쓰다듬어
'유학(儒學)을 힘쓰라' 하고, 또 삼자(三子)의 손을 잡아 왈,

"여부(汝父) 너희를 떠나매 결연(缺然)하나, 오래면 일 년이요 쉬 오
면 팔구 삭이라, 어찌 이토록 슬퍼하느뇨?"

학사 등이 비읍(悲泣) 대왈(對曰),

---

395) 이음차다 : 잇따르다. 연잇다.
396) 불궤지심(不軌之心) : 반역을 일으키려는 마음. 불궤(不軌))는 법이나 도리를
    지키지 않음을 뜻한다.
397) 자원출사(自願出師) : 군대를 이끌고 싸움터로 나가기를 자원함. 출사(出師)ᄂ
    출병(出兵).

"해아(孩兒) 등이 생세지후(生世之後)로 대인(大人) 슬하를 떠남이 처음이라, 능히 참지 못하리로소이다."

공이 재삼 당부하고,

"윤·정 양공께 자로 배현(拜見)하여 자질(子姪)같이 하라."

학사 등이 재배수명하고 이별하니, 부자 오인의 정이 의의(依依)[398]하더라. 공이 말혁[399]을 돌이키니, 학사 등이 훌연함을[400] 이기지 못하나 할일 없어 돌아와 모친께 뵈옵고, 관사여가(官事餘暇)에 윤·정 이공(二公)께 자로[401] 배현하니, 양공이 상해[402] 그 위인을 사랑하여 애대(愛待)함이 지친(至親) 같더라.

어시에 하공이 하람 순무사(巡撫使)로 간지 사오 삭에 도적이 화(化)하여 양민(良民)이 되고, 일경(一境)이 하공의 덕화를 앙복(仰服)하더라. 소문이 경사에 들리매 초왕과 김탁 등이 더욱 밉게 여겨 하가를 어육(魚肉)고자 참간(讒奸)이 끊이지 않아, 하진이 하람에 가 크게 인심을 얻어 대군을 몰아 범경(犯境)할 뜻이 있다 하며, 원경 등이 흉사를 꾀한다 하되, 상이 청이불문(聽而不聞)하시니, 김탁이 착급(着急)하여, 원경 등 삼인이 입번(入番)한 날에 개용단(改容丹)[403]을 삼켜 원경이 되고, 환자(宦者) 주석·오하로 원보·원상이 되게 하여, 다 비수(匕首)를 끼고

---

398) 의의(依依) : 헤어지기 섭섭한 모양.
399) 말혁(–革) : 마혁(馬革). 말고삐.
400) 홀연하다 : 서운하다. 마음에 모자라 아쉽거나 섭섭한 느낌이 있다.
401) 자로 : 자주.
402) 상해 : 늘. 항상.
403) 개용단(改容丹) : 앵혈·회면단·도봉잠 등과 함께 한국고소설 특유의 서사도구의 하나. 이 약을 먹으면 자기가 되고자 하는 사람과 얼굴을 비롯해서 온몸이 똑같은 모습으로 둔갑(遁甲)하게 된다. 한국고소설에서는 악격인물(惡格人物)들이 이 약을 선격인물(善格人物)을 모해하는 도구로 사용하여 다양한 사건들을 만들어낸다.

상이 취침하신 때를 타 소리하고 달려들어 해코자 하는 형상을 사람이 다 보게 하니, 상이 무심중(無心中) 대경하시어 급히 보시매 이 문득 하가 삼형제라. 숙직 환자로 잡으라 하시니 환시(宦侍) 경황하여 미처 손을 놀리지 못하여서 나는 듯이 달아나니, 천노(天怒) 진첩(震疊)하시어 밤이 새기를 미처 기다리지 못하시고, 급히 설국(設鞫)하여 원경 등을 엄문하실 새, 금위관(禁衛官)과 직숙관원(直宿官員)이 일제히 모이고 학사(學士) 등 삼인을 나래(拿來)하니, 학사 등이 입번하여 잠이 깊었다가 나명(拿命)이 급하고, 궐정대화(闕廷大禍)를 들으나 백옥무하(白玉無瑕)[404]하니, 마음이 안연자약(晏然自若)하되 오직 금문직사(金文直士) 원상이 십삼 유아(幼兒)라, 경황망극(驚惶罔極)하여 앙천탄왈(仰天嘆曰),

"야천(夜天)이 조림(照臨)하시고 성신(星辰)이 벌여있으니 아등(我等)의 지원극통(至冤極痛)을 살피시고 하문이 망멸(亡滅)케 마소서."

언미필에 위사(衛士) 계설속박(繫絏束縛)[405]하여 상전(上前)에 이르니, 벌써 형위(刑威)를 베풀고 삼인을 전하(殿下)에 꿀리고, 상이 문 왈,

"여부(汝父) 선조(先朝)의 등과 하여 홍은(鴻恩)을 입고, 짐이 총우함이 만조에 솟아나고, 여등이 등과 칠팔삭(登科七八朔)에 짐이 사랑함이 부자 같거늘, 여부 하람 병마를 거두어 범경(犯京)코자 한다 하여도 짐이 믿지 않았더니, 너희 야반(夜半)에 칼을 끼고 짐을 해코자 하니, 차는 만고무쌍(萬古無雙)한 역적(逆賊)이라. 어찌 다시 물을 것이 있으리오마는, 아지못게라 여부의 시킴이냐, 여등이 스스로 행함이냐?

원경이 상교(上敎)를 듣잡고 개연히 주 왈,

---

404) 백옥무하(白玉無瑕) : 백옥에 아무런 치나 흠이 없다는 뜻으로, 아무런 흠이나 결점이 없음 또는 그런 사람을 이르는 말.
405) 계설속박(繫絏束縛) : 죄인들을 오랏줄로 결박함.

"신의 집이 세대로 국은(國恩)을 입사와 관면(冠冕)406)이 숭고(崇高)
하고, 신의 아비 이칠(二七)에 선조(先朝)에 몽은(蒙恩)하와 양조에 성
은을 입사와 하늘이 좁고 땅이 옅은지라. 숙야우구(夙夜憂懼)하와 국은
을 갚사올 바를 알지 못하오니, 비록 사람에게 미움을 받잡고 폐하 직간
을 기뻐 아니하실지라도, 소견을 굽히지 못하와 보과습유(補過拾遺)하
여 사군보국(事君報國)함은 신자의 직분을 다하고자 하옵이오, 신 등 삼
형제 연소부재(年少不才)로 외람히 성주의 대은이 일신에 넘치와, 사이
부득(辭而不得)하옵고 찰임행공(察任行公)하오나 일야(日夜)에 손복(損
福)할까 두려워하매, 우충(愚衷)이 쇄신보국(碎身報國)고자 하옵더니,
금야(今夜)에 망극하온 은지(恩旨)를 듣자오니 골경심한(骨驚心寒)하와
주할 바 없삽거니와, 신 등이 비록 대역지심(大逆之心)이 있사옵더라도
반드시 주밀(周密)이 하여 경솔(輕率)치 않으리니, 성주(聖主)의 일월지
명(日月之明)으로 어찌 살피지 못하시나이까? 신 등이 항우(項羽)407)의
여력(膂力)이 있고, 형가(荊軻)408) 섭정(聶政)409)의 날램이 있다 한들,
감히 지엄한 용상하(龍床下)에 집검돌입(執劍突入)하리까? 당(黨)을 체
결함이 없이는 삼형제가 곧 잡힐 바는 삼세유아(三歲幼兒)라도 아올 바

406) 관면(冠冕) : 갓과 면류관이라는 뜻으로, 벼슬아치를 비유적으로 이르는 말.
407) 항우(項羽) : B.C.232~B.C.202. 중국 진(秦)나라 말기의 무장. 이름은 적(籍).
  우는 자(字)이다. 숙부 항량(項梁)과 함께 군사를 일으켜 유방(劉邦)과 협력하
  여 진나라를 멸망시키고 스스로 서초(西楚)의 패왕(霸王)이 되었다. 그 후 유
  방과 패권을 다투다가 해하(垓下)에서 포위되어 자살하였다
408) 형가(荊軻) : ?-B.C.227. 중국 전국 시대의 자객. 위나라 사람으로, 연나라 태
  자인 단(丹)의 부탁을 받고 진씨황제를 암살하려 하였으나 실패하고 죽임을 당
  하였다.
409) 섭정(聶政) : 중국 전국시대의 자객. 제나라 사람으로 복양(濮陽) 사람 엄중자
  (嚴仲子)의 사주를 받고 한나라 재상 협루(俠累)를 죽인 후, 주인을 누설치 않
  기 위해 자결했다.

요, 더욱 신부(臣父) 하람을 순무하와 인심을 진정(鎭定)하고 백성을 안무(按撫)하매, 이로써 불궤지심(不軌之心)을 둔다 할진대, 나라를 위하여 명수죽백(名垂竹帛)⁴¹⁰⁾할 자가 없사오리니, 성상의 일월지광(日月之光)으로 소인(小人)의 말을 믿어 실덕하실 바를 애달아 하나이다."

한림학사 하원보 이어 주왈,

"신등이 망극한 죄명(罪名)을 무릅써 애매하온 아비 불궤(不軌)의 뜻을 두었다 하오니, 한갓 신등 부자와 일문어육(一門魚肉)을 두려워함만 아니라, 성상의 일월지명(日月之明)을 가리와 간인의 작변(作變)이 여차하여 폐하의 실덕(失德)이 이에 이름을 슬퍼함이라. 신등이 경악(經幄)에 근시(近侍)하였던 바요, 신등 삼인이 각각 입직(入直)하여 잠이 깊었사온 고로, 폐하의 농탑(龍榻)에 돌입하다 하시니, 차는 벅벅이 이매망냥(魑魅魍魎)⁴¹¹⁾의 조화라. 폐하 만일 적실(適實)이 아시고자 하실진대, 시강원(侍講院)과 한림원(翰林院)이며 금문(禁門)의 입번제신(入番諸臣)을 부르시어, '신등이 움직인 일이 있는가.' 하문하실진대 입각(立刻)에 아르시리이다."

금문직사 하원상이 강개하여 부복 주 왈,

"신은 나이 이륙(二六)을 갓 넘어 세사를 알지 못하오나, 어려서부터 아비 충효를 일러 자식 경계함이 반점 비의(非義)와 불법(不法)을 용납지 않던 바요, 신등이 천성이 지극 용우(庸愚)하오나 대역부도(大逆不道)의 일은 차마 듣지 못하는 바니, 어찌 몸소 행하오며, 십삼 소아가 무슨 용력으로 집검(執劍) 범상(犯上)할 의사 있으리까? 신등이 다만 주

---

410) 명수죽백(名垂竹帛) : 이름이 죽간(竹簡)과 비단에 드리운다는 뜻으로, 이름이 역사에 길이 빛남을 이르는 말.
411) 이매망냥(魑魅魍魎) : 온갖 도깨비. 산천, 목석의 정령에서 생겨난다고 한다. 늑망량.

륙지화(戮之禍)를 서러워함이 아니라, 폐하의 일월지명(日月之明)이
어두우심을 한심(寒心)하옵고, 아래로 신부(臣父)의 적심단충(赤心丹忠)
으로써 문득 대역에 이름을 애달아하나이다."

상이 삼인의 말을 들으시고 즉시 세 곳 입번제신(入番諸臣)을 부르시
어 삼인의 거취(去就)를 물으신대, 여출일구(如出一口)히 촌보(寸步)도
움직이지 않음으로써 고한대, 상이 중론(衆論)의 일구(一口)함과 평일
하공의 관일정충(貫一貞忠)을 깊이 충우하시나, 작야사(昨夜事)를 친견
하신 바라. 원경 등의 발명(發明)은 예사(例事)라 하시어 삼인을 엄형국
문(嚴刑鞫問)하실 새, 매마다 고찰하시어 불궤지사(不軌之事)를 다 고하
라 하시나, 삼인이 구설(口舌)이 무익함을 깨달아 말을 않고, 일시에 임
형(臨刑)할 새, 학사와 한림은 좋은 일같이 불변안색(不變顔色)하되, 원
상은 참형(慘刑)을 임하여 옥 같은 얼굴이 찬 재 같아서 유성(柳星)412)
같은 봉안을 뜨지 아니하여 생인(生人)의 거동이 없으니, 일 칙413)를 다
못하여서 한 소리 탄성(歎聲)으로 좇아 명(命)이 진(盡)하니, 비부비부
(悲夫悲夫)며 차의차의(嗟矣嗟矣)라.414) 십삼 세 처신하매 한조각 허물
이 없이 엄형지하(嚴刑之下)에 마치니 어찌 참혹치 않으리오.

학사 형제 이미 한 칙를 받았더니 삼제(三弟)의 참사(慘死)함을 보매
오내(五內) 촌할(寸割)하고 천지 어두운지라. 한가지로 엄홀(奄忽)하니,
상이 차경을 당하시매 그 죄를 의논할진대 천사유경(千死猶輕)이요 만

---

412) 유성(柳星) : 이십팔수의 스물넷째 별자리에 있는 별들.
413) 칙 : 매질. 죄인을 신문할 때 공포감을 주어 자백을 강요할 목적으로 한바탕
가하는 매질. 또는 그러한 매질의 횟수를 세는 단위. '치'는 '笞(매질할 태)'의
원음, '태'는 그 속음(俗音)임.
414) 비부비부(悲夫悲夫)며 차의차의(嗟矣嗟矣)라 : 슬프고 슬프며 통탄하고 또 통
탄할 일이로다.

사무석(萬死無惜)이로되, 삼인의 풍신재화(風神才華)로 정하죄수(庭下罪囚)되어 신체 적혈(赤血) 중에 잠겼음을 보시매, 친문(親問)하심을 아니 꼽게 여기시어 원상의 시신을 내어주라 하시고, 학사 등을 하옥하라 하시니, 날이 벌써 밝고 만조문무(滿朝文武) 천문에 조회할 새, 나졸(邏卒)[415]이 하직사의 시신을 붙들어내고, 학사와 한림을 구호하여 대리시(大理寺)[416]에 가두매, 초왕과 김탁이 일을 이뤄 끝이 있을지라. 상이 다스리기를 그치고 하옥하심을 불열(不悅)하여 제일 독약을 차에 타, 나졸을 주어 왈,

"하학사 등이 일시 운건(運蹇)하여 대리시의 빠졌으나 애매함이 백옥(白玉) 같으니 오래지 않아 신설(伸雪)하리니, 여등(汝等)을 이 차(茶)로써 맡기나니 하학사 등의 마른 목을 적시게 하라."

옥리 등이 지우하천(至愚下賤)이나 학사 등의 위인을 아껴 눈물을 흘리다가, 차언을 듣고 참말로만 여겨, 형제를 떠먹여 한 그릇을 다 먹이니, 현현(顯顯)이[417] 못 견디는 바 없이 장부 끊어지며 육맥(六脈)[418]이 다 상하여 엄연(奄然)이[419] 세상을 버리니, 통의통재(痛矣痛哉)[420]라! 혹자(或者), 고금(古今)의 원사(冤死)한 이 하나 둘이 아니나, 어찌 이 삼인 같이 일야지간(一夜之間)에 비명참사(非命慘死)한 자 있으리오. 통

---

415) 나졸(邏卒) : 조선 시대에, 포도청(捕盗廳)에 속하여 관할 구역의 순찰과 죄인을 잡아들이는 일을 맡아 하던 하급 병졸.
416) 대리시(大理寺) : 고려 시대에, 형옥(刑獄)을 맡아보던 관아. 성종 14년(995)에 전옥서를 고친 것으로, 문종 때에 다시 전옥서로 고쳤다.
417) 현현(顯顯)이 : 환히 들어나게. 명백히.
418) 육맥(六脈) :『한의학』에서 말하는 여섯 가지 맥박. 부(浮), 침(沈), 지(遲), 삭(數), 허(虛), 실(實)의 맥을 이른다.
419) 엄연(奄然)이 : 갑자기.
420) 통의통재(痛矣痛哉) : 원통하고 원통함.

호석재(痛乎惜哉)⁴²¹⁾며 차호애재(嗟乎哀哉)⁴²²⁾라! 그 부형(父兄)으로
이르지 말고 우연한 타인이라도 눈물 남을 면치 못할러라.

옥리 학사 등이 연소귀골(年少貴骨)로 중형을 받으매 죽은 줄 알고,
차의 독약을 먹고 죽은 줄은 모르고 즉시 죽었음을 고하니, 상이 바야흐
로 조회를 임(臨)하시어, 원경 등의 작야사(昨夜事)를 이르시고 분연(憤
然)함을 이기지 못하신대, 만조(滿朝) 경악하여 하공의 직절(直節)을 꺼
리던 자는 참혹히 여기는 빛이 없어 말을 아니 하되, 하공 부자의 충의
(忠義)를 아는 자는 참절경해(慘絕驚駭)⁴²³⁾하여 일시에 주(奏)하여, 성
상(聖上) 처치 너무 준급(峻急)하시어 성명지덕(聖明之德)이 전일과 다
르심을 주(奏)하더니, 문득 원경 등의 물고(物故)⁴²⁴⁾함을 고하니, 상이
제신의 주사(奏辭)로 좇아 많이 후회하실 차, 양인의 물고함을 들으시고
가장 경참(驚慘)히 여기시어 왈,

"원경 등의 죄 주륙(誅戮)에 가하나 다시 종용히 처치코자 하였더니
어찌 그리 급히 마치뇨?"

하시고, 하공 나래사(拿來事)를 의논하시니, 승상 조순이 하진의 충렬
(忠烈)을 힘써 간하여 죄명이 애매함을 갖추어 주하니, 금평후 정공과
태중태우 윤수 출반(出班) 주왈,

"신등(臣等)이 하진으로 문경지의(刎頸之義)⁴²⁵⁾라. 그 위인을 자세히
아옵나니, 충성이 관일(貫一)하고 직기(直氣)⁴²⁶⁾ 남과 다르온 고로 국

---

421) 통호석재(痛乎惜哉) : 몹시 애석하고 안타까움.
422) 차호애재(嗟乎哀哉) : 몹시 슬프고 애석함.
423) 참절경해(慘絕驚駭) : 더할 나위 없이 놀라고 비참해 함.
424) 물고(物故) : 죄를 지은 사람이 죽음. 또는 죄를 지은 사람을 죽임.
425) 문경지의(刎頸之義) : 서로를 위해서라면 목이 잘린다 해도 후회하지 않을 만
   큼 의리를 지킨다는 뜻으로, 생사를 같이할 수 있는 친구 사이의 의리를 이르
   는 말. 중국 전국 시대의 인상여(藺相如)와 염파(廉頗)의 고사에서 유래하였다

가를 위하매 사사를 돌아보지 않고, 질악(嫉惡)을 여수(如讐)하는 고로, 성상의 친현신원소인(親賢臣遠小人)427)하심을 아뢰어 일호반사(一毫叛事)428)를 용납지 아니하오니, 대개 너무 열일준엄(烈日峻嚴)하여 간당 등의 미움을 받음이 가히 묻지 않아 알 것이로되, 성상의 일월지명(日月之明)으로 충량(忠良)을 무죄히 맞게 할 줄은 진실로 생각 밖의 일이라. 신등이 하진을 위하여 놀람이 아니라, 성상 실덕(失德)이 이에 미치심을 실로 애달아 하옵나니, 하원경 등 세 낱 명현(名賢)을 아깝게 마치시니, 어찌 국가의 불행이 아니며 원경 등의 참사함이 측은치 않으리까? 이제 하진을 나래(拿來)할 바를 의논하시니, 신등이 작직을 드리고 하진의 일명(一命)을 사, 써 폐하의 호생지덕(好生之德)을 돕사오리이다. 신등이 수불충무상(雖不忠無狀)429)하오나 하진이 평일 행한 일에 만일 일호(一毫)나 의심됨이 있을진대, 성명지하(聖明之下)에 허언(虛言)을 주달(奏達)하온 호역지죄(護逆之罪)430)를 면치 못하올지라. 하진의 역모지사(逆謀之事)가 적실하올진대 신등이 또한 죄를 당하리이다."

말씀이 강개격절(慷慨激切)하여 충현(忠賢)이 화에 떨어짐을 참연비절(慘然悲絶)하니, 상이 유예미결(猶豫未決)431)하시어 침음양구(沈吟良久) 후 가라사대,

"경등(卿等)이 하진을 역구(力救)하니 짐이 또한 그 반심(叛心)을 보지 못하였거니와, 원경 등 역신(逆臣)이 집검돌입(執劍突入)하여 시군(弑

---

426) 직기(直氣) : 직절(直節)과 의기(義氣)
427) 친현신원소인(親賢臣遠小人) : 어진 신하를 가까이 하고 간사한 사람을 멀리함.
428) 일호반사(一毫叛事) : 털끝만큼의 작은 반역사건.
429) 수불충무상(雖不忠無狀) : 비록 충성스럽지 못하고, 내세울 만한 공적이 없으나.
430) 호역지죄(護逆之罪) : 반역죄인을 두호(斗護)한 죄.
431) 유예미결(猶豫未決) : 망설여 일을 결정하지 못함.

君)할 뜻이 소연(昭然)한지라. 차는 만고(萬古)에 드믄 역적이라. 하진
이 비록 정충대절(貞忠大節)이 있다 하나 삼역(三逆)⁴³²⁾의 연좌(緣坐)를
면치 못할 것이요, 짐이 또한 하진부자를 저버림이 없거늘, 하적(河敵)
이 이제 감히 하람군을 몰아 황성을 범(犯)코자 한다 하니, 일관(一
貫)⁴³³⁾이 통해(痛駭)한지라. 가히 역천적자(逆天賊子)를 베어 후인을 징
계하리라."

하시니, 정·윤 이공(二公)이 우주 왈,

"성상이 비록 흉역(凶逆)을 친찰(親察)하심이 계시나, 차는 반드시 이
매망냥(魑魅魍魎)이 원경 등을 해하려 매골(埋骨)을 비러 성심(聖心)을
격동(激動)함이라. 원경 등은 결단코 그럴 리 없사오니 저의 죽음도 성
주의 참덕(慙德)이거늘, 어찌 하진에게 연좌하시리까?"

상이 이를 듣고 옥색(玉色)이 변이(變異)하시어 왈,

"경등이 원경 등을 저렇듯 두호(斗護)하여 짐의 친견한 바를 이매망량
이라 미루니 평일 믿던 바가 아니로다."

양공이 상의 진노하심을 보오나 추호 구속(拘束)지 않아 원경 등의 무
죄함과 하진의 충렬을 다투어 굴치 않으니, 천심이 불예(不豫)⁴³⁴⁾하시
어 파조(罷朝)하시니, 이공이 할 일 없어 물러나 원경 등의 시신을 찾아
방성대곡(放聲大哭)하니, 비루천항(悲淚千行)⁴³⁵⁾이라. 원경 등의 시신
을 아직 내어 주시라는 명이 없으니 윤·정 양공이 더욱 참통비절(慘痛
悲絶)하더라.

---

432) 삼역(三逆) : 세 사람의 역적. 곧 하진의 세 아들 하원경·하원보·하원상을
　　말함.
433) 일관(一貫) : 엽전의 한 꿰미. 일관향(一貫鄕). 여기서는 하진의 일가족을 말함.
434) 불예(不豫) : 임금이나 왕비가 편치 않거나 죽음. 늑불열(不悅).
435) 비루천항(悲淚千行) : 눈물이 천 줄이나 되게 흐름.

명주보월빙 권지삼 163

이부상서 김후는 김탁의 장자라. 윤상서 망(亡)한 후 이부천관(吏部天官)436)에 거하여, 용인지정(用人之政)437)이 무상(無狀)하여 사정(私情)으로 당류(黨類)를 쓰며, 현인군자(賢人君子)를 무고(無故)히 미워하니, 하물며 하공은 기부(其父)를 침노(侵擄)하였거든 욕살지심(慾殺之心)438)이 없으리오. 원경 등 죽임을 타, 하가를 없이하려 하고 초왕으로 합력(合力)하니, 서로 의논하고 파조 후 즉시 청대(請對)439)하온대, 상이 인견하실 새, 김후와 초왕이 주(奏)하되, '하진이 지금 하남군병을 거두어 황성(皇城)을 엿보고, 원경 등이 비록 죽었으나 내응(內應)하여 그 여당(與黨)이 무수하니 국가 위태함을' 고하고,

"하진이 미처 방비치 못하여서 나래(拿來)하시고, 그 집을 어림군(御林軍)440)으로 에워싸 사람이 왕래(往來)치 못하게 하옵고, 진의 필자 원광이 십 세로되 그 상모(相貌) 비상하여 융준용안(隆準龍眼)441)이 의연(毅然)이 제왕(帝王)의 기상이요, 신자(臣子)의 상모(相貌) 아니라 하매, 하진이 크게 옳이 여겨, 전혀 광을 위하여 흥병(興兵)한다 하니, 원광을 바삐 잡아 엄수(嚴囚)하소서"

하니, 상이 비록 명성(明聖)하시나 참간(讒奸)이 예부터 현인을 함정에 넣으니, '증모(曾母의 투저(投杼)'442)하심을 어찌 면하리오. 즉시 원

---

436) 이부천관(吏部天官) : 이부상서(吏部尙書)를 달리 이르는 말. 육부(六部)의 상서 가운데 으뜸이라는 뜻이다.
437) 용인지정(用人之政) : 인사행정(人事行政). 관리를 적재적소에 임용하는 등의 인사관리.
438) 욕살지심(慾殺之心) : 누군가를 죽이려 하는 마음.
439) 청대(請對) : 신하가 급한 일이 있을 때 임금에게 뵙기를 청하던 일.
440) 어림군(御林軍) : 임금의 신변과 궁궐의 방위를 책임지는 국왕 직속의 근위부대(近衛部隊).
441) 융준용안(隆準龍眼) : 우뚝한 코와 튀어나온 눈을 한 얼굴.
442) 증모(曾母)의 투저(投杼) : 증자의 어머니가 증자가 사람을 죽였다는 말을 듣고,

광을 대리시(大理寺)에 가두라 하시고, 하남에 위사(衛士)을 발하여 하
진을 나래(拿來)하라 하시니, 김후 등이 또 주 왈,
"원경 등이 비록 죽었으나 그 흉역(凶逆)이 머리를 동시(東市)에 달고
수족을 이처(離處)함즉 하니이다."
　상이 의윤(依允)하시니, 나졸이 양인의 신체를 내어 참(斬)하려 한
대, 정·윤 양공이 일반 명류 삼십여 인으로 더불어 궐하의 청대(請對)
하니, 상이 인견(引見)하실 새, 윤·정 이공이 옥계(玉階)에 머리를 두
드려 하진의 원억(冤抑)을 주하고, 원경 등이 이미 죽었거늘 그 머리를
베심이 성주의 실덕임을 역쟁고간(力爭固諫)하여 왈,
　"하진이 진실로 반(叛)할진대, 위사(衛士) 가도 전지(傳旨)를 좇지 않
고 위관(衛官)을 죽이고 황성(皇城)을 범할 것이니, 연즉(然卽) 신등이
한가지로 주륙(誅戮)을 받으리이다."
　상이 차(此) 양인을 지극 총우(寵遇)하시는 바로, 주사(奏辭) 이렇듯
간절하여 원경 등 시신을 참(斬)치 마심을 역쟁고간(力爭固諫)함에 당하
여는, 가장 불예(不豫)하시어 왈,
　"경등의 전일 충성으로써 대역(大逆) 두호(斗護)함이 이렇듯 할 줄을
뜻하지 않았도다. 원경 등이 짐의 용상하(龍床下)에 발검돌입(拔劍突入)
이 만고흉역(萬古凶逆)이라. 무엇을 아껴 이토록 하느냐?"
　정·윤 이공이 대주(對奏) 왈,
　"원경 등의 대역이 성상의 이르시는 바와 같을진대 신 등이 한가지로
주륙을 청할 것이오나, 결단코 그럴 리 없사옵고, 또 간류(奸類)를 남달

처음에는 이를 믿지 않다가, 두 번 세 번까지 같은 말을 듣고는 마침내 베틀의
북을 내던지고 사건현장으로 달려갔다는 고사. ①누구나 여러 번 말을 들으면
곧이듣게 된다는 말. ②임금이 참언을 믿는 것을 비유(比喩)해 이르는 말.

리 피함으로써 전후 사람에게 많이 미움을 받은지라. 하가를 미워하는
이가 성상을 속여 변형하는 약을 삼켜, 거죄 여차(如此)턴가 하옵나니,
시속(時俗)에 요도(妖道) 있어, 괴이한 약류(藥類)로 사람의 얼굴을 바
꾸는 단약(丹藥)을 만들어 팔아 중가(重價)를 취한다 하오니, 신등의 소
견은 이러므로 원경 등을 칭원(稱冤)하옵나니, 폐하는 그 시신을 온전히
내어 주시어, 신등이 당(當)하와 시체(屍體)를 입렴(入殮)⁴⁴³⁾하였다가,
하진이 만일 성지(聖旨)를 순수(順受)치 않아 하람에서 작변(作變)함이
있은 즉, 신등의 머리를 베어 호역지죄(護逆之罪)를 정히 하시고, 원경
등을 부관참시(剖棺斬屍)하오셔도 늦지 않으시리이다.”

상이 양 공의 역쟁고간(力爭固諫)으로 좇아 원경 등 시수(屍首)는 참
(斬)치 말라 하시고, 하가를 주야 에워싸고 원광을 다시 잡아 가두라 하
시니, 이공이 다시 다툼이 불가하여 제 명류(名流)로 더불어 물러나, 학
사 등 시수를 찾아 입렴(入殮)하려 할 새, 나졸(邏卒)이 바야흐로 참하
려 하다가 성지 급히 내리매 시신을 양 공에게 맡기더라.

어시에 하부에서 조부인이 삼자(三子) 입번(入番)하니 심회 전자와 달
라 여취여광(如醉如狂)하여, 학사부인 임씨와 여아 영주로 더불어 밤을
지낼 새, 홀연 눈물을 금치 못하여 이르대,

“금일 내 심사 지향 없어 밤을 당하나 한 점 졸음이 없어 미쳐날듯 하
니 어찌 이리 괴이하뇨?”

임소저 척연(慽然) 대 왈,

“소첩이 역시 회포 어지러우니 연고 없이 괴이하이다.”

영주소제 모친과 임소저를 위로하여 날이 밝기의 이르도록 잠을 못
잤더니, 학사 등의 하리 밖에 와, 원광공자에게 학사 등의 참변을 고하

---

443) 입염(入殮) : 염습(殮襲)과 입관(入棺).

고, 직사는 벌써 마치심을 고하니, 공자 놀라옴이 청천의 벽력이 일신을 분쇄하는 듯, 망극통원(罔極痛冤)이 일월(日月)이 회색(晦塞)하고 천지합벽(天地闔闢)444)하는 듯, 손으로 가슴을 치고 한 소리 장통(長痛)의 피를 토하고 엎어지니, 시노서동배(侍奴書童輩) 바삐 붙들어 구호하며, 차차 전하여 내당의 이르니, 합문(闔門)445) 상하(上下)의 경황망극(驚惶罔極)446)함이 천지 어두워 서러운 줄도 깨닫지 못하여, 부인은 한 말을 못하고 칼을 빼어 가슴을 지르려 하니, 임소저와 영주 급히 칼을 앗고 모녀고식(母女姑媳)447)이 서로 호천통곡(呼天痛哭)하더니, 원광이 인사를 차려 들어와 모친과 수매(嫂妹)448)에게 울음을 '그치소서' 하고, 또 가로되,

"화변(禍變)이 불측(不測)한 곳에 있어 한갓 삼형의 참망(慘亡)함만 아니라, 백씨(伯氏)와 중시(仲氏) 흉화(凶禍)에 빠졌고, 대인(大人)이 망극지참(罔極之慘)을 인하여 위태할 것이니, 문호(門戶) 망멸(亡滅)하기 수유(須臾)에 급(急)하니, 사기(事機)를 보아 사생을 결하려니와, 저 하늘이 차마 어찌 지원극통(至冤極痛)을 살피지 않으심이 이러하시니까! 자위(慈闈)와 수수(嫂嫂)는 관억(寬抑)하시어 일이 되어 감을 보소서. 소자는 삼형의 시신(屍身)을 찾으러 가나이다."

부인이 가슴을 허위여 피나고 머리를 두드려 깨어지기에 미쳐 원상을 부르고 혼절(昏絶)하니, 공자 수매(嫂妹)로 더불어 구호하매 황황(遑遑)

---

444) 천지합벽(天地闔闢) : 천지합벽(天地闔闢). 천지가 닫히고 열리고 함. 사람을 교묘하게 농락함을 비유적으로 이르는 말.
445) 합문(闔門) : 문을 닫는다는 뜻으로, '온 집안'을 이르는 말.
446) 경황망극(驚惶罔極) : 몹시 놀라고 두려워 허둥지둥하며 어찌할 바를 모름.
447) 모녀고식(母女姑媳) : 어머니와 딸과 며느리를 함께 이르는 말.
448) 수매(嫂妹) : 형수와 누이.

하여 즉시 시신을 찾으러 가지 못하여, 노복의 무리와 서동을 보내어 직
사의 시신을 찾아오라 하더니, 문득 학사(學士)와 한림(翰林)의 흉음(凶
音)을 또 들으니 부인이 잠깐 정신을 차렸다가 차사(此事)를 듣고 죽으
려 하는지라. 공자 남매 한마디 울음을 발치 못하고 모친을 붙들어 구호
하니, 임씨 존고를 뫼셔 차사를 듣고 서연(徐然)이 일어나 장외(場外)에
나와 찼던 옥장도(玉粧刀)를 빼어 자문(自刎)하니, 가중(家中)이 다 어두
워 임소저 죽음을 알지 못하였더니, 차희(嗟噫)라! 임씨 이팔청춘에 신
월(新月)이 두렷하고, 수택(水澤)의 홍련(紅蓮)이 성개(盛開)하는 용화
(容華)로, 부녀사덕(婦女四德)이 일무소흠(一無小欠)449)이거늘, 홀로 그
명(命)이 박(薄)하고 수(壽) 단(短)하여, 성혼삼재(成婚三載)450)에 일점
골육(一點骨肉)을 두지 못하고, 가부(家夫)의 참망(慘亡)함으로 자문이
사(自刎而死)451)하여 뒤를 좇으니 열렬(烈烈)한 절의(節義)는 고인(古
人)을 압두(壓頭)하나, 하가참변(河家慘變)이 이토록 하여, 삼자(三子)
총부(冢婦)452) 일일지내(日日之內)에 맞게 할 줄 알리오!

영주 모친을 구호(救護)하다가 임씨 간 곳 없음을 보고 원광을 보아 왈,
"저저(姐姐) 어데 가시뇨?"

공자 경왈(驚曰),

"소매(小妹) 잠간 수수(嫂嫂)를 찾아보라."

영주 일어나 장외(場外)로 나오매, 임씨 거꾸러져 있거늘, 엄홀(奄忽)
한가 붙들어 보니, 성혈(腥血)이 임리(淋漓)하고 삼촌검(三寸劍)이 빗겨

449) 일무소흠(一無小欠) : 한가지의 작은 흠도 없음.
450) 성혼삼재(成婚三載) : 결혼한 지 삼년이 됨.
451) 자문이사(自刎而死) : 스스로 자신의 목을 찔러 죽음.
452) 총부(冢婦) : 정실(正室) 맏아들의 아내. 특히, 망부(亡父)를 계승한 맏아들이
대를 이을 아들 없이 죽었을 때의 그 아내를 이른다.

질려 이미 절명(絶命)하였는지라. 수족이 얼음 같고 옥면이 비록 변치
않았으나, 이미 혼백이 상한 시신이라. 영주 비록 숙성(夙成)하나 나인
즉 구세라. 사람이 이렇듯 죽는 것을 어찌 보았으리요. 경악참비(驚愕慘
悲)하여 한 소리를 지르고 엎어지니, 부인모자(夫人母子) 바삐 이르러
이 경상을 보니, 천지간(天地間)에 다시없을지라. 부인이 바야흐로 못
죽어 한하더니 임씨 벌써 마치니 방성호곡(放聲號哭) 왈,

"현부는 결단이 쾌(快)하여 열절이 두렷하나, 나는 현부의 쾌함을 따
르지 못함으로 이다지도 설움을 겪으니, 어찌 흉완(凶頑)치 않으리오."

공자 모친의 울음을 그치시게 하고 소매(小妹)를 구하여 일어앉으매,
서로 말이 나지 않아 혼백이 비월(飛越)453)하니, 아무리 할 줄을 알지
못하더니, 위사(衛士) 이르러 공자를 나오라 하고 어림군(御林軍)이 겹
겹이 싸니, 공자 창황(蒼黃)히 모친께 하직 왈,

"소자를 마저 잡는 것이 하가를 마치려 함이오나, 삼형의 마침도 고금
천지에 없는 지원극통(至冤極痛)이거늘, 소자마저 죽을 리 어이 있사오
며, 대인의 관일지충(貫一之忠)454)이 일월(日月)로 쟁광(爭光)하리니, 신
명(神明)이 한번 살피심이 있을지라. 자정(慈庭)은 종내 시말을 다 보시고
사생(死生)을 결하셔도 늦지 않을 것이오니, 마음을 굳게 잡으시고 지통
을 모르는 듯이 하시어, 일이 되어 감을 보시고 급히 서둘지 마소서."

돌아다 영주더러, 왈,

"수수(嫂嫂)는 임시랑이 습렴(襲殮)할 것이니, 삼위형장(三位兄丈)은
노복 등과 서숙(庶叔)이 정성으로 하리니, 소매는 오직 모친을 보호하여
결말을 보라."

453) 비월(飛越) : 정신이 아득하도록 높이 날아올라 혼미함.
454) 관일지충(貫一之忠) : 한결같은 충성.

모친과 서로 붙들고 호곡(號哭)하여 기운이 막힐 듯하니, 공자 재삼 빌어, '나중을 보소서' 할 새, 위관(衛官)이 재촉하니, 공자 다시 말을 못하고 나와 잡혀가니, 부인이 죽기를 자분하여455) 칼과 노456)를 가져, 끊어 설움을 모르고자 하니, 영주 시녀로 더불어 모친을 붙들어 혈읍(血泣) 애걸(哀乞) 왈,

"나중을 보고 결단하셔도 늦지 않으시려든 이다지도 급히 구시나이까?"

부인이 통곡 왈,

"종말을 볼 것이 어이 있으리오. 삼자가 일시에 망하고 필아를 마저 잡아갔으니 반드시 죽일지라. 이런 망극참통(罔極慘痛)을 보고 일신들 살리오. 네 차라리 약과 칼을 가져 날로써 이런 참경을 보지 말게 하고, 너도 또한 죽음이 옳거늘 어찌 날더러 살라 하느냐?"

영주 비읍(悲泣) 왈,

"하늘이 어찌 오가(吾家)를 멸망케 하시리까? 사형(四兄)은 입신(立身)치 아닌 몸이니 무슨 일로 죽으리까? 대인이 참화(慘禍)를 받으실진대 우리 모녀 한가지로 죽어 망극(罔極)한 화를 보지 않으려니와, 아직 일이 어떻게 될 줄 모르오니 지레 끝낼 것이 아니니이다."

부인이 일신을 부딪쳐 피나도록 상하니 영주 여러 시비(侍婢)들로 더불어 붙들고 앉아 촌장(寸腸)이 살라짐을 깨닫지 못하더라.

차설, 정·윤 양공이 원경 등 삼인의 참사(慘死)함을 차악경비(嗟愕驚悲)하여 시수(屍首)를 찾아 의금관곽(衣衾棺槨)457)을 갖추어 염습(殮襲)하려 할 새, 하공의 서종제(庶從弟) 하운과 노복 등이 이르러 통곡함을

---

455) 자분하다 : 작정하다. 기필하다. 어떤 일을 이루려고 마음을 굳게 먹다.
456) 노 : 실, 삼, 종이 따위를 가늘게 비비거나 꼬아 만든 줄.
457) 의금관곽(衣衾棺槨) : 상례(喪禮)에서 습렴(襲殮)과 입관(入棺) 시에 망자(亡者)를 위해 사용하는 옷·이불·관(棺) 따위.

그치지 아니하니, 이공(二公)이 안수(眼水)를 금치 못하여 왈,

"자안 등 삼형제 일야지내(一夜之內)에 참화에 떨어져 이리 될 줄이야 몽매에나 뜻하였으리요. 도시 하형의 가운(家運)이 망극함이라. 차후나 무사키를 바라나니, 무익(無益)이 슬퍼하나 미칠 바 없는지라. 다만 조부인의 각골 설워하시는 중, 원광을 마저 잡혀 보내고 마음을 정치 못하시리니, 아등(我等)이 비록 무상(無狀)하나 죽기를 돌아보지 아니하고 극력(極力)하되, 일이 아무리 될 줄 모르니, 부인 여자의 마음이 풀어 생각하시기 어려우니, 하생은 돌아가 택중(宅中)을 지켜 상하인심(上下人心)을 진정하고, 부인께 아등의 말씀을 고하여, '과상(過傷)치 마르시고 결말을 보소서' 하라. 자안 등의 초종입념지절(初終入殮之節)458)은 우리 정성을 다하리니 군의 염려할 바 아니라."

하운이 체읍(涕泣) 배사 왈,

"양위 상공의 하씨(河氏)를 긍렴(矜念)459)하심이 이 같으시어 지원극통(至冤極痛)을 살피시니, 차는 망극지은(罔極之恩)이라. 소생이 돌아가 부인께 은혜를 고하고 교령(敎令)대로 집을 지키리이다."

정·윤 이공이 추연 탄 왈,

"아등이 하형으로 더불어 정의(情誼) 관포(管鮑)460)에 비기니, 서로 환난(患難)에 괄시(恝視)하리오. 아등은 삼인의 시수를 입렴(入殮)하여 문외(門外)에 하처461)를 얻어다가462) 성복(成服)463)하게 하리니, 군은

---

458) 초종입념지절(初終入殮之節) : 상장례(喪葬禮)에서 초상이 난 때로부터 습(襲)·염(殮)·입관(入棺)·장례(葬禮)·졸곡(卒哭)에 이르기까지의 모든 의례절차.
459) 긍념(矜念) : 애처롭게 여겨 보살펴 주는 마음.
460) 관포(管鮑) : 관중과 포숙의 사귐을 이르는 말로, 우정이 아주 돈독한 친구 관계를 말함.
461) 하처(下處) : 사처. 손님이 길을 가다가 임시 머무는 집.
462) 얻어다가 : 얻어 두었다가.

돌아가라."

운이 배사수명(拜謝受命)하고 가거늘, 정·윤 양공이 상의 왈,

"원경 등이 일분이나 유죄면 아등이 호역지죄(護逆之罪)를 당하려니와, 그 수신섭행(修身攝行)464)이 빙옥(氷玉) 같음을 아나니, 비록 타인이 아등을 호역(護逆)한다 이른들 무슨 부끄러움이 있으리오. 마땅히 금수(錦繡)로 입렴(入殮)하여 초상지절(初喪之節)에 퇴지로 하여금 보지 못한 참원(慘怨)을 하나나 위로하리라."

하고, 삼사일을 집에 가지 않고 식반을 물리쳐 흐르는 술로써 목을 적시며, 삼현사(三賢士)의 참혹히 마침을 통상(痛傷)함이 일가친척에 다름이 없는지라. 습렴입관(襲殮入棺)을 다 친집(親執)하여, 문외(門外)로 나가 삼인의 영구(靈柩)를 하처(下處)에 머물러 두고, 하부 근신(勤愼)한 노복으로 상측(喪側)을 지키게 하고, 하운은 나와 성복(成服)하되 하공과 원광이 성복을 못함으로 후일 다시 모두 복제(服制)를 차리기를 원하니, 사자(死者)는 이의(已矣)465)요, 하공과 공자(公子)의 무사키를 축원하더라.

윤·정 이공이 영구(靈柩)를 안둔하고 바로 하부(河府)로 오니 군병이 겹겹이 에워싸는지라 양공 왈,

"우리는 이 집을 다님이 지친(至親) 같으니, 군상(君上)도 아시는 바라 여등(汝等)은 막지 말라."

군사 정·윤 양공의 상총(上寵)과 덕망(德望)을 익히 아는지라, 감히 막지 아니 하더라.

---

463) 성복(成服) : 초상이 나서 상인(喪人)들이 처음으로 상복(喪服)을 입는 일. 보통 입관(入棺)을 마친 후 입는다.
464) 수신섭행(修身攝行) : 몸과 행실을 닦음.
465) 이의(已矣) : 임이 끝난 일. 또는 돌이킬 수 없는 상황을 나타낸다.

이공이 외당에 이르니 임시랑이 여아를 입관하고 관을 두드려 통곡하
는지라. 양공이 임공을 청하여 치위(致慰)할 새, 시랑이 다른 자녀는 성
혼치 못하고 여아를 처음으로 성가(成家)하여, 겨우 삼재(三載)에 서랑
(壻郎) 삼형제 참망(慘亡)하고, 여아 자문필사(自刎必死)466)함을 통상비
절(痛傷悲絶)하여 흉장(胸臟)이 찢어지는 듯하니, 겨우 하부(河府)의 싼
것을 헤치고 들어와 여아를 습렴입관(襲殮入棺)하고, 학사 등 삼인은 윤·
정 이공이 진심하여 치상(治喪)하기를 마치고, 이에 이름을 보매, 그 신의
(信義)를 감탄하여 눈물을 흘리고, 칭사함을 마지않으니, 양공이 추연 왈,
"자안형제 시신을 거둠을 형이 어찌 소제 등에게 칭사하리오. 다만 하
가 화란이 아무 지경(地境)에 갈 줄 알지 못하니 참악(慘愕)한 심사(心
思)를 참지 못하리로다."
드디어 시녀 등을 불러 부인 기력과 소저 소식을 묻고 부인께 전어 왈,
"소생 등이 존수(尊嫂)께 말씀을 고함이 미안하오나, 참화를 당하와
미처 예의를 차리지 못하옵고, 참변을 생각하오매 오내붕절(五內崩切)
함을 깨닫지 못하옵나니, 존수는 행혀 괴이히 여기지 마르소서. 자안 등
의 참사는 무슨 말씀을 아뢰리까? 하늘이 무심하시고 신명(神明)이 불
찰(不察)함을 통한하옵나니, 사자(死者)는 이의(已矣)라. 슬퍼하여 미칠
길이 없으니 이제는 퇴지 형의 부자나 무사키를 바라는 바라. 원광이 취
리(就理)467) 사오일에 국문(鞫問)하는 일이 없고, 하람에 위사(衛士) 갔
으나 조정 의논이 하형의 충절을 저마다 칭원(稱冤)하여 갈구(渴求)할
뜻이 있으니, 간당이 간대로 현인을 다 무찌르지 못하오리니, 존수는 궁
천지통(窮天之痛)을 참으시고 종내(終乃) 시말(始末)을 보시어, 사생을

466) 자문필사(自刎必死) : 스스로 목숨을 끊어 죽기에 이름.
467) 취리(就理) : 죄를 지은 벼슬아치가 의금부에 나아가 심리를 받던 일.

가벼이 마르시고 소저의 어린 나이 상함을 염려하소서."

조부인이 주야 죽기를 자분하던 가운데나 삼자의 신체를 완전함이 윤·정 이공의 산해대은(山海大恩)468)이라. 습렴·입관을 극진히 하고 싼 것을 헤치고 들어와 이렇듯 물음을 감은각골(感恩刻骨)하여 읍혈(泣血) 회답 왈,

"가운이 흉참망극(凶慘罔極)하여 천고(千古)에 드믄 화란을 불의(不意)에 당하여, 문호(門戶) 망멸(亡滅)함이 누란(累卵) 같아서 삼아를 참통히 맞고, 식부(息婦) 자문이사(自刎而死)하니, 이 경계(境界)는 석목(石木)이라도 참지 못할 바로되, 첩이 명완무지(命頑無知)하와 사오일을 지낸 바라. 천지의 자옥한469) 원억지통을 어이 다 형상(形狀)하리까? 삼자의 신체를 완전히 하고 습렴함은 양위 상공의 산해대은(山海大恩)이라, 쇄신분골하나 다 갚삽지 못하리로소이다. 원광은 십일세 치아(稚兒)라, 누옥(陋獄)에 오래 견딜 리 없으니 살기를 기필(期必)치 못할 것이오. 위사 하람에 발하매 오래지 않아 상경하오리니, 만일 흉참한 일이 있거든 첩으로 하여금 먼저 알게 하심을 청하나이다. 위험한 곳에 임(臨)하시어 친문(親問)하시는 후의(厚意)를 더욱 감은하나이다."

이공이 몸을 굽혀 듣기를 다하매 충근(忠謹)한 양낭(養娘) 사오인을 불러 부인과 소저를 보호하여 죽음(粥飮)을 나오시게470) 하라 하고, 남노여복을 다 불러 이르대,

"너희 노애 수순(數旬) 후 올라오실 것이요, 말종(末終)에 상공과 공자는 무사히 날 것이니, 비자 등은 안을 지키고, 노자 등은 밖을 지켜

---

468) 산해대은(山海大恩) : 산이나 바다와 같이 큰 은혜.
469) 자옥하다 : 연기나 먼지 따위가 가득 차 있다.
470) 나오다 : (음식을) 내오다. (음식을) 드리다. (음식을) 들다.

요란하고 방자함이 없게 하라.”

비복 등이 지우하천(至愚下賤)이나 양공의 은덕을 감축(感祝)하여 눈물을 드리워 수명(受命)하더라.

이공이 각각 헤어져 본부로 돌아갈 새, 삼인의 영구(靈柩)를 노복 등으로 지켜 부중을 떠나지 말라 당부하니, 하운이 이공의 명대로 하더라.

윤공이 집의 돌아와 모전(母前)에 사오일 존후를 묻잡고 조부인 기운을 묻자온 후, 외헌에 나와 광수(廣袖)로 낯을 덥고 누어 비회를 억제치 못하여, 원광을 맞는 날이면 현아를 폐륜지인(廢倫之人)471)을 삼을지라. 자기 두 낱 딸을 두어 장녀(長女)는 석생이 점점 박대함이 면목불견(面目不見)하고, 차녀는 서랑(婿郎) 될 사람이 대리시(大理寺) 죄인(罪人)이 되어 사생을 미정(未定)하고, 하가 화란이 친옹(親翁)의 살기를 기필치 못하리니, 한갓 붕우지의(朋友之義) 뿐 아니라, 여아의 일생이 하가에 달렸으니, ‘어찌 될꼬?’ 근심이 미우를 펴지 못하니, 광천 등 양공자 좌우로 뫼셔 역시 하가를 위하여 염려함을 마지않더니, 저녁 문안을 당하여 경희전에 모이니, 태우 탄 왈,

“현아의 팔자(八字) 길하면 하원광이 사지(死地)를 벗어나련마는, 기필치 못하니 절박한 염려 비할 곳이 업도다.”

유씨 낯을 붉히고 가로되,

“현아는 화중왕(花中王)이오 옥중박옥(玉中璞玉)472)이라 성행기질(性行氣質)이 고왕금내(古往今來)의 독보(獨步)하니, 명공(明公)의 형세로 사위를 어디 가 못 얻어, 화가여생(禍家餘生)으로 무사(無事)하리라 한

---

471) 폐륜지인(廢倫之人) : 인륜(人倫)을 폐절(廢絶)한 사람. 여기서는 시집가는 일을 하지 않는 사람을 말함.
472) 옥중박옥(玉中璞玉) : 옥 가운데서도 아직 다듬지 않은 천연 그대로의 순수한 옥.

들, 차마 어찌 결혼코자 의사 나리오. 첩이 일생 데리고 있어도 하가에
는 보내지 못하리로소이다."

공이 바야흐로 심사 번란(煩亂)한 데 차언을 들으니, 평생 부녀의 당
돌함을 밉게 여기고, 대사에 말하는 양 하는 것을 가장 괘씸히 여기는지
라. 불승통한(不勝痛恨)하여 노목(怒目)을 비스듬히 떠 뚫어질 듯이 보
며 냉소 왈,

"내 비록 용렬하나 부인의 가부요, 현아의 아비라. 대사(大事)473)를
내 임의로 주장(主掌)할 것이거늘, 어찌 간예(干與)하여 다언(多言)하느
뇨? 그대 비록 현아를 데리고 있고자 아니하여도 하원광이 죽은 즉, 폐
륜지인(廢倫之人)이 어디로 가리오. 자연 부모 슬하를 지키리니 공교로
운 언참(言讖)474)을 말라. 내 죽은 즉 그대 자행(恣行)하려니와 내 살아
있은 즉, 임의로 못하리라."

분기(憤氣)로 인하여 성음이 씩씩하고 안색이 준열(峻烈)하여, 북풍이
높았는데 상설(霜雪)이 뿌리는 듯하니, 유씨 본디 은악양선(隱惡佯善)하
여 가부(家夫)에게 불공(不恭)한 말을 아니 하기로, 공의 성정이 엄숙하
되 서로 쟁힐(爭詰)하는 일이 없더니, 금일 본성을 지키지 못하여, 참화
에 빠진 하가를 위하여 옥(玉) 같은 여아를 가연이 폐륜할 뜻을 둠을 골
똘 개탄(慨歎)하여, 눈물을 뿌려 왈,

"명공이 원래 천륜자애(天倫慈愛) 남과 같지 못하여, 경아를 성가(成
家)하매 석랑(郎)의 박대를 얻게 하고, 현아를 대역의 집과 정혼하였으
나, 일시 희언(戱言)을 유신(有信)한 체하시고, 공연히 하가를 위하여

---

473) 대사(大事) : 큰일. 결혼, 회갑, 초상 따위의 큰 잔치나 예식을 치르는 일. 여기
    서는 '혼인'을 말함.
474) 언참(言讖) : 미래의 사실을 꼭 맞추어 예언하는 말.

자식을 폐륜지인(廢倫之人)을 삼고자 하시니, 첩의 모녀 차라리 한 칼에 죽어 명공의 마음을 쾌케 하리라."

공이 분연 대로 왈,

"내 어찌 천륜자애(天倫慈愛) 부족하리요마는, 실로 양아(兩兒) 그대의 소생임을 기뻐 아니하노라. 행여 모습(母襲)을 할진대 불행이 적지 않으니, 죽으나 놀라지 않으리니 임의로 하라. 석랑의 박대하는 것을 무슨 염치(廉恥)로 후대(厚待)하라 하리오. 그대 언사 능려(凌厲)하니 어찌 권치 못하느뇨? 현아가 폐륜지인이 되면 나도 보기 싫으니, 그대 죽이기는 임의로 하려니와, 그대 도부수(刀斧手)475) 아니니 능히 사람을 손으로 죽이려 하느뇨? 사갈(蛇蝎)의 모질기와 이리의 사나움을 가졌으니 당면(當面)하여 말하기 괴롭고 심화 나는지라, 실로 나의 마음을 어지럽히고 괴독지언(怪毒之言)을 이같이 하다가는 무슨 일을 내고 그치리니 잠잠코 있으라."

언필(言畢)에 소매를 떨치고 밖으로 나가니, 유씨 울며 태우를 원망하는지라. 태부인이 말려 왈,

"하가(河家) 아직 멸망치 않았고 종내(終乃)를 보아 현아를 타처에 성가(成嫁)할지라. 너무 급히 굴지 말고 사기를 살펴 현아의 일생이 쾌케 하리니, 현부는 염려치 말라."

유씨 체읍 대 왈,

"존고의 성덕으로 첩의 모녀 이 가중의 머무는 바라. 가군(家君)의 마음은 실로 첩의 모녀를 가내에 두지 말고자 하여 원수같이 여기니, 부부 부녀간(夫婦父女間)이 이러하고 무슨 화기(和氣) 있으리까?"

태부인이 위로 왈,

---

475) 도부수(刀斧手) : 큰 칼과 큰 도끼로 무장한 군사. 사형을 집행하는 형리(刑吏).

"이 아해 성정이 본디 종요롭지 못하고 잔 곡절이 없는지라, 부녀의 사정을 몰라 괴롭거니와, 어찌 자식을 원수 같이 여기며 그대를 없애고자 하리오. 아직 하가를 위하여 저리하나, 하가 멸하면 여아를 폐륜치 못할 것이요, 노모 현아를 위하여 성혼을 재촉하리니 그대는 물려(勿慮)하라."

유씨 애달프고 분하나 고모(姑母) 이렇듯 이르니 할일 없어 말을 아니하고, 현아는 나이 십세 넘었으니 만사 숙성(夙成)한지라. 그윽이 모친의 거동을 보매 자기 절행(節行)을 희지을까 한심함을 이기지 못하되, 쌍안을 낮추어 묵연단좌(黙然端坐)터라.

윤공이 정공으로 상의하여 하공을 구코자 하되 계교 없고 간모(奸謀) 불측(不測)하니 생의치 못하고, 천도의 순환(循環)하기만 바라더라. 위사 하람에 가 하공을 잡을 새, 백성 등이 공의 덕화(德化)를 감은(感恩)하다가, 차경(此境)을 보고 아니 슬퍼할 이 없더라. 공이 하람을 평정(平定)하고 바야흐로 하북을 향코자 하더니, 나명(拿命)을 듣고 개연이 몸을 매여 올 새, 삼자의 죽음을 위관이 전치 않았더니, 경사에 온 후야 삼자의 참부(慘訃)476)를 전하는지라. 공이 철구금심(鐵軀金心)477)이나 어찌 골절(骨節)이 녹지 않으리오. 자기 죄수(罪囚)로 올라오며, 호곡(號哭)함이 불가하여 마음을 굳게 잡고 일성(一聲)을 부동(不動)하여 궐하의 다다르니, 위사(衛士) 하진 나래(拿來)함을 주(奏)한데, 상이 마침 수삼일 불예(不豫)하시어 즉시 다스리지 못하시고 대리시에 나리오라 하시니, 나졸이 공을 가두니 원광을 가둔 데와 사이 멀어 부자상면(父子

---

476) 참부(慘訃) : 참혹히 죽은 사실을 알림.
477) 철구금심(鐵軀金心) : 철로 된 몸 쇠로된 마음이란 뜻으로, 몸과 마음이 쇠처럼 단단하고 강직함.

相面)함을 얻지 못하느라.

정·윤 이공이 하공이 옴을 듣고 더욱 착급하되 구할 모책이 없어 우민(憂悶)하더라.

재설 정공자 천흥의 나이 십삼 세에 이르니 풍류(風流) 수려동탕(秀麗動蕩478))하여 용미봉안(龍眉鳳眼)과 호비주순(虎鼻朱脣)이 출류발췌(出類拔萃)479)하고 박학다재(博學多才)하여, 문장(文章)은 이두(李杜)를 묘시(藐視)하고, 필법은 종왕(鍾王)480)을 압두(壓頭)하며, 겸하여 상통천문(上通天文)하고 하달지리(下達地理)하여 손오병법(孫吳兵法)481)을 무불통지(無不通知)하며 제세안민지책(濟世安民之策)이 있고, 충천장기(衝天壯氣) 발월(發越)하여 온중단묵(穩重端默)함이 적으니 금평후 매양 엄히 잡죄더니, 일일은 부전(父前)에 묻자오되,

"하 연숙(緣叔)482)을 해코자 하는 이 뉘니까?"

공이 가로되,

"구태여 아무갠 줄 모르되 이부상서 김후 등이 원경 등의 시수(屍首)를 참함을 청하니, 전일에 하형이 김탁의 탐람불법지사(貪婪不法之事)를 논핵(論劾)함이 있는 고로, 혐극(嫌隙)이 되어 퇴지를 죽이고자 하는가 하노라."

공자 다시 묻자오되,

"원간 김후의 집이 어디이니까?"

---

478) 수려동탕(秀麗動蕩 : 빼어나게 아름답고 잘 생김.

479) 출뉴발췌(出類拔萃) : 여럿 가운데서 특별히 뛰어남.

480) 종왕(鍾王) : 중국 위(魏)나라의 서예가 종요(鍾繇: 151~230)와 진(晉)나라의 서예가 왕희지(王羲之: 307~365)를 함께 이르는 말.

481) 손오병법(孫吳兵法) : 중국 춘추 전국 시대의 병법가인 손무(孫武)·오기(吳起)의 병법. 이들의 병법서에 『손자(孫子)』와 『오자(吳子)』가 있다.

482) 연숙(緣叔) : 아저씨라고 부를 만한 친지.

공이 무심히 일러 왈,

"도성 십자각(十字閣)483) 거리의 으뜸 고루장각(高樓莊閣)이 저의 집
이니라."

공자 듣자올 만하고 물러나 차제(次弟) 인흥더러 왈,

"내 잠간 혼정(昏定) 후 다녀올 데 있으니 서동을 데리고 이시라."

차공자 가는 데를 무른대, 천흥이 소 왈,

"인가(隣家)의 가 야화(夜話)하고 오리니 대인이 모르시게 하라."

하고, 성을 넘어가니 순라군(巡邏軍)이 곳곳마다 있으나, 공자 행보
(行步) 훌훌(欻欻)하고 처신이 신능(神能)하니 아무도 모르더라. 김후의
집으로 가니 문루(門樓)에 '김상서 창현궁'이라 썼더라. 공자 의기(義
氣)를 발하여 하공을 사지(死地)에서 구하려 하는지라. 두루 돌아보니
장원(牆垣)이 차아(嵯峨)484)한데, 유리를 밀친 듯하고485), 때 삼경(三
更)이니 만뢰구적(萬籟俱寂)486)하더라. 공자 몸을 솟구쳐 담을 넘으니
차차 장원(牆垣)과 문이 있는지라. 공자 무인지경(無人之境)같이 들어가
니 김후 외당에서 자되, 광활(廣闊)한 집에 금수포장(錦繡布帳)을 만들
어 지웠거늘, 장을 들고 들어가니 숙직서동(宿直書童) 사오 인이 잠이
깊었고, 김후는 상상(床上)에서 비성(鼻聲)이 우레 같거늘, 공자 불승분
노(不勝忿怒)하여 즉각에 죽이고 싶되, '살인을 간대로 하여 자취기화
(自取起禍)를 하리오.' 하고, 눈을 들어 살핀 즉 벽상에 철편이 걸렸거

---

483) 십자각(十字閣) : 조선 시대에 경복궁의 정문인 광화문의 동서 양쪽에 있던 망
  루(望樓).
484) 차아(嵯峨)하다 : 산이 높이 솟아 아득하게 높다.
485) 밀친 듯하고 : 깎아놓은 듯하고. 〈밀치다 : 밀다〉 : 바닥이나 거죽의 지저분한
  것을 문질러서 깎거나 닦아내다.
486) 만뢰구적(萬籟俱寂) : 밤이 깊어 아무런 소리도 없어 아주 고요함.

늘, 손에 쥐고 금금(錦衾)을 헤치고 그 머리를 눌러앉아 철편으로 힘을 다하여 두드리니, 김후 놀라 깨매 아프기 죽을 듯하고 갑갑함이 터질 듯 하니, 능히 소리를 못하거늘, 공자 그 등에 앉아 수죄(數罪) 왈,

"간흉적자(奸凶賊子)야! 네 죄상(罪狀)을 들어 보라. 네 박덕부재(薄德不才)로 외람히 이부천관(吏部天官) 작록이 과하거늘, 족한 줄을 모르고 현사를 저버리며 간당을 나와487), 용인치정(用人治政)이 무상하여, 비록 재덕이 가득하나 네게 밉보인 이는 벼슬에 의망(擬望)488)치 아니하고, 재주 적고 배운 것이 없을지라도 다만 너에게 아당하여 네 뜻을 맞추면, 천거하기를 못 미칠 듯하여, 악류와 간당을 체결(締結)하여 현인을 궁극히 모해하니, 이러하고 천앙이 없지 못할지라. 그름을 깨달아 자금이후(自今以後)나 개과천선하면 가히 사(赦)하려니와, 하진 같은 충량현신(忠良賢臣)을 모살(謀殺)코자 하며, 원경 등을 모해하여 죽이고 오히려 부족하여 시수(屍首) 참하기를 청하여, 성주의 치화(治化)를 그르게 함이 전혀 너 간적(奸賊)의 죄라. 만일 네 하진을 살리지 아니하고 성주의 참덕(慙德)을 삼을진대 한칼로 네 머리를 참하고 집을 무찌르리라."

김후 장어호치(長於豪侈)489)하고 생어부귀(生於富貴)490)하여 풍한서열(風寒暑熱)491)에 신기(身氣) 잠간 불평하여도 각별이 치료(治療)하고, 남달리 아픈 것을 못 견뎌 하더니, 천만 기약치 않은 중벌을 만나 성혈이 임리(淋漓)하니, 그 인세(人世)를 분간치 아니하고, 행사 본디 불미

---

487) 나오다 : 내다. 추천하다.
488) 의망(擬望) : 옛날 벼슬아치를 발탁할 때 공정한 인사 행정을 위하여 세 사람의 후보자를 임금에게 추천하던 일.
489) 장어호치(長於豪侈) : 화려하고 사치스러운 환경에서 자라남.
490) 생어부귀(生於富貴) : 부귀한 집에서 태어남.
491) 풍한서열(風寒暑熱) : 바람과 추위, 심한 더위를 함께 이르는 말.

(不美)하매 천신이 벌을 주심인가 겁하고 두려, 똥을 흘리고 고개를 끄덕여 애걸 왈,

"죄상을 아옵나니 천신은 성덕을 드리워 일명(一命)을 빌리시면 개과천선하여 용인치정에 공의(公義)를 잡아 사정을 멀리하고, 하진을 아무려나 살도록 하리니 그만하여 사(赦)하소서."

공자 헤아리되,

"이놈이 결단코 하공을 모해하였으니 자세히 알리라."

하고, 갈수록 매우 쳐 왈,

"악사(惡事) 천정(天庭)에 비추고 지부(地府)에 올랐으니 물을 바 없거니와, 네 만일 마음을 고쳐 선도(善道)에 나아갈진대, 전전악사(前前惡事)를 뉘우치리니 무슨 일을 더욱 뉘우치느냐?"

김후 왈,

"정신이 황홀(恍惚)하니 치기를 그치시면 고하리이다."

공자 잠간 그쳐 왈,

"하원경 등 해하기를 네 차마 어찌 한다?"

김후 대 왈,

"어찌 사오나온 줄 모르리까마는 하진이 가친(家親)의 허물을 천정(天庭)에 주달(奏達)하여, 일 년 월봉(月俸)을 거두시고 엄책하시니 통한이 맺혀할 제, 하진이 어사로 있어 초왕을 논핵(論劾)하매 성상이 그릇 여기시니, 하진을 미워함이 골똘하여 하가를 무찌르고자 하매, 하원상 등이 입번한 때를 타, 초왕이 환관(宦官) 두석과 오담으로 더불어 개용단을 삼켜, 원상 등의 모양이 되어 발검하고 용상(龍床) 하에 나아가 혼동(混動)하고 원상 등을 죽였으니 실로 못할 일을 하였나이다."

공자 천편으로 그 등을 울혀[492] 왈,

"일정(一定)[493] 작죄(作罪)뿐 아니라 극악(極惡)을 다 아나니 자시

고하라.

휘 울며 왈,

"용인치정(用人治政)의 무상함은 천신이 아시는 바이니, 다시 고치 아니 커니와 원상은 비명원사(非命寃死)하고, 원경·원보는 일칙를 맞았으나 죽든 아니하였거늘, 가친과 초왕이 옥리더러 이리이리 이르고 술에 독을 타 주니, 옥리 등은 모르고 먹이니 즉사(卽死)하니이다."

공자 일일이 복초(服招)를 받으매 십분 통해(痛駭)한지라. 죽이고 싶대 참고 요하의 칼을 빼어 그 장가락494)을 베어 낭중(囊中)에 넣으며 후려쳐 누이고, 입의 똥을 누고, 꾸짖어 왈,

"나는 하늘의 있지 아니하고 땅에도 있지 아녀 운수간(雲水間)에 있거니와, 네 이런 경계를 지내고 다시 현인을 모해할진대, 주검을 만단(萬端)495)에 내고 여부(汝父)까지 육장(肉醬)을 만들리니 조심하라."

설파에 일어나니 숙직 서동이 깨어 보고 떨며 한 구석에 우그리고 앉았거늘, 공자 발로 박차 왈,

"네 항것496) 놈의 죄상이 만사무석(萬死無惜)이라. 즉금 기절하였으니 깨거든 구호하고 아직 후리쳐497) 두라."

언파에 문을 밀치고 훌훌498)이 장원(牆垣)과 문을 넘어가니, 밤이 오히려 새지 않았는지라. 한 걸음에 취운산에 돌아와 집에 이르니, 차공자

---

492) 울히다 : 울리게 하다. 소리가 나게 하다.
493) 일정(一定) : 어떤 대상이나 종류 따위가 어느 하나이다. 또는 어느 하나로 정해져 있다.
494) 장가락 : 장지(長指). 가운뎃손가락.
495) 만단(萬端) : 만 조각.
496) 항것 : 주인. 상전(上典).
497) 후리치다 : 팽개치다. 내버려두다.
498) 훌훌 : 가볍게 날듯이 뛰거나 움직이는 모양.

오히려 자지 아니하고 기다리다가 맞아 왈,

"형장(兄丈)이 가시는 곳을 이르지 아니하고 가시니, 의아(疑訝)하되 급히 가시매 묻잡지 못하고 기다리더니, 어디를 가 계시더니이까?"

장공자 대소하고 낭중으로서 사람의 손가락을 내여 뵈며 왈,

"내 이것을 베러 갔더니라."

차공자 경악하여 왈,

"이 어찌 된 일이니까?"

장공자 호호히 웃고 김후의 집에 가 그놈을 싫도록 타둔(打臀)하고 똥을 누었음을 이르고, 원상 등의 참혹히 죽음과 초왕 등의 모해 입음을 차석비열(嗟惜悲咽) 왈,

"이때는 김후의 말이 그러할지라도, 내 십여 세 동치(童穉)로 남의 일을 가로맡아[499] 신원(伸寃)하여 주려 하나, 형세 되지 못할지라. 그 손가락을 베어와 후일 증험(證驗)을 삼고자 하노라".

인흥이 정색 대 왈,

"형장의 행사, 생각 밖이라. 가히 장부의 쾌사(快事)라 하려니와, 그러나 일이 정대치 않아 무인심야(無人深夜)에 위고재상(位高宰相)[500]을 그대도록 함이 온중(穩重)치 못하여 취화(取禍)하기 쉬오니, 차후 행신처사(行身處事)를 종용함을 취하소서."

천흥이 소왈,

"내 종용치 못함을 알되 하공을 구할 도리 없어, 김후를 경동(驚動)하면 요행(僥倖) 다시 해함이 없을까 함이라. 대인이 아시면 책하시리니 고치 말라."

---

499) 가로맡다 : 남의 일에 참견하다.
500) 위고재상(位高宰相) : 지위가 높은 재상.

인흥이 웃고 눕고자 하더니 원촌(遠村)의 계성(鷄聲)이 들리거늘 일공자 소왈,

"삼십 리를 왕래하여 흉인을 다스리노라 하니 밤이 다 갔도다."

차공자 웃고, 한가지로 소세(梳洗)하고 신성하니, 정공이 아자(兒子)의 작용은 모르고 하공 위한 염려 비길 데 없어, 탄 왈,

"내 일찍 허심(許心)하여 동기(同氣) 같은 붕우는 하퇴지와 윤명강 형제러니, 금국에 가 문강의 참사함을 보고 골육상변(骨肉喪變)501)으로 다르지 아니타가, 세월이 오래매 자연 잊힘이 되었더니, 당금(當今) 하퇴지의 화변(禍變)이 주야 맺힌 병이 되나 구할 길이 없으니, 어찌 참절(慘絶)치 않으리오."

일공자 김후의 말을 고코자 하나 책하실까 두려 발구(發口)치 못하고, 김후 하공을 구할까 그윽이 기다리더라.

어시에 김후 반생반사(半生半死)하였다가 스스로 깨거늘 서동 배 내당에 아뢰더라.

---

501) 골육상변(骨肉喪變) : 친족의 상사(喪事).

명주보월빙 권지사

&

어시에 김후 반생반사(半生半死)하였다가 스스로 깨매, 서동배 내당
에 아뢰니, 국구부부(國舅夫婦)는 닫집502)에 있으매 미처 모르고, 후의
부인과 자녀 일시에 나와 보니, 만면(滿面)이 똥 빛이요, 손에 피 흘렀
으며, 방안이 후란하여503) 성혈(腥血)이 임리(淋漓)하고 똥물을 흘려
악취 코를 거스르니, 부인과 자녀 창황망극(蒼黃罔極)504)하여 시녀로
상하(床下)의 똥을 쳐내고, 자리를 갈아 뉜데, 휘 말을 못하거늘, 부인
과 자녀 곡절(曲折)을 재삼 물으니, 휘 천신(天神)의 말을 하려 할 차,
부모 듣고 급히 와보니 그 거동이 흉참(凶慘)한지라. 붙들고 울며 야래
(夜來)의 이토록 참혹히 상함을 물으니, 휘 소리를 그칠락 이을락 하며,
천신이 저를 수죄(數罪)하고 이렇듯 중치(重治)하며 손가락을 베어 가고
똥을 입에 눈 바를 고하니, 부모 앉아 능히 다시 말을 못하더니, 국구 왈,
"어느 천신이 이러하리오. 결단코 사람의 작용이라. 문호(門戶) 중중
첩첩(重重疊疊)하고 장원(牆垣)이 유리(琉璃)로 밀친 듯하여, 비조(飛鳥)

---

502) 닫집 : 궁전 안의 옥좌 위나 법당의 불좌 위에 만들어 다는 집 모형. 여기서는
    한 집안에서 웃어른이 거처하는 '상부(上府)'를 말함인 듯.
503) 후란하다 : 뒤죽박죽하다. 문드러지다.
504) 창황망극(蒼黃罔極) : 몹시 놀라거나 다급하여 어찌할 바를 모름.

밖에 왕래를 못하리니, 어디서 형가(荊軻) 섭정(聶政)의 용력을 가진 자 들어와 이렇듯 하리오. 후 인귀(人鬼)를 분변치 못하고, 하가(河家) 모 해한 일과 불미지사(不美之事)를 일렀으니, 대변(大變)이 날지라. 허겁 (虛怯)함이 이렇도록 하뇨?"

휘 손을 저어 왈,

"결단코 사람은 아니라. 소자 창황중(蒼黃中)이나 어찌 인귀를 분변치 못하리잇가? '하진을 살리마.' 언약(言約)하였으니, 대인은 저를 죽일 의사를 마소서."

국구 혀 차고 왈,

"중심(中心))이 저렇듯 허겁하니 능히 대사를 이루지 못하리로다. 연 (然)이나 죽이지 말고자 하면, 초왕과 상의하고 성상께 정배(定配)를 청 하리라."

후가 창처(瘡處)를 간간이 앓으며 후간(喉間)에 분수(糞水) 넘어가 눅 눅하고[505] 아니꼬움이 비위를 정치 못하여, 음식이 거스르며 약물을 순 히 넘기지 못하니, 일가가 황황(遑遑)하여 창처에 약을 붙이고 백가지로 치료하여, 순여(旬餘)의 잠간 나으나, 이런 말이 남도 부끄러워 혹 알 리 있을까 두려 감추니, 초왕 등이 그 당류로되 오히려 모르고, 국구는 기자(其子)를 치고 간 것이 사람인 줄 아나, 기여(其餘)는 혹 귀신이라 고도 하며, 혹 신귀(神鬼)도 아니요, 가내(家內) 흉인이 외인을 두려 작 변(作變)한 것이라고도 하여, 의논이 분분하고, 국구는 근심이 많아 아 들이 악사를 일렀으니 후환이 될까 방심치 못하나, 김후는 후일은 아직 근심치 아니하고 다만 하진을 죽이지 말 것을 청하여, 당류(黨類)를 보

---

505) 눅눅하다 : 메스껍다. 먹은 것이 되넘어 올 것같이 속이 몹시 울렁거리는 느낌 이 있다.

는 이마다 이르되,

"하원상 등을 성상이 죄상(罪狀)을 밝히 보아 계시나 기부(其父)는 모역이 분명한 줄 모르니, 성주의 호생지덕(好生之德)을 돕사와 감사정배(減死定配)506)를 청함이 옳으니라."

당류는 구태여 미워하는바 아니로되, 국구의 세를 두려워하고 이부총재(吏部冢宰)의 뜻을 받아 환로(宦路)의 점점 높기를 바라더니, 김후 이렇듯 하니 그대로 하기를 응(應)하더라.

상후(上候) 미령(靡寧)하시어 결옥(決獄)을 못하시더니, 평복(平復)하시매, 문무를 모아 하진을 설국문죄(設鞫問罪)507)하실 새, 국구의 당류 하공을 구하려 하고 현인군자(賢人君子)는 하공이 화(禍)에 떨어짐을 아끼고 분해하던 지라. 일시에 주 왈,

"원상 등은 결단코 발검돌입(拔劍突入)하여 범상(犯上)할 리 없으니, 이매망량(魑魅魍魎)의 작변인가 하오며, 더욱 하진은 국사를 선치(善治)하여 백성을 안무(按撫)하매 도적이 화하여 양민이 되고, 덕화 가작하며 충성이 관일하여 군상을 받듦이 효자 아비 섬김도곤508) 더하온지라. 충량을 죽이시미 성덕의 흠사(欠事)임을 간하고, 김후의 당류 또한 감사정배(減死定配)함을 주하니, 상이 가라사대,

"하진의 제 사자 원광이 인신지상(人臣之相)이 아니라 하니 원광을 죽임이 어떠하뇨?"

태중태우 윤수 부복 주왈,

"원광은 겨우 십일세 유애라. 상모(相貌)를 아직 의논할 바 없사오니,

---

506) 감사정배(減死定配) : 죽을죄를 지은 죄인을 처형하지 않고, 장소를 지정하여 귀양을 보내던 일.
507) 설국문죄(設鞫問罪) : 국청(鞫廳)을 열어 죄를 캐물음.
508) -도곤 : -보다.

어느 상자(相者)509) 원광을 제왕지상(帝王之相)이라 하여 멸망지화(滅亡之禍)를 취하리까? 성상이 친히 보시면 인신의(人臣義)510) 가작함을 아르실지라. 신의 어린 여식과 원광으로 정혼하였으니 하가(河家)를 구하오미 공의(公義) 아니라. 사람이 신으로써 사정(私情)을 인함인가 여기려니와, 신의 마음이 일월에 비추어 공의(公義)를 주(主)하고 사정을 생각지 않음으로, 이리 아룀이로소이다."

상이 원광을 보고자 하시어 전전(殿前)에 불러들이라 하시니, 나졸이 이끌어 전하에 꿇릴 새, 신장(身長)이 십여 세 아이 같지 않아 장부(丈夫)의 체(體)를 이뤘고, 잠미(蠶眉)는 상서(祥瑞)를 응하였고, 옥(玉)으로 무은511) 천정(天庭)512)이 두렷하고, 양협(兩頰)에 연화(蓮花)를 꽂은 듯, 단사주순(丹砂朱脣)513)에 옥치(玉齒) 감춰졌으니 고운 용화(容華)는 반악(潘岳)514)의 맑음과 두랑(杜郎)515)의 풍채를 웃는지라. 천심이 번연경동(翻然驚動)516)하시어 옥음(玉音)을 열어 물으시되,

"짐이 여부(汝父)를 저버림이 없고 여형(汝兄)등 삼인을 사랑하여, 군신지의 엄숙한 것을 잊고 부자의 친함같이 하였거늘, 혼야(昏夜)에 칼을

---

509) 상자(相者) : 관상가.
510) 인신의(人臣義) : 신하로서의 의리.
511) 무으다 : 쌓다. 만들다.
512) 천정(天庭) : 관상에서, 두 눈썹의 사이 또는 이마의 복판을 이르는 말.
513) 단사주순(丹砂朱脣) : 주사(朱砂)처럼 붉은 입술.
514) 반악(潘岳) : 247~300. 중국 서진(西晉)의 문인(文人). 자는 안인(安仁). 권세가인 가밀(賈謐)에게 아첨하다 주살(誅殺)되었다. 미남이었으므로 미남의 대명사로도 쓴다.
515) 두랑(杜郎) : 두목지(杜牧之)를 말함. *두목지(杜牧之) : 803~852. 이름은 두목(杜牧). 당나라 만당(晚唐)때 시인. 미남자로, 두보(杜甫)에 상대하여 '소두(小杜)'라 칭하며, 두보와 함께 '이두(二杜)'로 일컬어지기도 한다.
516) 번연경동(翻然驚動) : 깜짝 놀라 움찔하는 모양.

끼고 짐을 범코자 하며, 여부(汝父) 하람군을 거두어 범경(犯京)코자 하고, 너 소아를 거들어 인신지상(人臣之相)이 아니라 하여 흉사를 꾀하다 하니, 네 비록 연유(年幼)하나 인사를 모르지 않으리니, 여부(汝父)의 모역(謀逆)하던 바를 직고(直告)하여 형벌의 괴로움을 받지 말라.

원광이 돈수(頓首) 주왈,

"신은 연소유아(年少幼兒)라. 세사를 채 모르오나, 아비 매양 군신유의(君臣有義)를 이르와 적심단충(赤心丹忠)이 일월에 비추고자 하오니, 형등(兄等)이 또한 한가지로 효칙(效則)하여 충효 두자를 아옵는지라. 아비 국사로 나가온 후 형 등이 충성을 다하되, 사부자(四父子) 성은을 과히 입사와 작록(爵祿)이 과의(過矣)라. 가득하매 넘치는 화(禍) 있을까 긍긍업업(兢兢業業)517)하옵더니, 참화를 받아 일야지간에 삼형이 죄사(罪死)하고 아비 흉역지명으로 나래(拿來)하와 문호 멸망할 줄 어찌 알았으리까? 하늘이 각별 신의 집을 밉게 여기시어 지원극통(至冤極痛)한 죄역(罪逆)에 참사하오니 신의 부자 구구삼설(九口三舌)518)이라도 발명(發明)치 못하오리니, 부월지주(斧鉞之誅)519)를 입사오려니와, 애매(曖昧)함이 백옥무하(白玉無瑕)520)하오나, 만사 다 명야(命也)니 현마 어찌하리까? 다만, 신부의 모역지상(謀逆之相)을 뉘 친히 보아 폐하께 아뢰더니이까? 대사(大事)를 몽롱(朦朧)치 못하오리니 하물며 대역지사이리까? 고변하던 자를 내어 대면(對面)케 하시고, 또 하람군을 잡아 엄

---

517) 긍긍업업(兢兢業業) : 항상 조심하여 삼감. 또는 그런 모양.
518) 구구삼설(九口三舌) : '아홉 입과 세 혀'라는 뜻으로 많은 말을 늘어놓는 것을 말함.
519) 부월지주(斧鉞之誅) : 부월(斧鉞: 도끼. 형벌기구의 하나) 아래 죽음을 당함.
520) 백옥무하(白玉無瑕) : 백옥에 아무런 티나 흠이 없다는 뜻으로, 아무런 흠이나 결점이 없음 또는 그런 사람을 이르는 말.

문(嚴問)하시어 진가(眞假)를 핵실(覈實)하심이 마땅할까 하나이다."

상이 청파(聽罷)에 천심이 많이 돌이켜져 하공을 죽일 뜻이 많이 줄어지시니, 제신을 돌아보시어 왈,

"원광의 말이 이 같고 하진의 모역은 친견함이 없으니 아직 감사정배(減死定配)하여 타일 애매함이 들어난즉, 불차(不次)로 쓸 것이요, 혹자 모역이 적실하면 주륙(誅戮)을 면치 못하리니, 해도(海島)에 정배하라."

하시니, 하공의 친우붕배(親友朋輩) 불승영행(不勝榮幸)하며 제신이 일시에 성덕을 칭송하니 상이 원광더러 가라사대,

"너를 보니 결단코 흉사를 꾀하지 않았을 듯하여, 여부를 정배(定配)하나니, 너는 짐의 처사를 원치 말고 아비 불의를 고치게 하고, 여형 삼인의 죄 애매하면 어찌 신설치 아니하리오. 비록 상자와 하람군사로 대질(對質)함을 청하나, 일이 어지러워 죄명 벗기는 쉽지 못하리라."

원광이 인신(人臣)의 도리에 성상이 특은을 드리우시는 데, 다시 쟁변(爭辯)함이 불가하여 배복사은(拜伏謝恩)할 뿐이라. 동용거지(動容擧止) 대군자의 덕질(德質)이 빈빈(彬彬)하니, 상이 애경하시고 백료 다 기특히 여기더라.

상이 윤태우더러 일러 가라사대,

"경이 직심(直心)으로 국가를 위하고 사정을 쓰지 않음을 아나니, 금일 원광을 보매 짐심(朕心)이 애경(哀哽)[521]하는지라. 원경 등의 시신을 온전히 하고 연좌(緣坐)를 쓰지 않아, 하진은 유죄무죄간 찬적할 뿐이요, 원광은 특은으로 율(律)을 아니 쓰노라."

윤공이 호생지덕(好生之德)을 사은하고 상이 파조하시다. 원광이 몸이 무사하여 망형(亡兄)의 죄율(罪律)을 받지 않고 물러나매, 바로 대리

---

521) 애경(哀哽) : 슬퍼서 목이 멤. 또는 그렇게 옮.

시(大理寺) 옥문에 이르니 나졸이 장차 하공을 붙들어 내어 죄명을 전하더니, 원광이 바삐 부전(父前)의 재배하매 공이 집수(執手) 통곡 왈,

"내 하람으로 갈 제 너의 사형제 강두(江頭)에 나와 송별하더니, 사오 삭지내(四五朔之內)에 어찌 이다지도 변역(變易)하였느뇨?"

공자 심장이 미어질 듯하나 야야(爺爺)를 위로 왈,

"망극지화(罔極之禍) 이에 미쳤사오니 비록 슬퍼하나 망형 등에게 유익함이 없사옵고, 죄명을 신백(伸白)하기 전 대인을 찬적케 하심이 성주의 특은이라. 삼형의 참사함이 지원극통이오나, 요란(搖亂)하심이 원망하는 듯 하와, 간당의 엿봄이 두려우니 심찰(審察)하소서.

공이 울음을 그치고 문 왈,

"네 형 등의 시수(屍首)를 입렴(入殮)한다?"

대 왈,

"보지 못하고 취리(就理)하였으니 자세히 모르오나 서숙(庶叔)이 있으니 정성으로 않으리까?"

정언간(停言間)에 금평후와 윤태우 이르러 하공의 손을 잡고 체읍(涕泣) 왈,

"형의 집 참화는 다시 이를 말이 없거니와, 불행중(不幸中) 형과 원광이 무사하니 성주의 호생지덕을 칭송하고, 형의 장수(長壽)함을 깃거하나니, 자안 등의 참사는 도리어 잊히는지라. 관억(寬抑)하고 후일 간인의 주멸(誅滅)하기를 기다리라. 영랑(令郞) 삼인의 빈연(殯筵)522)은 문외(門外)에 집을 얻어 안돈(安頓)하였으니 바삐 그리로 가라.

공이 미급답(未及答)에 하운이 안마(鞍馬)를 대후(待候)하여 문외로 가기를 청하고, 정·윤 양공이 하공의 가기를 재촉하여 문외로 갈 새,

---

522) 빈연(殯筵) : 빈소(殯所). 상여가 나갈 때까지 관을 놓아 두는 방.

일변(一邊) 조부인께 통하고 이인이 뒤를 좇아 나오니, 하공이 이에 다다라 세 낱 관(棺)을 보니, 가슴이 막혀 관을 두드리고 일성호곡(一聲號哭)에 혈루(血淚) 이음차니[523] 산천초목(山川草木)이 다 슬퍼하는 듯, 정·윤 양공이 일장(一場)을 통곡하고, 하공부자의 울기를 그치라 하니, 공자 눈물을 거두고 부공을 붙들어 그치심을 청한대, 공이 궁천극지지통(窮天極地之痛)[524]을 발하매 참지 못하여, 부르짖어 통곡하다가 엎더져 일신이 궐랭(厥冷)[525]하니, 공자 황황(惶惶)하여 약수(藥水)로 구호할 새, 정·윤 이공이 또한 놀라 하공을 붙들어 구호하여 오래 후에야 인사(人事)를 차리는지라. 이에 위로 왈,

"형이 당당한 장부로 천만비원(千萬悲怨)을 잡아 참아 장신(藏身) 보존하여 신설(伸雪)할 길운(吉運)을 기다리지 아니하고 이다지도 과통(過痛)하여 자안 등의 뒤를 따르고자 하니, 평일 기상이 아니라. 자안 등의 영백(靈魄)이 알음이 있으면 형의 이 경상을 더욱 설워 아니 하리오."

하공이 가슴을 어루만져 답하고자 할 제, 임시랑이 이르러 서로 보고 통곡하매 곡성은 처절하여 산천을 움직이고, 눈물은 소소하여 하수(河水)를 보탤지라. 좌우 아니 슬퍼할 이 없더라.

공자 부친을 붙들어 울음을 그치고, 임시랑이 학사 삼형제의 참사(慘死)함과 여아의 자문이사(自刎而死)함을 일러 목이 메어 서로 말을 이루지 못하니, 하공이 임소저 죽음은 오히려 몰랐다가 실성참통(失性慘痛)함을 이기지 못하여, 손으로 땅을 두드려 다시 통곡 왈,

"돈아(豚兒) 삼인이 죄루중(罪累中) 참망(慘亡)함은 도시(都是) 하가 적

---

523) 이음차다 : 잇따르다. 연잇다.
524) 궁천극지지통(窮天極地之痛) : 하늘과 땅같이 끝이 없는 슬픔.
525) 궐랭(厥冷) : 체온이 내려가며 손발 끝에서부터 차가워지는 증상.

앙(積殃)이 중함이요, 현부의 숙자혜질(淑姿惠質)로 복을 향(享)치 못하고 수(壽)를 누리지 못하여 이팔청춘(二八靑春)에 자문이사(自刎而死)함도 오문(吾門)에 들어온 연고라. '백인(伯仁)이 유아이사(由我而死)'526) 니 영녀(令女)의 망함이 내 집 탓이라, 소제 오히려 현부는 산 줄로 알았더니, 자(子) · 부(婦) 사인을 일시에 죽이고 차마 어찌 살리오."

임공이 도리어 위로하고, 윤 · 정 이공이 재삼 개유(開諭)하여 비로소 문답할 새, 하공이 삼아의 마친 곡절을 채 알지 못하고, 그 입렴(入殮)을 아무가 한 줄을 모르는지라. 하운이 삼학사의 시체를 완전히 하고 습렴입관(襲殮入棺)함이 윤 · 정 이공의 덕이라 하고, 정 · 윤 이공이 삼학사의 죄명을 전하니, 하공이 삼자의 망극한 죄루(罪累)를 들으니 오내붕절(五內崩切)하고, 윤 · 정 양공의 태산 같은 은덕을 각골감격(刻骨感激)하여 갚을 바를 알지 못하나, 말로써 과히 일컫지 않아 왈,

"정 · 윤 이형은 피차 동기로 다름이 없으니, 내 집 화란을 친히 당함 같이 함은 그 본심이라. 우리 삼인의 마음이 사생지제(死生之際)에 서로 좇음을 허하였으니, 돈아 등의 시신을 거두어 주며 성상께 쟁간(爭諫)하여 그 머리를 완전케 함은, 이 형의 극한 신의와 남다른 덕이로되, 그 행사의 예사(例事)니, 소제 신망지은(身亡之恩)527)을 일컫지 않고, 망아

---

526) '백인은 나로 인해 죽었다'는 뜻으로, 직접적으로 사람을 죽이지는 않았지만 죽은 사람에 대해 자신이 적극적으로 구하지 않은 책임이 있음을 안타까워하거나, 어떤 사건에 간접적으로 연관되어 있는 것을 비유적으로 나타낸 말. 『진서(晉書)』 열전(列傳), 주의(周顗) 조(條)에 나오는 중국 동진(東晉)사람 왕도(王導)와 주의(周顗: 字 伯仁)사이의 고사에서 유래했다. 즉 왕도는 그의 종형(從兄) 왕돈(王敦)의 반역에 연좌되어 죽을 위기에 있을 때 주의의 변호로 살아났는데, 왕돈의 반역이 성공한 뒤, 주의가 죽게 되었을 때 자신이 그를 구명해줄 수 있는 위치에 있었음에도 구하지 않고 외면하였다가, 뒤에 주의가 자신을 구명해주어 살아난 사실을 알고, 위와 같이 탄식하였다 함.
527) 신망지은(身亡之恩) : 죽은 뒤에까지도 잊지 않고 갚아야 할 은혜.

(亡兒) 등이 '구원(九原)의 풀을 맺으며'528), 소제 중심에 은덕을 명골(銘骨)529)할 뿐이라. 살아서 갚을 도리 어이 있으리오.

양공이 척연 수루(垂淚) 왈,

"우리 심담(心膽)이 상조(相照)하니 이르지 않아도 알려니와, 영랑 등 참망한 거동을 볼 때에야 어이 식음이 넘어가리오. 형의 몸을 염려하매 각각 내 마음에 내림이 없으되, 오히려 편친(偏親)이 계시므로 범사를 자유(自由)치 못할 적이 많으니, 어찌 자안 등의 시수(屍首)를 입렴(入殮)함을 칭은(稱恩)하여 불안케 하느뇨?

하공이 감은함을 머금고 눈물을 흘려 거동이 당황하고, 세 관(棺)을 보다가 혹 가슴을 치고, 혹 머리를 부딪쳐 상성(喪性)키 쉬운지라. 정·윤 양공이 붙들어 죽음을 권하며 위로함을 마지아니하더니, 배소(配所)를 서촉(西蜀)에 정하매, 위사(衛士) 이르러 수삼일 치행(治行)하여 가기를 전하니, 하공이 심사 아득하여 도리어 아인(啞人) 같이 앉아 말을 못하거늘, 정·윤 양공 왈,

"형이 영랑 등의 장사도 지내고 갈 길이 없으니, 온갖 염려를 다 물리치고 행거를 무사히 하는 것이 옳으니, 우리 영랑 등의 관(棺)을 붙들어 형의 선산(先山) 소주에 가 안장(安葬)하리니 형은 물념(勿念)하고 오직 몸을 보전하라."

하공이 미처 답지 못하여서 공자 부전(父前)에 고 왈,

---

528) 구원(九原)의 풀을 맺음 : 죽어서까지도 풀을 맺어서 은혜를 갚는다는 말로, '결초보은(結草報恩)'을 달리 표현한 말. *결초보은(結草報恩); 죽은 뒤에라도 은혜를 잊지 않고 갚음을 이르는 말. 중국 춘추 시대에, 진나라의 위과(魏顆)가 아버지가 세상을 떠난 후에 서모를 개가시켜 순사(殉死)하지 않게 하였더니, 그 뒤 싸움터에서 그 서모 아버지의 혼이 적군의 앞길에 풀을 묶어 적을 넘어뜨려 위과가 공을 세울 수 있도록 하였다는 고사에서 유래한다.

529) 명골(銘骨) : 뼈에 새김.

"정·윤 양연숙대인(兩緣叔大人)이 한결같이 산해지은(山海之恩)을 드리우시니 감골(感骨)하온지라. 대인이 망형 등의 장사(葬事)는 염려치 마르시고, 먼저 행하시면, 소자는 머물러 삼형의 장사를 지내고 촉(蜀)으로 가리이다."

윤공 왈,

"네 말이 옳으나 영존(令尊)이 너를 마저 떠나 원로험지(遠路險地)에 정신을 진정(鎭靜)하여 무사히 득달하기를 믿지 못하니, 비록 장사를 보지 못하나 영엄(令嚴)을 보호하여 한가지로 감이 옳으니, 익히 생각하라."

공자 배사 왈,

"소질(小姪)이 불초(不肖)하와 가친(家親)을 모실 이 없이 홀로 행하실 바를 염려치 못하고, 머물러 가형(家兄) 등의 장사(葬事)를 지내고자 하옵더니, 연숙(緣叔)의 명교 마땅하시니 소질은 가친을 뫼셔 갈 것이니, 삼형의 장사는 이위(二位) 연숙대인을 믿삽거니와, 임장지시(臨葬之時)에도 보지 못하는 유한이 촉처(觸處)에 무궁(無窮)토소이다."

윤·정 양공이 연애(憐愛)하여 그 손을 잡고 하공을 대하여 왈,

"형이 비록 자안 등을 잃고 궁천지한(窮天之恨)이 맺혔으나, 이 아들이 남의 십자를 부러워 않을 바요, 참화(慘禍)를 돌이켜 후래(後來)에 문호를 흥기할 자는 원광이라. 이미 죽은 이는 따르지 못하고 살아있는 자녀를 돌아보아 심사를 관억(寬抑)함이 옳고, 형의 연기 사십이 넘었으나 이제라도 존수(尊嫂) 생산을 하실 바라. 전정(前程)이 만리와 같으니 과도히 슬퍼 말라."

하공이 어린 듯이 앉아 들을 뿐이러니, 날호여 길이 탄 왈,

"죄제(罪弟) 망극한 죄루를 몸 위에 싣고 참화여생이 성주의 호생지덕으로 일루(一縷)를 보전하나, 환쇄(還刷)[530]할 기약을 감히 바라지 못할지라. 형세 처자로 각리(各離)치 못하게 되었으니, 처와 자녀를 다 힁

도(行途)에 거느려 가리니, 망아 등 장사(葬事)는 양형이 진심하니, 소
제 친히 보나 다르지 아닌지라, 근심치 아니하되, 만사(萬事) 아으라하
여531) 촉처비회(觸處悲懷)532)라. 당차지시(當此之時)하여는 석년(昔年)
에 어린 자녀를 가져 정혼(定婚)한 일이 더욱 뉘우쳐지는지라. 원광이
어찌 문호를 흥기하며 타인의 여러 아들을 바라리오. 오직 죄제 생전의
죽는 일이나 없으면 만행(萬幸)이라, 어찌 생산하기를 바라리오."

윤태우 문득 안색을 고치고 왈,

"소제 무슨 일 형에게 잘못 뵌 일이 있어 자녀를 정혼함을 뉘우쳐 버
릴 뜻을 두느뇨? 소제는 천지개벽(天地開闢)하고 하해상전(河海桑
田)533)이 되나, 일편정심(一片定心)을 고침이 없어 원광을 사회로 알고
영녀를 희천의 아내로 아나니, 금번 화란에 원광이 사지 못하였던들, 아
녀(我女)를 공규(空閨)에 폐륜(廢倫)하여 형의 필적(筆跡)을 지키게 하렸
더니, 천도 도우시어 원광이 무사하니, 서촉 아녀 만리타국이라도 나이
차길 기다려 성친코자 하더니, 형의 뜻은 많이 다르도다."

하공이 자가 문호의 참화를 만나 찬적하니 감히 윤공의 여아로써 기
약(旣約)을 바라지 못하더니, 윤공의 견확(堅確)함이 여차함을 보고 감
루종횡(感淚縱橫)하여 사례 왈,

"죄제 당금의 사고여생(事故餘生)이 형의 만금농주(萬金弄珠)534)로써
위부(爲婦)535)할 의사 망연(茫然)함이러니, 형의 굳은 신의 여차하니 오

---

530) 환쇄(還刷): 쇄환(刷還). 조선시대에, 외국에서 유랑하는 동포를 데리고 돌아
오던 일. 여기서는 적소에서 귀양살이가 풀려 고국으로 돌아옴을 뜻함.
531) 아으라하다: 아득하다. 어떻게 하면 좋을지 몰라 막막하다.
532) 촉처비회(觸處悲懷): 몸이 머무는 곳마다 다 슬픈 회포뿐임.
533) 하해상전(河海桑田): 늑상전벽해(桑田碧海). 뽕나무밭이 변하여 푸른 강이나
바다가 된다는 뜻으로, 세상일의 변천이 심함을 비유적으로 이르는 말
534) 만금농주(萬金弄珠): 남의 귀한 딸을 이르는 말.

직 의기심덕(義氣心德)을 감탄한 뿐이로다."

윤공이 불열(不悅) 왈,

"형이 소제로 추세비린(趨勢鄙吝)536)으로 앎을 더욱 참괴하나니, 다만 형이 쉬이 환쇄(還刷)치 못한 즉, 소제 여식(女息)을 거느려 내려가 성친(成親)하리니, 형은 괴이한 말을 말고 여러 천리(千里)에 혼서납빙(婚書納聘)537)을 행하고 갈지니, 원광과 아녀(我女) 비록 어리나 차행(此行)에 내 집 납폐문명(納幣問名)538)을 가져가라."

하공이 '불감청(不敢請)이언정 고소원(固所願)'539)이라, 언언(言言)이 낙종(諾從)하나, 돌아다 삼자의 영구를 보니 심담이 촌할(寸割)하고, 친우족친(親友族親)이 모두 공의 사지에서 벗어나 찬적함을 도리어 깃거하니, 하공의 위인을 기대(企待)하며 그 죄루(罪累)를 칭원(稱冤)하니 공이 도리어 깃거 아니하더라.

공자 집에 돌아가 모친과 누이를 보려 하거늘 공이 가로되,

"행리(行李)를 급히 차리고 노복을 분정(分定)하여, 더러는 집을 지키게 하고 더러는 행도에 좇게 하며, 조선사우(祖先祠宇)는 아직 경사(京師)에 뫼셔 운으로 하여금 봉사(奉祀)케 하고, 재명일(再明日)에 너의 자

---

535) 위부(爲婦) : 며느리를 삼음.
536) 추세비린(趨勢鄙吝) : 지나칠 정도로 야박하게 세력 있는 사람을 붙좇아서 행동함.
537) 혼서납빙(婚書納聘) : 혼인례에서 정혼이 이루어진 증거로 신랑집에서 신부집에 보내는 혼서(婚書)와 납폐(納幣).
538) 납폐문명(納幣問名) : 혼인례의 절차 가운데 문명(問名)과 납폐(納幣)를 말함. 문명은 신랑측에서 신부가 될 여자(女子)와 그 집안에 관(關)하여 묻는 일을, 납폐는 정혼이 이루어진 증거로 신랑집에서 납폐서(納幣書)와 폐백(幣帛)을 신부집에 보내는 일을 말한다.
539) 상대방의 제안을 자신이 감히 청할 수는 없지만, 그것이 진실로 자신의 소원하는 바임.

당(慈堂)과 누의를 데려 발행케 하라."

공자 수명하니, 공이 우왈(又曰),

"아부의 관(棺)을 못 보니 정리(情理)의 더욱 통할(痛割)하니, 이곳의 옮겨 두었다가 함께 행상(行喪)케 하리니 아부(我婦)의 관(棺)을 이리 보내라."

공자 응명(應命)하고 옥누항의 이르니, 조부인이 즉시 죽기를 자분(自憤)하다가 공의 부자 무사히 찬적하다 하니, 적이540) 다행하여 죽음을 찾아 마시고 정신을 차려, 임씨 관에 나아가 새로이 통곡 왈,

"삼애 죽으나 현부나 살아있으면 경아의 대신으로 위회(慰懷)할 것을, 어찌 죽어 흔적이 없게 하느뇨? 나의 명완무지(命頑無知)541)함이 삼자와 현부를 잃고 지금 살았다가, 상공이 면사정배(免死定配)함을 들으니, 도리어 희보(喜報)로 알아 죽을 의사를 고치니 어찌 사오납지 않으리오."

언파에 관을 두드려 통곡하다가 구혈기색(嘔血氣塞)542)하니, 영주소저 체읍구호(涕泣救護)하더니, 공자 들어와 슬하의 절하니 부인이 바삐 등을 어루만져 왈,

"비록 위지(危地)에 들었던 바나 살아나 모자(母子) 상견하니, 여형(汝兄)은 어느 세월에 얻어 보리오."

공자 화안이성(和顏怡聲)으로 위로하며 부명(父命)을 고하여,

"행리(行李)를 차리소서."

하니, 부인이 십분 강작(强作)하나, 능히 정신을 차려 가사(家事)를

---

540) 적이 : 꽤 어지간한 정도로.
541) 명완무지(命頑無知) : 목숨이 모질고, 무지하여 우악스러움.
542) 구혈기색(嘔血氣塞) : 피를 토하고 까무러침.

처치(處置)할 길이 없으니, 공자 친히 식상(食床)을 받들어 모친의 진(進)하심을 권하여 왈,

"자위 비록 삼형을 위하여 세상을 원(願)치 않으시나, 상명지통(喪明之痛)543)을 당함이 하나 둘이 아니요, 천행(天幸)으로 대인(大人)이 무사하시고 해아(孩兒) 남매 살았으니, 족히 위로할 바이오니 차후는 삼형과 임수(林嫂)를 잊으시고 관억(寬抑)하심을 위주하소서."

부인이 아자(兒子)의 말을 듣고 이미 죽은 아들은 이의(已矣)요, 이 자식이 살았으니 죽기를 진정하고, 모자 서로 진반(進飯)544)하기를 권하고, 공자 소매(小妹)를 돌아보니 형용이 환탈(換奪)545)하여 표연(飄然)이 우화(羽化)546)할 듯하였으니, 심사 더욱 막힐 듯한지라. 책 왈,

"삼형이 참사(慘死)하시매 우리 전자(前者)로 다르거늘, 부모께 한 근심이나 끼치지 말미 옳은지라. 어찌 저렇도록 되었느뇨?"

소저 애읍(哀泣) 대 왈,

"우리 다 부모의 교애(嬌愛)547)를 받자오니 인간의 낙사(樂事)를 알고 슬픔은 모르다가, 일조(一朝)에 흉화를 당하여 모친이 일야(日夜)에 거거(哥哥)548) 등을 따르려 하시니, 소매(小妹) 무슨 마음으로 음식의 뜻

---

543) 상명지통(喪明之痛) : 눈이 멀 정도로 슬프다는 뜻으로, 아들이 죽은 슬픔을 비유적으로 이르는 말. 옛날 중국의 자하(子夏)가 아들을 잃고 슬피 운 끝에 눈이 멀었다는 데서 유래한다
544) 진반(進飯) : 밥을 먹다. 병이 나은 뒤에 입맛이 나서 식욕이 차츰 더해지다.
545) 환탈(換奪) : '환골탈태(換骨奪胎)'의 줄임말. 사람이 외면적으로나 내면적으로 전혀 딴 사람처럼 변함.
546) 우화(羽化) : '우화등선(羽化登仙)'의 줄임말. 사람의 몸에 날개가 돋아 하늘로 올라가 신선이 된다는 뜻으로, '죽음'을 비유적으로 이르는 말.
547) 교애(嬌愛) : 매우 두터운 사랑.
548) 거거(哥哥) : 형(兄). 오빠. 중국어 차용어로, 주로 여성이 손위 남자 형제를 이르는 말로 사용된다.

이 있으리까? 스스로 과척(過瘠)[549]고자 함이 아니요, 자위(慈闈) 음식
을 폐하시니 소매 홀로 먹지 못하여 이리 되과이다[550]."

부인이 자녀의 거동을 보고 자닝함이[551] 골절(骨節)이 한상(寒傷)[552]
하여 위로하고 행리(行李)를 차릴 새, 조선봉사(祖先奉祀)는 하운의 처
박씨 가장 현미(賢美)한 고로 제례(祭禮)를 일러 집을 지키게 하고, 적
소(謫所)에 데려갈 노복을 정하고, 공자 임씨 영구를 문외로 옮기니, 부
인 왈,

"내 잠간 삼아의 관을 영결코자 하노라."

공자 대 왈,

"대인께 고하고 명대로 하리이다."

부인이 임씨의 관을 보내고 여아로 더불어 혈읍통도(血泣痛悼)하더라.

공자 임소저의 영구를 뫼셔 나오니 공이 향탁(香卓)을 배설하고 빙소
(殯所)한 후, 실성장통(失性長痛)하니 공자 애걸 위로하고, 정·윤 양공
이 한가지로 밤을 지낸 후, 원별(遠別)이 결연(缺然)하여 피차(彼此) 비
회(悲懷)를 참지 못하더라. 공자 부전에 모친이 삼형의 영구를 영결코자
하심을 품(稟)하니, 공이 추연(惆然) 왈,

"관을 보매 더욱 참통할 뿐 아니라 죽은 저들에게 유익함은 없으나,
모자의 정리를 막지 못하리니 명일 잠간 나와 보게 하라."

공자 수명(受命)하고 명조(明朝)에 본부에 들어와 모부인을 뫼셔 문외

---

549) 과척(過瘠) : 지나치게 야윔.
550) 과이다 : -었습니다. 옛말 '-과라'의 '합쇼'할 자리에 쓰여 과거의 동작이나 상
     태를 나타내는 종결어미. *-과라; -었다. 주로 일인칭 주어와 함께 쓰여 과거
     의 동작이나 상태를 나타내는 종결어미.
551) 자닝하다 : 애처롭고 불쌍하여 차마 보기 어렵다.
552) 한상(寒傷) : (뼈가) 시리도록 슬픔.

로 나아갈 새, 영주 또한 거거(哥哥)의 영구를 영결코자 모친을 따라 나와, 부인이 삼자의 관을 어루만지다가 가슴이 막혀 다만 가로되,

"여모 주주야야(晝晝夜夜)에 긴 세월을 어찌 궁천극지지통(窮天極地之痛)[553]을 참으리요. 꿈을 빌려 여등을 상면코자 하나 능히 마음과 같지 못하리니 어찌하여 여등을 잊으리오."

인하여 호곡운절(號哭殞絕)하니, 영주 또한 애곡(哀哭)하여 인사를 모르니, 공자 모친과 소매를 구호하여 진정하고, 공이 들어와 서로 보매 일층 비회 더할 뿐이라. 공이 여아를 나오게 하여 그 수척(瘦瘠)함을 염려하여 머리를 어루만져 부인을 대하여 타루(墮淚) 왈,

"삼아를 참망하고 부부 산 낯으로 보매 이미 명완(命頑)하여 저희를 따르지 못하고, 일명이 살아 촉지(觸地)로 향할지라. 부인은 생을 위하여 통원(痛冤)을 참고 살기를 위주함이 저의 불효를 보태지 아니함이요, 원광 남매로 하여금 진정케 하는 도리라. 천도 오문(吾門)을 증오하시어 여차 강화(降禍)하시니, 슬퍼한들 어이 미치리오. 원광은 누옥(陋屋)에 곤하나 그대도록 패(敗)치 않았으되, 여아는 몰라보게 되었으니 망아는 이의(已矣)요, 산 자녀를 병들게 말미 우리 부부의 행(幸)이니 부인은 널리 생각하소서."

부인이 공의 몸을 염려하매 십분 강작(强作)하여 대 왈,

"죽은 이를 따르지 못한 후는 자연 잊는 것이 되니, 첩은 명공(明公)의 적행(謫行)이 도리어 천행이요, 자녀 지성으로 먹고자 하니 죽을 의사 없으되, 다만 명공이 과상(過傷)하시어 성질(成疾)[554]하실까 두려하

---

553) 궁천극지지통(窮天極地之痛) : 하늘 끝, 땅 끝까지 이르는 헤아릴 수 없이 큰 슬픔.
554) 성질(成疾) : 병을 이룸.

나니, 하물며 누천리(累千里) 험로에 발섭(跋涉)하실지라. 물비관억(勿
悲寬抑)555)하시어 즐거운 길을 행함 같이 하소서."

공이 길이 탄식하고 서로 위로하여 명일 발행할 바를 이르고, 공자를
본부에 보내어 가사를 처치하고 부인과 여아를 호행(護行)케 하니, 공자
삼형의 관(棺)을 어루만져 하직을 고할 새, 혈루(血淚) 첨의(沾衣)하고
한번 울음에 일만(一萬) 잔나비556) 날치나, 부모의 심사를 돌아보아 울
기를 그치고, 부인을 뫼셔 환가(還家)하니라.

윤·정·임 삼공이 머물러 하공을 보내려 할 새, 윤공 왈,

"형이 만사 무념(無念)하나 원광의 납폐(納幣) 문명(問名)을 머물러 두
고 행하라."

하공이 즉시 부인께 통하여 전일(前日) 남강 선유(船遊) 때 얻었던 보
월(寶月)을 보내라 하니, 부인이 경의(驚疑) 왈,

"보월은 광아의 납폐를 위하여 둔 바이거늘, 어찌 이런 비황중(悲遑
中)에 달라 하시는고?"

공자 대 왈,

"촉지 왕반(往返)이 어려운 고로 빙물(聘物)을 아조 두고 가라 하더이다."

부인 왈,

"석년(昔年)의 비록 약혼하였으나 당금(當今) 윤부는 온전하고 오가
(吾家)는 화가여생(禍家餘生)이라 어찌 결혼(結婚)코자 하더뇨?"

공자 탄식 대 왈,

"윤공의 신의는 세속인의 미칠 바 아니라. 정공으로 더불어 삼형을 극
진이 염빈(殮殯)557)하고 시체(屍體)를 완전케 함이 다 이공(二公)의 대

---

555) 물비관억(勿悲寬抑) : 슬픔을 참아 억제함.
556) 잔나비 : 잔나비. 원숭이.

덕(大德)이니이다."

부인이 각골감은(刻骨感恩)하더라. 시녀 보월(寶月)을 가져오니, 하공이 혼서(婚書)를 쓰고, 보월을 한 데 싸 윤공께 밀어, 왈,

"납빙(納聘)은 길일(吉日)을 택하거늘 환난중(患難中) 이렇듯 구차(苟且)하도다."

윤공이 탄 왈,

"만사 천의니 저의 팔자 길하면 택일 여부가 무슨 관계있으리오."

하더라.

윤공이 빙채(聘采)558)를 가지고 바삐 본부에 이르러, 현아 소저와 유모 설난을 불러 혼서(婚書)와 월패(月佩)를 주어 심장(深藏)하라 하고, 여아를 무애(撫愛) 왈,

"너는 하문 사람이라. 비상주필(臂上朱筆)559)이 너의 엄구(嚴舅)의 쓴 바니, 남자는 충효(忠孝)가 근본이요, 여자는 효절(孝節)이 으뜸이니, 여모(汝母) 인사를 모르고 추세(趨勢)하여 하가를 배반할 뜻을 두니, 한심하여 말을 않거니와, 문명(問名)을 이미 가져왔으니, 네 처소에 두고 불인(不仁)한 모훈(母訓)에 속지 말라."

소저 옥면(玉面)이 취홍(醉紅)하고 성안(星眼)이 나직하여 감히 대치 못하니 공이 연애(憐愛)함을 마지아니하더라.

태부인이 이 거동을 보고 대경 왈,

"네 비록 소활(疎豁)하나 자식의 대륜(大倫)을 이렇듯 그른 곳에 지내

---

557) 염빈(殮殯) : 시체를 염습하여 관에 넣어 안치함.
558) 빙채(聘采) : 빙물(聘物). 납채(納采). 혼인례에서 정혼이 이루어진 증거로 신랑 집에서 신부집에 보내는 예물.
559) 비상주필(臂上朱筆) : 팔위에 앵혈로 쓴 붉은 글씨. 여성의 순결징표가 되며 정혼사실을 기록해 놓기도 한다.

려 하느뇨? 노모의 생전(生前)은 차혼(此婚)을 지내지 못하리라."

태우 정색 대 왈,

"해애(孩兒) 무신불의(無信不義)하와 하가를 배약(背約)고자 할지라도, 자정(慈庭)의 훈교(訓敎)는 마땅히 유신(有信)함을 이르심 즉하거늘, 어찌 이런 하교를 하시나니까? 하가(河家) 비록 전안지례(奠雁之禮)560)를 않았으나, 현아의 팔위에 하공의 필적이 있고, 소자 금석같이 면약(面約)하였으니, '장부일언(丈夫一言)은 천년불개(千年不改)라.'561) 자식을 차마 훼절(毁節)케 하리까? 차사(此事)에 다다라는 자교(慈敎)를 봉승(奉承)치 못 하리로소이다."

태부인이 노왈(怒曰),

"네 본디 날 알기를 행로(行路) 같이 하나니 어찌 내 말을 들으리오. 너도 인정(人情)이라면, 자식을 차마 역적여당(逆賊與黨)에 결혼코자 하나냐?"

태우 추연이 슬퍼 좌를 떠나 대 왈,

"소자 불초무상(不肖無常)562)하와 자정을 효봉(孝奉)치 못함은 수사난측(雖死難測)563)이오나 현아를 하가에 성혼키는 절의를 완전코자 함이니 자애 박(薄)함이 아니로소이다."

---

560) 전안지례(奠雁之禮) : 혼인례에서, 신랑이 기러기를 가지고 신부 집에 가서 상 위에 놓고 절하는 의례(儀禮). 기러기는 한번 짝을 지으면 죽을 때까지 짝을 바꾸지 않는다 하여 신랑이 백년해로 하겠다는 서약의 징표로서 신부의 어머니에게 기러기를 드린다. 산 기러기를 쓰기도 하나, 대개는 나무로 만든 것을 쓴다.

561) '장부는 어떠한 경우에도 자신이 한 말을 바꾸지 않는다. 또는 자신이 한 말에 책임을 진다' 는 말.

562) 불초무상(不肖無狀) : 못나고 어리석을 뿐 아니라 아무렇게나 행동하여 버릇이 없음.

563) 수사난측(雖死難測) : 죽도록 헤아려도 다 헤아리지 못함.

부인이 성을 참지 못하여 왈,

"칼 들고 닙군께 대드는 것이 흉역이 아니냐? 하가를 아끼는 너부터 불충(不忠)이로다."

공이 오래 말을 아니타가 날호여 조부인께 고 왈,

"하공이 희천을 사랑하여 기녀(其女)와 정혼이 되었더니 이제 수 천리(數千里) 왕반(往返)에 양가 인사를 알지 못하나니 미리 아자의 빙폐를 보내고자 하오니 존수(尊嫂)는 명주를 내어 주소서."

조부인이 척연(慽然) 응대하고 일어나 침소로 가매, 태부인이 희천 등 혼사는 아무리 참혹한 데 하나 놀람이 없어 말림이 없더니, 태우 또 고 왈,

"유씨 양녀를 생한 십년에 다시 생산함이 없으니, 소자 희천으로 계후(繼後)를 정하나이다."

태부인이 바야흐로 조씨 모자를 죽이기를 도모할 즈음의 차언을 듣고 불열통해(不悅痛駭) 왈,

"네 날을 남같이 여기니 범간(凡間) 대사를 일러 무엇하리요, 다만 유현부 사십이 멀었고 단산(斷産)할 줄을 알지 못하니, 희아로 계후(繼後)하였다가 유씨 생자(生子)하면 어찌하려 하느뇨?"

태우 왈,

"만일 생자한 즉, 희아로 장자(長子)를 삼을지니 어찌 의논하리까? 소자 희아를 정한지 오래오대 토설(吐說)이 금고(今古) 처음이라. 자전의 고하고 종용이 예부(禮部)에 정문(呈文)[564]하여 세상이 다 알게 하려 하나이다.

유씨 태우의 고집을 아는 바니, 애달프고 분함이 고대 희천을 죽여 공의 바람을 끊고자 하나 득지 못하고, 공교로운 의사 밖으로 극진히 어진

---

564) 정문(呈文) : 하급 관아에서 상급 관아로 올리는 공문(公文).

체하여 공으로 의심치 아니케 하고, 가만히 희천을 죽이고자 하여 문득
탄식하고, 태부인께 고 왈,

"첩이 적앙(積殃)이 중하와 한낱 농장지경(弄璋之慶)565)이 없사오니
군자의 계후코자 함이 마땅하온지라. 조형(兄)의 생아 어찌 첩의 기출
(己出)이나 다르리까? 첩이 비록 생남하나 희천 같기를 바라지 못하오
리니 일찍이 정함이 좋을까 하나이다."

태부인이 유씨의 말인 즉 기특히 여기는지라. 반드시 묘계 있어 저렇
듯 하는도다 하여 깃거566) 쾌허 왈,

"나는 현부 생남함을 바라고 일찍 정함을 불쾌하더니, 현부의 뜻이 여
차하고 수가 굳게 정하니 내 어찌 막으리오."

공이 가장 기뻐 배사이퇴(拜辭而退)567)하니, 조부인이 명주를 외헌으
로 내어보내니, 태우 즉시 혼서(婚書)를 쓸 새, 양공자 좌우에서 잠깐
보니 공이 '복지자(僕之子) 희천'이라 쓰는지라. 광천이 눈으로 희천을
보아 놀라기를 마지아니하니, 이는 유씨 자기 등이 복중에 있을 때도 독
약으로 모자(母子)를 죽이려 하던 악심(惡心)이거든, 그 양자(養子)되매
더욱 미워할 것은 보지 않아 알지라. 차공자는 눈을 낮추어 무사무려(無
思無慮)한 듯 하더라. 공이 쓰기를 다하고 이르대,

"하공은 선형(先兄)과 나의 문경지교(刎頸之交)라. 이제 원억(冤抑)히
찬적(竄謫)하니, 여등(汝等)이 연유(年幼)하나 잠간 가 배별(拜別)함이
옳으니, 내 뒤를 좇아라."

양공자 응명하매, 공이 명주와 혼서를 가지고 양공자를 거느려 문외

---

565) 농장지경(弄璋之慶) : 아들을 낳은 경사. 예전에, 중국에서 아들을 낳으면 구슬
   을 장난감으로 주었다는 데서 유래한 말.
566) 깃거하다 : 기뻐하다.
567) 배사이퇴(拜辭而退) : 절하여 사례하고 물러남.

로 가 하공을 볼 새, 양공자 배례하니, 그 사이 신장이 유여(裕餘)하고 풍광(風光)이 동탕(動蕩)하였으니, 하공이 바삐 나오게 하여 집수(執手) 애경 왈,

"오륙삭지내(五六朔之內)에 이렇듯 장성하였으니 어찌 기특치 않으리오."

양공자 사사(謝辭)하고 그 화란을 치위(致慰)하매, 언사 간절하고 위곡(委曲)한 정성이 나타나니, 하공이 더욱 기특히 여기더라.

윤공이 혼서와 명주를 하공께 전하니 공이 펴보고 경문 왈,

"형이 어찌 젊은 나이에 문득 계후(繼後)하여 망단(望斷)568)한 사람같이 하느뇨?"

태우 미소 왈,

"내 비록 늙지 않았으나 생남함을 바라지 않아 희아로 신후(身後)를 잇고자 함이 정히 구의(久矣)라. 형이 어찌 놀라느뇨?

하공 왈,

"구태여 말리든 아니나 너무 이른가 하노라."

윤공 왈,

"이 말은 날회고 명주를 영아에게 전하여 심장(深藏)케 하라. 형의 월패(月佩)와 오가(吾家) 명주는 중한 보배라."

하니, 하공이 명주를 내어보고 탄 왈,

"다시 이 월패와 명주 얻을 적 같이 즐길 때 없으리로다."

윤공이 또한 형장(兄丈)을 생각하고 추감(惆憾)함을 마지않더라.

일모(日暮)하매 광천 등이 하학사 영구(靈柩)에 배곡(拜哭)하고 하공께 험로관산(險路關山)에 무사히 득달하심을 배사하직(拜謝下直)하니, 하공이 집수연연(執手戀戀)하여, 희천더러 왈,

---

568) 망단(望斷) : 희망이 끊김. 바라던 일이 실패함.

"영엄(令嚴)이 내 집 참화를 불고(不顧)하고 피차 자녀 혼취를 정약(定約)대로 하고자 하니, 타일 다시 볼가 하노라."

공자 유연배사(悠然拜辭)[569]하고 형으로 더불어 돌아가니, 태우는 양자를 보내고 차야(此夜)를 정공과 임공으로 더불어 하공을 위로하며 이정(離情)을 이를 새, 명조에 발행(發行)한 후 다시 만날 지속(遲速)이 없음을 탄하여, 이렇듯 달야(達夜)하매 차관(差官)이 행거(行車)를 재촉하는지라. 하공이 삼자의 관을 두드려 호천통곡(呼天痛哭)하여 운절(殞絶)하니, 삼공이 구호관위(救護寬慰)하여 겨우 진정하매, 다시 임씨의 관을 어루만져 일장을 애통하고, 비로소 승도(承道)할 새, 친붕족당(親朋族黨)이 모여 이정(離情)을 연연(戀戀)하고 은사(恩赦) 쉬이 내림을 원하니, 공이 추연 사사 왈,

"누인(陋人)이 참화여생(慘禍餘生)으로 일명이 지연(遲延)함도 천은(天恩)이 망극함이거늘 환쇄(還刷)키를 어찌 바라리오."

임시랑을 향왈(向曰),

"현부(賢婦)와 아자 등의 장사(葬事)는 형과 윤·정 양형을 믿나니, 어찌 소제(小弟) 친집(親執)함과 다르리요마는, 부자정리(父子情理)에 보지 못하니 심사여할(心思如割)[570]할 뿐이로다."

삼공이 재삼 위로(慰勞) 분수(分手)할 새, 하공이 상마(上馬)하기에 당하여는, 일만 비원(悲怨)이 촌장을 상해(傷害)오니 누수(淚水) 하수(河水)를 첨(添)하여 장부의 기운이 설설하고, 영웅의 기운이 차악(嗟愕)하니, 참지 못하여 삼공을 붙들어 일장(一場)을 엄읍(掩泣)하고, 하운을 머물러 소주에 가 삼자를 장한 후 목주(木主)를 서촉(西蜀)으로 반우(返

---

569) 유연배사(悠然拜辭) : 침착하게 절하여 사례함.
570) 심사여할(心思如割) : 마음이 칼로 베어내는 듯이 아프다.

虞)571)하려 하더라.

원광남매 가사를 처치하고 모부인을 모셔 발행하려 할 새, 조부인이 학사 등의 방에 가 호곡(號哭)하여 차마 떠나지 못하니, 공자 붙들어 거륜(車輪)에 올리고, 비복을 거느려 서쪽을 향해 행하니, 윤·정·임 삼공이 하공의 행거(行車)를 바라 초창(怊悵)하더니, 공자의 모친을 호행하여 떠남을 보고 손을 잡아 무사 득달함을 당부하니, 공자 오열 왈,

"인정천리(人情天理)에 망극함을 어찌 견디리까? 환난여생(患難餘生)이 천일(天日)을 봄을 기필치 못하옵나니 삼위 연숙대인(緣叔大人)은 만수무강하소서."

정·임 양공은 추연타루(惆然墮淚)하고 윤공은 집수유체(執手流涕) 왈,

"영엄(令嚴)이 쉬이 은사를 입지 못하나, 수년 후면 내 여식(女息)을 거느려 가리니 어찌 다시 봄이 없으리오. 모름지기 비원(悲怨)을 억제하여 병을 이루지 말라."

공자 배사하직(拜謝下直)고 부모를 호행하니 삼공이 그 멀리 가도록 바라보다가 추연이 타루하고, 하운으로 하여금 영구를 지키게 하고 각각 환귀기가(還歸其家)하니라.

윤공이 뜻을 결하여 예부(禮部)에 고하고, 족친(族親)을 청하여 희천으로 계후(繼後)하게 하니, 조부인이 말리지 못하나 유씨의 심의(心意)를 아는 고로, 염려 가득하여 타일 아자의 신세 어떠할까 회포 만단(萬端)하니, 명아소저 모친 심우(心憂)를 알고 화평이 위로하더라.

유씨 희천으로 아들을 완정(完定)하매, 겉으로 자애근근(慈愛勤勤)하여 귀중하는 거동을 태우가 보게 하니, 공은 소활(疎豁)한지라, 그 흉악을 모르고 인지상정(人之常情)으로 알아 근심치 아니하더라. 이로써 희

---

571) 반우(返虞) : 늑반혼(返魂). 장례 지낸 뒤에 신주(神主)를 집으로 모셔 오는 일.

천이 홀로 견디지 못할 경계(境界)를 당하니, 어찌 자닝치 않으리오.

유씨 희천을 친자식을 삼은 지 수순(數旬)에 공자 동동촉촉(洞洞屬屬)한 효성이 생모에 감(減)함이 없으나, 유씨 고요한 때와 이목이 없은즉, 공자를 불러 만단수죄(萬端數罪) 왈, '십세전 소애(小兒)) 간흉요악(奸凶妖惡)하여 태우께 매양(每樣) 참소하여 부모를 불화케 한다.' 하며, 혹 '자가를 죽일 뜻을 두어 간계(奸計)를 생각한다' 하여, 그 몸을 헤지 않고 강악(强惡)한 힘을 다하여 치되, 그 낯을 상치 아니케 하여 태우 모르게 하니, 공자 구세치아(九歲稚兒)로되 사람 됨이 성효(誠孝) 출천(出天)하고 역량이 하해(河海) 같으니, 양모의 간험(姦險)함을 모르지 아니하되, 성효를 다하여 감동하기를 바랄 뿐이요, 일호(一毫) 질원(疾怨)치 않고, 생모께도 괴로움을 고치 않으니, 조부인이 지극히 총명하고 광천공자 남달리 신능(神能)하나, 오히려 유씨의 그렇도록 함을 모르니, 차는 유씨 희천을 칠적마다 사람이 보지 못하는 곳에 가 치니 가중(家中)이 모르더라. 공자의 황황우구(惶惶憂懼)함이 일야 방심치 않아, 양모의 독한 매를 당하면 아픔이 극하나 참기를 잘하여, 화기(和氣) 여전하니 그 심회를 알 리 없더라.

윤·정·임 삼공이 상의하여 하학사의 장일(葬日)을 택하고, 소주로 네 상구를 발할 새, 천여리(千餘里) 도로에 초동(初冬)을 당하여 한풍(寒風)이 처처(凄凄)하고 상설(霜雪)이 비비(霏霏)한 중, 붉은 명정(銘旌)과 네 낱 상구(喪柩) 행하니, 소조(蕭條)함이 견자(見者)로 하여금 슬플지라.

발행 순여(旬餘)에 소주에 이르러, 정공이 본디 지술(地術)이 고명(高明)한 고로, 장지(葬地)를 택하여 양 학사를 장(葬)하고, 원경을 임씨로 합폄(合窆)572)하매, 하공이 친집(親執)하나 이에 더하지 못할지라. 목

---

572) 합폄(合窆) : =합장(合葬). 남편과 아내를 한 무덤에 묻음.

주를 하운이 호행하여 촉으로 향하매 삼공이 하공에게 평서(平書)를 부
치고, 임행에 삼묘(三墓)에 크게 통곡하니, 임공은 여·서(女·壻)를 일
시의 장하고 돌아오는 심회(心懷) 여할(餘割)함은 인정의 예사(例事)로
되, 정·윤 이공은 친우지자(親友之子)를 위하여 여차하니, 삼학사의 정
령(精靈)이 있을진대 구천지하(九泉之下)에 결초(結草)573)함을 사양치
않을러라. 삼공이 하운을 보내고 경사에 돌아오니 그 사이 일삭(一朔)이
나 되었더라.

재설, 하공부부 지원극통을 서리 담고 배소로 향할 새, 잔도검각(棧道
劍閣)574)에 수목(樹木)이 참천(參天)575)하여, 백주(白晝)라도 천색(天
色)을 보지 못하고, 호표(虎豹)의 파람과 사갈(蛇蝎)의 자취 가까이 비
치다가도, 하공자 당전(當前)하여 길을 열면 다 스스로 물러가는지라.
일행제인(一行諸人)이 다 공자의 범인이 아닌 줄 알아 위태한 곳을 당한
즉 공자에게 고하니, 순순이 전도를 당하여 호표시랑(虎豹豺狼)576)을
보면 죽이고자 하나, 자기 십일세 아동으로 화가여생이니 용력(勇力)이
과인(過人)함을 간당이 들으면 반드시 해할 기틀을 엿볼까 두려워하고,
부공(父公)이 또한 살생을 금하는 고로 용(勇)을 발치 아니나, 절로 물
러가니 공의 부부 독재(獨子)나 남의 십자를 부러워 않아 심사를 위로하
더라.

여러 천리를 행하여 경사는 점점 멀어 아스라하고, 봉만(峰巒)이 중첩

---

573) 결초(結草) : 결초보은(結草報恩)의 줄임말.
574) 잔도검각(棧道劍閣) : 중국 사천성 검각현(劍閣縣)에 있는 잔도(棧道). '잔도'는
      험한 벼랑 같은 곳에 선반처럼 달아서 낸 길로, 특히 검각현의 대검산 소검산
      사이에 난 잔도는 험하기로 유명하다. '검각(劍閣)'은 지명(地名).
575) 참천(參天) : 하늘을 찌를 듯이 공중으로 높이 솟아서 늘어섬.
576) 호표시랑(虎豹豺狼) : 호랑이·표범·승냥이·이리를 아울러 이르는 말.

한데 단풍은 금수장(錦繡帳)을 두른 듯하니, 산경(山景)의 가려(佳麗)함
이 더욱 심회를 돕는지라. 월여를 촌촌전진(村村前進)하여, 상풍(霜
風)577)에 초목이 영락(零落)하니, 일색(日色)이 늠렬(凜烈)하고 상월(霜
月)이 교교(皎皎)한 데, 기러기 슬피 우니, 공의 부부 참기를 위주하나,
이를 당하여는 망자(亡子) 등의 음용(音容)을 사상(思想)하여 천양하(泉
壤下)에 만나기를 원하니, 공자 남매 지성대효(至誠大孝)로 식음(食飮)
을 자로 권하매, 위곡(委曲)함을 차마 저버리지 못하여, 일로(一路)에
근근지탱(僅僅支撑)하여 적소(謫所)에 이르니, 촉군(蜀郡) 태수(太守) 한
흠이 친히 맞아 성내 큰 집을 수소(修掃)하여 안둔(安頓)케 하고 극진위
대(極盡爲待)하니, 공이 그 참누(慘累)를 몸에 실어 죄명이 호대(浩大)함
을 일컬어 고사(固辭)하고, 성외촌사(城外村舍)를 얻어 머물며, 태수에
게 삭망점고(朔望點考)578)를 참예(參預)하여 수졸(戍卒)하기를 지극히
하니, 경사(京師)의 번화(繁華)와 고루거각(高樓巨閣)에 학사 등이 좌우
에 벌여있던 바 일장춘몽(一場春夢)이 되고, 궁항벽처(窮巷僻處)에 수간
모옥(數間茅屋)이 일신을 용납키 어렵거늘, 좌우를 돌아보니 원광남매
뿐이라. 공이 부인을 돌아보아 왈,

"복(僕)이 본디 조상부모(早喪父母)하고 종선형제(終鮮兄弟)579)하여
아시로 슬픈 인생이라. 악장(岳丈)이 거두어 무애(撫愛)하심을 힘입어
몸이 영귀하되, 부모 아니 계시어 인간지락(人間之樂)을 모르던 바라.

---

577) 상풍(霜風) : 서릿바람. 서리가 내린 아침에 부는 쌀쌀한 바람.
578) 삭망점고(朔望點考) : 매월 초하룻날과 보름날에 관청에서 죄수 등의 수를 그
      명부에 일일이 점을 찍어가며 조사하던 일.
579) 종선형제(終鮮兄弟) : 형제가 적다는 말. 『시경』〈정풍(鄭風)〉'양지수(揚之水)'
      시의 '終鮮兄弟 維予與女(형제도 적어 나와 너뿐이다)와 이밀(李密)의 〈진정표
      (陳情表)〉'旣無叔伯 終鮮兄弟(숙부나 백부도 없고 형제도 없다)'에 나오는 말.

우리 부부 결발(結髮)580) 후 슬하 적막치 않으니, 인인(人人)이 다 복인(福人)이라 칭하더니, 당차지시(當此之時)하여 천고무애지통(千古无涯之痛)581)을 품고, 화란여생(禍亂餘生)으로 서촉 수졸(戍卒)이 되어, 천일(天日)을 볼 길이 없으니, 이 같은 비원(悲怨)을 어찌 견디리오."

부인이 마음을 굳게 잡아 공의 회포를 돕지 않으려 태연(泰然)이 대 왈,

"생각한 즉 골절이 사위리니582) 현마583) 하늘도 망아 등의 신설(伸雪)할 조각을 빌리지 아니하리까? 상공은 정을 베어 생각지 마르시고 심사를 관억(寬抑)하소서."

공이 창연의의(悵然依依)584)하여 길이 통도(痛悼)하더니, 중동(仲冬)에 하운이 삼학사와 임씨의 목주(木主)를 반혼(返魂)하여 이르니, 네 곳으로 향탁(香卓)을 배설(排設)하여 조석제향(朝夕祭香)을 이루니, 참담(慘憺)한 형상이 보기에 슬프더라.

공자남매 천만비회를 억제하여 주야로 부모의 좌측(座側)을 떠나지 않아 위로하고, 삼학사와 임소저의 영궤(靈几)에 차례로 제곡(啼哭)하되, 지루히 울지 않아 친의(親意)를 위안하더라. 공이 윤·정·임 삼공의 서간을 반기고 슬퍼하니, 하운이 삼공의 지극한 성의와 정공이 택지(擇地)하여 선산여혈(先山餘穴)585)에 내리 씀을 일일이 고하니, 공이 감루종횡(感淚縱橫)하여 왈,

---

580) 결발(結髮) : 예전에, 관례를 할 때 상투를 틀거나 쪽을 찌던 일. '성년(成年)' 또는 '혼인'을 달리 이르는 말로 쓰인다.
581) 천고무애지통(千古无涯之痛) : 오랜 세월을 통하여 그 유례(類例)가 없는 가없는 슬픔.
582) 사위다 : 불이 사그라져서 재가 되다.
583) 현마 : '설마'의 옛말.
584) 창연의의(悵然依依) : 몹시 슬프고 서운하다.
585) 선산여혈(先山餘穴) : 선산의 무덤을 쓸 만한 여유가 있는 자리.

"임형은 여서(女壻)에 대한 상정(常情)이거니와 윤·정 이형은 심덕이 천고무쌍(千古無雙)이라."

부인과 공자남매 각골감은하고 부인이 때때 윤부 납빙(納聘)을 내어 명주의 광채 영롱함을 기특히 여겨, 매양 이르대,

"어느 때에 보월의 임자를 찾으며 명주를 빙(聘)한 신랑이 자라 여아를 맞아갈꼬? 세월이 여류(如流)타 하나 자녀 성취 기다리기에는 요원(遙遠)하도다."

공이 추연 왈,

"광아의 취실(娶室)은 불과 수 삼년이 될 것이요, 여아도 사오 년을 기다리면 신랑을 맞으리니, 산 이는 자연 즐길 때 있으려니와 망아 등은 천추만년(千秋萬年)에 원억한 정령(精靈)이 슬퍼할 뿐이라. 어느 시절에 웃는 낯으로 반기리오."

부인이 수루무언(垂淚無言)이더라.

공과 함께 온 차관이 우설(雨雪)이 연일(連日)함으로 일삭을 관가에 있어 떠나지 못하더니, 날이 갠 후, 하운으로 동행할 새 선세사우(先世祠宇)를 뫼셔 제사에 진심함을 당부하고, 윤·정·임 삼공에게 글을 부치니라.

일일은 한풍(寒風)이 뼈를 불고, 공의 머무는 촌사(村舍) 퇴락(頹落)하여 풍우를 막지 못하여 한랭함이 심하니, 내당이 오히려 나은지라. 공자 들어가 취침하심을 재삼 청하니 공이 아자의 말인 즉 그 정성을 어여삐 여겨 듣는지라. 시노 등으로 '공자를 뫼셔 자라.' 하고 내당으로 들어가니, 부인으로 화란 이후 다 잠을 이루지 못하더니, 차야에 부부 양인이 잠간 취침하였더니, 홀연 학사 등 삼인이 들어와 부모께 배곡(拜哭)하니, 공의 부부 황홀히 반갑고 슬픔을 이기지 못하여 붙들고 실성 체읍하여 말이 없더니, 학사 등이 유체 왈,

"소자 등이 부모 교훈을 받자와 충효를 중히 아옵더니, 명도 기구(崎嶇)하여 흉참한 누명을 실어 인간의 자취 스러지고, 성상의 일월지명이 부운(浮雲)에 옹폐(壅蔽)하시니, 일야지간(一夜之間)에 성노(聖怒) 진첩(震疊)하시어 극형엄문(極刑嚴問)하시니, 해아 등이 부귀 중 생장하와 부모 자애 과도하시므로, 일찍 태장도 받지 않았더니, 원통함을 어찌 다 아뢰리까? 백옥무하(白玉無瑕)함을 생각고 행혀 살아날까 하다가, 원상이 불급일차(不及一次)에 문득 명이 진하고, 소자형제는 명이 차지586) 않았거늘, 김탁 흉인이 독약을 옥리를 준 바 되어, 중형 여생이 경각에 마친지라. 충과 효 다 헛 곳에 돌아가니 구원영백(九原靈魄)587)이라도 비원을 품어 울기를 참지 못 하옵나니 부모의 통상하심을 어찌 모르리까? 나이 차지 못하고 슬하를 느꺼이 참별하여 인자의 정을 펴지 못하고, 근시(近侍) 칠팔 삭에 애매히 몸을 마치니, 상제 비명횡사함을 어여삐 여기사 우리 등을 인세에 다시 환도(還道)케 하시니, 소자 등이 발원하여 다시 부모슬하에 뫼시려 하와 소자형제는 먼저 쌍태(雙胎)되여 나고 삼제는 수년 내에 나리이다."

하공부부 통흉운절(痛胸殞絶)할 듯하여 삼자를 붙들고 왈,

"너희 만일 발원하여 다시 부자지정을 이으려 할진대 빨리 복중(腹中)에 의탁하라. 아무리 잊고자 하나 주야로 이목(耳目)에 영(影)찌고588) 낭성(朗聲)이 쟁연(錚然)하니, 흉중에 칼이 박히고 골절이 녹는 듯, 긴 세월을 참고 견딜 길이 없더니 다시 돌아온 즉 만만천행(萬萬天幸)589)이라."

---

586) 차다 : 정한 수량, 나이, 기간 따위가 다 되다.
587) 구원영백(九原靈魄) : 저승에 있는 넋.
588) 영(影)찌다 : 늑어리다. 빛이나 그림자, 모습 따위가 희미하게 비치다.
589) 만만천행(萬萬天幸) : 하늘이 준 더할 나위 없이 큰 행운.

삼인이 눈물을 거두고 위로 왈,

"소자 등이 다시 부모를 모실 것이요, 타일 누명을 신설함이 거울 같으리니 너무 슬퍼 마시고 허탄한 몽사로 아시지 마소서."

부인이 더욱 울어 왈,

"삼아는 다시 의탁할 여한이 있으나 임씨 자문이사(自刎而死)하니 일시 참별(慘別)과 설움이 여등으로 일양이라. 또한 돌아옴이 있으랴?"

학사 대 왈,

"임씨 효절(孝節)이 쌍전(雙全)하온 고로 비창(悲愴)타 하시어, 다시 임공의 딸이 되어 소자로 인연(因緣)을 이뤄, 수복을 누리게 하였나이다."

부인 왈,

"너희 재세(再世) 후 다시 재앙(災殃)이 없사랴?"

학사 등이 제성(齊聲) 왈,

"환생 후는 수복이 완전하며 충효를 다하려 하옵나니 부모는 차후란 과상(過傷)치 마소서. 신설할 시절에 영화로이 환쇄(還刷)하시리이다."

언파에 형제 부인 품으로 들고 직사는 일어나 배사(拜辭) 왈,

"소자는 양형(兩兄)이 생세 후 다시 오리이다. 아직 물러가나이다."

부부 붙들고 울다가 깨달으니 침상일몽(寢牀一夢)이라. 더욱 공이 흉인의 용심을 깨쳐 자기 군전에서 초왕·김탁의 불법지사를 주(奏)한 연고로 혐원(嫌怨)이 일어나 학사 등을 대역지주(大逆之誅)에 함닉(陷溺)하고 하가(河家)를 멸망하려 하던 바를 생각하니, 통원(痛宛)이 하늘에 닿아 닓떠590) 앉아, 서안(書案)을 치며 고성유체(高聲流涕) 왈,

"내 부디 살아 간흉이 주멸(誅滅)함을 보고 오아 등의 원수를 갚아 궁양극통(穹壤極痛)591)을 설하리라."

---

590) 닓떠 : 벌떡. 눕거나 앉아 있다가 조금 큰 동작으로 갑자기 일어나는 모양.

부인은 혈읍(血泣)하여 말을 이루지 못하더니, 날이 밝으매 공자 신성 (晨省)하니, 부모 몽사를 이르고 눈물이 만면하여 새로이 애도하니, 공자 남매 몽사를 또한 듣고 오내분붕(五內分崩)하나 강인(强忍)하여 위로 왈,

"삼형의 원억한 정령이 명명중(冥冥中) 앎이 있어 부모의 과상(過傷) 하심과 인세를 느꺼이592) 버린 한이 재세발원(再世發願)하고 다시 슬하 를 뫼시고자 함이니, 부모는 지원극통을 잊으시고 천수(天數)의 되어 감 을 보소서."

부모 새로이 참절함을 이기지 못하더니 과연 몽사 얻은 후 부인이 잉 태하니, 하공이 슬하(膝下) 적막함을 슬퍼하고 삼자의 참사(慘死)함을 궁천극지(窮天極地)593)하다가, 비록 통원을 신설치 못하나 학사 등이 환생하여 다시 자식이 될까 영행함을 이기지 못하고, 부인이 잉태함으 로부터 무엇을 얻은 듯하여, 십 삭을 채워 무사히 분산하기를 바라기로, 또한 몸을 스스로 보호하니, 공자남매 다행함을 이기지 못하더라.

재설 정공자 천흥의 년이 십삼에 이르니 윤·정 양공이 서로 의논하 고 혼사를 이루려 택일하니, 납빙(納聘)은 십일월초순(十一月初旬)이오 대례(大禮)는 회간(晦間)이라. 정공이 환희(歡喜) 왈,

"길기(吉期) 겨우 월여(月餘)를 격하니, 소제 현부(賢婦) 볼 날이 머지 않았으매, 환행(還幸)함을 이기지 못하리로다."

윤공이 추연(惆然) 감상(感想)하여 낯빛을 고치고 길이 탄 왈,

"석년 백화헌에서 사곤(舍昆)과 형이 하퇴지로 더불어 서로 자녀를 바 꾸어 정약할 시절에, 어찌 사곤이 질아(姪兒)의 혼인을 보지 못할 줄 알

---

591) 궁양극통(穹壤極痛) : 하늘과 땅에 사무치는 지극한 설움.
592) 느꺼이 : 느껍게. 서럽게. 원통하고 슬픈 마음이 북받치게.
593) 궁천극지(窮天極地) : 하늘과 땅처럼 끝이 없음.

앉으며 하퇴지 저런 참화(慘禍)를 만나 수천리(數千里) 애각(涯角)에 찬
적(竄謫)할 줄 알리오. 이제 우리 양인만 남아 촉사(觸事)[594]에 외롭고
슬픔이 비길 데 없도다."

정공이 역비역탄(亦悲亦嘆)하기를 마지아니하더라.

금평후 돌아간 후, 태우 내당에 들어가 조부인께 명아의 혼사를 정공
이 재촉하여, 세말회간(歲末晦間)으로 길일(吉日)을 택함을 고하니, 부
인이 석사를 생각하고 새로이 주루(珠淚)를 금치 못하고, 유부인은 심용
(心用)이 검극(劍戟) 같아서 광천 삼남매를 죽여 없애고자 하거늘, 명아
공후의 총부(冢婦)[595] 됨이 밉고 분하여 생각하되, '나는 명도 괴이하여
양녀를 두매 경아의 초출(超出)한 재질로써 석생의 박대를 받고, 조씨는
자녀를 갖추 두어 그 여아 먼저 공후의 며느리 됨을 골똘하여', 경아로
더불어 혼사 이루지 못할 계규(計規)를 상의하니, 경아 미우(眉宇)를 찡
기고 간계(奸計)를 주사야탁(晝思夜度)하더니, 일이 공교(工巧)하여 항
주 선산에 투장(偸葬)[596]이 일어나 묘지 수호하는 노자 급보하니, 태우
분앙하여 바삐 항주로 갈 새 모전의 하직하고 조부인께 고 왈,

"소생이 급급히 투장(偸葬)한 것을 파내고 오리니 존수는 혼구를 미비
한 것 없이 차리소서."

부인이 응대하고 쉬이 환귀(還歸)하심을 청하니 공이 바삐 나와 정공
을 보고 가려 할 차에, 하리 금평후의 임하심을 보하니 공이 깃거 바삐
청하여 서로 볼 새, 태우 왈,

"소제 바야흐로 형을 보러 가려 하더니, 가장 잘 왔도다. 항주선산에

594) 촉사(觸事) : 만나는 일마다 다.
595) 총부(冢婦) : 종부(宗婦). 정실(正室)의 맏아들의 아내.
596) 투장(偸葬) : 남의 산이나 묏자리에 몰래 자기 집안의 묘를 쓰는 일.

투장한 변이 나서 시금(時今)⁵⁹⁷⁾ 가는 길이라. 비록 급급왕반(急急往返)하나 그 투장한 것을 파내고 돌아오면, 자연 길기(吉期) 임씨(臨時) 될 것이니 범구(凡具)⁵⁹⁸⁾ 미비할까 염려하나니, 형은 희천 등을 자로 와 보고 혹 미비한 것이 있거든 밖으로 도우라."

정공이 놀라 왈,

"형이 항주로 간다 하니 천리왕반(千里往返)이 극난(極難)하나 마지못한 길이어니와, 혹자 길기 미처 못 올까 하나니 혼구(婚具)란 염려 말고 속속(速速)히 다녀오라."

태우 일시 바빠 급히 떠나니 정공이 결연함을 이기지 못하여 이윽히 앉아 광천 등으로 수작(酬酌)하다가 돌아 가니라.

유씨 소원이 영합(迎合)하여 혼사 작희할 기틀이 되니 존고께 고 왈,

"조씨 모자를 매양 없이 하고자 하시되 소원을 못 이루시고 희천형제는 점점 자라가고 명아는 정가 혼사를 온전케 되니, 조씨의 형세 하수(下手)키 어려운지라 어찌하려 하시나니까?

부인이 침음 답왈,

"차 혼을 작희하여 설분코자 하나 조혼 계교 업도다."

유씨 왈,

"정가 명아 삼사 세에 선숙숙(先叔叔)과 정혼하여 이제 성혼(成婚)하매 경이히 작희할 조각이 없어 우민하나이다."

경아 밀밀(密密)히 고 왈,

"소녀 그윽이 생각하오니 위관인(官人)이 연급사십(年及四十)에 금현(琴絃)⁵⁹⁹⁾이 단절하고 평생 절색(絶色)을 구한다 하니, 조모 위력으로

---

597) 시금(時今) : 금시(今時). 지금(只今). 말하는 바로 이때.
598) 범구(凡具) : 모든 기구(器具).

맡기시고, 정가에는 실산(失散)하다 하고 물리치면 관계치 아니리이다."

부인이 박장대소(拍掌大笑) 왈,

"이 말이 묘하고 묘하다. 방이 상실(喪室)하고 재취(再娶)를 구하되, 노모 능히 깨닫지 못하도다."

즉시 심복시녀로 위방을 부르니, 원래 이 위관인은 태부인 서질(庶姪)이라. 방이 용맹이 과인하여 활을 다래고600) 칼을 춤추어 효용(驍勇)이 절륜(絶倫)함으로 군문(軍門)의 장관(將官)을 지내고, 집이 호부(豪富)하여 누만금(累萬金)을 쌓고 노복이 무수하더라. 기처(其妻) 홍씨 자녀를 두고 망하니, 방이 과상(過傷)하는 중, 주모(主母) 없음을 민망(憫惘)하여 신취(新娶)를 진정 구할 새, 천금을 드려도 미인을 얻으면 앗길 것이 없어 여색에 주린 귀신이라601). 경아 명아를 천거하고 금은을 제 욕심대로 물리려 함이라. 짐짓 조모를 촉(囑)하여 타일 부친이 알아도 저는 빠지고자 함이라.

위방이 이르러 태부인께 배견(拜見)하고 부르시는 연고를 묻자오니 부인이 소 왈,

"좋은 말을 이르고자 부름이라. 네 후취(後娶)를 못하였으니, 나의 손녀 현의 딸이니 나이 겨우 십이 세라. 옥모애용(玉貌愛容)이 금고(今古)에 독보(獨步)한지라. 제 아비 생시(生時)에 금평후 정연의 아들과 정약(定約)하여, 이제 정가 촉혼(促婚)하니, 내 마음은 너를 주고자 하나 네 서얼(庶孽)이요, 연기부적(年紀不適)하니 아자의 귀에는 차언을 들리지 못할지라. 임의로 못하더니 이제 수 나가고 혼기 임박하여 일이 가장 급

599) 금현(琴絃) : 거문고의 줄. 여기서는 '아내'를 비유적으로 일컬은 말이다.
600) 다래다 : 당기다.
601) 귀 것 : 귀신(鬼神).

한지라. 너의 뜻이 어떠하뇨?"

방이 천만무망(千萬無望)에 윤상서 천금농주(千金弄珠)로 저에게 가(嫁)하려 함을 들으니 감격한 듯, 황공한 듯, 정신이 취(醉)하니 오직 웃는 입을 벌리고, 검은 낯에 더러운 나룻을 어루만지며 일어나 고두배사(叩頭拜謝)602) 왈,

"천질(賤姪)을 위하여 명천공 노야(老爺)의 만금규와(萬金閨瓦)603)로써 허하시니, 은혜 쇄신분골(碎身粉骨)하오나 다 갚삽지 못 하리로소이다. 연이나 의법(依法)한 서얼이 상문여자(相門女子)를 남이 알게 취(娶)치 못하리니 각별한 계교로 취코자 하나이다."

부인 왈,

"나도 위력으로 맡기고자 하더니 여언(汝言)이 옳으니, 어찌 남이 모르게 취하리오."

방 왈,

"천질이 용맹이 과인하니 소저 침소를 가르치시면 심야의 겁탈(劫奪)코자 하나이다."

부인이 옳다 하더니, 경아 협실에서 문답을 듣고 공교로운 꾀를 생각고, 조모(祖母)를 청하여 이르대,

"왕모(王母)는 이리이리 하소서."

하니, 부인이 응낙(應諾)고 나와 위방더러 왈,

"손녀(孫女) 아직 각각 침처에 있지 않고 모녀 동거(同居)하고 조씨 총명이 여신(如神)하여 남자의 지난604) 지감(知鑑)이 있으니, 네 비록

---

602) 고두배사(叩頭拜謝) : 공경하는 뜻으로 머리를 땅에 조아려 절하고 사례함.
603) 만금규와(萬金閨瓦) : 아주 귀한 딸. '규와(閨瓦)'의 '와(瓦)'는 '농와지경(弄瓦之慶)'의 '와(瓦)'로 딸을 비유적으로 일컫는 말.
604) 지나다 : 어떠한 상태나 정도를 넘어서다.

용맹하나 혼자 들어와서는 정적(情迹)이 패루(敗漏)하기 쉬우니, 내 집을 떠나 조씨 모녀(母女)만 데리고 강정(江亭)으로 갈 것이니, 너는 명화적(明火賊)인 체하고 군사를 거느려 돌입(突入)하면 내 내응(內應)하여 합력(合力)하리니, 너는 또 조씨를 마저 질러 죽여, 말이 나지 아니케 하라."

방이 더욱 기뻐 순순 사례하니, 부인 왈,

"오늘이라도 옮으리니 너는 다만 용장(勇壯)한 장수(將帥)를 모아 일을 잘하라."

방이 백배 칭은(稱恩)하고 돌아가니, 태부인이 조부인을 불러 왈,

"노모 년일 몽조(夢兆) 불길하고 심사(心思) 산란하여 지향치 못하니, 괴이하여 복자(卜者)에게 길흉을 추점(推占)한즉, 수삭이나 이가(離家)하여 도액(度厄)하라 하니, 부득이 수일내(數日內)로 강정(江亭)으로 가려 하나니, 유씨는 운수(運數) 불길타 하니 데려가지 못하고, 오직 그대 모녀 길(吉)타 하니 나를 좇아갔다가 혼례 미처 돌아오게 하라."

조부인이 존고의 심폐(心肺)를 비추고 그윽이 놀라오나 감히 거역치 못하여 수명(受命)할 따름이러니, 양 공자 들어와 차언을 듣고 일 공자 간 왈,

"복설(卜說)이 극히 허탄하고 무고히 피화(避禍)하실 바 아니니, 원컨대 옮지 마소서."

태부인이 천아 등 미움이 맺혔으되, 태우 있을 때는 꾸짖지도 못하였던지라, 문득 적축(積蓄)하였던 심용(心用)이 대발하여 변색(變色) 왈,

"노모 몽사 심란(心亂)하여 집을 잠간 떠나려 함이라. 네 어찌 막느뇨?"

공자 등이 대 왈,

"부디 옮으려 하시면 소손 등과 구조모 모셔 가리니, 모친과 매저는

두고 가사이다."

부인이 질 왈,

"여모(汝母)를 데려감이 무엇이 유해(有害)하리오?"

공자 대 왈,

"유해(有害)함이 아니라 저저(姐姐)의 혼기 임박(臨迫)한대 왕반하매 혼수 차리기 어려울까 하나이다."

부인이 대로하여 적년(積年) 쌓인 분한(憤恨)이 겸발(兼發)하니 금척(金尺)으로 양공자를 난타하여 왈,

"간흉한 악종들이 무엇을 아노라 노모를 기걸하느뇨605)? 여부(汝父)부터 몹쓸 놈이더니, 일찍 죽고 여등 양인을 끼쳐 이다지도 사나우냐?"

장 공자 정색(正色) 왈,

"요순지자(堯舜之子)도 불초하오니 소손 등의 사나우미 선군(先君)의 죄 아니거늘, 어찌 차마 대인을 일컬으시어 못할 말씀을 하시나니까? 선군의 조세(早世)하심이 왕모께 서하지탄(西河之嘆)606)이시고 소손 등의 지원극통(至冤極痛)이라. 비절(悲絶)하신 마음을 두지 않으시고 실덕(失德)하심이 이 같으시니까?"

부인이 더욱 대로하여 광천의 두발(頭髮)을 잡아 벽에 부딪치고, 우수(右手)로 희천의 머리를 잡아 뜨며 고성(高聲) 질왈(叱曰),

"십 세도 못한 것들이 벌써부터 할미를 죽이려 하여 원망하는 뜻이 이 같으니, 여차한 악종들을 살려 무엇 하리오. 나의 말이 어떠하여 실덕이 되느뇨? 네 아비 놈이 너희가 못 보았어도 간흉요악(奸凶妖惡)하여 밖

---

605) 기걸하다 : 명령하다. 분부하다. 시키다.

606) 서하지탄(西河之嘆) : 자식을 잃은 탄식. '서하의 탄식'이라는 뜻으로, 공자(孔子)의 제자인 자하(子夏)가 서하(西河)에 있을 때 자식을 잃고 너무 슬픈 나머지 소경이 된 고사에서 온 말.

으로 효성된 체하고, 안으로 날을 죽이고자 하더니, 너희 놈들이 아비와 같으니 어찌 통해치 않으리오. 자식이 부모를 담는다는 말이 옳도다. 여등의 거동은 현의 간악과 조씨의 궁흉(窮凶)을 겸하였으니, 천고제일대악(千古第一大惡)607)이라. 차라리 한 칼에 모자녀(母子女) 사인을 다 죽여 설한(雪恨)하리라."

광천이 머리를 마구 부딪치니 아픔을 이기지 못하나 강인(强忍)하여 정색 대 왈,

"왕모 말씀이 한심경해(寒心驚駭)함을 이기지 못하리로소이다. 소손 등이 엄안(嚴顔)을 알지 못하고, 지통(至痛)이 심골(心骨)에 맺혀 인세흥황(人世興況)을 모르오대, 일가친척(一家親戚) 제인의 말을 듣자오면 선친의 효우성행(孝友性行)과 목족인현(睦族仁賢)하시어미 세속지인(世俗之人)으로 다르시더라 하거늘, 왕모 어찌 소손 등의 불초함을 인하여 문득 선군을 불효불인(不孝不仁)이라 하시어 목강(穆姜)608)의 인자하신 성덕이 없으시고 실덕(失德) 실체(失體)를 위주(爲主)하시니, 소손이 실로 왕모를 위하여 타인이 들을까 부끄러워하나이다."

부인이 더욱 분기철골(憤氣徹骨)하여 차 공자를 놓아 버리고, 대 공자에게 달려들어 머리로부터 온몸을 혜지 않고 짓두드리니, 분기발발(憤氣勃發)하여 흉악히 날치는 거동이 이리가 사람을 만나 물어 흔드는 형상이요, 한 조각 인정이 없으니 나이 비록 늙으나 쇠패(衰敗)함이 없어, 공자를 두드리는 바에 피 솟아나고 일신이 상하는지라. 조부인은 이런 광경을 당하여 자기 몸이 아프고 뼈가 저리나 어디 가 구하는 말을 내리

607) 천고제일대악(千古第一大惡) : 세상에서 제일 큰 악인(惡人).
608) 목강(穆姜) : 중국 진(晉)나라 정문구(程文矩)의 아내. 성은 이(李)씨, 자(字)는 목강(穆姜). 전처 소생의 네 아들을 자신이 낳은 두 아들보다 더 사랑하여 훌륭하게 키웠다.

오. 오직 아는 듯 모르는 듯하니, 차 공자 울며 빌어 왈,

"형이 비록 말씀이 불공(不恭)하오나 성덕을 드리우시어 사(赦)하심을 애고(哀告)하나이다."

부인이 들은 체 아니니 장 공자 자기 아프기는 새로이 가변(家變)을 생각하니 차악하여, 자기 형제 불효지인(不孝之人)이 될까 슬퍼, 이에 고왈,

"소손을 다스리시매 의법(依法)히 시노(侍奴)로 장책(杖責)하실 바라. 이렇듯 성체(聖體)를 근로하시어 소손의 불효를 더하시나이까?"

부인이 또 들은 체 아니 하고 어지러이 두드리며 그 몸을 물어뜯어 피를 내고, 두발을 쥐어뜯으며 벽에 마구 부딪쳐 벼락 같이 짓두드리니, 두골이 깨어져 붉은 피 돌지어609) 흐르니 이러구러 요란한지라. 대 소저와 현아 소저며 구씨 등이 다다라 차경(此境)을 보고 대경(大驚)하여 현아소제 나아가 매를 앗고 공자를 붙들어 내니, 부인이 오히려 분을 풀지 못하였으나 아조 죽이든 못하고, 현애 매를 앗으니 마지못하여 놓고, 조부인을 자식 잘못 낳았음을 욕하고 꾸짖을 따름이요, 강정(江亭)에 가기를 대정(大定)하여 일용즙물(日用什物)을 약간 옮기고 당사(堂舍)를 수쇄(收刷)하라 분부하니, 조부인은 묵연이 물러나니, 대 공자 정신을 수습하여 머리를 싸매고 날호여 외당에 이르러 차 공자더러 왈,

"왕모의 강정 행도(行道) 불행이라. 반드시 곡절이 있어 자위(慈闈)와 저저(姐姐)를 데려가심이라. 어찌하면 화를 방비하여 위지(危地)를 면할꼬? 우형(愚兄)이 정신이 아득하여 정치 못하리로다."

---

609) 돌지다 : 솟아나다. 돌돌 흐르다. 똘[도랑]을 이루다. '돌'은 '똘[도랑]'의 옛말. '-지다'는 '여울지다' '방울지다' 따위의 말에서처럼, '그런 성질이 있음' 또는 '그런 모양임'의 뜻을 더하고 형용사를 만드는 접미사.

차 공자 탄식 대 왈,

"대인이 아니 계시매 이런 일이 있으니, 강정으로 가신 후 사기를 보아 방비하려니와, 형장이 부질없이 성노를 돋우어 일호 유익함이 없으니 차후는 일이 되어 감을 보시고 교명(敎命)을 어기오지 마소서."

대 공자 길이 슬퍼 왈,

"아등의 명도 기구하여 엄안을 알지 못하고 가중 사기를 스치건대 변괴 층가하리니, 아등의 안위는 관계없으나 자위 긴 세월에 무궁한 고생을 겪으시리니 인자지도(人子之道)에 자정(慈庭)이 편하실 바를 도모치 못하고 어찌 견디리오."

언필에 눈물이 삼삼하여610) 백련용화(白蓮容華)611)를 적시니, 차공자 비읍(悲泣)함을 마지 아니나, 왕모의 과악을 일컫지 않더라.

위부인이 수일 후 조씨 모녀를 데리고 강정으로 갈 새, 양 공자 뫼셔 감을 청하니 위씨 듣지 아니하더라.

---

610) 삼삼하다 : 또렷하다.
611) 백년용화(白蓮容華) : 하얀 연꽃처럼 아름다운 얼굴.

명주보월빙 권지오

어시에 위부인이 수일 후 조씨 모녀를 데리고 강정으로 갈 새, 양 공
자 뫼셔감을 청하니, 위씨 조부인 모녀를 없이 하려 하거늘 어찌 들으리
오. 이의 가로되,

"여등은 집의 있고 오지 말라."

하니, 조부인이 양자를 불러 가만히 이르대,

"나는 여아로 더불어 아무 기구한 변이 있어도 방비하리니, 여등은 왕
모의 명대로 아직 집에 있어라."

양인이 체읍 왈,

"강정 행도(行道) 자위(慈闈)와 저저(姐姐)에게 좋은 길이 아니라, 불
의지변(不意之變)을 만나면 어찌코자 하시나니까?"

부인 왈,

"여모가 비록 무능(無能)하나 이미 천붕지통(天崩之痛)도 견디고 죽지
못하였으니, 이제는 궁극히 살기를 도모하나니 여등은 염려 말라."

소저 또 양제(兩弟)를 위로하니, 양공자 눈물을 흘리고 재삼 청하여
불의지변(不意之變)이 있어도 경이히 몸을 상해오지 마심을 고하니, 부
인이 순순응낙(順順應諾)하고 태부인 재촉이 급하니 드디어 모녀 한가
지로 강정으로 행할 새, 양공자 조모와 모친을 문외에 송별하고 결울(結

鬱)한 심사와 절박한 근심이 비길 곳이 없더라.

　부인이 강정의 나와 방사(房舍)를 정하여 들고, 조부인 모녀를 악악히[612] 보채는 일이 없으나, 부인 모녀 일시도 방심(放心)치 못하더니, 강정의 온 수일 후 정부 납빙(納聘)이 이르니, 조부인이 보니 월패(月佩)일 줄이나 광채 황홀하여 태양의 빛을 앗으니 천하무가보(天下無價寶)[613]라. 부인이 정공이 남강 선유시(仙遊時)에 보월 얻은 말을 들었더니, 이제 보매 척연감상(慽然感傷)하여 기시(其時)에 상서는 명주를 얻고, 정후는 보월을 얻어 기특히 정하였으나, 자녀의 성취(成娶)하기를 당하여 앎이 없음을 슬퍼하고, 정공의 청검절차(淸儉切磋)함이 양자를 성혼하되 시속번잡(時俗煩雜)함이 없어, 다만 한 장 혼서(婚書)와 보월 일주(寶月一珠)와 세전(世傳)하는 박옥쌍봉잠(珀玉雙鳳簪) 뿐이라. 부인이 그 청고(淸高)함을 탄복하되 태부인은 입을 비죽여[614],

　"정가(鄭家) 공후의 부귀로 빙물이 박략(薄略)하여 빈한한 선비만도 못하니 아비 없는 탓이라, 어찌 분치 않으리오."

　하니, 조부인이 말을 않고 빙물을 거두어 침소에 두니, 태부인이 그 보월(寶月)의 기특한 보배를 그윽이 욕심내어 아사 경아를 주고자 하되, 위방이 명아를 겁탈하고 조씨를 죽이고자 하니, 만일 죽이거든 쾌히 아사 경아를 주려 하니 욕심의 흉독함이 이 같더라.

　위방이 강정의 나아가 눈 익혀 두루 보고 태부인께 배견(拜見)하니, 부인이 서로 날을 기약하고 무뢰배(無賴輩)를 데리고 돌입(突入)하라 하니, 방이 순순사례(順順謝禮)하고 가는지라.

---

612) 악악거리다 : 억지를 부리고 고함을 지르며 떠들썩거리다.
613) 천하무가보(天下無價寶) : 값을 매길 수 없을 만큼 귀중하여, 천하의 비길 데가 없는 보배.
614) 비죽이다 : 비웃거나 언짢거나 울려고 할 때 소리 없이 입을 내밀고 실룩이다.

조부인이 방이 다녀감으로부터 홀연 마음이 요동하여 무슨 흉곈(凶計)고 염려 번다(煩多)하더니, 소저 홀연 좌비(左臂) 떨려 진정치 못하다가, 모친께 고 왈,

"소녀 마음이 산란하고 좌비 떨려 스스로 무서우니 반드시 불길한 징조(徵兆)라. 금야는 모친과 해아(孩兒) 다 옷을 고쳐 소녀는 광천의 옷을 입고 모친은 대인 입으시던 단의를 입으시어 불의지변(不意之變)을 방비함이 마땅하니이다."

부인이 점두 왈,

"네 말이 내 생각과 같다. 이리 온 십여 일에 일시도 마음을 놓지 못하여 일 만난 사람 같으니, 반드시 대화 박두(迫頭)함이라. 하물며 위방이 전일은 배현(拜見)치 아니하더니, 근간 왕래빈빈(往來頻頻)하여 이곳까지 다녀감이 유의(有意)함이라. 금야에 변복하고 사기(事機)를 보리라."

모녀 의논을 정하고 석식 후 태부인을 뫼셔 말씀하다가 물러 침소(寢所)에 돌아와, 모녀 남의(男衣)를 개착(改着)할 새 소저의 유모 설란은 부인의 유제(乳弟)요, 시녀 주영·현앵은 설난의 딸이니, 다 복심(腹心)이라. 부인과 소저의 거동을 의아하여 연고를 묻자오니,

"불의지변(不意之變) 곧 있으면 잠간 피코자 하나니, 여등(汝等)은 나갈 길을 보라."

설란이 몸을 일으켜 밖에 나와 좌우를 살피다가, 뒤 장원(牆垣)을 보니, 퇴락(頹落)하여 무너지고 허술하니 돌아와 부인께 고하니, 부인이 아자(兒子)의 빙례(聘禮)할 명주는 자기 몸에 감추고, 정가 빙물(聘物)과 혼서(婚書)는 소저의 품에 넣고, 밤이 깊도록 촉을 밝히고 앉았더니, 홀연 함성이 대진(大振)하며 횃불이 조요(照耀)하니, 부인과 소저 설란의 삼 모녀를 이끌고, 창황히 뒤 담 무너진 데로 급히 내달아 빨리 피하되, 산상에 백설(白雪)이 만지(滿地)하고 길이 막히니, 적이 추종(追從)

한즉, 몸 버릴 곳이 없는지라. 초조착급(焦燥着急)하여 설난이 겨우 부인과 소저를 이끌어 감추고, 곁에 섰더니, 위방이 강정에 돌입하매 제적을 데리고 바로 조부인 침소로 들이달아 보매, 부인 노주(奴主) 오인의 그림자도 없는지라. 방이 무류(無聊)하고615) 애달프기는 이르지 말고, 흉인의 분완(憤惋)함이 비길 곳이 없는지라. 바삐 이르대,

"요악한 년들이 사기를 알고 도주(逃走)함이라. 반드시 멀리 못 갔으리니 급히 추종(追從)하라."

방이 수명하여 당류를 거느리고 상산(上山)하여 사면으로 두루 돌아 횃불을 낮같이 하고, 적이 벌 뭉기듯 나아오니 소저 일이 급한지라. 마음을 단단히 잡고 모친을 붙들어 위로 왈,

"이 변이 예사로운 데서 나온 것이 아니니 아무래도 일을 급히 방비함이 옳은지라. 태태(太太)는 보신지책(保身之策)을 생각하소서."

부인이 이에 주영·현앵을 돌아보아 가로되,

"너희 기상(氣像)과 충성으로써 소저의 옥골방신(玉骨芳身)을 어떻게 하여 보전(保全)할 도리 있으랴?"

주영·현앵이 응성(應聲) 대 왈,

"소비 등이 비록 충성이 고인을 믿지 못하오나 천신(賤身)으로써 소저를 보호 하리이다."

언미(言末)의 적이 점점 산하에 이르니 설난·현앵이 주영을 붙들어 통곡하며 웨여 이르대,

"우리는 적을 피한 몸으로 소저를 모셔 이의 있으니 바라나니 인명을 상해오지 말라."

위방이 지금 소저의 간 바를 추종하는 바에 이곳에 와 만나니, 크게

---

615) 무류(無聊)하다 : 부끄럽고 열없다.

깃거 바로 교자(轎子)를 산하에 대고, 붙들고 통곡하는 것이 소저라 하여 급히 붙들어 교자에 담을 새, 주영이 본디 옥골방용(玉骨芳容)이 청의(靑衣) 가운데 빼어난지라. 깁소매[616]로 낯을 가리고 애애(哀哀)히 통곡하니, 적(賊)이 소저라 하여 붙들고 이르대,

"소저는 슬퍼 마시고 놀라지 마소서. 소저에게 해로운 사람이 아니요, 소저의 일생을 영화롭고 부귀케 할 것이니, 적당(賊黨)만 여기지 마소서."

주영이 부딪치며 울어 왈,

"야천(夜天)이 조림(照臨)하시고 신명이 재방하니 상문규수(相門閨秀)를 도적이 이렇듯 욕되게 구는 일이 고금에 어디 있으리오. 모친은 어디로 가시며 희천은 날을 버리고 물러서서 어찌코자 하느뇨?"

방이 주영의 거동을 보고, 윤소저 가장 강렬타 하니, 조부인을 마저 죽이면 원수 될 것이오. 소저 또 죽을까 겁을 내 주영만 교자에 담아 표풍취우(飄風驟雨)[617]같이 몰아가니, 주영은 애애(哀哀)히 울기를 마지 아니하니, 설난이 현앵으로 더불어 그 가는 거동을 바라보고 차악경심(嗟愕驚心)하여, 즉시 부인 있는 암석 사이에 나아가 도적의 하던 말을 고하고, 설난이 고왈,

"그 으뜸 도적이 의심 없는 위방이라. 비록 낯에 광대[618]를 썼으나 어찌 모르리까?"

부인이 심골이 경한(驚寒)하여 왈,

"이런즉, 여아를 데리고 들어가지 못하리니, 주영을 대신으로 보내고 적이 물러갔으니, 들어감이 마땅하되, 적이 들으면 다시 작변(作變)할

---

616) 깁소매 : 비단 옷의 소매.
617) 표풍취우(飄風驟雨) : 회오리바람과 소낙비.
618) 광대 : 가면(假面).

것이니 이를 어찌하리오."

소저 함루(含淚) 왈,

"위방 흉적이 주영을 겁탈하여 갔으니 계부(季父)의 오시지 아닌 전은 들어가지 못하오리니, 자위는 유모를 데리고 들어가시고, 해아는 현앵으로 더불어 아직 고요한 곳을 가려 머물리이다."

부인이 집수(執手) 탄 왈,

"너를 아무데로 지향 없이 보내고 내 심사(心思)를 어찌 잡아 견디리오. 이제 들어갈 형세는 되지 못하였으니, 다른 데로 가지 말고 금능에 질아 등이 있으니 그곳의 가 머물러, 사기를 보아가며 들어오려니와 이 엄한에 어찌 득달(得達)하리오."

소저 위로 왈,

"일이 불행하여 이에 미치니 슬퍼하여 무엇 하리까? 태태는 심사를 널리 하시고 소녀를 염려치 마소서. 금능으로 가거나 어디 암자도관(庵子道觀)붙이619)를 얻어 안신(安身)할 것이니, 하늘이 죽이지 않으시면 스스로 위태케 하지는 않으리니, 왕모(王母) 바야흐로 자위 피하심을 아시면 분기 더할 것이니 어서 들어가소서."

부인이 마지못하여 소저를 암석 사이에 두고 들어갈 새, 심장이 여할(如割)하여 체읍 왈,

"네 어미 믿고 바라는 바 여등 남매라. 만고(萬苦)를 서리 담아 주야의 축수(祝手)하는 바, 광천 등과 너를 성취(成娶)하여 선군(先君)의 유탁(遺託)을 저버리지 말고자 함이라. 여아는 하해(河海)의 너름과 금옥(金玉)의 견고함이 있으니, 아무려나 몸을 보전하라."

소저 수명하고,

---

619) -붙이 : -붙이. 어떤 물건에 딸린 같은 종류라는 뜻을 더하는 접미사.

"유모를 데리고 들어가소서."

하니, 부인이 한없는 슬픔을 참고 마지못하여 들어갈 새, 행장(行裝)이 없으므로 소저를 아직 암석에 있으라 하고, 설난으로 더불어 오니, 위씨 바야흐로 손뼉을 두드리며 가로되,

"조씨 모녀 간부를 얻어 도망하고 도적이 들어도 나는 혼자 버리고 갔다."

하여, 욕설이 해연(駭然)하니, 부인이 족용(足容)을 중지하여 듣고, 어이없고 한심하여 자기 남복(男服)한 거동을 보면 더욱 밉게 여길 줄 알고, 가만히 침소(寢所)에 들어가 다시 복색(服色)을 개착하고 협사(篋笥)를 뒤여 은냥(銀兩)을 얻어 소저에게 보내고, 바삐 존고께 나아가니, 부인이 조부인 모녀 아무데로 간 줄을 알지 못하여 행여 살아날까 근심하고 분완(憤惋)하더니, 부인을 보니 미움이 고대 삼킬 듯하나, 소저의 간 곳을 묻고자 하여 왈,

"복설(卜說)이 일로 하여 액(厄)이 중타 하던 것이거니와, 반야삼경(半夜三更)에 명화적(明火賊)620)이 급히 드니 노모 놀라 거의 기절할 번하였나니, 현부 모녀는 그림자도 보지 못하였으니 어데 갔더뇨?"

조부인이 소저의 간 곳을 천연(天然)이621) 모르는 체하여 놀라는 사색(辭色)으로 대 왈,

"적(賊)의 함성을 듣잡고 첩은 존고 침전으로 오려 하다가, 벌써 적이 앞을 당하였사오니 오지 못하고 뒷문으로 나가 잠깐 숨었삽더니, 명아

---

620) 명화적(明火賊) : 조선시대 주로 횃불을 들고 약탈을 자행한 강도 집단. 조선 전기부터 나타나며, 조선 후기, 특히 19세기 후반 철종(1849~1863) 때에 집중적으로 발생한 강도 집단 혹은 떼강도를 말한다. 명화적은 화적(火賊)이라 불리기도 했는데, 이러한 명칭은 그들이 약탈할 때에 주로 횃불을 들고 다녔다는 점, 약탈 방법이 대체로 불을 가지고 공격했다는 점과 관련이 있다.
621) 천연(天然)이 : 천연(天然)히. 시치미를 뚝 떼어 겉으로는 아무렇지 아니한 듯이.

는 주영·현앵을 데리고 뒤 문으로 향하여 내달으려 하거늘, 첩이 존고 침전으로 가거나 청사 밑에 숨거나 하라 하였삽더니, 어데 숨고 나오지 않았도소이다.”

부인이 조부인이 평생 단묵침정(端默沈靜)하여 헛말을 아니 하는 줄을 오히려 아는지라. 소저 어디 숨었는가 하여 청사 밑과 온 집을 두루 헤쳐 찾아보대 그림자도 얻어 보지 못하고 강정 노복과 인인(隣人)이 다 이르대,

“도적이 갈 때에 교자(轎子) 속에 울음소리 들리더라.”

하는지라, 태부인이 소저는 방이 데려간 줄 알고 기뻐하되, 조부인 못 죽임을 애달라 하나, 방인(傍人)의 의심을 막고자 하여 거짓 차악경해(嗟愕驚駭)한 사색(辭色)으로 두루 찾으라 하며 눈물을 흘리니, 좌우 그리 여기더라. 이에 조부인을 돌아보아 왈,

“명아의 거처 마침내 없으면 정가에 무엇이라 하고 혼인을 물리려 하느뇨?”

부인이 대 왈,

“여아를 종시 찾지 못하면 마침내 정가에 실산(失散)함으로 통할 밖 어찌하리까?”

위씨 우문 왈,

“빙례(聘禮)는 어찌 하였느뇨?”

대 왈,

“제 몸에 지니고 나갔으니 어찌하리까?”

부인이 보월에 욕심을 내었다가 가장 애달프고 조부인을 죽이지 못함을 통완(痛惋)하나, 강정 비복들의 소견이라도 자기 너무 인정 없이 하면 아름답지 아닌 소문이 날까 저어, 흉심을 서리 담고 겉으로 흔연하니, 조부인이 사사(事事)에 한심하여 침소에 돌아와 설난더러 소저에게

은자를 전한가 물으니, 난이 대 왈,

"소제 이르시되, '소녀는 아무쪼록 보명(保命)하여 타일 슬하에 절하오리니 자위는 천만 보중(保重)하소저' 하시더이다."

부인이 길이 탄식하여,

"여아의 약질로 설한(雪寒)에 어디로 향하는고?"

애상(哀傷)함을 이기지 못하니 설난이 위로하더니, 날이 밝으매 강정 노복 등이 옥누항 공자 등에게 실산지변(失散之變)을 고하니, 공자 등이 대경하여 창황(蒼黃)히 숙모에게 고하고 강정에 이르니, 위씨 마주 나와 야간사(夜間事)를 이르고, 소저 실산한데 미처는 목이 메어 눈물을 금치 못하니, 양 공자 어찌 조모의 뜻을 모르리오. 순설(脣舌)이 무익하여 다만 유체 왈,

"저저 비록 일시 간 곳을 모르오나 결단하여 도적에게 잡혀 가지 않았으리니 왕모는 과상치 마소서."

하고, 모친 방에 와 작야사(昨夜事)를 묻잡고 대 공자는 친히 '두루 돌아 저저의 거처를 찾아보겠노라.' 하니, 부인이 양자를 나오게 하여 가만히 주영을 적이 데려감과, 소저 금능으로 가려 하던 바를 이르니, 양 공자 깃거하나 약질이 엄한을 당하여 어찌 득달할고 참연(慘然)하여 부인께 고 왈,

"자위 어찌 저저를 개연이 보내시니까? 금능은 길이 멀고 암자 도관 붙이도 종용한 곳을 얻기 극난하리니 소자 등이 오늘 종일 찾아보려 하나이다."

부인이 말려 왈,

"여매(汝妹) 위인이 결단코 몸을 가벼이 버리지 아니리니 아직 가만히 버려두라. 흉적이 주영을 데려 갔으나 내응(內應)이 있으리니, 필연 네 누이 벗어난 줄 알면 대변(大變)이 나리라. 아직 모르는 체함이 옳으니라."

양 공자 대 왈,

"자교 마땅하시나 혼인은 이미 길일이 머지않았고, 정부에서는 우리 집 연고를 모르는데, 규수를 일타 하여 혼인을 물림이 아름답지 아니하오니, 소자 두루 돌아 저저를 찾아 종용한 암자를 얻어 안신케 하고 돌아와, 정부에는 아직 이런 말 말고 계부 혼인 임씨(臨時)하여 오실 것이니 계부 오시거든 저저를 데려와 성혼하여 보내면, 미처 간적(奸賊)이 손을 놀리지 못할 것이요, 혼사는 무사히 지냄이 되리이다."

부인 왈,

"오아(吾兒)의 말이 마땅하되 숙숙(叔叔)이 혼인 미처 못 오시면, 여아의 혼사는 길일을 허송할까 하노라."

대 공자 대 왈,

"계부(季父) 혹자 혼인 미처 못 오시면 정가에는 매제 유질(有疾)하여 친사를 이루지 못하니 잠간 물리자 함이 옳으니이다."

부인이 옳이 여겨 점두하더라.

유씨 강정에 도적이 들어 소저의 거처 없음을 듣고, 위방이 데려갔음을 알고 깃거하나 오히려 조부인을 죽이지 못하였고, 공자등이 비상하니 혹자 사기를 알까 존고께 글을 올려,

"광천 등이 용이한 아해 아니니 혹 누의를 찾으려 하리니, 수일까지는 면전을 떠나지 못하게 하여 명아의 자취를 얻지 못하게 하소서"

하였으니, 태부인이 깨달아 짐짓 누어 떨며 앓는 체하고, 부인 삼모자를 불러 이르되,

"내 정신이 황홀(恍惚)하여 기운이 혼혼(昏昏)하니 현부 손아 등을 데리고 앞을 떠나지 말라."

부인과 공자 등이 조모의 심의(心意)를 지기하나, 이렇듯 대통(大痛)함을 불승경황(不勝驚惶)하여 수족을 주무르며 좌우에서 떠나지 않더

니, 가장 이슥하매 공자 등은 여신(如神)한 총명이라, 병후(病候)를 살펴매 결단하여 정말 앓는 증후(症候) 아니라, 그윽이 한심하여 가변을 크게 슬퍼하더니, 대 공자 모친께 고 왈,

"희제를 다리시고 왕모 환후를 구호하소서. 소자는 저저의 거처를 알아 보리이다."

태부인이 광천의 손을 잡아 곁에 앉히고 왈,

"작야 적변에 놀란 가슴이 지금 진정치 못할 듯하니, 너희나 떠나지 말라."

조부인이 행여 아들이 역명할까 두려, 눈으로써 아들을 보아 왈,

"여아는 자취 아무데로 간 줄 알지 못하고, 존고 환휘 이렇듯 하시니 물러날 의사를 말라."

공자 저저의 거처를 찾지 못하니 마음이 베이는 듯하나, 조모의 심용(心用)을 스치고 추연 대 왈,

"소자 금일부터 두루 돌아 저저의 거처를 알고 도적의 근본을 부디 알고자 하였삽더니, 왕모 이렇듯 하시니 움직이지 못하오나 매저를 생각하오니 처황(悽惶)한 심사를 비길 곳이 업나이다."

부인이 공자의 말을 듣고 심리(心裏)에 우이 여겨 혜오되,

"제 비록 총명하나 우리 작용을 어이 알리오. 아무려나 잡아 앉혀두어 아직 소문을 듣지 못하게 하리라."

하고, 공자 형제를 다 곁에 물러나지 못하게 하니, 대 공자 더욱 착급하되 할일 없어 수 삼일을 면전에서 떠나지 못하더라.

정공이 옥누항에 와 공자 등을 보고자 한즉 강정에 나갔다 하고, 노복 등이 소저를 실산함으로써 고하니, 정공이 대경하여 친히 강정의 나아가 양 공자를 보고 물어 왈,

"길기(吉期) 점점 가까우니 두굿거움을 이기지 못하여, 존부의 나아가

여등을 보고 미비한 것이 있거든 의구(儀具)를 돕고자 하더니, 생각 밖
소저를 실산(失散)하다 하니 이 어찌된 변(變)이며 여등은 무슨 연고로
이리 나왔느뇨?"

대 공자 부디 매저의 거처를 알아 계부 들어오시거든 저저를 데려다
가 길례를 지내려 함으로 실산(失散)함을 정부에 통치 않았더니, 정공이
벌써 알았음을 불행이 여기되, 제 알고 묻는데 기이는 것이 불가하여,
이의 몸을 굽혀 대 왈,

"조모 피우(避寓)622)하실 일이 있어 자당과 매저(妹弟)를 다리시고 이
에 옮아 계시더니, 뜻밖에 명화적(明火賊)이 심야에 돌입하니, 사매(舍
妹) 두어 시녀로 더불어 급히 피하다 하되, 수일이 되었으나 거처를 알
지 못하오니, 합가(闔家) 초조경황(焦燥驚惶)하는 가운데 있는지라. 즉
시 존부에 통하여 아시게 할 것이로되, 혹자 누의를 찾을까 함이더니 금
일까지 소식이 없사오니, 반드시 밤을 당하여 창황이 피하다가 길을 잃
어 찾지 못 하는가 싶으오니, 존당 성휘(聖候) 불안하신 고로 떠나지 못
하고 정히 아무리 할 줄 모르나이다."

공이 경해차악하여 문 왈,

"봉적(逢賊) 시에 너의 형제는 어디 있었으며, 영매 또 어찌 그리 멀
리 가서 길을 잃도록 하리오. 상문규수(相門閨秀)의 실산(失散)이 희한
(稀罕)한 변이라, 혼기 임박하였는데 이런 불행이 어디 있으리오."

양 공자 추연 대 왈,

"길일을 허송하실 일이 존부에도 불행이거니와 연질(緣姪) 등이 누의
를 실산하오니 사정의 통박(痛迫)한 근심은 이르지도 말고, 존당과 편위
(偏闈)623)의 과상하심이 성질(成疾)하시기의 이르시니, 더욱 초민(焦悶)

---

622) 피우(避寓) : 전염병이나 액 따위를 피하기 위해 일시 거처를 옮겨 머묾.

함을 이기지 못 하리로소이다. 적이 돌입할 때 연질 등은 본부의 있었으니 알지 못하고, 금명(今明)624)에야 이에 이르렀사오나, 소매 아무 데로 간 줄 모르오니 지향하여 찾을 길이 없사옵고, 존당 환후로 떠나지 못하오니 심신이 미칠 듯하옵니다."

정공이 공자 등의 거동을 보매 한갓 누의를 실산하여 초려(焦慮)할 뿐 아니라, 황황(遑遑) 아득하여625) 아무리 할 줄 모르는 형상이라. 반드시 별단사고(別段事故) 있음을 깨달아 불행함을 이기지 못하여, 공자 등을 당부하여 소저를 찾아보라 하고 돌아가니, 공자 등이 안에 들어와 모친께 정공의 말씀을 고하니, 부인이 참괴(慙愧) 추연(惆然)하나 태부인을 두려 소저 찾을 의사를 못하고, 일순(一旬)을 지냈더니, 태우 항주 내려가 투장(偸葬)한 것을 파내고 바삐 상경하여 부중(府中)에 이르니, 소저의 길기(吉期) 수삼일이 격(隔)하였으므로, 공은 설중엄한(雪中嚴寒)을 혜지 않아 빨리 온 즉, 공자 등도 없고 구파 바삐 내달아, 태부인이 피우로 조부인 모녀를 데리고 강정의 갔다가 소저 실산한 연유와 태부인이 놀라 성질(成疾)하였음을 고하고, 소저 실산함을 슬퍼하니, 공이 청미필(聽未畢)에 만심경악(滿心驚愕)하여 봉안(鳳眼)이 둥글고 미우(眉宇) 참엄(斬嚴)하여 왈,

"자정(慈庭)이 부질없는 복설을 믿으시어 강정을 향하시나, 서모와 유씨 등이 어찌 간하지 못하시뇨?"

구파 탄 왈,

"상공이 오히려 태부인 성정을 모르시나이다. 노신 등이 피우(避寓)하

---

623) 편위(偏闈) : 편자위(偏慈闈). 편모(偏母). 아버지가 죽어 홀로 있는 어머니.
624) 금명(今明) : 오늘 아침.
625) 아득하다 : 어둑하다. 희망이 없고 혼란스럽다.

심이 부질없음을 고하되 듣지 않으시니 할 일 없더이다."

공이 탄식코 강정에 이르니 태부인이 마주 내달아 소저 실산(失散)함을 이르고 눈물을 흘리니, 태우 그 사이 존후를 묻잡고 체사환란(涕泗汍亂)626)하여 왈,

"자위(慈闈) 무복(巫卜)을 숭상하심을 매양 간하옵더니, 필경 이런 일이 있어 명아를 잃으니 어찌 애달프지 아니리까? 소자 불초무상(不肖無狀)하여 평일 자정(慈庭)을 간하지 못하여, 요괴로운 무녀복자(巫女卜者)의 말을 취신(取信)하시게 하여 부질없는 피우로 질녀를 실산하여, 선형이 지극 믿으신 바를 저버리오니, 구원타일(九原他日)627)에 백씨(伯氏)께 뵈올 면목이 없으리로소이다."

언진(言盡)에 불승체읍(不勝涕泣)하니, 조부인이 들어오니 일어나 맞아 예필에 질녀의 실산함을 일컬어 누수여우(淚水如雨)628)하니, 조부인이 어찌 공을 기이고자629) 하리요마는 존고의 험악(險惡)을 두려 역시 비상(悲傷)할 뿐이요, 구태여 말이 없더니, 공이 모친께 고 왈,

"자위 이리 옮으실 제, 광아가 수수와 질녀를 데려가지 마소서 함을 분노하여, 광아를 난타하심이 과도한 지경에 미처 광아의 머리 깨어졌더라 하니, 그 어찌된 일이니까? 광아 등이 불초한 일이 있어도 사리(事理)로 책하시고 자애로 거느리시면, 저의 천성이 지효(至孝)하오니 자연 허물된 일이 없을 것을, 자정은 성덕과 자애를 멀리하시고 선형(先兄)의 효우선행(孝友善行)을 만고불효불인(萬古不孝不仁)630)으로 지목하시어

---

626) 체사환란(涕泗汍亂) : 슬피 울어 눈물 콧물이 어지럽게 흐름.
627) 구원타일(九原他日) : 죽어 저승에 간 때.
628) 누수여우(淚水如雨) : 눈물이 비오듯 흐름.
629) 기이다 : 어떤 일을 숨기고 바른대로 말하지 않다.
630) 만고불효불인(萬古不孝不仁) : 세상에 다시없는 불효하고 어질지 못한 행실.

실덕이 과도하시던가 싶으오니, 소자 듣자오매 심한골경(心寒骨驚)하옵
나니, 자위 비록 심화 성(盛)하시나 어찌 차마 여차(如此)하시니까?"

부인이 매사를 공을 모르게 하여 자기 극악대흉(極惡大凶)을 알까 감
추고 겉으로 어진 빛을 지어 공을 속이더니, 공자 등 난타함과 상서를
들놓아631) 꾸짖던 말을 어느 사이 알고, 이렇듯 이름을 듣고 가장 민망
하여 거짓 뉘우치는 체하고, 탄 왈,

"노모 여형(汝兄)을 상(喪)한 후부터 심화(心火) 성하여 조그만 일이라도
불여즉(不如卽)632) 심화 발함이라. 어찌 손아 등을 귀중치 아님이리오."

공이 추연(惆然) 탄식하고 모친의 불평(不平)하심을 우려하여 의약을
다스려 쉬이 차성(差成)하시거든 환가(還家)하심을 청하려 하더라.

어시에 정공이 윤소저의 실산함을 듣고 경해차악(驚駭嗟愕)하여 돌아
와 태부인께 고하고, 길기 허송할 바를 애달파 하고, 윤소저의 성행사덕
(性行四德)이 외모의 나타남을 아시에 본 바니, 쉬이 친사(親事)를 이뤄
안전기화(眼前奇花)633)를 삼고자 하다가, 불행코 차악함을 이기지 못하
여 얻은 자부나 다르지 아니하니, 태부인이 길일을 굴지고대(屈指苦
待)634)하다가, 차언을 들으매 대경하여 왈,

"명화적이 드나 재보(財寶)를 노략할 것이요, 재상규수를 겁탈하여 가
든 않을 것이니 그 집 변괴 가장 괴이한지라. 천애 나이 십삼이나 장대
(壯大)함이 미진함이 없거늘 지금 취실(娶室)치 못함은 규수의 연유(年
幼)한 연고(緣故)더니, 이제 실산타 하나 거처 없는 윤씨를 어찌 등대
(等待)하리오. 먼저 타처의 구혼하여 성혼(成婚)하면 좋을까 하노라."

---

631) 들놓다 : 들고 놓고 하다. 함부로 말하다.
632) 불여즉(不如則) : 뜻과 같지 아니하면.
633) 안전기화(眼前奇花) : 눈앞에 피어있는 신비하고 아름다운 꽃.
634) 굴지고대(屈指苦待) : 손가락을 꼽아가며 예정된 날을 몹시 기다림.

공이 대 왈,

"자교 마땅하시나 저 윤씨는 범연히 정혼한바 아니라, 윤문강 재시에 소자 친히 윤아 비상(臂上)의 글자를 쓰고 면약정혼(面約定婚)하였사오니, 피차 뜻을 변할 바 아니오. 저 집이 실신배약(失信背約)고자 함이 아니라, 변괴 여차하여 기일을 허송함이니 오가(吾家) 얻은 자부나 다르리까? 수년을 기다려 윤씨의 사생거처(死生去處)를 알고 타처의 구혼하려 하나이다."

부인이 심히 서운하여 하더라.

윤공이 모친 환후 나으시매 모셔 부중으로 돌아오고, 노복을 흩어 소저의 종적을 사처로 심방하나 추풍낙엽(秋風落葉)과 대해의 평초(萍草) 같으니, 어디 가 소식인들 들으리오. 속절없이 길일을 허송하고 해 바뀌매 공이 애달프고 통상하여 식불감미(食不甘味)[635]하고 침불안석(寢不安席)[636]하여 풍광이 수척하니 태부인이 그윽이 통한하더라.

정공이 매양 이르러 태우를 보고 소저의 거처를 심방하라 한즉 공이 척연 왈,

"아니 찾고자 함이 아니라 지금 소식을 모르니 침좌(寢坐)에 실린 병이 되었는지라. 형의 집이 봉사봉친(奉祀奉親)에 창백의 혼 새 일시 바쁠 것이니, 거처 없는 질녀를 등대치 말고 타처에 취실케 하고, 혹자 질녀를 찾는 날이면 비록 선후(先後) 바뀌나 정씨의 성명을 의탁하여 버리지 아님이 대덕(大德)이라 형은 물려(勿慮)하고 바삐 택부(擇婦)하라."

정공이 역시 추연 왈,

"노친이 과연 일시 바빠하시나 수년까지나 영질(令姪)을 위하여 거처

---

635) 식불감미(食不甘味) : 근심과 걱정으로 음식을 먹어도 맛이 없음.
636) 침불안석(寢不安席) : 걱정이 많아서 잠을 편히 자지 못함.

를 알고, 돈아의 가기를 정코자 하나니, 어찌 타처에 의혼(議婚)하리오. 영질이 비록 가돈으로 더불어 화촉의 예를 이룸은 없으나 오문(吾門) 빙폐(聘幣) 문명(問名)이 있고, 영질의 비상(臂上) 글자 있으니, 천지개벽(天地開闢)하여도 뜻을 고칠 길이 없으니, 어찌 신의를 잃어 망우(亡友)를 저버리고, 구천타일(九泉他日)에 문강 형 볼 안면이 없게 하리오."

태우 척연(慽然) 타루 왈,

"질녀의 혼사를 정한 길일에 못 지냄은 소제 탓이라. 소제 집에 있었더라면 편위(偏闈) 강정(江亭) 행도를 않으셨을 것이라. 한갓 사정(私情)의 베는 듯함은 새로이, 형가(兄家)에 근심을 끼치고, 죽어 사백(舍伯)을 뵈옵고 전할 말씀이 없는지라. 벌써 실산한 지 수 삼월이 되었으니, 더 기다려 보아 마침내 소식을 모르면, 소제 천하를 두루 돌아 사생거처를 알고야 견디리로다."

정공이 윤공의 과상함을 보고 도리어 위로 왈,

"영질은 수복이 완전지상(完全之相)이라. 실산에 사생을 버릴 일은 없으리니 형은 과상치 말고 액회(厄會) 진(盡)하여 단합(團合)하기를 기다리라."

태우 심회를 정치 못하여 거의 상성(喪性)할 듯하더라. 정후 돌아간 후 공자 등이 내당의 들어와 모부인께 정공의 말씀을 고하고, 일기춘화(日氣春和)하거든 자기 등이 저저를 찾아보겠노라 하니, 부인이 척연 왈,

"숙숙이 와 계시니 여매를 찾으면 급히 성혼하여 구가로 보내면 좋으련마는, 아직 여매의 거처를 모르니, 제 금릉으로 아니 가도 반드시 안정한 곳을 얻어 머물며, 우리 소식도 알려 할 것이니 여등은 급히 찾을 의사를 말라."

공자 등이 수명하나 저저를 위하여 근심이 비길 곳이 없더라.

유씨 모녀 위씨께 고 왈,

"명아의 위인이 심상(尋常)치 아니하니 위방의 욕을 감심치 않았을 것이니, 그 사단(事端)을 알지 못하니 가장 궁금한지라. 위관인에게 명아와 양 시아(侍兒) 다 갔는가 알아보소서."

하니, 부인이 그리 여겨 사람을 보내어 묻고자 하더니, 위방이 문득 밖에 와 현알함을 청하는지라. 공은 마침 나가고 양공자는 독서당의 있으니 방이 내당에 배견(拜見)하려 하더니,

태우 돌아오니 방이 공을 싫이 여겨 총총함을 일컫고 돌아가니, 태우그 행사는 알지 못하되 그 행동을 우이 여겨, 태부인께 고 왈,

"위방의 목재(目子) 산(算)637)밖에 삐어나고, 몸을 고요히 가지지 못하여 거지(擧止) 실성지인(失性之人) 같으니 차후 오거든 자위(慈闈) 핑계하시고 보지 마소서. 비록 지친이나 저런 것이 왕래(往來)함이 불긴(不緊)하니이다."

부인이 태우의 앎이 이 같음을 보고, 혹자 명아의 일을 아는 것이 있는가 하여 이에 가로되,

"그것이 본디 안정(眼睛)이 좋지도 못하고, 무반(武班)이란 것이 장기(壯氣)를 쓰니 예사 그러한지라, 비록 천하나 숙질(叔姪)의 정이 있으니, 오면 아니 보지 못하여 보던 바라. 내당(內堂)이 비편(非便)하면 보지 말니라."

태우 빈미(顰眉) 대 왈,

"자위 보시는 것을 말고자 함이 아니라 소자 그런 뉴와 상면(相面)이 괴로워 하옵나니, 자위 아니 보시면 제 스스로 왕래할 바 없을까 하나이다."

부인이 가장 깃거 않아 다시 말을 아니 하더라.

재설. 윤소저 현앵으로 더불어 사오냥 은자를 가지고 금능으로 향코

---

637) 산(算) : 셈. 헤아림.

자 하더니, 일기 엄한(嚴寒)하고 청수약질(淸秀弱質)이 원로(遠路)에 득
달할 길 없을 뿐더러, 삼촌(三寸) 금련(金蓮)638)이 동서를 불분(不分)하
거늘, 현앵이 또한 하류청의(下類靑衣)나 어려서부터 옥규심합(玉閨深
閣)639)에 종사(從事)하였으므로 빙수옥골(氷手玉骨)640)이라. 노주(奴
主) 서로 붙들어 마음을 담대(膽大)히 먹고 즉시 암혈을 떠나 길을 찾아
나아갈 새, 가히 그물을 벗어난 고기요, 농중(籠中)을 면한 봉황(鳳凰)
이라. 이른 바 집이 있으나 들어가지 못하고 천하 너르나 일신(一身) 주
착(住着)할 곳이 없으니, 부중을 바라 암암히 눈물을 뿌리고 신상에 건
복(巾服)641)이 있으니 믿고 두루 암자(庵子) 도관(道觀)642)을 구하여
안신(安身)코자 할 새, 주영으로 몸을 대하여 위적(賊)을 속여 돌려보내
고 모부인 떠나는 마음이 베이는 듯하여, 스스로 명철보신(明哲保身)하
여 신여명(身與命)643)이 완전코자 하매, 몸이 비록 향규(香閨) 일 소녀
나 식견(識見)의 원대(遠大)함은 사군자(士君子) 열장부(烈丈夫)의 마음
이 있는지라. 어찌 일시 이별에 설설하여 대사를 그릇되게 하리오. 모친
보낸 바, 사오 냥 은자를 가지고 강정에서 십여 리를 행하여 가더니, 앞
을 당하여 일위 여승이 백라장삼(白羅長衫)644)을 떨치고 오색념주(五色

---

638) 금년(金蓮) : 금으로 만든 연꽃이라는 뜻으로, 미인의 예쁜 걸음걸이를 비유적
    으로 이르는 말. 중국 남조(南朝) 때 동혼후(東昏侯)가 금으로 만든 연꽃을 땅
    에 깔아 놓고 반비(潘妃)에게 그 위를 걷게 하였다는 고사에서 유래한다.
639) 옥규심합(玉閨深閣) : 늑규합(閨閣). 사대부가의 안주인이 거처하는 방.
640) 빙수옥골(氷手玉骨) : 얼음이나 옥같이 희고 깨끗한 손과 골격이란 뜻으로, 청
    순하고 아름다운 사람을 이르는 말.
641) 건복(巾服) : 늑옷갓. 남복(男服). 옷옷과 갓을 아울러 이르는 말. 흔히 예전에
    남자가 정식으로 갖추던 옷차림을 이른다.
642) 도관(道觀) : 도사(도교신자)가 수도하는 집.
643) 신여명(身與命) : 몸과 목숨.
644) 백나장삼(白羅長衫) : 하얀 천으로 된 승려의 옷옷. 길이가 길고, 품과 소매를

念珠)를 목에 걸고 황옥장(黃玉杖)645)을 집고 바로 윤소저를 향하여 합
장배례(合掌拜禮) 왈,

"벽화산 취월암 혜원니고(尼姑)는 귀소저 안전에 뵈나이다. 이런 설한
(雪寒)에 천금약질(千金弱質)이 도로에 방황하시도소이다."

소저 남복(男服)을 하였으므로 자기 여자인 줄 알지 못하는가 하다가,
천만 생각 밖 니고(尼姑)를 만나 이런 말을 들으니, 놀랍고 신기함을 이
기지 못하여 눈을 들어 니고를 보니, 얼굴이 백설같고 미목(眉目)이 빼
어나 강산정기(江山精氣)를 띠었는지라. 이에 탄식하고 이르대,

"내 평생 법사(法師)로 일면지분(一面之分)646)이 없고 환난을 당한 곡
절을 이르지 않았거늘, 법사가 어찌 이렇듯 아느뇨?"

혜원이 소 왈,

"빈도(貧道)647) 비록 불명(不明)하나 소저의 근본을 거의 아오니, 도
로에서 문답할 바 아니오니 암자가 겨우 수리(數里)는 한지라 바삐 나가
소서."

소저 바야흐로 암자 도관을 얻어 머물고자 하다가 이승(異僧)을 만나
한가지로 벽화산에 이르니, 산형(山形)이 기려(奇麗)하고 암자가 정묘
(精妙)하여 별유세계(別有世界)요 봉내방장(蓬萊方丈)648)이라. 암자로

넓게 만든다.

645) 황옥장(黃玉杖) : 늑옥장(玉杖). 황옥(黃玉)으로 만든 지팡이. 『속한서(續漢
書)』 예의지(禮儀志)에는, "가을 8월이 되면 나라에서 호적(戶籍)을 상고하여
일흔 살이 된 백성에게 옥장(玉杖)을 선물로 주었는데, 이 지팡이 머리에다 비
둘기를 만들어 붙였다하여 이를 구장(鳩杖)이라 한다." 는 기록이 있다.

646) 일면지분(一面之分) : 한 차례의 서로 만나 사귄 교분.

647) 빈도(貧道) : 덕(德)이 적다는 뜻으로, 승려나 도사가 자기를 낮추어 이르는 일
인칭 대명사.

648) 봉내방장(蓬萊方丈) : 봉래산(蓬萊山)과 방장산(方丈山)을 함께 이르는 말. 각
각 중국 전설에 나오는 영산(靈山)인 삼신산(三神山) 가운데 하나로, 진씨황과

조차 칠팔 인 여승이 나와 혜원을 맞아 왈,

"사부 월아선(月娥仙)을 맞으라 가노라 하시더니 맞아오시나이까?"

혜원 왈,

"월아선을 맞아오거니와 너희 요란이 굴지 말라."

이리 이르며 소저를 인도하여 안으로 들어오니, 제승이 윤소저 여자인 줄 알지 못하나, 남의(男衣) 가운데 일월명광(日月明光)과 천향아태(天香雅態) 만고를 기울여 둘 없는 색광(色光)이라. 모두 넋을 잃어 기이(奇異)히 여김을 마지아니하더라.

원간 혜원은 본이 사족(士族)이라. 양주 선비 강운의 여자로 일찍 부모 망(亡)하고 이칠(二七)에 취가(娶嫁)하여 가부 죽으니, 향리의 인심이 흉음(凶淫)하여 그 자색(姿色)을 듣고 문득 절(節)을 희지으려 하니, 법사 부모와 동기 없으니 보전치 못할까 두려, 단발위니(斷髮爲尼)649) 하니 무상한 탕자(蕩子) 산문(山門)을 따라 다니며 겁칙하려650) 하니, 법사 부득이 경사의 올라와 남문 밖 벽화산에 암자를 이루고, 부처를 받든지 수십 년에 화식(火食)을 염어(厭飫)651)하고 도행이 기특하여 부처의 정과(正果)652)를 얻었는지라. 앉아서 천 리 밖 일을 헤아림이 있고 몸이 운리(雲裏)의 의지하여 하루 만 리(里)를 행하는지라. 이날 법당에 앉아 송경(誦經)하더니 눈을 희미히 감으매, 관음이 현성(顯聖) 왈,

---

한무제가 불로불사약을 구하기 위하여 동남동녀 수천 명을 보냈다고 한다. 이 이름을 본떠 우리나라의 금강산을 봉래산, 지리산을 방장산이라고도 하며, 또 한라산을 중국 삼신산 가운데 하나인 영주산이라 이르기도 한다.

649) 단발위이(斷髮爲尼) : 여자가 머리를 깎고 비구니가 됨.

650) 겁칙 : ≒겁측. 폭행이나 협박을 하여 강제로 부여자와 성관계를 갖는 일.

651) 염어(厭飫) : 물리도록 실컷 먹음.

652) 정과(正果) : 바른 과보(果報). 과보란 사람이 지은 선악의 행위에 의한 결과와 갚음을 말함.

"월아선이 윤가의 딸이 되었더니 지금 적변(賊變)을 당하여 도로에 방황하니 제자는 빨리 구하여 데려다가 암자에 편히 머물게 하라."

법사 놀라 깨어 월아선의 운수를 헤아리매 남의로 반드시 암자 도관을 구하는지라. 즉시 나아가 윤소저를 맞아 돌아오매 기쁨을 이기지 못하며, 그 성자광휘(聖姿光輝)를 황홀하여 반드시 비상한 귀격(貴格)임을 헤아리고, 말씀을 펴 관음대사가 현성하여 가르치시던 말씀을 전하며, 양목(兩目)을 옮기지 않고 소저를 바라보아 왈,

"소제 백주(白晝)에 화란을 당하여도 귀복(貴福)이 인간의 희한하시니, 조금도 위태하신 바는 없거니와, 초년이 험난하여 연기(年紀) 십 세를 넘지 못하여서 엄상(嚴喪)을 만났을 것이요, 이번도 집을 삼사 삭(朔)이나 떠나실 운수(運數)어니와 액회(厄會) 아직 멀어 계시이다."

소저 차언을 듣고 가장 놀라 성안(聖顏)에 추수(秋水) 동하여 왈,

"첩의 운수 법사의 이르는 말같이 어려서 엄정(嚴庭)을 여의옵고, 외로우신 자모(慈母)로 더불어 일월을 보내는 바이더니, 작야에 도적이 들어 혼사를 작란하니, 첩은 한낱 시녀로 더불어 급히 피하여 사오리(四五里)를 나오매 길을 잃고 날이 밝으나, 집을 찾지 못하여 도로에 방황하더니, 법사의 구하여 암자의 데려옴을 얻으니 감사함을 이기지 못하나, 법사의 성씨와 근본은 어떠하시뇨?"

혜원이 길이 탄 왈,

"빈도는 천하의 명박지인(命薄之人)이라. 사문여자(士門女子) 단발위니(斷髮爲尼)하는 것이 어이 사람에게 들림 즉 하리까? 벌써 불가에 맹세하여 세렴(世念)을 끊은 지 하마 수십 년이라. 산수간(山水間)에 오유(遨遊)하여 뜻을 붙이는 바 되었더니, 천행(天幸)으로 소저를 만나니 산문의 큰 경사(慶事)로소이다."

소저 혜원의 풍채골격이 반점 진애(塵埃)에 물들지 않았음을 기특(奇

特)히 여겨, 종용이 말씀할 새, 혜원이 제자를 명하여 소선(素膳)을 갖추어 재(齋)를 좋이 하여 소저를 이바지하고653) 그윽한 침당(寢堂)을 가려 소저 노주를 머물게 할 새, 혜원 왈,

"차처(此處)가 경사에서 수십 리는 하거니와, 유벽(幽僻)하여 일찍 외인의 자취 임치 아니하니, 소저 음양을 바꾸어 건복(巾服)으로 계심이 불가하니 개복(改服)하심이 마땅할까 하나이다."

소저 왈,

"사부의 말씀이 옳으나 내 이곳의 머물 일이 없고 혹자 생각 밖 외인이 들어와도 심히 비편(非便)하니 어찌 여복을 고치리오."

혜원이 그렇다고 여겨 왈,

"소저의 생각이 그러하시니 빈도가 감히 막지 못하나니 소저의 뜻대로 하시고, 이미 이곳의 와 계시니 한번 배불(拜佛)하심은 폐치 못 하리이다."

소저 왈,

"산문에 투입하여 부모의 신체발부를 상해와 단발위니(斷髮爲尼)는 가치 아니하거니와, 한번 예배(禮拜)야 어찌 말리오."

혜원이 깃거 조조(早朝)를 당하여 소저를 불전(佛前)에 현배(見拜)하라 하니, 소저 마지못하여 액회(厄會)를 소설(掃雪)654)하고 쉬이 돌아가기를 축원(祝願)하더라.

소저 암자의 머물러 얼핏 한 사이 신년을 당하니 심회 촉처(觸處)에 감창(感愴)함을 이기지 못하고, 모친의 괴롭고 슬픈 심사를 생각하여 주야 마르는 듯할 뿐 아니라, 생세 처음으로 자모를 떠나 그립고 처황(悽

---

653) 이바지하다 : 음식을 바치다.
654) 소설(掃雪) : 쓸고(掃) 씻음(雪). 눈을 치움.

惶)함이 날로 더하니, 주영은 도적에게 잡혀가 어찌 된고? 경경(耿耿)한 심려(心慮)가 비길 곳이 없는지라. 때때 청루환난(淸淚汎亂)하여 쌍협(雙頰)을 적시니, 현앵이 일시를 떠나지 않아 위로하고, 혜원이 받들기를 관음의 버금으로 하여 정성이 동촉(洞屬)하니 소저 감사함을 마지아니하며, 암자의 겨우 얻어 잇는 재식(齋食)655)을 자기로 허비함을 불안하여, 사오 냥 가져온 은냥으로 색사(色絲)와 촉단(蜀緞)656)을 사, 수놓아 시상(市上)에 매매하매, 수치(繡致)의 정묘(精妙)함이 보는 이로 하여금 황홀할 바라. 저마다 값을 다투지 아니하고, 다소를 의논치 않아, 부귀가(富貴家) 소저 등이 사기를 못 미칠 듯이 하니, 암자의 있은 지 수월에 금은(金銀)이 날로 모이니, 소저는 일호도 머물러 두는 것이 없어 수를 파라 값을 받으매, 즉시 니고를 주어 양자(糧資)를 삼으라 하고, 십지섬수(十指纖手)를 신기히 놀려 낮이면 수치에 잠심하고, 밤이면 시서(詩書)에 잠적(潛寂)하니, 원간 혜원이 학문이 유여(裕餘)하여 암중(庵中)에 성경현전(聖經賢傳)을 갖추어 두었는지라. 소저 서적(書籍)을 옮겨 자기 머무는 방에 쌓고, 현앵을 명하여 강정(江亭) 근처에 가 소식을 탐지하여 오라 하니, 현앵이 수명하여 반일(半日)을 나가 알고 와 고하되,

"태우 돌아와 태부인과 모부인을 모셔 옥누항으로 들어가고, 노복을 내어 놓아 소저의 소식을 듣본다657) 하더이다."

하니, 소저 깃거 자기 암자에 있음을 통(通)하여 집으로 들어가고자 하거늘, 혜원이 말려 왈,

---

655) 재식(齋食) : 불가의 식사(食事)
656) 촉단(蜀緞) : 촉나라에서 생산된 비단.
657) 듣보다 : 듣기도 하고 보기도 하며 알아보거나 살피다.

"아무 제라도 돌아갈 것이니 빈도 떠나기를 연연(戀戀)함이 아니라, 아직 들어가심이 너무 급하니 수삼 월 더 머무시면 자연 기회(機會)를 만나리니, 그때 옥누항으로 나아가소서."

소저 문 왈,

"이제 들어가면 무슨 일이 있으랴?"

혜원이 소왈,

"소저의 액회는 아직 멀어 계시거니와 이번도 너무 빨리 들어가시면 취화(取禍)함이 급하시리이다."

소저 왈,

"그러면 언제 들어가리오?"

혜원이 대 왈,

"계춘(季春)을 기다리소서."

소저 탄 왈,

"나의 사친지회(思親之懷) 일일(一日)이 여삼추(如三秋)하거니와 계춘이 불원(不遠)하니 법사(法師)의 말을 믿으리라."

법사 이에 관음가사(觀音袈裟)의 수(繡)를 청하여 왈,

"빈도 타일은 취월암에도 있지 아니 하오려니와, 혹자 다시 소저를 모실까 바라나니, 소저는 불가에 적공(積功)하시어 관음가사의 수를 놓아 주심이 어떠하리까?"

소저 개연(介然)이 허락하고 재주를 다하여 관음가사의 수를 놓으니, 영롱(玲瓏)하여 수치(繡致)에 오색이 어리어 상광(祥光)이 조요(照耀)하여, 일세(一世) 용우(庸愚)한 수품(繡品)과 내도하니 혜원이 기쁨을 이기지 못하더라. 필역(畢役)하는 날 법당에 가 불전에 배복(拜伏)하고 윤소저의 수복을 축원하더라.

이때 조가(朝家)658)에서 예우(禮遇)를 베풀어 인재(人材)를 뽑으실

새, 정부에서 천흥 공자 조모를 촉(囑)하여 가로되,

"야야(爺爺) 소손(小孫)의 나이 어리다 하시어 거년 과거에도 못 보게 하시고, 이번도 과거를 보지 말라 하시니, 남아 조달영귀(早達榮貴)를 구치 아니하고 구태여 수염이 세고 기운이 다 진한 후 과거를 한들, 무엇이 좋으리까? 원컨대 왕모(王母)는 여차여차하시어 소손이 과장에 나아가게 하소서."

태부인이 그 기상을 두굿겨, 웃고 왈,

"네 아비더러 이르려니와, 여부(汝父) 매양 너의 호방(豪放)함을 일러, 일찍 과거를 하면 기운을 잃을까 하여 염려함이거니와, 어찌 나룻이659) 세고660) 기운이 쇠한 후 과거를 보라 하리오."

공자 역시 웃고 퇴(退)하였더니, 차일 저녁문안을 당하여 태부인이 금평후더러 왈,

"박명인생(薄命人生)으로 세상의 흥황(興況)이 없으되, 너 한 몸을 두니 다른 자녀 있지 아니하고, 손아에 천흥 밖에는 자란 아이 없는지라. 흥아의 문장기상(文章氣像)이 노성장자(老成長者)라도 믿지 못할지라. 벌써 과장출입(科場出入)이 마땅하나, 네 고집하여 흥아의 과거 봄을 허치 아니하더니, 금번은 노모를 위하여 들여보내라."

정공이 성효출천(誠孝出天)하여 평생 태부인 말씀을 어기는 일이 없는 고로, 수명배사(受命拜辭) 왈,

"삼가 자교(慈敎)를 봉승(奉承)하오려니와, 천흥의 위인이 방일허랑(放逸虛浪)하여 군자의 행의(行誼) 부족하오니, 일찍 장옥(場屋) 출입을

---

658) 조가(朝家) : 조정(朝廷)
659) 나룻 : 수염.
660) 세다 : 머리카락이나 수염 따위의 털이 희어지다.

시켜 어린 기운을 펴 등양하는 날은 미녀성색(美女聲色)을 모을까 염려
하옴이러니, 자위 저를 과장에 들이고저 하시니 어찌 거역하리까?"

공자를 불러 명일 입과(入科)하라 하니, 천흥이 심리의 흔행(欣幸)하
나, 다만 나직이 배사 수명하고 장옥제구(場屋諸具)를 차려 나아가니,
오래지 않아서 글제 나고 시각이 급하여, 범연한 재주는 붓을 떨치기도
어려울 것이로되, 정천흥이 그 십년공부와 강하대재(江河大才)를 이날
에 펼치매, 지상(紙上)에 풍운(風雲)이 취지(聚之)하여 용사비등(龍蛇飛
騰)하고 봉황이 쌍쌍이 춤추는지라, 치세경륜(治世經綸)할 재덕(才德)이
글 위에 완전하니, 이미 쓰기를 마치매 종자(從子)를 주어 바치라 하고,
두루 돌아 수만다사(數萬多士)의 글제를 보니, 눈썹을 찡기고 목을 끄덕
여 한없이 생각하대, 글씨를 비는 자도 있고, 필체(筆體) 쾌(快)하여 용
렬(庸劣)키를 면한 자도 있으며, 글을 능히 짓지 못하여 남이 지어 주기
를 청하는 이도 있어, 자작자서(自作自書)하는 이 가장 드문지라. 생이
이 거동을 보고 실소(失笑)하여 혜오대,

"저런 것들이 선빈 체하고 명지(名紙)를 메고 과거에 들어오니 어찌
염치(廉恥) 상진(傷殄)치 않으리오."

이렇듯 웃으며 한 곳에 다다르니 네 낱 선비 글제를 바라보고 눈물이
떨어지며 의사 삭막(索莫)하여 수두자(首頭者) 탄 왈,

"과거는 일 년에 수삼차(數三次)나 있는 것이요, 사람마다 등양(登揚)
하기를 바라는 것이 아니로되, 나의 정사(情事)는 타인과 같지 않아, 부
모구몰(父母俱沒)하시고 조모의 은양(恩養)하심을 입어 장성하니, 지금
조모의 환후 위중(危重)하신 가운데, 실로 병측(病側)을 떠나 과장에 들
어오지 못할 것이로되, 조모 권하여 들여보내시며,

"내 병을 약으로 치료치 말고 계화청삼(桂花靑衫)으로 내 앞에 절하면
내 병이 경각(頃刻)에 나으리라."

하시더니, 이제 글제를 보매 창졸에 작필(作筆)할 길이 없으니, 타백
(拖白)661)하여 그저 가게 되었거니와, 조모께 무엇이라 고하리오."

그 아래 앉은 선비 눈물을 머금고 왈,

"형은 집이 경사(京師)에 있으니 과거마다 참예하여도 쉬우려니와, 아
등은 천리 외방에서 가계빈궁(家計貧窮)하여 조불여석(朝不慮夕)662)하
는 지경에, 자모(慈母) 아니 계시고 엄정(嚴庭)이 쇠로(衰老)하시어 세
상사를 깨닫지 못하면서도, 과거(科擧) 있음을 들으시고 양자(糧資)를
장만하여663) 주시며, 아등을 당부하여 과거를 못하거든 내려오지 말라
하시더니, 글제를 보니 의사 아득하여 가슴이 막히는 듯하니, 등양은 바
라도 못하고 돌아가 엄정께 뵈올 낯이 없도다."

말석(末席)의 앉은 이는 머리를 숙이고 오래 말을 못하다가 양항루(兩
行淚) 물 흐르듯 하여 왈,

"소제는 원간 과거에 들어올 의사를 않았더니, 망팔지년(望八之
年)664)의 증조모 용몽(龍夢)이 있으니 들어가라 하시어, 장옥제구를 구
차(苟且)히 빌려 주시니, 마지못하여 들어왔더니, 문여필(文與筆)665)을
다 모양(模樣)하여666) 내기는 죽도록 하여도 못하여, 그저 힘힘히667)

---

661) 타백(拖白) : 늑예백(曳白). 지필(紙筆)을 손에 들고서도 시문을 짓지 못함. 중
　　국 당나라의 장석(張奭)이 하루 종일 글을 짓지 못하고 임금 앞에 백지를 내놓
　　은 고사에서 유래한다.

662) 조불여석(朝不慮夕) : 늑조불모석(朝不謀夕). 형세가 절박하여 아침에 저녁 일
　　을 헤아리지 못한다는 뜻으로, 당장을 걱정할 뿐이고 앞일을 생각할 겨를이
　　없음을 이르는 말.

663) 장만하다 : 필요한 것을 사거나 만들거나 하여 갖추다.

664) 망팔지년(望八之年) : '여든을 바라보는 나이'라는 뜻으로, 나이 일흔한 살을
　　이르는 말.

665) 문여필(文與筆) : 문필(文筆) 곧 '글과 글씨', 또는 '글을 짓는 일과 글씨를 쓰는
　　일'을 아울러 이르는 말.

돌아가 증조모께 무류(無聊)하신 심사를 어찌 뵈리오. 아시로부터 팔자 기구(崎嶇)하여 부모와 조부모를 다 여희고 동기와 친척이 없으니, 증조모를 의앙(依仰)하여 자라나서도 한 일도 희열(喜悅)하심을 뵈옵지 못하고, 허탄한 몽사를 믿으시어 아으라히 바라고 계실 것이니, 차라리 처음에 과거를 보라 하셔도 사양하고 들어오지 말 것을, 이런 애달픈 일이 어디 있으리오."

하는지라,

차시 정공자 사인의 문답을 다 듣고, 재주 용둔(庸鈍)하나 저토록 함을 우습게 여기되, 그 정사를 추연하여 앞에 나아가 팔을 들어 장읍(長揖) 왈,

"석(昔)에 사마의(司馬懿)668) 이르되, '온 세상 사람이 다 형제라'669) 하니, 소제(小弟) 사위(四位) 형으로 더불어 면분(面分)이 없으나, 금일 사위 존형의 정회를 잠깐 들으니 인심에 추연함을 이기지 못할 바니, 아지못게라670) 성명이 뉘라 하시니까? 소제 재주 둔열(鈍劣)하나, 사형이 타백(拖白)하시는 작사(作事)로 헤아려 명지를 내시면, 까마귀를 그려도 되게 하리이다."

---

666) 모양(模樣)하다 : 모양내다. 꾸미어 맵시를 내다.
667) 힘힘히 : '부질없이'의 옛말.
668) 사마의(司馬懿) : 179-251. 중국 삼국시대 위나라의 정치가이자 군략가. 그의 손자 사마염(司馬炎)이 세운 진(晋)나라의 기초를 세운 인물.
669) '사해지내 개가위형제(四海之內 皆可謂兄弟)'를 번역한말. 이 말은 『논어』〈안연(顔淵)〉편에도 보인다. 즉 사마우 우왈 인개유형제 아독망(司馬牛 憂曰 人皆有兄弟 我獨亡; 사마우가 근심하여 말하기를 '사람이 다 형제가 있는데 나만 홀로 없구나) …"자하왈 … 사해지내 개형제야 군자하환호 무형제야(子夏曰 … 四海之內 皆兄弟也 君子何患乎 無兄弟也; 자하가 말하기를 … 온 세상 사람이 다 형제이니 군자가 어찌 형제 없는 것을 근심하리오.)
670) 아지못게라 : 감탄사. 아지 못하여라. 아지 못하리로다.

사인이 바야흐로 수회(愁懷)를 이르고, 눈을 들어 보지 아니므로 정생이 뒤에 선 줄 몰랐다가, 문득 읍하고 그 말씀이 이렇듯 하기에 미처는 크게 놀라, 연망(連忙)이 일어나 답배할 새, 정생의 선채정광(仙彩頂光)671)이 바로 태양의 정채(精彩)요, 낯 위의 찬연이 고은 것은 이르지도 말고, 팔척경륜(八尺徑輪)672)의 언건앙장(偃蹇昂壯)673)한 위의(威儀) 천고일인(千古一人)이라. 혹자 '신선이 자가 등을 희롱하는가.' 의심하여, 면면(面面)이 서로 돌아보고 대답지 못하니, 생이 다시 가로되,

"사람을 믿지 않아 시각(時刻)이 늦어가되 명지(名紙)를 내지 아니니, 소제 청하여 누추(陋醜)한 문필을 뵈고자 하던 줄 심히 참괴하도다."

사인이 연망이 몸을 굽혀 칭사 왈,

"소제 등은 박녈용우지인(薄劣庸愚之人)이라. 재주 없어 참방(參榜)하기를 바람은 둘째요, 명지를 도로 가져가게 되니, 다 정사 예사롭지 않아, 우연이 정사를 이름이러니, 존형은 어디로 좇아 이르러 계시관대, 사람에게 적선을 하랴 하시느뇨? 존성(尊姓)과 대명(大名)을 듣고자 하나이다."

정생이 미소 왈,

"성명 알기는 바쁘지 아니니 어서 차례로 명지를 내소서."

사인이 불승환희(不勝歡喜)하여 즉시 명지(名紙)와 필연(筆硯)을 나와 쓰기를 구할 새, 수두자(首頭者)의 성명은 여숙이요, 그 아래로 박관 박건 형제니 원방에서 온 선비요, 말좌(末座)의 소년은 화정이니 정생을

---

671) 선채정광(仙彩頂光) : 신선과 같은 풍채와 그 후광(後光). 정광(頂光)은 불화(佛畵)나 성화(聖畵) 같은 데서 몸 뒤로부터 내비치는 신령한 빛을 말한다.
672) 팔척경륜(八尺徑輪) : 팔척이나 되는 키와 그 몸둘레를 함께 이르는 말. 경륜(徑輪)은 사물의 지름과 둘레를 함께 이르는 말.
673) 언건앙장(偃蹇昂壯) : 기상(氣像)이 거만스러워 보일만큼 높고 씩씩하다.

향하여 천만칭사(千萬稱謝)하고, 그 작필(作筆)하는 거동을 볼 새, 일분
도 생각는 일이 없어 시각이 늦었음으로, 사장(四張) 명지를 초서(草書)
로 다 각각 체를 다르게 하여 적은덧674) 사이 필서하니, 지상(紙上)에
쌍룡이 뛰놀고 일월이 떨어진 듯, 광채 찬란하여 눈이 바애675)는지라.
하물며 첩첩한 문한(文翰)이 장강대하(長江大河) 같으니, 사인이 글 뜻
은 어떠한 줄 모르나 신속함을 놀라더니, 쓰기를 다 하매, 생이 일어나
읍하고 가로되,

"일색이 늦었으니 어서 바치고 더디지 마소서."

사인이 일시에 정생의 옷을 붙들고 성명을 물으며 은인이라 칭하여
감골(感骨)함이 말씀에 나타나니, 생이 정색 왈,

"우연이 둔열(鈍劣)한 글귀를 시험함이 있으나 이토록 들 함이 소제의
불안함을 돕는지라. 동접(同接)676)이 바야흐로 기다릴 것이니 한담(閑
談)치 못하나니, 성명은 후일 앎이 있으리라."

언파에 재촉하여 명지(名紙)를 바치라 하고 늠연(凜然)이 일어나며,
여러 사람에게 섞이니 경각에 간 바를 모르는지라. 여생 등이 신선인가
의심하며 글을 지어시니 다행하여 일시에 바치니라.

정생이 여·박 사인(四人)의 글을 지어주고 한유하다가, 다시 연무청
(鍊武廳)을 바라보니, 수만 군웅이 장기(長技)를 비양(飛揚)하여, 말을
달리고 활을 잡아 백보(百步)의 유엽(柳葉)을 맞히며, 비수(飛獸)의 무
리를 쏘느라, 땀을 흘리고 참방(參榜)하기를 죄는 마음이 대한(大旱)의
운예(雲霓)677) 같은지라. 정생이 홀연 의사 요동(搖動)하여 혜오되,

---

674) 적은덧 : 잠깐. 얼마 되지 않는 매우 짧은 동안. *덧; 얼마 안 되는 퍽 짧은 시간.
675) 바애다 : 늑밤븨다. 빛나다. (눈이) 부시다.
676) 동접(同接) : 같은 곳에서 함께 공부함. 또는 그런 사람이나 관계.
677) 운예(雲霓) : 구름과 무지개를 아울러 이르는 말. 또는 비가 올 징조.

"대장부 재주를 품고 발치 아니면 용졸(庸拙)키 심한지라. 내 본디 무예를 익히지 못하였으나 뜻이 매양 문무를 겸전(兼全)코자 하더니, 아무려나 한번 시험하여 보리라."

하고, 즉시 소매를 떨치고 개연이 연무청에 나아가 보궁(寶弓)을 다래여[678] 비전(飛箭)을 날리매, 어찌 차오(差誤)함이 있으리오. 반생을 근로하여 익히던 자라도 이에 믿지 못할지라. 백발백중(百發百中)하니 무과 장원을 남에게 사양치 않을지라. 큰 북이 연(連)하여 울고 수만 군웅이 혀를 내둘러 칭찬치 않을 이 없으며, 그 표치풍광(標致風光)의 발월동탕(發越動蕩)[679]함이 만고일인(萬古一人)이라. 견자(見者) 홀홀(惚惚)히 넋을 잃어, 어린다시 정공자 신상에 눈을 쏘았더라.

이날 과장이 크게 전과 달라 황상이 친히 제(題)를 내시고 일일이 끊으시어[680] 인재 바라시는 마음이 극하신지라. 한 장도 성의(聖意)에 합함이 없어, 혹 시의(詩意) 경발(警拔)[681]하니 있으나, 마침내 은하(銀河)의 깊은 것이 없고, 그렇지 않으면 겨우 성편한 이도 있으며, 문리(文理) 채 되지 못한 이도 있어, 용안(龍顔)이 심히 불예(不豫)하시더니, 날호여 정공자의 시권(詩券)을 친히 얻으시니, 한번 어람(御覽)하시매 만지(滿紙)에 황룡이 서리고 난봉(鸞鳳)이 뛰노는지라. 첩첩한 문한(文翰)이 천지의 너른 것을 가져 안방정국(安邦定國)하며 치세경륜(治世經綸)할 재덕(才德)이 지상(紙上)에 완전하니, 천심(天心)이 대열(大悅)하시어 친히 장원을 정하시고, 차례로 끊어 수를 채우시니, 여·박·화 등의 글을 보시고 당세의 인재 많음을 깃거 하시고, 시신(侍臣)이 다 황

---

678) 다래다 : 당기다.
679) 발월동탕(發越動蕩) : 용모가 깨끗하고 훤칠하며 묵직하여 잘생겼다.
680) 끊다 : 잘잘못을 따져서 평가하다.
681) 경발(警拔) : 착상 따위가 아주 독특하고 뛰어나다.

홀 칭찬하더라.

이미 문무의 수를 채와 전두관(殿頭官)이 옥계하(玉階下)에서 소리를 길게 하여 문무장원을 호명하니, '태주인 정천흥의 년이 십사세요, 부는 대사도 금평후 연이라' 부르는 소리 세 번에, 일위 소년이 편편(翩翩)이 걸어 옥계하(玉階下)에 추진(趨進)하니, 신장이 팔척이오. 두렷한 천정(天庭)682)은 천원지방(天圓地方)683)을 상(像)하였고, 잠미봉목(蠶眉鳳目)684)이오 연함호두(燕頷虎頭)685)며, 호비주순(虎鼻朱脣)686)이오 용호기상(龍虎氣像)이라. 전상전하(殿上殿下)의 구름 같은 사람이 장원의 연소함을 듣고, 모든 눈이 일시에 관광하더니, 그 신장체지(身長體肢)를 보고 아니 놀랄 이 없는지라. 천안(天眼)이 한번 보시매 대열하시어 계화(桂花)를 주시고 크게 칭찬하시어 왈,

"정연은 동냥지신(棟樑之臣)이며, 금옥군자(金玉君子)러니, 자식을 두매 이렇듯 출세특이(出世特異)하니, 한갓 정가의 복이 아니라, 짐이 인재를 얻어 사직지신(社稷之臣)687)을 삼고 동냥지재(棟梁之材)를 정하리니, 국가의 경사라, 어찌 기쁘지 않으리오."

만조(滿朝)가 일시에 만세를 불러 득인(得人)하심을 하례하고, 문무신래(文武新來)688)를 차례로 불러들이시니, 여·박·화 사인이 구슬 꿴

682) 천정(天庭) : 관상에서, 두 눈썹의 사이 또는 이마의 복판을 이르는 말.
683) 천원지방(天圓地方) : 하늘은 둥글고 땅은 네모남을 이르는 말. 출전 ≪여씨춘추전(呂氏春秋傳)≫.
684) 잠미봉목(蠶眉鳳目) : 누에가 누워있는 것처럼 두툼한 모양을 한 눈썹과 봉황의 눈처럼 가늘고 길며 눈초리가 사납고 붉은 기운이 있는 눈.
685) 연함호두(燕頷虎頭) : 제비 비슷한 턱과 범 비슷한 머리라는 뜻으로, 먼 나라에서 봉후(封侯)가 될 상(相)을 이르는 말.
686) 호비주순(虎鼻朱脣) : 호랑이 코에 붉은 입술을 가진 얼굴 모습.
687) 사직지신(社稷之臣) : 나라의 안위(安危)와 존망(存亡)을 맡은 중신(重臣)
688) 문무신래(文武新來) : 문과 무과에 새로 급제한 사람.

듯이 등양하고, 제육(第六)에는 석준이니 추밀사 석화의 제삼자요, 태우 윤수의 여서(女壻)니, 경아의 가부(家夫)라. 상이 가장 총애하시어 금평후 정연과 추밀사 석화를 가까이 부르시어 옥배(玉杯)에 향온(香醞)을 내리와 각각 기자(奇子) 둠을 포장하시고, 장원을 각별 총애하시어 어온(御醞)을 반사(頒賜)하시고, 이날 작직(爵職)을 도도아 한림학사 호위장군(翰林學士 護衛將軍)을 삼으시고, 그 어린 나이에 문무전재(文武全才)가 만고(萬古)에 희한(稀罕)함을 대찬하시니, 금평후 아자의 웅문대재(雄文大才)로써 과장(科場)에 나아가매 참방(參榜)할 줄은 짐작하였거니와, 문무의 으뜸이 되어 위로 천심과 아래로 만조(滿朝)의 칭찬함이 세대일인(世代一人)으로 미루니, 도리어 불안하고 깃거 않으며, 천총(天寵)이 과도하기에 다다라 불승황공하여 돈수사은(頓首謝恩) 왈,

"천흥은 한낱 연유소아(年幼小兒)라. 우연이 성과(盛科)에 참예하오나 용문승영(龍門承榮)689)은 천만의외(千萬意外)라. 하물며 문·무 두 길을 디뎌 장원을 천자(擅恣)하오니, 신이 불승송황경구(不勝悚惶驚懼)690)하와 아뢸 바를 알지 못하옵나니, 복망 성상은 천흥의 외람한 작직을 거두시어 십년 말미를 주시면, 물러가 글을 더 읽고 나이 차거든 사군보국(事君保國)하와 성은을 만분지일(萬分之一)이나 갚사올까 하나이다."

재삼 사양(辭讓)함이 혈심(血心)에 나타나니, 상이 그 공검청렴(恭儉淸廉)함을 아름다이 여기시고, 만조 탄복함을 마지아니하더라.

장원이 야야(爺爺)의 깃거 아니심을 보고, 역시 전폐(殿陛)의 내려 고

---

689) 용문승영(龍門承榮) : '용문(龍門)에 오른 영광'이라는 뜻으로, 여기서는 '과거에 급제한 영광'을 말함. 용문(龍門)은 중국 황하(黃河) 중류에 있는 여울목으로, 잉어가 이곳을 뛰어오르면 용이 된다고 전해진다.
690) 불승송황경구(不勝悚惶驚懼) : 몹시 놀랍고 송구(悚懼)함을 이기지 못해 함.

사(固辭) 왈,

"소신은 이칠소아(二七小兒)라, 어린 나이에 과거를 구경함이 무엇이 바쁘리까마는, 할미 년노(年老)하와 님박서산(臨迫西山)691)하오니 자손의 영화를 바삐 보고자 하와, 신부(臣父)를 권하여 신을 과장의 들여보내오니, 마지못하여 작서(作書)하여 바친 바요, 연무청에서 무반(武班)의 궁전(弓箭)을 희롱하오니, 아해 마음에 일시 희롱으로 보궁(寶弓)을 잡아 비조(飛鳥)를 쏘는 노름에 참예하였사오나, 기약지 아닌 무과 장원이 되오니 황공불안(惶恐不安)하옴이 몸 둘 곳을 알지 못하옵나니, 복원 성상은 신의 이름을 무과 장원방목(壯元榜目)에 떼시고, 십년 말미를 허하시면 물러가 다시 재학(才學)을 닦아 직임(職任)을 다스리이다."

상이 이에 가로되,

"경(卿)의 부자 겸퇴(謙退)하는 뜻이 너무 과도한지라. 원간 재주는 연치(年齒) 노소에 있지 않으니, 석(昔)에 장량(張良)692)이 소년으로 범아부(范亞夫)693)를 묘시(藐視)하니, 천흥의 재덕으로 어찌 사군보국(事君保國)할 재주 부족하리오. 경은 안심물려(安心勿慮)하고 천흥은 무익히 사양치 말고 행공찰직(行公察職)하라."

하시니, 정공부자 재삼 고사하여 십년 말미를 청하되, 종불윤(終不允)

---

691) 임박서산(臨迫西山) : '해가 서산에 기울다'는 뜻으로 '죽음이 가까이 와 있다' 는 말.

692) 장량(張良) : BC ?-189. 중국 한나라의 정치가, 건국공신. 자는 자방(子房). 유방의 책사로 홍문연에서 유방을 구하고 한신을 천거하는 등, 유방이 한나라 를 세우고 천하를 통일할 수 있도록 도왔다. 소하·한신과 함께 한나라 건국 3 걸로 불린다.

693) 범아부(范亞夫) : 범증(范增, BC277-204. 중국 초나라의 책사·정치가. 항우와 초나라를 위해 유방을 죽이려 했지만 실패하고, 유방의 모사 진평의 반간계에 빠진 항우에게도 쫓겨나, 천하를 떠돌다가 객사했다.

하시고, 삼일유가(三日遊街)694) 후 즉시 행공(行公)하라 하시니, 장원
이 하릴없어 사은숙배(謝恩肅拜)695)하고 물러날 새, 천심이 불승애지
(不勝愛之)하시어, 어전에서 신래를 백단유희(百端遊戲)하시어 군신이
종일 진환(盡歡)하고 파조(罷朝)하시니, 장원이 문무방하(文武榜下)를
거느려 궐문을 나매 만조백관이 일시에 그 뒤를 이어 물러나니, 정공이
아자를 앞세우고 부중으로 돌아올 새, 집사아역(執事衙役)은 위의를 돕
고, 금의재인(錦衣才人)은 재주를 비양(飛揚)하거늘, 청동쌍개(靑童雙
個)696)와 홍패(紅牌)697) 둘이 앞을 인도하거늘 명공거경이 벌이 뭉기
며698) 개미 쑤시듯이699) 대로를 덮어 취운산에 모여 신래를 희롱하려
할 새, 벽제쌍곡(辟除雙曲)과 사마거륜(駟馬車輪)700)이 전후로 분분한
가운데, 장원의 천양경일지풍(天壤傾日之風)701)과 용자봉질(龍姿鳳質)
이 독보(獨步)하니, 길에서 구경하는 사람들이 책책(嘖嘖) 칭선(稱善)하
여 천상낭(天上郎)이라 하더라.

　부중에 돌아와 정공이 장원을 데리고 내당에 들어가 순태부인께 뵈오
니, 태부인과 진부인이 바삐 눈을 들어보니, 장원이 표표(表表)한 봉익
(鳳翼)702)에 금수청삼(錦繡靑衫)을 가하고, 이리 허리에 옥대(玉帶)를

---

694) 삼일유가(三日遊街) : 과거에 급제한 사람이 사흘 동안 풍악을 잡히고 거리를
　　돌며 시험관과 선배 급제자와 친척을 방문하던 일.
695) 사은숙배(謝恩肅拜) : 임금의 은혜에 감사하여 공손하고 경건하게 절을 올림.
696) 청동쌍개(靑童雙個) : 푸른 옷을 입은 두 명의 화동(花童).
697) 홍패(紅牌) : 고려·조선 시대 과거시험의 대과(大科)에 급제한 사람에게 주는
　　합격증서. 붉은색을 띤 용지를 사용했음으로 홍패라고 한다.
698) 뭉기다 : 엉겨서 무더기를 이루다.
699) 쑤시다 : 비집다. 사람이 여러 사람 사이로 들어갈 만한 틈을 벌리거나 만들다.
700) 사마거륜(駟馬車輪) : 네 필의 말이 끄는 수레.
701) 천양경일지풍(天壤傾日之風) : 천지간에 태양을 능가할 만큼 빛나는 풍채.
702) 봉익(鳳翼) : '봉의 날개'를 뜻하는 말로 '양 어깨'를 비유적으로 표현한 말.

두르고, 섬수(纖手)에 아홀(牙笏)을 잡아, 조모와 태태께 배례하니, 어
화(御花)703)는 월액(月額)704)에 기울었고 어온(御醞)에 반취(半醉)한
용화(容華)는 추택(秋澤)에 홍련(紅蓮)이 성개(盛開)하였는 듯, 유성(流
星) 같은 안광은 영기(靈氣) 징징(澄澄)하여705) 좌우에 바애고, 발월(發
越)한 기상과 절인재풍(絶人才風)706)이 청삼화대(靑衫花帶)707) 가운데
더욱 빼어난지라. 태부인이 바삐 그 손을 잡고 등을 두드려 기쁨을 이기
지 못하여, 두굿겨 웃는 입을 주리지 못하여, 왈,

"미망여생(未亡餘生)이 붕성(崩城)의 설움을 견딤은 네 아비 지효를
저버리지 못하여 세상에 머물러 있음이나, 실로 즐겁고 기쁨을 알지 못
하더니, 오늘날 네 청운(靑雲)에 고등하여 계화청삼(桂花靑衫)으로 노모
의 앞에 절함을 얻으니, 인간 낙사(樂事) 이 밖에 없는 듯, 두굿겁고 아
름다움을 형상치 못하나니, 어찌 효자현손(孝子賢孫)이 아니리오."

진부인은 팔자춘산(八字春山)708)에 희기(喜氣) 가득하여 단순호치(丹
脣皓齒) 찬연하니, 장원이 조모와 모친의 깃거하심을 보옵고 옥면(玉面)
의 승안화기(承顔和氣) 우휠709) 듯 하는지라. 금후 아자의 출인한 재주
를 기특히 여기나, 어린 나이에 사람마다 너무 일컫는바 되고, 문무의

---

703) 어화(御花) : 어사화(御賜花). 조선 시대에, 문무과에 급제한 사람에게 임금이
    하시어하던 종이꽃.
704) 월액(月額) : 달처럼 둥근 얼굴(이마).
705) 징징(澄澄)하다 : 매우 맑다.
706) 절인재풍(絶人才風) : 매우 뛰어난 재주와 풍채.
707) 청삼화대(靑衫花帶) : 과거급제자의 차림인 금수청삼(錦繡靑衫)과 어사화(御賜
    花), 옥대(玉帶)를 함께 이른 말.
708) 팔자춘산(八字春山) : '두 눈 위의 화장한 눈썹'을 비유적으로 나타낸 말. '팔
    (八)'자는 '두 눈두덩 위에 나 있는 눈썹'의 모양을 나타낸 말.
709) 우휠다 : 움키다. 움켜쥐다. 여기서는 화기가 '손으로 움켜 쥘 수 있을 만큼 가
    득함'을 비유적으로 표현한 말

으뜸이 되어 용방천인(龍榜千人)을 묘시(藐視)하니, 그윽이 불안하여 너무 조달(早達)함을 깃거 아니하더니, 모부인의 이렇듯 즐겨하심을 보니, 비로소 잠간 웃고 주왈,

"자식의 조달영귀(早達榮貴)는 인인(人人)의 바라는 바이오나, 천흥의 연소부재(年少不才)로 외람히 문무장원이 되오니, 무비(武備)는 선세로부터 본디 염(厭)하는 바이거늘, 아해 망령되이 아비 깃거 않는 일을 승사(承事)로 알아 행하오니, 소자 종일 심회 불평하와 기쁜 줄을 알지 못하옵더니, 집에 돌아와 자위 희열하심을 보오니 천아의 효도라 하리로소이다."

태부인이 소왈,

"무비는 조선(祖先)의 없는 일이니 천아의 일이 오활(迂闊)하거니와, 문과를 폐하고 무과를 응함이 아니라, 문무에 다 제일이 되니 아손의 재주 비상함이라, 어찌 불평함이 있으리오. 비록 부자나 성도는 각각이니 흥아는 천고 열장부요, 일세 준걸이거늘 너는 단묵한 군자라. 고요하기를 이르면 네 나으려니와, 만사 능려기이(凌厲奇異)710) 하기는 손아가 그 아비에서 백배 승하리니 너는 부질없는 근심 말라."

금후 소이배사(笑而拜謝)하고 장원을 데리고 사묘에 현배(見拜)하기를 마치고, 외당에 좌객이 가득하여 신래(新來)부르는 소리 진동하니, 금후 아자를 데리고 외헌의 나와 하객을 맞을 새, 명공거경이 당상에 열좌하여 신래를 백단(百端) 유희할 새, 절대미아(絶代美兒)를 드려 대무(對舞)하여 온 가지로 유희한대, 진퇴절차(進退節次)에 충천장기(衝天壯氣)를 장축(藏縮)지 못하여, 사관(四官)711)이 가르칠 나위712) 없이 희롱

---

710) 능려기이(凌厲奇異) : 아주 뛰어나게 훌륭하고 기발함.
711) 사관(四官) : 조선 시대에, 과거에 관한 일을 맡아보던 사관(四館)의 관원(官

이 낭자하여 기기절도지사(奇奇絶倒之事)[713] 많으니, 공후재열과 소년 명류(少年名流) 다 선자(扇子)를 쳐 박장절도(拍掌絶倒) 하기를 마지아니하되, 금후 안연단좌(晏然端坐)하여 조금도 웃는 빛이 없어, 날호여 양목을 비껴 장원을 보니, 생이 야야의 기색을 알아보고 즉시 희롱을 그치고 사관에게 고왈,

"어전에서 열위 노선생이 백단 유희하시매 소생이 가쁜 숨을 돌리지 못하여서 집의 돌아오오니, 또 이같이 보채시니 소생이 기진하여 못견디리로소이다."

만좌 대소 왈,

"이 신래 완만하여 스스로 보채기를 그치고자 함이요, 기운이 진할 듯하단 말은 허언이라. 장원의 충천장기 산악을 거꾸러뜨릴 듯하니, 이같이 보채기를 일 년을 하여도 가빠 못 견딜 리는 없으리라."

장원이 웃음을 머금고 왈,

"사관이 소생이 기운이 진하도록 보채려 하신 즉, 감히 사양치 못하려니와, 혈육지신은 다 한가지라, 제위 존공은 등과 시에 가쁘지 않으시더이까? 소생은 졸약(拙約)하여 그만 보채서도 갱기(更起)를 못하리로소이다."

좌중이 크게 웃고 기상을 아니 사랑할 이 없어 사(赦)하여 당의 올려 말씀할 새, 장원은 부전이라 경근하는 예를 잡으니, 염슬궤좌(斂膝跪坐)

員). 성균관, 예문관, 승문원, 교서관의 관원(官員)을 이른다. 당시 과거에 급제한 '신래(新來)'들은 이 네 관아(官衙)에 배속되어 관직생활을 시작하였는데 이때 통과의례로 선배관원들 곧 '선진(先進)'들에게 면신례(免新禮)를 행하던 관례가 있었다.

712) 나위 : 더 할 수 있는 여유나 더 해야 할 필요.

713) 기기절도지사(奇奇絶倒之事) : 몹시 이상야릇하고 우스꽝스러워 웃다가 까무러쳐 넘어질 만한 일들.

하여 봉안이 나직하고 기운이 안서(安舒)하며, 단엄 정직한 거동이 다른
사람 같은지라. 금후는 그 한결같지 못함을 미온(未穩)하여 심기에 염려
하는 바는, 지기를 펴 문무장원이 되고 상총이 과도하시니, 더욱 방약무
인(傍若無人)하여 동서에 거칠 것이 없어 제어하기 어려울까 근심하고,
장원은 야야(爺爺)의 기색이 화열치 않으심을 크게 황공하여, 말씀을 마
음대로 못하는지라. 좌간의 윤태우 장원의 손을 잡고 안식이 척연(慽然)
하여 정공을 향하여 이르되,

"질녀(姪女)의 박복함이 일찍 봉관화리(鳳冠花履)로 명부(命婦)714)의
적(籍)을 즐기지 못하고, 미급혼취(未及婚娶)에 무고히 실산하여 이제
영랑이 청운에 고등하니, 가실(家室)이 하루도 없지 못할지라. 형은 거
처 없는 아질(我姪)을 등대치 말고 명문귀가에 숙녀를 맞아 영랑의 배우
를 빛나게 하라."

금후 탄 왈,

"수년을 기다려 영질(令姪)의 거처를 구색(求索)하여 종시 찾지 못하
면 남아 환거(鰥居)치 못하여 취실하려니와, 아직은 소제 염려 다른 곳
에 유의치 아니하노라."

좌중에 가득한 명공거경이 딸 둔 자는 저마다 유의하여 구혼하고자
하되, 전일 정공이 동서구친(東西求親)을 다 물리치고 윤상서 집과 아시
정맹(兒時定盟)이 있음을 일렀으므로, 윤태우의 말씀이 여차하고 정공
이 타처를 유의치 아니하니, 감히 구혼할 이 없더라.

좌중에 동평장사(同平章事) 양필광은 참정(參政) 양문광의 아우라. 정
공으로 더불어 지심익우(知心益友)러니 이에 웃고,

---

714) 명부(命婦) : 봉작(封爵)을 받은 부인을 통틀어 이르는 말. 내명부와 외명부의
구별이 있었다.

"장원의 걸출(傑出)한 기상이 일처(一妻)로 늙지 않을 것이니, 만일 윤소저를 만나 혼사를 이루거든, 소제 비록 용우하나 외람히 형의 지기(知己)로 허하심을 입어 다시 인아(姻婭)의 정을 맺고자 하니, 소제에게 머리 누른 딸이 있어 하마 도요시(桃夭詩)715)를 읊게 되었으니, 형이 만일 날을 나무라 버리지 아니하거든 소녀(小女)로써 장원의 재실을 허하라."

금후 양평장의 청고명현(淸高明賢)한 위인을 기허(己許)하는지라 매몰이 떼칠 의사는 없더라.

---

715) 도요시(桃夭詩) : 시경(詩經) 〈주남(周南)〉 편에 있는 시. 시집가는 아가씨의 아름다움과 행복을 노래하고 있다.

명주보월빙 권지육

　화설. 금평후 양평장의 청고 명현한 위인을 기허(己許)하는지라. 매몰
이 떼칠 의사는 없으되, 장원의 호신(豪身)을 염려하여 그 방탕함을 돕
지 않으려 하여, 사사(謝辭) 왈,

　"형이 돈아(豚兒)의 용우(庸愚)함을 혐의치 않아 옥녀로써 재실의 낮
음을 구애치 아니하고 구혼하니, 소제 어찌 감사치 아니 하리요마는, 돈
아 소활무식(疎豁無識)하여 일처도 편히 거느리지 못하리니, 형의 만금
농주(萬金弄珠)를 탕자에게 가하여 일생이 욕됨을 묻지 않아 알지라. 소
제 진정(眞情)으로 이르나니 형은 오아를 유의치 말고 장안자맥(長安紫
陌)716)의 옥인군자를 가려 영아(令兒)의 종신대사(終身大事)717)를 그르
게 말라."

　양공이 소왈,

　"형이 소제로 더불어 인친(姻親)됨을 염(厭)하여 영랑의 호일(豪逸)함
을 일컬어 친사(親事)를 밀막으니, 소제 애달음을 이기지 못하나니, 영
랑의 기상이 백미인과 천희(千姬)를 맡겨도 외입(外入)할 유(類) 아니니,
어찌 양 처를 거느리지 못할까 근심하리오. 설사 영랑이 방탕하여 여자

---

716) 장안자맥(長安紫陌) : 서울의 번화한 거리.
717) 종신대사(終身大事) : 결혼을 달리 이른 말.

의 일생이 안안(晏晏)치 못할지라도, 소제 스스로 청하여 얻은 사위라. 형을 한하지 않을 것이니 부질없이 칭탁치 말고 허락하라."

정공이 양공의 말이 이에 미쳐는 밀막을718) 말이 없어 도리어 소왈,

"형으로써 식안(識眼)이 남에서 나은가 하였더니, 돈아의 허랑불미(虛浪不美)함을 이다지도 과히 알아 천금옥녀를 재실로 돌아 보내고자 하니, 지인(知人)함이 어찌 그대도록 불명(不明)하뇨? 오직 윤씨를 찾지 못하였으니 재취를 의논치 못할 것이요, 돈아 연유소아(年幼小兒)로 만사 외람하여 문무의 장원이 되고, 작차(爵次) 과도하니 소제지심이 공구축척(恐懼蹙蹐)하여 재취를 허할 의사 업도다."

장원의 표숙(表叔) 진상서 등이 웃고 이르되,

"속담에 '아들의 아내는 열이라도 사양치 않는다.' 하니, 형이 비록 천아로써 윤씨 밖 타인을 허치 않을 뜻이 있으나, 저의 위인이 형의 단묵(端默)함과 다른지라. 타일 여러 처첩을 모을 것이니 어찌 양형의 간절한 청을 물리치느뇨? 모름지기 쾌허하여 '주진(朱陳)의 호연(好緣)'을 이루게 하라."

금후 미급답에 윤태우 가로되,

"형이 신의를 굳게 잡아 아질(我姪)을 찾아 영랑의 원위(元位)를 삼고자 하니, 소제 감은함을 이기지 못하리로소이다. 연(然)이나 양형이 천금농주(千金弄珠)로써 창백의 재실을 구하니, 형이 비록 원치 않으나 창백의 풍신용화(風神容華)를 보는 자, 딸 둔 이는 무심치 않을지라. 양형의 딸의 기특함은 묻지 않아 알리니, '천여불취(天與不取)면 반수기앙(反受其殃)이라'719). 창백의 호풍(豪風)을 저버리고 숙녀현부를 사양함

---

718) 밀막다 : 밀어서 막다. 핑계하고 거절하다.
719) 하늘이 주는 것을 받지 않으면 도리어 앙화(殃禍)를 입게 된다.

이 가치 않으니, 거처(居處) 없는 질녀를 기다리지 말고, 혹자 생존한 소식을 듣거든 미좇아720) 취(娶)하여도 형의 신의(信義)에 해롭지 않을까 하노라."

정공이 침사양구(沈思良久)721)에 처연(凄然) 탄 왈,

"오아는 아직 고인(古人)의 유취지년(有娶之年)이 아니라. 이제 수년을 더 기다림이 무엇이 바빠 선후(先後)를 바꾸며 구원(九原)의 망우(亡友)를 저버리리오."

금평후의 굳은 뜻을 돌이키기 어려운지라. 좌우 다 탄복함을 마지아니하고 윤공이 역시 추연감오(惆然感悟)함을 이기지 못하더라.

이렇듯 종일 단란(團欒)하고 일모서산(日暮西山)하매 열후재상(列侯宰相)이며 공경명사(公卿名士) 다 흩어지다.

장원이 삼일유가(三日遊街)를 마치고, 상(上)게 주달하고 말미를 청하여 선산에 소분(掃墳)722)할 새, 존당부모께 하직(下直)하고 창부재인(娼婦才人)과 하리추종(下吏追從)을 거느려 선릉(先陵)을 향할 새, 존당부모 장원의 손을 잡고 천리행도(千里行途)에 연유(年幼)한 아해 어찌 누대선묘(累代先墓)에 잘 다녀오리오. 염려무궁(念慮無窮)하여 연연함을 마지않으니, 장원이 이성화기(怡聲和氣)하여 가로되,

"소자 비록 연소하오나 혈기방강(血氣方强)하오니, 천 리를 이르지 마옵고 만 리라도 족히 염려 없사오니, 존당과 부모는 과려치 마르시고 귀체영순(貴體寧順)하심을 바라나이다."

인하여 절하여 하직하고 부전에 배별하니, 금후 재삼 쉬이 다녀옴을

---

720) 미좇아 : 뒤이어. *미좇다; 뒤미처 좇다.
721) 침사양구(沈思良久) : 오랫동안 깊이 생각함.
722) 소분(掃墳) : 오랫동안 외지에서 벼슬하던 사람이 친부모의 산소에 가서 성묘하던 일.

이르고 여러 곳 선묘(先墓)를 가르치니, 장원이 배이수명(拜而受命)하고 길에 오르니, 재인(才人)과 하리추종(下吏追從)이 길을 덮었고, 생소고악(笙簫鼓樂)[723]이 훤천(喧天)하여 십리에 벌여있으니, 도로관광자(道路觀光者) 책책(嘖嘖) 칭선(稱善)하여, 장원의 월모풍신(月貌風神)과 장한 위의를 일컬어 천상랑(天上郞)이라 하더라. 소과주현(所過州縣)이 지대(支待)[724] 영송(迎送)하여, 기구(器具)의 부려(富麗)함을 도우니, 장원이 일로(一路)에 영광이 조요(照耀)하여 무사히 선릉(先陵)에 득달하니, 향리(鄕里) 여로남복(女奴男僕)이 진동하여 십리 밖에 나와 맞고, 원근 향당(鄕黨)이 모여 장관(壯觀)을 구경하며, 장원의 옥모풍신(玉貌風神)과 수려쇄락(秀麗灑落)한 기상을 책책 칭찬하여 혀 닳고 침이 마를 듯하더라.

이에 기구(器具)를 갖추어 선세능묘(先世陵墓)에 소분(掃墳)하기를 마치고, 수일(數日)을 고택(古宅)에 머물러 평안이 쉬기를 다하매, 선묘의 하직하고 돌아올 새, 행하여 십여 일만에 경성지경(京城地境) 가까이 왔더니, 취운산 아래에 다다라 급한 비 붓듯이 오니, 차역(此亦) 하늘이 유의(有意)하심이 아니리오.

일행이 무주공산(無主空山)에서 대우(大雨)를 만나니 피할 데 없어 정히 방황하더니, 문득 산상(山上)에 적은 암자가 임목 사이에 보이거늘, 장원이 하리를 명하여,

"절에 들어가 피우(避雨)하려 하니 암자에 통하라."

하니, 하리 급히 암자에 들어가 객실을 치우라 하니, 모든 니고(尼姑)

---

723) 생소고악(笙簫鼓樂) : 생황(笙篁)과 통소, 북 등의 악기.
724) 지대(支待) : 공적인 일로 지방에 나간 고관의 먹을 것과 쓸 물품을 그 지방 관아에서 바라지하던 일.

황황하여 객당을 서릇고[725] 장원을 영접하거늘, 생이 보니 남승이 아니요 여승의 무리거늘, 구태여 접담치 아니하고 잠간 피우하여 날이 개기를 기다리고, 일행이 오반(午飯)할 양자(糧資)를 후히 주어 폐를 끼치지 말라 하고, 문을 등져 있더니 홀연 인가(人家) 서동(書童)의 복색을 한 노자(奴子)가 안으로 가거늘, 장원이 문득 불러 앞에 이르매, 물어 왈,

"이곳이 여승의 암자냐, 유학(儒學)하는 서생이 머무느냐? 너를 보니 인가 서동이라. 네 주인이 이에 계시냐?"

그 서동이 몽롱(朦朧)이 대 왈,

"여승 있는 암자에 어찌 유학하는 선비 머물리까마는 우리 주인이 마침 머물 일이 있어 잠깐 뉴우(留寓)하였나이다."

장원이 비를 피하여 잠깐 암자에 머무나 고적(孤寂)하여 더불어 말할 이 없으니, 번화한 성정(性情)에 심히 답답할 뿐 아니라, 그 서동의 말을 들으매 암자에 머무는 선비를 한번 보고자 의사 자연 요동(搖動)하여, 스스로 몸을 일으켜 그 서동더러 왈,

"내 잠깐 네 주인을 보고자 하니 모름지기 네 날을 인도하여 앞서라."

차시 현앵이 몸 위에 남복이 있음으로써 서동인 체하나, 외인이 소저를 보려함을 가장 놀라 다시 눈을 들어 장원을 보매, 영풍준골(英風俊骨)이 늠름쇄락(凜凜灑落)하여 태산제월지풍(泰山霽月之風)[726]과 청천백일지상(青天白日之相)[727]이 완연이 소저로 정혼하였던 신랑이라. 정 장원은 현앵을 유의하여 본 일이 없으므로 알지 못하나 현앵은 장원이 옥누항에 왕래하여 태우께 배견(拜見)할 적 익히 보았는지라. 크게 경아

---

725) 서릇다 : 거두어 치우다. 정돈하다.
726) 태산제월지풍(泰山霽月之風) : 비가 갠 날 태산 위에 떠 있는 밝은 달과 같은 풍채(風彩).
727) 청천백일지상(青天白日之相) : 맑은 하늘에 떠 있는 해와 같은 상모(相貌)

(驚訝)하여 주인이 유질(有疾)함으로 칭탁(稱託)고자 하다가, 장원이 벌써 당에 내려 신을 신고 서동을 재촉하여 압서라 하니, 현앵이 미처 말을 못하고 앞서 소저 침소의 다다르니, 이날 윤소저 마침 수치(繡致)를 물리치고 성현서(聖賢書)를 잠심하여 눈을 옮기지 않더니, 문을 여는 바에 현앵이 들어오고 일위(一位) 남자 청삼옥대(靑衫玉帶)로 오사(烏紗)728)를 숙여 들어오니 거동이 참방신래(參榜新來)729) 같되, 어화(御花)는 하리를 맡겼음으로 쓰지 않았으니 풍광이 동탕(動蕩)하여 좌우에 쏘이는지라. 소저 천만 기약치 않은 외인이 자기 침처(寢處)에 들어옴을 당하니, 놀랍고 황황(惶惶)함이 모양하여 비길 데 없으되, 몸에 남복(男服)이 있음을 믿고, 마지못하여 일어나 맞아 예필좌정(禮畢坐定)에 장원이 눈을 들어 윤소저를 보매, 그 팔채명광(八彩明光)730)이 면모(面貌)에 어른거려 창졸(倉卒)에 이목구비(耳目口鼻)를 자세히 알아보지 못할지라. 비봉(飛鳳) 같은 양익(兩翼)에 청삼을 가하고 유지(柳枝)같은 허리에 세초대(細草帶)731)를 두르고 단연 정좌(正坐)하니, 그 머리에 오히려 관(冠)을 쓰지 않아 편발동몽(編髮童蒙)732)을 면치 못하였으되, 숙묵(肅默)한 위의(威儀) 추천(秋天)의 고원(高遠)함을 다툴지라.

장원이 양구(良久)히 살피매 그 미우(眉宇)에 성자기맥(聖姿氣脈)이

---

728) 오사(烏紗) : 오사모(烏紗帽). 고려 말기에서 조선 시대에 걸쳐 벼슬아치들이 관복을 입을 때에 쓰던 모자. 검은 사(紗)로 만들었는데 지금은 흔히 전통 혼례식에서 신랑이 쓴다.
729) 참방신내(參榜新來) : 과거에 갓 급제한 사람.
730) 팔채명광(八彩明光) : 눈에서 나는 맑은 광채. '팔채(八彩)'는 팔(八)자 모양의 눈썹 광채를 뜻하는 말로, 여기서는 눈빛을 대신 나타낸 것이다.
731) 세초대(細草帶) : 가느다란 실로 꼬아서 만든 띠.
732) 편발동몽(編髮童蒙) : 머리를 길게 땋아 늘인 차림의 아직 관례(冠禮)를 올리지 않은 남자아이.

나타나고, 효성안광(曉星眼光)에 숙덕(淑德)이 어리었으니, 옥면연험(玉
面蓮臉)733)과 단순호치(丹脣皓齒)며 월액무빈(月額霧鬢)734)이 만고에
대두(對頭)할 이 없는지라. 장원이 숙시양구(熟視良久)에 대경흠복(大驚
欽服)하여 헤오되,

"미목(眉目)에 덕기(德氣) 저같이 비치고 천정(天庭)에 문명(文明)이
자연(自然)하니, 도덕학행(道德學行)이 세대무쌍(世代無雙)하려니와, 남
자 되어 어찌 저토록 고운 자가 있으리오. 우리도 풍신을 저마다 일컫는
바로되 실로 이 소년과 비한즉, 많이 내리리니, 혈육지신(血肉之身)이
한가지로되 차인은 기이함이 천고일인(千古一人)이라. 외모 이 같고 내
재(內才) 내리지 않으리니, 언어를 문답하여 보리라"

하고, 이에 말씀을 펴 왈,

"소제는 경사 사람으로 마침 향리(鄕里)에 다녀올 일이 있어 갔다가
돌아오는 길에, 비를 만나 피할 길이 없어 이곳에 잠간 쉬고자 하더니,
수재(秀才)735) 차처에 머무심을 듣고 심히 요적(寥寂)하여 감히 교도를
맺고자 하여 이르렀나니, 아지못게라!736) 존성과 대명을 들으리까?"

윤소저 처음 눈 들어 봄을 뉘우쳐 다시 성안(星眼)을 들지 아니하고,
오직 사사 왈,

"소생은 일찍 연유소아(年幼小兒)로 어려서 부모를 실리(失離)하여 성

---

733) 옥면연험(玉面蓮臉) : 옥 같은 얼굴에 연꽃처럼 아름다운 뺨. *臉(뺨 검)의 음
은 '검'인데 여기서는 '험'으로 읽고 있음.
734) 월액무빈(月額霧鬢) : 달처럼 둥근 이마와 안개가 서린 듯한 하얀 귀밑털.
735) 수재(秀才) : ①예전에, 미혼 남자를 높여 이르던 말. ②뛰어난 재주. 또는 머
리가 좋고 재주가 뛰어난 사람.
736) 아지못게라! : '모르겠도다!' '모를 일이로다!' '알지못하겠도다!' 등의 감탄의
뜻을 갖는 독립어로 작품 속에서 관용적으로 쓰이고 있어, 이를 본래말 '아지
못게라'에 감탄부호 '!'를 붙여 독립어로 옮겼다.

명을 부득(不得)한 죄인으로, 자취 산문에 머무니 혹자 사람이 성명을 묻는 이 있으나 이를 말이 없는지라. 스스로 세상에 머무는 줄을 부끄러워하여, 감히 예사 사람과 같이 교유함을 바라지 못하니, 하물며 귀인으로 더불어 사귀기를 원하리까?"

옥성이 낭랑하여 금반(金盤)에 진주를 굴리고 봉음(鳳吟)이 화열(和悅)하여 천지의 화기를 이룰지라. 말로 좇아 유연(油然)이 부끄러워하는 태도 있어, 어여쁜 거동이 춘풍하일(春風夏日)에 일만 꽃봉오리 향기를 토(吐)하며, 상연(爽然)이 높고 맑음은 만리장공(萬里長空)에 한 조각 점운(點雲)이 없는 곳에, 추월(秋月)이 옥누(玉樓)에 밝아있는 듯, 천택(川澤)이 얼음을 씻어 수정(水晶)을 대함 같으니, 정장원이 눈을 옮기지 아니하고 황홀(恍惚) 흠애(欽愛)함을 이기지 못하여, 아무리 생각하여도 남자로는 저런 태도 없을지라. 침사양구(沈思良久)에 또 유의하여 본즉, 피차 다 어려서 본 바나 정생의 신기로운 안총(眼聰)이 음양을 변체(變體)함을 깨달을 뿐 아니라, 차인의 용화전형(容華全形)737)이 윤소저 어렸을 적 태도와 많이 같아서, 비록 남복과 대소(大小)다르나 이상히 방불하니, 일단 의심이 유동(流動)하여, 문득 가까이 다가앉아 가로되,

"수재(秀才)738)의 정사를 들으니 추연함을 이기지 못하나니, 아지못게라! 어찌 천하를 두루 돌아 부모를 찾지 못하시느뇨? 원간 방년(芳年)이 몇 춘추(春秋)를 지내어 계시느뇨?"

소제 또한 나이를 알지 못함으로 답하고, 그 가까이 앉기를 임(臨)하여 경황함을 참지 못하여 물러앉으니, 정생이 눈으로 소저를 보며 손으

---

737) 용화전형(容華全形) : 얼굴과 전신의 모습.
738) 수재(秀才) : ①뛰어난 재주. 또는 머리가 좋고 재주가 뛰어난 사람. ②예전에, 미혼 남자를 높여 이르던 말.

로 서안(書案)의 책을 뒤적이더니, 두어 장 시사(詩詞) 떨어지거늘 펴보
니 필획이 찬란(燦爛)하여 묵광(墨光)이 조요(照耀)하니, 일월이 비추는
듯, 주옥을 흩은 듯, 철사(綴詞)를 드리운 듯, 시사(詩詞)의 청신고결(淸
新高潔)함이 그 위인으로 다르지 아니하나, 웅호장활(雄豪壯活)739)함이
부족(不足)하여, 전혀 높고 맑기와 인성숙덕(仁聖淑德)으로 주하였으니,
남자로 이를진대 아녀자 기예(技藝)의 일류(一類)라. 장원이 칭찬함을
마지않아 소저를 향하여 가로되,

"이 반드시 수재(秀才)의 소작(所作)이라. 탄복함을 이기지 못하나
니, 이제 우리 일수시(一首詩)를 화하여 처음으로 보는 바나 평생 알던
바같이 정을 표하리라."

소제 더욱 불열(不悅)하여 다만 손을 꽂고 사례 왈,

"명공(明公)이 미세(微細)한 글귀를 이렇듯 과찬(過讚)하시어 소생의
마음을 이리 참괴(慙愧)케 하시느뇨? 소생이 성정(性情)이 암둔(闇鈍)하
고, 재주 노하(駑下)740)하여 창졸에 작서(作書)할 길이 없으니 좋은 뜻
을 받들지 못하나이다."

정생이 재삼 청하되 굳게 사양하며, 쌍안(雙眼)을 낮추어, 비록 입으
로 수작하나 방 중에 사람이 있으며 없음을 보지 아니니, 정생이 의심이
점점 일어나 가연이 몸을 움직여 그 앞에 나아가, 큰 힘으로 꽂은 팔을
빼며 지필(紙筆)을 가져 글을 지으라 하니, 소제 대경하여 급히 팔을 떨
치고자 할 적, 장원이 그 옥수를 잡고 소매를 밀치매, 백옥의 단사(丹
砂) 빛이 찬연한대, 주필(朱筆)노 '정문총부(鄭門冢婦)' 사재(四字) 완연
이 부공의 필적이라. 의심 없는 윤소저임을 쾌히 알매 심리의 기쁘고 다

웅호장활(雄豪壯活) : 씩씩하고 호걸스러우며 장하고 활달함.
740) 노하(駑下) : 둔한 말 아래라는 뜻으로, 남에게 자기를 낮추어 이르는 말.

행함을 형상(形象)치 못하니, 성례전(成禮前) 친근함이 예(禮) 밖이라. 유해함을 깨달아, 바삐 잡았던 손을 놓고 일어나 왈,

"소저의 정혼한 바 정창백이니, 선릉(先陵)에 소분사(掃墳事)로 내려갔다가, 우연히 암자에 비를 피하여 들어왔더니, 소저 진실로 남잔가 여겨 사귀고자 함이러니, 비상(臂上) 글자를 보니, 처음에 남녀를 아지 못하여 성례전 상면(相面) 수작(酬酌)이 불가하나, 실로 만만무정지사(萬萬無情之事)741)라. 소제 놀라시나 타인과 다르니 소저는 안심하소서. 생이 돌아가 영숙대인(令叔大人)께 고하여 본부로 돌아가시게 하리이다."

언파에 팔을 들어 예하고 빨리 나가는지라.

이때 윤소저 참괴(慙愧)함이 욕사무지(欲死無地)하여 만면에 홍광(紅光)이 취지(聚之)하니, 성안(星眼)의 수파(水波) 요동(搖動)함을 면치 못하여, 자기 빙옥방신(氷玉芳身)과 고고예절(孤高禮節)로 집에 무사히 있음을 얻지 못하여, 산문(山門)에 유락(流落)하여 정생을 만나니, 놀랍고 차악하며 부끄럽고 한심함을 이기지 못하고, 정생이 자기 근본을 모르고 간 것과 달라 미리 이르고 나가니, 일마다 명도(命途))를 슬퍼 부친이 계셨으면 자기 어찌 미혼 전에 이런 일이 있으리오. 새로이 비회교집(悲懷交集)하니 어린 듯이 베개에 의지하였더니, 혜원이 들어와 웃고 왈,

"이제는 소저 돌아가실 기약이 가까우리니, 어찌 저렇듯 즐겨 아니하시니까?"

소저 묵연부답(黙然不答)하니 혜원이 위로 왈,

"만사 다 명(命)이니 소저는 한(恨)치 마소서. 불과 일삭지내(一朔之內)에 돌아가시려니와, 화액이 멀었으니 비록 면코자 하나 쉽지 못하되,

741) 만만무정지사(萬萬無情之事) : 전혀 고의(故意)로 한 일이 아님. 혐의(嫌疑)를 둘 만한 일이 없음.

본디 소저의 귀복이 당당하여 천만 위경을 당하여도 마침내 사생은 염려롭지 않은지라, 빈도 혹자 타일 다시 모실까 하나이다.”

소저 척연탄식(慽然歎息)하여 말이 없더라. 생이 밖에 나와 현영을 불러 묻되,

“네 주인이 남자 아님은 알았거니와 너도 서동이 아니요 시녀니, 아지 못게라! 이곳이 옥누항에서 수십여리(數十餘里)는 격(隔)하고, 강정은 더욱 가깝거늘 너의 주인이 집을 찾아 돌아가지 않으시고 이 암자의 머물기는 무슨 연고이뇨? 나는 들으매 도적이 들어 너의 주인을 실산(失散)하다 하더니 무슨 곡절로 산사(山寺)에 유우(留寓)함이 되었느뇨?”

현영이 소저와 정혼한 신랑(新郎)임을 알매, 마음속으로 생각하되,

“재상가 규수를 도적이 들어 겁탈해 갔다 함을, 곡절 모르는 사람으로 하여금 알게 하여, 가내 불미한 일을 남이 알게 될까 두렵지만, 내 형이 소저 대신으로 갔으니, 차후 아름답지 않은 말이 우리 소저 신상에 미치면, 비록 씻고자 하나 쉽지 않으리니, 정상공이 물으시는 때를 타 고하리라.”

하고, 이에 고 왈,

“소비(小婢)의 주인이 노태부인(老太夫人)을 모셔 강정에 나왔더니 생각지 않은 도적이 심야에 돌입하여, 주인이 소비형제로 더불어 급히 피하시되, 원간 가중사(家中事)에 어지러운 일이 많으므로, 태우노야 항주에 내려가시고 외로이 강정에 머무시니, 주인이 원려(遠慮) 깊어 마침 밤을 당하여 남의(男衣)를 개장(改裝)하신 때라. 도적이 구태여 재물을 노략할 주의(主意) 아니요, 소저 신상을 해코자 하는 고로, 소비의 형이 소저인 체하고 잡혀가니, 그 도적이 가장 심상치 않아 내응(內應)이 있어 아주(我主)를 해코자 하는 이 있음으로, 소저 인하여 강정을 떠나 암자에 머무시는지라. 태우노야 돌아오신 후 옥누항으로 가려 하시되, 또

해를 입을까 두려워하시는 고로 삼사삭(三四朔)을 이곳에 머무신바 되었나이다."

장원이 앵의 말을 들으매 윤부 가내 평상(平常)치 못하여 별난 사고 있음을 짐작하고, 우왈(又曰),

"여주(汝主) 옥누항으로 들어가기를 두려워할진대, 다른 곳에 머무실 데 없어 산사에 머무시느냐?"

앵이 대 왈,

"경사에는 마땅히 머무심 즉 한 곳이 없고, 소저의 표문(表門)742)이 금능에 계신지라, 그때 금능으로 가려 하시다가, 일기 엄한(嚴寒)하고 규중 약질이 험로의 발섭(跋涉)하실 길이 없어 마지못하여 암중의 머무시더니, 근일에 돌아가려 하시더니 혜원니고가 찾으러 올 이 있음을 고하여, '급히 들어가 취화(取禍)치 마소서' 하니, 실로 인심을 측량치 못하여 아무리 할 줄을 알지 못하나이다."

정생이 현앵의 말이 수상(殊常)함을 들으니 구태여 남의 집 아름답지 아닌 소문을 다시 알고자 아니하여, 날호여 이르대,

"내 돌아가 윤태우께 너의 노주 이곳에 있음을 전하여 쉬이 데려가시게 하리라."

현앵이 다만 사례하고 물러가거늘, 생이 이윽히 앉아 비 개기를 기다려, 빨리 운산으로 오니 벌써 일모(日暮)하였더라. 생이 존당부모께 배현하고 그 사이 존후를 묻자올 새, 집을 떠난 지 일망(一望)이 되었는지라. 조모와 모친이 크게 반기고 금평후 여러 능침(陵寢)에 소분함을 묻고, 촉을 이어 태원전에서 부자 형제 태부인을 모셔 말씀할 새, 금평후 왈,

"네 이제는 소분을 다하였으니 찰직행공(察職行公)할지라. 어린 기운

---

742) 표문(表門) : 외가(外家). 외가댁.

을 나는 대로 하여 사람과 겨루기를 말지니, 너의 등과함으로 드디어 어린 아해 문무직임(文武職任)이 과도한지라. 오문이 대대로 공후재렬(公侯宰列)노 관면(冠冕)이 숭고하니, 내 매양 불안한 뜻이 없지 아니하더니, 너의 등양(騰揚)한 이후로 더욱 성만지세(盛滿之勢)를 두려워하나니, 종족에 오사자포자(烏紗紫袍者)[743] 사십 여인이라. 비록 숙질형제 아니라 원족(遠族)이라도 과경(科慶)이 자로 남을 도리어 깃거 않나니, 뜻 잡기를 충절(忠節)로써 오로지 하고, 몸가짐을 청검(淸儉)이 할진대 어찌 기쁘지 않으리오."

장원이 배사 왈,

"아해 수(雖)[744] 불초무상(不肖無狀)하오나 엄훈(嚴訓)의 지극하심을 간폐(肝肺)에 새기리이다."

태부인이 탄 왈,

"사군찰임은 제 마음에 달렸거니와 천아의 취처(娶妻)는 그 아비 마음에 있으되, 등과한 자식으로써 변발척동(辮髮尺童)같이 아내를 얻지 말라 하고, 윤씨를 위하여 수절(守節)하라 하니, 천아가 만일 아비 뜻을 어겨 훼절(毁節)하는 일이 있으면, 아비 눈 밖에 나는 자식이 되리니, 노모는 근간 천아를 위하여 근심하노라."

공이 계상(階上) 재배 왈,

"소자 불초하와 이런 쉬운 일에 자위 우려하시게 하오니 불효를 탄하옵나니, 윤태우를 보아 그 질녀의 사생거처(死生居處)를 자세히 듣보라 하여, 종시(終是)[745] 소식을 모르면 양가에 취실케 하여 며느리를 자정

---

743) 오사자포자(烏紗紫袍者) : 고관대작의 관복(官服)인 오사모(烏紗帽)를 쓰고 자줏색 도포를 입은 사람.
744) 수(雖) : 비록.
745) 종시(終是) : 끝내.

(慈庭)이 쉬이 보시게 하리이다.”

태부인은 장원의 가기(佳期) 늦음을 애달아하고, 진부인이 가로되,

“윤가는 한갓 천아의 정약 뿐 아니라 여아를 광천과 정혼하였으니, 그 집 규수 잃는 변을 보니, 실로 혼사 되고자 의사 적어 많이 서운터이다.”

금후 왈,

“당차시(當此時)하여는 윤가 아무 괴이한 일이 있어도 배약(背約)치 못하게 되었으니 부인은 부질없는 말 마소서.”

태부인 왈,

“정약(定約)이 금석 같으니 요개(搖改)할 길은 없으려니와, 저 집이 만일 며느리를 얻어 편히 거느리지 못할 양이면 어찌 불행이 아니리오.”

공이 웃고 대 왈,

“각각 저의 팔자오니 염려 하여 미칠 길 없사온지라, 아직 천흥의 형제도 입장(入丈)치 못하였사오니, 여아의 혼사는 염(念)이 믿지 못하였사오나, 윤광천을 보오면 여아의 어서 자라기를 바라옵나니, 아무리 괴려(乖戾)한 가중이라도 광천 같은 가부(家夫)를 얻는 여자 복록이 무량(無量)하리이다. 소자는 망우(亡友)의 뜻은 저버리지 못하오며, 광천 하나를 보아 근심을 아니 하나이다.”

장원이 조모와 부모의 말씀을 그치신 후 좌를 떠나 고 왈,

“소자 금일 급한 비를 만나 남문 밖 벽화산 취월암에 잠간 들렀삽더니 윤씨의 생존을 알았나이다.”

태부인과 공의 부부 크게 깃거 윤소저의 생존한 곡절을 물으니, 생이 몸을 굽혀 윤씨의 시비를 보고 남복을 하였으므로 인가서동만 여겨 데리고 들어가 윤씨를 보오매, 처음은 여자임을 알지 못하였다가 너무 수습함이 괴이하여 우연히 글을 지으라 하다가, 옷소매를 거두치매[746] 비상(臂上)을 보오니 그제야 깨달아 놀라 즉시 나옴과, 그 시아의 말을 다

고하니, 태부인과 금후 부부 희열함을 이기지 못하여 윤태우께 기별하여 길례(吉禮)를 쉬이 이루려 할 새, 태부인이 윤소저의 용화기질(容華氣質)을 무른대, 생이 부공이 재좌(在坐)하시니 말씀을 나는 대로 못하여 오직 대 왈, 남복 가운데 유의치 않고·자시 보지 않았음을 고한대, 태부인이 아소저 혜주를 나오게 하여 쓰다듬어 소왈,

"아손은 철부성녀(哲婦聖女)라 윤씨 비록 아름다우나 아손(兒孫)을 밋지 못하리라."

정공이 웃음을 띠여 고왈,

"자정은 혜주로써 세간(世間)의 없는 아이로 아시나, 윤씨는 여러 층 나음이 있사오니, 대례(大禮)를 이뤄 보시는 날 아시리이다."

부인 왈,

"윤아의 생존함은 기쁘거니와 그 시녀의 하더란 말을 들으니, 그 가중이 고요치 아닌 줄 알 것이요, 향자(向者)747)에 들으니 윤태우 모친 위씨 가장 인자치 못하고, 윤태우 부인 유씨 또한 어질지 못한 여자라 하거늘, 우연히 들었더니, 금차지시(今此之時) 하여는, 염려함이 혜주로써 성례도 않았으나 마음이 불평하도다."

공이 소왈,

"비록 부인 여자의 잔호의(狐疑) 있으나 어찌 미리 근심하리오. 아녀는 수화(水火)에 들어도 염려로운 아해 아니라, 복록이 구전하리니 두고 보소서."

부인이 대 왈,

"미리 근심함이 아니라, 윤씨 시녀의 말을 들으니 의심이 많고, 윤씨

---

746) 거두치다 : 걷다. 걷어 올리다.
747) 향자(向者) : 접때. 오래지 아니한 과거의 어느 때를 이르는 말.

실산(失散)한 말을 들으니 근본이 괴이(怪異)한지라. 첩의 소견에는 상
공이 윤아의 생년월일을 아시는 바니, 아직 거처를 찾으라 마시고, 저
집이 모르게 택일(擇日)하시어 수삼 일만 격하거든, 그제야 윤태우더러
일러, 그 질녀를 데려다가 혼사를 지내게 함이 마땅하니, 미리 알게 하
면 혹자 윤아를 해할 이 있어 간계(奸計)를 행할까 두려워하나이다."

공이 옳이 여겨 소왈,

"부인이 잔 염려를 많이 하기로 일을 주밀(周密)히 생각하였으니 이
의논이 방해롭지 아니하도다."

태부인이 택일을 쉬이 하라 하니, 공이 대왈,

"택일은 신부의 집에서 하는 것이 옳거늘, 소자는 윤씨에게 엄구(嚴
舅)와 친부(親父)를 겸하니 혼사를 지낸 후 범연한 구식지간(舅息之間)
과 다르리로소이다."

태부인이 웃고 길일이 쉬이 나믈 기다리니, 금후 존당의 바빠하심을
보고 촉하(燭下)에서 택일하니, 소원(所願)과 영합(迎合)하여 일망(一望)
이 격(隔)하였는지라. 태부인이 희열하고 금후 길일이 수 삼일만 격하거
든 윤태우더러 이르려 하더라.

장원이 행공찰직(行公察職)할 새, 면절정쟁(面折廷爭)[748]은 당상(唐
相) 위징(魏徵)[749]같고 안방정국(安邦定國)할 재화(才華) 가작하여, 양
대보필지재목(兩代輔弼之材木)[750]이라. 상총(上寵)이 융성(隆盛)하시고
만조(滿朝) 추앙하더라. 금평후는 행세(行世)를 두굿기나 갈수록 경계함
을 엄히 하여 계칙(戒飭)하더라.

---

748) 면절정쟁(面折廷爭) : 임금의 면전에서 허물을 기탄없이 직간하고 쟁론함.
749) 위징(魏徵) : 580~643. 중국 당나라 초기의 공신(功臣)·학자. 자는 현성(玄
　　成). 현무문의 변(變) 이후, 태종을 모시고 간의대부가 되었다.
750) 양대보필지재목(兩代輔弼之材木) : 두 대에 걸쳐서 임금을 보필할 재목이 나옴.

이러구러751) 길기 격(隔)하매 금평후 옥누항에 이르러 윤태우를 보고 종용(慫慂)이 담화(談話)할 새, 문득 소왈,

"형이 영질(令姪)의 거처를 종시(終是) 모르느냐?"

태우 탄 왈,

"아무리 찾고자 하여도 망망(茫茫)이 소식을 모르니 소제 친히 찾으려 하노라."

정공 왈,

"어느 때에 찾으려 하느뇨?"

태우 답 왈,

"벌써 차자보려 하였더니 사고(事故) 많아 떠나지 못하였는지라. 수일 후 발행하여 경사로부터 사해구주(四海九州)를 다 돌아 질아(姪兒)의 사생거처(死生居處)를 알고 들어오려 하노라."

정공이 소왈,

"형이 영질의 사생(死生)을 찾으려 나가는 수고로써, 영질의 있는 곳을 가르칠 것이니, 수 일 내에 길례(吉禮)를 이룰까 싶으냐?"

태우 왈,

"질아(姪兒)를 찾는 날이라도 길일(吉日)을 만나면 친사(親事)를 지내려니와, 형이 어찌 아질(我姪)의 거처를 아느뇨?"

금후 소왈,

"돈아 등과 후 선영(先塋)에 소분(掃墳)하고 집으로 돌아오다가 급한 비를 만나, 남문 밖 벽화산 암자에 들어가 비를 피하다가, 영질이 그곳에 남복으로 있으니, 저는 알지 못하고 사귀고자 하다가, 비상(臂上) 글자를 보고 비로소 영질인 줄 알아, 성례전(成禮前) 서로 봄을 깃거 않으

---

751) 이러구러 : 이럭저럭 시간이 흐르는 모양.

나, 이미 영질의 거처를 알았으니 양가의 다행이라. 소제(小弟) 영질의 생년월일을 알므로 길일을 택하니, 우명일(又明日)752)이 대길(大吉)한지라, 바삐 데려와 이번이나 길기를 무사히 지내게 하라."

태우 기쁘고 즐거움이 도리어 어린 듯하여, 정공을 양구(良久)히 보다가 소왈,

"영랑(令郎)이 소분하고 돌아온 지 일순(一旬)이 넘은지라. 형이 안 지 오래거늘, 이제야 이름은 무슨 뜻인고?"

금후 소왈,

"소제 즉시 형더러 이르려 하였더니 마침 사고 있어 이곳에 오지 못하고, 형이 소제를 찾지 않으니, 소제 생각하니 임혼(臨婚)하여 알아도 전일 차렸던 혼수(婚需) 없지 않을 것이니, 현마 어찌하리오."

태우 금평후의 즉시 이르지 아닌 줄이 필유묘맥(必有苗脈)753)임을 깨달아 괴이히 여기나, 질녀의 거처를 알았으니 만분다행한지라. 소왈,

"형이 스스로 택일하고 소제더러는 이르지 않았다가, 임박(臨迫)한 후 이제야 이름이 가장 통한하니, 길일이 또 어찌 없으리오. 질아를 데려와 천천이 혼사를 지내리라."

금후 대소 왈,

"이리 하면, 소제 스스로 명일(明日)에 영질을 데려다가 형의 집 사랑에 머무르고, 성례(成禮) 후 데려가리니, 형이 바야흐로 영질의 거처를 모를 즈음에 내 와 이르니, 감격한 줄은 모르고 언단(言端)이 여차하니 소제 도리어 분하도다."

태우 호호히 소왈,

<hr>

752) 우명일(又明日) : 다음 다음날, 모레.
753) 필유묘맥(必有苗脈) : 반드시 어떤 까닭이 있음.

"성례 후는 형의 집 며나리니, 거취 윤보에게 달려 아자비 알 바 아이거니와, 성혼 전은 형의 임의로 못하리니 우은 말 말라."

언파에 가정을 분부하여 거륜을 차리라 하고 정공더러 왈,

"형이 아직 이곳에 있으라. 내 가서 질아를 데려오리라."

금후 다닐 데 있어 돌아가다. 태우 즉시 안에 들어가 모친께 고왈,

"명아를 실산하여 삼사삭이 거의로되 거처를 모르더니, 들으니 문외(門外) 산사(山寺)에 유우(留寓)한다 하오니 소자(小子) 이제 가 데려오려 하나이다."

위씨 차언을 들으매 놀라움이 벽녁(霹靂)이 만신(滿身)을 빻으는 듯, 통한코 이상함을 결을[754]치 못하여, 명아 행여 위방의 집에서 도망하여 산사로 갔는가, 심히 차악(嗟愕)하여, 자연 눈물을 금치 못하니, 이는 자기 과악(過惡)을 태우 알고, 무슨 변을 내어 태우 죽으려 서둘까, 염려 무궁하여 가로되,

"문외 산사에 있으면 어찌 이제야 소식이 있느뇨? 가히 알지 못할 일이로다. 아무려나 어서 데려오라."

태우 즉시 하리를 거느려 취월암을 찾아가니, 현앵이 마침 문밖에 나왔다가 태우를 보고 연망(連忙)이 배알하거늘, 태우 그 남복 입었음을 괴이히 여겨 바삐 말에서 내려, 소저 있는 곳을 물으니, 현앵이 안에 있음을 고한대, 태우 소저 볼 뜻이 급하여 앞을 인도하라 하니, 앵이 태우를 모셔 소저 숙소에 이르러 숙질이 상견할 새, 정생을 만나 자기 근본을 알고 돌아 간 후, 일순이 지나되 소식이 없으니 반드시 옥누항에 통치 않았음을 알고 괴이히 여기나, 현앵이 정한림더러 가중연고(家中緣故)를 일렀음을 알지 못하였더니, 금일 계부대인(季父大人)을 만나, 슬

---

754) 결을하다 : 억누르다. 참다. 견디다.

전(膝前)에 절하매, 진진(津津)이755) 흐느낌을756) 마지않는지라. 태우 그 남복 가운데 절인(絶人)한 풍채 더욱 수려하여, 천향월태(天香月態)757) 이목에 현란(絢爛)하니, 바삐 그 손을 잡고 양항루(兩行淚)를 나리와 오래도록 말을 못하다가, 날호여 탄식 왈,

"내 항주를 내려간 지 오래지 않아서 너를 실산하니, 돌아와 아무리 찾으려 하나 소식을 알 길이 없더니, 금일에야 정공이 이르러 여차여차하거늘 데리러 왔거니와, 음양을 바꾸어 산사에 유우(留寓)하여 집을 찾아 돌아오기를 잊고, 수수(嫂嫂)의 주야참절(晝夜慘絶)하신 염려를 생각지 아님은 어인 뜻이뇨?"

소제 오열체읍(嗚咽涕泣)하여 말씀을 즉시 대치 못하고 가중형세(家中形勢)를 고하고자 하되, 그 가운데 유부인을 범하는 불평한 사단(事端)이 무궁할지라. 차라리 도적에게 쫓겨 옴으로써 대답하여 일이 순편하기를 위주하여, 이에 비읍(悲泣) 대 왈,

"조모 강정에 피우(避寓)하시므로 모친과 소녀 뫼셔 나왔다가, 모일야(夜)의 명화적(明火賊)이 달려들어, 구태여 재보(財寶)를 취함이 없고 소녀를 해하려 하오니, 창황중(蒼黃中) 피할 도리 없사와, 희천의 여벌옷을 급히 입고 내다르니, 도적이 따르기를 성화(星火)같이 하여 화를 면키 어려우니, 마지못하여 다시 불의지변(不意之變)이 있을까 공구(恐懼)하와, 길에서 혜원니고를 만나 지성으로 청류(請留)하여 아직 산사의 머물다가, 액회(厄會) 멸하거든 돌아가라 하오니, 삼사 삭을 유우(留寓)하오나 조모숙당과 자위를 앙모하옵는 하정(下情)이 어느 때 놓이리까?"

---

755) 진진(津津)이 : 매우 성(盛)하게. 여기서는 '매우 서럽게'.
756) 흐느끼다 : 몹시 서럽거나 감격에 겨워 흑흑 소리를 내며 울다.
757) 천향월태(天香月態) : 뛰어나게 좋은 향기와 달처럼 아름답고 고요한 모습.

태우 대경(大驚) 왈,

"그때 어떤 도적이 너를 해코자 하다가 주영을 대신 잡아가더란 말이
냐? 가장 심상(尋常)한 적류(賊類) 아니라. 재상가 규수를 겁측함이 세
대의 희한한 변이니 어찌하면 흉적을 잡아 쾌히 다스릴꼬? 실로 통해
(痛駭)하도다."

소저 유모의 말로 좇아 위방인 줄 알되 능히 고치 못하고, 삼사삭 상
리(相離)하였다가 숙질(叔姪)이 만나매 태우의 기쁜 뜻과 소저의 반기는
마음이 부녀와 다름이 없더라.

공이 혜원을 불러 질녀를 구하여 편히 머물게 함을 칭사하고, 백은 삼
백 냥을 주니 혜원은 청정(淸淨)한 이승(異僧)이라, 재물을 불관이 여기
되, 태우의 칭은 함이 과도하니 불승감격(不勝感激)하여 사례하고, 소저
떠남을 크게 결연(缺然)하여 눈물을 뿌려 이별을 아끼고, 암중제승(庵中
諸僧)이 다 홀연758)함을 이기지 못하여 연연(戀戀)함을 마지아니하는지
라. 소저 또한 제승의 후의를 칭사하고, 태우 날이 늦음을 일컬어 재촉
하여, 소저 교자에 드니, 혜원이 소저를 붙들고 의의척연(依依慽然)759)
하여 후회(後會)를 일컬으니, 소저 역시 혜원의 청고(淸高)한 도행(道行)
을 공경하던 바라, 삼사삭(三四朔)을 한가지로 머물러 관곡(款曲)하던
후의를 새로이 칭사(稱謝)하고, 행거(行車) 바쁜 고로 총총이 돌아가니,
현앵이 또한 제승의 사랑하던 은혜를 입었는지라, 피차 떠남을 결연하
여 눈물을 뿌려 제승을 하직(下直)하고, 소저를 모셔 돌아올 새, 혜원과
제승이 멀리 와 이별하고 돌아오매 홀연함을 이기지 못하더라.

어시에 윤태우 질녀를 데리고 돌아오니, 남노여복(男奴女僕)이 문(門)

---

758) 홀연하다 : 홀홀하다. 마음속이 무엇인가 잃은 것이 있는 것 같아 허전하다.
759) 의의척연(依依慽然) : 헤어지기 서운하여 슬픈 빛을 띠다.

에 나와 맞으며, 광·희 양 공자 나아와 태우를 맞으며 저저(姐姐)의 돌아옴을 기뻐하니, 이른 바 사중구생(死中求生)[760]함일러라. 바로 교자(轎子)를 경희전 뜰에 놓으니, 소저 오히려 남의를 벗지 못하였는지라. 청포혁대(靑袍革帶)[761]로 주렴(珠簾) 밖에 나매, 광천형제와 구파 붙들어 반김이 융흡(隆洽)하며, 그 남복하였음을 보고 각각 웃음을 머금더라.

소저 당(堂)에 올라 존당과 모부인께 배현(拜見)하고 유씨께 절할 새, 위씨 흉해(胸海)[762]에 소원(小猿)[763]이 뛰노라, 놀랍고 미우며 분함을 이기지 못하고, 애달음이 극하여 조씨 사모자녀(四母子女)를 경각(頃刻)에 육장(肉醬)을 만들어 미운 마음을 쾌히 설(雪)하고 싶되, 태우의 의심을 동치 않으려 하매 도리어 붙들고 울기를 마지않으니, 조부인은 머리를 숙여 묵연(黙然)하되, 태부인의 거동을 보니 근심이 더욱 깊어, 자기 자녀의 화란이 어느 지경에 이를 줄을 모르고, 태우는 모친의 흉심을 알지 못하고 과상(過傷)하심을 위로하고, 조부인께 고하되,

"정공이 길일을 택하니 우명일이 대길(大吉)타 하니 수수는 혼구를 급히 차려 성례케 하소서."

부인이 심리에 깃거 여아를 어서 성인(成姻)하여 정가로 보내고자 하는지라. 이에 대 왈,

"혼수는 전일에 차린 바라. 저 집이 바빠하면 이번이나 정한 날로 지내면 좋을까 하나이다."

태우 소저를 돌아보아 남의(男衣)를 벗으라 하니, 소저 더욱 두려 움직이지 못하고 조모의 심폐(心肺)를 헤아리매, 염려 측량없어 팔자춘산

---

760) 사중구생(死中求生) : 죽을 수밖에 없는 처지에서 한 가닥 살길을 찾음.
761) 청포혁대(靑袍革帶) : 푸른 도포와 가죽 띠를 두른 차림.
762) 흉해(胸海) : 가슴.
763) 소원(小猿) : 작은 원숭이.

(八字春山)에 수운(愁雲)이 모이고, 효성냥안(曉星兩眼)에 쌍루(雙淚) 굴러 화협(花頰)을 적실뿐이러니, 위씨 울며 왈,

"너를 실산하여 삼사 삭이 되나 사생거처를 모르고 주주야야(晝晝夜夜)에 칼을 삼킨 듯, 통상(痛傷)한 심사를 금억(禁抑)치 못하더니, 산문에 유우(留寓)하여 능히 몸이 무양하니 다행하거니와, 반가우매 그때 잃고 애쓰던 바와 노모 도적의 변을 혼자 당하여 하마 죽을 번한 일을 생각하니, 슬픔이 극하도다."

소저 탄식 대 왈,

"소녀 그때 도적에게 쫓겨 마침 남복을 하였으므로 화를 벗어나 급히 피하니, 오던 길을 잃고 취월암 수승(首僧)이 간절히 청하여 암자에 가 도액(度厄)하기를 이르니, 오히려 불의지변(不意之變)을 두려워하여 집으로 들어오지 못하고, 삼사 삭을 산문에 머무오니 존당과 자모를 처음으로 이측(離側)하와 앙모지정(仰慕之情)을 어이 측량하리까?"

위씨 차언을 들으니 결단코 위방에게 가지 않았던 줄 알고 더욱 놀랍고 괴이하여,

"지금 위방이 윤소저라 하여 둔 이는 그 뉜고?"

창졸에 생각지 못하여 불량(不良)한 눈이 벌겋게 되어 흉심이 경각에 일어나되, 공교한 꾀는 유씨를 믿지 못하는지라, 유씨 현앵은 왔으되 주영이 없음을 보고 소저더러 문 왈,

"주영은 어데 갔기에 아니 오고 현앵만 데려왔느뇨?"

소저 대 왈,

"도적이 주영을 소질(小姪)만 여겨 데려 갔는지라. 타일 주영을 찾는 날이면 도적의 근본을 알아 처치할 도리 있으되, 아직 주영을 찾지 못하였으니 적한(賊漢)이 뉜 줄 모르나이다."

유씨 모녀와 태부인이 듣고 말마다 부아[764] 넘놀아 미움을 참지 못하

되, 급히 해할 기틀이 없고 혼인이 우명일(又明日)이라 하니 절절이 통
한함을 이기지 못하고, 위방에게 통하여 '주영을 죽여 없이하여 후일의
소문이 나지 아니케 하라' 이르고자 하되, 위방이 사오일 전에 황금 팔
백 냥을 가만히 보내어 은혜를 사례하였으니, 위방에게 주영을 죽이라
할 낯이 없어 종용이 유씨와 의논하려 하더라.

날이 저물매 소저 모친 침소에 물러와 여복을 고쳐 입고 광천형제와
구파로 더불어 말씀할 새, 조부인은 혼사를 속속(速速)히 지내게 되니
흔행(欣幸)하나, 촉처(觸處)에 심사여할(心思如割)하여 상서 자녀의 혼
사를 보지 못함을 각골통상(刻骨痛傷)하는지라. 공자 형제 위로하고 구
파 위로 왈,

"부인은 슬퍼 마시고 소저를 차자 성인(成姻)함이 극한 경사니 무익히
석사(昔事)를 생각지 마소서."

부인이 척연탄식(慽然歎息)하고 소저의 월패(月牌)를 찾아 상해(傷害)
오지 않았음을 깃거하더라.

위씨 유씨를 불러 가만히 이르대,

"요괴로운 명아 피화(避禍)하기를 기특히 하여, 위방에게 주영을 보내
고 저는 산사에 무사히 있다가 돌아와 정가로 인연을 이루게 되니, 이
애달프고 분한 마음을 어찌 견디리오. 주영이 돌아오는 날은 위방의 일
이 드러날 것이요, 노모의 과악을 모를 이 없으리니, 아직 다행히 조씨
모녀(母女) 그 도적이 위방인 줄은 알지 못하나, 방에게 기별(寄別)하여
주영을 죽여 소문이 없게 하고 명아를 다시 겁측하라 하고 싶되, 저의
금을 다 없이하였으니 낯이 없어 아무리 할 줄 모르리로다."

유씨 이윽히 생각다가 고왈,

---

764) 부아 : 노엽거나 분한 마음.

"명아를 급히 없이할 도리는 없으니 비록 정가와 성례(成禮)하나 금슬 (琴瑟)이 불화(不和)하여 아조 원수같이 만들어, 명아의 전정(前程)을 마치면, 다시 위관인에게 돌아 보내거나, 타처에 금은을 받고 팔거나, 각별 좋은 계교 있으리니, 첩의 형이 일자를 두고 부부 구몰(俱沒)하니 질자 몽숙이 혈혈무의(孑孑無依)하여 어려서 첩에게 데려와 기르더니, 나이 칠팔세 된 후, 상서(上書) 진광에게 수학하니, 진상서는 정천흥의 표숙이요, 집이 취운산에 있어 구몽숙이 아시로부터 정천흥 등과 정의 (情誼) 후하고, 몽숙이 비상한 재주 있어 수년전(數年前) 기특한 도인을 만나 변화하는 술을 배워 얼굴이 바뀌고 성음이 달라지는지라. 첩의 소 견은 몽숙을 청하여 정천흥의 의심을 이뤄, 명아를 함정(陷穽)에 넣음이 마땅할까 하나이다."

위씨 왈,

"현부의 지략(智略)은 진유자(陳孺子)[765]에게 지난지라, 바삐 구생을 청하여 계교(計巧)를 이르고, 정천흥의 금슬이 불합하여 명아를 출거하 는 지경이면 구생더러 첩(妾)을 삼아 살라 이르라."

유씨 소이대왈(笑而對曰),

"몽숙이 나이 십오에 아직 미취전(未娶前)이니 명아를 정가에서 버리 면 아내라도 삼으리니, 어찌 첩을 의논하리까?"

위씨 재촉하여 구생을 불러오라 하니, 유씨 즉시 시녀를 보내어 몽숙 을 불러오니, 원래 몽숙 자(者)는 이부시랑 구순의 자라. 구순이 청개 (淸介)한 위인으로 명망이 조야에 드레더니, 일자를 두고 부처가 조사 (早死)하니 몽숙을 집금오 유공이 데려다가 길러, 칠팔세 된 후는, 상서

---

765) 진유자(陳孺子) : 진평(陳平). ? - BC178. 중국 한(漢)나라 때 정치가. 한 고조 유방(劉邦)을 도와 여섯 번이나 기발한 꾀를 내, 천하를 평정케 함.

진공과 금평후 구공으로 더불어 가장 친절한 붕우라. 그 일자(一子) 혈혈무의(孑孑無依)함을 추연(惆然)하여 진상서 데려다가 교훈하고, 정공이 의식지절(衣食之節)을 유렴(留念)하기를 천흥 등과 같이 하여, 정·진 양가로 왕래하여 자질같이 하고, 몽숙이 용모 미려(美麗)하고 풍채 헌앙(軒昻)하여, 보기에 사랑스럽고 말씀이 현하지변(懸河之辯)766)이 있으니, 학문이 유여(裕餘)하여 흠사(欠事) 없으되, 일단 심사(心事) 어질지 못하여 간교(奸巧)하더라.

이날 구생이 숙모(叔母)의 청함을 인하여 윤부의 이르니, 유씨 좌우를 치우고 소리를 가만히 하여 왈,

"현질이 정천흥과 정의 친밀하니 너의 말을 취중(取重)하나냐?"

몽숙이 대 왈,

"소질이 천흥 등과 동기 같으니 아시로부터 정의(情誼) 깊은지라. 숙모 어찌 물으시나이까?"

유씨 왈,

"연즉, 천흥의 금슬을 작희(作戱)하고 네 숙녀를 취할 계교(計巧)를 못하랴?"

몽숙이 가장 반겨 듣고 대 왈,

"비록 동기 같은 친우지간(親友之間)이나 숙녀(淑女)의 다다라는 무슨 일을 못하며, 그 금슬을 희짓지 못하리까?"

유씨 문득 몽숙의 마음을 요동코자 하여 길이 탄 왈,

"저저(姐姐)의 내외 계셨더라면 너의 취처함이 어련하리오767)마는 불

---

766) 현하지변(懸河之辯): 물이 거침없이 흐르듯 잘하는 말.
767) 어련하다: 따로 걱정하지 아니하여도 잘될 것이 명백하거나 뚜렷하다. 대상을 긍정적으로 칭찬하는 뜻으로 쓰나, 때로 반어적으로 쓰여 비아냥거리는 뜻을 나타내기도 한다.

행하여 너의 부모 구몰(俱沒)하시고, 집이 없어 아직 정·진 양가에서
후대하나, 남이란 것은 다 거짓 것이라. 네 지금 취실(娶室)도 못하고
문한(文翰)이 이두(李杜)768)를 웃을 것이로되 등과하는 경사 없으니 범
사(凡事) 형세를 따르나니, 정천흥 같은 이는 연유소아(年幼小兒)로 문
무장원이 되고 만조거경(滿朝巨卿)의 유녀자(有女者) 다투어 서랑(壻郎)
을 삼고자 하되, 정공이 허(許)치 아니키로 지금까지 취처(娶妻)를 못하
여, 숙숙(叔叔) 상서공(尙書公)의 일녀(一女)를 아시부터 정천흥과 정약
이 있었던지라, 거년세말(去年歲末)에 친사(親事)를 지냈을 것을 도적이
들어 질녀를 실산(失散)하였기로, 삼사삭(三四朔)을 물렸다가 질녀를 찾
아 돌아오매 길기(吉期) 겨우 일일(一日)이 격하였거니와, 질녀의 만고
무비(萬古無比)한 용화기질(容華氣質)이 진실로 너 같은 옥인재사(玉人
才士)와 쌍이 되지 못하고, 정가의 며나리 됨을 실로 아끼나니, 네 모름
지기 정천흥의 금슬을 희(戲)지어, 질녀로써 정가에 온전히 머물지 못하
게 하여 출거(黜去)하는 지경이면, 네 당당이 때를 타 질녀를 겁측할 것
이니, 나의 너를 위한 정이 주야(晝夜) 고독하여 숙녀를 천거코자 하되,
마땅한 곳이 없고 의사 궁극하여 이리 이르니, 네 재주 경각에 변화하여
소원대로 다 한다 하니, 질녀의 전정(前程)을 마치며 천흥으로써 의심케
하기는 네 손에 있으니, 일이 정도 아니나 요조숙녀(窈窕淑女)는 성인도
오매사복(寤寐思服)하시어 전전반측(輾轉反側)하시니, 하물며 풍류랑(風
流郎)이냐?"

　몽숙이 청미반(聽未半)에 기쁘고 즐거움이 윤씨를 저의 기물(奇物)을
삼기라도 한 것 같아서 연망(連忙)히 사례 왈,

　"숙모 소질을 위하시어 절색미인을 천거하시니 불승감은(不勝感恩)하

오이다. 정천흥의 금슬을 희지어 윤씨로써 출화를 보게 함은 소질의 손
에 있으니, 숙모는 아무려나 윤씨로써 소질의 가인이 되도록 하소서."
　유씨 언언(言言)이 고개를 끄덕이고 몽숙을 재삼 당부하여,
　"어서 가서 정생을 놀래어 미리 의심을 동케 하라."
　몽숙이 수명(受命)하고 돌아가매, 사어(私語) 밀밀(密密)하여 알 리
없더라.
　정부에서 길일이 임하니 혼수를 차리며 태부인과 정공 부부 두긋기믈
이기지 못하고, 정한림도 숙녀의 만고무비(萬古無比)한 용화기질(容華氣
質)을 친히 본 바라, 백냥(百輛)769)으로 취(娶)하여 관저지락(關雎之樂)
을 이룰 의사(意思) 있는지라. 각별 다른 염려 없더니, 홀연 몽숙이 청
죽헌에 이르러 한림 형제로 말하다가, 인흥공자 안으로 들어가고 한림
만 있음을 보고, 몽숙이 문 왈,
　"나는 바이770) 몰랐더니 윤명천 여자로 혼사를 정약함이 있다 하던
데, 규수 실산타 하더니, 타처(他處)에 취실(娶室)하나냐?"
　한림 왈,
　"실산하였던 규수를 찾았음으로 구약(舊約)을 성전(成全)코자 함이라.
형이 어찌 묻느뇨?"
　몽숙이 차언을 듣고 변색 왈,
　"형의 출세(出世)한 풍류신광(風流身光)과 문한재덕(文翰才德)으로써

---

769) 백냥(百輛) : '백대의 수레'라는 뜻으로, 『시경(詩經)』 「소남(召南)」 편, 〈작소
　　(鵲巢)〉시의 '우귀(于歸) 백량(百輛)'에서 유래한 말이다. 즉 옛날 중국의 제후
　　가(諸侯家)에서 혼례를 치를 때, 신랑이 수레 백량에 달하는 많은 요객(繞客)
　　들을 거느려 신부집에 가서, 신부를 신랑집으로 맞아와 혼례를 올렸는데, 이
　　시는 이처럼 혼례가 수레 백량이 운집할 만큼 성대하게 치러진 것을 노래하고
　　있다.
770) 바이 : 아주 전혀.

배우(配偶)를 가리매, 반드시 임사(姙似)[771]의 성덕(聖德)이 있는 숙녀 아니면 가치 아니하니, 형이 능히 배필을 아름답게 만났다 하랴?"

한림은 구생을 사귐이 깊으나 그 위인을 불취(不取)하는지라, 이런 말을 들어도 가장 공교로이 여겨 대답지 않고, 서안 위의 책을 들어 명랑(明朗)히 읽는지라. 몽숙이 말끝을 냄이 도리어 무류(無聊)하되, 한림의 거동을 시험코자 하므로, 한림의 읽는 책을 앗고 소리를 나직이 하여 왈,

"소제 심중에 품은 바 있으되 발설함도 실로 어렵고, 아니한즉 내 알고 형에게 숨기는 것이 되며, 형이 흉참한 일을 모르고 혼사를 지내고자 하니, 실로 놀랍고 차악함을 견디지 못하나니, 소제 형가(兄家)에 수은(受恩)하기를 적게 하였으면, 이런 중대한 말을 내고자 하리요마는, 영대인 바라기를 부형 같이 하고 형 등으로 더불어 골육 같은 고로, 잠잠치 못함이라. 형은 듣고 스스로 잘 처치하여, 이런 일이 행여도 소제 입에서 난 줄 타인더러 이르지 말라."

인하여, 윤씨 실산하였음이 다른 연고 아니라 전자에 윤태우 문객 맹환으로 유정하였더니, 길일이 임박하매 맹환이 거짓 명화적인 체하고 강정에 가 윤소저를 겁측하여 취월암에 감추고, 음비(淫鄙)한 정적(情迹)이 무상하되, 오히려 맹환이 윤소저의 비상(臂上) 앵혈을 머물러 두어 아직 이성의 친(親)을 이루지 않았으나, 뜻이 금석(金石) 같아서 부부의 은정이 무궁함을 이르며, 맹환이 용맹이 절륜(絶倫)하여 즉금 칼 같은 마음을 가졌으니, 정문의 화란이 두려움을 끔찍이[772] 저히는지라[773].

---

771) 임사(姙似) : 중국 주(周)나라 현모양처(賢母良妻)인 문왕의 어머니 태임(太姙)과 무왕(武王)의 어머니 태사(太姒)를 함께 일컫는 말.
772) 끔찍하다 : 진저리가 날 정도로 참혹하다.
773) 저히다 : '두렵게 하다', '위협하다'의 옛말.

한림이 듣기를 다 못하여서 차악하여 스스로 물러앉아 그 말을 듣지 않아 왈,

"내 비록 군자 아니나 비례물청(非禮勿聽)[774]이니 형은 그만 그치라. 다만 윤씨는 만고음녀(萬古淫女)라 일러도 석년에 대인이 윤명천으로 더불어 굳은 정약을 두어계시니 어찌 배반하리오. 천하에 흔한 것이 여자니 윤씨를 취하여 행실이 음비할진대 출거(黜去)하고 다른 아내를 얻을 것이니 현마 어찌하리오. 아무 장사(壯士) 놈이라도 인명을 간대로 살해(殺害)치 못할지라. 무엇이 두려우리오."

언파에 숙연정좌(肅然正坐)하여 도로 책을 잠심(潛心)하여 보는지라. 사색(辭色)이 여화춘풍(如和春風)이로되, 기위(氣威) 엄숙정대(嚴肅正大)하여 다시는 말 붙이기 어려우니, 몽숙이 크게 무류하고 또한 통완하되, 그 심지(心志)를 엿볼 길이 없으니, 거짓 칭찬 왈,

"어질고 명쾌함이 진실로 미칠 이 없으리로다. 소제는 이 말을 들으매 한심하여 형더러 일러 처치코자 하였더니, 형의 말이 이렇듯 하니, 소제 탄복함을 이기지 못하나니, 타일에 이런 말을 형이 불출구외(不出口外)하여 소제 이른 것을 아무더러도 전(傳)치 말라."

한림이 완이소왈(莞爾笑曰)[775],

"형이 소제를 과장(誇張)함을 이토록 함이, 소제로 하여금 치신무지(置身無地)[776]케 하려 함이로다. 형의 전하는 말을 아무더러도 이르지 아니리니 염려치 말라."

몽숙이 말이 없이 이윽히 앉았다가 진부로 가는지라. 한림이 단좌(端

---

774) 비례물청(非禮勿聽) : 예(禮)가 아닌 말은 듣지 않는다는 뜻.
775) 완이소 왈(莞爾笑曰) : 빙그레 웃으며 말하다. '완이(莞爾)'는 빙그레 웃는 모양. "夫子莞爾笑曰割鷄焉用牛刀"『論語』
776) 치신무지(置身無地) : 몸 둘 곳이 없음.

坐) 사량(思量)하매, 윤씨의 빛나며 고움은 이르지도 말고 좋고 맑은 기운이 추천제월(秋天霽月)[777]이라. 하물며 미우(眉宇)에 성덕이 나타나고, 안광(眼光)에 어진 기운이 가득하며, 만면(滿面)이 숙덕영복지상(淑德榮福之相)이라. 내 사오세로부터 글을 읽어 십 세에 문후(問候)[778]를 능통치 않은 곳이 없어, 윤씨 만일 그런 음비(淫鄙)한 정적(情迹)이 있으면 그 얼굴에 반드시 고운 가운데 좋지 않은 곳이 있을 듯하되, 아무리 보아도 선연출범(嬋娟出凡)하니, 어찌 구생의 공교로운 말을 군자가 취신(取信)하리오. 윤씨의 시아(侍兒)가 말을 알아들을 만치[779] 하여 제 주인을 해하는 이 있음을 비치니, 반드시 윤씨를 미워하는 자가 몽숙을 촉(促)하여 내 귀에 흉참한 말을 전함이라. 윤씨를 취(娶)하여 일택지상(一宅之上)에서 그 거동을 보면 알리니, 미리 염려할 바 아니라.

의사(意思) 이에 미처는 단연이 다른 염려 없어, 차야에 인흥 등 제제(諸弟)로 청죽헌에서 숙침하더니, 반야(半夜)에 크게 소리하고 칼로 사창(紗窓)을 지르는 자가 있거늘, 한림이 희미히 눈을 떠보니, 차시 망간(望間)[780]이라. 명월이 만방에 비추고 창외에 신장이 팔척이나 한 장사 섰는지라. 한림이 분연이 일어나 문을 쑤시는 칼을 앗고 문을 열치고 내달으니 기인(其人)이 경각에 공중으로 솟으며 왈,

"정천흥아 네 나의 천금미인(千金美人)을 감히 앗아 취하려 하거니와, 나 맹환이 일세를 혼일(混一)하는 재주 있으며, 두 팔 가운데 만인부적

---

777) 추천제월(秋天霽月) : 비가 갠 가을하늘의 밝은 달.
778) 문후(問候) : 웃어른의 안부를 묻는 일. 여기서는 안부를 묻는 과정에서 상대방의 표정, 기분, 선악, 심리상태 등을 읽어내는 능력을 말한 것. '후(候)'자에는 '염탐하다'의 뜻이 있다.
779) 만치 : 만큼.
780) 망간(望間) : 음력 보름께.

지용(萬人不敵之勇)이 있으니, 네 머리 열이라도 보전치 못하리니 가장 조심하라."

이리 이르며 간 바를 아지 못하니, 한림이 차경(此景)을 당하여 차악 경해하고, 제공자(諸公子) 다 깨어 놀람을 마지않으니, 한림이 도로 들어와 베개에 누우며 왈,

"어디서 괴이한 도적놈이 와서 형적(形迹)을 뵈고 도망하니, 저를 두려워하는 것이 아니라 긴 혀를 놀려 욕설이 비경(非輕)하니, 그런 통완한 일이 없도다."

삼공자 세흥이 나이 어린지라. 마음속으로 분완(憤惋)하고 놀랍기를 이기지 못하여 왈,

"그 도적이 언내(言內)에 저의 미인을 형장이 앗으려 한다 하니 그 어찌 된 말이니까? 부모와 태모께 아뢰어 혼인을 못지내게 하소서."

한림이 개연(蓋然) 소 왈,

"비록 팔세 소애나 식견이 이다지도 천단(淺短)하뇨? 윤씨 혹자 그런 일이 있어도 윤명천과 대인이 어떤 친우간이며, 저 윤가 어떤 법문(法門)이뇨? 윤씨 일시 실산함이 있으나 그 액회(厄會) 불행함이요, 음분도주(淫奔逃走)하는 일은 않을 것이니, 두고 보면 알려니와, 그 도적의 말을 믿을 것이 아니라. 도적이 진실로 나를 죽이려 왔으면 내 제 손에 죽을 리는 없으나, 반드시 가만히 들어와 해할 것이오. 제 힘이 부족하여 도망하여도 잠잠코 갈 것이지, 어찌 흉한 소리를 낭자히 이를 리 있으리오. 너는 이런 말을 부모께 고치 말라. 이 밤이 새면 길일이니, 어찌 혼인을 물리리오."

차공자 인흥이 백씨의 명달한 말씀을 듣고 심심(深深) 탄복 왈,

"형장의 원대하신 지식이 이렇듯 하시니, 아무 어려운 일을 당하신들 두려운 일이 있으리오. 명일 지낼 혼사를 물리자 함은 비록 어린 아해

말이나 불통(不通)함이 심한지라. 다만 의혹(疑惑)컨대 윤가에서 뉘 저
토록 규수를 미워하는고? 알지 못할 일이로소이다."

한림이 탄 왈,

"인심(人心)은 불가측(不可測)781)이니 뉘 그리 하는 줄 알리요마는,
윤씨를 그렇다 치기는782) 나는 못 할로라."

세홍이 소왈,

"형장 말씀도 마땅하시거니와 윤가에서 어떤 놈을 보내어 그리할 자
가 있으리까?"

양 제의 말을 듣고 한림이 당부하여 이런 말을 불출구외(不出口外)하
라 하니, 삼공자 나이 어리나 성도(性度) 과격한지라, 능히 참지 못하여
명일 신성(晨省) 후, 가중이 자연 소요(騷擾)하여 대연을 진설(陳設)하
고 내외빈객(內外賓客)을 청하니, 태부인께는 더욱 고할 틈이 없어, 모
친이 협실(夾室)에 들어가신 때를 타, 따라 들어가 작야변(昨夜變)을 일
일히 고하니, 진부인이 천성이 단엄맹렬(端嚴猛烈)하여 본디 비의불법
(非義不法)을 용납지 아니하고, 만사 처신이 예모(禮貌) 가작하여 규식
(規式)이 도학유자(道學儒者)로되, 화열하며 유순한 품질이 잠간 부족하
여 창해(滄海)같이 너르지 못한지라. 차언을 듣고 발연대로(勃然大怒)하
여 경해(驚駭)함을 이기지 못하나, 금일이 길일이니 여러 이목중(耳目
中) 비루한 소문을 내지 못하여, 삼공자를 당부하여 이런 말을 다시 말
라 하나, 중심에 통해함이 가득하니, 자연 안식이 불화(不和)한지라. 금
평후 곡절(曲折)을 모르고 일가친척과 인리제우(隣里諸友)를 모으며 두
굿기믈 이기지 못하다가, 부인의 냉담한 사색(辭色)을 보고 문득 소왈,

781) 불가측(不可測) : 헤아릴 수 없음.
782) 치다 : 지목하다. 어떠한 상태라고 인정하거나 사실인 듯 받아들이다.

"부인이 원간 화기(和氣) 적은 품질이거니와 금일을 당하여 자식을 처음으로 성인(成姻)하며 철부성녀(哲婦聖女)를 얻는 날이라. 인심에 기쁨이 극하려든 어찌 불호지색(不好之色)이 있느뇨?"

진부인이 강잉(强仍)하여 미소무언(微笑無言)이러니, 내외빈객이 벌 뭉기듯 하는지라. 태부인이 진부인으로 더불어 제객을 맞아 좌를 이뤄 담화할 새, 태부인 연기 육순(六旬)이 되었으되 쇠로(衰老)함이 없어 면모(面貌) 춘화(春花)같아서 말씀을 내매 사좌(四座)를 감열(感悅)하니, 인심이 흡연하여 성덕을 열복(悅服)치 않을 이 없고, 진부인의 삼엄정숙(森嚴貞淑)한 미모성행(美貌性行)을 공경치 않을 이 없는지라. 일가족당의 부인네 저마다 금평후 부부의 복록을 일컬으며, 한림의 소년청망(少年淸望)을 흠찬(欽讚)하여 태부인께 하례(賀禮)하니 태부인이 유열(愉悅)히 사사 왈,

"미망여생(未亡餘生)이 구차히 세상의 머물며 일자의 지효(至孝)를 의지하여 붕성지통(崩城之痛)을 잊으나 슬하 적막하고, 석년(昔年)에는 종일 입을 열 일이 없어 비상(悲傷)한 회포뿐이더니, 지금은 천흥의 형제 여럿이 용속(庸俗)함을 면하였고, 진현부 회태(懷胎)하여 또 사오 삭이니, 스스로 행렬(幸悅)함을 이기지 못하노라. 열위제친(列位諸親)의 성려(聖慮)를 힘입어 손아 등과하고, 금일 신부 취(娶)하기에 당하여 친척인리(親戚隣里) 다 임하시니 폐사(弊舍)의 광채 배승(倍勝)하도소이다."

제객이 공자 등의 출범함을 만구칭선(萬口稱善)하여 왈,

"전일에 아(兒) 소저를 보았더니 이제 거의 자랐을지라. 친척들이야 무슨 내외(內外)를 하리까? 한번 보게 하소서."

태부인이 소왈,

"저를 구태여 내외함이 아니라 어린 아해 수치(羞恥)하기 심하여 열위 존전에 뵈옵기를 어려워하거니와, 부디 보고자 하실진대 이제 불러 현

알게 하리이다."

언파에 혜주소저를 부르니 수유(須臾)783)에 소저 두어 시녀로 더불어 나아오니, 삼촌금년(三寸金蓮)을 자약히 옮겨 모든 데 예할 새, 오채상광(五彩祥光)이 애애(靄靄)하여 면모를 가리오고, 행하는 바에 이향(異香)이 옹비(擁鼻)784)하고 보배로운 기질과 선연(嬋妍)한 태도 천화일지(天花一枝)785)를 옥호(玉壺)에 꽂았으며, 추천명월(秋天明月)이 광채를 만방에 흘리니, 만좌가 제성칭찬(齊聲稱讚)786)하여 넋을 잃고, 태부인이 두굿김을 이기지 못하고, 소저 빈객이 무수(無數)함을 보고 즉시 들어가려 하니, 친척 부인네 손을 잡고 태부인을 향하여 대찬하니, 태부인이 소왈,

"자식이 자연 부모를 담는지라. 돈아와 현부의 외모풍채(外貌風彩)와 기질성행(氣質性行)이 남의 아래 아니니, 여러 자식이 하나도 용우(庸愚)한 이는 없거니와, 천흥과 차아는 제 부모에게 지난 위인이라. 나의 사랑하는 정이 자별하나, 딸은 일생 데리고 있지 못하여, 나이 차면 남의 집 사람이 될지라, 오가(吾家)를 흥기할 일도 없고 크게 바라는 바도 없으되, 며느리는 그러하지 않으니, 금일 보는 신부 제 고모(姑母)787)만이나 하면 작하지788) 아니리까?"

정언간(停言間)에 금평후 들어오니, 내외할 부인네는 당내(堂內)로 들고 원근 친척 부인네만 서로 볼 새, 제부인(諸婦人)이 하례하니, 공이

---

783) 수유(須臾) : 잠시(暫時). 짧은 시간.
784) 옹비(擁鼻) : 향기, 냄새 따위가 코를 찌르다.
785) 천화일지(天花一枝) : 하늘에서 내린 꽃 한 가지. '천화(天花)'는 '눈(雪)' 또는 천상계에서 핀다는 영묘한 꽃을 이르는 말.
786) 제성칭찬(齊聲稱讚) : 일제히 소리내어 칭찬함.
787) 고모(姑母) : 시어머니.
788) 작하다 : 오죽하다. 대단하다.

불감사사(不敢謝辭)하고 웃음을 머금어 태부인께 고왈,

"금일 천흥의 길일이니 여아는 어찌 규수로서 연석에 나오니까?"

태부인이 웃고 제부인네 보고자 함으로 불렀음을 이르고, 왈,

"내 스스로 손녀를 자랑함이 아니로되 사람이 다 혜주 같기는 어려우니 신부 저의 고모를 계적할진대 어찌 기쁘지 아니랴?"

공이 만면소안(滿面笑顔)으로 대 왈,

"윤씨는 만고성녀(萬古聖女)라 어찌 그 고모에게 비하리까? 보시면 아르시리이다."

태부인이 소왈,

"진현부의 숙덕(淑德)은 진실로 아름다우니라."

정공이 소이대왈(笑而對曰),

"너무 과장(誇張)치 마소서."

태부인이 웃고 좌우를 고면(顧眄)789)하여 쌍쌍한 옥동이 개개히 선풍옥골(仙風玉骨)임을 두굿겨하고, 공이 여아를 침소(寢所)로 들여보내고, 날이 늦으매 한림이 들어와 길복을 입을 새, 태부인이 습례(習禮)하고 가라 하니 한림이 미소 대 왈,

"습례(習禮)를 아니하오나 실례(失禮)하도록 하리까?"

공이 가로되,

"실례하리라 하는 것이 아니라 자정(慈庭)이 보고자 하시니 사양치 말라."

한림이 억지 못하여 늠름(凜凜)한 신장(身長)에 길복을 갖추고, 전안지례(奠雁之禮)를 습의(習儀)하니 쇄락한 용모는 남전백옥(藍田白玉)790)이

---

789) 고면(顧眄) : 좌고우면(左顧右眄). 이쪽저쪽을 돌아 봄. 또는 앞뒤를 재고 망설임.
790) 남전백옥(藍田白玉) : 남전산(藍田山)에서 난 백옥(白玉)이란 뜻으로 명문가에서 난 뛰어난 인물을 이르는 말. 남전은 중국(中國) 섬서성(陝西省)에 있는 산 이름으로 옥의 명산지.

티끌을 씻었으며, 편편한 풍류는 금당(金塘)791)에 일만 양류(楊柳) 춤추
는 듯하니, 좌객이 칭찬함을 마지아니하더라. 요객(繞客)792)이 재촉하
니 한림이 존당 부모께 하직하고, 외당에 나와 허다 위의를 거느려 옥누
항으로 향하니라.

이때 윤부에서 소저의 성혼하기를 당하니, 태우 선형(先兄)을 생각고
새로이 참담한 심사를 억제치 못하나, 범사에 정성이 가작하니, 비록 청
검하기를 위주하나 어찌 혼례를 성비(盛備)치 않으리오. 대연을 개장(開
場)하여 신랑을 맞으며 신부를 보낼 새, 내외 친척을 청하여 주배(酒杯)
를 날리며 석사를 일러 연연(戀戀)함을 마지않더니, 날이 늦으매 신랑을
청하고 내헌(內軒)에 들어가 소저를 단장하여 청중(廳中)에서 습례(習
禮)할 새, 아연한 천향(天香)793)과 찬란한 염광(艶光)이 좌우를 유동(流
動)하니, 태양의 빛을 앗았는지라. 만고(萬古)에 무쌍(無雙)이오, 일대
(一代)에 독보(獨步)할러라.

조부인은 여아의 길일을 당하여 혼자 봄을 각골통상(刻骨痛傷)하여
눈물을 금치 못하고, 위씨의 구밀복검(口蜜腹劍)794)을 짐작하고 더욱
차악하더라.

이윽고 신랑이 이르러 옥상(玉床)에 홍안(鴻雁)을 전하고 천지(天地)
에 배례하기를 마치매, 시강학사(侍講學士) 석준이 연전(宴前)에 참예하
였다가 팔 밀어 좌의 드니, 윤공이 신랑의 손을 잡고 추연(惆然) 탄 왈,
"석년의 이 당(堂) 가운데서 사곤(舍昆)과 영엄(令嚴)이 혼사를 정하시

---

791) 금당(金塘) : 연꽃이나 버드나무 등을 심어 아름답게 가꾼 연못.
792) 요객(繞客) : 혼인 때에 가족 중에서 신랑이나 신부를 데리고 가는 사람.
793) 천향(天香) : 뛰어나게 좋은 향기.
794) 구밀복검(口蜜腹劍) : 입에는 꿀이 있고 배 속에는 칼이 있다는 뜻으로, 말로는
    친한 척 하나 속으로는 해칠 생각이 있음을 이르는 말.

니, 피차(彼此) 다 유하자녜(乳下子女)라. 여러 춘추가 바뀌어 쉬이 장
성하기를 바랄 뿐이요, 사곤이 서랑을 보시지 못할 줄은 생각지 않았더
니, 이제 구약(舊約)을 성전(成全)하니, 촉사(觸事)에 상감(傷感)한 회포
비할 곳이 없는지라. 미약한 질녀로써 창백에게 일생을 의탁하매, 여자
의 소소(小小) 허물이 있으나 창백은 관인대체(寬仁大體)를 숭상하여 길
이 화락할진대, 어찌 기쁘지 않으리오."

한림이 대 왈,

"소생이 금일 합하의 비창(悲愴)하신 말씀을 듣자오니 인심에 추연(惆
然)함을 이기지 못하옵나니, 합하(閤下) 비록 소생더러 세쇄(細瑣)키를
당부하실지라도, 소생이 천성이 소활(疎豁)하오니, 어찌 여자의 소소 허
물을 아른 체하리까? 천수(天數)에 정한 팔자(八字)는 임의로 못하려니
와, 이런 말씀을 하실 바 아니로소이다."

태우 그 옥면호풍(玉面豪風)이 오늘 더욱 새로움을 크게 두굿겨, 사랑
함이 친서(親壻)의 지남이 있는지라.

날이 늦고 길이 초간(稍間)795)한 고로 신부의 상교를 재촉하니, 태우
안에 들어와 소저를 보낼 새 조부인이 여아의 단장을 갖추어 나못을796)
채우며, 효봉구고(孝奉舅姑)와 승순군자(承順君子)를 경계하매, 구파 소
저의 손을 잡고 슬픔을 이기지 못하는지라. 태부인과 유씨는 정한림의
풍채를 보고 미우며 분하여, 명아의 십삼 소아로 저 같은 영준호걸의 배
우(配偶)되어 부귀를 누릴 일이 애달프고 통완하여, 구몽숙이 금슬을 작
희(作戲)하여 명아의 전정을 아주 맞고, 청등야우(靑燈夜雨)797)에 홍루

---

795) 초간(稍間) : 한참 걸어가야 할 정도로 거리가 조금 멀다.
796) 나못 : 주머니. 자루.
797) 청등야우(靑燈夜雨) : 비 내리는 밤의 푸른 불빛 아래. 쓸쓸한 정서 또는 장면
    을 표현한 말.

(紅淚)798) 유미(柳眉)799)를 잠기고자 하니, 용심(用心)의 긍흉극악(窮凶極惡)함이 어찌 비할 곳이 있으리오. 태우는 모친과 유씨 모녀의 심장(心臟)을 알지 못하고 질녀의 손을 잡고 경경(哽哽) 왈,

"너의 품질(稟質)이 하자(瑕疵)할 곳이 없으니, 안견(眼見)이 구산(丘山)800) 같은 구가라도 미진이 여길 바는 없으려니와, 창백은 세차고 어려운 장부요, 정가는 예의지문이라, 모름지기 조심하여 선형의 청덕과 수수(嫂嫂)의 성행으로써 딸을 두시매 사람마다 어짊을 일컫게 하면, 우숙(愚叔)이 어찌 기쁘지 않으리오."

언파에 상연수루(傷然垂淚)하니, 소저 옥면이 적적(滴滴)801)하여 배사수명(拜謝受命)이요, 유부인 모녀는 태우의 명아 사랑함을 더욱 밉게 여기더라.

소저 존당 숙당과 모친께 하직하고 덩802)에 들매, 신랑이 순금쇄약(純金鎖鑰)803)을 가져 봉교(封轎)하고, 상마(上馬)하여 취운산으로 돌아올 새, 윤·정 양부에 모였던 바 명공거경이 다 남취여가(男娶女嫁)의 위의(威儀) 되어, 사마거륜(駟馬車輪)과 벽제쌍곡(辟除雙曲)804)이 대로에 메이고, 생소고악(笙簫鼓樂)이 훤천(喧天)한 중, 신랑의 출류(出類)한 풍광(風光)이 백일(白日)의 빛을 앗고, 용봉(龍鳳)의 재질(才質)과 당당

---

798) 홍루(紅淚) : 붉은 눈물. 애간장이 타서 나는 눈물.
799) 유미(柳眉) : 버들강아지 모양의 눈썹.
800) 구산(丘山) : ①언덕과 산을 아울러 이르는 말. ②물건 따위가 많이 쌓인 모양을 비유적으로 이르는 말
801) 적적(滴滴) : 눈물이 방울방울 맺힘.
802) 덩 : 가마. 공주나 옹주가 타던 가마.
803) 순금쇄약(純金鎖鑰) : 순금으로 만든 자물쇠.
804) 벽제쌍곡(辟除雙曲) : 혼인 행렬이 지나가는데 방해받지 않도록 잡인의 통행을 금하는 피리나 나팔 등의 악기 소리.

한 상모(相貌)는 천승(千乘)805)을 기필(期必)할지라. 길가에 구경하는
사람들이 윤소저의 복됨을 이르더라.

행(行)하여 부중(府中)의 다다라 청중(廳中)에서 합환교배(合歡交
拜)806)할 새 금주선(錦珠扇)807)을 반개(半開)하매, 남풍여모(男風女
貌)808) 발월특이(發越特異)809)하여, 황금백벽(黃金白璧)810)이 빛을 나
토며811) 수중교룡(水中蛟龍)이 서로 희롱하니, 일월이 병명(竝明)한 듯
한지라. 중빈(衆賓)이 숨을 길게 쉬고 미처 말을 못하여서, 신랑이 밖으
로 나가고 신부 단장을 고쳐 현구고지례(見舅姑之禮)812)를 이룰 새, 빼
어난 신장(身長)에 홍금수라상(紅錦繡羅裳)813)을 끌고, 옥수(玉手)에 폐
백(幣帛)814)을 받들어 앞에 나아오니, 맑은 안채(眼彩) 멀리 비치어, 두
줄 정광(精光)이 일좌(一座)에 조요(照耀)하고, 팔자유미(八字柳眉)는 춘
산(春山)에 아당(阿黨)함을 아처하니815) 덕기(德氣) 출어외모(出於外貌)
하여 천만고(千萬古)의 일인(一人)이라. 순태부인이 폐백을 받으며 신부

---

805) 천승(千乘) : 천승지국(千乘之國). '천 대의 병거(兵車)'라는 뜻으로, 제후를 이
    르는 말.
806) 합환교배(合歡交拜) : 전통 혼례식에서 신랑 신부가 서로 잔을 바꾸어 마시는
    합근례(合卺禮)와 서로에게 절을 하고 받는 교배례(交拜禮)를 함께 이르는 말.
807) 금주선(錦珠扇) : 비단으로 폭을 만들고 구슬을 달아 꾸민 부채.
808) 남풍여모(男風女貌) : 남자의 빼어난 풍채와 여자의 아름다운 용모.
809) 발월특이(發越特異) : 용모가 깨끗하고 훤칠하여 빼어나게 아름다움.
810) 황금백벽(黃金白璧) : 누런빛의 금과 하얀빛의 옥.
811) 나토다 : '나타내다'의 옛말.
812) 현구고지례(見舅姑之禮) : 전통혼례에서 대례를 마친 신부가 폐백을 드리고 처
    음으로 시부모를 뵙는 의례.
813) 홍금수라상(紅錦繡羅裳) : 붉은 비단에 수(繡)를 놓아 만든 치마
814) 폐백(幣帛) : 전통혼례에서 신부가 처음으로 시부모를 뵐 때 큰절을 하고 올리
    는 물건. 또는 그런 일. 주로 대추나 포 따위를 올린다.
815) 아처하다 : ①아쉬워하다. ②안쓰러워하다. ③싫어하다.

를 바라보는 눈이 어리고[816] 기쁜 기운이 면간(面間)에 유동(流動)하여 웃는 입을 줄이지[817] 못하니, 정공의 만심환열(滿心歡悅)함이 태부인께 내림이 없어 수려(秀麗)한 미우(眉宇)에 화기(和氣) 가득하더라.

---

816) 어리다 : 황홀하게 도취되거나 상심이 되어 얼떨떨하다.
817) 줄이다 : 여기서는 '입을 다물다'는 뜻.

명주보월빙 권지칠

　화설 정공의 만심환열(滿心歡悅)함이 태부인께 내림이 없어, 수려한 미우(眉宇)에 화기 가득하니, 진부인이 도적의 흉언을 듣고 차악경심(嗟愕驚心)하던 바로되, 신부를 보매는 의심이 풀리고 통완하던 뜻이 사라져 비로소 즐거움을 이기지 못하니, 일가의 화기 무르녹았는지라.

　태부인이 신부의 옥수를 잡고 운환(雲鬘)[818]을 어루만져 왈,

　"신부는 천아의 아시 정약이라. 기특한 성화를 익히 들었으나 이다지도 출범함은 생각지 못하였더니, 오늘날 노모의 슬하(膝下)되어 용광기질(容光氣質)이 노모의 본 바 처음이라. 천흥이 무슨 복으로 이런 숙녀를 얻었느뇨?"

　금평후 좌를 떠나 고 왈,

　"천흥은 한낱 탕객이거늘 신부는 만고성녀(萬古聖女)라. 저에게 외람한 아내요, 소자에게 과한 며느리라. 문호의 흥망이 종부(宗婦)에게 달렸사옵나니, 조선(祖先)의 유경(有慶)과 자정(慈庭)의 적덕여음(積德餘蔭)으로 이 같은 총부(冢婦)를 얻사오니, 탕자를 진압하고 문호(門戶)를 창성(昌盛)하여 봉사봉친(奉祀奉親)을 근심치 않으리니, 어찌 만행(萬

---

818) 운환(雲鬘) : 여자의 탐스러운 쪽 찐 머리.

幸)이 아니리까?"

태부인이 희불자승(喜不自勝)하여 희희(嘻嘻)히 즐겨 왈,

"노모의 박덕으로 이런 성녀를 슬하에 이룸은 기약치 아닌 일이니, 반드시 선군(先君)의 재천지정(在天之精)이 도우심이요, 문호의 여경(餘慶)이라. 천아의 비상함이 세대에 비상하니, 같은 쌍을 얻지 못할까 근심하더니, 구약을 성전(成全)하매 진정(眞正) 천아의 쌍(雙)이라. 어찌 기쁘고 기특치 않으리오."

금평후 신부를 나오게 하여 애중(愛重)함이 무궁하니, 홀연 옥누항 백화헌에서 그 사세(四歲) 유녀(幼女)를 보고 명천공을 보채어 혼인을 정하던 일을 생각고, 새로이 망우(亡友)를 추모(追慕)하여 추연상감(惆然傷感) 왈,

"신부 금일 오문(吾門)에 이르러 우리 슬하 된데, 녕선대인(令先大人)이 보지 못하시니, 석년에 내 신부를 친히 보고 정혼하던 때와 인사 변역(變易)하여 상감함을 이기지 못하나니, 신부의 심사는 묻지 아녀 알려니와, 내 신부를 구식지간(舅息之間)이나 정의(情誼) 부녀에 감치 않으니, 초(初)에 너의 실산함을 들으매 놀랍고 차악함이 어찌 얻은 며느리와 다르리오. 다행이 산문에 편히 머물다가 이제 성례하니 기쁨을 이기지 못하리로다."

윤소저 엎드려 듣기를 다한 후, 일어나 재배 사사(謝辭)하니 효순한 안색과 숙연한 예모(禮貌)가 빈빈(彬彬)하여 볼수록 기이하더라. 엄구의 석사를 이르심에 당하여는 팔자아황(八字蛾黃)에 처색(悽色)이 일어나되, 경근(敬謹)하는 거동과 공경하는 예모(禮貌) 외모에 나타나니, 금평후의 한없는 사랑은 비할 곳이 없어 귀중함이 오히려 아들에 지나고, 좌중이 비로소 정신을 가다듬어 하언(賀言)이 분분하니, 이루 응접기 어렵되, 태부인이 좌수우응(左酬右應)819)에 사양치 않고 공의 부부 화열(和

悅)히 사사하더라. 태부인이 한림을 불러 쌍으로 앉혀 상하(上下)치 않음을 크게 두굿겨 좌상에 자랑하여, 왈,

"나의 손아와 손부의 기질이 상적(相適)함이 이 같으니 진실로 하늘이 유의하신 바라, 어찌 기특치 않으리오."

제객이 다투어 칭찬하여 금평후 부부의 복경(福慶)과 한림의 처궁이 유복함을 하례하니 태부인이 한림더러 왈,

"부부는 오륜(五倫)820)의 중사(重事)요, 요조숙녀(窈窕淑女)는 문왕(文王)821)같은 성인도 오매사복(寤寐思服)하시니, 금일 너의 아내 외모 기질이 고왕금내(古往今來)에 독보(獨步)한 숙녀라. 너의 복이 높아 이런 현처를 얻으니 모름지기 공경 중대하여 관저지락(關雎之樂)이 가득케 하라."

한림이 재배 수명할 뿐이오 구태여 말씀이 없으니, 부공이 재좌하시매 관(冠)을 숙이고 궤슬정좌(跪膝正坐)하여 조심 경근하니, 동용(動容)이 안서(安舒)822)하고 거지(擧止) 단정하여 도학군자(道學君子) 같으나, 기심(其心)이 상쾌하여 하늘을 받들며 태산을 넘뛸 듯하니, 미녀성색(美女聲色)을 백이라도 사양치 않을 뜻이 있어, 마침내 일처를 지킬 위인이 아니라. 진부인은 아들의 굉원(宏遠)한 역량(力量)과 명달한 지식(知識)

---

819) 좌수우응(左酬右應) : 이쪽저쪽으로 부산하게 상대하고 응함.
820) 오륜(五倫) : 유학에서, 사람이 지켜야 할 다섯 가지 도리. 부자유친(父子有親), 군신유의(君臣有義), 부부유별(夫婦有別), 장유유서(長幼有序), 붕우유신(朋友有信)을 이른다.
821) 문왕(文王) : 중국 주나라 무왕(武王)의 아버지. 이름은 창(昌). 기원전 12세기경에 활동한 사람으로 은나라 말기에 태공망 등 어진 선비들을 모아 국정을 바로잡고 융적(戎狄)을 토벌하여 아들 무왕이 주나라를 세울 수 있도록 기반을 닦아 주었다. 고대의 이상적인 성인 군주의 전형으로 꼽힌다.
822) 안서(安舒) : 마음이 편안하고 고요함.

을 크게 두굿겨, 신부를 보기 전 자기 사색(辭色)하던 줄이 도리어 우은
지라. 타의(他意) 없이 즐기다가 일모(日暮)하매 제객이 각각 집으로 돌
아가고, 금평후 촉(燭)을 이어 모친을 모셔 말씀할 새, 신부 숙소를 선
월정에 정하여 보내고, 한림을 명하여 신방으로 가라 하니, 한림이 왕모
의 취침하심을 청하고, 부공을 모셔 외헌에 나와 공이 취침하매, 비로소
신방으로 들어오더니, 한림의 신소리를 듣고 선월정 합장(閤牆)823) 뒤
로부터 흉악한 남자 내달아, 한림을 해코자 하다가 빨리 몸을 뛰어 공중
에 솟으니, 한림이 작일에 왔던 도적인 줄을 지기(知機)하되 놀라지 않
아 천천히 걸어 방중에 들어가니, 신부 일어나 맞아 동서좌정(東西坐
定)824) 하매, 소저의 천향월광(天香月光)825)이 촉영지하(燭影之下)에
더욱 기이하니, 미우팔채(眉宇八彩)826)와 안모오색(顔貌五色)827)이 영
령찬란(呤呤燦爛)828)하여 가슴 가운데 백일(白日)이 비추었으니, 한림
이 그 남복 가운데 총총(恩恩)이 보고 흠복하던 마음이 무궁하던 바라.
부운 같은 누언과 흉적의 작난을 물외(物外)에 던지고, 흔연히 말씀을
펴고자 하더니, 또 문득 긴 창으로 문을 쑤시며 소리 질러 왈,

"나의 천금 미인을 천흥 적자(賊子) 감히 일방(一房)에 상대하기를 잘하

---

823) 합장(閤牆) : 건물 출입문과 연결되어 있는 담장.
824) 동서좌정(東西坐定) : 남녀가 한 장소에서 앉을 때는 남자가 동쪽, 여자가 서쪽
　　　으로 앉는다.
825) 천향월광(天香月光) : 뛰어나게 좋은 향기와 아름다운 얼굴.
826) 미우팔채(眉宇八彩) : 눈빛. 눈의 정채(精彩). *미우(眉宇); 이마의 눈썹 근처.
　　　*팔채; '팔채(八彩)'는 팔(八)자 모양의 눈썹 광채를 뜻하는 말로, 여기서는 눈
　　　빛을 대신 나타낸 것이다.
827) 안모오색(顔貌五色) : 여자의 화장한 얼굴에 나타나는 황(黃)·적(赤)·흑(黑)·
　　　백(白)·청(靑)의 다섯 가지 색깔. 눈의 검고 흰빛, 연지곤지와 입술의 붉은빛,
　　　눈썹의 푸른빛, 머리칼의 검은빛, 피부의 누런빛과 하얀빛 따위.
828) 영령찬란(呤呤燦爛) : 광채가 눈이 부시도록 영롱하고 찬란함.

랴? 이 창으로 정연부터 질러 죽이고 천홍의 머리를 두 조각에 내리라.”

한림이 이런 욕설이 야야께 미침을 대로하여 적을 잡아 만단(萬端)의 찢고자 하여, 문을 열고 나가니 벌써 간 데 없는지라. 분완통해(憤惋痛駭)함을 이기지 못하여 헤오되,

“저 윤씨 십여 세 여자를 뉘 이다지도 미워하여 이심히 해코자 함이 이에 미쳤는고? 윤씨 외모로 보아는 애매(曖昧)타 하려니와, 일 여자(一女子)의 연고로 대인께 흉언이 미치니, 인자(人子)의 놀라온 바라.”

분(憤)함이 저로 더불어 상대코자 뜻이 없어, 이윽히 머물다가 신방을 비움이 가치 아니타 하고 다시 들어와 소저를 대하니, 소저 천만 생각 밖에 흉참한 말을 들으니, 비록 하해지량(河海之量)이오, 천지의 너름이나, 놀랍고 차악하여 자기 일신 전정이 볼 것이 없음을 생각하니, 빙옥 같은 행신이 ‘그림 속의 떡’829)이 되었는지라. 스스로 죽어 모르고자 하되 능히 얻지 못하여, 오직 홍수(紅袖)를 정히 꽂고 단연위좌(端然危坐)하여, 문견(聞見)이 없는 듯하여, 구태여 황황경구(遑遑驚懼)함도 외모에 나타나지 않으니, 무사무려(無思無慮)하여 세상 화식(火食)830)하는 유(類)와 내도하고831) 어린832) 태도와 어여쁜 거동이 철석간장을 농준(濃蠢)833)할지라. 정생이 야야께 욕설이 미침이 분하고, 흉변이 차악하여, 뜻이 사라지고 즐거운 일이 없어, 출류(出類)한 화기와 환흡한 마음

---

829) 그림 속의 떡 : 아무리 마음에 들어도 이용할 수 없거나 차지할 수 없는 경우를 이르는 말.
830) 화식(火食) : 불에 익힌 음식을 먹음. 또는 그 음식.
831) 내도하다 : 전혀 다르다. 판이(判異)하다.
832) 어리다 : ①은근하다. 어떤 현상, 기운, 추억 따위가 배어 있거나 은근히 드러나다. ②눈부시다. 황홀하거나 현란한 빛으로 눈이 부시거나 어른어른하다. ③나이가 적다.
833) 농준(濃蠢) : 경직된 마음을 풀어 움직이게 함.

이 감하여, 묵연히 말이 없다가, 또 다시 생각하되,

"내 이미 저의 애매함을 밝히 알거늘, 도적의 흉언으로써 통완(痛惋)한 뜻을 두어 저를 매몰이 대접하면, 군자의 덕이 아니요, 어린 여자의 평생을 저버림이라. 대인께 욕언이 미침이 한심하나, 저를 해코자 하는 유(類), 궁극한 의사를 내 아심(我心)을 요동코자 하여 그렇듯 함이니, 흉적을 잡는 날 설분(雪憤)할 것이요, 이런 일을 불출구외(不出口外)하여 저를 편케 함이 마땅타."

하여, 이에 말씀을 펴, 가로되,

"우리 양인이 유하(乳下)를 면치 못하여서 정혼 맹약하여 금석(金石)의 굳음이 있더니, 불행하여 악장(岳丈)이 기세하시나, 자(子)[834]의 남매 무사히 자람을 얻어 거년세말(去年歲末)에 친사(親事)를 이룰까 하였더니, 자(子)의 실산지화를 만나 피화함으로 길기를 허송하였더니, 천연이 기특하여 생이 취월암에 가, 자를 만나니 붕우로 사귀고자 한 것이 도리어 백년가우(百年佳偶)를 찾은지라. 금일 오문에 들어오시니 어찌 기쁘지 않으리오. 다만 흉적의 말이 아심(我心)을 요동코자 하여 우리 부부의 금슬을 희짓고자 함이거니와, 생이 비록 불명하나 자의 고절청행(高節淸行)을 모르지 아니하나니, 소저는 부운(浮雲) 같은 누언(陋言)을 마음의 머물지 마소서. 생이 일부분(一部分)이나 곧이듣는 가 염려치 마소서. 생이 수(雖)[835] 무식(無識)이나, 어찌 백세양필(百歲良匹)[836]을 지기(知機)치 못하리오."

설파에 사기(辭氣)[837] 화열(和悅)하여 기심(其心)을 편토록 하여, 십

---

834) 자(子) : 문어체에서, '그대'를 이르는 말.
835) 수(雖) : 비록.
836) 백세냥필(百歲良匹) : 백년을 해로(偕老)할 배우자(配偶者).
837) 사기(辭氣) : 늑사색(辭色). 말과 얼굴빛을 아울러 이르는 말.

사(十四) 소아의 여신한 총명과 원대한 지식(知識)이 천고(千古)를 역상
(歷想)하나 쉽지 않은지라.

소저 전일 절로 더불어 언어를 문답하였고, 도적의 흉언을 믿지 않아
자기를 위로하는 말이 이 같으니 어찌 감사한 뜻인들 없으리오마는, 자
기를 이심(已甚)히 해하는 자 남이 아니라, 이 불과 조손숙질(祖孫叔姪)
사이로조차 나, 대변을 지었음을 짐작하매, 망극 해참(駭慚)함이, 경각
에 죽어 조모의 과악을 감추고자 뜻이 있으나, 모친이 자기 남매로 위회
(慰懷)하여 남달리 괴롭고 설운 경계를 참고 견디시는 바를 생각하면,
자기 수화(水火)라도 살기를 도모하는 것이 옳은지라. 천사만려(千思萬
慮)가 오장(五臟)을 녹이니, 말이 나지 않아 저두(低頭) 부대(不對)러니,
한림이 야심(夜深)함을 일컬어 촉을 물리고 소저를 붙들어 상요에 나아
가고자 한대, 소저 문득 입을 열어 왈,

"첩이 명도(命途) 험흔(險釁)하고 행실이 비박(非薄)하여838) 실산지화
(失散之禍)를 만나 산사에 유락하고, 성례전(成禮前)에 군자를 만나 상
견수작(相見酬酢)함이 예를 잃고 일이 정도 아니라. 첩이 스스로 누얼
(陋-)839)을 실은 듯하더니, 신명(神明)이 외오840) 여기시어 흉적의 더
러운 말이 차마 사람의 들을 바 아니라. 군자의 청천백일지명(靑天白日
之明)으로 믿지 아니하시나, 첩은 골경심한(骨驚心寒)하기를 이기지 못
하고, 흉적(凶賊)을 잡지 못한 전은 망극한 누명(陋名)을 신설키 어려운
지라. 원컨대 군자는 여자의 미세(微細)한 사정을 살피시어, 첩으로써
인륜세사(人倫世事)에 급히 참예케 마시면, 첩의 누명을 신설할 곳이 있

---

838) 비박(非薄)하다 : 변변치 못하다. 천박하고 보잘 것 없다.
839) 누얼(陋-) : 더러운 욕이나 흉, 허물. '얼'은 겉에 들어난 흠 또는 결함이나 허
　　물을 뜻한다.
840) 외다 : '그르다'의 옛말.

을까 바라나이다."

옥성봉음(玉聲鳳吟)이 낭랑하여 금반에 명주(明珠)를 굴리고, 꽃가지에 앵무새 우는 듯, 백태천광(百態千光)이 볼수록 기이하니, 생이 경복흠애(敬服欽愛)하여 은애(恩愛) 더욱 유출(流出)하되, 저의 지성(至誠)이 부부의 이성지합(二姓之合)을 원치 않아, 비상주점(臂上朱點)을 머물러, 참혹한 누언을 신설코자 함을 애련하여, 붙들어 편히 누이고, 위로 왈,

"천황지로(天荒地老)841)하여도 나 정창백이 자의 청심성행(淸心聖行)을 의심치 않을 것이오. 존당께서 인명후덕(仁明厚德)하시니 천만인(千萬人)이 참소하나, '증모(曾母)의 투저(投杼)'함이 없으리니, 구고와 가부 여자에게 으뜸이니, 안심하여 부질없는 일을 거리끼지 마소서."

드디어 이성지락(二姓之樂)은 날회나 집수연침(執手連枕)하여 여천지무궁(如天地無窮)한 정이 산비해박(山卑海薄)하니, 이 같은 중정(重情)을 위씨 고식모녀(姑息母女) 어찌 작희(作戱)하리오. 상상수리(牀上繡裏)에 쌍옥(雙玉)이 완전하여 천정일대(天定一對)842)요 백세양필(百歲良匹)이라.

태부인이 한림의 유모 설파를 보내어 신방을 규시하라 하였더니, 유랑이 한림이 도적의 흉언을 들었으되, 은근 위유(慰諭)하여 상상(床上)의 나아감을 보고, 경아(驚訝)하여 돌아와 일일이 고하니, 진부인이 이날은 태부인을 시침(侍寢)하였더니, 유랑의 전어를 듣고 경악하여 태부인께 고하되,

"첩이 금조에 세아가 여차여차 이르거늘 듣사오매 경해함을 이기지

---

841) 천황지로(天荒地老) : '하늘이 황무지가 되고 땅이 늙는다'는 뜻으로, '오랜 시간의 흐름' 또는 '오랜 시간이 흐른 뒤의 어느 때'를 비유적으로 이르는 말.

842) 천정일대(天定一對) : 하늘이 정하여 준 한 쌍.

못하옵더니, 및 신부를 보오매 일분 의심이 나지 아니하옵고 자닝히[843]
여기는 바, 뉘 윤씨를 그대도록 미워하는고? 도적을 잡아 주륙(誅戮)하
면 시원할까 싶으옵더니, 신방(新房)에 또 변이 있다 하오니 사람의 참
지 못할 일이오대, 천애 조금도 곧이들음이 없으니 어찌 기특치 않으리
까?"

태부인이 경해 왈,

"신부는 만고성녀(萬古聖女)라. 한갓 외모 곱고 빛날 뿐 아니라, 만면
에 어린 것이 다 성덕이라. 어찌 그런 음비지사(淫鄙之事)있으리오. 원
간 윤씨를 미워하는 자가 있어 실산하기도 흉인의 해함인가 싶으니, 윤
아 종내 무사하기를 믿지 못하리니, 어찌 자닝하고 불행치 않으리오."

진부인이 고 왈,

"천흥이 이 일을 발구(發口)치 아니하오리니 존고는 아른 체 마소서."

태부인이 점두(點頭)하고 유랑을 당부하여 선월정 적변을 아무더러도
이르지 말라 하더라.

명조(明朝)에 윤소저 신성(晨省)하니 존당구고 무한한 사랑뿐이요, 흉
적의 패설은 조금도 의심함이 없어 혜주와 다름이 없고, 인리친척(隣里
親戚)과 하류천비(下類賤婢) 등이 다 칭찬흠앙(稱讚欽仰)하되 '세대(世
代)의 일인(一人)이라' 하더라.

소저 인류구가(因留舅家)하여 효봉구고(孝奉舅家)하매 정성(精誠)이
동촉(洞屬)하며, 승순군자에 숙녀의 덕이 가작하고, 천연 단엄하여 사군
자의 풍채 있고, 숙매(叔妹)[844]로 화목하매 겸손비약(謙遜卑弱)하며 침
묵언희(沈黙言稀)하여, 사람이 묻는 바를 겨우 대답하고, 종일 홍수(紅

---

843) 자닝하다 : 애처롭고 불쌍하여 차마 보기 어렵다. 연약하고 가냘프다.
844) 숙매(叔妹) : 시누이.

袖)를 꽂고 봉관을 숙여 단순(丹脣)을 여지 아니니, 만면에 가득한 화기
는 삼춘양일(三春陽日)이 다사하여 만물을 회생하는 듯, 어여쁜 거동이
볼수록 기이한지라. 태부인이 장중보옥(掌中寶玉)같이 사랑하여 면전에
떠남을 아끼고, 금평후 엄구(嚴舅)의 서어(齟齬)함을845) 버리고 친부의
자애를 겸하여, 대체(大體)한 성정이 윤소저에게 다다라는 자세(仔細)하
고, 엄숙한 낯빛이 소저를 보면 미우에 춘풍화기 일어나 웃는 입을 줄이
지 못하니, 일가 도리어 신부 사랑이 주접듦을846) 웃더라. 진부인은 성
정이 남달리 단묵냉엄(端默冷嚴)한 고로 심내에 윤씨를 애중하여 여아
와 다름이 없으되, 본 적마다 황홀탐애함은 태부인과 금평후만 못한 듯
하나, 범사의 기렴하여847) 각별한 마음이 그 몸이 편하기를 요구하는지
라. 윤소저 존당구고의 성자혜택을 각골감은하여 출천한 효성이 갈수록
더하며, 소고(小姑)848) 혜주소저로 지기상합(志氣相合)하여 피차 동포
골육(同胞骨肉)이 아님을 깨닫지 못하고, 정한림이 윤소저 향한 정이 여
천지무궁(如天地無窮)849)하니 구몽숙의 작희(作戲)함이 무슨 해로움이
있으리오.

 소저의 몸이 안여반석(安如磐石)하여 십삼춘광(十三春光)에 봉관화리
(鳳冠花履)로 명부의 존귀를 누리며, 존당 구고의 지극한 자애를 받자와
일개(一家) 추존(推尊)하며, 양인의 공경중대함이 관저(關雎)의 노래를
화하니, 그 즐겁고 편함이 어찌 본부에서 위·유 양인의 보채임을 입을

---

845) 서의(齟齬)하다 : 어긋나다. 서먹하다. ①틀어져서 어긋나다. ②낯이 설거나
   친하지 아니하여 어색하다.
846) 주접 : 궁상(窮狀)맞음. 옷차림이나 몸치레가 초라하고 너절한 것.
847) 기렴하다 : 보살피다. 유의하다.
848) 소고(小姑) : 시누이.
849) 여천지무궁(如天地無窮) : 천지의 끝없음과 같음.

제와 같으리오마는, 흉적의 음황패설이 일심(一心)에 꺼림칙하고, 돌아 본부를 생각하면 '모친의 고경(苦境)이 어디 미쳤으며', '광천 등은 무사한가' 날마다 문후하는 시아(侍兒)가 왕래하나 조모와 숙모의 허물을 서사(書辭)에 이르지 않고, 남모르는 근심이 밤을 당하면 상연타루(傷然墮淚)함을 마지않으니   설난 등이 위로하더라.

이적은850) 은주(殷州)851)땅이 누년 기황(饑荒)하고 자사(刺史)852) 연하여 불인자(不仁者)가 내려가니, 이민(吏民)853)이 보채여 안돈(安頓)치 못하니 아조 폐읍(弊邑)이 되었는지라. 상이 각별이 안렴사(按廉使)854)를 택하여 은주를 순무(巡撫)하라 하시니, 조정 의논이 태중태우 윤수에게 미루니, 상이 윤태우를 인견(引見)하시어 은주를 순무하라 하시니, 태우 사양치 못하여 승명(承命)하매, '삼일치행(三日治行)하여 가라' 하시니, 본부의 돌아와 모친께 고하고 집을 떠나매 근심이 만단(萬端)하여, 모친께 진정으로 애걸 왈,

"소자 은주로 향하오매 도로 요원(遙遠)하여 돌아옴이 쉽지 아니하오니, 광천 등이 연유하오나 숙성하오니 외사는 염려할 것이 없으되, 자정이 자애 부족하시니, 자위 소자를 사랑하시거든, 조수의 모자를 편히 거느리시면 소자 영행하오리니, 천만 바라옵나니 자위는 소자의 지극히 믿고 바라는 바를 저버리지 마소서."

태부인이 거짓 함루 왈,

---

850) 이적은 : 이때는.
851) 은주(殷州) : 중국 하남성(河南省)에 있는 주(州).
852) 자새(刺史) : 고려 성종 14년(995)에 둔 지방관(外官).
853) 이민(吏民) : 자방의 아전과 백성.
854) 안렴사(按廉使) : 고려·조선 시대에 둔, 각 도의 으뜸 벼슬. 충렬왕 2년(1276)에 안찰사를 이 이름으로 고쳤다.

"네 어찌 어미더러 괴이한 말을 하느뇨? 내 평생 내외지심(內外之心)이 없으나 화증이 만하 내 말을 거스르고 뜻을 어긴즉 심화 발하여 혹 꾸짖을 적이 있으나, 어찌 광천 등에게 자애 부족하리오. 너는 괴이한 염려를 말고 은주를 순무하여 국사를 선치하고 쉬이 돌아오라."

태우 길이 탄식하고 광천 등 형제를 불러 가사를 촉탁함이, 미지하여 (未知何如)오.

어시에 윤태우 사은퇴조(謝恩退朝)하여 본부에 이르러 모전에 반일 (半日) 존후를 묻잡고 연중설화(筵中說話)[855]를 고하매, 소소 사정으로써 꺼릴 바 아니로되, 돌아 가중 형세를 살피건대, 모친의 과도한 심화와 유씨의 불량(不良)함이 수수와 양 공자를 보호치 않을지라. 생각이 이에 다다라는 장부의 뜻이나 설설(屑屑)함을 이기지 못하여, 양 공자의 손을 잡고, 추연장탄(惆然長歎) 왈,

"여부(汝父) 국사로 말미암아 가중을 떠나매 자정(慈庭)의 절박하심과 너희들을 떠나 심사 베는 듯함은 이르도 말고, 가중상하의 난(亂)할 바를 염(念)컨대 능히 심사를 베기 어렵도다. 자위 심화 남다르시고 유씨 심사 선(善)치 않으니, 우숙(愚叔)이 집을 떠나매 반드시 여등 형제를 난타(亂打)하시는 지경이 있으리니, 여등은 모름지기 자보하여 몸을 상치 않음이 효(孝)라. 천금중신(千金重身)을 경(輕)히 여겨 금일 여부의 경계를 헛되이 여기지 말라."

양 공자 배이수명(拜而受命)하여 능히 대치 못하더라. 태우 추연자상(惆然自傷)하여 양 공자의 손을 잡고, 현아소저를 나오게 하여 어루만져 경계 왈,

"오아는 하가 며느리라. 빙채(聘采) 문명(問名)은 이르지 말고, 이 필

적은 곧 하공의 필적이요, 세사난측(世事難測)이니 혹 내 환가(還家) 전,
아무 권문세가에서 너의 성화(聲華)를 듣고 위세로 구혼함이 있을진대,
여모는 추세이욕(趨勢利慾)에 물든 자라. 반드시 너의 절개를 작희하여
훼절케 함이 있을지라도, 너는 모름지기 절을 크게 여겨 명철보신(明哲
保身)할진대, 어찌 아름답지 않으리오."

소저 취미(翠眉) 나직하고 성안(星眼)이 미미(微微)하여 능히 대(對)치
못하니, 공이 연애(憐愛)함을 이기지 못하여, 구파를 향하여 왈,

"서모는 광천형제를 각별 보호하여 자위 실덕하심이 계실진대 마땅히
간하여, 자(子)가 나간 사이 가중이 무고할진대, 어찌 감사치 않으리
까."

구파 하루(下淚) 왈,

"첩이 어찌 상공의 부탁을 기다려 조부인과 양 공자를 보호치 아니리
까마는, 첩의 힘으로는 능히 믿지 못할까 하나니, 노첩(老妾)을 당부치
마르시고 태부인과 유부인께 부탁하심이 공도(公道)인가 하나이다."

언미(言未)에 태부인이 정색 왈,

"조씨는 나의 며느리요, 광아 등은 취중(取重)하는 손아거늘, 네 어찌
남을 당부하여 구파의 답언이 괴이하니 어찌 한심치 않으리오. 구파의
언근(言根)이 심히 수상하니 고식과 조손의 정의 완전키 어려우리로다."

구시 흔연 사사 왈,

"천첩이 감히 부인의 고식조손(姑媳祖孫) 사이를 논란하리까마는, 공
언(公言)으로 의논하올진대, 태부인의 심화로 말미암아 태타(笞打)함이
잦으니, 차는 태부인 심화 억제치 못함이거니와, 그윽이 생각건대, 조부
인 모자의 정사를 통촉(洞燭)지 못하심을 민민(憫憫)하옵더니 금일 상공
의 원별을 임하시어 노신에게 부탁하시는 고로, 자연 대답이 여차 함이
러니, 부인의 책언을 받자오매 불관(不關)한 몸이 투생하와 어지러운 구

설(口舌)로 존위를 침범하오니 황괴하이다."

태부인이 불승통한하나 태우의 임별에 불호지색(不好之色)이 가치 아니하므로, 묵연하여 구씨를 한(恨)하더라.

태우 명아소저를 귀령(歸寧)856)하여 이별코자 하나 자저하더니857), 정한림이 성례 후 처음으로 이르러 악모께 청알하매, 태부인이 한가지로 볼 새, 정생이 파조 후 바로 나온지라. 직입내사(直入內舍)858)하여 예필 좌정하매, 자포(紫袍)는 옥산(玉山)859)의 엄연하고, 오사(烏紗)는 월액(月額)에 한가(閑暇)하여, 척탕(滌蕩)한 풍광과 엄연한 기위(氣威) 호호탕탕(浩浩蕩蕩)하여 추천을 능만하고 서리를 압두하니, 타일 반드시 일인지하(一人之下)요, 만인지상(萬人之上)으로 다시 왕후(王侯)의 귀함을 묻지 않아 알지라.

조부인이 일찍 석사를 추회(追懷)하여 처연수루(悽然垂淚)하여 말씀을 열매, 사리 온당하니, 정한림이 곁눈으로 보매, 광채 소저로 많이 같으나 영복존귀지상(榮福尊貴之相)이 불급(不及)하되, 천고의 희한한 색광기질(色光氣質)이니 한림이 크게 탄복하고, 다시 위태부인과 유부인을 잠간 살피매, 태부인이 상두(上頭)에 거하여 말씀을 가다듬고 안색을 화려히 하여 눈물을 뿌리고 고개를 흔들어, 손녀를 귀중하여 길러낸 바와 한림의 풍위를 과찬하고 반겨함을 일러, 석사를 슬퍼하는 체하여, 흐르는 말씀이 능휼(能譎)하거늘, 다시 유부인이 은악양선(隱惡佯善)하여 민첩한 말씀과 겸손하는 거동이 어찌 일분이나 사나움이 있으리오마는, 정한림이 한번 눈을 들매 사람의 심천(深淺)을 꿰뚫어보는 안광으로, 어

---

856) 귀녕(歸寧) : 늑근친(覲親). 시집간 딸이 친정에 가서 부모를 뵘.
857) 자저하다 : 주저하다.
858) 직입내사(直入內舍) : 곧바로 집의 안채로 들어옴.
859) 옥산(玉山) : 외모와 풍채가 뛰어난 사람을 비유적으로 이르는 말.

찌 저 부인의 은악양선하는 공교로운 거동을 모르리오. 심리의 경해하
여 혜오되,

"내 평생 간교하여 내외 다른 자를 통해하더니, 금일 차인 등을 보니
하나는 흉험극악한 유(類)요, 태우부인 유씨는 결비현인(決非賢人)860)
이라. 차인의 작화(作禍)가 측량키 어려우리로다. 원간 윤씨의 실산을
괴이히 여겼더니 차류(此類)의 작변이거니와, 아매(我妹)의 천금귀골(千
金貴骨)로써 저런 흉험한 부인의 손부(孫婦)를 삼을진대, 평생이 안과키
어렵도다."

저두상냥(低頭商量)에 가장 불열(不悅)하더니, 안찰공이 소왈,

"전안삼일(奠雁三日)에 견빙악(見聘岳)하는 예는 고인의 이른 바이거
늘, 군은 비록 빙악이 계시지 않으나, 수수께 뵘이 심히 늦으니 어찌 박
정치 않으리오. 연이나 내 이제 천리원별(千里遠別)을 당하여 결홀한861)
이정(離情)을 펴고자하나니, 군이 능히 사오일 귀녕(歸寧)을 허하랴."

한림이 흠신 사사 왈,

"봉친시하(奉親侍下)에 관사다첩(官事多疊)함으로 능히 등알(登謁)함
을 말미암지 못하였더니, 대인의 말씀을 듣자오니 불민함을 자괴(自愧)
하거니와, 형포(荊布)862) 귀녕은 존당과 가엄이 위에 계시니, 소생이
감히 자전(自專)치 못함이니, 가엄의 품(稟)하와 허(許)하실진대 소생이
다만 막지 아니하리이다."

안찰이 미소 왈,

"현서(賢婿) 불허(不許) 즉, 아질(我姪)은 예행(禮行)이 숙정한지라.

---

860) 결비현인(決非賢人) : 결단코 어진 사람이 아님.
861) 결홀하다 : 마음에 아쉽거나 답답한 데가 있어 후련하지 못하다.
862) 형포(荊布) : 형차포군(荊釵布裙)의 준말. 가시나무로 만든 비녀와 무명옷이란
뜻으로, 자기의 아내를 남에게 낮추어 일컫는 말.

현서의 쾌허를 얻어 이제 거마를 차려 데려오고자 하나니 군은 허하라."

한림이 대 왈,

"여자유행(女子有行)은 원부모형제(遠父母兄弟)라[863]. 영질이 소서의 집에 들어온 지 일삭이 못하여 귀근(歸覲)이 너무 바쁘고, 소생이 친의(親意)를 아지 못하고 먼저 허함이 방자(放恣)함으로, 능히 존의를 받들지 못하옵나니, 합하(閤下) 만일 이정을 펴고자 하실진대 나아가사 이별하심이 무방하니, 구태여 귀령이 기쁘지 아니한가 하나이다."

안찰이 대소 왈,

"군의 뜻이 아질의 귀근을 사리로 밀막으니 또한 재청(再請)치 않거니와, 군이 미세지사(微細之事)라도 영엄께 다 취품(就稟)하는가 보리니, 연소호방지심(年少豪放之心)에 영엄을 혹 기망(欺罔)함이 있을진대 전후 언사 다를까 하노라."

한림이 함소 대 왈,

"일이 권도(權道)와 정도(正道) 각각이니 어찌 소소한 가사로써 다 친의를 불수(不受)하리까? 소생의 호색기주(好色嗜酒)함으로 실로 남사(濫事) 괴이치 아니리니, 합하 이리 이르시나 족히 놀랍지 않도소이다."

언파에 한가히 웃으니 화란춘성(花欄春城)에 만화쟁발(萬花爭發)함 같으니 발양한 기운이 태산을 넘뛸 듯, 출류한 기상이 구천(九天)을 박찰 듯하여, 일호(一毫) 거리낄 바 없으니, 태우 박소 왈,

"군이 날로써 처숙(妻叔)이라 하여 이렇듯 방자하여 호주성색으로 자랑하거니와, 영엄 면전에도 이런 기운을 부리나냐? 내 영엄으로 더불어 죽마고우(竹馬故友)로 관포(管鮑)의 지기(知己)를 웃더니, 창백이 이렇

---

863) 여자유행 원부모형제(女子有行 遠父母兄弟) : '여자가 시집가면 부모형제와 멀어진다'는 뜻으로, 『시경(詩經)』〈패풍(邶風)〉 '泉水'편에 나온다.

듯 함이 가하냐?"

한림이 사사(謝辭) 왈,

"소생이 어찌 방자하여 합하 부집(父執)864)의 존하심을 공경치 아니리까마는, 소생 등의 앙앙(仰仰)하는 정성이 숙질에 내림이 없음으로써, 심곡(心曲)을 잠간 진달(進達)하옴이더니, 방자함을 책하시니 불승황괴(不勝惶愧)하도소이다."

안찰이 흔연 소 왈,

"군이 날을 그리하나 질녀를 편히 할진대 어찌 감사치 않으리오."

한림이 사사하고 종용이 담화할 새, 조부인이 호주성찬(豪酒盛饌)을 갖추어 관대(款待)하니, 한림이 흔연히 주배를 나와 연하여 거우르고, 옥수(玉手)에 금저(金箸)를 들어 만반진찬(滿盤珍饌)을 풍화(豊華)히 맛보아 그릇이 비도록 먹으니, 상을 물리고 날호여 하직하고 돌아가니, 조부인이 여아를 데려와 자미(滋味)를 보지 못하고 가중형세(家中形勢)를 돌아볼진대, 여아의 귀령이 또한 기쁘지 않으니, 다만 심사를 사를 따름이더라.

안찰이 천리행도(千里行道)에 이친(離親)하는 심사는 이르지 말고 가사를 염려하여 심사 불호(不好)하더라. 명일 정아(鄭衙)에 이르러 금후와 말씀할 새 소저 보기를 청하니, 금후 이에 한림으로 인도하여 선월정의 들어가라 하니, 한림이 공으로 더불어 내각(內閣)의 이르매, 소저 계부의 내림하심을 듣고 기쁨을 이기지 못하여, 하당영지(下堂迎之)하여 승당배알(昇堂拜謁)하매 아름다운 광염이 봉관하리 가운데 절승한지라. 태우 흔연 애지(愛之)하여 바삐 옥수를 잡고 왈,

"우숙이 군명을 받자와 천리에 봉사(奉仕)하매 이정(離情)의 훌연함을

---

864) 부집(父執) : 아버지의 친구로 아버지와 나이가 비슷한 어른의 지위에 있음.

좇아 도차(到此)의[865] 이를[866] 바 아니거니와, 여자유행(女子有行)은 원부모형제(遠父母兄弟)라. 이별이 차아(嵯峨)하나[867] 불과 팔구 삭에 지나지 아니리니, 너는 갈수록 부덕을 닦아 구고를 효봉하고 군자를 승순하여 부도를 닦으라."

소저 계부의 원별을 결훌할 뿐 아니라, 모친과 양제(兩弟)의 외롭고 위태함이 누란(累卵) 같을 바를 차악하여 팔자춘산(八字春山)에 수운(愁雲)이 영영(盈盈)하고 효성양안(曉星兩眼)에 추파(秋波) 요동함을 깨닫지 못하여, 유유양구(悠悠良久)에 날호여 조모 존후를 묻잡고 종용이 모셔 말씀할 새, 안찰이 성정이 걸호뇌락(傑豪磊落)하여 세쇄지언(細瑣之言)을 못하는 고로, 연연(戀戀)한 심사를 겨우 참아 나올 새, 소저 떠나는 정이 베이는 듯, 애루(哀淚)를 머금어 배별하니, 슬퍼하는 거동과 수우(愁憂)하는 용모 더욱 기이하여, 부용(芙蓉)이 향연(香漣)[868]에 솟았고, 명월이 운리(雲裏)에 쌓이고자 하니, 천태만광(千態萬光)이 요요(姚姚)한지라. 안찰이 걸음을 돌이켜 다시 집수 연연하여 천만 무양(無恙)함을 이르니, 한림이 저 숙질의 연연하는 정리와 소저의 슬퍼함을 심중에 괴이히 여겨 그 반드시 나이 어린 연고인가 하니, 차는 자기 평생 심우를 겪지 못한 연고라.

소저 천만 강인(强忍)하여 누수(淚水)를 거두어 수천 리 행도에 왕환(往還)이 안강(安康)하심을 청축(請祝)하니, 안대(按臺)[869]의 연연(戀戀)한 마음이며, 소저의 간절히 결훌함이 상하(上下)키 어렵더라.

---

865) 도차(到此)의 : 이곳에 이르러.
866) 이르다 : 무엇이라고 말하다.
867) 차아(嵯峨)하다 : 아득하다. 막막하다.
868) 향년(香漣) : 향기로운 연못의 물결.
869) 안대(按臺) : 안찰사(按察使)의 다른 이름.

겨우 분수(分手)하여 외당에 이르니, 금후 문 왈,

"형이 처음으로 이가(離家)하매 아부 귀령을 원치 아니하더냐?"

안찰이 가로되,

"이름이 구개(舅家)나 형의 심인후덕(深仁厚德)과 존문 성덕을 힘입어 일신이 반석 같으니 어찌 구구히 친당을 사렴(思念)하리오마는, 가수(家 嫂) 처음으로 떠나시어 참연함을 참지 못하심으로 거일 창백더러 귀령을 청하매, 제 여차여차 밀막으니 소제 형을 보아 재청치 않았나니 현형은 모름지기 가수의 정사를 고념(顧念)하여 소제 없으나 한번 귀근을 허하라."

금평후 그 우애 이렇듯 함을 당하여 명천공을 생각고 추연 탄 왈,

"형은 영질(令姪)을 염려 말라. 비록 불명용우(不明庸愚)할지라도 문강형을 생각하면 친녀와 다름이 없으리니, 하물며 용모기질과 백행사덕이 소제 처음 보는 바라, 무엇을 하자(瑕疵)하리오?"

안찰이 사사하고 종일 담화하다가 돌아갈 새, 한림은 부친을 모셔 문외(門外)로 송별함을 일컫더라.

안찰이 돌아와 백화헌에서 이공자(二公子)를 데리고 천만번 당부하여 몸을 보전하라 하니, 희천 공자는 부자대륜이 정하였거니와 광천은 숙질이 부자로 다르지 않은지라, 가중 형세를 생각하매 머리를 숙이고 누수(淚水) 삼삼하여 진진(盡盡)히 흐느끼니, 공이 어루만져 애지연지(愛之戀之)하여 떠나는 정을 이기지 못하더라.

시야에 안찰이 희춘각의 들어가 유부인을 대할 새, 전자의 엄숙한 기운과 씩씩한 안색을 고쳐 유화(柔和)히 말하여 왈,

"복이 이제 군명을 받자오매 능히 사정과 소소 가사를 권념(眷念)치 못하여 명일 발행하니, 자전에 한낱 시측할 동기 없어 외로우심과 고적하심이 이를 것 없으신지라. 심사 베는 듯하되, 다시 조수와 두 아이의

외로움이 능히 의지할 데가 없거늘, 자위 심화 괴이하시어 조수와 양아에게 불근인정(不近人情)함이 계시리니, 부인은 모름지기 자정의 실덕을 간하여 양아와 조수를 각별이 보호하여, 복(僕)의 부탁을 저버리지 아니할진대, 어찌 기쁘고 감사(感謝)치 않으리오. 광아는 오문의 큰 아해라. 중하고 귀함이 어찌 범연하리오. 매사를 조수와 의논하여 명을 어기지 말고, 외사는 광아가 비록 연소치아(年少稚兒)나 거의 다스리리니 염려치 말고, 희천은 나의 아들이라 모름지기 사랑하고 연애(憐愛)하여 두 딸과 다름이 없게 하고 조수 섬김을 자위 버금으로 하여 복의 금일 부탁을 저버리지 않을진대, 돌아와 서로 보매 낯이 있을까 하노라."

유씨 안찰이 자가를 믿지 않아 부탁하며 당부함이 간절함을, 심리에 분한(憤恨)하고 냉소(冷笑)하나 사색치 아니하고, 공순(恭順) 사사(謝辭) 왈,

"첩이 비록 사리에 밝지 못하나 군자의 지성대효와 관인후덕을 저버리지 않으리니, 명공은 소려(消慮)하소서. 조저(曹姐)의 성덕현심을 어찌 괄시하오며, 더욱 광아는 조선의탁(祖先依託)이요, 문호(門戶)의 큰 아이라. 어찌 친자나 다름이 있으며, 첩이 목강(穆姜)[870]의 인자함이 없으나, 어찌 감히 존의를 불봉(不奉)하여 가변을 이루리까? 군자는 존고께 간청하시고 첩을 당부치 마소서."

언파에 사기(辭氣) 타연(泰然)하니, 공이 다시 할 말이 없어 외헌의 나와 양자를 어루만져 이정이 형상키 어렵더라. 이미 야심하매 공이 양아를 좌우로 뉘여 어루만져 귀중하매, 능히 접목(接目)지 못하고, 명조에 경희전에 이르러 태부인께 하직을 고할 새, 그 사이 성체안강(聖體安

---

870) 목강(穆姜) : 중국 진(晉)나라 정문구(程文矩)의 아내. 성은 이(李)씨, 자(字)는 목강(穆姜). 전처 소생의 네 아들을 자신이 낳은 두 아들보다 더 사랑하여 훌륭하게 키웠다.

康)하시며 조수 삼모자의 정사를 연측(憐惻)하여 위로하심을 간절히 청하니, 말씀이 상활(爽闊)하고 사어 비절하여 재삼 애걸하니, 대흉(大凶)871)이 기뻐 않으나 흐르는 듯이 대답하고, 오히려 인심이라, 이정을 결연하여 눈물을 뿌리니 안찰이 위로하여 팔구삭내(八九朔內) 안강하심을 청하고, 돌아 조부인께 재삼 보중하심을 고하여 배별하매, 다시 유씨를 향하여 왈,

"작야에 이미 한 말이거니와 부인은 모름지기 복의 말을 저버리지 않을진대 행심(幸心)일까 하노라."

유씨 염임(斂衽) 사사하여 무사 왕반하심을 일컫더라. 공이 다시 경아를 경계 왈,

"석랑이 너를 박대하나 너는 오직 부도를 닦아 가부를 원(怨)치 말고, 저의 청함이 있거든 자로 왕래하여 여부(汝夫)의 말을 경히 여기지 말라."

경아 배사수명(拜謝受命)하더라.

안찰이 양 공자를 어루만져 좋이 있음을 천만 당부하고 문을 날 새, 양 공자 강외에 송별코자 하니 공이 멀리 오지 말라 하매, 양 공자 역명치 못하여 문외에서 배별하니, 거하(車下)에 절하여 도로의 왕환이 안강하심을 청하매, 추수봉목(秋水鳳目)872)에 징파(澄波) 자로873) 떨어져 백년 용화(白蓮容華)를 잠그니874) 안찰이 더욱 연애(憐愛) 취중(取重)하고, 울울한 이정을 능히 억제치 못하여 손을 잡아 재삼 보중함을 일러 차마 손을 놓지 못하다가, 일색이 늦으매 가(駕)를 돌려 예궐사은(詣闕謝恩)하온데, 상이 인견하시어 어온(御醞)을 반사 하시고, 유음(兪音)875)을 내리

---

871) 대흉(大凶) : 위태부인을 지칭한 말.
872) 추수봉목(秋水鳳目) : 가을 물처럼 맑은 눈.
873) 자로 : 자주
874) 잠그다 : 물속에 물체를 넣거나 가라앉게 하다.

시어 은주를 복고(復古)하고 생민을 안무하여 쉬이 돌아옴을 이르시고, 각별 은영(恩榮)을 뵈시니, 안찰이 고두사은(叩頭謝恩)하고 퇴조하여 위의를 돌이켜 문외로 나오니, 제붕친위(諸朋親友) 주호(酒壺)를 이끌고 별장(別章)을 지어 문외에 송별하니, 어사(御使) 면면이 사례하여 정한림의 손을 잡고 평후를 돌아보아, 왈,

"소제 이제 군명으로 천리에 봉사하매, 북당편위(北堂偏位)876)께 한낱 시측할 동기(同氣)877) 없어 외로이 의려지망(倚閭之望)878)을 끼치니, 울울한 심사를 억제키 어려운 중, 광천 등의 외로운 심사를 위로할 이 없으니, 돌아서는 심회를 걷잡기 어렵도다. 형은 영윤(令胤)으로써 조회 길에 오가(吾家)에 자로 왕래하여 양아(兩兒)의 외로운 심사를 위로케 하라."

금후 흔연 왈,

"형이 이르지 아니나 소제 어찌 광천 등 위함이 형으로 다르리요, 형은 소려(消慮)하고 국사를 선치(善治)하고 쉬이 돌아오라."

어사 사사 왈,

"소제 만일 사백(舍伯)이 계실진대 가사로써 염려함이 이렇게까지 하리오마는, 소제는 남과 다른 고로 양아를 위하여 영윤을 자로 왕래코자 함이로다."

금후 탄 왈,

---

875) 유음(兪音) : 신하의 말에 대하여 임금이 내리는 대답.
876) 북당편위(北堂偏位) : 편모(偏母). 북당(北堂)은 집안의 북쪽에 있는 당(堂)이란 뜻으로, 집안의 주부가 이곳에 거처하였기 때문에 '어머니'를 지칭하는 말로 쓰였다. 북당(北堂)=자당(慈堂).
877) 동기(同氣) : 형제와 자매, 남매(男妹)를 통틀어 이르는 말.
878) 의려지망(倚閭之望) : 집 나간 자녀가 돌아오기를 초조하게 기다리는 부모의 마음.

"뉘 동기지정(同氣之情)을 사랑치 않으리요마는, 명강 같이 세월이 오랠수록 비한(悲恨)이 층가(層加)하는 이는 없을지라. 소제 들을 적마다 감창함을 이기기 어렵도다. 돈아(豚兒)로 존부에 왕래케 함이 무엇이 어려우리오."

윤공이 길이 초창(悄愴)한 심사를 금억(禁抑)키 어렵되 마지못하여 제붕(諸朋)을 사례하고, 금후 부자로 이별할 새, 안찰이 상마(上馬)하여 허다 위의를 휘동하여 은주로 향하니라.

선시의 주영이 위방에게 겁측[879]함을 입어 위가에 돌아와 소저의 목전대화(目前大禍)[880]를 제방(制防)하매, 주야로 생풍(生風)[881]한 호령과 만단즐욕(萬端叱辱)이 불가형언(不可形言)이로되, 위적이 윤부 태부인 말을 일일히 전하여 재삼 애걸하되, 주영이 위방이 가까이 온 즉, 문득 칼과 노를 가져 제방하니 위방이 감히 가까이 오도 못하여, 이렇듯 삼사 삭이 되니, 일일은 나갔다가 들어와 정색즐목(正色叱目)[882] 왈,

"나는 소저를 윤상서 딸인가 하였더니, 오늘 마침 군문에서 군사를 훈련할 새, 한림학사 호위장군 정천흥은 곳 명천공의 동상(東床)이라 하니, 내 당당이 태부인 명으로 너를 데려왔더니 기간 반드시 곡절이 있을 것이오. 네 반드시 윤씨 아닌가 하나니 빨리 자세히 이르라."

주영이 주야 소저의 존몰(存沒)을 몰라 심원(心源)[883]이 초갈(焦渴)하기의 미쳤더니, 차언을 듣고 크게 깃거, 발연대질(勃然大叱) 왈,

---

879) 겁측 : 폭행이나 협박을 하여 강제로 부여자와 성관계를 갖는 일.
880) 목전대화(目前大禍) : 눈앞의 큰 위험.
881) 생풍(生風) : '매섭게 차가운 바람'이란 뜻으로, 성격이나 행동 따위가 정이나 붙임성이 없이 차갑거나 쌀쌀맞음을 이르는 말.
882) 정색즐목(正色叱目) : 얼굴에 매우 엄정한 빛을 띠고 성난 눈으로 바라봄.
883) 심원(心源) : 불교에서, 모든 법(法)의 근원이라는 뜻에서 '마음'을 이르는 말.

"위가 소축(小畜)은 들으라. 네 반야(半夜)에 상문규수(相門閨秀)를 겁측하여 와 이렇듯 핍박하니, 그 죄 만사무석이요, 천사유경이라. 머리를 동문의 달고 시신을 유확(油鑊)884)에 넣지 못함이 오히려 통한하는 바이거늘, 이제 또 날로써 윤씨 아니라 하는다?"

위방이 욕함은 소사(小事)오, 그 윤씨라 함을 깃거, 연망(連忙)이 사사 왈,

"내 원간 윤태우를 괴로워 윤부에 가지 않아 혼사 지냄을 알지 못하였더니, 아까 대장군 순시(巡視)에 보니 정자의 재주와 풍채 천만인을 압두하니, 모두 금평후의 생자 비상함을 일컫고, 윤명천의 생시 택서 잘함을 일컫는 고로, 하 괴이하여 물음이니 노하지 마소서."

주영이 생각하되,

"내 주인의 대신(代身)으로 오래 있으면 아주(我主)의 빙옥신상(氷玉身上)이 욕되고 내 욕을 방비함이 괴로우니 쾌히 도적을 욕하고 가리라."

하여, 시야의 위방이 대취하여 인사를 차리지 못하거늘 영이 졸연이 냅다 일어나 정성대질(正聲大叱) 왈,

"소축아 내 말을 자시 들으라. 네 눈이 있으나 망울이 없어 귀천존비를 알지 못하나 내 어찌 윤소저리오. 윤소저는 상문 천금 귀소저라. 어찌 네 천가에 와 누삭(累朔)을 머묾이 있으리오. 나는 곧 윤소저의 시비 주영이라. 주인의 위급지시를 당하매 분개함을 이기지 못하여 대신하였더니, 네 과연 망자885) 없어 몰라보니 어찌 가소롭지 않으리오. 내 천정(天廷)886)에 등문고(登聞鼓)887)를 울녀 네 죄상을 고하여 머리를 동

---

884) 유확(油鑊) : 기름이 끓는 가마.
885) 망자(-子) : 망울. 눈망울.
886) 천정(天廷) : 천자국(天子國)의 조정(朝廷).
887) 등문고(登聞鼓) : ①중국에서 제왕이 신하들의 충간(忠諫)이나 원통함을 듣기

문에 달아 분한을 쾌히 풀 것이로되, 차마 못하는 바는 우리 태부인의 허물을 만인 중 창설치 못함이니, 차후나 방자음욕(放恣淫慾)지 말라."

설파의 크게 웃고 원문으로 내달리니 위방이 극취(極醉)하여 말을 들으나 분하여 욕인 줄 몰라, 다만 윤소저 시비라도 자색이 있음으로 두고자 하나, 닫기를 빨리 하니 사람마다 첫잠을 깊이 들었는지라. 위방이 겨우 기여 따라 나오다가 층층한 섬 아래 내려지니, 겨우 취몽성(醉夢聲)으로 사람을 불러 윤씨를 찾으나 간 곳이 없으니, 크게 놀라 빨리 윤부에 이르러, 대강을 고하고 배알함을 청하니, 유씨 바삐 말려 왈,

"제 반드시 정가 혼사를 듣고 왔을 것이니 황금 팔백 냥이 도차(到此)에 어려우니 존고는 여차여차 답하소서."

위씨 옳이 여겨 전어(傳語) 왈,

"손녀를 너에게 보내고자 함이 본디 좋은 뜻이로되, 불초 손녀 노모의 말을 듣지 않고 천비로 대신하고, 저는 산사에 숨었다가 돌아오니 구약을 이미 이뤄 정가에 있는지라. 노모 통한함을 이기지 못하나, 네 일을 그릇하고 제 능히 몸을 감추었던 것이니 할일 없는지라. 너는 모름지기 대신으로 간 천비를 죽여 흔적을 없이하고, 후일을 기다릴진대 다시 도모하여 주리라. 연이나 전일 강정에 들었던 도적을 엄핵(嚴覈)[888]하나니 너는 사기(事機)를 패루(敗漏)치 말나. 금일 번거하여 보지 못하나니 후일 청하리라."

시녀 방에게 전하니, 방이 다시 주영의 도주함을 고하니, 위씨 대경실

위하여 매달아 놓았던 북. 진(晉)나라에서 시작하여 당나라, 송나라, 명나라 때도 두었다. ②조선 시대에, 임금이 백성의 억울한 사정을 듣기 위하여 매달아 놓았던 북. 태종 원년(1401)에 처음으로 두었다가 이후 '신문고(申聞鼓)'로 이름을 고쳤다.

888) 엄핵(嚴覈) : 법에 어긋나는 사실 따위를 엄중히 추궁하고 조사함.

색한데, 유씨 다시 전어 왈,

"주영을 잃었으니 이미 할 일이 없는지라, 안심물려(安心勿慮)하여 돌아가라."

위씨 유씨로 더불어 주영의 도주함과 명아소저의 신상이 반석 같음을 분한 절치하여 부디 안대(按臺)의 돌아오기 전, 조부인 삼모자를 한 칼에 찢고자 하니, 아지못게라! 차 삼인이 능히 득의(得意)한가?

태우 은주로 나간 후 다만 조부인 삼모자를 없애기를 도모하여, 구파를 미워해 조부인 해코자 하는 마음과 다르지 아니하더니, 어사 나간 후 사오일이 넘지 못하여서 구파 그 모상을 만나 절강으로 내려가 상장(喪葬)을 보려 하니, 위부인 고식(姑媳)이 만심환열하나 조부인 삼모자의 막막한 심사 지향치 못할지라. 임별에 유체(流涕)하기를 마지 않으니, 구파 망극중(罔極中)이나 조부인 모자를 염려하여 더욱 슬픔을 이기지 못하되, 마지못하여 그 질자를 데리고 내려가니, 조부인이 허전한[889] 심사 가히 없더라.

주영이 위방의 집을 떠나 그 아주미[890] 집에 가 오륙일을 머물다, 취운산 정부를 찾아가 소저 구가에 있는 줄 알고, 정부 행각에 들어가 현앵을 만나매, 반가움을 이기지 못하여 바삐 이끌고 선월정에 들어오니, 소저는 존당에 시측하여 나오지 않았으므로 감히현알치 못하고, 오직 모녀형제(母女兄弟) 서로 대하여 태부인 용심을 이르고, 위방의 하던 거동을 이르며 사오 삭 이정을 이르더니, 소저가 존당에 혼정을 파하고 촉을 잡혀 침소(寢所)에 돌아오매, 주영이 배알하는지라. 반가움이 넘치고

889) 허전하다 : 무엇을 잃거나 의지할 곳이 없어진 것같이 서운한 느낌이 있다.
890) 아주미 : '아주머니'의 낮춤말. *아주머니; 부모와 같은 항렬의 여자를 이르거나 부르는 말

기쁨이 극하여 무사히 적혈(賊穴)을 벗어난 연고를 물으니, 주영이 위방이 전혀 의심치 아니하고 저를 소저로 알다가, 떠나오던 날 한림이 윤부 동상이라 하여 저더러 묻던 말과 사오 삭을 주야로 위방을 첨욕하던 말이며, 올 때 소저의 시녀인 줄 이르고 왔음을 고하니, 소저 조모의 흉심을 모르지 않되 들을수록 차악하여, 길이 탄식 왈,

"너는 좋이 도적의 집을 떠났거니와, 우리 집 소문이 사람에게 들림 즉하지 않으니 네 이런 말을 입 밖에 내지 말라. 혹 묻는 이 있거든 병 들었다가 나으매 왔노라 하라."

주영이 수명하더라.

유랑 왈,

"구파랑이 작일에 절강으로 내려가시다 하니 부인과 양 공자 위태로우시미 더욱 누란(累卵) 같으리로다."

소저 상연(傷然) 타루 왈,

"내 몸이 이곳에 편히 있으나 본부를 생각하면 심담이 마르는지라. 계부 은주로 가신 후 더욱 착급한 염려 주야 황황하더니, 구조모 모상을 만나 향리로 가심이 일마다 공교로워 모친과 양 제의 액회(厄會) 심함이라. 차라리 괴롭고 설움을 한가지로 겪느니만 같지 못할지라. 놀라온 기별을 들을까 절박한 심정을 어데 비하리오."

설난 왈,

"듣지 않으며 보지 않는다 하여 모르리까? 노야 나가시매 흔흔자득(欣欣自得)하여 유부인이 태부인을 모셔 주야 우리 소저와 부인이며 양 공자 해하기를 도모하리이다."

소저 다시 말 아니하고 눈물을 금치 못하니 유랑 등이 좌우에서 위로하더라.

이 날 한림이 존당 혼정을 파하고 부공이 취침하신 후, 선월정에 들어

가니, 사창(紗窓)에 촉영이 명랑하고 노주(奴主)의 어성이 그치지 않는데, 소저의 비읍하는 소리 있거늘 가장 의괴하여 족용을 중지하여 들으매, 이 문득 도적에게 잡혀 갔던 시녀 돌아와 노주 문답하는 중, 위·유 양흉의 과악이 드러나고 소저는 모친과 양 제를 위하여 슬퍼하는지라. 듣기를 마치매 소저의 남모르는 근심이 다첩(多疊)함을 그윽이 연석(憐惜)하나, 원간 성정이 세쇄지사(細瑣之事)를 알려 않는지라. 창밖에서 기침하고 입실하니 소저 일어나 맞아 좌정하매, 한림이 슬퍼하던 형적이 있는가하여 봉안을 흘려 보기를 이시(移時)히[891] 하되, 미우(眉宇)의 화기(和氣)는 춘양(春陽)이 무르녹고 안색은 도화 같아서 저수단좌(低首端坐)하였으니, 위의 추천이 높으며 상월이 늠름한 듯, 하해지량(河海之量)을 가졌으니, 그 심천(深淺)을 가히 탁량(度量)치 못할지라. 한림이 심리(心裏)에 더욱 탄복하여 짐짓 문 왈,

"생이 아까 들어오매 장외에 보지 못하던 비자 있더니 어디서 왔나이까?"

소저 나직이 대 왈,

"이는 첩의 유모 소생인 고로 옥누항에서 금일에야 옴이로소이다."

한림이 점두하여 그 아는 바를 은닉함을 우습게 여기나 사색치 않고, 야심하매, 소저로 더불어 상요(床褥)[892]에 나아가고자 하니, 소저 조모의 흉심을 모르지 않는 고로, 자기 비홍(臂紅)을 완전히 하여 타일 조모의 본 바 된 즉, 오히려 분기 덜하려니와 불연 즉 급화를 부름이라, 이에 문득 가로되,

"첩이 사문규수로 산사에 유락함과 반야에 흉적의 난설(亂說)이 하수

---

891) 이시(移時)히 : 때[時]가 넘도록, 한참 동안.
892) 상요(床褥) : 요(褥)가 깔린 침상(寢床). *褥의 본음은 '욕'.

(河水)893)를 기울여도 씻지 못할지라. 만일 타일 몸의 흉누(凶陋)를 벗어남이 있을진대, 예사말과 같기를 원하나니, 군자는 여자의 미세한 사정을 살피소서."

한림이 전일은 위태부인의 흉사를 알지 못하고 소저의 청함이 구가를 위함인가 하였더니, 금일 그 노주의 문답을 들은 후 위태부인을 통한하되, 소저가 그 조모를 두려 이렇듯 함을 미온하여 정색 왈,

"남자가 성정이 괴이하여 혹 처실을 원거(遠居)함은 들음이 있으나, 여자가 가부(家夫)의 후정(厚情)을 막 잘라 말 많음은 그대 같은 이 없을지라. 도적의 흉언 패설은 내 이미 곧이들음이 없고, 존당부모 또한 자를 의심하심이 없어, 이미 구고와 가부 밝히 아는 바거늘 어찌 이렇듯 괴려하뇨? 만일 매양 이렇듯 할진대 생과 다못894) 그대가 녹발이 쇠하여 백사(白絲)를 드리울 시절에도 각거(各居)하여 비홍895)을 머물러 두랴? 생이 비록 용우하나 당당한 팔척대장부(八尺大丈夫)라. 일여자(一女子)의 절제를 받아 구구치 아니리니, 모름지기 부녀의 도를 휴손(虧損)치 말지어다."

언파에 미우(眉宇) 씩씩하여 추상이 번득이고 사기 숙엄하여 장녈(壯烈)한 거동과 준위(峻威)한 형상이 견자로써 한출첨배(汗出沾背)할 바라. 소저 만사 뜻 같지 못함과 군자의 이렇듯 함을 크게 부끄러워 옥면이 취홍하고 성안(星眼)이 미미히 가늘어 다시 말을 못하니, 승절한 용안과 어리로운896) 태도 생불(生佛)이라도 돌아서고, 철석장심(鐵石壯

---

893) 하수(河水) : 황하수(黃河水). 중국 청해성(淸海省)의 곤륜산맥(崑崙山脈)에서 발원하여 5,460여km를 흘러 발해만으로 흘러든다.

894) 다못 : 더불어. 함께.

895) 비홍 : 숫처녀의 징표인 '앵혈'을 달리 이르는 말.

896) 어리롭다 : 눈부시다. 황홀하거나 현란한 빛으로 눈이 부시거나 어른어른하다.

心)이 농준(濃蠢)[897]함을 면치 못할지라. 한림이 심내(心內)에 황홀(恍惚) 기애(奇愛)함을 이기지 못하여, 한가지로 금리(衾裏)에 나아가매, 하해(河海) 옅고 태산이 낮은 듯하여, 공경 중대하니 십사 소년남아의 총명 특달함이 이 같더라. 한림이 차후 선월정 숙침이 빈빈하더라.

한림이 평생 호색지심을 자억(自抑)지 못하여 미취전(未娶前) 오창(五娼)을 유정하니, 이름이 형아 · 녹빈 · 채란 · 영월 · 향매라. 상이 금평후의 충효대재를 총애(寵愛)하시어, 미창(美娼) 사십을 사급하시나, 정공이 미녀성색을 불관이 알되 성은이라 사양치 못하여 후원 애월루를 고쳐 제창을 두었더라.

차설, 동평장사 양필광은 고문세족(高門勢族)으로 사람됨이 개세군자(蓋世君子)요, 충현장부(忠賢丈夫)라. 천총(天寵)이 만조를 기울이고 조야(朝野) 추앙하더라. 사중(舍中)에 부인 화씨는 요조유한(窈窕有閑)한 숙녀라. 부덕이 흡흡(洽洽)하니 평장이 공경 중대하여 장옥(璋玉)[898]이 선선(詵詵)하여 여러 자녀를 두었으니, 여아 난염이 '비녀 꽂기에 미치니'[899], 옥모염태(玉貌艶態) 요요작작(姚姚灼灼)하여 천궁(天宮)의 다람화[900]요, 추공망월(秋空望月)[901]이라. 공이 과애(過愛)하여 널리 가서

---

897) 농준(濃蠢) : 생각이나 욕구 따위가 왕성하게 꿈틀거림.
898) 장옥(璋玉) : '구슬'이란 뜻으로 '아들'을 달리 이르는 말. '구슬을 희롱하는 경사'라는 뜻의 농장지경(弄璋之慶)은 아들을 낳은 경사를 말한다.
899) 비녀 꽂기에 이르다 : 여성이 성년례인 계례(笄禮)를 행할 나이가 되었다는 말. 예전에, 여자가 15세가 되거나 약혼을 하게 되면 땋았던 머리를 풀고 쪽을 쪄 '계례'를 행하였다.
900) 다람화 : 잇꽃. '홍화(紅花)' · '홍람화(紅藍花)'라고도 한다. 국화과의 두해살이 풀. 높이는 1미터 정도이며, 잎은 어긋나고 넓은 피침 모양이다. 7~9월에 붉은빛을 띤 누런색의 꽃이 줄기 끝과 가지 끝에 핀다. 씨로는 기름을 짜고 꽃은 약용하고, 꽃물로 붉은빛 물감을 만든다. 이집트가 원산지로 중국, 인도, 남유럽, 북아메리카 등지에 분포한다.

(佳婿)를 택하다가, 정한림 천흥의 걸출뇌락(傑出磊落)함을 흠선과중(欽羨過重)하여, 재실을 혐의치 아니하고 구혼하기를 간절히 하니 금후 쾌허한지라. 정한림의 풍신재화(風神才華)를 과애(過愛)하고, 금후는 아자의 호신(豪身)을 돋움이 불가하고 천금 자부(子婦)의 적인(敵人)을 모음이 기쁘지 않으나, 소저의 기특함이 적인을 무사히 거느릴 것이요, 양공의 충효여맥(忠孝餘脈)이 비범할 줄 헤아리고, 허혼납빙(許婚納聘)하니, 길기 지격수순(至隔數旬)이라. 이미 길일이 다다르매 양공이 비록 천금애녀(千金愛女)로 남의 하위에 굴함이 적이[902] 괴연(怪然)하나, 정자 같은 영준(英俊)의 재실이 용용속자(庸庸俗子)의 원비에 비기지 못할지라. 만심쾌열(滿心快悅)하여 혼구를 성비하여 길일을 대후(待候)하더라.

이미 길일이 임하니 금후 대연을 개장(開場)하고 한림을 데리고 내당에 들어와 길복(吉服)을 입힐 새, 부인 왈,

"윤현부 취할 때 입던 길복을 입으라."

하니, 좌우 빈객이 소왈,

"혼인에 길복을 한번 입으면 다시 쓰지 않거늘 어찌 낡은 길복을 쓰리오."

부인이 소이답왈,

"그 관대(冠帶)[903] 색(色)이 변치 않았으니 이를 입고 가미 무방토다."

한림이 대 왈,

"해아(孩兒)의 관복을 매양 자정이 염려하실 바 아니니이다."

진부인이 소왈,

"너의 길의(吉衣)를 염려함이 아니라, 길복이 상치 않았으니 또 새 것

---

901) 추공망월(秋空望月) : 맑은 가을하늘에 떠오른 보름달.
902) 적이 : 꽤 어지간한 정도로.
903) 관대(冠帶) : =관디, 관복(官服). 전통혼례에서 신랑이 입는 예복.

을 아니하였노라."

할 차(次), 소저 유랑을 명하여 길복을 받들어 좌중의 놓으니, 태부인이 친히 내어 좌중에 자랑 왈,

"나의 손부는 여중성녀(女中聖女)라. 여자의 투기는 '칠거(七去)의 죄(罪)'904)거니와 어찌 백사(百事)에 이렇듯 신능(神能)하여 사람이 미처 생각지 못할 성덕이 있을 줄 알았으리요. 천흥이 무슨 복으로 고왕금내(古往今來)에 희한(稀罕)한 성녀숙완(聖女淑婉)을 취하였느뇨?"

좌중 빈객이 제성갈채(齊聲喝采)하여 하언(賀言)이 분분하니 금후 한 가히 장염(長髥)을 어루만져 소왈,

"아부는 여중공맹(女中孔孟)905)이라. 여공지사(女工之事)의 극진함을 족히 의논하리오."

태부인의 흔흔히 두굿김을 마지않고, 금후 소저를 명하여 한림의 길복을 갖추어 보내라 한데, 소저 수명하고 길복을 받들어 봉관을 숙여 좌우를 감히 살피지 못하니, 한림이 몸을 움직여 길복을 받을 새, 부부 가까이 대하매 신장체지(身長體肢) 내도하나, 한림의 추천(秋天) 같은 기상과 소저의 난자봉질(鸞姿鳳質)906)이 더욱 초출특이(超出特異)하니 중목(衆目)이 관광하여 칭찬하더라.

소저 존전에서 한림의 관복(官服)907)을 입히매 난안수괴(赧顔羞

---

904) 칠거(七去)의 죄(罪) : 칠거지악(七去之惡). 예전에, 아내를 내쫓을 수 있는 이유가 되었던 일곱 가지 허물. 시부모에게 불손함(不順舅姑), 자식이 없음(無子), 행실이 음탕함(淫行), 투기함(嫉妬), 몹쓸 병을 지님(惡疾), 말이 지나치게 많음(多言), 도둑질을 함(竊盜) 따위이다.
905) 여중공맹(女中孔孟) : 여자 가운데 공자(孔子)·맹자(孟子)와 같은 성인.
906) 난자봉질(鸞姿鳳質) : 난새의 자태와 봉황의 기질.
907) 관복(官服) : 관디. 옛날 벼슬아치들이 입던 공복(公服)이었는데, 이것을 혼례 때 신랑이 입었다.

愧)908)함을 이기지 못하여, 성안(星眼)이 나직하고 취미제제(翠眉齊齊)909)하여 수색(羞色)이 유출(流出)하니, 팔자춘산(八字春山)이 제제(齊齊)히 나직하고 취홍(醉紅)함을 띠였으니, 어리온 거동이 더욱 빼어나고 아름다우니, 제빈(諸賓)의 흠복함은 이르지 말고 한림의 기대허심(期待許心)함은 재기중(在其中)이라.

소저 이미 길복 섬기기를 마치매 한림이 존당부모께 하직하고, 금안백마(金鞍白馬)910)에 허다요객(許多繞客)을 거느려 고악(鼓樂)이 훤천(喧天)하여 양부에 이르니, 이 날 양평장 부중에서 대연을 진설하고 빈객을 취회(聚會)하니 화려함이 정부와 다름이 없더라.

한림이 옥상(玉床)에 홍안(鴻雁)911)을 전하고 신부의 상교(上轎)를 기다릴 새, 수랑(秀朗)한 풍채와 쇄락한 용화가 불수록 기이하니, 만당제빈이 제성갈채하여 쾌서 얻음을 하례하니, 공이 순순 응답하더라. 신부 금륜(金輪)에 오르니 한림이 금쇄(金鎖)를 들어 봉교(封轎)하기를 마치고, 본부의 돌아와 청중에서 합환교배(合歡交拜)912)하고, 신부 조율(棗栗)을 받들어 구고존당에 진헌(進獻)할 새, 이 또한 세속홍분(世俗紅粉)의 범범한 미색(美色)이 아니라. 유미월액(柳眉月額)에 성안화협(星眼花頰)이오 단순호치(丹脣皓齒) 교결(皎潔)하니 존당구고 대열하여, 예파(禮罷)에 금평후 흔연 무애(撫愛) 왈,

"신부는 고문대가의 생출(生出)로 부덕이 가즉913)할지라. 돈아의 원

908) 난안수괴(赧顔羞愧) : 부끄럽거나 창피하여 얼굴 색이 붉어짐.
909) 취미제제(翠眉齊齊) : 푸른 눈썹이 가지런함.
910) 금안백마(金鞍白馬) : 금으로 꾸민 안장(鞍裝)을 두른 흰말.
911) 홍안(鴻雁) : 기러기.
912) 합환교배(合歡交拜) : 대례에서 신랑신부가 합환주(合歡酒)를 마시는 의례와 교배(交拜)를 하는 의례를 함께 이르는 말.
913) 가즉하다 : 가지런하다. 갖추다. 구비하다.

비 윤씨 성행숙덕이 고자(古者)[914] 성녀(聖女)에 부끄럽지 않으니, 서로 화우하고 금일 처음으로 보는 예를 일치 말라."

신부 재배수명하고 윤소저를 향하여 재배하니, 윤소저 답례하고 태부인이 기쁨을 이기지 못하여 신부를 나아오라 하여 어루만져 칭찬 왈,

"여등(汝等)이 사문여자(士門女子)로 천아의 배위 되어 외모기질이 노모의 바라던 밖이라. 윤현부는 상두에 거하여 아황(娥皇)[915]의 높은 성덕을 본받고, 양소부는 여영(女英)[916]의 온순함을 효칙하여 서로 화목하라."

이인이 복수청교(伏首聽敎)에 배사수명하니 신부는 더욱 연연작작(娟娟灼灼)하여 춘원(春園)의 도리화(桃李花)가 미개(未開)함 같아서 세상사를 아는 듯 모르는 듯, 윤소저의 추천이 의의(儀儀)하고 제월(霽月)이 쇄쇄(灑灑)하여 추상천(秋霜天)을 낮게 여기고, 춘공운(春空雲)의 곱지 못함을 나무라니, 아름답고 빼어남이 사군자(士君子) 열장부(烈丈夫)로 흡사하니, 신부의 미려(美麗)함을 보되, 행여도 자기 투기 않음을 말과 얼굴빛에 나타내 예성(譽聲)을 자구(自求)치 않아, 사기(辭氣) 태연하고 안색이 여일(如一)하여 여화춘풍(如和春風)이라. 신부의 선연요라(嬋妍姚娜)함이 세고무비(歲古無比)하나, 어찌 윤소저의 백미천염(百美千艶)의 성자광휘를 바라리오. 빈객이 제성갈채하여 존문융복(尊門隆福)을 일컬어 복복칭찬(卜卜稱讚)[917]하니, 태부인과 금후 부부 좌수우응(左酬

---

914) 고자(古者) : 옛날.

915) 아황(娥皇) : 요임금의 딸로 동생 여영(女英)과 함께 순임금에게 시집가 서로 투기하지 않고 화목하게 잘 살았으며, 순임금이 창오(蒼梧)에서 죽자 함께 소상강(瀟湘江)에 빠져 죽었다.

916) 여영(女英) : 순임금의 비(妃). 요임금의 딸로 언니 아황(娥黃)과 함께 순임금에게 시집가 서로 투기하지 않고 화목하게 잘 살았으며, 순임금이 창오(蒼梧)에서 죽자 함께 소상강(瀟湘江)에 빠져 죽었다.

右應)에 흔연 화답하여, 일모(日暮)에 제객이 각귀(各歸)하매, 신부 숙소를 선월정에 가까운 설미정에 정하다.

시야에 한림이 설매정에 이르러 양소저의 절세무비(絶世無比)함을 보고 흔연히 말씀을 펴 왈,

"생은 부재박덕(不才薄德)이거늘 악장의 지우(知遇)를 입사와 자로써 재취의 낮음을 혐의치 않으시니, 지우지은(知遇之恩)을 감사하고, 생의 조강(糟糠)918)이 가장 현숙하니 나의 내조(內助)를 빛낼지라. 어찌 다행치 아니리까."

양소저 수용정금(修容整襟)하여 묵연부답(黙然不答)하니 천연냉담(天然冷淡)한 거동이 옥매(玉梅) 납설(臘雪)919)을 띠었으며, 호월(晧月)이 상빙(霜氷)에 비췸 같으니 생이 길이 함소하여, 야심하매 한가지로 나위(羅幃)예 나아가니 은애(恩愛) 취중(取重)하더라. 양소저 머물매 숙흥야매(夙興夜寐)하고 화우숙매(和友叔妹)하여 윤소저는 상빈(上賓)같이 하고, 양씨는 엄한 스승 같이 하여 공경하고 친애하더라. 한림이 두 숙녀를 공경중대하고 양씨를 애중하나, 기위(氣威) 심침(深沈)920)한 고로 사색에 나타남이 없으니, 양소저 사실(私室)에 대하나 엄한 군신 같이 하니, 존당과 부모 깃거하나, 다만 윤소저의 간절한 심우(心憂)와 절박한 염려(念慮)는 옥루(玉淚) 방방(滂滂)하여 화시(花顋)921)를 적실 뿐이더라.

---

917) 복복칭찬(卜卜稱讚) : 여기저기서 어지럽게 칭찬이 끊이지 않음. '복복(卜卜)'은 딱따구리가 나무를 쪼는 소리를 흉내 낸 말.

918) 조강(糟糠) : 조강지처(糟糠之妻). 지게미와 쌀겨로 끼니를 이을 때의 아내라는 뜻으로, 몹시 가난하고 천할 때에 고생을 함께 겪어 온 아내를 이르는 말. ≪후한서≫의 〈송홍전(宋弘傳)〉에 나오는 말이다.

919) 납설(臘雪) : 납일(臘日)에 내리는 눈. 납일은 민간이나 조정에서 조상이나 종묘 또는 사직에 제사 지내던 날. 동지 뒤 셋째 미일(未日)에 지냈다.

920) 심침(深沈) : 깊숙하고 조용함.

어시에 위씨 아자와 구씨 없으니 가중 내외에 가찰(苛察)한 호령과 시호(豺虎)의 쉰 목소리로 내외를 총단(總斷)하며, 이에 유씨의 묘한 꾀와 기특한 재주가 일비지력(一臂之力)을 더하매, 요악(妖惡)한 계교 아니 미친 곳이 없어, 음식에 독약을 넣어 양 공자를 먹으라 강요하니, 양 공자의 신명예철(神明睿哲)함으로써 모르지 아니하되 어찌 감히 거역하리오. 마지못하여 먹고 즉시 나와 해독약(解毒藥)을 먹어 구토(嘔吐)하고 인하여 사오일 신음하다가 자연 나아 신성(晨省)에 참예하니, 위흉과 유녀의 통한분노(痛恨憤怒)함이 갱가일층(更可一層)이라. 차라리 조르고 저혀922) 자진(自盡)키를 바라는지라. 전일에는 조부인을 구태여 난타하는 일은 없더니, 유녀 존고를 돋우어 온 가지로 참소하며 일마다 악행을 도우니, 위씨 점점 흉포하여 태우와 구파 나간 후 일삭이 겨우 지나매, 친히 매를 들고 조부인께 달려들어 차마 못할 말로 욕하며 치기를 낭자(狼藉)히 하니, 처음은 광천형제 알지 못하더니 여러 번이 되매 어찌 모르리오. 태부인이 조부인의 운발을 끌어 잡고 금척(金尺)을 들어 두골로부터 내리치며 수죄(數罪)한데, '간부를 들여와 화락하고 상서의 죽음을 슬퍼 않는다.' 하며, 광천과 희천은 윤씨 골육이 아니요, 간부의 자식이라 하여, 차마 듣지 못할 말을 무수히 하는지라.

공자 마침 들어와 차경을 보고 모친을 붙들어 실성체읍하며, 희천은 조모의 손을 잡아 모친의 두발을 풀려하매, 광천은 금척(金尺)을 아사 던지고, 분분한 사색이 없지 않아 왈,

"대모(大母) 비록 포려(暴戾)하시나 자위 하류천인이 아니거늘 계부 임행에 이런 일을 마소서 천 번이나 간걸(懇乞)하시니, 대모 흐르는 듯

---

921) 화시(花顋) : 꽃처럼 예쁜 뺨.
922) 저히다 : 위협하다, 두렵게 하다.

이 대답하시더니, 계부 나가신 지 일삭(一朔)이 못하여 가중에 재변(災變)을 일으키고자 하시니, 아지못거이다[923], 우리 모자 살아서 대모께 무슨 해로운 일이 있나니까? 대뫼 목강(穆姜)의 인자함을 본받지 않으시고 패도(覇道)를 숭상하시니, 소손 등이 즉각 죽어 대모의 마음을 마치고자 하오나, 차마 못하는 바는 자모의 외로운 정리와 계부의 자애를 저버리지 못하고 조선혈식(祖先血食)[924]을 끊지 못하여 구구히 살기를 바라는 바라. 대모 일분도 덕을 닦지 않으시고 점점 이 지경(地境)에 미치시니, 우리 집 변고는 남이 알까 두려운지라. 일가(一家)의 며느리 유죄하매 영출(永黜)하는 법은 있거니와, 친히 쇠와 나무를 헤지 않아 혈육이 상하도록 난타함은 대모께 처음으로 난 법이라. 자모 팔자 괴이하시어, 남에게 없는 지통을 품으시나 성효덕행이 무흠하시거늘, 무죄한 며느리를 이리하시니, 대모의 태악(太惡)이 차악(嗟愕)치 아니 하리까?"

언파에 머리를 두드려 실성통곡하니, 백년용화(白蓮容華)에 누수(淚水) 산산(潺潺)하여 옷을 적시고, 처절한 곡성은 석목(石木)이 감동할지라. 태부인이 희천은 자기 손을 잡아 그 모친 두발을 풀어내고 체읍애걸(涕泣哀乞)하여 자모 대신에 죄 입어지라 청하는데, 광천은 그 분격한 말이 자기 심폐를 찔러 두려함이 없음을 보니, 대로대분(大怒大憤)하여 부인을 놓고 광천에게 달려들어 곁에 책상을 들어 광천을 무수히 난타하니, 공자 가중 형세를 망극하여 통곡하더니, 책상이 먼저 두 어깨를 울리니 뼈가 부서지는 듯하고 아픔이 극하되, 자기 몸에 이런 일은 변괴 아니라. 날호여 가로되,

"소손 등이 유죄할진대 시노(侍奴)로 장책하심이 마땅하거늘 친히 매

---

923) 아지못거이다 : 알지 못하겠소이다만
924) 조선혈식(祖先血食) : 조상의 제사를 받듦.

를 들어 성후(聖候)를 가쁘게 하시나니까?"

　태부인이 시노를 불러 공자를 중타(重打)코자 하더니, 현아소저 침소에서 곡성을 듣고 가장 놀라 급히 존당의 들어가, 조모의 거동과 광천 등의 자닝히 맞음을 보고, 차악 경해하여 책상을 앗아 멀리 놓고, 누수를 흘리며 가로되,

　"야야(爺爺) 나가신 지 수삭이 못하여 가중에 이런 일이 있으니, 현제 등이 보전치 못하리로다. 아지못게라 조모 무슨 연고로 현제 등을 미워하심이 그 몸이 상하기의 이르시느뇨?"

　인하여 실성체읍하여 스스로 죽어 보지 말고자 하는지라. 태부인이 꾸짖어 왈,

　"너는 어찌 광천 등을 그대도록 귀히 여겨 할미 외롭고 슬픈 심사를 모르느뇨? 저놈의 모자가 날을 죽이려 도모하는데 어린 아이가 무엇을 아는 체하느뇨?"

　소저 체읍 왈,

　"광천 등이 어찌 조모를 해할 뜻을 두리까? 대모 야야 나가신 때를 타 저희를 못 견디도록 하심이로소이다."

　태부인이 노 왈,

　"네 이런 못할 말을 하니 반드시 날을 죽여 없애고자 함이 광천 등과 일반이라."

　정언간에 경아가 비로소 침소에서 나와 모르던 체하고 거짓 태부인 노기를 풀며, 조부인의 머리 상하였음을 놀라는 체하여, '광천 등과 조부인을 그만하여 물러가 쉬게 하소서.' 하니, 태부인이 비록 죽이려하는 마음이 급하나, 일시에 저 삼모자를 다 죽이지 못할 것이므로, 잠간 노기를 진정하나, 현아소저를 재삼 꾸짖어 광천 등의 당이라 하니, 소저 한심하여 다시 말을 아니하고, 날호여 침소에 들어가니, 공자 등이 놀라

운 마음을 진정하여 모친을 모셔 해월루로 돌아오니, 부인이 침금에 머리를 눕히고 공자를 책 왈,

"존고 일시 과거(過擧)를 행하시나, 너의 하는 말이 자손의 효순(孝順)한 도리 아니라. 무슨 유익함이 있으며 네 몸이 만금에 지남이 있거늘, 언사 크게 전자에 바라던 바가 아니라. 차후는 조모 명이거든 순수하고 비록 실덕하심이 계실지라도 종용이 간하여 불초죄인(不肖罪人)이 되지 말라."

공자 비읍 왈,

"소자 등에게 혈육이 상하는 중상을 더하셔도 놀랍지 않되, 자위께 그런 거조 미치시니 어찌 망극한 변괴 아니리까? 계부 나가신 지 수삭이 못하여 가중이 이렇듯 어지러우니 장차 끝이 누르지925) 못할까 하나이다."

부인이 흐느끼며 '함구무언(緘口無言)하라.' 당부하더라. 차후 위·유 양부인이 조부인 삼모자를 보면 이를 갈고 흉험한 거동이 바로 보기 어렵거늘, 유씨는 가만한 중 희천을 조르고 보채여 만단 괴로움이 측량키 어려워, 태우와 구파 나간 후 조부인 삼모자의 의식지절(衣食之節)이 더욱 괴로와 악초구(惡草具)926) 일기(一器) 곳 아니면, 맥죽(麥粥)과 재강927)이러라.

전일은 조부인이 가사를 다스려 봉친봉사(奉親奉祀)와 대객절목(對客節目)을 받들고 다스리더니, 상서 별세 후 태부인이 가권(家權)을 앗아 유부인으로 가음알게928) 하니, 태우더러는 이르기를, 조씨 슬픈 심사에 번극한 가사를 다스릴 길 없으니, 마지못하여 큰 절목(節目)만 조부인더

---

925) 누르다 : 억제하다. 마음대로 행동하지 못하도록 힘이나 규제를 가하다.
926) 악초구(惡草具) : : 악식(惡食). '초구(草具)'는 풀로 마련한 음식이라는 뜻.
927) 재강 : 술찌끼. 술을 거르고 남은 찌기.
928) 가음알다 : 관장(管掌)하다. 어떤 일을 맡아 다스리다.

러 묻고, 범사를 태부인이 유씨로 처치케 하였노라 하니, 태우 어찌 감히 조부인 중임을 천자(擅恣)하고자 하리요마는, 또한 조부인 심사 그렇다 하여, 유씨를 천만 당부하여 범사를 수씨(嫂氏) 명대로 하라 하더라.

명주보월빙 권지팔

　화설 선시에 윤태우 유씨를 천만 당부하여 범사를 수씨(嫂氏) 명대로 하라 한데, 유씨 흐르는 듯이 대답하여 태우의 앞에서는 매사를 조부인께 품하니, 태우 비록 어진 부인으로 알지 않으나 어찌 이런 줄이야 몽매(夢寐)에나 생각하였으리요. 임행에 행여 태부인의 심화로 말미암아 불평함이 있을까 재삼 간걸(懇乞)하였으나, 어찌 이렇듯 과악이 천고에 무쌍한 줄이야 알리오.

　차고(此故)로 흉괴(凶魁) 조부인 모자 삼인을 한 칼에 죽여, 아자와 구파 돌아오나 의심이 자기에게 돌아오지 않게 하려 극악포려(極惡暴戾)한 거동이 시험(猜險)하기 더욱 심하니, 조부인이 자기 몸은 대사 아니거니와, 행여 두 아이가 병날까 근심하나, 일척포(一尺布)와 일승미(一升米)도 실로 주변이 없는지라. 비록 조부에서 오는 금은과 미곡, 필백이 썩는 지경이라도 다 앗아 고중(庫中)을 채우니, 조부인 삼모자의 간고(艱苦)는 만단이라. 뉘 있어 근심하리오.

　광천공자는 맥죽(麥粥) 재강도 염(厭)치 않아 좋은 것같이 먹되, 차공자는 강인(强忍)하여 연명(延命)하려 절곡(絶穀)튼 않으나, 때때 비위(脾胃) 거슬려 수월지내(數月之內)에 화풍이 소삭(蕭索)하고, 표연청고(飄然淸高)한 기상이 우화(羽化)할 듯하니, 조부인이 볼 적마다 심간(心

肝)이 마르기를 면치 못하니, 태우 미급환가(未及還家)에 대변이 날까 두려워하거늘, 유부인은 밤인즉 이를 갈아 공자 죽기를 죔이, 대한(大旱) 칠년에 운예(雲霓)929)를 바람도곤930) 더하더라. 희천공자의 사람 됨이 밖이 수려(秀麗)하여 맑기 수정(水晶) 같고 견고함이 금옥(金玉) 같으니, 사람의 참지 못할 경계(境界)를 당하여 출천대효(出天大孝)로써 그 양모의 허물을 치의(致意)하여 어찌 친소(親疎)를 달리 하리오. 유씨를 우러르는 지성대효(至誠大孝)는 오히려 생모보다 더한 듯하고, 석학 사부인 우공(友恭)하는 정성은 정한림 부인께 내림이 없으되, 유씨 모녀의 절치 통한함은 이럴수록 갱가일층(更可一層)하니, 차공자 더욱 조심하며 효우하되 천성이 침묵단중(沈默端重)한 고로, 그 천만비원(千萬悲願)을 비록 그 모친 조부인이라도 알지 못하게 하나, 어찌 모르리요마는, 그 허물을 조부인도 간대로 전(傳)치 못함은, 혹 양모의 허물을 희천이 들은 즉, 눈물을 드리워 체읍 주왈(奏曰),

"소자 불초무상하와 양모께 성효(誠孝) 천단(淺短)하온 고로, 태태(太太) 문득 양자위(養慈闈) 허물을 소자더러 이르시니, 해아(孩兒) 만일 태태의 소생이 아니요, 양자위의 생하신 바인 즉, 어찌 자위 이런 말씀을 하시리까? 일로조차 소자의 거두(擧頭)함이 어렵도소이다."

하여, 진실로 허물을 듣고자 아니하니, 조부인이 또한 침묵(沈默)한 고로 구태여 이름이 없더라.

차시 구몽숙이 옥누항에 자로 왕래하여 명아소저의 음비지사(淫鄙之事)를 한림이 곧이듣도록 함과 두 번 도적이라 하여 칼을 들고 여차여차 하되, 금슬은정(琴瑟恩情)931)이 아무런 줄 외인이 어찌 알리오.

---

929) 운예(雲霓) : 비가 올 징조인 구름과 무지개를 아울러 이르는 말.
930) 도곤 : 비교를 나타내는 조사 '보다'의 옛말.

유씨 소저의 시아 곳 오면 한림의 유정(有情)을 알고자 하되, 시녀 모름으로써 대하니 초조하더니, 한림이 양씨 취함을 알고 반드시 소저를 염박(厭薄)하여 재취한 것이라 하여 쟁그랍기932) 가려온 데를 긁는 듯하여, 몽숙더러 '만일 영출(永黜)하면, 너의 기물(奇物)을 삼으리라' 한데, 몽숙이 환열응낙(歡悅應諾)하더라.

시시(時時)에 석학사 그윽이 윤씨의 부자(不慈)함을 염고(厭苦)하여 윤부에 후려쳐두고933), 처사 오윤의 처를 취하여 중대하고 경아는 행로(行路)934)같이 하니, 유씨 모녀 청등야우(靑燈夜雨)에 홍루(紅淚) 귀밑을 잠그니, 태부인이 역시 석생을 분한절치하나 또한 어찌하리오.

태우 이가(離家)한 때를 타 아무려나 현아로써 고문세벌(高門世閥)의 가서(佳壻)를 택하여 일생을 쾌히 하고자 하되, 더불어 의논할 이 없음을 탄하더니, 일일은 집금오(執金吾)935) 유공이 이르니, 유씨 공을 대하여, 경아는 석학사의 박대차악(薄待嗟愕)936)하고 현아는 유시(幼時)의 일시 희언으로써 수졸(戍卒)937)과 결혼케 되었음을 탄하여, 자기 다만 두 여아를 두어 정사의 비고(悲苦)함과 정리(情理)의 차아(嵯峨)함을 일러, 부디 각별한 고문세가의 아름다운 부서(夫壻)를 택하여 여아의 평

---

931) 금슬은정(琴瑟恩情) : 부부간의 사랑.
932) 쟁그랍다 : ①고소하다. 미운 사람이 잘못되는 것을 보고 속이 시원하고 재미있다. ②징그럽다. 보거나 만지기에 소름이 끼칠 정도로 흉하거나 끔찍하다.
933) 후려쳐두다. 팽개쳐 두다. 방치(放置)하다. 사람이나 사물 따위를 인정 없이 한 곳에 버려두고 돌보지 않다.
934) 행로(行路) : 늑행로인(行路人). 오다가다 길에서 만난 사람이라는 뜻으로, 아무 상관이 없는 사람을 이르는 말.
935) 집금오(執金吾) : 늑금오(金吾). 중국 한나라 때에, 대궐 문을 지켜 비상사(非常事)를 막는 일을 맡아보던 벼슬.
936) 박대차악(薄待嗟愕) : 박대가 매우 심함.
937) 수졸(戍卒) : 변방에서 수자리 서는 군사.

생을 쾌하게 하고, 또 사혼은지(賜婚恩旨)를 얻어 태우로 하여금 부득이
함을 알게 하여지라 하니, 유공의 성정이 용우무식(庸愚無識)하여 사오
납던 않으나 예의를 통(通)치 못함으로, 그 매자(妹者)의 말을 듣되 그
른 줄을 알지 못하여, 흔연 위로 왈,

"매자는 염려치 말라. 명강이 성정이 고집하여 그 자식의 전정(前程)
을 염려치 않아 적은 신(信)을 지키니, 현매의 슬픈 심사 괴이치 않도
다. 우형(愚兄)이 마땅히 아름다운 가서(佳壻)와 사혼조지(賜婚詔旨)를
얻어, 현매를 위로하고 명강으로 그릇 여김을 막으리라."

하고, 돌아가 널리 구혼하매, 시임(時任)938) 이부총재(吏部冢宰) 김후
의 장자 김중광이 시년이 십사로되, 그 소집(所執)이 괴이(怪異)하여 부
디 신부를 보고 취하려 하니, 어느 사람이 규수를 내어 뵐 자 있으리오.
차고(此故)로 십사(十四)가 되도록 취실치 못하였더라. 윤태우의 차녀로
구혼함을 듣고 김이부(金吏部) 유공을 청하여 규수의 현부(賢否)를 물으
니, 금오(金吾) 자세히 전한데 김이부 대희하여 허코자 하거늘, 중광이
한번 보아 허혼할 뜻을 고한데, 김후 웃고 금오를 대하여 기자(其子)의
말을 전하고, 우왈(又曰),

"영질이 만일 기특할진대 한번 봄이 무엇이 어려우리오."

한데 금오 '매제를 보아 의논하여 회보하리라' 하고, 바로 윤부에 이
르러 김후의 말을 자세히 전하고, 신랑의 소집을 이르니, 유씨 김후의
부귀를 흠모하여 왈,

"혼처는 극히 마땅하되 다만 신랑의 소집을 들으니, 여아 비록 특이하
나 결단코 신랑을 보여 나무라면 대욕(大辱)이요, 이자는 여아 결단코
볼 리 없으리니 마땅치 않도다."

---

938) 시임(時任) : 현임(現任). 현재의 관원.

경애 잠소 왈,

"어찌 적은 일로 큰 일을 폐하리까? 김자(金者) 만일 부디 보고자 할 진대 여차여차하여 그 잠깐 보게 함이 무방할 것이요, 저 김가 비록 안 고태산(眼高泰山)이나 현아는 결단코 나무라지 않으리니, 모친은 염려 치 마소서."

유씨 그러이 여겨 김가(金家)에 가 이리이리 하라 한데, 금오 즉시 김 부(金府)에 나아가,

"규각에 외간남자 왕래키 어렵되 영윤의 소집(所執)이 괴(怪)하매 마 지못하여 허하나니, 명공은 영랑(令郎)으로 음양(陰陽)을 잠간 바꾸게 함이 어떠하뇨?"

이부(吏部) 생을 불러 묻되 생이 환희 허락하니, 유금오 깃거 윤부에 회보하니,

희라! 유씨 또한 사문여맥이거늘 탐리추세(貪利趨勢)하여 인륜대절을 안연이 자멸(自滅)코자 하니, 죄를 강상(綱常)939)에 얻고 윤기(倫紀)를 난(亂)할 행사(行事)임을 가히 알리러라.

차시에 현아소저 존당부모께 삼시문안(三時問安) 밖에 자취 지방(地 枋)940)을 넘지 않아, 오직 침소에서, 비자 벽난이 영오혜일(穎悟慧逸) 함이 족히 상문규수를 압두할 기질이 있어, 만사 혜일능통(慧逸能通)하 고 문자를 관통함으로, 소저 노주(奴主)의 의(義)와 향규(香閨)의 마

---

939) 강상(綱常) : 삼강(三綱)과 오상(五常)을 아울러 이르는 말. 곧 군위신강(君爲臣 綱)·부위자강(父爲子綱)·부위부강(夫爲婦綱)의 삼강과 부자유친(父子有親)· 군신유의(君臣有義)·부부유별(夫婦有別)·장유유서(長幼有序)·붕우유신(朋 友有信)의 오륜(五倫) 곧 오상을 이른다.
940) 지방(地枋) : 문지방(門地枋). 출입문 밑의 두 문설주 사이에 마루보다 조금 높 게 가로로 댄 나무.

역941)을 겸하여, 일찍 떠나지 않아 가중사(家中事)를 몽리(夢裏)에 부쳤더니, 유금오 빈빈왕래(頻頻往來)하니 차공자 괴이히 여겨 일일은 그 뒤를 좇아 시좌하니, 금오는 매저의 양자(養子)니 심복이라 하여, 문득 김중광의 음양을 변체하고 와 현아 보는 일을 낭자(狼藉)히 의논하니, 유씨 민망하여 어렴프시 대답하여 공자를 나가 독서하라 하니, 공자 불감역명(不敢逆命)하여 나오며, 민민불호(憫憫不好)하여 그 작희함이 매저(妹姐)의 추상절의를 완전치 못하게 할 줄을 헤아리매, 정(正)히 차악하여 아무리 할 줄 모르더니, 금오 돌아가니 문내(門內)에 배송(拜送)할새, 넌지시 묻자오되,

"김가 언제 오니까?"

답왈

"금야의 오느니라."

공자 차악하고 저저(姐姐)의 모름을 더욱 우민하여 미화당에 이르니, 소저 서안에 열녀전을 잠심하다가 공자를 보고 앉음을 일러 종용이 말씀할 새, 소저더러 왈,

"저저 금오대인의 왕래(往來)하심을 아시니까?"

소저 답 왈,

"신정(新正)시에 뵈온 밖 근간 왕래는 알지 못하노라."

공자 소리를 낮추어 자위와 금오의 하시던 말씀을 일일이 고하니, 소저 청미필(聽未畢)에 만심경해(滿心驚駭)하여 묵연양구(黙然良久) 후, 추연 탄 왈,

"자위 불초녀(不肖女)를 염려하시어 실덕이 이에 미치시니, 차희(嗟

---

941) 마역 : 막역(莫逆)의 한글표기. 늑막역지우(莫逆之友). 허물없는 사이. 또는 서로 거스름이 없고 허물이 없는 아주 친한 친구를 이르는 말.

噫)라! 모친이 비록 날로써 살리고자 하심이 도리어 일명을 재촉하시는
도다. 내 들어가 죽기로써 다투리라."

공자 말려 왈,

"불가하이다. 자위 일을 시작하시매 끝이 있나니, 야야의 하가 결혼을
분노하시어 궁극히 구혼하심이니, 저저 비록 다투시나 일을 창루(唱漏)
할 뿐이니, 소제 여차여차하리니 원컨대 저저는 잠간 피하소서."

소저 분개한 눈물이 옥면에 가득하여 장탄 왈,

"자위 야야의 중탁(重託)을 저버려 천고에 없는 행사를 자임하시니,
오문(吾門) 청덕을 일로 좇아 추락하리로다."

공자 위로 왈,

"비록 그러하나 일이 급하였으니 빨리 피하소서. 소제 저저(姐姐)의
옷을 입어 흉음적자(凶淫賊子)를 보이리다."

언파에 즉시 나와 황혼에 세월 등이 문에 나와 김가의 오기를 기다려
바로 미화당으로 데려가자 하는지라. 공자 불승분해(不勝憤駭)하여 나
는 듯이 미각에 와 소저의 일습의복(一襲衣服)을 입고 소저는 협실로 들
어가고 벽난은 촉을 밝혀 있더니, 이윽고 비영 등이 지게 밖에 와 부인
말씀으로 전어 왈,

"'금오 일 비자를 보내어 너에게 사환하라 하시니 두고 싶거든 두고
불합하거든 즉시 보내라,' 하시더이다."

김축(畜)을 벽난으로 인도하여 들여보내니, 김생이 흔흔자득(欣欣自
得)하여 들어가 눈을 들어보니, 소저 서안을 비겨 있으니, 홍일(紅日)이
산두(山頭)에 걸린 듯, 광휘요일(光輝曜日)하고 보광(寶光)이 황황(恍恍)
하며, 곱고 기이함은 남전백옥(藍田白玉)을 가다듬어 채색을 메워놓은
듯, 일견첨시(一見瞻視)에 기이황홀(奇異恍惚)하여, 눈을 들어 다시금
바라보매, 아름답고 고음이 흠 없으되, 다만 긴 눈썹이 천창(天窓)942)

을 떨쳤고 난봉안(鸞鳳眼)과 와잠미(臥蠶眉) 너무 길어 미인의 염태(艶態) 잠간 적으나, 그 색광으로 이를진대 저의 본 바 처음이라. 김가(金哥)가 황홀하여 바라보는 눈이 뚫어질 듯하니, 공자 심리의 분해(憤駭)하여 벽난으로 전어 왈,

"소녀(小女) 비자 많으니 부질없는 고로 보내나이다."

벽난을 재촉하여 중광을 데려 나가라 하니, 김가 소저로 알아 떠남이 섭섭하나 소저 재촉하니, 마지못하여 비영으로 더불어 나오니, 세월 등이 인도하여 바깥문으로 나가니, 원간 김생의 옴을 유씨 어려이 여기되 경아가 힘써 들어왔는지라, 소저를 본 가 여길지언정 공자의 조화는 전혀 불각(不覺)하고, 나갈 때 잠간 엿보니 풍채 준아하고 미목(眉目)이 청수하니, 가장 결혼함을 원하니 무식무지(無識無知)함이 여차하더라.

공자 김축을 내보내고 즉시 여복을 벗어 후리치고 저저더러 왈,

"평생 공교한 일을 아니하더니 금야에 마지못하여 음양을 바꾸어 김축을 속였거니와, 패자(悖者)가 오가(吾家)를 업신여김이 여차하여 규내 엿보기를 안연이 하니, 일관(一觀)이 통해(痛駭)한지라. 급히 가 저놈을 난타하여 후일을 경계하리니 저저는 놀라지 마소서."

언파에 밖으로 나가니, 소저 모친의 행사를 한심골경하고 분완(憤惋)함을 이기지 못하여 대답지 못하더라.

차시 윤소저 모친의 행사를 생각하고 김가 축생의 무례함을 분완 통해하여, 아우의 말을 미처 답지 못하여서 공자 빨리 나가니, 오히려 염려 없지 아니하여 김축에게 상할까 염려만복(念慮滿腹)하더라.

공자 천성이 단중(端重)하되 김생 통한함을 이기지 못하여, 개연이 밖에 나와 긴 옷을 벗어 후리치고, 급히 문을 내달아 중광을 따를 새, 용

---

942) 천창(天窓) : '눈'을 달리 표현한 말.

행호보(龍行虎步)의 신속함이 구름이 행하고 별이 흐르는 듯하니, 어찌 중광의 뒤를 따르지 못하리오. 차시 정히 황혼이라, 초생미월(初生眉月)이 몽롱하고 네거리 큰 길에 왕래하는 사람이 가득한 중, 중광이 중인 가운데 섞여 가니 어찌 알아보리요마는, 밝은 안광이 어찌 김가 적자를 분간치 못하리오. 이미 만나매 발연이 달려들어 중광의 머리를 꺼들어943) 잡고 자기 신을 벗어 그 뺨을 치며 수죄 왈,

"네 반드시 성현서(聖賢書)를 읽었을 것이거늘 음양을 변체하여 구차히 규방의 들어와 규수를 엿보아 업신여기니, 네 눈으로 보고 구혼하겠노라 함이 그 무슨 말꼬? 윤소저를 구혼코자 하나 하씨의 사람이라. 네 집은 이르지 말고 천자의 조서 내려도 타문을 생각지 못할 것이니 서어(齟齬)한 뜻을 두지 말라."

이리 이르며 대로에 굴리며 힘을 다하여 무수히 치니, 제인이 쥐 숨듯 달아나고 없는지라. 중광이 부귀자제로 의복을 치레하고 음식을 고찰할 뿐이요, 약함이 세류(細柳) 같아서 윤공자의 강맹함을 당할 길 없고, 제 앞이 굽으므로 일언을 못하고 참혹히 맞을 뿐이니, 순시하는 군사 곳곳에 다니는지라, 윤공자 일시 분이나 풀려 하였으므로 순라군을 만나면 말하기 괴로워, 두 발로 차버리고 표연(飄然)이 돌아 오니라.

이때 장공자 마침 침전에서 갓 물러와 아우 없음을 괴이히 여기더니, 짧은 옷을 입고 분기 가득하여 방중으로 들어옴을 보고 갔던 곳을 물으니, 공자 비로소 설화를 이르매 장공자 분연 통해하여 왈,

"네 어찌 날더러 이르지 아니하뇨? 그 놈을 죽여야 숙모의 서랑(壻郎) 바라시는 바를 끊게 할 것을, 네 약하여 잠간 치고 온 것이야 무슨 유익함이 있으리오. 숙모 계부 오시기 전 매저를 타문에 보내고 한갓 계부께

---

943) 꺼들다 : 잡아 쥐고 당겨서 추켜들다.

고할 말씀이 없을 뿐 아니라, 하가의 빙채와 저저의 비상(臂上) 글자 하공의 필적이니 어찌하려 하시며, 매제 결단코 듣지 않으시리니 반드시 일장을 요란할 것이요, 저저 집에 머무시기 어려우리라.”

차공자 탄식 왈,

“김가 축생의 방자함이 어찌 살리고자 의사 있으리까마는, 인명이 지중(至重)하니 우리 십세 소아로 살인하기를 좋은 일같이 하고 적앙(積殃)을 어찌하리오. 그러므로 죽이지 못함이요, 중광이 죽다 하여도 다시 권문세가의 신랑을 구하실 것이요, 소제(小弟) 소견은 저제(姐姐) 잠간 집을 떠나심이 옳을까 하나이다.”

장공자 분연 통해하되 하릴없어 자리에 나아가 가중형세(家中形勢)를 생각고 차악하여 아무리 할 줄 모르더라.

유부인이 광천형제를 다 내보내고 현아의 혼사를 지내고자 하매, 태부인을 촉하여 여차여차 하소서 한데, 태부인이 명일에 양 공자를 불러 이르기를,

“가중에 용도(用度) 번다(煩多)하고 형세 점점 탕진하여 수습기를 잘 못하여서는 필경 개걸(丐乞)[944]하기 쉬우리니, 광천은 항주로 가 맥곡(麥穀)을 거두어 선로(船路)로 가져오고, 희천은 남양에 가 그곳에 약간 전토(田土)가 있으니, 아주 화매(貨賣)하여 값을 가져오면 조석 용도 수월이나 절급(切急)기를 면할까 하노라.”

희천공자는 머리를 숙여 미처 답지 못하여서, 광천 왈,

“가사 탕진(蕩盡)하여 비록 전일과 같지 못하오나, 금은이 아직 군급(窘急)한 일은 적으니, 불시에 어찌 전토를 화매(貨賣)하오며, 소손 등이 세사를 알지 못하오니 모맥(麰麥)[945]을 잘 거둘 길이 없사오니 차라

---

944) 개걸(丐乞) : ①거지. ②빌어서 먹음.

리 충근한 노복을 양처(兩處)에 보내어 착실히 모맥을 거두고 전토를 화매하여 오라 하소서."

태부인이 정색 왈,

"고중에 약간 금은과 미곡이 있으나 누대봉사(累代奉祀)에 간략히 써도 핍절함이 많으니, 너희 혬 없이 이렇듯 하느뇨? 여등이 가기를 괴로워 할진대 일기 극열(極熱)하나 노모 친히 갈 것이니 너희 배행(陪行)은 마지못하리라."

이리 이르며, 유씨를 돌아보아 행리(行李)를 차리라 하고 가려 하니, 희천공자 순설(脣舌)이 무익함을 깨달아 일언을 않고 광천공자 다시 고코자 하더니, 조부인이 정색 왈,

"너희 두 곳에 다녀옴이 불과 일삭(一朔)이거늘 무엇이 어려워 존고 친히 가시게 하리오. 금일이라도 발행하라."

양공자 대 왈,

"해아 등이 가기를 어려워함이 아니라 대모의 처치 괴이하시니 실로 민박(憫迫)하여 하나이다."

태부인이 대로 왈,

"노모의 처치 어찌하여 괴이타 하느뇨? 네 아자비 나가고 노복이 내 영을 두려워하지 않으니, 차라리 너희 내려가 착실히 하여 잃지 않음이 옳으니, 범사에 불순하고 사오나와 노모의 근력(筋力)을 쓰게 하는지라. 네 가기 싫어하여도 내 갈 제 배행(陪行)을 어찌 말리오."

희천공자 온화이 대 왈,

"왕모 이런 일에 어찌 근로하시리까? 소손 등이 금일이라도 내려갈 것이니 성열(盛熱)을 당하여 원로에 어찌 친행하시리까."

---

945) 모맥(麰麥) : 보리.

태부인이 노를 잠간 돌려 이르대,

"금일로 발행하라."

하니, 광천공자 화우(華宇)946)를 찡기고 퇴하여 외헌의 나오니, 차
공자 따라오거늘, 장 공자 왈,

"조모 거짓 아등을 저히노라 친히 가렸노라 하셔도 그 말씀이 진정이
아니요, 우리 아니 가면 불과 장책을 가하실 뿐, 죽이든 않으실 것인데,
네 어찌 다녀오기를 결한다?"

차 공자 탄 왈,

"조모 결단코 우리를 집에 머무르게 하지 않을 사단(事端)이 계시니,
형장과 소제 사양하여도 도망할 길이 없게 부디 가도록 하시리니, 여러
말 다투어 무엇 하리까?"

장 공자 도리어 잠소 왈,

"친사를 지내려 하시므로 아등을 다 내보내려 하시거니와, 나는 항주
에 가지 않으려 하나니 현제도 남양을 가지 말라."

차공자 대 왈,

"소제도 이 뜻이 없지 않거니와 마땅히 보낼만한 노자를 생각하소서."

양 공자 서동 혜준과 상서의 유제(乳弟) 계충을 불러 두 곳으로 보내
려 할 새, 범사를 다 분부하여 왈,

"만일 어긋나면 큰 일이 나리라."

하고, 비로소 태부인께 들어가 하직을 고하니, 부인이 흔흔열열(欣欣
悅悅)하여 좋이 가 다녀오라 하고, 남양 전토를 팔라 하여 문서를 내어
주니, 양 공자 말을 않고 오직 배사(拜辭)하고, 양 공자 해월루에 들어

---

946) 화우(華宇) : 이마. '우(宇)'는 얼굴에서 '이마'를 뜻함. 즉 '눈썹 주위의 이마'를
미우(眉宇)'라 함.

가 모부인께 고 왈,

"소자 등이 항주와 남양으로 가지 않고 강정으로 가려 하오니 자정은 물려하소서. 왕모 못 견디도록 구르시거든 피하여 강정으로 나오소서."

부인이 놀라 왈,

"너희 존고를 이렇듯 속이고 어찌하려 하느뇨?"

공자 바로 고 왈,

"혜준과 계충을 양처로 보내려 하오니, 두 노자더러 일을 마치고 바로 강정으로 오라 하여, 저희 오는 날 소자 등도 함께 들어 오리이다."

부인이 묵묵히 슬퍼하니, 양 공자 화성유어(和聲柔語)로 위로하고 이에 하직하고 나올 새, 차 공자는 현아소저를 대하여 자위 혼인을 강박하시거든 무인심야(無人深夜)에 집을 떠나 강정(江亭)으로 나오기를 당부하고, 총총히 하직하고 강정으로 나가되, 태부인과 유씨 능히 알지 못하더라.

차시 김중광이 윤공자에게 참혹히 맞고 반생반사(半生半死)하여 노변에 늘어져있으니, 저희 시녀 등이 비로소 모여 받들어 부중에 들어오니, 김이부(吏部) 아들의 오기를 기다려 문 앞에 섰다가 이 경상을 보고 대경 차악하여, 머리부터 내리 아니 맞은 곳이 없어 면상(面相)이 혈흔이 가득치 않은 곳이 없는지라. 바삐 붙들어 침소에 누이고 자닝하고947) 슬픔을 이기지 못하여 곡절을 물으니, 중광이 정신을 차려 길에 오다가 모르는 사람이 여차여차 이르고 치더라 하며, 시녀배도 드밀어948) 보도 않고 하마 죽을 번함을 이르며, 윤소저의 만고무비(萬古無比)한 용색(容色)을 전하여 죽어가는 가운데도 황홀함을 이기지 못하니, 김후 부부 경

---

947) 자닝하다 : 가엾다. 불쌍하다. 애처롭다.
948) 드밀다 : 들이밀다. 바싹 갖다 대다. 몹시 밀다.

심 차악하여 왈,

"뉘 너를 그대도록 미워하여 변복하고 윤부에 갔음을 타인이 알 리 없거늘, 윤씨 하가에 정혼하여 맹약이 있음을 유금오 수일 전 이르거늘 들었더니, 너더러 수죄하고 치던 자 윤가 사람이 아니면 하가 사람이라. 윤가는 너의 장속하고 간 줄 알았거니와 하가는 촉에 있어 알 길이 없으리니, 그 엇진 일이뇨?"

중광이 울며 왈,

"소자 유액하여 일시 몸을 상해온 것이야 어찌하리까? 이런 말씀을 유금오더러도 이르지 마시고 아무려나 사혼성지(賜婚聖旨)를 얻어 윤씨를 취(娶)케 하소서."

김후 아들의 음행무도(淫行無道)함을 알지 못하고, 윤씨를 보고 황홀하여 취하려 함을 가장 깃거, 어루만져 위로하고 보기(補氣)할 죽음을 먹이며 쉬이 일어 단이기를 바라더니, 수일 후 유금오 왔는지라. 중광이 제 아비를 보채여 허혼하여 택일을 재촉하고, 일변(一邊) 귀비(貴妃)께 통하여 사혼은지를 얻게 하라 하니, 김후 중광의 말이면 거역치 못하고 윤씨의 기특함을 다행하여, 유금오를 대하여 아들의 상함을 이르지 아니하고 택일을 쉬이 하라 당부하니, 금오 깃거 돌아와 유부인더러 이르고 길월양신(吉月良辰)을 가리더니, 성상 전지 내려 '태중태우 은주 안찰사 윤수의 녀로 이부총재 김후의 자와 성친하라' 하여 계시니, 원래 황상은 기간 곡절은 모르시고 귀비 간절히 고하여 '그 질자와 윤수의 녀로 사혼케 하소서' 하고, 하물며 하가의 정약이 있음을 모르시는지라, 오직 양가에 은영을 뵈심이더라.

태부인과 유씨 사혼전지(賜婚傳旨)를 얻으매 흔흔자득(欣欣自得)하여 즉시 길일을 택하니, 지격수순(只隔數旬)이라. 내외 진동하여 혼수를 차리며 소저더러도 이르지 않고 김가에 길일을 보하며, 김상서 부인이 날마다 유부인께 전어하여 인친지가(姻親之家) 되었음을 깃거하며, 혼수를 물어 패산지류(貝珊之類)의 기특한 보배를 미리 보내니, 기구의 풍화함과 부귀의 혁혁함이 일세에 으뜸이더라.

유씨와 태부인이 기쁨이 극하여 역시 김부에 비자를 보내어 연신(連信)하며, 정의 각별함이 진짜 친옹(親翁)인 석부에 비치 못할지라.

소저 벽난으로 하여금 모친과 조모의 하는 일을 낱낱이 탐청하고, 해연차악(駭然嗟愕)하여 애달프고 분함을 이기지 못하니, 일일은 경희전의 가 조모와 모친이 한 곳에 앉았음을 보고 문득 소리를 나직이 하여 가로되,

"요사이 가중(家中)이 소요(騷擾)하여 금옥장인(金玉匠人)과 촉단금수(蜀緞錦繡) 파는 장사949) 무수히 모이니 그 어찌된 일이니까?"

태부인이 흔흔 소왈,

"네 나이 이륙(二六)이라, 세사를 어찌 알리오. 근간에 가내 소요함은 다른 연고 아니라, 너희 혼수를 차리느라 그러하니, 아해 마음에 여공(女工)을 전일(專一)하여 전정(前程)을 염려할 줄 모르거니와, 여모와 노모 주야의 너를 위하여 일생이 영화롭기를 도모하여 이부총재(吏部冢宰) 김후의 아들과 정혼하였나니, 이 곳 김국구의 종손(宗孫)이요, 황상의 총애하시는 바 김귀비 질자(姪子)라. 부귀호치(富貴豪侈) 당대에 제일이라. 너를 그 집 며느리를 삼을진대 유복함을 보지 않아 알지라. 하물며 성지(聖旨) 계시어 사람의 얻기 어려운 영화라, 어찌 기쁘고 즐겁지 않으리오."

유씨는 여아의 절개를 아는 고로 아주 어찌 할 수 없어 하는 줄로 이르려 하여 가로되,

---

949) 장사 : 상인(商人).

"네 부친이 신의를 지키려 하심이 그르지 아니니, 우리는 타처를 생각지 않더니, 천만 생각 밖 사혼성지(賜婚聖旨) 엄하시어 김가에 성혼치 안으면 네 부친을 적거충군(謫居充軍)하라 하시니, 싫어도 마지못할 일이라. 존고는 그 집 부귀를 깃거하시나 나는 실로 하가만 못하여 구약(舊約)을 저버림이 심히 불평하도다."

소저 분개함을 이기지 못하여 안색이 냉렬(冷烈)하고 성음이 강개하여 가로되,

"조모와 모친이 소녀를 유세(誘說)하시어 김가 더러운 부귀를 이르시고, 소녀의 명명대절(明明大節)을 희지으려 하시니, 인생이 살기를 원치 아니하고, 죽음이 돌아감 같으니 이륙청춘(二六青春)이 느꺼우나950) 현마 어찌하리까? 한번 죽을 따름이라. 성지(聖旨) 엄하심을 저히시나, 임금이 신자의 인륜을 산란(散亂)하여 성지를 불봉(不奉)하면 기부(其父)를 적거충군(謫居充軍)하기를 대역(大逆)에 연좌(連坐) 쓰듯 하리오. 소녀(小女) 격고등문(擊鼓登聞)하여 대인을 무사하시게 하리니, 조모와 모친은 놀라운 말씀을 마시고, 김가 비록 구혼할지라도 하가의 정약이 굳어, 납폐문명(納幣問名)이 있음을 이르시고 차혼을 아주 거절하소서."

언파의 노기(怒氣) 가득하여 통완(痛惋)함을 참지 못하니, 태부인은 좋은 말로 달래고 유씨는 즐왈(叱曰),

"네 불과 십 수 세 규녀(閨女)로 무엇을 아노라 하고 이렇듯 어지럽게 구느뇨? 어미 자식을 위한 정이 등한(等閒)하여 너를 타처에 구혼코자 함이 없더니, 상명(上命)으로 마지못하여 친사(親事)를 지낼 뿐이라. 하가나 김가나 너는 규녀니 어버이 하는 대로 있어, 혼인에 아른 체 않음이 옳거늘, 스스로 죽기를 이르며, 하가 위한 마음이 어미 위한 정에서

---

950) 느껍다 : 서럽다. 원통하고 슬픈 마음이 북받치다.

더하니 그 무슨 일이뇨?"

소저 한심하여 옥루(玉淚) 화시(花顋)951)에 굴러 가로되,

"자위 어린 자식으로써 차마 실절(失節)한 더러운 계집을 삼으려 하시나, 소녀의 비상 글자 완연하거늘, 하가를 바꾸어 김가로 돌아 보내려 하시니, 소녀 하수(河水) 멀어 귀를 씻지 못함을 한하나니, 규녀의 도리 혼인(婚姻)을 간예함이 불가함을 모르지 아니하오나, 스스로 입을 함봉(緘封)하여 소회(所懷)를 모르시게 하고 죽음이, 불효 심하고 분연함을 이기지 못하여, 금일 심곡소회(心曲所懷)를 여나이다. 하가(河家) 비록 참화를 입었으나, 야야(爺爺) 언약이 금석의 굳음을 효칙(效則)고자 하시어 납폐문명을 받으시니, 여자 이미 빙채를 받은 후는 입신(立身) 못한 선비 같아서, 비록 화촉(華燭)의 예(禮)952)를 이룸이 없으나, 마침내 그 집 사람이요, 신하 님군의 은혜를 입음이 없으나 종신토록 그 나라 신하니, 임금의 은혜 입음이 없다 하고 어찌 두 임금을 섬기오며, 여자 두 번 빙채(聘采)를 받는 것이 이성(二姓)을 섬기나 다르지 아니하오니, 오가 세대로 어떠한 예의지문(禮儀之門)이니까? 소녀 한 사람이 부귀를 흠모하여 선세문풍(先世門風)을 추락하고, 하가를 배반하여 난륜패도(亂倫悖道)의 음녀는 결단하여 되지 못할지니, 이륙청춘(二六靑春)에 죽음이 느꺼우나, 이 또한 명야(命也)라. 설마 어찌하리까?"

유씨 여아의 강렬함이 백가지로 달래어도 듣지 않을 것이오. 또한 위엄으로 구속치 아니할 줄 모르지 아니하되, 혹자 뜻을 돌릴까 하여 발연작색(勃然作色)하고 독한 눈을 높이 뜨고 즐 왈,

---

951) 화시(花顋) : 꽃같이 예쁜 뺨.

952) 화촉(華燭)의 예(禮) : 신랑신부가 신방에서 첫날밤을 함께 하여 이성(二姓)의 친(親)을 맺는 것을 뜻하며, 혼례(婚禮)를 달리 이르는 말로도 쓰인다.

"규녀가 혼사에 간여(干與)함을 어찌 남을 듣게 하리오."

언파에 사색(辭色)이 발발(勃勃)하니 소저 갈수록 성음이 맹렬하고 씩씩하여 가로되,

"소녀의 당한 바 기괴하여 절의를 보전치 못하게 되었으니, 한갓 남 듣게 하기는 이르지 말고, 격고등문(擊鼓登聞)하여도 대인 충군(充軍)을 않으시게 하고, 소녀도 도장953) 속에서 일생을 편히 하여 마음을 밝히고자 하나니, 천자의 명령이 머리를 베리라 하셔도 훼절음부(毁節淫婦)는 되지 않으리니, 모친은 아무려나 하소서."

언사 열렬하여 빙상절개(氷霜節槪)를 낮게 여기는지라. 태부인과 유씨 소저의 순종치 않음을 분완(憤惋)하여 반일을 꾸짖기를 마지아니하되, 소저 입을 닫아 움직이지 아니하니, 경애 눈물을 머금어 이르대,

"네 어찌 태태의 지극하신 자애를 모르고 한갓 고집을 내어 되지 못할 절을 일컬어 이리 하느뇨? 만일 하원광으로 화촉의 예를 이뤘으면 하씨의 사람이노라 함이 마땅하거니와, 빈 채례(采禮)954)를 의빙(依憑)하여 절을 지킴이 가소(可笑)라. 자위 두 낱 골육을 두시어 우저(愚姐)는 석가(昔家)의 기인(棄人)을 삼으시고 주야 통원하시는 가운데, 현제나 아름다이 성혼코자 하시더니 하가는 화가여종(禍家餘宗)이라 나무라 버림이 아니요, 김가를 구함이 아니로되, 김가의 인연이 있는 탓으로 성지 엄하시니, 감히 사양치 못할지라. 황명으로 김가의 입문함을 하가인들 어찌하리오. 모름지기 괴이한 거동을 말고 규녀의 도리를 상해오지 말라."

소저 분연 왈,

---

953) 도장 : ≒규방(閨房). 부녀자가 거처하는 방.

954) 채례(采禮) : ≒납폐. 혼인할 때에, 사주단자의 교환이 끝난 후 정혼이 이루어진 증거로 신랑 집에서 신부 집으로 예물을 보냄. 또는 그 예물. 보통 푸른 비단과 붉은 비단을 혼서와 함께 함에 넣어 신부 집으로 보낸다.

"저제(姐姐) 사리로 개유하여 위로 부훈을 삼가 지키고 아래로 소매를 더러운 계집을 삼지 말 것이거늘, 모친의 패덕(悖德)을 더하여 불의지사(不義之事)로 가르치니 소매 불승차악(不勝嗟愕)하이다. 마음을 한번 정한 후는 사생지제(死生之際)에 요동할 바 없고, 모친과 조모 소매를 죽이실 법은 있거니와 절은 앗지 못하실 것이니, 부질없는 말씀 마소서."

언파에 일어나 침소에 돌아와 베개에 한번 누우매 금금(錦衾)으로 낯을 덮어 식음을 전폐하고 자분필사(自憤必死)고자 하더라.

위씨와 유씨 흔흔낙낙히 혼수를 차리며 서로 깃거하더니, 의외에 현아소저의 열렬한 간쟁(諫爭)과 필경(畢竟) 자분필사(自憤必死)고자 하는 거동을 보되, 유씨와 경아 오히려 놀라지 않아 길일이 불원(不遠)하니 위력으로 보채려 하는지라.

소저 벽난으로 하여금 사기를 규찰(窺察)하매, 자기 피치 않으면 마침내 면치 못할 줄 알고, 임씨(臨時)하여 탈신코자 하더니, 다시 생각하니 김가 납빙을 집에 들임이 더러운지라. 차라리 납폐 전 집을 떠나려 하여, 길일이 사오일은 격하여 명일은 채례 문의 님(臨)할지라. 위·유 양부인이 경아로 더불어 소저 침소에 이르러 식음을 권하며, 만단(萬端) 유세(誘說) 하되, 소저 작수(勺水)를 먹지 않고 죽을 뿐이라 하니, 유씨 통완하여 손에 들었던 반기(飯器)를 소저에게 던지고 즐 왈,

"불초녀 죽기는 임의로 하려니와 네 부친의 적거충군(謫居充軍)을 어찌하려 하고, 하가 역적 놈의 집을 위하여 거짓 절(節)이라 일컫느뇨?"

소저 모친이 던지는 그릇에 무심결에 가슴을 맞아 아프기 극하고 밥이 흩어져 금금의 가득하되, 아픈 것을 참고 냉소 왈,

"소녀 죽음이 느껍고955) 슬프거니와 야야 적거충군하실 리 없으니 괴

---

955) 느껍다 : 어떤 느낌이 마음에 북받쳐서 벅차다.

이한 말씀 마소서. 야야 아니 나가 계시면 이런 일이 없고, 김가 놈의
부귀를 귀히 여겨 하가를 새로이 욕하시니, 요괴로운 귀비와 불인무상
한 국구 놈이 무엇이 기특하여, 김후의 사오납기 외간에 유명하니 저의
숭고한 작위 헌신이나 다르며, 주옥보패(珠玉寶貝) 흙이나 다르리까?
자위 부귀를 그대도록 탐하시니 우리 집이 선조부(先祖父) 공휘(公侯)시
고 선백부(先伯父) 이부천관(吏部天官)이시며, 대인이 즉금 조정의 사환
하시니 타일의 설마 저 김가만 못할 것이라, 작녹을 높이 여기시며, 호
부(豪富)함을 좋이 여기시니까? 우리 집 고중(庫中)에 있는 금은미곡(金
銀米穀)과 재보(財寶)가 일생안과(一生安過)할만은 하리로되, 모친의 인
재(吝財)⁹⁵⁶⁾하심이 큰 병이니이다."

　유씨 비록 딸의 말이나 이의 미처는 어이없어 묵연히 앉았더니 날호
여 일어나 들어가며 이르되,

　"어미를 업신여겨 말을 이렇듯 하거니와, 길일에 신랑이 백냥(百輛)으
로 호송하여 김부로 갈 것이니 타일에 어미 정을 알리라."

　소저 심리(心裏)에 더럽게 여겨 대답도 않고, 빙폐 오기 전에 떠나려
하여 가만히 노주의 일습남의(一襲男衣)를 이뤄 건복(巾服)⁹⁵⁷⁾을 개착
하고, 시야(是夜)에 한 장 서간을 이루어 경대 가운데 넣으매, 반야삼경
(半夜三更)에 벽난의 손을 이끌어 뒤 장원을 인하여 운제(雲梯)⁹⁵⁸⁾를 빗
기 세우고 급급히 넘어가니, 소저는 생세지후(生世之後)에 대로상을 처
음으로 밟으니, 강정도 찾아갈 길이 없으되, 벽난이 소저를 이끌고 순나
군(巡邏軍)을 피해 행하여 남문에 다다르니, 효고(曉鼓)⁹⁵⁹⁾ 동(動)하고

---

956) 인재(吝財) : 재물을 아끼고 탐(貪)함.
957) 건복(巾服) : 늑옷갓. 남복(男服). 웃옷과 갓을 아울러 이르는 말. 흔히 예전에
　　　남자가 정식으로 갖추던 옷차림을 이른다.
958) 운제(雲梯) : 높은 사다리.

성문을 여는지라. 벽난이 크게 깃거 소저를 모셔 강정에 이르러, 노복을
깨오지 아니하고 동산 담을 신고(辛苦)히 넘어 들어가니, 이 공자가 집
을 떠나 이곳에 든 지 일망(一望)960)이나, 가중 소식을 알지 못하여 주
야 근심하더니, 매저를 보고 바삐 조모와 모친의 기운을 묻잡고, 김가의
정혼날이 지격(至隔) 사오일 함을 듣고 차악하여 가로되,

"저저 건복이 불가하되 혹자 알리 있어도 여복을 입지 마르시고, 강정
노복과 비자의 무리 전자(前者) 저저와 벽난을 보니 드물고, 천인의 안
견이 음양을 바꾸었으매 의심할 것이 아니로되, 세월·비영 등이 강정
의 나오는 일이 있으면 반드시 알기 쉬우리니, 깊이 계시어 아무라도 보
지 못하게 하소서."

소저 길이 탄식 왈,

"모친께 은주(殷州)961)로 가렸노라 하였으니 방방곡곡에 자취를 심방
할 것이니, 이곳에서는 몸을 범연히 감초지 못할 것이니, 그윽한 당사
(堂舍)를 가려 머묾이 어떠하뇨?"

이공자(二公子) 즉시 벽서당이란 곳에 소저를 있게 할 새, 노복과 비
자 등더러 이르기를, 양 공자의 친우(親友)인데 강정이 고요타 하여 유
학하려 한다 하니, 벽난이 약간(若干) 보배와 은냥을 가져왔음으로, 양
찬(糧饌)의 값을 넉넉히 주니 강정 비복이 곡절을 모르고, 양찬의 값이
풍족하여 칠팔일 머무는 것이 타인의 수년 양자(糧資) 됨을 더욱 깃거
대접함을 공자와 같이하고, 양 공자 엄히 분부하여 벽서당에 손이 있음
을 옥누항에 전치 말라 하고, 하루 두 때 문을 열어 식반을 드리는 것

---

959) 효고(曉鼓) : 새벽을 알리는 북소리.
960) 일망(一望) : 한 보름동안. 15일
961) 은주(殷州) : 중국 하남성(河南省)에 있는 주(州) 이름.

밖에 주렴을 한번 걷는 일이 없고 문을 자주 여는 일이 없으니, 완연이 빈 집 모양이요, 원간 벽서정이 깁고 그윽하여 강정의 딴 집 같으니 사람의 자취 없는지라. 소저 주야 벽난을 데리고 조용이 있어 김가의 욕을 벗어난 것을 깃거하나, 모친과 조모의 거동이 무슨 일을 낼 듯하던 일을 생각고 근심이 극하여, 야야의 쉬이 환가하심을 원하여 양 공자 아직 강정의 머무니 서로 위회하여 지내더니, 순일지내(旬日之內)에 혜준이 항주 모맥을 싣고 돌아왔으니 장공자 먼저 돌아갈새, 남매 분수하는 정이 서로 의의하여 한갓 서운한 정뿐 아니라, 가중 형세를 차악하여 타루(墮淚)하기를 마지아니하더라.

어시에 유부인이 여아의 고집을 통완하고, 절절이 자기 뜻과 다름을 애달라 위력으로 핍박하여 김가의 혼사를 정하려 결단하고 봉채(封采)962)를 받을 기구를 차리며, 태부인이 친히 식반을 들리고 미화당에 이르니, 소저와 벽난이 그림자도 없으니 대경차악하여 유부인과 경아를 부르고 두루 얻되 간 바를 알지 못하고, 동산 담을 인하여 운제를 세웠는지라. 태부인이 유씨를 돌아보고 놀란 가슴이 벌떡여 일천 잔나비 넘노는 듯하고, 만심(滿心)이 차악하여 경대(鏡臺) 위에 놓인 서간을 보지 못하고 망지소위(罔知所爲)963)러니, 경아 봉서를 얻어 떼어보니, 사의(辭意) 비절(悲絶)하여,

"명명(明明)한 대절을 잡으매 모친의 염려하시는 정을 돌아보지 못하고, 임별에 하직을 고치 못하고 규리약질(閨裏弱質)이 벽난 일비(一婢)를 데리고 은주 수 천리를 발섭(跋涉)하니, 하늘이 도아 일명을 보전하

---

962) 봉채(封采) : 늑봉치. 혼인 전에 신랑 집에서 신부 집으로 채단(采緞)과 예장(禮狀)을 보내는 일. 또는 그 채단과 예장.
963) 망지소위(罔知所爲) : 어찌해야 할 바를 알지 못함.

면 행여 생전에 뵈려니와 불연(不然)즉 도로에서 죽어도 실절한 더러운
계집이 되지 못할지라. 서사(書辭)를 이루매 앞이 어둡고 목이 메여 갖
추어 베풀지 못하오니, 왕모(王母)의 심화를 도도지 마르시고 가내를 안
온이 하여, 백모(伯母)를 편히 받들고 변고를 자아내지 마소서."

하고, 청하여 법다운 말씀과 어진 품도 지상(紙上)에 벌였으니, 완전
하며 주옥(珠玉)이 연락(連落)하고 필적이 난봉(鸞鳳)이 뛰노는 듯, 묵
광이 안모(眼眸)에 아롱지니, 유부인이 기서(其書)를 달라 하여 한번 보
고 통흉돈족(痛胸頓足)964) 왈,

"천리애각(千里涯角)에 제 어찌 득달할 길이 있으리오. 노비(路費)와
양자(糧資)도 못 가져갔을 것이니 기사(饑死)함이 호흡간(呼吸間)965)이
라, 어찌 차악치 않으리오."

경애 가로되,

"서어(齟齬)한 의사로 은주를 갔으나, 길에 나면 두렵고 어려워 도로
들어오기도 쉽거니와, 노복을 헤쳐 어서 뒤를 따라 데려오라 하소서."

양 부인이 일시의 노복을 명하여 은주 가는 길의 여러 곳을 들려 만나
거든 데려오라 하고, 눈물이 비 오듯 하여 간장이 일각(一刻)에 다 타는
지라. 조부인이 태부인 호령으로 혼수의 수치와 침선에 골몰하여 '안비
(眼鼻)를 막지(莫知)'966)러니, 야간에 소저 없어졌음을 듣고 실색하나,
절의를 일치 않음을 가장 깃거하며, 혹자 강정에 갔는가 의심하나 발설
치 않고, 소저 침소에 모여 놀람을 일컫더라.

유씨 여아의 거처를 모르는데 김가 빙폐(聘幣)를 받지 못할 것이므로,

---

964) 통흉돈족(痛胸頓足) : 가슴을 아프게 치고 발을 구르고 하며 안타까워 함.
965) 호흡간(呼吸間) : 숨을 한번 내쉬고 들이마시는 사이. 아주 짧은 시간.
966) 안비막지(眼鼻莫知) : 눈코 뜰 사이 없이 바쁨.

유금오께 급히 통하여 여아를 실산하였으니 이 말을 김부에 전하라 하고, 간악대독(奸惡大毒)이로되 흥황(興況)이 없어 심담이 떨어지는 듯하니, 현애 비록 죽기를 저히나967) 어찌 야반에 나갈 줄이야 생각하였으리요. 길일이 임하거든 자연 죽도 못하고 김부에 나아가 부부를 맺으면 자연 화락하여 살까 하다가, 바람이 그쳐져 계교 그릇된지라. 여아를 위하여 금옥패산(金玉貝珊)과 촉단나릉(蜀緞羅綾)을 각별이 선택하여 의상을 이루고, 보화를 가득이 쌓아 놓고, 하가의 고초(苦楚)함을 나무라 버리고, 궁극히 구하여 이부천관(吏部天官)의 장자요, 국구의 종손(宗孫)임을 좋이 여겨, 딸을 먼저 뵈고 중광의 눈의 든 줄 깃거, 태우의 임행당부(臨行當付)도 다 저버리고, 태부인을 돋우어 조부인 삼모자를 없애기를 착급(着急)히 서둘며, 현아의 일생이 영화롭고자 하고, 기특한 지혜로 석학사 재실 오씨까지 죽여 없앤 후, 경아로 석생의 후대를 받게 정하였다가, 현아를 하룻밤 사이에 실리(失離)하니, 일기는 점점 극열(極烈)하고, 요수(潦水)968)는 지리한데, 빙자옥질(氷姿玉質)이 일생을 호화중(豪華中)에 생장(生長)하여 괴롭고 슬픔을 알지 못하다가, 벽난 일비(一婢)를 데리고 은주를 발섭(跋涉)함을 생각하니, 양자(糧資)와 반전(盤纏)969)은 어찌하여 가며, 이때의 어디에 가 있는고? 천려만통(千慮萬痛)이 오내여할(五內如割)하고, 돌이켜 태우의 성품을 헤아리매, 자기 뜻을 우겨 여아를 위력으로 김가에 성혼하려다가 실산함 곳 들으면, 더욱 절치분완(切齒憤惋)하여 자가를 미워할지라. 애닯고 분완함에 심장이 초갈(焦渴)하여 침실에 돌아와 머리를 싸고 누어, 눈물이 강하(江河)

---

967) 저히다 : 겁박하다. 으르고 협박하다.
968) 요수(潦水) : 장맛비.
969) 반전(盤纏) : 늑노자(路資). 먼 길을 떠나 오가는 데 드는 비용.

를 보낼 듯, 살고자 의사 적거늘, 태부인 역시 눈물을 금치 못하여 왈,

"이렇듯 할 줄 알았더라면 제 뜻대로 김가를 물리치고 편히 집에나 있게 할 것을, 아해 나이 어리니 일생을 못 생각함이라 하여, 우겨 지내려 하다가 일이 이다지도 뜻 같지 못할 줄 어이 알았으리요. 제 아비 있는 곳으로 간다고 하여도 수 천리를 득달치 못하고 도로에 만단고초와 낭패함이 많으리니, 아자(兒子)970)가 돌아오는 날 현아를 어디 가고 없다 하리오."

경애 심신이 경해하여 위로 왈,

"조모마저 이렇듯 하시니 자위 더욱 비회를 진정치 못하시니 복원(伏願) 조모는 소려하소서. 제 반드시 도로 들어오리다."

태부인이 일조에 흥이 사라져 역시 식음의 맛을 모르고 잠이 없어 오륙일을 울울히 보내니, 길기를 속절없이 허송하고 여러 노복이 무류히 돌아와, 소저와 벽난의 그림자도 보지 못함을 고하니, 유씨 주야 상도(傷悼)하여 눈물이 마를 적이 없으니, 경아 울며 왈,

"모친이 현아를 위하여 이렇듯 하시니 무슨 유익함이 있나이까? 마음을 널리 하시어 저희 자취를 심방하여 다시 김가에 인연을 의논함이 옳지 아니하리까?"

유씨 깊이 느껴 왈,

"내 팔자 괴이하여 한낱 아들을 두지 못하고, 너희 형제를 두어 만금의 중함과 천륜의 자애 타인의 모녀간과 다름이 많거늘, 너를 석준과 성친하여 석생의 무신박정이 너를 무죄히 박대하고, 재취하여 즐기니 생각할수록 심신이 타는 듯하거늘, 네 부친이 자애지정(自愛之情)이 박하여 너를 자닝히 여기는 마음이 없고, 현아를 마저 서촉 수졸과 결혼하려

---

970) 아자(兒子) : =아이. 남에게 자기 자식을 낮추어 이르는 말.

하니, 그 일생을 애달아 김가 부귀하고 신랑이 아름다우니 마음의 마땅
하여 궁극히 도모하여 성지를 얻어 친사를 이루고, 네 부친이 돌아와 내
탓을 삼지 못하게 하여, 하가에 실약(失約)함을 탄하나, 여아 벌써 김가
의 사람이 된 후는 하릴없어 말을 못하고, 불쾌히 여기다가도 일월이 오
래면 자연 여서(女壻)971)의 화락을 두긋기고 나의 원녀(遠慮)를 항복할
까 여겼더니, 아해 어미 정을 모르고 제 목숨이 진할지라도 '언약을 지
키련다.' 하니, 은주로 간다 하였으나 다행히 무사 득달하여 네 부친을
만나나, 나의 허물과 하가를 배척함이 네 부친이 항상 통완하던 바거늘,
하물며 여아의 절을 앗아 김가에 성혼하려 하던 것을 대로 할지라. 여아
은주로 가지 못하고 도로에 유락(流落)하여 거처를 모르는 일이 있어도,
네 부친이 나를 원수로 알 것이니, 이 일을 어찌하잔 말인고?"

경애 다만 위로 왈,

"태태 이다지도 과려하시고 전자에 도모하던 일은 다 잊으시니, 희천 등
이 돌아와도 무사히 두어 편함이 반석 같으리니, 어찌하려 하시나니까?"

유씨 경아의 말을 옳이 여겨 조부인 삼모자를 없이하고 명아 소저의
전정을 마친 후, 양미토기(揚眉吐氣)972)하랴 결단하니, 만고의 희한한
악인일러라.

차시 김부에서 미리 보내었던 바 패산지물(貝珊之物)을 도로 돌려보
내고, 김총재 부인께 전어(傳語)하여 여아를 실산하여 친사를 이루지 못
함을 슬퍼한데, 김부에서 유금오의 말을 듣고 대경실색할 뿐 아니라, 중
광이 윤공자에게 짓맞고 상처 오히려 쾌소(快蘇)치 못하였으되, 길일을

---

971) 여서(女壻) : 사위. 여기서는 여(女)와 서(壻) 곧 딸과 사위를 함께 이르는 말.
972) 양미토기(揚眉吐氣) : '눈썹을 치켜뜨고 기를 토한다'는 뜻으로, 기를 펴고 활
    개를 치는 것을 이르는 말.

손꼽아 등대하다가, 윤소저의 실산함을 듣고 마음이 미칠듯하여 능히 진정치 못하는지라. 역시 노복을 헤쳐 은주 길을 막아 찾되, 거처를 모르고 길기를 허송하니 실성할 듯하더니, 윤태우부인이 보옥주패(寶玉珠佩)를 환송하고, 후일 여아를 찾으면 길사(吉事)973)를 이루자 하니, 어린 뜻에 일분이나 바라고 있어, 주야에 윤소저의 선풍월광(仙風月光)을 못잊어 병이 되었으니, 부모와 조부모 위로하고 타처에 혼인을 듣보더라974).

광천공자 집에 돌아와 조모와 모친께 배알하니 그 사이 존후를 묻자오며, 태부인이 현아소저의 실산함을 이르고 김가에서 위력으로 친사를 이루려 하기로 소저 은주로 갔다 하며, 항주 모맥(麰麥)을 배에 실어온가 물으니, 공자 갔던 듯이 일일이 대답하고, 소저의 실산함을 조모 구차히 꾸미시는 줄 한심하여, 고 왈,

"천자도 필부(匹夫)의 뜻을 앗지 못하나니 김가 세엄975)이 장(壯)하나, 재상가 규수를 핍박하여 위력으로 친사를 이루진 못하리니, 제 비록 구혼할지라도 하가의 혼서빙폐(婚書聘幣) 있음을 일러 물리쳤던들 저저(姐姐)의 실산이 없었을랏다소이다."

태부인 왈,

"우리도 아예 혼인을 떼쳤더니 김가가 사혼성지(賜婚聖旨)를 얻어 우김질로 지내자 하니, 상교(上敎)를 거역하였다가 네 아자비에게 죄 있을까 두려 마지못하여 길일을 택하고 혼인을 지내려 하더니, 현아 일야지간에 간 곳이 없으니 길기를 허송(虛送)하였노라."

---

973) 길사(吉事) : 혼사(婚事).
974) 듣보다 : 듣기도 하고 보기도 하며 알아보거나 살피다.
975) 세엄 : '세다'의 명사형. 세력. 힘이나 기세 따위가 강함.

공자 여러 말이 부질없어 조모와 숙모를 위로하고, 차석에 모친께 소저 강정에 있음을 고하니 조부인이 빈미(矉眉) 왈,

"현아의 절의는 아름답거니와 가사(家事)가 사람을 크게 부끄럽게 하니 이런 불행이 어디 있으리오."

공자 탄식 묵연이러라.

사오일 후 계충이 남양전토를 화매(貨賣)하여 은자를 바다 먼저 강정으로 왔으니 차 공자 맞아 집으로 들어갈 새, 소저 하루(下淚) 왈,

"현제마저 떠나가니 외롭고 위태로이 있어 이 심사를 어찌 견디리오."

공자 위로 왈,

"정저저(鄭姐姐)976)는 삼사 삭을 산사에도 유락하여 계시니, 이곳은 내 집이니 무엇이 위태함이 있으리까? 소제 등이 틈을 타 자로 다니리다."

인하여 전토 화매한 은자 오백냥에서 삼십냥을 떼어 소저를 맡겨 왈,

"저저 혹 칠팔삭내(七八朔內)에 들어오지 못하여도, 은자를 머무나니 양자(糧資)를 삼게 하소서."

소저 사양치 않아 받아 두고, 결연(缺然)한 회포 무궁하나, 마지못하여 남매 분수(分手)하되, 강정의 비복의 무리 붕우(朋友)인 줄 아더라.

공자 집에 돌아와 존당과 두 모친께 뵈옵고 전토 화매(貨賣)함을 고하니, 태부인이 은자를 혜여 받고, 유씨 여아의 거처를 몰라 슬픈 가운데나 공자의 쇄락(灑落)함이 날로 새로움을 보매 밉고 분하여, 태부인을 돋우어 못 견디도록 보채기를 시작하니, 양 공자를 즐타(叱咤)하기는 이르지 말고, 기괴한 천역(賤役)이 말째977) 서동에서 더하니, 측간(厠

---

976) 정저저(鄭姐姐) : 윤명아를 말함. 정천흥에게 시집갔기 때문에 '정씨 누이'라 한 것임.

977) 말째 : 순서에서 맨 끝에 차지하는 위치.

間)978)과 마구(馬廐)979)를 치게 하고, 시초(柴草)980)를 시키며 강정의
미곡을 날라 오라 하고, 우마제양(牛馬猪羊)을 보살펴, 한헐(閑歇)함을
얻지 못하게 하며, 조석 음식은 맥반(麥飯)을 날이 반오에 일기(一器)씩
주고 먹으라 하며, 밤이면 새끼를 꼬게 하고 초리(草履)981)를 삼게 하
여, 천역을 일분이나 염고(厭苦)함이 있으면 태장(笞杖)을 시작하여 기
진(氣盡)하여 죽기를 죄오니, 조부인이 심장이 사위는 듯하기를 면하리
요마는, 태부인이 온 가지로 보채니, 해월루 문을 잠그고 조부인을 협실
에 두고 주야 조르니, 공자형제 작인이 비상하고 재주 만사에 신기하므
로 괴이한 천역이라도 본디 익은 사람 같아서 시포(猜暴)한 호령이 나지
않아서 못 미칠 듯이 하나, 모친의 천단곡경(千端曲境)을 슬퍼 형제 밤
을 당하면 체루비읍(涕淚悲泣)하기를 마지아니하되, 행여도 조모와 숙
모를 원망하는 바 없는지라. 차 공자는 두 곳으로 보채이니 더욱 보전하
기 어렵되, 천신이 보호하여 양 공자 죽는 환이 없으니, 유씨 착급하여
존고를 돋우어 광천 등을 무죄히 책벌(責罰)하니 피육(皮肉)이 후란(朽
爛)982)하더라.

 일일은 양 공자를 명하여 강외 십리에 있는 미곡을 져 오라 하니 양
공자 고 왈,

 "소손 등이 연일 곡식을 날랐으니 명일 져 오리다."

 한데, 위씨 호령하여 바삐 져 오라 하니, 양 공자 하릴없어 미곡을 져
오니, 날이 어둡기에 이르매, 기아(饑餓)를 이기지 못하여 허한(虛汗)이

---

978) 측간(廁間) : 늑변소(便所). 대소변을 보도록 만들어 놓은 곳.
979) 마구(馬廐) : 마구간(馬廐間). 말을 기르는 곳.
980) 시초(柴草) : 땔나무로 쓰는 풀.
981) 초리(草履) : 짚신.
982) 후란(朽爛) : 썩고 문드러짐.

구슬 구르듯 하여 잘 걷지 못하더니, 하일대우(夏日大雨)가 무상(無狀)
히 급하니 미곡이 다 젖는지라. 조모의 호령을 생각고 진사력(盡死
力)983)하여 달음질로 오더니, 곡구(谷口)에 늘어진 벽제(辟除)984) 도상
(道上)을 치우니, 장공자는 오히려 기운이 산악을 넘뛸 듯한 고로 급히
오더니, 길 건너지 말라 함을 듣고 심증(心症)이 불 일 듯하여 미곡을
진채 하리를 일비(一臂)로 밀치니, 진 길에 헛것 같이 넘어지거늘, 차
공자를 앞세워 길을 건너 들이달으니, 용행호보(龍行虎步) 신기한지라.
이때에 금평후 정공이 친우를 보고 날이 저물어 운산으로 가지 못하고,
표종형(表從兄) 순참정 부중에서 일야를 지내고자 가더니, 시자(侍者)를
짐 진 아해 밀치고 집으로 들어감을 보고, 제리(諸吏) 대로하여 기아를
잡아다가 중치함을 청하니, 한림은 부공 뒤에 좇았으나 안광이 타별(他
別)함으로, 날이 저물었으나 기아(其兒)가 윤공자 형제임을 알아보고,
금후는 윤공자 등임을 모르고, 하리의 말을 듣고 잡아 순부로 대령하라
하니, 한림이 종시(終始)를 채 보려 묵연하여 다만 부공을 모셔 순부로
들어왔더니, 이윽하여 짐 진 아해를 잡으러 갔던 하리 사오 인이 옷을
발발이 다 찢기고 뺨이 붓도록 맞고, 그저 돌아와 고하되,

"짐 진 아해를 잡으려 하니 하나는 윤부로 먼저 들어가고, 처음에 하
리를 밀치던 아해는 소인 등을 짓두들겨 하마 죽을 번하고 겨우 돌아왔
나이다."

정공이 가장 경아(驚訝) 왈,

"한 아해를 너희 사오 인이 못 이겨 저토록 맞았느냐?"

---

983) 진사력(盡死力) : 죽을힘을 다함.
984) 벽제(辟除) : 지위가 높은 사람이 행차할 때, 구종(驅從) 별배(別陪)가 잡인의
통행을 금하던 일.

하리 부복 대 왈,

"감히 허언(虛言)을 주출(做出)함이 아니오니 윤부로 짐 진 하리 하나이 들어갔사오니, 이제 하리를 보내시어 불러 하문하여 보소서."

순참정이 윤부 격린에 있어 광천 등 형제 강(江)의 미곡을 나르고, 시초(柴草)를 지고다님을 아는지라. 평후를 돌아보아 웃고 왈,

"이 반드시 윤가 양자라. 내 이곳의 옮은 지 오래지 아니하거니와 근간에 기아(其兒) 등이 조모의 영으로 천역을 다하니, 잠간 보건대 문강의 아들이라. 기아 등이 구태여 부끄러워하지 아니하고 이따금 청한 즉, 재상의 집에 연유소애(年幼小兒) 왕래할 일 없어라 하고, 괴이한 천역을 다할지언정 부끄러워함이 없고, 맏아이는 영웅준걸의 기상이요, 기제(其弟)는 성현군자지풍(聖賢君子之風)이라. 윤보는 인친지가(姻親之家)요 동기(同氣) 같은 지우(知友)거늘 윤자(尹子) 등의 자닝한 형세를 어이 괄시하느뇨?"

정공이 대경 왈,

"문강이 일찍 죽고 명강이 청검하여 집이 부요(富饒)치 못하거니와 본디 후백지가(侯伯之家)라, 기업(基業)이 빈한치 않으려든 천만금을 주고 사지 못할 두 아이를 천역을 시키고 박대함은 의외라. 형언이 도리어 허언인가 하노라."

순공 왈,

"윤보는 의려(疑慮)치 말라. 남의 집 일이니 자세히 알던 못하되 일삭 전에 규수를 실산하고, 찾으러 다니기를 무궁히 하더니 종시 찾지 못하고, 윤명강의 모친과 그 부인이 주야 상도(傷悼)한다는 말이 인리(隣里)의 자주 들리고, 윤문강의 부인은 그 고모(姑母)에게 자로 구타함을 입는다 하니 그 윤부인 친가(親家) 어찌 그리 괴이하뇨?"

금평후 듣는 말마다 해연(駭然)하니 도리어 웃고 왈,

"소제는 윤가가 이렇듯 어지러움을 알지 못하였더니 형이 가장 자세히 알아 계시도다."

한림이 날호여 가로되,

"아까 얼핏 짐 진 아해를 보오니 광천의 형제로되 재상가 공자 그럴 리(理) 없어 가장 의아하옵더니, 숙부의 말씀을 듣잡건대 해악(駭愕)함을 이기지 못하리로소이다."

하고, 부전에 고 왈,

"소자 이에 왔사오니 잠깐 가서 윤아 등을 보고 오리이다."

평후 점두하니 즉시 하리 이 인을 데리고 윤부에 이르니, 바로 서헌(書軒)에 이르되 공자형제 없고, 내헌(內軒)에서 지저귀는 소리 진동하는지라. 한림이 스스로 몸이 요동함을 깨닫지 못하여 서헌 협문을 인하여 합장 뒤에 가 잠깐 볼 새, 차시 윤공자 형제 쌀을 지고 급히 오다가, 길에서 길치우는 하리를 밀치고 문의 들게 되었더니, 잡으러 온 하리 욕함을 보고 차 공자를 먼저 들여보내고 장 공자 제리(諸吏)를 난타하여 일시 분을 풀고 들어오니, 경아와 유씨 태부인을 돋우어 미곡을 더디 져 오기로 비를 맞았다 하고, 부인을 눈 주어 중타(重打)하라 하니, 태부인이 이 공자를 중히 치려 한대, 양 공자 왈,

"길에서 비를 만나 달음질로 왔삽나니 어찌 더디 온 일이 있으리까? 금일은 중장을 더하시면 기진(氣盡)하여 죽을 듯싶으니 명일 다스리소서."

말을 맞고 내서헌의 와 누어 응치 않으니, 태부인이 대로하여 친히 내서헌의 와 양 공자를 결박하여 시노(侍奴)로 하여금 중장을 가할 새, 시노가 차마 중장을 더하지 못하여 참연불승(慘然不勝)하니 태부인이 시노(侍奴) 등을 물리치고, 자기는 철편을 들고 난타하며 유씨는 철여의(鐵如意)를 들어 희천을 두드릴 새, 두 부인의 힘이 약하지 아니하거늘 경아는 곁에서 금척(金尺)을 들어 광천을 사사로이 치는 바에 피 흘러

옷을 잠그니, 희천공자는 일언을 않고 장 공자는 하늘을 우러러 길이탄식 왈,

"아등의 혈육이 과히 상함은 오히려 놀랍지 아니 하되 태모와 숙모의 실덕을 어느 곳의 쌓으리오. 차라리 죽음만 같지 못하도다. 내 무슨 죄 있느뇨?"

태부인이 대로하여 들이닥쳐 돌을 가져 그 입을 치며 이르대,

"나와 유씨 무슨 일로 실덕한다 하느뇨? 너희는 윤씨 골육이 아니요, 조씨 간부를 얻어 낳은 것이니, 시노 등과 어찌 다르리오."

하는지라.

이때 정한림이 차경(此境)을 목견하매 한갓 놀랍고 차악할 뿐 아니라, 자기 집이 관인후덕을 숭상하여 하천비복이라도 저토록 한 일이 없고, 생래(生來)의 보지 못하던 경색이니 경각에 목숨이 진할 듯한지라. 만일 약질이면 진(盡)할지라, 만신(滿身)이 떨리고 성난 머리칼이 스스로 하늘을 가리키며 눈이 찢어질 듯하여, 경각에 들이달아 유부인과 겨루며 태부인을 짓밟고 이 공자를 구하고자 의사 있으나, 자기 외인이니 남의 집 부녀를 손으로 상해오지 못할 것이요, 저 부인 등을 가만히 두기는 통해한지라. 문무지략이 겸전하여 일세의 추앙하는 바나 나이인즉 이칠(二七)이라, 한번 저 부인 등을 매이 상해오려 뜻이 급하니, 즉시 도로 나와 내서헌 담장(牆) 밖에 큰 소나무 있어 잎이 무성하니 사람이 올라가도 몰라보는지라. 장원(牆垣)의 돌을 빼어 소매에 넣고 급히 소나무로 치달아 오르니 뉘 알리오.

급히 나무에 올라 앉아 유부인 모녀와 태부인을 역력히 굽어보니 그 흉독흉포(凶毒凶暴)한 거동이 결단하여 사람을 죽이고 날듯하니, 두 손에 돌을 가로 들어 먼저 태부인을 치고 버거 유부인 모녀를 향하여 돌을 던지매, 신기한 재주 맞추기를 어찌 벗어나리오. 돌이 가는 바의 위태부

인과 경아는 이마를 맞아 깨어지고, 유씨는 가슴을 맞고 애고 소리 진동
하니, 광천공자 결박한 것을 그르지 않아 몸을 한번 움직이매 맨 것을
벗어버린지라. 급히 조모와 숙모를 붙들어 경악함을 이기지 못하니, 차
공자는 혼혼(昏昏)하여 주검같이 늘어졌으니, 한림이 내리밀어 보고 차
악하여 추연함을 이기지 못하고, 장 공자는 피흘러 옷을 잠그고 살이 성
한 데 없으나, 시녀로 조모와 숙모를 붙들어 침전으로 모시게 하니, 모
든 양낭(孃娘)이 붙들어 침소로 가고, 차 공자는 그 유모 경유랑이 맨
것을 끄르고 주물러 내서헌의 누이고 약물로 구호하더라.

정한림이 그 거동을 다 보고 공자를 불러도 나와 봄이 쉽지 아니하고,
자기 일을 혹자 의심할 이 있을까 즉시 내려 밖으로 나와 하리를 데리고
도로 순부로 가되, 행사(行事) 능려(凌厲)하고 윤부 비복의 무리 다 황
황(惶惶)하여 내당에 있으니, 한림이 왔던 줄 아는 이 없더라.

평후 한림을 보고 물어 왈,

"윤아 등을 보고 온다?"

한림이 복수(伏首) 대 왈,

"윤태부인이 두 아이를 결장(決杖)한다 하니 밖에서 기다리지 못하고
그저 오과이다."

평후 차악 자닝하여 순참정더러 왈,

"형은 윤부 소식을 어찌 그리 잘 아시나이까? 비절한 바는 윤문강의
천금귀자(千金貴子)로 부미(負米)985)를 식이고, '민천(旻天)의 울음'986)
을 겸하여 십 세도 못한 아해 간액(艱厄)을 저리 겪으니 단명(短命)할 증

---

985) 부미(負米) : 쌀을 등짐으로 져서 나르는 일.
986) 민천(旻天)의 울음(號泣) : '하늘을 향해 소리 내어 운다'는 뜻으로, 옛날 중국
　　　의 순(舜)임금이 어버이에게 사랑을 받지 못함을 원망하여 밭에 나가 하늘을
　　　향해 울었던 고사에서 유래된 말.

조(徵兆)요, 하물며 광천은 소녀(小女)와 정혼하여 금석 같은 맹약이 있으니, 저 집 변괴 자식의 일생이 불평할 것이라, 어찌 차악치 않으리오."

순참정이 요두(搖頭) 왈,

"사생화복(死生禍福)이 하늘에 달렸거니와 윤보가 저 집에 딸을 결혼코자 하기는 용담호구(龍潭虎口)에 넣음이라. 차라리 일생을 공규(空閨)의 늙혀도 부질없이 연혼(連婚)할 의사를 말라."

평후 미우를 찡그려 말을 아니 하고 명조에 돌아 가니라.

위태부인과 유씨 흉완험독(凶頑險毒)을 다하여 양 공자를 짓두드려 쉬이 죽기를 죄더니, 천만 기약치 아닌 돌에 머리를 맞아 깨어지고 가슴이 터질듯 아프고 부어오르니, 반생반사(半生半死)하여 각각 침소에 돌아오매, 조부인이 대경하여 태부인을 붙들어 약을 바르고 구호함을 지성으로 하며, 장 공자 유부인 구호함을 태부인과 달리 아니하여 자질(子姪)의 성효를 다하니, 유씨 도리어 괴이히 여기고, 존고와 자기 모녀를 치던 것이 혹자 귀신의 조화인가 두려워하는 뜻이 없지 않아 하나, 분하고 노(怒)함을 이기지 못하되, 지향하여 아무가 하였다 말을 못하고 불승통완하여, 태부인은 분명 귀신이 자기 등을 불인지사(不仁之事)로 벌함인가 하여 머리털이 숫그러하니[987], 흉험대악이로되 공교롭고 요괴롭기는 유씨만 못하더라.

차 공자 인사를 차려 일어나, 모친과 조모의 중상하심을 놀라고 차악하여 세 곳으로 다니며 구호하니, 정성의 동촉(洞屬)함이 어찌 조금이나 기출(己出)과 다르리요마는, 유씨는 조부인 삼모자의 남달리 기특함을 꺼리고 깃거 않아 칼 같은 마음이 갈수록 더하니, 이 또 공자의 명도 기

---

987) 숫그러하다 : 곤두서다. 쭈뼛하다. 무섭거나 놀라서 머리카락이 꼿꼿하게 일어서는 듯한 느낌이 들다.

구하매 귀신이 시키는 바를 능히 벗어나지 못하여, 양 공자의 초년액경이 무궁하니 어찌 가석(可惜)지 않으리오.

일망이 지난 후, 위·유 양부인이 차경에 있어 주야 유씨 태부인을 돋우어 조부인 삼모자를 보채며, 명아 소저의 성혼 사오 삭에 정부에서 출거하는 일이 없으니, 부부의 금슬 후박을 몰라 구가에 온전히 머무는 것을 분한절치(憤恨切齒)하여, 데려와 흉음지사(凶淫之事)를 정한림으로 하여금 의심 없이 보게 하고자 하여, 정부 진부인께 소저의 귀령을 간절히 청하되, 종시 허치 않으니 애달프고 분함을 이기지 못하여, 구몽숙을 자로 불러 정한림의 의심을 이루고, 윤씨의 전정을 마쳐 영출하는 지경이 되게 해 그 기물(奇物)을 삼기를 촉(囑)하되, 몽숙 왈,

"정가(鄭家)에서 지금 윤씨를 내치지 아니하고, 천흥이 음비지사를 들으면 더러움을 일컬어 발설치 못하게 하니, 정히 아무리 할줄 모르나이다."

유부인 왈,

"네 몸을 변화하여 간부(姦夫)인 체하고, 정천흥을 죽이거나 정연을 매우 중상케 하거나, 각별한 계교를 내어 질녀의 전정(前程)을 마치게 하라."

몽숙이 대 왈,

"소질이 용력과 변화하는 재주 있으되 정천흥을 가벼이 해치 못하기는 아시로부터 그 위인을 익히 아나니, 그 신기함이 위로 천문의 재주와 성수(星數)988)에 사무치지 못할 곳이 없으니, 스스로 길흉과 화복을 추점하여 상법에 밝으며 용맹이 절륜하니, 소질이 혹자 일을 그릇하여 잡히는 화 있은 즉 능히 살지 못할 것이니, 이러므로 마음대로 못하나이다."

---

988) 성수(星數) : 늑운수(運數). 임이 정하여져 있어 인간의 힘으로는 어쩔 수 없는 천운(天運)과 기수(氣數).

유씨 탄식 왈,

"저 정가 놈이 그대도록 갖게[989] 생겼는고? 통완재(痛惋哉)로다!"

하더라.

---

989) 갖다 : 갖추다. 필요한 능력 자질 등을 고루 갖추고 있음.

명주보월빙 권지구

어시에 유부인이 구몽숙의 말을 듣고 길이 탄식 왈,

"저 정가놈이 그대도록 같게 생겼는고? 통완재(痛惋哉)로다! 명아를 영출(永黜)하는 일이 없음이 반드시 의심치 않음인가 하노라."

몽숙 왈,

"정가는 관인후문(寬仁侯門)이라 윤씨를 비록 의심할지라도 앉은 돗기990) 덥지 않아 출거하든 않을 듯하니, 타일을 보소서."

유씨 천만당부(千萬當付)하여

"명아의 음행지사를 지어내어 정한림과 구수(仇讐) 같게 하라."

몽숙이 응낙하고 돌아가더라.

금평후 윤공자 등이 일념에 맺혀 혜주소저의 전정을 염려하고, 망우를 생각하여 추연하기를 마지않아, 한림을 명하여 조회 길에 옥누항을 왕래하여 광천 등을 보라 하니, 한림이 유씨와 위태부인을 중상(重傷)케하고 마음에 일분 노를 풀었으나, 공자형제를 장구히 구할 길 없으니 주야 참연함이 맺혔더니, 부명을 받들어 이따금 옥누항에 나아가 양 공자를 보매, 그 의복이 남루(襤褸)하고 용모 환탈하였더라.

---

990) 돗기 : 돗자리. 자리.

일일은 양 공자 백화헌에서 맥죽을 가져 바야흐로 먹을 제, 한림이 들어가니 그릇을 물리지 못하여 한림이 본 바 되니, 참괴할 것이로되 예필한훤(禮畢寒喧)에 장 공자 그릇을 들어 마시기를 가장 유미(有味)히 하되, 차 공자는 마지못하여 먹으나 아니꼬워 하는 거동이라. 한림이 그릇을 앗아 한번 마셔 보매 온갖 괴이한 냄새 코를 거스르고 거칠기 심하니, 목이 아파 넘기지 못하고 그 맛이 흉참(凶慘)한지라. 문득 낯빛을 고치고 왈,

"군가(君家) 비록 부요치 못하나 빈한치 않거늘, 이것을 어찌 감식하여 비위를 상해오느뇨?"

장 공자 한가히 웃고 답왈,

"한신(韓信)은 기식어표모(寄食於漂母)991)하고 수욕어과하(受辱於跨下)992)하며, 제갈량(諸葛亮)은 궁경남양(躬耕南陽)993)하니, 자고(自古)로 영웅준걸도 곤궁한 때 없지 않으니, 소제 등이 무슨 사람이라고 부귀호화를 도모하리까? 악의악식(惡衣惡食)이 금의진찬(錦衣珍饌)을 족히 당하리니, 소제는 원간 이런 음식이 구미(口味)에 불합(不合)한 줄 모르고 먹기를 잘 하니, 시러곰 가중에 용도(用度) 끊어진 때면 자연 하는 바나, 매양 어찌 이런 것을 먹으리까?"

한림이 장공자의 쾌한 말을 들으매 도리어 웃고 다시 문 왈,

"내 들으니 너의 형제 강외에 부미(負米)하고 시초(柴草)를 간간이 한

---

991) 기식어표모(寄食於漂母) : 한신(韓信)이 출세 전, 회수(淮水)에서 낚시를 하며 곤궁하게 지내던 때에 표모(漂母)에게 밥을 얻어먹었던 고사를 말함.

992) 수욕어과하(受辱於跨下) : 한신(韓信)이 젊었을 때, 무모한 싸움을 피하기 위해 그를 조롱하는 폭력배의 가랑이 사이로 기어나가는 수모를 겪었던 고사를 말함.

993) 궁경남양(躬耕南陽) : 제갈량의〈출사표(出師表)〉에 나오는 말로, 그가 포의(布衣)로 있을 때, '남양 땅에서 몸소 밭을 갈며 살았던' 것을 말한 것

다 하니, 너의 몸이 그 얼마나 귀중하뇨? 스스로 천역을 감심하여 몸이 상하기를 생각지 아니하느뇨?"

장공자 자약히 웃고 대 왈,

"소제 등이 십세 동치(童穉)로 아해(兒孩) 노름에 무슨 노름을 못하리까? 과연 강외에 부미(負米)도 하고 시초도 하여 보니, 고인(古人)이 백리(百里)에 부미(負米)994)하며 조어채순(釣魚採筍)995)하니 아등이 힘과 정성을 다하고자 함이라. 아무 일이라도 몸에 병이 없으면 기운이 하늘에도 오를 듯하니이다."

한림이 그 답언이 여차함을 보고 짐짓 중난한 곳에 그 대답을 보고자 하여 웃고 왈,

"소문이 참담(慘憺)하여 어사합하(御使閤下) 멀리 나가시므로, 너희 곡경이 만단(萬端)이요, 민천(旻天)의 울음과 자로(子路)의 부미(負米)를 겸하여, 혈육이 상하는 중장(重杖)이 그칠 사이 없다 하여, 아름답지 않은 소문을 모르는 이 없으니, 너희 성효는 빛나나 가변(家變)을 남이 알까 두려운지라. 그 어찌된 일이냐?"

장 공자 미소 왈,

"세상이 위험하여 원간 괴이한 말이 나거니와, 형은 지효(至孝)의 군자(君子)라. 어찌 이런 말을 신청(信聽)하여 아등더러 물으시느뇨? 십세 동몽(十歲童蒙)이 죽마(竹馬)를 이끌고 기형괴상(奇形怪狀)의 거조 있어도 족가할996) 것이 아니거늘, 도리어 민천(旻天)의 울음997)으로써 비기

---

994) 백이부미(百里負米) : 공자의 제자 자로(子路)가 백리 밖까지 쌀을 저 나르는 품을 팔아 어버이를 봉양하였던 고사를 말함.

995) 조어채순(釣魚採筍) : 고기 잡고 죽순[나물] 캐는 일.

996) 족가하다 : 시비(是非)하다. 따지다.

997) 민천(旻天)의 울음 : '하늘을 향해 소리 내어 운다.'는 뜻으로, 옛날 중국의 순

니, 향자(向者)에 형을 이렇게 아니 알았더니 가장 한심하이다."

차 공자 가로되,

"아등이 다만 외로운 두 몸과 매저(妹姐) 한 사람이라. 귀중한 정이 타인 남매와 다르고, 형의 관후(寬厚)함이 소제 등을 애대(愛待)하여 친동기 같으니, 의앙지정(依仰之精)이 범연치 아니하고, 소제 등의 어리고 미거함을 거의 아실지라. 아등이 허물이 있으면 붕우책선(朋友責善)으로 준절(峻截)이 이르는 것이 옳거늘, 대순(大舜)은 어떤 성인(聖人)이시관대 아등을 비기며, '민천의 울음'이 있다 하시고, 고수(瞽瞍)[998]와 상모(象母)[999]는 그 엇던 포학지인(暴虐之人)이건대 오가(吾家)의 그 변괴(變怪) 있다 하시느뇨? 아등이 크게 바라던 바 아니로소이다."

한림이 장 공자의 언변과 차 공자의 정색단좌(正色端坐)하여 그 어린 나이에 지효(至孝) 여차(如此)함을 탄복하여 함소 왈,

"내 듣기를 그릇한가 하거니와 소문(所聞)이 한심하여 너희더러 이름이라. 그런 일이 업으면 어찌 다행치 않으리오."

양 공자 정히 한담하더니, 태부인 영(令)이 있어 강에 가 미곡을 겨오라 하는지라. 한림이 자기 하리(下吏)로 하여금 미곡을 가져오라 한데 양 공자 사양하여 친히 가려 하니, 이는 태부인이 한림의 하리로 미곡을 가져옴을 들으면 반드시 대변을 낼지라. 한림이 양 공자의 참담한 신세를 추연하여 자닝함을 이기지 못하여 문 왈,

---

(舜)임금이 어버이에게 사랑을 받지 못함을 원망하여 밭에 나가 하늘을 향해 울었던 고사에서 유래된 말.

998) 고수(瞽瞍) : 중국 순임금의 아버지의 별명. 어리석어 아들 '순(舜)'을 죽이려 했기 때문에 '눈먼 노인'이란 별명이 붙여졌다 함.

999) 상모(象母) : 중국 순임금의 계모. 상(象)의 생모. 남편 고수(瞽瞍)와 아들 상과 함께 전처소생인 순(舜)을 죽이기 위해 갖은 악행을 자행했다.

"원간 강외 미곡을 져올 것이 얼마나 되뇨?"

이 공자 몽롱이 답 왈,

"불과 오십 여석이라. 구태여 아등이 다 운전할 것이 아니라 노복이 틈이 있으면 가져오리라."

하고, 가고자 하거늘 한림이 다래여 곁에 앉히고 하리를 명하여 수레 두어 대를 얻어 미곡을 가져오라 하고 종용이 담화할 새, 태부인이 정생이 와있는 줄을 모르고 광천형제로 미곡을 가져오라 하였더니, 정한림이 왔음을 듣고 가장 불쾌히 여기고, 유씨 더욱 놀라, 태부인을 촉하여 정한림을 청하여 명아의 귀근을 청하라 하니, 태부인이 일종 유부안 말대로 하는지라. 한림을 들어오라 하여 서로 볼 새, 한림이 흉인을 봄이 괴로우나, 마지못하여 들어가 태부인 삼고식(三姑媳)을 차례로 배알하고 강인하여 말씀을 여러 존후를 묻자온대, 태부인이 안색을 화히 하고 소리를 순히 하여, 노염(老炎)[1000]이 지리하니 서증(暑症)이 더하여 전일 실족하여 두골이 상하였던 바를 누누(累累)이 베푸니, 한림이 심중에 기괴(奇怪)코 웃음이 나며 미움을 이기지 못하나, 거짓 놀라움을 일컬어, '쉬이 조보(調保)하소서' 하니, 부인이 장 공자를 돌아보아 웃고 왈,

"금일은 저부(姐夫) 왔으니 가다듬고 앉아 천역을 않으랴? 너희 형제 종용이 서당에서 독서나 착실히 하는 것이 아니라, 자고 깨면 강외에 미곡을 지러 다니고 온갖 기괴한 천역을 다하니, 어느 시절에 입양(立揚)[1001]하기를 바라리오."

양 공자 말이 없어, 장 공자는 도리어 호치현출(皓齒顯出)하여 웃을

1000) 노염(老炎) : 늦더위.
1001) 입양(立揚) : 입신(立身) 양명(揚名)을 줄여 이른 말. 즉 출세하여 이름을 세 상에 드날림.

뿐이요, 정생이 태부인의 능휼(能譎)함이 이 같음을 보매 더욱 미움을 이기지 못하여 잠간 허리를 굽혀 왈,

"소생은 외인이라. 존부 양손의 행지(行止)를 시비할 바 아니오나, 어사합하(御使閤下) 은주로 향하신 후, 저 양인이 인가 말째 서동과 노복의 소임을 다한다 하오니, 저희 비록 즐겨할지라도 존당과 악모 엄금(嚴禁)하심이 옳으니, 금일도 강외에 미곡을 지러 가려 하거늘, 소생이 불승한심하여 수레를 얻어 보내었사오니, 즉각에 운전(運轉)하여 오려니와, 악장이 아니 계시고 어사합하 나가신 사이 그대도록 가다듬지 못하오니 소생이 위하여 차석(嗟惜)하옵나니, 합하 돌아오시거든 본 바를 다 전하여 엄책하시게 하려 하나이다."

태부인이 정생이 곧이들음을 가장 깃거하나, 어사 돌아오거든 이르려 노라 함을 그윽이 불평하여, 공자더러 이르대,

"한림이 비록 너의 저부(姐夫)나 윤·정 양문 세대정분(世代情分)과 서랑의 관인 후덕함이, 여등(汝等)을 지성으로 아름답게 하고자 하니 어찌 감사치 않으리오. 차후나 수신섭행(修身攝行)하라."

차 공자 배사수명하고 장 공자는 옥면성모(玉面星眸)에 웃음을 띠어 들을 뿐이요, 조부인은 머리를 숙여 추연할 뿐이니, 생이 불인을 오래 대함이 아니꼬워 일어나 하직하고 가려 하니, 부인이 재삼 청류(請留)하여 주찬을 대접하고, 인하여 눈물을 흘리며 비사고어(悲辭苦語)로 손녀의 귀령을 청하여, 슬하의 일시 떠나지 못하다가 만금보옥(萬金寶玉)으로 알던 바에, 실산지환(失散之患)으로 삼사 삭을 상리(相離)하여 집에 돌아오매 즉시 성혼하여 보내고, 못 잊는 정과 그리운 마음이 극하고, 음용이 안저(眼底)에 삼삼함을 일러, 비절한 말씀이 사람을 감동케 할 바로되, 정한림의 조심경안광(照心鏡眼光)이 저 부인의 악사를 보지 않았을 때도 지기하던 바에, 하물며 공자 등을 참혹히 두드림을 목견하였

으니 천백(千百) 가지로 어진 체한들 곧이들으리오. 다만 대 왈,

"정리(情理) 이 같으시나 슬하지인(膝下之人)이 이측(離側)지 못 하올
지라. 후일 존명대로 하리이다."

언파에 배사(拜謝)하고 편편(翩翩)이 걸어 나가니, 태부인이 밉고 분
하나 하릴없고 차야에 해춘루에 와 유씨로 상의 왈,

"정천흥이 광천 등의 천역을 노모가 시킨 줄 알지 못하고, 저희 즐겨
하는 줄을 알아 말이 그렇듯 하고, 미곡(米穀)을 수레로 운전하여 우리
허물이 없을까 하노라."

유씨의 간흉함이 승어고모(勝於姑母)요, 총민(聰敏)함이 승(勝)한지
라. 정생의 말치[1002]를 알아듣고 정히 통해할 차, 존고의 말씀을 듣고
정히 웃어 왈,

"존고 어찌 사람의 언색(言色)[1003]을 모르시나이까? 정생이 비록 우
리를 사오납다고 당면하여 바로 이르지 아니하나, 상공이 돌아온 후 이
르겠노라 함이 우리 흔극(釁隙)을 들어내려 함이라. 능휼총명(能譎聰明)
함이 만사 신기하여 광천과 방불한 놈이라. 상공이 환가하면 정가 놈의
입으로 좇아 곱지 않은 말이 날 것이니, 첩이 바야흐로 애달프고 분하여
아무려나 정생까지 없애고자 한들 미치리까?"

태부인이 춘몽이 의연(依然)하여 답 왈,

"그대 말이 사람의 심천을 꿰 봄이라. 노모는 이런 줄 알지 못하고 정
가가 내게 속은 가 하였더니, 우리 부덕(不德)을 제 먼저 알았으니 어찌
통완치 아니리오."

경애 왈,

1002) 말치 : 말의 뜻. 남의 말의 뜻을 그때그때 상황을 미루어 알아낸 것.
1003) 언색(言色) : 늑말치. 말의 속뜻.

"정생이 조모를 어질게 못 여겨도 감히 해치 못하리니 그는 무섭지 아니한데, 일월만 천연하고 광천 등을 죽이지 못하니 이것이 절박하이다."

유씨 탄 왈,

"이리 이르지 말라. 허물을 사람에게 보일 것이 아니라, 초(初)에 부질없이 강외의 미곡을 나르게 하고 시초를 시키니, 저희 효성은 빛나고 우리 부자(不慈)함은 득명(得名)케 되니, 차후는 고요히 가내의 천역과 험악한 장책을 가해 자진(自盡)토록 함이 옳으니라."

흉고(兇姑)[1004]는 유녀의 말인즉 진평(陳平)·제갈량(諸葛亮)으로 여기는지라. 그리하자 하고, 공자 등에 대한 미움이 날로 더하고 시(時)로 심하니, 양아(兩兒)는 석목(石木)이 아니라, 보전키 어렵되 각각 복록을 장원(長遠)히 타났으니 대단한 질양(疾恙)을 이루지 않더라.

정생이 윤가 미곡을 하리로 하여금 수레로 운전하여 주고 돌아와, 광천 등 못 잊음이 일심(一心)에 맺혔더라.

위씨 순태부인께 간청하여 손녀의 십여일 귀령을 청하니, 진부인이 존고께 고하고 평후로 의논하여 소저를 보내고자 하거늘, 한림이 고 왈,

"여자유행(女子有行)이 원부모형제(遠父母兄弟)요, 윤태부인이 진정으로 손녀를 보고자 함이 아니니, 자정은 칭탁(稱託)고 보내지 마소서."

윤소저 시좌(侍坐)러니, 태부인이 그 무류(無聊)함을 위로코자 소 왈,

"너도 한미를 두었으니 남인들 조손간이 어찌 범연하리오. 여자가 남자와 같지 못한들 사정(私情)조차 아조 베랴?"

한림이 함소 대 왈,

"왕모의 성자인덕(聖慈仁德)으로 저 흉험한 위부인께 비길 바 아니라. 저 위부인은 시호사갈(豺虎蛇蝎)의 모질기를 겸하여 마침내 인매골(人魅

1004) 흉고(兇姑) : 흉악한 시어미. 여기서는 위태부인을 지칭한 말.

骨)을 썼으나, 그 중심인즉 괴이하니 소자 이따금 옥누항에 왕래하여 본
즉 놀람이 심(甚)터이다."

평후 정색 왈,

"너희 행실이 이렇듯 경박하여, 남의 부인네 허물 이르기를 능사로 알
아, 일분 조심하는 도리 없으니 어찌 한심치 않으리오. 아부는 아직 귀
령이 급하지 않으니 보내지 말라 할 따름이라. 남의 흔단(釁端)을 일러
무엇 하리오."

한림이 황공하여 말을 그치고, 소제 비록 하해지량(河海之量)이나 생
의 말이 벌써 조모의 악행을 알았음을 대참(大慙)하여, 봉관을 숙이고
옥면이 취홍(醉紅)하니, 감히 좌우를 살피지 못하는지라. 존당구고 새로
이 연애귀중(憐愛貴重)하여 기정(其情)을 추연하고, 진부인의 자애 여아
에 지나더라. 태부인이 한림의 말대로 사고 있어 못 보내므로 회답하고,
평후 처음은 귀령을 허코자 하더니, 아자의 말이 옳음을 깨달아 보내지
아니니라.

차야에 한림이 선월정에 들어가니, 이때 윤소저 본부의 차악한 경상
(景狀)을 생각하여, 잠연(潛然)이 누수 화시(花顋)에 이음찼더니, 한림
의 족용(足容)을 듣고 즉시 눈물을 거두어 일어나 맞으니, 생이 좌정하
매 묵연히 있다가, 날호여 문 왈,

"자의 거동이 은우만복(隱憂滿腹)하여 우수울억(憂愁鬱抑)하니 무슨
까닭이뇨? 내 비록 미세하나 자(子)에게 소천이거늘 말을 듣고도 냉안
멸시(冷眼蔑視)하여 불응(不應)함은 하사(何事)[1005]며, 내 집이 구경지
하(具慶之下)[1006]에 별무우환(別無憂患)[1007]하니 근심할 바 없는지라.

1005) 하사(何事) : 무슨 일. 무슨 까닭.
1006) 구경지하(具慶之下) : 부모가 모두 살아 있음. 또는 그런 기쁨 가운데 있음.

여자 어찌 화기(和氣)를 잃어 무복(無福)한 거동을 남에게 뵈느뇨?"

소제 정금(整襟) 대 왈,

"첩은 명도(命途) 기구하여 어려서 가엄을 여희고, 육아지통(蓼莪之痛)[1008]이 맺혔으니 자연 즐거운 사람과 같지 못하여 화기 적으니, 금일 새로이 은우 만복하다 곡절을 물으시나 구태여 근심이 없사오니, 대할 말씀이 없나이다."

생이 한가히 웃어 왈,

"영존당 태부인이 가장 험포지인(險暴之人)이라. 신혼초야에 도적의 흉언패설(凶言悖說)을 쾌히 깨닫나니, 자(子)를 해하는 재 위태부인과 윤어사 부인께 지나지 않으리라."

이에 다다라는 참괴함이 더하니, 대 왈,

"조모와 숙모 남다른 성덕(盛德)이 없으시나 첩을 해할 리는 없을지라. 첩이 행실이 미(微)하고 조물의 믭게 여김을 입어 누명을 무릅쓰나 조손숙질간(祖孫叔姪間) 의심할 바 아니니, 군자의 말씀이 너무 이러하심을 첩이 그윽이 불복하나이다."

한림이 소 왈,

"혼인을 작희하고 도적을 불러들인 용심(用心)이 그 곳의 장난임이 괴이치 않고, 광천 등을 죽이려 함을 보아는 아무 극흉지사(極凶之事)라도 어려워 않을지라. 한갓 자의 집을 위하여 놀랄 뿐 아니라, 아매(我妹)의

1007) 별무우환(別無憂患) : 특별한 우환이 없음.

1008) 육아지통(蓼莪之痛) : 어버이가 죽어서 봉양하지 못하는 효자의 슬픔을 이르는 말. 중국 전국시대 진(晋)나라 사람 왕부(王裒)가 아버지가 비명(非命)에 죽은 것을 슬퍼하여 일생 묘 앞에 여막(廬幕)을 짓고 살며 추모하였는데, 『시경』〈육아편(蓼莪篇)〉을 외우며, 그 때마다 아버지를 봉양치 못하는 자신의 처지를 슬퍼하여 눈물을 흘렸다는데서 유래한 말.

전정을 염려하여 어찌 방심하리오. 차라리 태부인이나 쉬이 별세(別世)하면 나으련마는, 그 상모 백세를 그음 하리니[1009], 희천 등의 액경이 쌓을 곳이 없을까 하노라."

소제 한림의 말이 조모의 악사를 반드시 친견하고 저리 이름을 깨달아, 저두무언(低頭無言)하여 팔자아황(八字娥皇)에 수운(愁雲)이 영영(盈盈)하고, 천만비한(千萬悲恨)이 흉격(胸膈)에 가득하여 아무리 할 줄 모르는 형상이라. 한림이 소이(笑而) 문 왈,

"자의 종제(從弟) 하공 집과 정혼한 규수는 어디로 가며 어찌 실산타 하느뇨?"

소제 모부인 서사로 인하여 현아 강정에 있음을 알았는지라 오직 대 왈,

"저적의 실산타 한 후 기별(奇別)을 듣지 못하니 지금 거처를 모르는가 하나이다."

생 왈,

"자의 집 버릇은 규수마다 미혼전(未婚前) 한 번씩 실산하는가 싶거니와, 소문이 불미하여, 유부인이 하가(河家)를 배반(背反)하고 기녀를 김가(金家)에 결혼코자 하매, 규수 수절도주(守節逃走)하다 하니, 유부인은 추세하는 녹녹한 여자거니와 김가 놈의 집은 아무 제라도 내 손에 패망할 것이니, 내 아직 작위 낮고 형세(形勢) 없어 겨루지 않고 참고 있지만, 김가 망멸(亡滅)하는 날 하가는 신원(伸寃)하리니, 내 주야절치(晝夜切齒)하고 김후의 손가락을 내 낭중의 넣고 있으니, 유부인이 다욕(多慾)하여 친옹(親翁)이 되려 하던 일이 많이 속았느니라."

언필에 웃기를 마지 아니니, 소제 구태여 묻지 아니하더라.

야심하매 소저를 청하여 촉을 물리고 나위(羅幃)에 나아가니 공경중

1009) 그음하다 : 끝을 내다. 한계나 기한 따위를 정하여 무슨 일을 하다.

대하여 흡연한 중정(重情)이 교칠(膠漆) 같더라. 명조에 한림은 조당에
가고 소제 정당에서 존당구고를 뫼시고 숙매(叔妹)로 화기를 띠었으니,
풍완호질(豊婉好質)이 찬란무비(燦爛無比)하여 백만광염(百萬光艶)이 중
중(衆中)에 특출(特出)하고 실중에 조요하니, 존당구고 새로이 기애귀중
(奇愛貴重)하고 좌중이 흠탄경복(欽歎敬服)하더라.

　한림이 사군찰임(事君察任) 육칠 삭에 기절언론(氣節言論)이 준심굉위
(峻深宏偉)하여 한갓 경악(經幄)에 근시(近侍)하여 사기를 초하는 문필
학사(文筆學士)가 아니라, 이윤(伊尹)1010) 여망(呂望)1011)의 충(忠)과
제갈(諸葛)의 신기지모(神奇智謀)를 겸하여 만사 다 갖추1012) 비상하니,
충천지기(衝天之氣) 출류발양(出類發揚)하여 군전(君前)에도 소견을 은
닉치 않고, 천위진노(天威嗔怒)하신 때라도 일호 구겁(懼怯)함이 없어,
당당한 대의와 늠름한 덕화로 사군(事君)하여 풍녁(風力)1013)과 직절(直
節)이 상설(霜雪)을 능만(凌慢)하니, 상총이 융성하고 만조의 공경기탄
(恭敬忌憚)함이 진신명사(縉紳名士)로 알지 않아 황각(黃閣)1014)의 큰
그릇이며, 동냥(棟樑)의 재목으로 알아, 나이 연소함을 잊고 호를 죽청
선생이라 하여, 덕망이 산두(山斗)1015)와 상칭(相稱)하니, 사류의 추앙
(推仰)하는 바요, 사방에 진동(振動)하여, 작위 점점 높아 간의태우 문

1010) 이윤(伊尹) : 중국 은나라의 전설상의 인물. 이름난 재상으로 탕왕을 도와 하
　　　나라의 걸왕을 멸망시키고 선정을 베풀었다.
1011) 여망(呂望) : 중국 주(周)나라 초기의 정치가.　태공망(太公望)의 다른 이름.
　　　여(呂)는 그에게 봉해진 영지(領地)이며, 상(尙)은 그의 이름이다. 강태공(姜
　　　太公). 여상(呂尙) 등의 다른 이름으로도 불린다.
1012) 갖추 : 고루 있는 대로.
1013) 풍력(風力) : 사람의 위력(偉力).
1014) 황각(黃閣) : 행정부의 최고기관인 의정부(議政府)를 달리 이르는 말.
1015) 산두(山斗) : 태산북두(泰山北斗)의 줄임말로 태산과 북두성을 아울러 이르는 말.

연각태학사 표기장군(諫議大夫 文淵閣太學士 驃騎將軍)을 하이시니[1016],
평후 아자의 재덕을 두긋기나 연소 중망이 높음을 두려워하며, 성만(盛
滿)함을 공구(恐懼)하여 매양 공검절차(恭儉切磋)함을 경계하더라.

이러구러 하추(夏秋)[1017]를 다 지내고 초동(初冬) 시월이라. 진부인이
잉태 십일 삭에 꽃으로 삭이고 옥으로 무은[1018] 일개 여아를 생하니, 정
공이 오자일녀(五子一女)를 부족하게 여기다가, 행희(幸喜)하여 명을 아
주라 하고, 사랑함이 천지만물(天地萬物)에 비치 못하여 귀중함이 측량
치 못하고, 태부인이 과애(過愛)함은 손아(孫兒)를 처음 본 듯하더라.

재설 은주 아중(衙中)에서 윤어사 황명을 받들어 은주를 다스리매, 어
진 덕이며 청검한 행실과 치송결옥(治訟決獄)의 명쾌한 정사가 지공무
사(至公無私)하여 평(平)한 저울과 밝은 거울 같아서, 간활(奸猾)한 관리
(官吏)와 불인(不仁)한 주현(州縣)이 감히 속이지 못하여, 순무한 지 오
륙 삭에 인심이 크게 정(定)하여, 도적이 화하여 양민이 되고, 불효자
효도하며, 간악한 계집이 온순하며, 형제 불목(不睦)하던 자가 우공(友
恭)하니, 인물이 바뀌며 시절이 풍등(豐登)하여 오곡이 성(盛)하고 우순
풍조(雨順風調)하니, 해포[1019] 버렸던 전토(田土)를 기경(起耕)하여, 비
로소 남녀가 그 소임을 차리고, 향유(鄕儒) 학교에 모여 유학(儒學)을
힘쓰며, 용장(勇壯)한 역사(力士)는 무비(武備)를 숭상하고, 도로의 상
고(商賈)는 흥리(興利)를 시작하여, 서로 쟁정(爭廷)[1020]함이 없고, 야
불폐문(夜不閉門)[1021]하니 완연히 다른 지방이 되었는지라.

1016) 하이다 : 하게하다. 시키다. 벼슬을 제수(除授)하다.
1017) 하추(夏秋) : 여름과 가을을 아울러 이르는 말.
1018) 무으다 : 만들다. 쌓다.
1019) 해포 : 한 해가 조금 넘는 동안.
1020) 쟁정(爭廷) : 관청에서 시비를 다툼.

어사(御使) 하사월(夏四月)에 이가(離家)하여 동십월(東十月)이 되니 북으로 가는 기러기를 창망(悵望)하여 군친(君親)을 영모(永慕)함이 극하고, 또한 가사를 염려(念慮)함이 간절하여 자질(子姪)을 생각고 회포(懷抱) 만단(萬端)이나 하되, 역편(驛便)1022)으로 본부 소식을 들으니 모친이 안강하시고 합문(閤門)이 무사타 하되, 구파 모상(母喪)을 당하여 절강으로 가다 하니, 조부인 모자를 보호할 이 없음을 더욱 염려하여, 이미 국사를 선치하매, 십일월 기망(既望)에 하리 추종을 거느려 상경할 새, 은주 이민(吏民)이 다 눈물을 흘려 이별을 슬퍼, 적자(赤子)가 부모를 상리(相離)함 같아서 곳곳이 탁주마육(濁酒馬肉)을 가져 전별(餞別)하는지라. 안대(按臺) 제민(齊民)을 지극히 무위(撫慰)하고 주육(酒肉)을 흔연히 맛보아 그 정성을 물리치지 아니하고, 속행(速行) 상경하여 궐하에 복명하니, 상이 인견(引見) 사주하시고 은주를 복고하여 인심을 진정하고 정사 명정함을 칭찬하시어, 벼슬을 도도아 추밀사(樞密使)를 하이시니, 어사 재삼 고사(固辭)하되 얻지 못하고, 사은 퇴조하여 총총(悤悤)이 집으로 돌아오니라.

차설, 선시에 윤부 태부인이 유씨 모녀로 더불어 일야 조부인 삼모자를 없애기를 도모하되, 공자 곤계(昆季) 사람이 먹고 견디지 못할 것이라도 잘 견디고, 일일 한때 편할 바 없고, 겨울을 당하되 헌 베옷이 백결(百結)하여 살을 가리지 못하고, 언 재강과 찬 조밥에 쓴 소금이 입에 넣으매 얼음을 먹는 듯하고, 냉실에 불김1023)을 못하고, 주야 기괴한 천역(賤役)에 눈코 뜰 사이 없으니, 천금귀골(千金貴骨)이 만신(滿身)에

1021) 야불폐문(夜不閉門) : 밤에 문을 닫지 않음.
1022) 역편(驛便) : 역(驛)을 이용한 통신 편.
1023) 불김 : 불기(- 氣). 불의 뜨거운 기운.

한 조각 온기 없어 깁 같은 가족이 얼어 터지기를 면치 못하고, 북풍이 높고 대설이 쌓이는 데 매운 서리 첨가하여, 지우하천(至愚下賤)[1024]의 영한(獰悍)한 유(類)라도 추위를 견디지 못하거늘, 흉괴 양 공자를 눈 위에 꿀리고 수죄(數罪)하여 일주야(一晝夜)를 움직이지 못하게 하니, 차 공자 적상(積傷)하여 피를 토하고 거꾸러져 엄엄(奄奄)히[1025] 인사를 모르고, 장 공자는 옥면이 청옥 같아서 거의 진(盡)할 듯하니, 조부인이 참지 못하여 양 공자를 붙들고 실성오열(失性嗚咽)하며 위부인께 애걸 왈,

"저희 죄상은 유죄무죄간 눈 위에 아조 진케 되었으니 원컨대 존고는 소첩을 죽이시고 저희 목숨을 빌리소서."

태부인이 팔을 뽐내며 달려들어 조부인 삼모자(三母子)를 짓두드리려 할 차, 문득 어사의 들어오는 선성(先聲)이 이르러 명일 입경(入京)한다 하는지라. 태부인이 눈을 뒤룩여 이리 보고 저리 보아 어린 듯, 긴 턱을 흔들며 반백두(半白頭)를 끄덕이고, 반가운 듯, 황홀한 듯, 명일 아자 볼 일은 가장 탐탐(耽耽)하되[1026], 저의 고식(姑息)의 과악(過惡)이 가득하니 부지소위(不知所爲)[1027]거늘, 유씨 노복을 호령하여, 백화헌을 점화(點火)하고, 신신(新新)하고 두꺼운 새옷을 내어 양 공자를 개착케 하고, 어사를 맞으라 하며, 태부인을 '당에 오르소서.' 하여, 가만히 해월루 문을 열어 조부인을 들어가게 하라 한대, 태부인이 즉시 조씨를 물러가라 하고, 해월루에 나와 이 공자 등을 새 옷을 입게 하되, 차 공자는 인사를 버려 쓰러져 있으니, 유씨 착급히 시녀로 붙들어 제 방으로 들이고, 장공자는 정신을 차려 물러 새 옷을 고치고 안에 들어와 아우를

1024) 지우하천(至愚下賤) : 지극히 어리석고 낮고 천함.
1025) 엄엄(奄奄)하다 : 숨이 곧 끊어지려 하거나 매우 약한 상태에 있다.
1026) 탐탐(耽耽)하다 : 몹시 즐거워하다.
1027) 부지소위(不知所爲) : 어찌해야 할 바를 알지 못함.

구호하여, 반일에야 눈을 떠 좌우를 살피고 해춘루에 들어와 누었음을 괴이히 여기거늘, 유씨 나아 앉아 어사의 돌아옴을 이르고, 어서 일어나라 하며, 일기미죽(一器糜粥)을 가져 양 공자를 나눠 먹이며, 경아는 머리를 긁적이고 눈썹을 찡겨,

"현아의 거처 없음을 전하지 않았으니, 야야께 무엇이라 고하리오."

일공자는 옷을 갈아 입고 자기 등의 정사(情事)를 계부께 고치 않으려 하나, 경아의 근심함을 심리(心裏)에 실소(失笑)하여 기괴(奇怪)히 여기고, 차 공자는 대인의 돌아오시믈 황홀히 반갑기는 이르지 말고 양모의 실덕(失德)이 무궁하니, 야야 돌아오시어 불평한 사단(事端)이 있을까 근심이 만단이라. 번연이 일어나 아픈 것을 강인하고 아득한 정신을 정하여 죽음을 나오고, 밖에 나와 개복(改服)할 새, 일공자 왈,

"계부 돌아오신 후 강정 매저를 데려오되 아직은 계부께 고치 말라."

차공자 정색 왈,

"대인이 팔구삭 이가(離家)에 돌아오시매, 존당에 봉배(奉拜)하시고 우리 형제 남매를 반기고자 하실 바이거늘, 매저(妹姐)를 강정에 감추어 가중에 불평한 사단(事端)을 이룸이 좋으리까? 형장은 소제(小弟)로 무사코자 하거든 우리 천역고초 겪음을 대인께 사색치 마소서."

일공자 문득 탄 왈,

"낸들 어찌 그 사이 고경(苦境)이야 계부께 고하리오마는, 저저를 아직 강정의 두고자 함이, 조모와 숙모 매사를 절박히 함을 경계하고, 저저를 홀로 두면 계부 실로 조모와 숙모를 의혹할까 함이러니, 네 말이 옳으니 어찌 막으리오. 다만 매저 강정에 머물던 바를 무엇이라 고(告)코자 하느뇨?"

공자 왈,

"조모와 자위(慈闈) 바야흐로 매저 실산지사를 대인께 전할 말씀이 없

어 절박히 여기시니, 여차여차 할진대 구태여 아등의 죄 되지 않고, 태모와 자정이 깃거하시리이다."

일 공자 옳이 여겨 형제 한가지로 존당의 들어가 고하되,

"작일 벽난이 왔더니까?"

태부인과 유씨 황홀하여 답 왈,

"벽난은 현아를 좇아 갔으니 어찌 왔음을 묻느뇨?"

양 공자 함께 대 왈,

"소손 등이 작일 문밖에서 벽난을 만나 남복(男服)을 하였으매 면목이 익으나 창졸의 깨닫지 못하니, 제 먼저 이르되 이제는 노야 돌아오시니 소저를 모셔 오렸노라 하옵거늘, 저저의 계신 곳을 물으니 은주 반이나 내려가 노중(路中)에서 저저 득질하여 주인을 잡아 오륙삭(五六朔)이나 머물다가, 대인 돌아오시는 선성(先聲)을 듣고, 매저는 바로 상경하여 강정의 와 계시다 하거늘, 반드시 조모와 자위께 고하였음으로 아옵고, 작일 성노(聖怒) 진첩(震疊)하시니 감히 고치 못하였나이다."

태부인 고식(姑媳)이 청미(聽未)에 기쁨이 등천(登天)할 듯, 좌불안접(座不安接)[1028]하고, 평생 처음으로 양공자를 대하여 웃는 얼굴로 집수연망(執手連忙)[1029]하여 왈,

"우리는 작일 벽난을 보지 못하였으니 모름지기 너희 이제 가 여아를 데려오라."

차 공자 왈,

"저저 실산은 대인이 알지 못하여 계시니, 돌아오신 후 김가(金家) 혼인을 핍박하여 사혼하신 조지(詔旨)를 믿어 성화(成火)[1030]하니, 부득

1028) 좌불안접(座不安接) : 자리에 편안히 앉아있지 못함.
1029) 집수연망(執手連忙) : 바삐 손을 잡음.

이 택일하여 보내고 빙채전(聘采前) 저저를 실산하다 퍼뜨리고 감춤으로써 고하고, 소자 등도 항주 보내였던 말 마르시고, 항주 모맥은 혜준이 거두어 오고, 담양 전토(田土)는 계충이 팔아오다 하소서."

양부인이 만심 흔희(欣喜) 왈,

"너희 말이 옳 것만은 현애 실상을 스스로 고할까 하노라."

차 공자 왈,

"이제 가 저저께 소유를 고하여 집에 감추어 있던 줄로 하게 하리이다."

두 부인이 기쁘고 즐거움이 극하여 어사 돌아와도 무한(無恨)이라. 공자 등의 현효(賢孝)를 기특히 여기나 원래 그 남다른 효순과 만사 과인(過人)함을 질오(姪惡)하여 없애고자 하니, 기심(其心)이 이검(利劍)이라.

양 공자를 재촉하여 소저를 데려오라 하니, 희천은 사지골절(四肢骨節)이 다 녹는 듯하나, 강인하여 형제 한가지로 강정의 나와 매저를 보고, 야야 명일 들어오실 것이니 자기 등이 조모와 모친께 여차여차 고하였으니, 저저는 말씀을 같게 하고 야야께는 집에 있던 줄로 고하여 가내 화평케 함을 청하니, 소저 양제(兩弟)의 지현지효(至賢至孝)를 감동하여 길이 탄 왈

"조모와 자위 김가 부귀를 흠모하시어 날을 핍박하시던 일을 생각하면 한 일인들 대인께 은닉(隱匿)하리오마는, 현제 등의 말이 옳고 지효에 감격한지라. 내 어찌 효도를 이루지 못하고 부모의 화기를 잃으시게 하리오. 다만 강정 비복이 내가 여자인 줄 알면 하추동(夏秋冬) 세 절(節)을 이곳에서 지냄을 옥누항에 아뢸진대, 어찌할꼬?"

공자 소 왈,

"이는 엄히 당부한 즉 무슨 일 고하리까?"

1030) 성화(成火) : 몹시 귀찮게 구는 일.

소제 차공자 주던 은자 삼십 냥이 그저 있는지라. 강정 비복을 나눠주고 자기 이곳의 있던 줄 고치 말라 하니, 비복이 비로소 소저인 줄 알고 놀라며 금을 받아 감격함을 이기지 못하여, 차사(此事)를 불출구외(不出口外) 하더라.

소제 즉시 벽난으로 더불어 돌아올 새, 이 공자 소저의 채교(彩轎)를 호행(護行)하여 부중에 이르니 날이 거의 어둡고자하고, 태부인과 조·유 양부인이 마주 나와 소저를 이끌어 당에 오르매, 소저 노주 남의를 고치지 못하였더라.

두 부인이 소저의 절을 기다리지 못하여 각각 좌우로 붙들고 우는지라. 양 공자 위로하며 소저 수루(愁淚)를 머금어 왈,

"은주 칠천리(七千里)를 삼천리를 행하여 위질을 얻어 거의 죽게 되니 야야께도 가지 못하고 경사도 아스라하여 이륙청춘(二六靑春)에 원혼이 구원(九原)에 돌아갈진대, 층첩(層疊)한 설움이 운소(雲霄)의 비껴 부모께 불효는 이르지도 말고, 긴 명을 지레 그쳐 혼백이라도 김가에 원귀(寃鬼) 될러니, 요행 사람이 있어 목숨을 살려주고 생불(生佛)의 대은으로 지성 구호하여 차경(差境)을 얻으니, 대인이 돌아오신다 함을 들잡고 작일 강정으로 오대, 집으로 못 오기는 야야 미처 돌아오지 못하여 계시니, 모친이 또 무슨 작변으로 소녀의 절(節)을 난(亂)하실까 두려워함이러니, 양제(兩弟) 벽난의 말을 듣고 찾아와 대인이 명일 환가하신다 하므로 방심하여 들어왔사오니, 모친은 이제나 불의비법(不義非法)을 마시고 회과수덕(悔過修德)하심을 바라나이다."

벽난이 가의 서서 노주 무궁(無窮)한 고경(苦境)을 이언(利言)[1031]이

1031) 이언(利言) : 상황에 따라 자기에게 유리하게 지어내거나 실속 없이 번드레하게 하는 말.

베풀어, 도중에서 소제 병이 만분(萬分) 위악(危惡)던 바와 일승양미(一
升糧米)도 없어 초초히 걸식 왕래하던 말을 보는 다시 고하여, 일호(一
毫) 허언을 꾸밈 같지 않으니, 양 부인이 자닝하고 슬퍼함이 골절(骨節)
이 녹는 듯, 소저를 붙들고 울어 왈,

"여아 어찌 그대도록 어미를 속이고 갈 줄 알리오. 우리 집에 무사히
있어도 너를 생각하매 성질(成疾)할 듯하거늘, 너는 도로에 극열(極熱)
과 엄한(嚴寒)을 다 겪었으니 오죽하리오마는, 그래도 얼굴이 수패(瘦
敗)치 않았으니 천우신조(天佑神助)함이로다. 구태여 너의 절을 작희(作
戲)함이 아니라, 상명(上命)을 위월(違越)치 못함이러니, 네 죽기로 수
절하고 네 부친이 돌아오시니, 네 원대로 할 것이니 괴이한 염려를 두지
말라."

소저 조모와 모친의 행악(行惡)을 각골이 애달아하고, 구모지여(久慕
之餘)에 친안(親顔)을 득승(得承)하니, 반가운 중 불평한 말을 못하고,
조부인이 면색(面色)이 환탈(換奪)하여 중병 지낸 사람 같음을 보고 놀
라 묻자오대,

"백모 어찌 이다지도 수패(瘦敗)하여 계시니까?"

부인이 탄 왈,

"일명이 완악(頑惡)함이 석목 같으니 어찌 질양(疾恙)인들 있으리오마
는, 스스로 쇠패(衰敗)함이라."

소저 조모의 악사로 저같이 쇠하심을 깨달아 차악경해(嗟愕驚駭)함을
마지아니하더라.

차야에 유씨 현아를 데리고 침소에서 오래 잃고 못 찾아 슬퍼하던 정
을 이르며, 어사 돌아오나 여아의 거처를 이를 말이 없어 애쓰던 바를
일러 일절 집에 있던 줄로 고하라 하니, 소제 길이 읍탄(泣嘆) 왈,

"자위 실덕은 터럭을 빼어도 혜지 못할지라. 한갓 소녀의 절을 작희함

은 이르지 말고 조모의 패덕을 돋우어 백모를 못 견디도록 하시고, 광제 등을 참혹히 보채심이 강정 비복 전설(傳說)에도 해연(駭然)한지라. 소녀 작일 잠간 와 들어도 조모와 모친 과악이 형상(形象)키 어려우니, 양제 그 어찌 귀중한 몸이니까? 무죄(無罪)》히 혈육이 상하는 중장(重杖)을 가하시며, 망측(罔測)한 천역을 시키시며 보전치 못하도록 해하시니, 이런 망극한 대변이 어디 있나니까? 소녀 모전(母前)에서 한번 죽어 타일 망극한 죄과에 빠지심을 보지 말고자 하나이다. 세상에 모녀 사이 같이 친하고 동복저매간(同腹姐妹間)같이 허물없음이 있으리오마는, 모친과 석저(昔姐)는 매사에 다 소녀를 은휘하시고, 말씀이 발하매 이제야 고하나니, 김중광으로 변복하여 소녀의 곳에 들여보내시기를, 차마 못할 일을 안연이 하시니, 아해 비록 하가 정약이 없을지라도 외간 남자를 청하여 규수를 보이고 성친하는 예(禮)가 어디 있나니까? 마침 벽난 같은 영오한 비자가 있어 사기(事機)를 스치매 소녀 김가를 보지 않고 난을 대신하였거니와, 절절이 생각하면 골경신해(骨驚身駭)하니 모친 행사 어찌 이 같으시니까?"

소저 희천을 여복(女服) 시켜 김가 보임을 고치 아님은 모친이 공자를 더욱 미워할까 염려하여 벽난을 보였노라 함이라.

유씨 비록 딸의 말이나 그 악사를 이름에 당하여는 참괴(慙愧)하여 모녀의 뜻이 다름을 애달아하나, 잃고 슬퍼하던 바로써 꾸짖지 못하고 차라리 뉘우치는 듯이 하여 그 마음을 눅이고자 하여, 여아의 등을 어루만져 울며 왈,

"너 같은 어진 딸이 아니면 어미 과악을 뉘 이르리오. 강정 비복의 전설(傳說)은 허언(虛言)이거니와, 존고 심화(心火) 괴이하여 광아 등을 혹 태타(笞打)할 적이 있으나 내 찬조(贊助)함이 아니로되, 존고 범사에 날로써 취중(取重)하시므로, 남이 내 사오나와 그런가 여기니 너도 오히

려 알지 못하거든 뉘 이를 알랴. 다만 김중광 들이기는 여형여모(汝兄汝母)[1032]의 허물이니 차후 개심수덕(改心修德)하여 너의 염려를 끼치지 않으리라."

소제 척연 탄식하여 말이 없더라.

명일 유씨 주찬(酒饌)을 갖추고 가중(家中)을 새로이 쇄소(灑掃)하여 어사를 기다리며, 독악(毒惡)한 소리와 간험(姦險)한 낯빛을 고쳐 이 공자를 진찬(珍饌)으로 조반을 먹이고, 희천이 참혹히 수척(瘦瘠)함을 민망(憫惘)하여, 속으로 물어 먹고자 하나 밖으로 자모(慈母)의 도를 다하니, 조부인은 일마다 내외 다름을 한심하여 타일을 염려하여 근심이 극하되, 모르는 듯 오직 태부인 하라 하는 대로 순수(循守)하고, 유씨의 간악을 귀먹고 눈 어두운 듯, 천연(天然)이 모르는 듯하니, 기량(器量)이 여해(如海)하여 가벼이 구석[1033]과 가[1034]를 엿볼 바 아니라. 유씨 조부인이 만사 저의 바라지 못할 줄을 더욱 밉게 여기더라.

어사 이미 승품(陞品)하여 돌아오매 양 공자 바깥문에 나가 맞아 배현할새, 팔구 삭 내에 가중이 대단한 사고 없음을 듣고, 신장은 내도히 자랐으나 차 공자 풍광(風光)이 수척하여 옥부빙골(玉膚氷骨)만 남았으니, 추밀이 대경하여 바삐 집수 문 왈,

"광아는 얼굴이 초췌(憔悴)하였으나 희아는 더욱 몰라보게 척골(瘠骨)[1035]하였으니 이 어찌된 일이뇨?"

양 공자 반가오미 모양(模樣)하여 비할 데 없고, 시원코 상쾌함이 일

1032) 여형여모(汝兄汝母) : 네 형과 네 어미.
1033) 구석 : 구석. 모퉁이의 안쪽.
1034) 가 : 경계에 가까운 바깥쪽 부분.
1035) 척골(瘠骨) : 훼척골립(毁瘠骨立)의 줄임말. 몸이 바짝 마르고 뼈가 앙상하게 들어남.

만 장 굴형에 빠졌다가 운무를 쓰리치고 청천에 비등(飛騰)하는 듯, 백
옥면모(白玉面貌)의 웃는 빛을 동하여, 십여 일 신음하기로 풍한(風寒)
에 촉상(觸傷)하여 수패(瘦敗)하오나 관계치 않음을 고하니, 추밀이 더
욱 놀라 바삐 안으로 들어오며, 모친 기운을 먼저 묻잡고 걸음이 연망
(連忙)하여 경희전에 봉배(奉拜)하고 수숙(嫂叔)과 부부 서로 예필(禮畢)
에 경아형제 배례(拜禮)하니, 공이 면면이 반가움을 띠어 자위(慈闈)의
누월(累月) 존후를 묻잡고, 투목(偸目)으로 조부인을 잠간 보매 경아(驚
訝)함을 이기지 못하여 묻자오되,

"팔구삭내(八九朔內)에 가중이 무사함을 듣고 왔삽더니, 어찌 존수(尊
嫂)와 희천이 더욱 몰라보게 환탈(換奪)하였나이까?"

인하여 정부 질녀의 평부를 바삐 묻잡고,

"그 사이 귀령이나 하였더니까?"

묻자오니, 태부인이 조씨 모자(母子) 자로 유질(有疾)하여 척골(瘠骨)
하였음을 일러, 근간 잠간 나았음을 이언(利言)히 전하고, 명아는 귀근
(歸覲)함을 천 번이나 청하되 정부에서 보내지 않음을 한(恨)하고, 김가
(金哥)가 상명으로 현아의 혼인을 핍박하여 부득이 현아를 잃다 창설(唱
說)하고 감추었던 말이며, 광·희 양아 어사 나간 후는 한자 글을 보지
않고 상(常)없는[1036] 노름과 노복을 따라다니며 괴이한 천역을 재미 내
어 헤지르던 말을, 못미처 할 듯이 하며, 사이사이 선웃음[1037]치고, 긴
턱을 흔덕이며, 악물었던 이를 펴고, 가장 어진 체하는 거동이 불인정시
(不忍正視)[1038]라. 공이 청필(聽畢)에 번연(翻然)이[1039] 깃거 않아, 가

1036) 상(常)없다 : 상(常)없다. 보통의 이치에서 벗어나 막되고 상스럽다.
1037) 선웃음 : 우습지도 않은데 꾸며서 웃는 웃음.
1038) 불인정씨(不忍正視) : 차마 바로 보기 어려움.
1039) 번연(翻然)이 : 갑작스럽게.

로되,

"천아 등이 나이 어리니 상 없기야 괴이하리까마는, 다만 천역(賤役)이란 말이 가장 괴이하이다. 김후 당시의 권문이나 혼인은 양가의 좋은 일이라 어찌 가장(家長)이 나간 사이 겁박할 리 있으리오. 소자 김후를 만나거든 한 차례 명백히 물어, 공연이 내 집이 원치 않는 혼인을 핍박하였으면, 아무리 세권이 중하나 쾌히 분을 풀어 일장대욕(一場大辱)을 할 것이니, 기간의 필유사고(必有事故)함이로소이다."

위씨 백사에 다 유씨를 벗기려 하는지라. 희희(喜喜)히 소 왈,

"노모 그릇하여 처음 매파 청촉할 적 몽롱히 허혼하고, 현부더러 물으니 하가 빙폐를 이미 받았으니 타처를 향의(向意)치 못하리라 하고 떼치거늘, 김가는 우리 칭탁하는 줄로 알아 사혼성지(賜婚聖旨)로 핍박하니, 절박함을 이기지 못하여 현아를 실산(失散)하다 하였노라."

공이 해연(駭然) 대 왈,

"소자 팔구 삭을 이가(離家) 하였다가 돌아오매 상모(相慕)하던 하정(下情)을 펴올 것이요, 이런 어지러운 말씀은 날호여 하사이다."

설파에 양안(兩眼)을 기울여 유씨를 보는 눈이 가장 조치 않으니, 차공자 그윽히 절민(切憫)하여 양모의 악사를 아실까 우려함이 자기 신상의 대죄를 지은 일 같아서, 불안함을 이기지 못하니, 천성대효(天性大孝)의 동촉(洞屬)함이 이 같더라.

유씨는 공자의 현효(賢孝)함을 더욱 분하여 추밀이 오기 전 죽이지 못함을 한하고, 이제는 졸연히 하수(下手)키 어려우니, 절절(切切)이 소원(所願)과 같지 못함을 대분절치(大憤切齒)하여 심장이 초갈(焦渴)하니 간인(奸人)의 악심이 이 같더라.

문득 정태우 석학사 왔음을 고하니, 공이 크게 반겨 바로 내실로 청할새, 경아 형제는 피하고 조·유 이부인이 한 가지로 볼 새, 양인이 들어

와 모든 데 배례하고 추밀을 향하여 선치국사(善治國事)와 무사행도(無
事行途)에 작품(爵品)이 숭고(崇高)하심을 치하(致賀)할 새, 정생의 출류
(出類)한 기상(氣像)과 석생의 준수(俊秀)한 풍채(風彩) 새로이 아름다우
니, 공이 집수흔연(執手欣然)하여 별래(別來)를 이르고 수작(酬酢)하매,
석생은 공이 출사(出師) 한 후 한번 왔다가 양 공자의 참혹한 주제[1040)
에 살을 가리지 못하고, 시초를 가득이 지고 오는 양을 보고, 위·유 양
부인의 악심을 밝히 지기(知機)하고 참잔(慘殘)함을 이기지 못하여, 그
악장을 보거든 부디 이르려 별렀던지라. 돌아다 양 공자를 보고 미미히
소 왈,

"금일은 하일(何日)이기에 광천의 형제 화복채의(華服彩衣)로 세
초[1041)를 돋우어 고루채각(高樓彩閣)에 한가히 앉았느뇨? 악장이 벌써
오셨더라면 너희 존중(尊重)할랏다."

정태우 옥면화협(玉面花頰)에 의의(依依)한[1042) 웃음을 띠어 가로되,

"자안은 어찌 남의 절박(切迫)히 여기는 말을 하느뇨? 내 이따금 이곳
의 왕래하여 내당에 현알하매, 존당이 광천 등을 제어(制御)치 못하여
괴이한 천역을 다하되 금(禁)치 못하시고 민망하여라 하시니, 내 소견에
도 하 기괴(奇怪)하여 여러 번 이르니, '한신(韓信)은 기식어표모(寄食於
漂母)하고 제갈(諸葛)은 남양(南陽)의 밭을 가니 자고(自古) 영웅준걸(英
雄俊傑)도 일시 곤궁(困窮)은 면치 못할 바'라 하여 고사(故事)를 인증
(引證)하고, 극열(極熱)에 거친 맥죽(麥粥)을 감식(甘食)하고, 극한(極

1040) 주제 : 변변하지 못한 몰골이나 몸치장.
1041) 세초 : 족두리. 부녀자들이 예복을 입을 때에 머리에 얹던 관의 하나. 위는
　　　 대개 여섯 모가 지고 아래는 둥글며, 보통 검은 비단으로 만들고 구슬로 꾸민
　　　 다. 여기서는 남자의 건(巾)을 말함인 듯.
1042) 의의(依依)하다 : 성(盛)하다. 가득하다.

寒)에 언 재강¹⁰⁴³⁾을 즐겨 먹으니 천품성질(天稟性質)이 그런 후는 할 일 없더라."

석학사 소 왈,

"창백은 광천 등의 시초(柴草) 지고 다니는 양을 아니 보았나냐? 비록 영웅준걸이 되려 부러 그리할지라도 과연 중난(重難)하여 보이더라."

정태우 미소 왈,

"시초 지고 다닐 적은 보지 않았으나 극열취우중(極熱驟雨中) 강외(江外)에 미곡을 지고 오다가, 길 치운다 하고 하리를 밀치고 닫거늘, 우리는 광천인 줄 알지 못하고 가엄(家嚴)이 잡으라 보내시니, 하리 사오 인을 난타하고 옷을 발발이 찢었거늘, 보았노라."

차시 유씨 정·석 양인의 입을 쥐어지르지¹⁰⁴⁴⁾ 못하고, 추밀의 노기(怒氣)를 헤아리매 대담대악(大膽大惡)이나 놀라온 숨이 벌떡이기를 면치 못하고, 광천은 오히려 놀라지 아니하되, 희천은 양모(養母)의 과악이 들어날 바를 생각하니, 황황차악(惶惶嗟愕)하여 아무리 할 줄 모르는지라. 공이 양서(兩壻)의 말을 들으매, 분발(憤髮)이 상지(上指)하고 목자진녈(目眥盡裂)하기를 이기지 못하여, 반드시 자기 나간 사이 기괴한 일이 많던 바를 생각하니, 양아를 위한 자닝한 마음에 자기 몸이 아픈지라. 양인더러 문 왈,

"자안과 창백이 양아가 그렇게 다니는 양을 몇 번이나 보았느뇨?"

석생이 대 왈,

"소생은 악장 가신 후 한 번 왔더니 그 의복이 살을 가리지 못하고 시초를 가장 많이 졌더이다."

1043) 재강 : 재강. 술찌끼. 술을 거르고 남은 찌끼.
1044) 쥐어지르다 : 주먹으로 힘껏 내지르다.

정태우 소이대왈(笑而對曰),

"소생은 조회 길에 존부를 지나매 자로 왕래하오니 그런 거동을 봄이 어찌 수를 헤아리리까?"

추밀이 면색이 자연 붉으락푸르락하여 분노를 이기지 못하는 거동이라. 차 공자 혜오되,

"내 몸을 마쳐도 차마 부모의 불화하시는 거동을 보지 못하리라. 우리 고상1045)을 역경(歷經)함이 한갓 양모의 과실 뿐 아니라, 존당의 과실도 없지 않되, 대인의 노하심은 일편되이 양자위(養慈闈)께 있으니, 내 어찌 자위께 불평하심을 이루리오."

의사(意思) 이의 미치매, 착급하여 정·석 양인 보는 데 광기를 내어 천역을 실제로 해보이고자 하여, 처음은 고요히 앉았더니 그 형을 재삼 눈주고 홀연 넓더나1046), 입은 옷을 발발이 찢어버리고 기기괴괴(奇奇怪怪)한 잡설(雜說)을 쑤어리며 발을 벗고 설상(雪上)으로 다름질을 하여 밖으로 나가니, 일 공자 그 뜻을 지기(知機)하나, 자기조차 양광(佯狂)함이 우스운지라. 좌를 동치 않고 늠연정좌(凜然正坐)하여 앞을 볼 뿐이요, 희천의 거동을 채 보고자 하더니, 차공자 옷을 다 벗어 후리치고 노복 등의 헌옷을 얻어 몸의 걸치고 돌을 지고 들어오더니, 추밀이 차 광경을 목도하매 양안이 두렷하고 차악한심(嗟愕寒心)함을 이기지 못하여, 오래 말을 못하고, 정·석 양인은 그 양광임을 알아 자기 등이 부질없이 경설(輕說)함을 뉘우쳐 역시 말을 아니 하더니, 공이 태부인께 묻자오대,

"차아의 거동이 해참(駭慘)하오니 그 어찌된 일이니까?"

1045) 고상 : 고생(苦生). 어렵고 고된 일을 겪음. 또는 그런 일이나 생활.
1046) 넓더나다 : 벌떡 일어나다.

태부인이 희천의 거동이 극히 놀랍되 말할 핑계 기특(奇特)한지라. 문득 눈물을 흘리고 길이 탄 왈,

"광아 등의 상성(喪性)한 말을 이르려 하면 가슴이 답답할지라. 네 간후 수월(數月)이 못하여 광·희 양아가 무고히 광증(狂症)을 얻어 만신(滿身)에 분즙(糞汁)을 묻히고 뜰에 뒹굴며 패언잡설(悖言雜說)을 무궁히 하거늘, 노모와 제 어미 붙들고 온 가지로 달래고 꾸짖되 듣지 아니하고, 인하여 실성발광(失性發狂)이 망측지경(罔測之境)에 미치니, 정·석 양서랑(兩壻郞)을 청하여 의치(醫治)나 하고자 하되, 취실(娶室)치 못한 아해들이 비록 여자와 다르나 발광지설(發狂之說)이 불가하여 차성(差成)키를 바라더니, 광아는 십여일 전부터 매이 나아 여전하되, 희아는 지금 낫지 못하였으니, 희아가 그 사이를 참지 못하니 저 병을 어찌하잔 말고."

유씨 눈물을 금치 못하여 염려하고 슬퍼함이 현어외모(顯於外貌)[1047]하되, 조부인이 단연위좌(端然危坐)하여 말을 아니 하는지라. 공이 조부인께 묻자오대.

"이 애 어디를 앓다가 이리 하나이까?"

부인이 머리를 숙여 즉시 대치 못하더니, 날호여 대 왈,

"첩이 정신이 혼모(昏暮)하여 아침 일을 저녁에 깨닫지 못하니, 더욱 누월전(累月前) 일을 어찌 생각하리까?"

말씀이 몽롱(朦朧)하여 곡절(曲折)을 해석(解釋)지 않으니 공이 의아(疑訝)하여 왈,

"존수의 총명이 미세지사(微細之事)라도 잊지 않으시던 바로, 어찌 광아 등의 실성하던 일을 잊으시니까?"

1047) 현어외모(顯於外貌) : 외모에 나타남.

조부인이 답지 못하여서 태부인이 왈,

"조현부 병이 괴(怪)하여 정신이 어리고, 식음(食飮)이 거사려 하추동(夏秋冬) 삼절(三節)을 신음하다가 온 가지로 구호하여 잠간 나았느니라."

공은 경악(驚愕)하기를 마지아니하고, 조부인은 어이없어 입이 있으나 없음만 같지 못함을 도리어 우습게 여기고 말을 않으니, 공이 친히 내려가 희아를 앞세워 당에 오르려 하니, 공자 손을 뿌리치고 나는 듯이 밖으로 나가더니, 또 나무를 많이 지고 들어오는지라. 공은 본디 잔 염려와 호의(狐疑)를 두지 아니하고, 사람을 사곡(邪曲)[1048]한 데 치우지[1049] 못하니, 태부인이 허언을 꾸미며 희애 양모를 위하여 양광함을 몽리(夢裏)에도 생각지 못하고, 정·석 양인이 저런 거동을 보고 해참(駭慘)하여, 전함인 줄 아는지라. 공의 총명이 홀로 차사를 깨닫지 못함이 양 공자의 액회(厄會) 중(重)함이러라.

정·석 양인이 하직하고 돌아갈 새, 공 왈,

"갓 돌아와 희아의 병으로 심신(心身)이 차악하여 담화를 못하니, 명일 조회 길에 다시 오기를 바라노라."

양인이 응대하고 밖에 나와 서로 웃으며, 왈,

"아등의 말이 유익하든 않고 희천의 병을 얻어주니 그런 뉘우칠 일이 없도다."

석생 왈,

"추밀공이 그 곡절을 사무치지[1050] 못함이 불명(不明)한지라. 내 일장(一場)을 해비(賅備)[1051]히 토설(吐說)코자 하되 희천이 죽으려 서둘

1048) 사곡(邪曲) : 요사스럽고 교활함.
1049) 치다 : 치우다. 어떠한 상태라고 인정하거나 사실인 듯 받아들이다.
1050) 사무치다 : ①깊이 스며들거나 멀리까지 미치다. ②깊이 깨닫다. ③멀리까지 통하다.

지라. 고로 못하였노라."

정태우 왈,

"광천 등의 지성대효(至誠大孝)가 난가(亂家)를 정돈하고 포한(暴悍)한 부인을 회심케 하리니, 아등이 함구불언(緘口不言)하여 모자조손간(母子祖孫間)을 시비치 말 것이라."

석학사 분연 왈,

"형언이 가(可)커니와 인심에 통해(痛駭)키를 참지 못하리니, 내 각별이 간인(奸人)의 정태(情態)를 살펴 자닝한[1052] 희천 등을 사지의 들지 말게 하고자 하노라."

정태우 과도함을 이르고 각각 부중으로 돌아가니라.

추밀이 희천을 따라 그 허리를 매여 태부인 방의 와 앞에 앉히고 눈물을 흘려 왈,

"실성발광(失性發狂)이란 것이 상시(常時) 허박(虛薄)한 성정이 간간이 이매망량(魑魅魍魎)에 들려, 광담허설(狂談虛說)을 쑤어리고[1053] 다니거니와 내 아해는 나이 어리나 금옥(金玉)의 견고함과 중산(重山)의 무거움이 있어 노성군자(老成君子)를 압두(壓頭)할러니 이 엇진 거조이뇨?"

공자 들은 체 않고 잡담을 수없이 하며 넓더나[1054] 내달리려 한들 추밀이 그 허리를 매었으므로 일어서지 못하고, 마음을 정치 못하여 몸을 마구 부딪치고, 혹 웃고, 혹 울어, 거동이 차악하니, 공이 광천더러 왈,

"네 역시 이렇더라 하니, 어찌하여 진정하며, 발광할 적은 어떠하여 이러하더뇨?"

1051) 해비(賅備) : 고루 잘 갖추어져 있음.
1052) 자닝하다 : 애처롭고 불쌍하여 차마 보기 어렵다.
1053) 쑤어리다 : 씨부렁거리다. 쓸데없는 말을 자꾸 지껄이다.
1054) 넓더나다 : 벌떡 일어나다.

공자 심리의 가소(可笑)로움을 이기지 못하되, 오직 대 왈,

"형제 한가지로 발광하여 달리더니 유자(猶子)[1055]는 십여 일 전부터 스스로 진정하여, 그간 달리던 일이 우스운지라. 아은 지금 낫지 못하니 어찌 절민치 않으리까? 저런 때는 마음이 주(主)한 것이 없어 우마(牛馬)의 먹는 것이라도 염고(厭苦)함을 모르고, 아무 천역(賤役)이라도 심히 즐겁고, 들어 앉아 있으려 하면 열화(熱火)가 일어나 그 옷을 찢지 않으면 심증(心症)을 이기지 못하여 다 찢어 살이 들어나야 시원하더이다."

공이 척연자상(慽然自傷)하여 장탄 왈,

"선형(先兄)이 아니 계시나 여등 형제 특출하니 문호를 흥기(興起)할까 바라더니, 어찌 여차 괴질을 얻을 줄 뜻하였으리오."

정언간의 친붕제우(親朋諸友)의 모였음을 보(報)하니 공이 광천으로 동생을 붙들어 있으라 하고 외헌으로 나가니, 조부인이 정색하고, 공자를 책 왈,

"인자(人子)가 화기이성(和氣怡聲)으로 열친(悅親)함이 마땅하거늘, 숙숙이 누월상리(累月相離)에 환가하시매, 네 하정(下情)을 펴지 않고 불의(不意) 양광실성(佯狂失性)하여 숙숙을 경동(驚動)함이 그 어찌된 일이뇨? 나는 사람이 한결같음을 구하고 저렇듯 괴이함을 실로 한심(寒心)하여, 사사(事事)의 자식 둠이 남다름을 차석(嗟惜)하나니, 맹모(孟母)[1056]는 어떤 사람이건대 삼천지교(三遷之敎)[1057]하시고, 여모(汝母)

1055) 유자(猶子) : 조카. ①자식과 같다는 뜻으로, '조카'를 달리 이르는 말. ②편지글에서, 글 쓰는 이가 나이 많은 삼촌에게 자기를 이르는 일인칭 대명사.
1056) 맹모(孟母) : 맹자의 어머니. 아들의 교육을 위하여 세 번이나 이사를 하고 베틀의 베를 끊어 보여 현모(賢母)의 귀감으로 불린다.
1057) 삼천지교(三遷之敎) : 맹자의 어머니가 아들을 가르치기 위하여 세 번이나 이사를 하였음을 이르는 말.

는 자식의 정대치 못함이 양광실성(佯狂失性)하기에 미쳤느뇨?"

일 공자 이어 왈,

"평일 나의 정대치 못함을 이르더니, 금자(今者) 네 거동을 화상을 그려 웃음 즉 하니 어찌 뜻 잡기를 이렇듯 그릇하였느뇨? 효성이란 것이 힘을 다하고 정성을 극진히 할 뿐이라. 실성하여든 기특하리오. 다만 나의 의혹하는 바는, 내 전후(前後)에 너같이 미친 일이 없거늘 조모 우리 형제 함께 실성하였다 하시니, 아지못게라 발광을 언제 하였던고? 그윽이 괴이하나 계부 곡절(曲折)을 물으시니, 태모 말씀과 같이하려 짐짓 미쳤던 체하였거니와, 어찌 우습지 않으리오."

태부인 호령이 백사(百事)에 맹호 같으나 조부인 모자의 말을 들으매 참괴함이 없지 않고, 유씨는 희천의 양광으로 추밀이 노기를 발치 않은 줄만 다행하나, 그 사이 조씨 삼모자를 없애지 못함을 애달아 눈물이 진진(津津)하여 왈,

"광아 등을 미곡을 나르게 하며 천역을 시킴이 전혀 내 탓이 아니건마는, 상공은 본디 날을 미워하매 일마다 내 죄를 삼을 것이니 차라리 죽어 설움을 잊으리라."

설파의 옥장도(玉粧刀)1058)를 어루만져 거동이 괴이하니, 희천이 백옥용화(白玉容華)에 누수(淚水) 삼삼하여 유씨 슬하에 고두비읍(叩頭悲泣) 왈,

"아해 불초무상(不肖無狀)하오나 결단하여 아해 연고로 대인 불평하심을 이루지 아니 하오리니, 원컨대 자정은 이런 놀라온 말씀을 마소서."

현아소제 울며 모친을 붙들어 왈,

"패덕(悖德)과 비법(非法)을 행하실 제, 야야 돌아오실 줄 잊어 계시

1058) 옥장도(玉粧刀) : 자루와 칼집을 옥으로 만들거나 꾸민 작은 칼.

더니까? 희제 양광(佯狂)하니 야야 과연 실성(失性)으로 아시는지라. 모친 허물을 족히 가려줄 것이니, 차후나 개심수덕하시어 희천의 대효를 감동하시고, 윤상(倫常)의 대변(大變)을 이루지 마소서."

유씨 간악질독(奸惡疾毒)이나 말을 대(對)치 못하여 한갓 눈물이 하수(河水) 같을 뿐이요, 태부인이 유씨를 위로 왈,

"희애 양광(佯狂)이 아닌들 노모 우연히 저희를 천역시킴이 무슨 놀랄 것이 있으리오. 오애 현부의 죄를 삼을 것이 아니니, 현부는 안심하라."

유씨 함한척비(含恨慽悲)하여 침소로 돌아가거늘, 희천이 따라 슬하의 시좌(侍坐)하니 온화한 낯빛과 효순한 거동이 석목간장(石木肝腸)이라도 어여쁨을 이기지 못할 것이로되, 유씨는 못 죽임을 절박히 한하여, 현아는 조모께 있고 좌우에 경아만 있는 고로, 독한 눈을 부릅뜨고 공자의 가슴에 제 머리를 마구 부딪쳐 왈,

"간악한 것이 양광(佯狂)은 어찌 하였느뇨? 어리고 점직한[1059] 윤공은 네 말이면 다 착히 여기나니, 요괴로운 말로 나를 함해(陷害)하여 죽이라. 석준과 정천흥이 네 청을 들어 흉언을 무수히 꾸미니, 너 보는 데서 차라리 결하여 네 모자의 마음을 시원케 하리니, 빨리 이르라 내 네게 무슨 원수 있느뇨?"

공자의 가슴이 울리도록 부딪치며 조르니, 공자 황황망극(遑遑罔極)하여 체읍애걸하며 이런 거조를 마소서 하되, 그 흉독지심(凶毒之心)을 능히 제어치 못하여, 운발을 쥐어뜯으며 몸을 물어 떼쳐 곳곳이 피 솟아나니, 이런 경계는 고금의 드무나 공자는 일분 원심이 없어, 성효 부족하여 감동치 못함인가 슬퍼할 뿐이라.

추밀이 외당의 손을 대접하여 돌려보내고 들어와 공자를 부르니, 이

1059) 점직하다 : 멋쩍다. 어색하다.

때는 진정하는 체하여 새 옷을 입고 부전에 뵈니, 공이 곁에 앉히고 천만가지로 경계하니, 공자 그런 때는 아무런 줄 몰라 헤지르던[1060) 줄로 고하니, 공이 크게 우려하여 즉시 의자(醫子)를 부르고 약류를 의논하여 아자의 병을 고치려 함이 가장 분분한지라.

의자(醫者) 수풀같이 모여 진맥하나 맥도(脈度) 안온하여 광증(狂症)이 없으되, 추밀이 광병이라 하여 의치(醫治)를 착실히 하니, 의술이 고명한 유는 분명 광증이 없음을 알되 감히 양광(佯狂)이라 못하고, 오직 보기(補氣)할 약을 쓰고 진심(鎭心)할 재료는 넣지 못하더라.

공이 환가 후 여러 날이로되 아자의 병을 근심하여 조참밖엔 아자를 붙들고 앉았으니, 공자 간간이 나은 때 있어 예사(例事)로울 적은 경근지례(敬謹之禮)를 잡아 전일과 다름이 없다가도, 광증을 거짓 발하여 기괴한 천역을 시작하면 우습기를 이기지 못할지라.

정·석 이인이 자로 왕래하여 공께 배현하며 공자의 병을 물을 새, 일일은 정태우 추밀께 고 왈,

"소생이 광증에 기특한 약을 얻어 왔으니 시험하여 희천에게 써보사이다."

추밀 왈,

"요사이 여러 의원의 약을 쓰니 잠간 나은 듯하거니와 창백이 무슨 약을 가져왔느뇨?"

태우 소 왈,

"진광환(鎭狂丸)이란 약이 불과 세환(三丸)이나 소생이 극구(極求)하여 작일 겨우 얻어왔나이다."

인하여 소매로 좇아 약을 내어 공의 앞에 놓고 희천을 보아지라 하나,

1060) 헤지르다 : 이리저리 허둥지둥 내달리다.

공자 안에 있어 나오지 않으니, 정태우 고 왈,

"합하(閤下) 들어가서 희천을 내어보내시면 이 약을 삼다(蔘茶)의 화하여 함께 먹이리이다."

공이 응낙고 들어가 공자를 내어보내니 태우 옷을 잡아 앉히고 왈,

"너의 광증이 우리 언경(言輕)한 탓이라. 천만 뉘우치나니, 비록 영존당(令尊堂)을 위한 일이나 영엄(令嚴)이 갓 돌아오시어 널로써 근심하시니, 성효(誠孝)란 것이 부모께 간격 할 바 아니라. 영존당(令尊堂) 위한 마음으로써 영대인(令大人) 염려(念慮)하심을 생각하라. 모름지기 그만하여 진정(鎭靜)함이 가하니라."

공자 저두무언(低頭無言)이러니 일 공자 왈,

"형이 양광(佯狂)으로 의심함은 어찌오?"

태우 소 왈,

"비록 양광이라도 기운을 붙들고자 함이라 진광환이 아니요, 보신탕(補身湯)이라."

차 공자 약을 마시고 말을 아니 하더니, 공이 즉시 나와 이런 때는 진정(鎭靜)하였음을 깃거하니, 정태우 심리(心裏)에 실소하나,

"진광환을 먹었으니 오랜 광증이 아니요, 일시 미쳤으니 쉬이 진정하리이다."

공이 가장 깃거 태우로 더불어 담화하다가 날이 저물매 태우 돌아 가니라.

이러구러 해 바뀌어 명년 신정(新正)을 만나니, 차 공자 쾌히 거근(去根)한지라. 공의 기쁨은 비길 곳 없더라. 환가한지 월여(月餘)로되, 아자의 병으로 백사를 물외(物外)[1061]에 던졌으나, 촉지로부터 하가 노재 이

1061) 물외(物外) : 구체적인 현실 세계의 바깥세상. 또는 세상의 바깥. 여기서는

르러 서간을 올리니, 공이 반겨 떼어보니 하공이 거년 추구월에 쌍개(雙個) 기린(騏驎)[1062]을 얻으니 적막한 심사를 위로하나, 촉처(觸處)[1063] 비회(悲懷) 무궁(無窮)함을 베풀고, 아자가 장성하여 미진함이 없으니 이미 정혼(定婚)·납빙(納聘)한 길사(吉事)라. 신속히 택일(擇日)하여 소저를 데리고 내려와 성례(成禮)함을 간절히 청하였는지라. 공이 견필(見畢)에 추연하여 조부인 순산생남(順産生男)함을 기특하여 하공의 서간을 들고 들어와 태부인께 뵈옵고 친사(親事)를 쉬이 이루려 하니, 태부인 고식(姑媳)이 소저의 절의를 다시 작희(作戲)할 의사 없어 한갓 앙앙(怏怏)이[1064] 공을 한할 뿐이라.

공이 즉시 길월양신(吉月良辰)을 택하매 혼기 중춘회간(仲春晦間)이니 가장 급박한지라. 천금 약질을 데리고 험로(險路)에 급히 행하기 어렵되, 공이 기모(其母)의 심기를 염려하여, 여아의 친사를 타처의 향의(向意)할까 불승통한(不勝痛恨)하니, 급히 성혼하여 잡의사(雜意思)를 못내게 하려, 하공의 서간을 본 후 오륙일을 치행(治行)하여 정월 상원 후, 상께 삼사 삭 말미를 얻어 여아를 데리고 촉지로 향할 새, 현아 소저 강정에서 돌아온 지 겨우 일삭이 지났거늘, 누천리(累千里) 원별에 심사 베는 듯, 철옥간장(鐵玉肝腸)이라도 참지 못할지라. 옥루(玉淚)가 화시(花顋)에 구슬 구르듯 하니, 유씨 간독(奸毒)이 남다르나 양녀(兩女) 사랑은 병되어, 더욱 희천을 없애고, 저 재산보화(財産寶貨)를 이녀(二女)를 주려 하거늘, 장녀는 석생의 박대 태심하고 차녀는 촉지 수졸의 처를

'관심 밖의 일'.

1062) 기린(騏驎) : 하루에 천 리를 달린다는 말. 여기서는 천리마처럼 뛰어난 사내 아이라는 뜻.

1063) 촉처(觸處) : 눈길 닿는 곳마다.

1064) 앙앙(怏怏) : 앙앙히. 매우 마음에 차지 아니하거나 야속하게 생각함.

삼게 하니, 옅은 혬에 하자(河子)의 비상함은 알지 못하고, 일마다 소원
대로 못됨을 각골분원(刻骨忿怨)하여 식음을 물리치고 성질(成疾)하기에
미치니, 희천이 주야 위로하고 소제 자기 슬픈 심회를 강인하여 모친을
위로하며, 차후 회과수덕(悔過修德)하심을 간걸(懇乞)하니, 유씨 눈물이
하수 같아 왈,

"여아는 어미 정을 알지 못하여도 나는 너희 두 낱 골육을 얻어, 천금
보옥(千金寶玉)으로 알아 귀중하되, 여형(汝兄)은 석가(昔家) 기인이요,
너는 화가여생(禍家餘生)의 수졸(戍卒)과 결혼하니, 일생이 무광(無光)
하고 고초 함은 이르지도 말고, 누천 리 관산(關山)에 애각(崖脚)이 즈
음치고1065) 해수(海水) 망망(茫茫)하니, 한번 내려가매 생리사별(生離死
別)1066)이라. 피차 생존을 서로 통할 길이 없으니, 이 슬픔과 이 정을
어찌 참으라 하느뇨?"

현아소저 참연오열(慘然嗚咽)하여 답지 못하여서, 시애 구생이 왔음
을 고하니, 유씨 들어오라 하여 볼 새, 소제 피코자 하니 유씨 나상을
다래여 곁에 앉혀, 왈,

"몽숙은 날로 더불어 모자(母子) 같으나 숙질이니 네 어찌 내외하리
요, 질애 매양 서로 보고자 하되, 네 고집히 사양하니 부르지 않더니,
금일은 이에 있으니 구태여 피치 말라."

소제 나직이 고 왈,

"구거거를 전일 본 바 없으니, 이제 보나 일가지의(一家之義) 새로이
친친(親親)할 바 아니로소이다."

1065) 즈음치다 : 가로막히다. 격(隔)하다.
1066) 생리사별(生離死別) : 살아 있을 때에는 멀리 떨어져 있고 죽어서는 영원히
    헤어짐.

언필의 몸을 일어 피코자 하니 몽숙이 지게를 여는지라. 소제 크게 불열하여 부득이 멀리서 예하니, 구생이 눈을 들어 한번 보매 오채광염(五彩光艷)이 일실에 조요(照耀)하여, 홍일(紅日)이 오운(五雲)[1067]을 멍에하여 천궁(天宮)의 오르는 듯하거늘, 황홀여취(恍惚如醉)하여 연망(連忙)히 답배(答拜)하고 웃음을 띠어, 부인께 고 왈,

"소질이 자로 숙모께 배현하여 석매(昔妹)는 종종 상견하는 바이오나, 차매는 금일 초면(初面)이라 저렇듯 숙성기이(夙成奇異)함을 알았으리까?"

유씨 탄 왈,

"아해 남의 아래 아니라, 정리(情理) 부디 같은 배우를 쌍하고자 하더니, 가군(家君)의 고집이 괴(怪)하여, 하원광 곳 아니면 사람이 없는 줄로 알아, 촉지로 내려가 성친하려 명일 발행하는지라. 모녀의 연연(戀戀)한 정을 어찌 이르리오."

구생이 눈을 두렷이 뜨고 왈,

"숙부 처사 어련[1068]치 아니려니와, 종매 저같이 특이함으로써 촉수(蜀戍) 하원광을 위서(爲壻)[1069]하심은 망계(妄計)라. 하가 마침내 성주(聖主)의 호생지덕(好生之德)으로 수형(受刑)에 목숨을 보전하나, 참화여생(慘禍餘生)이요, 하원경은 대역(大逆)으로 장하(杖下)에 마침이 오히려 늘(律)이 낮고 법이 서지 못함을, 이제도 조정의논이 분분하여 하진을 죽이자 하는 이 많거늘, 차마 어찌 결혼코자 하시리까?"

유씨 추밀을 원망하며 슬퍼하기를 마지아니하더라.

1067) 오운(五雲) : 오색구름.
1068) 어련하다 : 따로 걱정하지 아니하여도 잘될 것이 명백하거나 뚜렷하다. 대상을 긍정적으로 칭찬하는 뜻으로 쓰나, 때로 반어적으로 쓰여 비아냥거리는 뜻을 나타내기도 한다.
1069) 위서(爲壻) : 사위를 삼음.

명주보월빙 권지십

차설 유씨 몽숙의 말을 듣고 더욱 추밀을 원망하고 슬픔을 이기지 못하니, 몽숙이 말을 하며 눈을 옮기지 않고 바라보는지라. 소저 옥면에 수색(愁色)이 은영(隱映)하여 팔자춘산(八字春山)을 나직이 하고, 추파명목(秋波明目)이 미미히 가늘어, 백년용화(白蓮容華)에 훈색(暈色)을 띠었으니, 절세한 태도와 선연(嬋妍)한 기질이 난초(蘭草) 유곡(幽谷)에 쓸리며, 금분(金盆)의 화왕(花王)[1070]이 향기를 토하는 듯, 어여쁜 거동과 어리로운[1071] 태도 석목(石木)을 요동(搖動)하고 금불(金佛)이 돌아설지라. 몽숙이 십육년 내의 이런 색광(色光)은 몽외(夢外)의도 구경[1072]치 못하였으니, 차인을 도모하여 기물(己物)을 삼을진대 장부의 쾌사(快事)가 아니리오. 숙모 정천흥의 처를 칭찬하시고 날로써 금슬을 작희하라 하시나, 정생이 요동치 않아 출거(黜去)하는 바 없으니, 나의 정력이나 허비할 뿐이요, 윤씨 취할 길이 없으니, 차라리 쾌히 보고 마음에 흡연한 차인을 취하리라. 욕화 대발하여 웃고 숙모께 고 왈,

---

1070) 화왕(花王) : '꽃의 왕'이라는 뜻으로, '모란꽃'을 달리 이르는 말.
1071) 어리롭다 : 아리땁다. 귀엽다. 모음으로 시작하는 어미 앞에서는 '어리로오-'나 '어리로우-'로 나타난다.
1072) 구경 : 흥미나 관심을 가지고 봄.

"숙부 종매를 데려 명일 발행하시면, 소질이 선세능침(先世陵寢)이 서촉에 계시되 인마양자(人馬糧資)를 차릴 길이 없어, 한번 묘소에 나아가 배알치 못하였더니, 숙부 행도(行途)에 따르고자 하되 존의를 알지 못할소이다."

유씨 왈,

"이 가장 쉬운 일이니, 질애(姪兒) 상공께 고한 즉, 반드시 한가지로 가자 하실지라. 행중(行中) 인마(人馬) 넉넉하고 노재(路資) 족하니, 너의 한 몸 가기 무엇이 어려우리오."

몽숙이 행희(幸喜) 사례(謝禮)하고 눈이 소저 신상에 쏘았는지라. 소저 저 기색을 살피매 차악한지라. 즉시 일어나 침소로 돌아가니 몽숙이 여유소실(如有所失)[1073]하되, 유씨 가장 총명하니 혹자 저의 거동을 알아볼까 두려, 마음에 없는 담소(談笑)를 이윽히 하다가 밖에 나와, 추밀께 고왈,

"소질이 아까 듣자오니 숙부 촉으로 행하신다 하니, 소질이 선세묘소(先世墓所) 촉지의 있으되, 영정고고(零丁孤孤)하여 간고(艱苦) 심하니, 원로험지(遠路險地)에 내려갈 길이 없는 고로 지금 배알(拜謁)치 못하였삽더니, 숙부 행도에 따라가기를 바라나이다. 허락하심을 얻으리까?"

추밀은 휴휴장부(休休丈夫)[1074]요, 사람의 자닝한 정사를 추연하여 천금을 아끼지 않는지라. 구몽숙의 흉심을 알지 못하고 가연이 허락 왈,

"인마(人馬)와 노비(路費) 부족치 않으니 현질이 가면 행중(行中)에 십분 든든하리로다. 명조에 발행하려 하니 한가지로 출행(出行)케 하라."

1073) 여유소실(如有所失) : 잃은 바가 있는 것 같음.
1074) 휴휴장부(休休丈夫) : 사소한 일에 얽매이지 않아 도량이 크고 마음이 편한 대장부.

몽숙이 배사하고 차야를 윤부에서 지내고 명일 동행하니, 아지못게라! 구몽숙의 궁흉극악한 의사 어느 지경에 미치며 윤소저 촉지에 내려가 신혼초일에 작희함이 없는가? 하회(下回)를 석람(釋覽) 하라.

화설 윤추밀이 명일에 촉으로 향할 새, 금평후께 질녀를 귀근을 청하니, 금후 추밀의 여아 촉으로 가매 회환지속(回還遲速)을 정치 못할 고로, 자부(子婦)의 종형제(從兄弟) 이별을 펴고자 하여 수일 귀령을 허하니, 윤부에서 거교(車轎)를 보내어 데려갈 새, 차시 태우는 조당에서 돌아오지 못하였는지라. 소저 구고께 허락을 받자왔으나 태우에게 고치 못하고 그저 가기를 주저할 차, 태우 돌아오매 문전(門前)의 채교(彩轎)를 놓았는지라. 의아하여 살피니 윤부 노복이 가득이 모였는지라, 소저의 귀령을 지기하고 자기에게 품치 아님을 미온이 여기나, 사색치 않고 바로 존당의 들어가니, 태부인 왈,

"윤추밀 부녀가 금일 촉으로 간다 하고 아부의 귀령을 청하니, 마지못하여 허락하였는지라. 식부 시방(時方)[1075] 돌아가려 하나 너의 명을 듣지 못한 고로 가지 못하는가 싶으니, 모름지기 허락할지어다."

태우 대 왈,

"대인이 허하신 즉 소자 사사소견(私私所見)이 있으리까? 다만 저의 조모 저를 못 보아 병이 되었어라 하고 눈물을 흘리며 그리워하더니, 가면 반가워 새로이 사랑하오려니와 잘못하면 그 모진 수단(手段)에 가장 수고로울 법 있으니 삼가 조심하라 하소서."

금후 소저더러 일찍이 가 쉬이 다녀오라 하니, 소저 태우의 말을 들으매 불안하여 가지 말고자 하나, 존구(尊舅) 재촉하시니 부득이 존당 구고께 배사하고 양씨와 숙매(叔妹)로 작별하매, 침소에 물러와 상교(上

1075) 시방(時方) : 지금.

轎)코자 하더니, 태우 밖으로 나가며 왈,

"윤씨 가는데 따라가 무엇하리요. 네 마땅히 윤씨더러 이르라. '그 어질고 순한 조모의 귀중함을 믿어 몸을 화에 빠지지 말고 오래 있을 의사를 말라' 하라. 내 말대로 않았다가 무사치 못하면 낯을 들고 오지 못하리라."

혜주와 소저 불과 서너 걸음 동안을 띄어 가니 그 말을 다 듣는지라. 불안함이 차라리 귀령을 않음만 같지 못하되, 부득이 옥누항에 이르러 조모 숙당과 모친께 배알하니, 성혼 후 처음으로 귀령하니 그 사이 천생특용(天生特容)이 만고무비(萬古無非)함과 봉관화리(鳳冠花履)의 빛남이 일신 위의(威儀)를 도왔으니, 하물며 연기(年紀) 이팔(二八)을 당하매, 추택향련(秋澤香蓮)이 청엽(靑葉)에 솟았으며, 벽공신월(碧空新月)1076) 이 두렷하고자 하니, 그 백태만광(百態萬光)의 찬란함이 새로이 기이하여, 오래 보지 못하였던 눈을 황홀케 하는지라. 조부인의 반기고 슬프며 귀중하는 뜻을 모양(模樣)하지1077) 못하나, 사람됨이 만사 천연(天然)한 고로 오직 손을 잡아 두굿길 뿐이요, 태부인의 과애와 반김은 측량없는 형상을 이르기 어렵고, 유씨 가작(假作)하는 정의를 또 어찌 형상하리오. 추밀이 다만 웃는 입을 줄이지 못하여 가로되,

"거년춘(去年春)에 성혼하여 금년 신정이 되었으니 이제야 귀령 함이 네 구가의 며느리 사정(私情)을 모름이 심치 아니랴?"

소제 나직이 말씀을 열어 조모와 모친 존후를 묻잡고, 오래 결울(結鬱)턴 하정(下情)을 잠간 펴매, 태부인이 급급히 소저의 팔을 잡아 홍수(紅袖)를 거두치고 주점(朱點)을 상고하매 이미 흔적이 없는지라. 분심

1076) 벽공신월(碧空新月) : 푸른 하늘에 뜬 초승달.
1077) 모양(模樣)하다 : 형용하다. 모양을 나타내다.

(忿心)이 더하나 추밀이 재좌(在坐) 함으로 사색(辭色)지 못하고, 희희
(喜喜)히 소 왈,

"금슬이 박지 아님은 이로써 알지라."

소제 조모 거동을 새로이 한심하되 사색치 않고, 종용이 소매를 당기
어 팔을 덮으니, 공은 모친의 행사를 단정치 아니케 여기나 말을 않고
날호여 나아가니, 경아 현아 양 공자로 반기는 정이 가득하나, 경아는
심리에 미움이 원수 같고, 현아는 원별(遠別)을 아득히 여겨 척비(慽悲)
함을 마지않더라. 차야를 경희전에서 모녀조손과 형제남매 촉을 이어
떠났던 회포를 이르며, 보내는 정을 일러 야심함을 깨닫지 못하다가, 옥
첨(屋簷)의 금계(金鷄) 새벽을 보하고, 추밀이 일어나 발행기구(發行器
具)를 차려 내외(內外) 분요(紛擾)하더니, 동방이 기백(旣白)하매 조반을
파하고 채교를 들여 정하(庭下)에 놓고 소저 들기를 재촉하며, 공이 모
전에 배사(拜辭)할 새 일좌(一座)에 비풍(悲風)이 일어나고 세우(細雨)
뿌려, 태부인과 유씨 분앙(憤怏)함을 겸하여, 딸을 죽이려 보냄과 다르
지 아니하고, 양 공자와 정·석 이소저 별한(別恨)이 무궁하되 오직 추
밀의 재촉이 성화(星火) 같아서, 사정을 이르지 못하게 하는지라. 유씨
여아를 안고 실성비읍(失性悲泣) 왈,

"원로험지(遠路險地)에 무슨 즐거운 일이라, 어미를 버리고 누천리(累
千里) 궁향(窮鄉)을 찾아 가느뇨? 여자유행(女子有行)이 원부모형제(遠
父母兄弟)라 하나, 성혼지시(成婚之時)에 너같이 구차한 이 어디 있으리
오. 하가 곧 아니면 신랑이 없을 것이라 딸을 공연이 십삼 청춘에 서촉
적거죄수(謫居罪囚)를 삼으러 가느뇨?"

공이 바야흐로 여아를 재촉하다가 어이없어 도리어 냉소(冷笑) 왈,

"천하에 신랑이 없을 것은 아니로되, 실로 하원광 같은 이는 없을 것
이요, 현아의 일생으로 일러도, 그 불인한 어미를 떠나 대군자를 맞으러

가는 것이, 서촉 아니라 만리라도 가장 즐거운 일이니, 언참(言讖)1078)
을 너무 복(福) 적게 말라. 하가 비록 적거(謫居)하였으나 여자조차 귀
양1079) 갈 일 아니요, 성도(成都)1080) 촉지(蜀地) 험준하고 성혼(成婚)
에 명공거경(名公巨卿)의 위요(圍繞)하는 부려(富麗)한 영광이 없으나,
양가 부모 서로 정약(定約)하여 친사(親事)를 이루니, 의법유신(依法有
信)하여 구차함이 없으니, 하 괴이히 굴지 말라.”

언파에 좌우로 소저를 붙들어 교자에 넣으라 하니, 소저 조모와 백모
께 예하고 모친께 배별하매, 석·정 이소저 손을 잡고 차마 떠나지 못하
여 연연(戀戀)하는지라. 공이 과도함을 일러 소저 교자에 들 새, 유씨
시녀 십여인과 기용즙물(器用什物)을 무수히 내어 말에 실으라 하니, 공
이 다 물리치고 오직 금침(衾枕)과 한벌 패산지류(貝珊之類)를 초초(草
草)히 넣으며, 시녀는 벽난 소생 등 사인을 행거에 좇아라 하고, 보물과
사치를 원수같이 하니, 재보(財寶) 누거만(累巨萬)이나 무엇에 쓰며, 자
장패산(資粧貝珊)1081)과 금수의상(錦繡衣裳)이 현아에게는 그림 속 떡
같으니, 유씨 사사에 애1082) 미어지고 통한이 각골하여 흉격(胸膈)이
막힐 듯하되, 추밀은 흔연하여 경사에서 성례함 같으니, 짐짓 유씨를 꺾
지르는 뜻이라.

이미 일행이 문을 나매 이 공자 강외(江外)에 나가 송별할 새, 공은
성례 후 돌아오려니와 남매 분수하는 정이 의의참연(依依慘然)하여 누

1078) 언참(言讖) : 미래의 사실을 꼭 맞추어 예언하는 말.
1079) 귀양 : 고려·조선 시대에, 죄인을 먼 시골이나 섬으로 보내어 일정한 기간
동안 제한된 곳에서만 살게 하던 형벌.
1080) 성도(成都) : 중국 사천성(四川省)의 성도(省都).
1081) 자장패산(資粧貝珊) : 여자가 화장하는 데 쓰는 물건들과 산호(珊瑚), 호박(琥
珀) 따위로 만든 값진 물건.
1082) 애 : 초조한 마음 속.

수(淚水) 환난(汎亂)하니, 공이 공자 등을 경계하여 그 사이 좋이 있으라 하고, 여아의 채교를 호행하여 구몽숙을 데리고 서(西)로 향하니, 이 공자 분수 환가하매, 유씨 통절비도(痛切悲悼)하여 여아를 죽임과 다르지 아니하니, 공자 등이 위로하고 태부인과 경아는 소저 원별한 슬픔은 잊어버리고, 명아소저의 비홍이 터 없고 명부위의(命婦威儀) 가작하여 영광이 무흠(無欠)함을 보매, 애달프고 분하여 각별한 계교를 행하여 없애고자 하되, 유씨 머리 싸고 누었으니 태부인이 친히 해춘루에 가 유씨를 집수 위로 왈,

"현마 어찌하리오. 하가(河家) 매양 서측 수졸(戍卒)이 되지 아니리니, 현애 영화로이 돌아오는 날은 즐거울지라. 현부는 심사를 널리 하여 과상(過傷)치 말라."

유씨 체읍 대 왈,

"첩이 명도(命途) 기박(奇薄)하와 두 낱 여식을 두어 경아는 소년명부 허명을 가졌으나 석낭과 남이요, 현아는 화가여생(禍家餘生)을 바라고 십삼 유아(乳兒) 서측 험지로 가는 바를 생각하오니, 첩의 심사 비여철석(非如鐵石)[1083]이라, 슬픔을 어찌 참으리까? 저를 위하여 주옥보패(珠玉寶貝)와 금수나릉(錦繡羅綾)을 별택(別擇)하여 장만한 것이 가득하거늘, 다 버림이 애달고 분하거늘, 시녀조차 삼사 인만 데려가니 저의 의복지절과 시비 부족함이 심하여, 사사(事事)에 어느 곳에 마음을 펴리까? 하가(河家) 촉(蜀)에나 있으면 도리어 기쁘련마는, 조정 의논이 매양 하진을 죽이자 한다 하니, 위태하고 염려스러움을 이기지 못할 소이다."

태부인이 재삼 위로하고, 귀에 대고 밀밀세어(密密細語)로 왈,

"명아 와있는 사이 해(害)함이 마땅하나 그대 저러고 있으니, 만사무

1083) 비여철석(非如鐵石): 쇠나 바위가 아니다.

렴(萬事無念)하여 노모 좋은 모책(謀策)을 얻지 못하리로다."

유씨 벌떡 일어나 앉아 여차여차(如此如此)하자 하니, 태부인이 박장낙왈(拍掌諾曰)[1084],

"차계(此計) 묘하다."

유씨 소리를 낮추어 가로되,

"존고는 사기를 비밀히 하시고 한결같이 사랑함을 뵈소서."

태부인이 고개를 끄덕여 즐김을 마지않더라. 유씨 세월과 비영을 천금을 주어 괴이한 약류를 많이 사들이니, 일이 비밀하여 알 리 없더라.

태부인이 명아소저 사랑이 과도한 체하여, 정부에서 수삼 일만 머물고 돌아오라 하였으니, 그 사이 무슨 연고 있음을 뜻하였으리오마는, 윤소저 옥누항에 이름으로부터 심사 자주 놀랍고 기운이 불평하여, 자연 미우를 펴지 못하는지라. 조부인이 가만히 연고를 물으니 소제 심기 스스로 경동(驚動)함을 고하고, 주영은 태부인 뵙기를 싫게 여겨, 오직 유모 설난과 현앵만 데려왔는지라.

소저 수삼일 머무는 사이나 현앵으로 침소 장(帳) 뒤에 매양 지켜 떠나지 못하게 하더니, 일야는 태부인이 화미성찬(華味盛饌)을 포설(鋪設)하여 조부인 모녀를 불러 먹으라 하고, 저와 유씨도 상을 받았는지라. 조부인 모녀 의심이 동하여 소저는 복통이 급하여 먹지 못함을 일컫고, 조부인은 주저(躊躇)할 사이 태부인이 좌우 시녀를 다 먹이니, 차시 밤이 장차 반이나 된지라. 양 공자는 외헌에서 잠이 깊었고 비복이 다 물러갔으되, 오직 세월 비영 등과 설난이 자지 않고 조부인을 모셔 왔더니, 태부인 주는 주찬을 무심히 받아먹으니 세월 비영 등 먹는 것은 약을 섞지 않았고, 설난은 말 못하는 약을 넣어 먹였으니, 주찬이 겨우 후

1084) 박장낙왈(拍掌諾曰) : 크게 만족하여 손뼉을 치며 응낙하여 말함.

설(喉舌)을 넘으며 벙어리 되는지라.

입을 벙웃벙웃[1085]하고 말을 못하니 조부인 모녀는 차경을 보지 못하나, 오직 주찬을 먹지 않고 의심을 이기지 못하니, 태고(太姑) 정색하고 조부인을 대책(大責)하니 부인이 절민하나 마지못하여 두어 번 하저(下箸)[1086]에 어찌 벙어리 되기를 면하리오. 소저더러 무슨 말을 하고자 하되 종시 못하고 거동이 창황(蒼黃)하여 면색(面色)이 괴이하니, 소저는 조모 꾸짖어도 먹지 않았는지라.

모친 거동을 보고 대경하여 연망(連忙)이 일어나 부인을 붙들고자 하니, 위흉이 조부인을 몰아 협실에 넣으니 소저 따라 들려 하니, 경애 나는 다시 문을 잠그고, 위·유 양인이 세월 비영 등으로 하여금 소저에게 달려들어 젖혀 뉘고 경애 유리종(琉璃鍾)[1087]에 약을 풀어 소저 입에 부으려 하니, 소저 목전에 흉참(凶慘)한 거동을 보매 비록 조모와 숙모 종형의 일이나 비분통해(悲憤痛駭)하여 성음(聲音)이 격렬강개(激烈慷慨)하여 왈,

"조모와 숙모 와 저저, 천지간에 없는 패덕을 행하여 모친을 경각(頃刻)에 병인을 만들고 날을 마저 죽이려 하니, 무인심야(無人深夜)에 알리 없다 하여 이런 악사를 행하나, '야천(夜天)이 조림(照臨)하고 신명(神明)이 재방(在傍)하니'[1088] 스스로 두렵지 않으니까?"

삼흉(三凶)이 대로하여 위력으로 약을 퍼붓고자 하되 소저 약하기 신류(新柳) 같으나 격렬(激烈) 씩씩하고 강력(强力)이 또한 없지 아니니,

---

1085) 벙웃벙웃 : 벙긋벙긋. 입을 소리 없이 벌렸다 오므렸다 하는 모양.
1086) 하저(下箸) : 젓가락을 댄다는 뜻으로, 음식을 먹음을 이르는 말.
1087) 유리종(琉璃鍾) : 모양이 종처럼 생긴 유리 그릇.
1088) '야천(夜天)이 조림(照臨)하고 신명(神明)이 재방(在傍)하'다 : 밤하늘이 위에서 굽어보고 신령이 곁에서 지켜보고 있다.

마침내 입을 벌리지 않아 약을 받지 않으니, 위흉이 유씨 모녀와 비영 세월로 더불어 소저의 수족과 몸을 내리 누르며 사이사이 주먹으로 치기를 힘껏 하더니, 경아가 고름1089)에 채워1090) 두었던 삼촌단검(三寸短劍)을 빼어 조모를 준데, 소저 차경을 보고 진력하여 일어나 광천 등을 깨우고자 하더니, 위흉이 그 다리를 급히 지르니, 소저 한 소리를 느끼고1091) 엄홀(奄忽)하니, 뉘 있어 구하리오. 경아가 이때를 타 입을 어기고1092) 독약을 퍼 넣을 새, 기운이 막혀 약물이 후설을 넘지 못하되, 위·유 등이 창황급급(蒼黃急急)히 죽여 없애려 하는 고로, 약이 못 들어가는 줄도 깨닫지 못하고, 한없이 퍼 넣어 옷을 적시며, 간간이 옥면화협(玉面花頰)과 응지설부(凝脂雪膚)를 모진 손으로 쥐어뜯어 곳곳이 붉은 피 돌돌 흐르고, 소저 엄홀하여 숨을 내쉬지 못하고 일신(一身)과 수족(手足)이 얼음 같으니, 분명 죽은 줄로 알아, 큰 피농(皮籠)1093)을 들여와 소저를 넣을 새, 세월이 그 촉금상(蜀錦裳)을 벗기고 비영이 그 머리의 수식보화(修飾寶貨)를 다 뜯어 가지고, 유씨 그 옷을 마저 벗기려 할 때, 현앵이 소저 오래 나오지 않음을 괴이히 여겨, 가만히 경희전에 와 족적을 가만히 하여 합장(閤牆) 뒤에서 엿보니 이 경상이라.

대경망극(大驚罔極)하여 통곡고자 하나 저마저 잡힌 즉 소저 시신도 찾을 길 없어, 바삐 양 공자를 보아 고코자하여 달리니, 천지 어두운 가운데 중문(中門)을 닫아 긴긴히 잠갔으니, 착급(着急)하여 전문(前門)을

1089) 고름 : 옷고름. 저고리나 두루마기의 깃 끝과 그 맞은편에 하나씩 달아 양편 옷깃을 여밀 수 있도록 한 헝겊 끈.
1090) 채우다 : 물건을 몸이나 옷 등에 묶거나 끼워서 지니다.
1091) 느끼다 : 흐느끼다. 몹시 서럽게 소리내어 울다.
1092) 어기다 : 억지로 벌리다.
1093) 피농(皮籠) : 가죽으로 만든 농.

버리고 뒤로 좇아 동산문을 나올 새, 걸음이 창황하고 앞이 어두워 서헌 (書軒)으로 나오노라 한 것이 대로상으로 나온지라. 가슴을 치고 도로 더듬어 가려 하더니, 홀연 멀리 바라보니 횃불이 낮같고 허다추종(許多 追從)이 일위 명관을 옹위하여 바로 옥누항으로 향하는지라. 앵이 아득 한 눈으로 바라보니 이곳 저의 주군(主君) 정태우라.

영행함을 이기지 못하여 급한 소식을 고코자 하되 태우 상시(常時) 엄 위(嚴威)하여 비복이 먼저 말씀을 발치 못함으로, 짐짓 태우 알아듣게 길거리의 서서 실성호읍(失性號泣)하니, 태우 소저를 친정에 보내고 염 려를 놓지 못하되, 위·유 보기를 괴로와 윤부에 가지 않았더니, 차일 친우 태학사 경춘기 친상을 만나 발인하여 절강으로 가는 고로, 작일 경 부의 와 범사를 살펴 지극한 정이 친척에 지난지라. 경학사 감은하고 피 차(彼此) 이정(離情)이 못내 서운터니, 홀연 태우 신기 불평하고 먹은 것을 구토(嘔吐)하고 눅눅함을 정치 못하니, 금평후와 순참정이 다 경부 에 모여 행상(行喪)함을 보려 하다가, 태우의 불평함을 놀라, 평후 왈,

"내 하·진 이형으로 더불어 상구(喪柩) 발함을 보리니 너는 윤부에 가 조호(調護)하라."

태우 대단치 않음을 고하나 가장 염려하여 재삼 이르매 태우 부득이 돌아올 새, 경학사를 당부하여 영구(靈柩)를 모셔 무사히 행하라 하고, 가까운 옥누항으로 오더니, 노변에서 현앵이 망망참절(茫茫慘切)이 우 는지라. 반야삼경(半夜三更)에 대로중(大路中)에 와 저렇듯 함을 경해 (驚駭)하여 좌우로 앵을 부르라 하며, 윤부 바깥문의 다다라는 말을 내 려 문 열나 말을 않고, 먼저 앵더러 문 왈,

"윤부에 무슨 연고 있으며 비자 어찌 우느뇨?"

앵이 읍읍(泣泣)하고 모든 하리중(下吏中) 차마 직고치 못하여 주저하 니, 태우 짐작하고 하리를 명하여, '말을 가지고 아무데나 가 밤을 지내

고 오라.' 하고, 심복노자(心腹奴子) 연충을 머물러 있게 하고 물으니,
앵이 급히 전후사를 고한대, 태우 만신(滿身)이 서늘하여 앵더러 왈,

"네 바삐 들어가 엿보아 여주(汝主)의 시신을 어찌 하는가 보라."

앵이 수명하고 오던 길로 들어가니, 차시 위·유 이인이 소저의 시신
을 피농에 넣어 계명(鷄鳴)에 심복 노자로 멀리 갖다가 묻으라 한데, 전
문(前門)으로 가기는 어려워 원문(園門)으로 가라 하니, 형봉은 세월의
가부요, 위·유의 악사를 돕는 노재(奴子)라. 피농을 단단이 봉(封)하여
달라 하니, 이때 조부인은 협실에서 벙어리 되었고, 설난은 장외(帳外)
에 있는 것을 비영이 몰아다가 그윽한 방에 넣고 문을 잠그니, 소저의
사화(死禍)를 하늘과 귀신밖엔 알 리 없음을 흔흔하여 하더라.

형봉이 피농을 추켜올리며 나오니 앵은 형봉을 알아보고 피농에 분명
이 소저의 시신을 담은 줄 알고, 급히 돌처[1094] 돌아와 태우께 고하니,
태우 연충을 데리고 나는 듯이 행하여 원문의 와 본 즉, 형봉이 큰 피농
을 추켜올리며 혼잣말로 이르대,

"어디서 계성(鷄聲)이 나는 듯한데 어찌 분명치 않고 날이 추우니 진
저리 치인다."

하며, 중얼거리니 태우 차언을 듣고 분발(憤髮)이 지관(指冠)하여 노
목(怒目)이 진녈(盡裂)하여 생각하되, 윤씨 만일 죽었으면 차적(此賊)을
죽여 흉물(凶物) 등을 놀래리라 하고, 급히 원비(猿臂)[1095]를 늘여 좌수
로 형봉의 상토를 잡고 우수로 농을 옆에 끼고, 소리를 엄히 하여 왈,

"네 한 소리나 하였다가는 즉각에 머리를 베어 육장(肉醬)을 만들 것

1094) 돌치다 : 되돌다. 향하던 곳에서 반대쪽으로 방향을 바꾸다.
1095) 원비(猿臂) : 원숭이의 팔이라는 뜻으로, 길고 힘이 있어 활쏘기에 좋은 팔을
    이르는 말.

이니 입을 닥치고 있으라."

하고, 용행호보(龍行虎步)로 원문을 내다르니, 형봉이 천만 염외(念外)에 정태우를 만나 제 머리를 끌고 농을 옆에 껴 가니, 놀랍고 끔찍함이 청천백일(靑天白日)에 벽력(霹靂)을 당한 듯, 험포흉녕(險暴凶獰)한 놈이나 떨기를 마지않아, 다만 가만히 애고 소리 뿐이라.

태우 대로상에 나와 마땅히 갈만한 곳이 없어 생각하니, 유모 설유랑의 아자미 십자가(十字街)에서 살므로, 유모 수일전 취운산에 다니러 왔음으로 알았던지라. 이에 나는 듯이 십자가에 행하니, 연충이 농을 져지라[1096) 하되 들은 체 않고, 다만 형봉을 끌고 빨리 행하여 십자가 마관인 집에 이르러 손으로 잠근 문을 열어 급히 안으로 들어가니, 원래 마관인은 금평후의 군관(軍官)이요, 기처 설시는 유랑의 숙모니, 정부 비자라. 관인(官人)은 평후께 신임(信任)하여 돌아올 적이 드물고, 설씨 두어 여식을 데리고 있으니 집이 부요하나 번잡하지 않은지라,

태우 비로소 형봉을 연충더러 잡고 있으라 하고, 유모를 부르니, 유모 잠을 깊이 들었다가 태우의 소리를 듣고 대경하여, 숙질이 촉을 밝히고 좋은 자리를 들고 나오거늘, 태우 어서 방을 수쇄(收刷)[1097]하라 하니 유모 곡절을 몰라 급히 방을 서릇고[1098] 새 자리를 편 후 들어오기를 청하니, 태우 농을 들고 들어와 열고 보니 소저 나상과 수식을 다 없이 하고 단삼과 이의(裏衣)를 입었는지라. 청운(靑雲) 같은 두발이 헝클어지고, 옥면이 다 뜯겨 적혈(赤血)이 가득하였으며, 옥각(玉脚)이 칼로 질리었는지라. 태우 차경을 보매 참연경악(慘然驚愕)함이 비할 데 없어,

---

1096) 져지라 : 자진하여 지겠다고 하다.
1097) 수쇄(收刷) : 늑수습(收拾). 흩어진 재산이나 물건을 거두어 정돈함.
1098) 서릇다 : 거두어 치우다. 정리하다. 없애다. 죽이다.

붙들어 내어 편히 누이니, 소저 기운이 막혔다가 그사이 오랜 고로 약물
로 구호함이 없으나, 요행(僥倖) 독약이 후설을 넘음이 없는 고로 자연
깨달아 눈을 떠보며 숨을 내쉬는지라.

그 죽든 않았음을 만심행희(滿心幸喜)하여 낭중(囊中)의 약을 내어 풀
어 입에 떠 넣으니, 유랑 숙질이 차경을 보고 면색이 여회(如灰)하여 가
만히 현앵더러 물은데, 다만 참화(慘禍)를 만나다 하고, 자세히 이르지
않는지라. 떨리고 눈물이 비 같으니 태우 유모더러 '요란이 굴지 말라'
하고, 소저의 손을 잡아 왈,

"능히 인사를 알아, 사람을 분변하여 이리 된 곡절을 아시느냐?"

소저 만신이 다 아프고 칼에 질린 다리 더욱 아프고 저려 혼고(昏
苦)[1099]한 중 태우 구호하나 소리를 듣고 더욱 경황(驚惶)하여 능히 답
지 못하니, 태우 그 죽든 않을 줄 알고 유모와 현앵을 당부하여 극진 구
호하고 잡인을 들이지 말라 하고, 벽상의 관인의 장검을 빼어 들고 빨리
나와 형봉을 수죄 왈,

"네 불측(不測)한 주모와 악사를 같이 하니 죄당주륙(罪當誅戮)[1100]이
나 피농의 시신을 어찌하려 하더뇨?"

형봉이 부복(仆伏) 왈,

"태부인과 유부인이 소저의 시신을 멀리 갖다 묻으라 하시매 소복(小
僕)이 봉명(奉命)할 따름이요, 자작지죄(自作之罪)는 업나이다."

태우 한설(閑說)이 무익하여 한 칼로 형봉의 머리를 베어들고 연충으
로 시신을 없애게 한 후, 나는 듯이 옥누항에 오니 오히려 닭이 울지 않
았더라. 태우 바로 장원을 너머 내헌(內軒)으로 사무쳐[1101] 들어가니 족

1099) 혼고(昏苦) : 정신이 흐릿하고 고통스러움.
1100) 죄당주륙(罪當誅戮) : 죄가 사형에 처해야 할 큰 죄에 해당함.

적(足跡)도 없는지라.

차시 위·유 등이 조부인을 마저 죽이고, 비영의 딸 춘월로 소저를 대신하여 정가로 보내자 하니, 다 유씨의 꾀라, 태흉(太兇)이 칭찬하더니, 정태우 역귀(役鬼)[1102]하는 술(術)과 제해풍운(除害風雲)[1103]하는 재주를 내어, 효월(曉月)이 희미한데 흑운(黑雲)과 열풍(熱風)을 몰아 경희전으로 향케 하고, 황면흑면(黃面黑面)의 칠귀(七鬼)를 전문(前門) 앞에 세우고, 자기는 안연이 걸어가되, 흑기(黑氣) 가득하여 사람이 몰라보는지라. 지게를 열치고 형봉의 머리를 그것들 앉은 데로 들이쳐 왈,

"여등(汝等)이 무인심야(無人深夜)에 악사(惡事)를 낭자(狼藉)히 하고 알 리 없다 하여 즐기거니와, 천신이 진노하여 황건역사(黃巾力士)[1104]로 너희 죄를 물으려 왔으니, 만일 개과천선(改過遷善)을 아니 한 즉 일각에 다 죽이리라."

위흉 고식모녀(兇姑姑媳母女)[1105] 세월·비영으로 더불어 모진 바람과 안개를 보고, 병장(屛帳)을 두른 가운데 아니꼬운 기운이 들어오니 괴이히 여길 차에, 칠귀 좌우로 서고 사람의 머리를 들이치며 소리 질러 수죄(數罪)하니, 대담대악(大膽大惡)이나 일시에 거꾸러져 실색하되, 만고악종요물(萬古惡種妖物) 유녀는 오히려 엄홀치 않아 왈,

"제발 살려주소서. 이제란 악사를 아니 하리이다."

하거늘, 태우 즉시 지게를 닫치고 풍운과 귀신을 헤쳐 자취를 없이하

1101) 사무치다 : 통(通)하다.
1102) 역귀(役鬼) : 귀신을 부림.
1103) 제해풍운(除害風雲) : 바람과 구름을 일으켜 해로운 것들을 제거함.
1104) 황건역사(黃巾力士) : 신장(神將)의 하나. 힘이 세다고 함.
1105) 흉고고식모녀(兇姑姑媳母女) : 흉고 위태부인과 그 며느리 유씨, 그리고 유씨의 딸 경아를 함께 이른 말.

고, 도로 장원(牆垣)을 뛰어넘어 십자가(十字街)로 오니, 비로소 새배
북이 동하고 계성이 잦더라.

태우 옷을 찾아 입고 안에 들어가 소저를 볼 새, 작석(昨夕)에 신기
불안하더니 용기를 분발하여 달음질을 많이 하고, 옥누항에 가 노고고
식(老姑姑媳)을 놀래며 자기 아픈 것을 잊어버리고 분분다사(紛紛多事)
히 괴이한 일을 많이 지내니, 또한 우습기를 이기지 못하나, 소저의 상
처를 염려하여 곁에 나아가, 문 왈,

"그사이 정신을 거두어 이리 온 일을 아시느냐?"

소저 차시 정신이 요연(瞭然)하여1106) 설유랑 숙질과 모든 시비를 보
기 부끄러워 눈을 뜨지 않고 있더니, 태우의 물음을 당하니 참괴함이 욕
사무지(欲死無地)라. 그러나 그 성정이 경(輕)치 아니하니 부답(不答)함
이 괴이하여 미미히 대 왈,

"심혼(心魂)이 아득하니 이곳에 온 곡절을 알지 못하나이다."

태우 본디 세쇄(細瑣)한 말을 않는 고로 다만 이르되,

"자의 액경(厄境)이 차악하여 남의 없는 변고를 당하니 참혹함을 어찌
다 이르리오. 전혀 귀령(歸寧)의 해(害)라. 오히려 일명을 이었으니 설
마 어찌하리오."

소저 모친이 병인(病人)이 된 바를 생각고 옥루방방(玉淚滂滂)하여 그
사이 독수를 받아 마치신가 하여 슬픔을 참지 못하니, 태우 현영을 윤부
근처에 보내어 날이 밝거든 사기를 탐지하라 하고, 소저를 위로하며 하
리 등을 순부로 대령(待令)하라 하였으니, 조참(朝參)이 늦을까 하여 유
모로 하여금 술을 가져오라 하여 거후르고, 일기(一器) 미죽(糜粥)을 구
하여 소저를 권하여 먹이기를 다하매, 총총(恩恩)이 순부로 향하니, 처

1106) 요연(瞭然)하다 : 분명하고 또렷하다.

사의 신능(神能)함이 이렇듯 하더라.

유랑 등은 태우가 경각에 형봉을 베는 것을 보고 모발(毛髮)이 구송(懼悚)하여 바로 보기를 두려워하더라.

어시에 위씨 고식(姑媤)과 경아 양비(兩婢)로 더불어 실색(失色)[1107]하였다가 깨니 유씨 한구석에 떨며 엎디어 있으니 마음을 단단히 잡아 일시에 일어나 대골[1108]을 보니 형봉이라, 적혈이 방중의 뿌렸으니 위흉과 유씨 모녀의 경악함은 이르도 말고, 세월이 망극하여 방성통곡(放聲痛哭)하려 하거늘, 비영이 붙들어 말리고 위씨 고식이 반드시 귀신의 조화(調和)로 알아 무섭고 두려움을 이기지 못하나, 위씨 유씨 모녀를 붙들고 왈,

"노모 행년(行年) 육십에 이런 변을 못 보았나니 아지못게라! 이 귀신의 작용이냐? 사람의 일이냐?"

유씨 왈,

"첩이 잠간 보매 흑운악풍중(黑雲惡風中)에 황면칠귀(黃面七鬼) 문 앞에 벌려서있었으니 사람의 일이 아니니이다."

위흉 왈,

"장차 어찌하리오!"

유씨 왈,

"첩이 아까 귀신의 꾸짖는 소리를 응하여 개과천선(改過遷善)함을 애걸(哀乞)하여 귀매(鬼魅) 물러났으나, 형봉의 머리 따로 났으니 '그 피농을 귀신이 어찌 한고?' 조씨 노주를 마저 죽이면 귀신이 두려우니 도로

1107) 실색(失色) : 늑실신(失神). ①놀라서 정신을 잃음. 또는 ②놀라서 얼굴빛이 달라짐.
1108) 대골 : 머리.

말하는 약을 먹여 살인죄를 받지 말 것이요, 명아는 이미 죽었으니 처음 의논대로 춘월로 개용단(改容丹)을 먹여 정가에 보내는 것이 옳으니, 이후 세세히 보아가며 계교를 도모하여도 늦지 않을 것이니이다."

위씨 붉은 눈이 산(山)[1109]밖에 삐어져 황황(惶惶)하여 유녀의 입만 바라보고 머리끝이 쭈뼛 쭈뼛[1110]하니, 유씨는 대간(大奸)이라. 그 악사를 감추려 세월을 천만 위로하고, 황금 삼십 냥을 주어 형봉의 머리를 장(葬)하라 하고, 비영으로 춘월을 부르니 이르거늘 범사를 다 가르쳐 개용단을 먹이매, 이윽고 용속(庸俗)하고 간사(奸邪)한 당하천비(當下賤婢) 변하여 찬란쇄락(燦爛麗落)한 윤소저 되니, 호리(毫釐)도 다름이 없는지라,

현아의 한벌 의상(衣裳)을 입히고 운환(雲鬟)을 꾸며 외면회단(外面回丹)을 금낭(錦囊)에 넣어 속고름에 채우고, 이르대,

"정부에 가 수 일만 있다가 청의(靑衣)[1111]를 갈아입고 회면회단(回面回丹)을 먹고 백주(白晝)에 이리 와도 알 리 없으리니 수삼일내(數三日內)에 취졸(醉拙)[1112]을 내지 말라."

하고, 조부인께 하직(下直)할 제 여차여차 하라 하니, 월이 순순 응대하고, 위씨 협실문을 열고 경아 촉을 가져 조부인을 보니, 한갓 말 못하는 암약(瘖藥) 뿐 아니라 정신이 흐리고 인사불성(人事不省)하는 약을 먹였음으로 낯빛이 찬 재같이 되었으니, 회생단(回生丹)과 개청환(開睛丸)을 갈아 입에 들여 넣고, 비영을 명하여 설난을 또 깨와 구호하고, 방중을 치워 형봉의 머리에서 뿌린 피를 없애는 등, 가장 분분이 서둘러

1109) 산(山) : 팔자춘산(八字春山), 곧 화장한 눈썹.
1110) 쭈뼛쭈뼛 : 무섭거나 놀라, 머리카락이 자꾸 꼿꼿하게 일어서는 듯한 느낌.
1111) 청의(靑衣) : 푸른 빛깔의 옷. 예전에 천한 사람이 입었던 옷.
1112) 취졸(醉拙) : 말이나 행동이 조심성이 없어 가볍고 상스러움.

치우기를 극진히 하니, 세월이 형봉의 머리를 차마 손으로 들지 못하여 궤에 담아 가지고 행각(行閣)[1113]으로 나오되 한 소리 통곡을 못하고, 날이 밝거든 시신을 얻으려 하더라.

유씨 조부인 구호함을 극진히 하여 닭 울음소리 잦은 후, 인사를 차려 가슴이 답답하다 하는지라. 도리어 다행하여 붙들어 방에 누이고 구호하며, 비영이 설난을 구하여 완연여구(完然如舊)하니, 난이 공연이 말을 못하고 정신이 아득하던 바를 이상히 여기니, 비영이 다만 이르대,

"실성(失性)하였더니라."

전하니, 양 공자 들어와 신성(晨省)하매, 간인들이 밤을 새와 놀라기를 끔찍이 하고, 조부인이 경희전에 누었는지라. 양 공자 대경하여 연고를 무른대 위흉이 답 왈,

"작야에 노모 심사 울억(鬱抑)하여 침소에 못가고 이곳에서 경야(經夜)하니라."

양 공자 심리에 큰 사고 있었던 줄 헤아려 놀라움을 이기지 못하고, 모친을 붙들어 해월루로 돌아올 새, 매저(妹姐)의 거동이 전과 달라 행동이 유법하지 못하여 가장 괴이(怪異)하니, 차 공자 더욱 보기를 자주 하매 유녀는 간특(姦慝)한 영물(靈物)이라. 사기 패루(敗漏)할까 두려, 월의 나상(羅裳)을 당겨 곁에 앉혀 왈,

"현질이 새도록 몸을 삐쳤으니[1114] 저저 구호하기는 광아 등이 하리니, 이곳에서 잠간 쉬라."

월이 사양치 않고 한 구석에 눕거늘, 공자 더욱 의혹하나 모친의 불평

1113) 행각(行閣) : 행랑(行廊). 예전에, 대문 안에 죽 벌여서 지은, 주로 하인이 거처하던 방.
1114) 삐치다 : 일에 시달리어서 몸이나 마음이 몹시 느른하고 기운이 없어지다.

하심을 염려하여 모셔 해월루로 가니, 경아 조부인이 주찬을 먹고 인사 모르던 바를 양 공자더러 할까 하여, 정있는 체하고 따라오니, 부인이 침소에 와 편히 누우매 작일 경상(景狀)을 측량치 못하여, 자기는 말 못하는 병인을 만들고 여아는 위·유와 경아 모두 허리를 안고 손을 잡아 협실에 못 들게 하던 일이 흉참기괴(凶慘奇怪)하여, 설난을 불러 물으니 난이 작야 실색(失色)하였던 바를 고하매, 부인과 공자 경해(驚駭)하니 경아 있음으로 말을 못하더니, 날이 밝고자 하고 밖에 금평후 정공이 내림함을 전하니 양 공자 바삐 나와 맞아 당에 오르매, 평후 왈,

"작야에 돈아(豚兒)[1115] 이의 왔더냐?"

공자 등이 보지 못하므로 대하니, 후 왈,

"경부 발인(發靷)에 모두 갔더니, 돈아 심히 불평하여 하거늘 이리 보냈더니 아니 왔으면 반드시 순부로 감이라. 내 바빠 오부(吾婦)를 보지 못하고 가니, 순부에 가 거교(車轎)를 얻어 보낼 것이니 취운산으로 오라 전하라."

언필에 총총히 순부로 가니, 태우 원래 무병하고 생내(生來) 음식을 거슬러 보지 않았더니, 작일 그러함은 하늘이 소저를 구하게 함이거늘, 정공은 그 병을 염려하여, 경가 상구(喪柩)가 강까지 감을 보고, 바로 윤부에 와 아자 없으매 순부에 이르니, 태우 십자가에서 이곳에 와 순학사 등이 깨지 않았으므로, 자기도 접목고자 옷을 벗고 순생 등의 금침(衾枕)을 들치고 누우니, 순학사 놀라 깨어 보고 웃고 꾸짖어 왈,

"어대 가 휘돌아다니다[1116]가 언 살을 사람의 몸에 갖다 대느뇨?"

태우 소 왈,

1115) 돈아(豚兒) : =가아(家兒). 남에게 자기의 아들을 낮추어 이르는 말.
1116) 휘돌아다니다 : 이리저리 돌아다니다.

"경부 발인(發靷)을 보러 갔다가 신기 불안하여 왔나이다."

순생 등이 행상(行喪)함을 물으니 알지 못함을 이르고, 베개를 취하여 즉시 잠들었더니, 밝는 줄 깨닫지 못하니 순생 등이 먼저 일어나 구태여 깨오지 않았더니, 금후 내림(來臨)함을 듣고 태우를 흔들어 깨오며 맞을 새, 태우 연망(連忙)이 일어나 옷을 입으며 머리의 관을 들어 얹고 하당 영지(下堂迎之)하매, 순참정이 한가지로 들어오며 문 왈,

"질애 작일 불평(不平)함이 경(輕)치 않더니 금조(今朝)는 어떠하뇨?"

태우 나음으로써 대하고 승당(昇堂) 좌정(坐定)하매, 평후 날호여 맥을 보니 기운이 충천하고 맥후 양실(良實)하니, 좀 병은 염려스럽지 않은지라. 눈을 들어 그 얼굴을 보니 녹빈(綠鬢)[1117] 방천(方天)[1118]에 두발(頭髮)이 흐트러지고 관(冠)을 바로 못하였으니 깃 편 봉(鳳)이요, 날개 벌린 학(鶴)이라. 연화양협(蓮花兩頰)에 유성쌍안(流星雙眼)이 나직하고, 동용(動容)이 안서(安舒)하여 부전(父前)에 경근지례(敬謹之禮)를 잡으매, 산악(山嶽)을 넘뛸 기운을 감추어, 온화(溫和)한 낯빛과 유열(愉悅)한 거동이 인심에 사랑스러움을 참지 못할 바니, 어찌 반야지간에 사람의 머리를 베며 풍운(風雲)을 모우고 귀신을 부려 허다한 작용이 능려하던 바를 뉘 알리오. 순공이 크게 사랑하여 손을 잡고 소 왈,

"만조가 다 너를 정엄(正嚴)코 어렵다 하여 두려워하나, 이같이 온유한 거동을 보면 석목간장(石木肝腸)이라도 농준(濃蠢)하리니 네 부친이 무슨 복으로 이런 기자(奇子)를 두었느뇨?"

금평후 소왈,

"형장이 오아를 처음 봄이 아니거늘 어찌 새로이 과찬 하느뇨?"

1117) 녹빈(綠鬢) : 윤기 나는 고운 귀밑머리.
1118) 방천(方天) : 네모난 이마. 천(天)은 천정(天庭) 곧 얼굴의 '이마'를 뜻한다.

순공이 소왈,

"부자가 한데 모였음을 보니 마치 노주 같으니, 윤보는 용속기를 잠간 면하였으나 천아에게 비기매 만불급(萬不及)이라. 생자(生子) 잘 하니는 윤보 같으니 없을까 하노라."

금후 잠소 왈,

"기자(其子)를 승어부(勝於父)라 하면 기부(其父) 열지(悅之)라[1119] 하나, 천애 무엇이 소저도곤 나으리오."

순공이 소왈,

"자식이 비록 말을 못하나, 현질(賢姪)을 윤보에서 낫지 아니타 하면 어찌 원억(冤抑)지 아니랴."

평후 잠소하고 거교(車轎)를 빌리라 하여 자부(子婦)를 데려 가렸노라 하니, 태우 윤부 변고를 고코자 하다가, 생각하되 거교를 윤부에 보내면 무엇을 신부라 하고 담아 보내는가 보려 하여, 잠잠하고 관소(盥梳)[1120] 를 마치매 조회에 들어가니, 평후는 거교를 윤부로 보내고 취운산으로 오니라.

차설. 윤공자 정공을 보내고 들어와 모친께 매저를 이제 보내라 하던 말을 고한대, 부인이 심회 유유(儒儒)[1121]하여 말을 않고 있더니, 이윽고 거륜(車輪)이 왔거늘, 위씨 고식(姑媳)이 춘월을 신신당부(申申當付)하여 삼사일만 있다가 오라 하고, 즉시 보낼 새, 월이 엄연(儼然)이 소

1119) 기자(其子) 승어부(勝於父) 기부(其父) 열지(悅之) : 그 아들이 아버지 보다 낫다고 하면 그 아버지가 기뻐한다는 뜻.

1120) 관소(盥梳) : 관세(盥洗)와 소세(梳洗)를 아울러서 이르는 말. 관세는 손을 씻는 것, 소세는 머리를 빗고 얼굴을 씻는 것을 말함.

1121) 유유(儒儒)하다 : 모든 일에 딱 잘라 결정을 내리지 못하고 어물어물한 데가 있다.

저인 체하고 해월루에 가 조부인께 하직하며, 눈물을 뿌려 왈,

"가중사세(家中事勢) 모친이 안과(安過)하시기 어려울지라. 원컨대 천만 보중하소서."

어음(語音)이 낭랑(朗朗)하여 소저 성음과 다름이 없으나, 거동이 내도하여 여중군자(女中君子) 같은 풍채 없으니, 부인이 경아(驚訝)하여 말씀을 펴고자 하더니, 태부인이 와 정부 가정(家丁)이 바빠함을 이르고 재촉하니, 월이 총총 배별(拜別)한대, 조부인이 홀연(忽然) 섭섭함은 없고 놀라온 듯, 괴이한 듯, 양 공자 저저(姐姐)의 경색(景色)이 경박(輕薄)함을 불평(不平)하되 말을 못하고, 급히 분수(分手)하니 심사 울울하더라.

월이 화교채륜(華轎彩輪)에 단장을 어리게1122) 하고 설난과 제시녀를 거느려 운산에 이르니, 존당구고 반김이 극하여 채교(彩轎)를 바로 정하(庭下)에 놓고 혜주와 양씨는 난간 밖에서 맞을 새, 설난이 주렴을 걷고 소저를 모셔 당에 올리니, 월이 스스로 경황(驚惶)함을 이기지 못하나, 또한 별물(別物)이라. 전일 정부에 왕래하여 차례를 알고 있으므로 예모(禮貌)를 의지(依支)하여 대단한 실체(失體)를 면하니, 태부인이 손을 잡고 반김을 마지않고 혜주 소 왈,

"저저(姐姐) 친당의 가시어 이정(離情)을 펴시매 소매 등을 잊었으려니와, 소매와 양형은 그 사이라도 저저 사모함이 무궁(無窮)하여이다."

월이 소왈,

"첩인들 어찌 소저와 양부인을 잊으리까? 소저 등이 첩을 향하신 정이 그렇듯 하시니 첩이 또한 친생동기(親生同氣)와 다름이 업더이다."

하니, 윤소저는 본디 존전에 말씀이 많지 않아, 혜주 물음이 있으면

1122) 어리다 : 황홀하거나 현란한 빛으로 눈이 부시거나 어른어른하다.

대답이 나직하더니, 차일 양양(揚揚)히 지껄여 소리를 태부인과 구고(舅
姑) 다 알아듣게 하고, 얼굴과 모양은 일호(一毫) 다름이 없으나 행지
(行止) 십분 비천하니, 구고 웃는 용화를 거두고 괴이히 여기더니, 태우
조회하고 돌아와 바로 내당으로 들어오니, 월이 일단 음정(淫情)을 내
어, 태우로 더불어 '운우(雲雨)의 정'[1123]을 맺고 소저의 자리를 웅거(雄
據)하여, 태우의 중궤(中饋)[1124]를 임찰(臨察)하고 양씨를 절제코자 의
사 나는지라.

태우의 들어옴을 보고 나삼(羅衫)을 떨치고 금상(錦裳)을 움직여 먼저
일어서니, 혜주와 양씨 우습게 여겨 '윤씨 어찌 이다지도 변한고?' 불승
한심(不勝寒心)하더니, 태우 당에 올라 눈을 들매 윤씨 같은 여자가 홍
수(紅袖)를 정히 꽂고 자기를 바라보니, 해연망측(駭然罔測)하되, 안색
을 부동(不動)하고 태모와 모전에 야래(夜來) 존후(尊候)를 묻잡고, 엄
전(嚴前)에 고 왈,

"윤부에 거교를 보내시니 무엇을 담아 보냈더이까?"

금후 그 말을 수상히 여겨 태우를 숙시양구(熟視良久)의 왈,

"아부를 데려왔거늘, '무엇을 담아 왔더냐?'란 말이 이 무슨 말이냐?"

태우 피석(避席) 대 왈,

"해애(孩兒) 작야에 기변(奇變)을 보고 대인이 윤부에 거교를 보내시
되, 저 집이 어찌 하는고 보고자 아침에 고치 못하였삽더니, 사람의 얼
굴이란 것은 천성을 타 난 후는 변하고 고치지 못하옵나니, 소자(小子)

1123) 운우(雲雨)의 정(情) : 구름 또는 비와 나누는 정이라는 뜻으로, 남녀의 정교
(情交)를 이르는 말. 중국 초나라의 회왕(懷王)이 꿈속에서 어떤 부인과 잠자
리를 같이했는데, 그 부인이 떠나면서 자기는 아침에는 구름이 되고 저녁에
는 비가 되어 양대(陽臺) 아래에 있겠다고 했다는 고사에서 유래한다.
1124) 중궤(中饋) : 늑주궤(主饋). 안살림 가운데 음식에 관한 일을 책임 맡은 여자.

참 윤씨는 마삼의 집에 두었삽나니, 차좌(此坐)에 언연(偃然)이 앉은 자
는 뉘니까?"

태부인으로부터 좌중이 대경(大驚)하여 말을 못하고 면면상고(面面相
顧)1125)하더니, 태우 우주(又奏) 왈,

"해애 엄전(嚴前)에서 사람 치죄(治罪)하옵기 황공하오니, 물러가 간
정(奸情)을 핵실(覈實)하여지이다."

언필에 좌우로 윤씨란 자를 결박하여 잡아오라 하니, 설난이 차언을
듣고 제 주인을 이리 함을 망극황황(罔極遑遑)하나, 어디 가태우 면전에
어른거려보기나 하리오. 월이 태우의 말을 듣고 오내(五內) 뛰놀고 일신
이 떨려 면색(面色)이 여토(如土)하여 문득 발명(發明)코자 하여 울어 왈,

"상공이 첩을 미워할진대 영출(永黜)이 가(可)하거늘 구박(驅迫)하여
매라 함이 이 무슨 도리뇨?"

태우 들은 체도 않고 좌우를 호령하여 잡아 선월정으로 오라 하니, 평
후 아자를 불러 이르대,

"노부 행년사십(行年四十)1126)에 이런 변고는 보다 못하였으니, 간정
을 사핵(査覈) 전 아부의 사화(死禍)를 먼저 이르라."

태우 윤씨를 시녀로 단단이 지키라 하고, 부전에 윤씨 시신(屍身)을
피농의 넣어 원문(園門)에 두었다 하거늘, 자기 연충으로하여금 운전하
여 십자교(十字橋)의 와 보니 그 상처(傷處) 대단함을 고하고, 형봉을
죽이며 위·유를 놀램은 사색(辭色)지 않으니, 정공이 그 작용을 모르
고, 참절경악(慘絶驚愕)함을 이기지 못하여, 왈,

"농에 시신을 담아놓고 지키던 이 업더냐? 뉘 너더러 이르더뇨?"

1125) 면면상고(面面相顧) : 아무 말도 없이 서로 얼굴만 물끄러미 바라봄.
1126) 행년사십(行年四十) : 지금까지 살아온 나이가 사십 세라는 말.

태우 대 왈,

"현앵이 제 주모(主母)의 사화를 이르거늘 친히 가보오니, 피농을 원문(園門) 안에 놓고 수직(守直)하니, 새기를 기다려 처치코자 하던가 싶더이다."

공이 불승통해하고 일좌(一座) 눈물을 금치 못하니, 태우 과도하심을 간하고, 선월정에 나오니 제 시녀 윤씨를 매여 정하의 꿀리매, 태우 묵묵한 노기 설풍이 늠름하여 봉안(鳳眼)을 높이 뜨고 잠미(蠶眉)를 거스르니, 위풍이 규규(赳赳)하여 정성엄문(正聲嚴問) 왈,

"네 오형(五刑)을 면코자 하거든 간정(奸情)을 직초(直招)하여 일명(一命)을 도모하라. 너를 저리하여 보낸 자 있으리니, 결단코 자작지죄(自作之罪)[1127] 아닐 것이라. 네 근본이 천인이라, 하고(何故)[1128]로 윤부인 얼굴이 되었느냐?"

월이 떨며 발명하여 윤씬 체하니, 태우 대로하여 엄형국문(嚴刑鞠問)하려 하니, 월이 울며 직고(直告)하올 것이니 일명을 빌리소서.

태우 왈,

"너희 죄악이 대단치 않으면, 구태여 죽이지 아니리라."

월이 발명하여 면할 길이 없고 목숨이나 살고자 하여, 고 왈,

"소비는 천비 춘월이라. 우리 태부인과 유부인이 조부인 모자녀(母子女)를 도모하고자 매양 절치(切齒)하시더니, 노야 촉행(蜀行)하시고 소저 귀근(歸觀)하시니, 부디 죽여 없애고자 하여, 음식에 말 못하는 암약(瘖藥)[1129]과 정신 흐리는 약을 넣어 작야에 조부인과 소저를 권하시나

1127) 자작지죄(自作之罪) : 스스로 지은 죄.
1128) 하고(何故) : 무슨 까닭.
1129) 암약(瘖藥) : 벙어리가 되게 하는 약.

의심하여 하저치 않으시니, 태부인이 조부인을 대책하시매, 조부인이
서너 번 하저(下箸)에 불시에 벙어리 되어 인사(人事)를 살피지 못하시
고, 설난이 또 한 가지로 먹고 인사를 모르니, 모두 깊이 감추고, 소저
는 접구(接口)치 않으시니, 위·유 이부인과 석학사부인이 일시에 짓이
기고1130) 독약을 퍼부어 농에 넣어 노자 형봉을 맡기고, 다시 조부인과
유랑을 죽이려 하더니, 귀신이 형봉의 머리를 베어 방안에 들이치고 가
다 하여 위·유 양부인이 이를 두려워하여, 조부인과 설난을 해치 않으
시고 인사 차리는 약을 먹여 도로 깨어나시게 하고, 소비는 여의개용단
(如意改容丹)을 먹여 소저의 얼굴이 되니, 명부복색(命婦服色)으로 이리
왔나이다."

태우 더욱 분(憤)해 하여 왈,

"조부인과 소저를 다 죽이고 어찌하려 하더뇨?"

대 왈,

"소비 어미가 지아비 없고 혼자 있으니, 개용단을 먹여 조부인을 대신
하게하고, 소비는 이리 보내기로 정하니이다. 형봉이 죽지 않았더면 조
부인이 사지 못할 뻔 하니이다."

태우 또 묻되,

"너를 여기 장구히 이시라 하며, 여모도 조부인 대신을 길게 하려더
냐?"

월이 대 왈,

"소비는 유부인이 수삼 일만 있다가 회면회단(回面回丹)을 먹고 청의
(靑衣)를 입고 돌아오라 하시고, 조부인은 어미로 대신하였다가 양 공자
를 죽인 후, 다시 면회단(面回丹)을 먹고 본형으로 돌아오게 하고, '조부

1130) 짓이기다 : 함부로 두드리고 썰고 짓찧어서 마구 이기다.

인이 양공자를 죽이고 음분도주(淫奔逃走)하다'는 말을 퍼뜨려, 노야(老爺)도 하릴없어 하시게 하려다가, 귀신이 수죄한 연고로 조부인 해할 뜻을 그쳤나이다."

태우 들을수록 흉참분연(凶慘奮然)하여 왈,

"네 면회단을 내라."

월이 금낭에 찼던 환약(丸藥)을 내어 차에 갈아 먹으니 경각에 찬란쇄락하던 윤소저 변하여 간특한 춘월이 되는지라. 태우 시노(侍奴)를 명하여 월을 결박하고 형장을 들여와 맹타하여 옥에 가둘 새, 옥리를 분부하여 '착실히 수직하라' 하며, '타일 찾기를 기다리라' 하고, 주영으로 '소저의 금침과 의상을 가져 십자가로 가라' 한 후, 정당에 들어가니, 벌써 월의 직초를 일일이 고하였는지라. 순태부인 이하로 일문상하(一門上下)가 윤부 변고를 흉히 여겨 위·유 고식(姑媳)을 통해하고, 귀신이 수죄타 함을 괴이히 여겨 태우더러 물으니, 태우 자기 일을 고치 않음은 부훈(父訓)을 두려워하므로 불출구외(不出口外)하더라.

금후 왈,

"윤가 변괴 망측하니 춘월을 가두었다가 명강이 돌아오거든 저주게1131) 함이 옳은가 하노라."

태우 왈,

"엄교 마땅하시나 간인의 악사 '고삐 길매 자연 밟힐지라'1132), 다른 길로 발각한 후 월을 돌려보냄이 옳으니, 윤공이 돌아온 후라도 우리는 잠잠하고 모르는 듯이 함이 옳사옵고, 흉인으로 하여금 측량(測量)치 못

1131) 저주다 : 형문(刑問)하다. 신문(訊問)하다.
1132) 고삐가 길면 밟힌다 : 나쁜 일을 아무리 남모르게 한다고 해도 오래 두고 여러 번 계속하면 결국에는 들키고 만다는 것을 비유적으로 이르는 말.

하게 하여 잠깐 조심케 할 도리가 될 뿐 아니라, 소매는 종시(終是)[1133] 폐륜(廢倫)치 못하리니, 광천과 성친(成親)하올지라. 양가 화기(和氣)를 먼저 상(傷)해와 흉인의 원(願)을 이루는 것이 좋지 아니하오니, 윤공을 보셔도 차사를 사색치 마소서."

공이 청필(聽畢)에 아자의 원려지식(遠慮知識)이 자가로 내도함을 두긋겨 왈,

"여언(汝言)이 옳거니와 여아를 공규(空閨)에서 늙히고자 하노라."

진부인이 식부의 일을 창한(愴恨)하여 왈,

"여아 혼사는 타일 의논하려니와, 목금(目今) 아부의 상처 대단하다 하니 급히 데려와 구호하라."

태우 대 왈,

"이미 사지(死地)를 벗어났으니 마삼의 집이 가장 종용하온지라, 피우(避寓) 겸하여 잠간 조리하여 데려오고자 하나이다."

후(侯) 왈,

"내 아부를 보고자 하나 다른 병과 달라 제 집 연고로 상(傷)하여 날 보기를 불안이 여기리니, 모름지기 약을 착실히 하여 쉬이 차성(差成)케 하라."

태우 배사수명(拜謝受命)하고 태부인과 진부인이 과려(過慮)하여 보기(補氣)할 찬선(饌膳)과 죽음(粥飮)을 갖추어 설난을 보내어 태우더러 가기를 재촉하니, 태우 함소(含笑) 고 왈,

"간인이 월을 보내고 사기를 알려하여 비자를 보내어 묻는 체할 것이니, 자정이 친척집에 일삭(一朔)이나 머문다 하시고, 우리 전혀 의심 없음으로 알게 하소서."

1133) 종시(終是) : 끝내.

태부인이 소왈,

"오애 빙가(聘家) 두려워하기를 여자의 구가(舅家)같이 하니 도리어 가소롭도다."

태우 소이주왈(笑而奏曰)[1134],

"간흉을 두려워함이 아니오라 흉계로 사람을 해하오니, 소자 수고롭기 비상(非常)하와 작야 윤씨를 겨우 구하였나이다."

좌우 다 웃고 금후 그 행사를 두굿기고 살인(殺人)함은 몽리(夢裏)에도 모르더라.

태우 설난·주영을 먼저 보내고 날호여 나아가니, 설난·주영이 소저께 뵈고 월의 초사를 고하니, 자기 몸이 면사(免死)하나 본부(本府) 악사 들어나니 참한(慙恨)하고, 촉처(觸處)에 야야(爺爺) 아니 계시기로 가변이 점점 차악함을 슬퍼 눈물이 연락(連落)하더니, 태우 들어와 집수간맥(執手看脈)하고, 시녀로 그 다리에 금창약(金瘡藥)[1135]을 싸매고 오래 말이 없더니, 좌우 물러난 후, 이에 왈,

"자(子)의 집 노자 형봉이 자의 시신을 농의 넣어 지고 여차여차 중얼거려 계성(鷄聲)을 고대하더니, 저를 참하여, 위·유의 가장 취신(取信)하는 심복이라 하매, 그 얼굴이나 보게 경희전 방 안에 들이치고 왔더니, 어찌한 지 소문이 없으니 심히 궁금한지라, 현앵이 아니 왔더니까?"

소저 입이 써 말이 나지 않으니, 오직 탄식무언(歎息無言)이라. 태우 종용이 소저를 대하여 전일 윤부에 가, 위·유의 머리 깨트리던 말을 이르고 박소(拍笑) 왈,

---

1134) 소이주왈(笑而奏曰) : 웃으면서 아뢰기를.
1135) 금창약(金瘡藥) : 칼, 창, 화살 따위로 생긴 상처에 바르는 약. 석회를 나무나 풀의 줄기와 잎에 섞어 이겨서 만든다.

"그때 돌로 쳐 아조 죽였더면 이런 변괴 없을 것을 머리만 깨트렸기로 악심(惡心)이 없지 않으니, 그런 애단 일이 어디 있으리오. 차후는 악장 제사를 당하여도 그대 조모와 숙모가 죽지 않은 전은 귀근할 의사를 말라."

소저 듣는 말마다 한심하여 추연타루(惆然墮淚) 왈,

"첩의 집 변고는 남이 알까 두려운지라. 하면목(何面目)으로 사람을 대하리까? 다만 조모와 숙모 어질지 못하시나, 천인(賤人)이 아니라, 재상(宰相)의 자모(慈母)요, 팔좌명부(八座命婦)[1136]의 위(位) 있거늘, 군자 무례히 돌로 상해와 남녀의 예 있음을 생각지 않으시고, 또 형봉을 벰은 위엄은 장하시나, 천하의 땅이 너르니 그 머리를 어느 곳에 버리지 못하시어, 구태여 첩의 집에 가 조모 침전에 던지고 오시니까?"

태우 소왈,

"배은망덕(背恩忘德)을 하는도다. 내가 아니면 그대 살지 못하였을 것이요, 형봉의 머리를 태부인 침전에 들이치지 않았으면, 악모께서 사시지 못하여 계시리니, 지금 이후는 나를 재생은인(再生恩人)으로 감골명심(感骨銘心)하여 평생 잊지 말라."

언필(言畢)에 발호(勃豪)한 기운이 조금도 위씨 고식을 기탄치 않으니, 소저 한마디 말이 무익하고 춘월의 초사(招辭)를 들은 즉, 형봉의 머리를 던짐을 보고 귀신의 조화인 줄로 알아 모친을 구하다 하니, 태우의 말이 비록 희롱이나 실로 은혜 없다 못할지라. 가변이 부끄럽고 구고 존당(舅姑尊堂)을 뵈올 낯이 없어 탄식 묵연이러니, 현앵이 옥누항에 가 종일 기색을 탐관(探觀)하고, 틈을 타 조부인께 소저 죽게 되었던 바와,

---

1136) 팔좌명부(八座命婦) : 팔좌(八座)에 오른 고위 관리의 부인. 팔좌는 중국 수나라·당나라 때에, 좌우 복야와 영(令)과 육상서를 통틀어 이르던 말.

태우가 구하여 사경(死境)을 면(免)하였음을 고하고, 십자가로 돌아가니, 태우 악모의 기운을 묻고 가중경색(家中景色)을 물으며, 웃음을 띠어 왈,

"형봉의 죽었음을 보고 망극통달(罔極痛怛)[1137]하여 일어나 악쓸 경황도 없었도다."

소저는 모친이 사경을 면하심을 다행하여 슬픈 중, 태우 구호함이 극진할 뿐 아니라 의술이 고명하니, 상처에 양제(良劑)를 기특히 알아 쓰며, 운산에서 문병하는 시녀 낙역(絡繹)하여, 진부인이 찬선을 친히 보내며 쉬이 차성함을 당부하니, 소저 황공감사(惶恐感謝)하여 쉬이 일어나고자 하나, 칼에 질린 데가 주야로 아린지라. 옥골이 초췌(憔悴)하고 화용이 수척(瘦瘠)하여 우화등선(羽化登仙)할 듯하니, 태우 저의 인사(人事) 차린 후는 상처를 친히 보지 않아 시녀로 싸매게 하더니, 일일은 태우 본부에서 어두운 후 이르니, 소저 유랑과 시녀 등에게 붙들려 앉아 통성이 그칠락 이을락 하니, 유모가 그 통처(痛處)를 무른데 다리 심히 아픔을 이르는지라. 태우 창밖에서 잠간 듣고 날호여 들어가며, 촉을 밝히라 하고 좌하니, 유랑 등이 소저를 누이고 촉을 밝힌 후 퇴하니, 태우 나아가 묻되,

"자의 면부(面部)는 나아시대 지금 일어나지 못함은 어찌뇨?"

소저 '칼에 질린 데가 아프다' 하기는 참괴하여, 오직 가로되,

"일신이 기진(氣盡)할 듯하니, 일어나지 못함이로소이다."

태우 묵연이라가, 촉을 가까이 놓고 그 상처를 보려 하니, 소저 욕사무지(欲死無地)하여 진정으로 보지 말기를 청하니, 태우 왈,

"상처에 좋은 약을 붙이나 시녀 등이 잘못 붙여 검독이 크게 발함이

1137) 망극통달(罔極痛怛) : 몹시 놀람.

라. 잠간 보기 무엇이 유해(有害)하리오."

언필에 우격으로[1138] 상처를 보니, 옥각(玉脚)이 푸르고 검어 유혈(流血)이 뭉쳐 부었는지라. 즉시 낭중(囊中)으로조차 침을 내어 검독 든 곳을 째어 악혈(惡血)을 다 짜내고 약을 붙인 뒤 물러나 앉으니, 소저 만면이 취홍(醉紅)하여 침상에 머리를 박고 참괴(慙愧)함이 비길 데 없어하니, 태우 흔연애지(欣然愛之)하여 침변(枕邊)에 누워, 그 옥수체지(玉手體肢)를 어루만져 은정이 무궁하나, 위·유의 심용(心用)을 절절통해(切切痛駭)하더라.

이러구러 일삭(一朔)이 지나되, 소저 쾌소(快蘇)치 못하니, 태우 부모 곁을 떠남이 절박하나 마지못하여, 낮은 본부에 있고 밤이면 십자가에 와 지내고, 입번할 때면 인홍공자가 하루 한 때씩 밖에 와 약을 대후하여 갈수록 극진하니, 이미 사십일이나 된 후 소저 적이 나은지라. 존당 구고 운산으로 나오기를 재촉하니, 모친께 수서(手書)로 현앵을 보내어 답간을 맡아오게 하나, 두 동생은 조모와 숙모를 두려 와보지 못하니, 길이 탄식하여 동기지정(同氣之情)을 펼 길 없음을 슬퍼하더라.

태우 위의를 차려 소저를 거교(車轎)에 들라 하고 먼저 본부로 나아가니, 소저 유랑 시녀 등을 거느려 운산으로 향할 새, 옥누항이 지근(至近)하되 모친과 공자 등을 보지 못함을 슬퍼하고, 구고와 존당에 뵈올 낯이 없어 사사(事事)에 조모의 과악(過惡)을 탄하더라.

소저의 채교(彩轎) 부문(府門)에 임하니 비복 등이 이제야 정말 윤부인이 오신다 하고 설유랑과 설난의 기꺼워함은 모양하지 못하고, 채교를 태원전 앞에 놓고 주렴을 걷으매 소저 삼촌 금련(金蓮)[1139]을 자약히

1138) 우격으로 : 억지로 우겨.
1139) 금련(金蓮) : '금으로 만든 연꽃'이라는 뜻으로, 미인의 예쁜 걸음걸이를 비유

옮겨 나아오니, 일신 광채 신월(新月)이 산두(山頭)에 오르는 듯, 이향
(異香)이 욱욱(郁郁)하여1140) 함전(檻前)에 다다르는 주저하여 오르지
아니하고, 성려 끼침을 청죄하니, 태부인과 공이 오르기를 명하고, 공의
묵묵함으로도 미우에 춘풍화기를 동하여 좌우를 명하여 붙들어 올리니,
소저 역명치 못하여 승당 배현하니, 태부인이 과히 염려하던 바를 이르
고 집수연애(執手憐愛)함을 이기지 못하며, 진부인이 여아를 구가(舅家)
에 보냈다가 화(禍)를 만나 돌아옴같이 기쁨을 이기지 못하고, 혜주와
양씨의 반기는 정이 말씀 밖에 나타나는지라. 평후 소저를 나오게 하여
탄 왈,

"아부(我婦)의 화액이 놀랍더니 그만치 차성(差成)하니 마음을 진정하
거니와, 현부 대신에 온 비자를 가뒀다가 명강이 오거든 보내려 하더니,
아자 여차여차 이르니 그 말이 유리한 고로, 내 집으로부터 저 윤부 변
고를 들춰내지 아니리니, 차후는 귀령을 아조 그쳐 사정(私情)이 비록
절박하나 몸을 조심하여 참화(慘禍)를 받지 말라."

소저 부복청교(伏伏聽敎)에 재배(再拜) 청죄(請罪) 왈,

"소첩이 불능누질(不能陋質)1141)로 존문에 입승(入承)하와 한 일도 사
람에게 들려줌 즉하지 않다가, 미급기년(未及朞年)1142)에 한 번 귀령(歸
寧)하오매, 괴이한 화액으로 천질(賤疾)이 유유(悠悠)하와 존당구고께
성려를 끼치오니, 조석에 죄를 헤아려 황공하오니, 오직 엄하에 다스리
심을 바라나이다."

적으로 이르는 말. 중국 남조(南朝) 때 동혼후(東昏侯)가 금으로 만든 연꽃을
땅에 깔아 놓고 반비(潘妃)에게 그 위를 걷게 하였다는 고사에서 유래한다.
1140) 함전(檻前) : 난간(欄干) 앞.
1141) 불능누질(不能陋質) : 능력이 부족하고 성질이 비천함.
1142) 미급기년(未及朞年) : 만 1년도 못됨.

옥성(玉聲)이 낭랑하고 봉음(鳳吟)이 화평하여 존전에 여러 말씀이 처음이라. 평후 흔연과애(欣然過愛)하여 아름다움을 이기지 못하니, 도리어 명천공을 생각고 그 집 변고를 탄하여 왈,

"문강형은 어진 군자요, 명강은 소탈한 장부라. 명강이 마침내 인명자상(仁明仔詳)하여 백사를 온전히 하나, 망형(亡兄)을 믿지 못함으로 변란(變亂)이 여차한지라. 석사를 생각하니 더욱 감척(感慽)치 않으랴. 현부는 날로써 구부로 서어(齟齬)히 알지 말라."

소저 배사하여 다시 말씀을 못하고 감은 척연함을 이기지 못하니, 태부인이 황홀 애중하여 차후는 더욱 일시 떠남을 어려워 하니, 소저 또한 밤 밖은 물러옴이 없더라.

선시에 조부인이 여아의 거지(擧止) 괴이함을 측량치 못하여, 구가로 돌아 보내나 근심함을 마지않더니, 현앵이 밀밀이 하는 말을 들으매 여아 농중시신(籠中屍身)이 되어 태우 구하여 냄을 듣고, 정부로 간 것은 아무인 줄 몰라 흉괴차악(凶怪嗟愕)함을 이기지 못하더니, 차후 현앵 설난 등이 가만히 왕래하여 춘월임을 발각하여 가두었음을 고하며, 소저 십자가에서 구병한다 하되 양 공자도 나아가 볼 의사를 못하고, 삼모자(三母子) 주야 공구(恐懼)함이 박빙침석(薄氷針席)[1143]이라. 부인이 양자를 당부하여 조심하라 하고, 공자 등은 자기 몸은 둘째요, 모친을 염려하여 형제 돌려가며 해월루에 가더니, 구파 모상을 마치고 유질(有疾)하여 즉시 오지 못하고 차성(差成)한 후 돌아오니, 위씨 고식은 크게 불쾌하나 조부인은 의지를 얻은 듯 반김을 이기지 못하고, 구파는 부인 삼모자 보전하였음을 기뻐 지난 바를 몰라 하나, 조부인이 이르지 아니하

1143) 박빙침석(薄氷針席) : 여림박빙 여좌침석(如臨薄氷 如坐針席)의 줄임말. 불안하기가 살얼음을 밟는 듯 하고, 바늘방석에 앉은 것 같음을 나타낸 말.

더라.

세월은 형봉의 시신을 두루 찾다가 못하여 머리만 묻고, 동류(同類)에게도 부끄러워, '형봉이 무고히 나갔다가 화를 만나다' 창설(唱說)하고, 위씨 고식은 날이 저물면 황건칠귀(黃巾七鬼)가 뵈는 듯 하고, 형봉의 머리가 어른기는 듯, 무섭고 놀라와 밤이면 경계증(驚悸症)[1144]을 얻었으나, 간특(奸慝)한 유녀는 진정(鎭靜)하기를 잘하여 무서운 것을 잘 참아도, 조부인 모자 보채기를 어려워 천신이 또 무슨 벌을 내릴까 두려운 고로, 칼같이 미워하되 참고 존고를 도도지[1145] 못하고, 춘월을 수삼일 후 돌아오라 하였더니 기약이 넘으니 괴이하여, 비영으로 가 보아 돌아오라 하였더니, 정부 상해 여출일구(如出一口)[1146]로 소저 친척집에 갔으니 일삭 후 오리라 하니, 비영이 경괴(驚怪)하여 회보하니 유씨 괴이함을 결을치[1147] 못하되, 악사 패루(敗漏)함은 모르고 일삭 후 또 소저의 안부를 묻는 체하고 비영을 보내니, 소저 오히려 오지 않았는지라, 그 후 십여 일만의 또 보내니 주영 등이 소저는 존당의 들어갔다 하는지라.

비영은 옅은 생각이 '제 딸이 소저의 자리에 웅거하여 명부(命婦)의 부귀를 누리는가.' 다행하여, 종일 소저의 나오기를 기다려 밤이 된 후 소저 혼정을 파하고 사침에 돌아오니, 비영이 춘월로 알아 가만히 말하고자 하되, 스스로 두렵고 어려워 반기는 정이 나지 아니하고, 무서운 마음이 동하니, 괴이하여 헤아리되,

"딸을 사십일을 넘게 못 보았더니 이제 보매 반가운 듯하되, 공구(恐

1144) 경계증(驚悸症) : 걸핏하면 잘 놀라고 가슴이 두근거리는 증상.
1145) 도도다 : '돋우다'의 옛말.
1146) 여출일구(如出一口) : 한 입에서 나오는 것처럼 여러 사람의 말이 같음을 이르는 말.
1147) 결을하다 : 억누르다. 참다. 견디다.

懼)한 의사 나고 사랑스런 뜻은 없으니 어쩐 일인고? 비록 자식이나 저는 당당한 귀인이요, 나는 하류를 면치 못하였으니 그런가?"

아무런 상을 몰라 한 모에서 유부인 전어(傳語)를 예사로이 하되, 소저 들을 뿐이요 눈을 들지 않으니, 이윽고 태우 들어오매 제인이 퇴함으로 비영이 물러갔더니, 소저와 태우 취침하니 한 말도 못하고, 계초명(鷄初鳴)1148)에 소저는 일어나 존당에 들어가고, 태우는 오히려 누웠으니 누구더러 무슨 말을 하리오.

설난이 비영더러 이르되,

"그대 이곳의 있으려 왔느냐?"

영 왈,

"어찌 있으리오. 소저께 고할 말이 있어 왔더니 틈을 얻지 못하니 그저 가리로다."

주영이 내달아 왈,

"소저 말을 왕반(往返)치 말라 하시니, 그 연고를 이르지 않으시더라."

하니, 영이 심리(心裏)에 헤아리되, 월이 저를 자로 보아 담화하면 일이 패루(敗漏)할까 두려워하여 오지 말라 함인 줄로 알고, 즉시 돌아오나 슬픔이 심하여 눈물을 흘리고, 혼자말로 이르되,

"자식이 거짓 것이로다. 어버이 마음과 같지 못하여, 저는 소저의 자리를 앗아 명부(命婦)의 부귀를 누리며, 날을 외대하여 반기는 사색(辭色)이 없으니 그대도록 무정(無情)하뇨?"

하며 돌아와 위·유에게 본대로 고하고 월의 무정함을 한하니, 태부인이 소왈,

"월이 청의중(靑衣中) 영오(穎悟)한지라. 너를 보고 맥맥함은1149) 무

1148) 계초명(鷄初鳴) : 첫닭울음소리.

정(無情)함이 아니라 사기 패루(敗漏)할까 두려워함이라."

유씨 머리를 숙이고 양구(良久)히 상냥하다가, 마음이 기쁘지 않아 왈,

"월이 청의중 총아(聰雅)하나, 정랑의 중궤를 소임하여 명부의 위를 천자(擅恣)치는 못하려든, 그렇듯 즐거이 지냄은 아무리 생각하여도 가(可)치 아닌지라. 가장 놀라오니 나는 춘월이라 말을 못하노라."

비영이 또 주영이 정부에 있음을 고하니, 위·유 더욱 놀라 가로되,

"우리는 영의 거처를 몰라 위방에게서 다라난가 하였더니 명아가 정부에 감추었다?"

여러 가지 의심이 발하여 울울불낙(鬱鬱不樂)하더라.

화설 윤추밀이 여아를 데리고 구몽숙으로 더불어 서촉을 향하매 험준한 길이 여자의 행도(行途) 극난(極難)하더라.

1149) 맥맥하다 : 생각이 잘 돌지 아니하여 답답하다.

최길용

문학박사
전북대학교 겸임교수
전북대학교 인문학연구소 전임연구원

● 논 문
〈연작형고소설연구〉외 50여편

● 저 서
『조선조연작소설연구』등 13종

현대어본 명주보월빙 1

초판 인쇄   2014년 4월 20일
초판 발행   2014년 4월 30일

역   주 | 최길용
펴 낸 이 | 하운근
펴 낸 곳 | 學古房

주   소 | 서울시 은평구 대조동 213-5 우편번호 122-843
전   화 | (02)353-9907 편집부(02)353-9908
팩   스 | (02)386-8308
홈페이지 | http://hakgobang.co.kr/
전자우편 | hakgobang@naver.com, hakgobang@chol.com
등록번호 | 제311-1994-000001호

ISBN   978-89-6071-384-0 94810
        978-89-6071-383-3   (세트)

값 : 24,000원

이 도서의 국립중앙도서관 출판시도서목록(CIP)은 서지정보유통지원시스템 홈페이지
(http://seoji.nl.go.kr)와 국가자료공동목록시스템(http://www.nl.go.kr/kolisnet)에서 이용하실 수
있습니다.(CIP제어번호: CIP2014014232)